চিন্তা ছাড়ুন সুখে থাকুন

I06615475

ডেল কারনেগী

ডায়মণ্ড বুকস
www.diamondbook.in

© প্রকাশকাধীন

প্রকাশক ঃ **ডায়মণ্ড বুক্স (প্রা.) লিমিটেড**
X - 30, ওখলা ইণ্ডাস্ট্রিয়াল এরিয়া,
ফেজ - II, নূতন দিল্লী - 110 020
ফোন ঃ 011 - 40712200
ই-মেল ঃ sales@dpb.in
ওয়েবসাইট ঃ www.diamondbook.in

Chinta Chharun Sukhe Thakun (BANGLA)
Chinta Chhodo Sukh Se Jiyo
by : Dale Carnegie

সূচীপত্র

পঞ্চম ভাগ

চিন্তাকে কিভাবে জয় করা যায় ?

ষষ্ঠ ভাগ

সমালোচনার থেকে কিভাবে দূরে থাকবেন

সপ্তম ভাগ

চিন্তা দূর করে উর্জাবান হয়ে ওঠার উপায়

অষ্টম ভাগ

প্রস্তাবনা

এই পুস্তক কিভাবে এবং কেনো লেখা হয়েছিল

দয়া করে এই পুস্তকের দুই একটা ভাগ পড়ে দেখুন। তখনও যদি আপনার মনে হয় যে, আপনি চিন্তা ছেড়ে সুখে থাকার একটা নতুন শক্তি বা প্রেরণা লাভ করেননি, তাহলে এই বইটা ছুঁড়ে ফেলে দিতে পারেন। বুঝতে হবে, এটা আপনার কাজে লাগবে না। - ডেল কারনেগী

1890 সালে, আমি ছিলাম, নিউইয়ার্কের সবচেয়ে দুঃখী যুবকদের মধ্যে অন্যতম। তখন আমি মোটর-ট্রক বিক্রী করে নিজের জীবন যাপন করতাম, কিন্তু সেই মোটর-ট্রককে কি চালনা করে তাই যানতাম না। আসলে আমি তা জানতেও চাইতাম না, কারণ আমি নিজের কাজকে ঘৃণা করতাম। ওয়েস্ট ফিফ্‌টী সিক্সের একটা অতি সাধারণ ভাবে সাজানো ঘরে আমি থাকতাম, সেই ঘরে আরশোলার অভাব ছিল না। আমার এখনও মনে আছে, ঘরের দেওয়ালে বিভিন্ন রঙের টাই ঝোলানো থাকত, একদিন সকালে আমি একটা টাই বার করার সময় কিছু আরোশোলা বিভিন্ন দিকে ছুটে পালায়, এই সস্তার ঘরে থাকতে আমার বিতৃষ্ণা হয়ে গেছিল। যে সস্তার হোটেলে খাবার খেতে যেতাম সেখানেও বোধ হয় আরশোলার অভাব ছিল না।

প্রত্যেক রাতে নিজের শূণ্য ঘরে ফেরার কথা ভাবতেই আমার মাথায় যন্ত্রণা হোতে শুরু করত। এই যন্ত্রণার আকরণ ছিল চিন্তা, তিক্তোতা এবং হতাশা। আসলে কলেজ জীবনে যে সুন্দর স্বপ্ন গুলি দুটি চোখে এঁকেছিলাম, সেই স্বপ্ন গুলি দুঃস্বপ্ন হয়ে গেছিল, আর সেই কারণেই আমার দুঃখের শেষ ছিল না। এটাই কি জীবন ? এমন রোমাঞ্চকর ও গুরুত্বপূর্ণ কাজের জন্যই কি আমি এতটা উৎসাহ নিয়ে এগাতে চেয়েছিলাম ? এটাই কি আমার জীবন - একটা বেকার চাকরি করা, যা করতে আমার অন্তর থেকে ঘৃণা বোধ হয়, আরশোলাদের সাথে থাকা, অখাদ্য খাদ্য গ্রহণ করা, এবং ভবিষ্যতে কোনো রকম আশার আলো দেখতে না পাওয়া ?

আসলে আমি কলেজের জীবন থেকেই একটা স্বপ্ন দেখেছিলাম, আমার কাছে বই পড়ার বা লেখার মতো সময় থাকুক। আমি যে কাজ করতাম, সেই কাজ ছেড়ে দিলে আমি সব দিক দিয়েই লাভবান হব, তাতে আমার কোনো সন্দেহ ছিল না, আমি কোনো দিনই অনেক অর্থের কামনা করিনি, কিন্তু আমি জীবনটাকে উপভোগ করতে চেয়েছিলাম। এবার সিদ্ধান্ত নেওয়ার সময় এসে গেছিল। অধিকাংশ যুবকের সামনেই জীবনের শুরুতে এমন একটা সময় এসে উপস্থিত হয়। আমি সিদ্ধান্ত নিই, আর সেই সিদ্ধান্ত, আমার সম্পূর্ণ জীবনকে বদলে দেয়। এই সিদ্ধান্ত আমার জীবনকে এতটাই আনন্দ দান করেছিল যে, আমি তা স্বপ্নেও কল্পনা করতে পারিনি।

আমার সিদ্ধান্ত আমি নিজের সেই ঘৃণিত কাজ ছেড়ে দেব, আমি চার বছর ওয়ারেন্সবর্গ, মিসূরীর স্টেট টিচার্স কলেজে টীচিঙ্গের প্রশিক্ষণ নিয়েছিলাম, তাই ঠিক করি যে সান্ধ্য কলেজে প্রাপ্ত বয়স্কদের পড়িয়ে, নিজের পেটের জোগার করব। তাতে করে আমি দিনে অনেকটা খালি সময় পেয়ে যেতাম, তখনই আমি নিজের লেকচার তৈরি করে নিতাম, বিভিন্ন গল্প লিখতাম আর অনেক বই পড়ারও সুযোগ পেতাম। আসলে আমার মনের বাসনা ছিল, '**বেঁচে থাকার জন্য লিখব, লেখার জন্য বেঁচে থাকব**।'

কিন্তু আমি রাতে প্রাপ্ত বয়স্ক ব্যক্তিদের কি পড়াব? নিজের অতীতের দিকে তাকিয়ে দেখি, কলেজে যে সমস্ত বিষয় গুলি আমি পড়তাম, তার থেকে জীবনের পথে চলার সময় আমি খুব বেশি সাহায্য পাইনি, কিন্তু লোকেদের সামনে কথা বলার কলা, ব্যবসা বা ব্যক্তিগত জীবনের ক্ষেত্রে যথেষ্ট কার্যকারী বলে প্রমাণিত হয়েছিল। তাতে করে আমার মন থেকে সংকোচ দূর হয়ে যায় এবং হীনভাবনাও লুপ্ত হয়। আমার ভেতরে আত্মবিশ্বাস বৃদ্ধি পেতে থাকে, যার ফলে সবার সাথে সাহস করে কথা বলতে পারতাম। তখন আমি বুঝতে পেরেছিলাম যে, যারা লোকেদের সামনে কোনো রকম সংকোচ ছাড়াই কথা বলতে পারে, তারাই লিডার হওয়ার যোগ্যতা রাখে।

আমি পাবলিক স্পীকিং কোর্স শেখানোর জন্য কলম্ব ইউনিভার্সিটি ও নিউইয়ার্ক ইউনিভার্সিটিতে আবেদন করি, কিন্তু সফল হোতে পারিনি। এই বিশ্ববিদ্যালয় দুটি সিদ্ধান্ত নিয়েছিল যে, তারা আমার সাহায্য ছাড়াই নিজের কাজ চালিয়ে যেতে পারবে।

সেই সময় আমি হতাশ হয়েছিলাম, কিন্তু আজ আমি ভগবানকে ধন্যবাদ জানাই, কারণ তারপর আমি ওয়াই. এম. সী.এ. নাইট স্কুলে পড়াতে শুরু করি, আর সেখানে শীঘ্রই আমার পরিণাম দেখানোর ছিল। যারা আমার ক্লাসে আসত,

তারা সামাজিক প্রতিষ্ঠা বা কলেজের ডিগ্রীর জন্য আসত না, তাদের মূল উদ্দেশ্য ছিল নিজেদের সমস্যার উপায় খুঁজে বার করা। তারা কোনো রকম সংকোচ ছাড়াই বিজনেস মিটিং-এ কিছু বলতে চাইত। সেল্সম্যানরা গ্রাহকদের বাড়ির দরজা থেকে ঘুরে না এসে সাহস করে তাদের কিছু বলতে চাইত। আসলে তারা একটা আত্মবিশ্বাস প্রাপ্ত করার চেষ্টায় ছিল। তারা নিজেদের পরিবারের জন্য আরো বেশি করে অর্থোপার্জন করতে চাইছিল, তারা কিস্তিতে ফিস দিত, তাই পরিণাম না পেলে ফিস দেওয়া বন্ধ করে দেবে এমনি চুক্তি ছিল। আমি বেতনের পরিবর্তে লাভের অংশ হিসাবে কয়েক শতাংশ অর্থ পেতাম, তাই নিজের খাওয়া-পরা চালানোর জন্য প্রাক্টিক্যাল হওয়াটা জরুরি হয়ে পড়েছিল।

সেই সময় এই রকম পরিবেশে আমার পক্ষে পড়ানোটা একটু কষ্টকর হয়ে উঠছিল, কিন্তু আমি বুঝতে পারছিলাম যে, আমি একটা অসাধারণ প্রশিক্ষণ প্রাপ্ত করার সুযোগ পেয়েছি। **আমার কাজ ছিল, আমার বিদ্যার্থীদের প্রেরণা দেওয়া, তাদের সমস্যা সমাধানের পথ দেখানো, এমন কিছু প্রেরণা দায়ক কথা বলা, যাতে তারা পরের দিনও আসতে বাধ্য হয়।**

কাজটা ছিল বিশেষ রোমাঞ্চকর। ব্যবসায়িরা অতি শীঘ্র আত্মবিশ্বাস লাভ করতে সক্ষম হয়েছিল, যা দেখে আমি নিজেই অবাক হয়ে গেছিলাম, পরিণাম স্বরূপ তারা প্রোমোশান লাভ করে, বেতন বৃদ্ধি পায়। ক্লাসে আশাতীত পরিণাম দেখতে পাচ্ছিলাম। যে ওয়াই. এম. সী.এ. শুরুতে আমাকে একটা রাতের লেকচারের জন্য পাঁচ ডলার দিতে চাইনি, তারাই কিছুদিন বাদে একটা রাতের জন্য তিরিশ ডলার করে দিতে শুরু করে। আগে আমি শুধুমাত্র পাবলিক স্পীকিং শেখাতাম, কিন্তু একবছর বাদে আমি বুঝতে পারি, প্রতিটা মানুষেরই বন্ধুর দরকার আর সেই সাথে চাই, প্রভাব সৃষ্টিকারী কথা বলার কলা রপ্ত করা। মানবীয় সম্পর্কের ওপর কোনো বই ছিল না বলে, আমি নিজেই তা লিখে ফেলি। তবে তা সাধারণ ভঙ্গীতে লিখিনি, ক্লাসের প্রাপ্ত বয়স্কদের কথা মাথায় রেখেই লিখেছিলাম, তার নাম দিয়েছিলাম - **হাউ টু উইন ফ্রেন্ডস এন্ড ইনফ্লুএন্স পীপুল।**

আমি শুধুমাত্র আমার বিদ্যার্থীদের কথা মাথায় রেখেই বইটা লিখেছিলাম, কারণ এর আগেও আমি চারটে বই লিখেছিলাম, যেগুলির নাম পর্যন্ত কেউ শোনেনি, তাই এই বইও বেশি বিক্রী হবে তেমন কোনো আশা আমার ছিল না।

কয়েক বছর অতিবাহিত হওয়ার পর আমি বুঝতে পারি যে, প্রাপ্ত বয়স্কদের কাছে আর একটা বড়ো সমস্যা হল 'চিন্তা'। আমার বেশির ভাগ বিদ্যার্থীই বিভিন্ন

পেশায় যুক্ত ছিল - এগ্‌জীকুটিভ, সেল্‌সম্যান, ইঞ্জিনিয়ার, একাউন্টেট প্রমুখ। তাদের প্রত্যেকেরই কিছু না কিছু সমস্যা ছিল। আমার ক্লাসে কয়েকজন মহিলাও ছিল, তাদের মধ্যে কেউ কেউ কর্মরতা হলেও, কয়েকজন ছিল একেবারেই গৃহিণী। তাদের সামনেও সমস্যার শেষ ছিল না। সেই কারণে চিন্তাকে কিভাবে জয় করা যায়, তার ওপরেও একটা পাঠ্যপুস্তক লেখা জরুরি হয়ে উঠেছিল। একবার এই বিষয় নিয়ে কিছু পড়াশোনা করার জন্য আমি যখন লাইব্রেরিতে গিয়ে বইয়ের সন্ধান করি, তখন এটা জানতে পেরে আমি খুবই অবাক হয়েছিলাম যে, চিন্তা শীর্ষকের ওপর মাত্র বাইশটা বই লেখা হয়েছে। অথচ সেখানে পোকামাকড়দের নিয়ে 189 গুলি বই ছিল। কথাটা কতটা আশ্চর্যজনক একবার ভেবে দেখুন? মানবজাতির সামনে যত গুলি সমস্যা আছে, তার মধ্যে অন্যতম হল চিন্তা, তাই পৃথিবীর সমস্ত স্কুল কলেজে 'চিন্তাকে কিভাবে জয় করা যায়' সেই নিয়ে একটা কোর্স চালু করা উচিত। ডেভিড সীবরী তার '**হাউ টু ওয়ারী সক্সেসফুলী**'-তে লিখেছিলেন যে, 'একজন গ্রন্থকীটকে ব্যালে করতে বলা হলে, সে যতটা অনভিজ্ঞতার পরিচয় দেবে, প্রাপ্ত বয়সে এসে, অভিজ্ঞতার চাপ সহ্য করার ব্যাপারেও আমরা ততটাই অনভিজ্ঞ থাকি।'

পরিণাম? হাসপাতালের অর্ধেকের বেশি খাটে মানসিক ভাবে সমস্যাগ্রস্থ লোকেরা শুয়ে থাকে। লাইব্রেরিতে উপেক্ষিত ভাবে পড়ে থাকা, 22 টা বইই আমি পড়ে দেখি। তাছাড়া চিন্তার ওপর যতগুলি বই ছিল সবই আমি কিনে ফেলি। কিন্তু এমন কোনো বই পাইনা, যা পাঠ্যক্রম হিসাবে আমার বিদ্যার্থীদের হাতে তুলে দিতে পারতাম। তাই আমি নিজেই একটা বই লেখার সংকল্প করে ফেলি।

আমি সাত বছর আগে থেকে নিজেকে এই বই লেখার জন্য প্রস্তুত করেছিলাম। কিভাবে? সমস্ত যুগের দার্শনিকগণ চিন্তা সম্পর্কে যা যা বলেছিলেন সেই গুলি পড়ে। আমি কন্‌ফুশিয়াস থেকে শুরু করে চার্চিল পর্যন্ত, কয়েকশো জীবনী পড়ে ফেলেছিলাম। জীবনের বিভিন্ন ক্ষেত্রে বেশ কিছু প্রসিদ্ধ ব্যক্তিদের সাক্ষাৎকার নেওয়ারও সুযোগ হয়েছিল। তাঁদের মধ্যে উল্লেখযোগ্য হলেন, জ্যাক ডেম্‌সী, জেনারল ওমার ব্রেডলী, জেনারল মার্ক ক্লার্ক, হেনরী ফোর্ড, এলীনোর রুজভেল্ট, ডোরোথী ডিক্স প্রমুখ। কিন্তু সেটা ছিল শুরু।

সেই সাথে আমি এমন কিছু করেছিলাম, যেটা সাক্ষাৎকার নেওয়া বা জীবনী পড়ার থেকে অনেক বেশী গুরুত্বপূর্ণ ছিল। আমি পাঁচ বছর ধরে চিন্তা দূর করার প্রয়োগশালায় কাজ করেছিলাম। সেই প্রয়োগশালা হল আমার প্রাপ্ত বয়স্ক

বিদ্যার্থীদের ক্লাস। আমি জানতাম, এই প্রয়োগশালা ছিল পৃথিবীর মধ্যে এক এবং অদ্বিতীয়। সেখানে আমি আমার বিদ্যার্থীদের চিন্তা দূর করার জন্য কিছু সূত্র দিই, আর সেগুলি তাদের নিজেদের জীবনে প্রয়োগ করে দেখতে বলি। আর তারপর তার পরিণাম নিয়ে ক্লাসে আলোচনা করা হোত। কিছু বিদ্যার্থী তাদের নিজেদের অভিজ্ঞতার কথাও বলেছিল, যেগুলির প্রয়োগ তারা আগেই করেছিল।

এই সমস্ত কারণেই আমি '**চিন্তাকে কিভাবে জয় করা যায়**' এই বিষয়ে এত কিছু জানতে পেরেছিলাম, যে, পৃথিবীর আর কেউ বোধহয় তা জানতে পারিনি। এছাড়াও এই বিষয়ে আমি শতাধিক অন্যান্য আলোচনাও পড়ার সুযোগ পেয়েছিলাম। সারা পৃথিবী জুড়ে এই বিষয়ে আলোচনার ব্যাপারে যে অনুষ্ঠান আয়োজন হয়েছিল, তাতে আমার ক্লাস পুরস্কারও লাভ করেছিল। তাই এই পুস্তক কোনো সিদ্ধান্ত নয় বা চিন্তাকে জয় করার বিষয়ে দেওয়া কোনো উপদেশও নয়। আসলে আমি, প্রয়োগের ভিত্তিতে একটা সংক্ষিপ্ত ও রোমাঞ্চকর **রিপোর্ট লেখার চেষ্টা করেছিলাম, কিভাবে সহস্রাধিক প্রাপ্ত বয়স্ক ব্যক্তি তাদের চিন্তাকে জয় করেছে তা নিয়ে!** এই পুস্তক হল প্র্যাক্টিক্যাল।

ফ্রেঞ্চ দার্শনিক ব্যালেরী বলেছিলেন, '**বিজ্ঞান সফল লিখিত নির্দেশনামার সংগ্রহ।**' আর এই পুস্তকও ঠিক তাই, সময়ের দ্বারা পরীক্ষা করে দেখা সফল নির্দেশনামার সংগ্রহ, যা আমাদের জীবন থেকে চিন্তাকে দূর করে দেবে। আগেই আপনাকে বলে দিচ্ছি, আপনি জীবনে প্রয়োগ করে দেখননি এমন কোনো নতুনত্ব এতে খুঁজে পাবেন না। আমার মনে হয়, আমার আপনাকে নতুন কিছু বলারও বোধ হয় কোনো প্রয়োজন নেই। আমরা সকলেই কিভাবে একটা আদর্শ জীবন অতিবাহিত করা যায় তা জানি। আমরা সকলেই স্বর্ণিম নিয়ম এবং সামার অন দ্যা মাউন্ট পড়েছি। এই পুস্তকে লক্ষ্যাধিক প্রাচীন ও মূলভূত সত্যিই বর্ণিত আছে, আসলে পুস্তকের লক্ষ্য ছিল সেই গুলিকে রেখাঙ্কিত করে প্রস্তুত করা ও সম্মান জানানো। আপনি যাতে সেই সত্যি গুলিকে জীবনে প্রয়োগ করেন, তার জন্য আপনার চোখ খুলে দেওয়া।

এই বইটা কিভাবে লেখা হয়েছে, তা জানার জন্য এতে হাত দেননি, একটা একশানের সন্ধান করছেন আপনি। ঠিক আছে, এবার শুরু করা যাক। দয়া করে বইটার প্রথম ও দ্বিতীয় খন্ড পড়ুন। তখন যদি মনে হয় চিন্তা দূর করে সুখে জীবন অতিবাহিত করার কোনো পথ আপনি দেখতে পাচ্ছেন না, তাহলে বইটা ছুঁড়ে ফেলে দেবেন। কারণ, তাহলে এই বই আপনার কোনো কাজের নয়।

- ডেল কারনেগী

এই বইয়ের থেকে কিভাবে লাভবান হবেন

1. আপনি যদি এই পুস্তকের থেকে আরো বেশি করে লাভবান হোতে চান, তাহলে আপনার মধ্যে একটা অনিবার্য গুণ থাকতে হবে। এমন একটা গুণ, যা যেকোনো টেকনিক ও নিয়মের থেকে অনেক বেশি গুরুত্বপূর্ণ। আপনার ভেতরে যদি মূলগত এই গুণ না থাকে তাহলে পড়ার হাজার নিয়ম বলা সত্ত্বেও আপনি কোনো ভাবেই লাভবান হোতে পারবেন না। আর যদি আপনার ভেতরে সেই মূলগত গুণ থাকে তাহলে কোনো রকম পরামর্শ ছাড়াই এই পুস্তক পড়ে আপনি লাভবান হোতে পারবেন।

   সেই মন্ত্রপূত গুণ কি? **সেটা হল আপনার মধ্যে শেখার গভীর ইচ্ছা, চিন্তা ত্যাগ করে সুখে জীবন অতিবাহিত করার ইচ্ছা।**

   আপনি কিভাবে এই ইচ্ছা বিকসিত করবেন? ক্রমাগত নিজেকে এটা বোঝানোর চেষ্টা করুন যে, এই সিদ্ধান্ত আপনার জন্য কতটা জরুরি। একবার কল্পনা করুন, এই সিদ্ধান্ত নিজের জীবনে প্রয়োগ করার পর আপনার জীবন অনেক সমৃদ্ধশালী ও সুখময় হয়ে উঠেছে। নিজেকে বারংবার বলুন, **'এই পুস্তকে যে প্রাচীন সত্য ও শাশ্বত সত্যের উল্লেখ আছে তা নিজের জীবনে দীর্ঘ সময়ের জন্য গ্রহণ করতে পারলে আমার মন শান্ত হবে, আমার সুখ, আমার সুস্থতা, হয়তো বা আমার উপার্জনও আগে থেকে বৃদ্ধি পাবে।'**

2. প্রতিটা অধ্যায় প্রথমে দ্রুত গতিতে পড়ুন, যাতে করে, মোটামোটা বিষয় গুলি আপনি বুঝতে পারেন। তারপরেই হয়তো আপনার পরের অধ্যায়টা পড়ার ইচ্ছা জাগ্রত হবে, কিন্তু একটা কথা মনে রাখবেন মনোরঞ্জনের জন্য এই বই পড়বেন না। আপনি যদি সত্যিই চিন্তা দূর করে সুখে জীবন অতিবাহিত করতে চান, তাহলে **পুনরায় প্রতিটা অধ্যায় মন দিয়ে পড়ুন**। পড়ে আপনি বুঝতে পারবেন যে, এইভাবে চলার ফলে আপনার সময়ও বেঁচেছে আর তার জন্য অনেক ভালো পরিণামও লাভ করেছেন।

3. **আপনি যা পড়ছেন, পড়ার সময় সেই গুলি নিয়ে বিচার করার জন্য একটু দাঁড়িয়ে যান**। প্রতিটা পরামর্শ আপনি নিজের জীবনে কিভাবে প্রয়োগ করবেন, তা একবার ভেবে দেখুন। আপনি যদি দ্রুততার সাথে বইটা শেষ না করে, এইভাবে পড়েন, তাহলে অনেক বেশি লাভবান হবেন।

4. **পেন্সিল, পেন, ম্যাজিক মার্কার বা হাইলাইট হাতে নিয়ে বই পড়তে বসুন। যে পরামর্শটা আপনার ঠিক বলে মনে হচ্ছে, সেটার নিচে আপনি লাইন টেনে দিতে পারেন।** যে পরামর্শটা আপনার খুব বেশি উপযোগি বলে মনে হবে, তার নিচে মোটা করে দাগ কাটতে পারেন, বা সেই লাইনের সামনে চারটে স্টারও এঁকে দিতে পারেন। লাইনের নিচে দাগ দিতে থাকলে তা অনেক বেশি আকর্ষণিয় হয়ে যায়, যখন পুনরায় আপনি এই বই পড়বেন, তখন আপনার খুবই সুবিধা হয়ে যাবে।

5. আমি এমন একজন মহিলাকে জানি, যে গত পনেরো বছর ধরে একটা বীমা কম্পানীতে ম্যানেজার হিসাবে কাজ করছিল। প্রত্যেক মাসে তার কম্পানীর দ্বারা জারী করা বীমা অনুবন্ধ সেই পড়ত। মাসের পর মাস ধরে, বছরের পর বছর ধরে সেই এই কাজ করত। কেনো? কারণ তার অভিজ্ঞতা তাকে বলে দিয়েছিল যে, এই একটা মাত্র উপায়ের দ্বারাই সে নিজের অনুবন্ধের প্রতিটা নিয়ম মনে রাখতে সক্ষম ছিল।

   একবার পাবলিক স্পীকিং কলার ওপর একটা বই লিখতে আমার প্রায় দুই বছর সময় লেগেছিল। তা সত্ত্বেও, আমাকে বারংবার পিছনের অধ্যায় পড়তে হচ্ছিল, তাতে করেই পিছনে কি লেখা ছিল, তা আমি মনে রাখতে পারছিলাম। আমরা কত শীঘ্র ভুলে যেতে পাড়ি, সেটা ভেবেও অবাক লাগছিল।

   আপনি যদি, এই বই থেকে দীর্ঘ সময়ের জন্য লাভবান হোতে চান, তাহলে এটা ভাববেন না যে, শুধুমাত্র একবার তাড়াহুড়ো করে পড়লেই আপনার কাজ হয়ে যাবে। একবার সম্পূর্ণ মন দিয়ে পড়ার পর, প্রায় প্রতি মাসেই পুনরায় পড়তে হবে। নিজের পড়ার টেবিলে রাখুন, আর সময় পেলেই চোখ বোলান। নিজেকে এটা বোঝান যে, এতে করে, আপনার সামনে সম্ভাবনার কতগুলি পথ খুলে যাচ্ছে। মনে রাখবেন, ক্রমাগত পড়া এবং সেই অনুসারে চলতে পারলে তবেই তা আপনার অভ্যাসে পরিণত হবে। তাতে করে সিদ্ধান্ত গুলি আপনার অবচেতন মনে জায়গা করে নেবে। এছাড়া আর কোনো উপায় নেই।

6. বার্নাড শ একবার বলেছিলেন, 'আপনি যদি কাউকে কিছু শেখাতে চান, তাহলে সে কখনই তা শিখবে না।' শ কথাটা ঠিকই বলেছিলেন। শেখা একটা সক্রিয় প্রক্রিয়া। আমরা প্রত্যেকেই ধীরে ধীরে শিখি। আপনি যদি এই

বইয়ের সিদ্ধান্ত গুলিকে আত্মসাৎ করতে চান, তাহলে আপনাকেই কিছু করতে হবে। প্রতিটা ক্ষেত্রে এই নিয়মের প্রয়োগ করুন। আপনি যদি তা না করেন, তাহলে অতি শীঘ্র তা ভুলে যাবেন। মাথায় সেই বিচার গুলিই ঘোরাফেরা করে, যেগুলি আমরা প্রয়োগ করে থাকি।

হয়তো সর্বদা এমন পরামর্শ মেনে চলা আপনার জন্য কঠিন বলে মনে হোতে পারে। আমি এই বইয়ের রচয়িতা, তা সত্ত্বেও এই সিদ্ধান্ত গুলি মেনে চলা আমার জন্যও অনেক সময় কঠিন হয়ে যায়। যখন বইটা পড়বেন, তখন এটা মনে রাখবেন যে, আপনি শুধুমাত্র কিছু জানার জন্য বইটা পড়ছেন না, বরং কিছু নতুন অভ্যাস গড়ে তোলার জন্য বইটা পড়ছেন। আপনি নতুন জীবন শৈলী গ্রহণ করার চেষ্টা করছেন। এই সময় যেটা প্রয়োজন সেটা হল, দৈনন্দিন চেষ্টা ও মনযোগিতা।

প্রায়ই এই পৃষ্ঠা গুলি পড়ে দেখুন। মনে রাখবেন চিন্তা দূর করার এটা একটা ওয়ার্কিং হ্যান্ডবুক আর যখনই আপনার সামনে কোনো প্রতিযোগিতা মূলক সমস্যা আসবে, তখন আপনি একদম উত্তেজিত হবেন না। আবেগের সাথে কিছু করতে গেলে তা সাধারণত ভুলই হয়, স্বাভাবিক প্রতিক্রিয়াও ব্যক্ত করবেন না। এর পরিবর্তে আপনি এই বইয়ের যে লাইন গুলিতে দাগ দিয়ে রেখেছেন, সেগুলির দিকে তাকান। তারপর নতুন পদ্ধতি মেনে নিন, তারপর দেখুন সেই বাক্য গুলি আপনার জীবনে কিভাবে জাদু সৃষ্টি করছে।

7. **আপনার পরিবারের সদস্যদের সামনে এই প্রস্তাব রাখুন যে, যখনই কোনো নির্দ্দিষ্ট সিদ্ধান্ত লঙ্ঘন করার সময় আপনাকে তারা ধরতে পারবে, তখনই আপনি তাদের এক টাকা দেবেন, তাহলে দেখবেন, তারা আপনাকে কাঙাল করে দিয়েছে।**

8. এই পুস্তকের 22 নং. অধ্যায় পড়লে আপনি বুঝবেন যে, কিভাবে ওয়াল স্ট্রীটের ব্যাঙ্কার এইচ.পী. হবেল এবং ফ্র্যাঙ্কিলন নিজেদের ভুল সংশোধন করেছিল। আপনিও ফ্র্যাঙ্কলিং এবং হবেলের টেকনিকের প্রয়োগ করে কেনো দেখছেন না। তাতে করে এই পুস্তকে দেওয়া পরামর্শ গুলি যখন আপনি প্রয়োগ করবেন, তখন সেগুলি বিচার করে দেখতে পারবেন। আপনি যদি এইভাবে চলতে পারেন, তাহলে পরিণাম স্বরূপ দুটি বিষয় লক্ষ্য করতে পারবেন

প্রথম বিষয় এমন একটা শিক্ষা গ্রহণের সুযোগ আপনি পাবেন, যা খুবই আকর্ষনীয় এবং মজাদার।

দ্বিতীয় বিষয় ইউক্ল্যালিপটাস গাছ যেমন দ্রুত গতিতে বৃদ্ধি পায়, আপনার চিন্তা ত্যাগ করে সুখে থাকার প্রবনতাও ততটাই দ্রুত গতিতে বৃদ্ধি পাবে।

9. একটা ডায়রি বানিয়ে নিন - তাতে আপনি এই বই থেকে প্রাপ্ত অসাধারণ শিক্ষা গুলি লেখার সাথে সাথে তা আপনার জীবনের জন্য কতটা উপকারি তাও লিখে রাখতে পারেন। সম্পূর্ণ স্পষ্টভাবে লিখুন। নাম, তারিখ ও পরিণামেরও উল্লেখ করুন। এইভাবে রেকর্ড রাখলে আপনি আরো বেশি কিছু করার প্রেরণা পাবেন। কয়েক বছর পরে একটা সন্ধ্যায় বসে এই রেকর্ড গুলি দেখলে আপনার নিজের মধ্যেই একটা রোমাঞ্চকর অনুভূতির সৃষ্টি হবে।

সংক্ষেপে

পুস্তক থেকে লাভবান হওয়ার উপায়

1. চিন্তা দূর করার সিদ্ধান্ত গুলিকেগ্রহণ করার প্রবল ইচ্ছা জাগ্রত করুন।
2. পরবর্তি অধ্যায়ে যাওয়ার আগে প্রতিটা অধ্যায় পুনরায় পড়ুন।
3. পড়ারসময় যেকোনো পরামর্শকিভাবে আপনি নিজের জীবনেগ্রহণ করবেন, তা নিয়ে একটু ভেবে দেখুন।
4. প্রতিটা গুরুত্বপূর্ণ বিচার গুলি চিহ্নিত করার চেষ্টা করুন।
5. প্রতি মাসে এই বইটি পুনরায় পড়ে দেখুন।
6. যখনই সময় পাবেন, তখনই এই সিদ্ধান্ত গুলি প্রয়োগ করে দেখার চেষ্টা করুন। 'ওয়ার্কিং হ্যান্ডবুকের' মতোই এই পুস্তকের ব্যবহার করুন, তাতে করে আপনি দৈনন্দিন সমস্যা গুলির সমাধান করার সুযোগ পাবেন।
7. আপনি যদি কোনো সিদ্ধান্ত উল্লঙ্ঘন করেন, তাহলে তার জন্য আপনার বন্ধুকেএকটাকা করে দেওয়ারপ্রতিশ্রুতি দিন, আর এইভাবেই খেলার ছলে আত্মসংশোধনের চেষ্টা করুন।
8. প্রতি সপ্তাহে আপনি কতটা এগাতে পেড়েছেন, তা মূল্যাঙ্কন করে দেখুন। আপনি কি কি ভুল করেছেন, তা নিজেকেই জিজ্ঞাসা করুন। আপনি নিজেকে কতটা সংশোধন করতে পেরেছেন, আর আপনার ভবিষ্যৎ কতটা আলোকিত হল তা লক্ষ্য করে দেখুন।
9. এই পুস্তকের সাথে সাথে একটা ডায়রিও নিজের কাছে রাখুন, তাতে এই পুস্তক থেকে শেখা সিদ্ধান্ত গুলিকে আপনি কিভাবে প্রয়োগ করেছেন, তা লিখে রাখার চেষ্টা করুন।

প্রথম ভাগ

চিন্তার মূল
কারণ

1

আজকের দিন কেমনভাবে কাটাবেন

দূরে ধোঁয়াশার মধ্যে কি লুকিয়ে আছে, তা দেখানো আমার কাজ নয়, বরং যা সামনে আছে, সেটার দিকে তাকানোই আমার কাজ।

1871 সালের বসন্ত কাল, এক যুবক একটা বই হাতে নিয়ে 21 টি শব্দ পড়ে, সেগুলি ছিল এমন কিছু শব্দ, যা তার ভবিষ্যৎ জীবনে গভীর প্রভাব সৃষ্টি করেছিল। মেডিকেলের এই ছাত্র জেনারেল হাসপাতালে ছিল। পরীক্ষা কিভাবে পাশ করবে, তা নিয়ে সে যথেষ্ট চিন্তিত ছিল। পরীক্ষায় পাশ করার পর সে কোথায় যাবে, কি করবে, কিভাবে নিজের ডাক্তারির প্রাক্টিস করবে তা নিয়েও সে খুবই উদ্বিগ্ন ছিল।

1871 সালে এই যুবক মাত্র 21 টা শব্দ পড়েছিল, তার সাহায্যেই সে সেই প্রজন্মের সবচেয়ে বিখ্যাত ডাক্তার হয়ে উঠতে পেড়েছিল। বিশ্ববিখ্যাত হপকিন্স স্কুল অফ মেডিসিন শুরু করেছিল। অক্সফোর্ডের রেজিয়াস প্রফেসারও হয়, ব্রিটিশ রাজত্বে তা ছিল যেকোনো ডাক্তারের কাছে সবচেয়ে বড়ো সম্মান। ইংল্যান্ডের সম্রাট তাকে '**নাইট**' উপাধিতে ভুষিত করেছিল। তার মৃত্যুর পর তার জীবনী নিয়ে 1466 পৃষ্ঠার বই লেখা হয়েছিল, যা দুটি ভাগে প্রকাশ করার প্রয়োজন দেখা দিয়েছিল।

এই যুবক পরবর্তি কালে শ্যার উইলিয়াম নামে বিখ্যাত হয়ে উঠেছিলেন। 1871 সালের বসন্ত কালে সে যে 21 টি শব্দ পড়েছিলেন, তার থেকে সে একটা 'চিন্তামুক্ত' জীবন অতিবাহিত করার সুযোগ লাভ করেন। **'দূর ধোঁয়াশার মধ্যে কি আছে, তা দেখা আমাদের কাজ নয়, আমাদের কাজ হল সামনে কি আছে, তা দেখা।'**

42 বছর বাদে, যখন একটা সুন্দর বসন্তের রাত ক্যাম্পাস জুড়ে সুন্দর টিউলিপ

ফুটিয়ে তুলছিল, সেই সময় শ্যার উইলিয়াম অস্লর ওয়েল বিশ্ববিদ্যালয়ের ছাত্রদের উদ্দেশ্যে কিছু বলছিলেন। তিনি বলেছিলেন যে, সবাই হয়তো মনে করে যে, তিনি যেহেতু চারটি বিশ্ববিদ্যালয়ের প্রফেসার এবং একটা বিখ্যাত পুস্তকের রচয়িতা তাই তিনি হয়তো 'বিশেষ কোনো বুদ্ধির অধিকারী', কিন্তু সে কথা একেবারেই ঠিক নয়, তাঁর বন্ধুরা জানত যে, তিনি একেবারেই **'সাধারণ বুদ্ধির অধিকারী' একজন'** যুবক।

তাঁর এই সফলতার পিছনে কি রহস্য লুকিয়ে ছিল? তিনি বলেন যে, তিনি প্রতিটা দিন, অর্থাৎ বর্তমানকে সম্বল করেই জীবন অতিবাহিত করতেন। এই কথার অর্থ কি ছিল? এই ভাষণ প্রদানের কয়েক মাস আগে শ্যার ইউলিয়াম জাহাজে চেপে আটলান্টিক সাগর পার করছিলেন। জাহাজের ক্যাপ্টেন পুলের ওপর একটা বোতাম টেপে, মেশিন থেকে আওয়াজ আসে, আর শীঘ্রই জাহাজের ভাগ একে অপরের থেকে আলাদা আলাদা হয়ে যায় - অর্থাৎ তা ওয়াটারটাইট কম্পার্টমেন্ট হয়ে গেছিল। ড. ইউলিয়াম ছাত্রদের উদ্দেশ্যে বলেন, 'এই বড়ো জাহাজের তুলনায়, আপনাদের অনেক বেশী আশ্চর্যজনক রূপে সৃষ্টি করা হয়েছে, আর একটা কথা মাথায় রাখবেন, 'ডে-রাইট কম্পার্টমেন্টে' যাত্রা করাই সবচেয়ে বেশি সুরক্ষিত। পুলে গিয়ে দেখুন জাহাজের দরজার কাজ হচ্ছে, একটা বোতাম টিপুন, তাহলেই দেখতে পাবেন প্রতিটা মুহূর্তে লোহার দরজা আপনার বিগত কালের দরজা বন্ধ করে দিচ্ছে, তাতে আপনার অতীত চাপা পড়ে যাচ্ছে। আর একটা বোতাম টিপুন, তাতে লোহার দরজার মধ্যে আপনার ভবিষ্যৎ লুকিয়ে আছে- তার পিছনে সেই কাল আছে, যা এখনও জন্মায়নি। আর আপনি বর্তমানে সুরক্ষিত ভাবে দাঁড়িয়ে আছেন। ...অতীতের দরজা বন্ধ করে দিন। তাকে একটা শবের মতো চাপা দিয়ে দিন। কারণ মূর্খের মতো এই রাস্তার দিকে তাকানোর মানে মৃত্যুর দিকে এগিয়ে যাওয়া। ... 'আগামী কালের বোঝার সাথে যদি অতীতের বোঝা একত্রিত করে ওঠানোর চেষ্টা করেন, তাহলে অনেক শক্তিশালী ব্যক্তিত্বও টলমল হয়ে যেতে পারে। ভবিষ্যৎকেও অতীতের মতো খুব জোরে বন্ধ করে দিন... আপনার ভবিষ্যৎই হল বর্তমান, কাল কখনই ফিরে আসবে না। মনুষ্যের মুক্তির দিন আজ, এখন। ভবিষ্যতের চিন্তা করার মানে হল উর্জার অপচয় করা, মানসিক চাপ বৃদ্ধি করা, যা মানুষের আবেগ প্রবন মনকে ধ্বংস করে দেয়...তাই সমস্ত দরজা বন্ধ করে দিন। যা হয়ে গেছে বা যা আসতে চলেছে তা নিয়ে ভাববেন না। 'ডে-টাইট কম্পার্টমেন্ট' -এর জীবন অতিবাহিত করার অভ্যাস গড়ে তুলুন।'

ড. উইলিয়াম কি বলতে চেয়েছিলেন, আমাদের ভবিষ্যতের জন্য প্রস্তুত থাকা উচিত নয়? না, তা একেবারেই না। আসলে তিনি এই ভাষণে এটাই বলতে চেয়েছিলেন যে, কালকের জন্য প্রস্তুত হওয়ার সবচেয়ে ভালো উপায় হল, নিজের সমস্ত বুদ্ধি ও উৎসাহ দিয়ে আজকের কাজ সম্পূর্ণ করা। হয়তো একমাত্র এই উপায়েই, ভবিষ্যতের জন্য সবচেয়ে ভালো করে প্রস্তুতি নেওয়া যেতে পারে।

ড. উইলিয়াম ছাত্রদের উদ্দেশ্যে বলেছিলেন যে, তারা যেন যীশু খ্রীষ্টের প্রার্থনা করে, নিজেদের দিন শুরু করে, **'আমাকে আজকের খাবার প্রদান করুন।'**

ধ্যান দিন, প্রার্থনার সময় আজকের খাবার চাওয়া হচ্ছে। কাল যে রুটি খেয়েছে, তা বাসী ছিল এমন কোনো অভিযোগ কিন্তু করা হয়নি। তাতে এটাও বলা হয়নি যে, 'হে প্রভু, এখন গম হওয়ার সময়, কিন্তু ঠিক মতো বৃষ্টি হচ্ছে না, তাহলে ভালো ভাবে গম হবে না, সামনের বছর তো আকাল দেখা দেবে, তাহলে সামনের বছর রুটি পাব কোথা থেকে? বা এটাও বলা হয়নি যে, চাকরি চলে গেলে, খাবার খাব কোথা থেকে?'

না, প্রার্থনায় শুধু আজকের খাবারই চাওয়া হচ্ছে, আজকের খাবার পাওয়াটাই সব, সেটাই আমরা খেতে পারব।

বহু বছর ধরে একজন গরিব দার্শনিক পথে পথে ঘুরে বেরাচ্ছিল। সেই অঞ্চলের লোকেদের জীবন অতিবাহিত করা খুবই কঠিন হয়ে উঠেছিল। একদিন এক পাহাড়ে তার চারদিকে প্রচুর লোক জমায়েত হয়ে যায়। সেই সময় সে যে ভাষণ দিয়েছিল, তা আজও পৃথিবীর কয়েকটা বিখ্যাত ভাষণের মধ্যে অন্যতম হয়ে আছে, আজও বহু স্থানে তার উল্লেখ করা হয়। সেই ভাষণে বলা 26 টা শব্দ আজও কানের মধ্যে বাজে, 'ভবিষ্যৎ নিয়ে কোনো বিচার করো না, কারণ কাল নিজেই নিজের বিচার করে নেয়। আজকের খারাপটা আজকের জন্যই যথেষ্ট।'

'ভবিষ্যৎ কাল নিয়ে কোনো বিচার করো না।' কিছু লোক যীশু খ্রীষ্টের এই মত মানতে রাজি নয়। এমন লোকেরা মনে করে যে, 'ভবিষ্যতের বিচার করতেই হবে, পরিবারের সুরক্ষার কথা ভেবে বীমা করাটা খুবই জরুরি। বৃদ্ধাবস্থার কথা ভেবে অর্থ সঞ্চয় করে রাখাটাও জরুরি। সামনে এগিয়ে চলার পরিকল্পনা করতে হবে আর সেই অনুসারেই প্রস্তুতি নিতে হবে।'

এটা তো ঠিকই, এমনটা তো করাই উচিত। 300 বছর আগে যীশু খ্রীষ্টের বলা এই কথা গুলির অনুবাদ, আজকের যুগে হয়তো গুরুত্বহীন হয়ে উঠেছে, সেটা ছিল জেম্সের সময়। 300 বছরের আগেকার বিচার গুলি হয়তো সেই

যুগের প্রেক্ষিতে মূল্য হীন হয়ে গেছে। বাইবেলের আধুনিক সংস্করণ যীশু খ্রীষ্টের বিচার গুলিকে হয়তো আরো সঠিক রূপে লিখেছে, 'আগামী দিনের কোনো চিন্তা করো না।'

আগামী দিনের কথা অবশ্যই ভাবতে হবে। সাবধানতার সাথে তার বিচার করতে হবে। পরিকল্পনা করুন, তা নিয়ে বিচার করুন, কিন্তু তা নিয়ে চিন্তা করবেন না।

দ্বিতীয় বিশ্বযুদ্ধের সময়তেও আমাদের সেনাপতি আগামী দিনের জন্য পরিকল্পনা করেছিল, কিন্তু তার হাতে চিন্তা করার মতো সময় ছিল না। আমেরিকার নৌসেনাপতি এডমিরল অর্নেস্ট জে. কিঙ্গ বলেছিল, 'আমি শ্রেষ্ঠ সৈন্যদের হাতে শ্রেষ্ঠ হাতিয়ার তুলে দিয়েছি, সেই সাথে সর্বশ্রেষ্ঠ রণনীতি গড়ে তুলেছি। আমি শুধুমাত্র এইটুকুই করতে পারি।'

'যদি কোনো জাহাজ ডুবে যায়, তা আর ফিরিয়ে আনা সম্ভব না। যেটা ডোবার সেটাকে আমি কিছুতেই বাঁচাতে পারব না। কাল কি হয়ে গেছে সেই সমস্যা নিয়ে ভাবার পরিবর্তে, আগামী কালের সমস্যা গুলিকে কিভাবে কাটিয়ে ওঠা সম্ভব সেই নিয়ে ভাবাটাই বেশি জরুরি। আমি যদি চিন্তা করতে শুরু করি, তাহলে বেশি দিন টিঁকতে পারব না।'

যুদ্ধ হোক বা শান্তি, ভালো-মন্দের চিন্তাটাই হল সবচেয়ে বড়ো কথা। ভালো চিন্তা কারণ ও পরিণাম নিয়ে বিচার করে আর তার পরিকল্পনা যুক্তি সঙ্গত ও সৃজনশীল হয়, কু-চিন্তা মানসিক চাপ ও নার্ভাস ব্রেকডাউনের কারণ হয়ে দাঁড়ায়।

'দ্যা নিউইয়ার্ক টাইমস'-এর মতো বিশ্ববিখ্যাত সংবাদপত্রের প্রকাশক আর্থকহেস সুল্‌জবর্গের সাক্ষাৎকার নেওয়ার সুযোগ আমার হয়েছিল। তিনি বলেছিলেন, ইওরোপে যখন দ্বিতীয় বিশ্বযুদ্ধ চলছিল, সেই সময় ভবিষ্যৎ-এর কথা ভেবে তিনি এতটাই চিন্তিত থাকতেন যে, তাঁর ঘুম আসত না। তিনি প্রায় দিনই অর্ধেক রাত্রিরে উঠে ক্যানভাস ও ব্রাশ নিয়ে বসে যেতেন। আয়নায় নিজের প্রতিচ্ছবি দেখে, নিজেকেই আঁকার চেষ্টা করতেন, তিনি পেন্টিঙ্গ সম্পর্কে সে রকম কিছুই জানতেন না, শুধুমাত্র নিজের চিন্তা দূর করার জন্যই পেন্টিঙ্গ করতেন। সুল্‌জবর্গর বলেছিলেন, যতক্ষণ না নিজের চিন্তা দূর করা সম্ভব, ততক্ষণ পর্যন্ত শান্তি পাওয়া অসম্ভব। নিজের জীবনে শান্তি ফিরিয়ে আনার জন্য তিনি কয়েকটা লাইনকে সম্বল করে নিয়েছিলেন -

'আমার জন্য একটা পদক্ষেপই যথেষ্ট।'
দয়ার সাথে আলো দেখিয়ে..., গন্তব্য দেখাও,
আমার পা যেন স্থির থাকে, আমি তোমাকে দূরের দৃশ্য
দেখাতে বলব না, আমার জন্য একটা পদক্ষেপই যথেষ্ট।

সেই সময় ইউনির্ফম পরা ইওরোপের এক যুবক, এই একই পাঠ পড়ছিল। তার নাম ছিল টেড বেঞ্জরমিনী আর সে থাকত বাল্টীমোরে। সে নিজের চিন্তাতেই যুদ্ধের সমস্ত ক্লান্তি দূর করতে সক্ষম হয়েছিল।

টেড বেঞ্জরমিনী লিখেছিল - 1945 সালের এপ্রিল মাস, আমি যতক্ষণ না অসুস্থ হয়ে পড়েছি, ততক্ষণ পর্যন্ত চিন্তা করে গেছি। ডাক্তারের মতে আমার 'স্প্যাস্মোডিক ট্রান্সওয়ার্স কোলোন' এর সমস্যা ছিল - খুব যন্ত্রণা হোত। যুদ্ধ সেই সময় শেষ না হয়ে গেলে, আমার শরীর বোধ হয় একেবারেই ভেঙে যেত আর তা ব্রেক ডাউনের শিকার হয়ে যেত।

'আমার শরীর নিথর হয়ে গেছিল। 94 তম ইন্ফেন্ট্রী ডিভীজনের গ্রেব্জ রেজিস্ট্রেশান, নন-2 কমীশন্ড অফিসার ছিলাম আমি। যুদ্ধে যারা মারা গেছে বা হারিয়ে গেছে এবং যারা হাসপাতালে ভর্তি আছে, তাদের রেকর্ড ঠিক রাখাই ছিল আমার কাজ। যুদ্ধের সময় তাড়াহুড়ো করে যে মৃতদেহ গুলি কবর দিয়ে দেওয়া হোত, সেগুলি বার করাই ছিল আমার কাজ। এই মৃতলোকেদের ব্যক্তিগত জিনিস-পত্র একত্রিত করতে হোত, আর তা যাতে তাদের বাবা-মা বা নিকট আত্মীয়দের কাছে পৌঁছে যায়, সেদিকেও খেয়াল রাখতে হোত, কারণ তারা সেগুলিকে যত্ন করে রাখবে। যেন কোনো সমস্যা না হয়ে যায়, সেই নিয়ে আমি সর্বদা উদ্বিগ্ন থাকতাম, মৃতদেহ গুলি ঠিক মতো বার করা নিয়েও চিন্তা থাকত। 16 মাসের ছেলেকে নিজের কোলে নিয়ে খেলানোর জন্য আমি বেঁচে থাকব তো ? আমি তাকে তখনও চোখে পর্যন্ত দেখিনি। ক্লান্তি আর চিন্তার কারণে আমার 34 পাউন্ড ওজন কমে গেছিল। উত্তেজনার চাপে আমি প্রায় পাগল হয়ে যাচ্ছিলাম। আমার শরীর যেন হাড়ের কাঠামোর ওপর চামরার পরতে পরিণত হয়েছিল। এই শরীর নিয়ে কিভাবে বাড়ি যাব বুঝতে পারছিলাম না, বাচ্চাদের মতো ভয় পেতে শুরু করি। একা থাকলে চোখে জল ছাড়া কিছুই থাকত না। সুস্থ হওয়ার আশা আমি মন থেকে ত্যাগ করেছিলাম।

আমি সৈন্যদের হাসপাতালে ভর্তি হয়ে যাই। ডাক্তারদের পরামর্শ আমার জীবনকে একেবারে বদলে দিয়েছিল। আমার শরীর পরীক্ষা করার পর বলা হয়

যে, সমস্ত অসুখটাই আমার মাথার। এক ডাক্তার আমাকে বলেন, '**টেড, আমি চাই তুমি নিজের জীবনটাকে বালির ঘড়ি বলে মনে কর। তুমি তো জানোই, বালির ঘড়ির ওপরের অংশে সহস্রাধিক বালি কণা থাকে। তা ধীরে ধীরে সমান গতিতে মধ্যের ছোটো ছিদ্র দিয়ে নির্গত হোতে থাকে। আমরা যাই করি না কেনো, এই ছিদ্র দিয়ে কিছুতেই সেই গতির থেকে দ্রুততর রূপে বালি নির্গত করতে পারব না। আপনি, আমি আমরা সমস্ত মানুষই এই বালির ঘড়ির মতো। সকালে ঘুম থেকে ওঠার পরেই আমাদের মনে হয় যে, একদিনে আমাদের হাজার কাজ করতে হবে কিন্তু একবারে একটার বেশি কাজ করা সম্ভব না, তাই যদি আমরা ধীরে-ধীরে এক সমান গতিতে একের পর এক কাজ না করি, তাহলে অবশ্যই আমাদের শরীর ও মনের ওপর চাপ পড়বে, আর আমাদের সম্পূর্ণ কাঠামো টুকরো-টুকরো হয়ে যাবে।**'

'ডাক্তারের কথা শোনার পর, সেই দর্শণ আমার মনে গেঁথে যায়। '**একবারে একটাই বালুকণা অর্থাৎ একটা সময় একটাই কাজ।**' যুদ্ধের সময় এই পরামর্শ আমার শারীরিক ও মানসিক কষ্ট দূর করেছিল, আর তার ফলেই আমি এডভার্টাজিঙ্গ প্রিন্টিঙ্গ এন্ড অফসেট কম্পানী ইঙ্কে পাবলিক রিলেশান্স এন্ড এডভর্টাইজিঙ্গ ডায়রেক্টরের বর্তমান পদে পৌঁছাতে পেরেছিলাম। ব্যবসাতেও যুদ্ধের মতো একই সমস্যা ছিল, অর্থাৎ একসাথে অনেক গুলি কাজ করতে হোত। তা করার জন্য সময় ও স্টাফ দুইই কম ছিল। সেই সময় আপনি চাপ না নিয়ে ডাক্তারের বলা কথা গুলি মনে করতাম, 'একবারে একটাই কাজ।' এই শব্দটা বারংবার বলার জন্য আমার সমস্ত দ্বিধা কেটে যায় এবং আমি সমস্ত কাজ সুন্দর ভাবে করতে সক্ষম হোতাম।'

আজকের জীবন শৈলীর সমচেয়ে ভয়ানক টিপ্পনী হল, একবার হাসপাতালের অর্ধেকের বেশী বেডে মানসিক দিক দিয়ে বিপর্যস্ত লোকেরা ভরে ছিল, বিগত অতীত আর ভয়ঙ্কর ভবিষ্যতের কল্পনা তাদের বর্তমানকে তছনছ করে দিয়েছিল। তারা যদি যীশু খ্রীষ্টের সেই বাণী স্মরণে রাখত, তাহলে নিজেরাই বোধ হয় নিজেদের সুস্থ রাখতে সক্ষম হোত, '**ভবিষ্যতের চিন্তা করো না।**' শ্যার উইলিয়ামও একই কথা অন্যভাবে বলেছিলেন, '**শুধু আজকের কথা ভাব।**'

আজ আমি এবং আপনি দুজনেই দুটি শাশ্বত ধারার সঙ্গমে দাঁড়িয়ে আছি। এই দুটি শাশ্বত ধারার একটাতেও আমরা টিঁকতে পারব না, তাহলে সেই গুলি নিয়ে চিন্তা করে, শরীর ও মনকে ক্ষতিগ্রস্থ করে লাভ কি? তাই আসুন যে সময়টা

আমরা অতিবাহিত করছি, সেই সময়টা সন্তোষজনক ভাবে অতিবাহিত করার চেষ্টা করি। সকালে ঘুম থেকে উঠে রাতে শুতে যাওয়া পর্যন্ত সময়টাকে সন্তোষের সাথে অতিবাহিত করার চেষ্টা করুন। রবার্ট লুঈ স্টীভেন্সন লিখেছিলেন, **'যত ভারী বোঝাই হোক না কেনো, মানুষ রাত পর্যন্ত তা অবশ্যই ওঠাতে সক্ষম হবে। সূর্যাস্ত না যাওয়া পর্যন্ত যেকোনো মানুষই প্রসন্নতা, ধৈর্য্য, প্রেম, শান্তিতে জীবন অতিবাহিত করতে পারে, এটাই জীবন যাপনের সঠিক অর্থ।'**

হ্যাঁ, জীবন সর্বদা এমনটাই আশা করে, কিন্তু মিসেজ ঈ.কে. শীল্ড্স শুতে যাওয়ার আগেই জীবনের প্রতি এতটাই হতাশ হয়ে গেছিল যে, সে আত্মহত্যা করবে বলে ঠিক করে ফেলেছিল। মিসেজ শীল্ড্স নিজেই আমাকে তার জীবনের ঘটনা বলেছিলেন, '1937 সালে আমার স্বামী মারা যায়। তখন আমি খুবই হতাশ হয়ে গেছিলাম, কারণ আমার কাছে তখন একদম টাকা-পয়সা ছিল না। আমি তখন আমার আগের অফিসের মালিক মিস্টার লিয়ন রোচকে চিঠি লিখি, আমি আগের চাকরি ফিরে পাই। আমি গ্রাম বা কসবার স্কুলের বোর্ডিঙ্গ গুলিতে 'ওয়ার্ল্ড বুক্স' বিক্রী করে নিজের সংসার চালাতাম। দুই বছর আগে স্বামী অসুস্থ হয়ে পরায় গাড়ি বিক্রী করে দিতে হয়েছিল। খুব কষ্টে কিছু পয়সা জোগার করে, আমি কিস্তীতে একটা সেকেন্ড হ্যান্ড গাড়ি কিনে নিই। কারণ পুনরায় বই বিক্রী করার কাজটা শুরু করা দরকার হয়ে পড়েছিল।'

'তখন মনে হয়েছিল যে, এবার হয়তো আমার সমস্ত হতাশা কেটে যাবে, কিন্তু একা গাড়ি চালানো ও একা থাকার কষ্ট আর সহ্য হচ্ছিল না। এলাকায় এমন কিছু জায়গা ছিল, যেখানে বেশী বিক্রী হোত না। গাড়ির কিস্তী দেওয়াও আমার কাছে কষ্টকর হয়ে উঠেছিল, যদিও সেই কিস্তীর টাকা খুবই কম ছিল।

1938 সাল, আমি তখন মিসূরীতে কাজ করছিলাম। সেখানকার স্কুল গুলিতে অর্থাভাব ছিল, আর রাস্তাঘাটের অবস্থাও এত খারাপ ছিল যে, আমি আর সমস্যা সহ্য করতে পারছিলাম না, তখন আমার মাথায় আত্মহত্যা করার কথা এসেছিল। তখন মনে হয়েছিল, সফল হওয়া অসম্ভব। তখন আমার কাছে বেঁচে থাকার আর কোনো অর্থই ছিল না। সকালে ঘুম থেকে উঠে জীবনের সম্মুখীনতা করতে ভয় লাগত। তখন আমার সবকিছুতে ভয় করত- মনে হোত গাড়ির কিস্তী পরিশোধ করতে পারব না, মনে হোত বাড়ি ভাড়া দিতে পারব না, মনে হোত আমার কাছে খাওয়ার জন্যও কিছু থাকবে না। তখন শরীরও ধীরে ধীরে খারাপ হয়ে যাচ্ছিল, তখন মনে হোত চিকিৎসার জন্যই বা পয়সা আসবে কোথা থেকে। বোনের কথা

ভেবে আত্মহত্যা করতে পারিনি, আমি জানতাম আমি মারা গেলে ও খুবই দুঃখ পাবে আর তাছাড়া অন্তিম সংস্কার করার মতো অর্থও তখন আমার কাছে ছিল না।

সেই সময় একদিন আমি একটা প্রবন্ধ পড়ি, তা আমার জীবনের সমস্ত হতাশা টেনে বাইরে ফেলে দেয়, আর আমি নতুন করে বাঁচার প্রেরণা খুঁজে পাই। সেখানে একটা লাইন লেখা ছিল, **'বুদ্ধিমান মানুষের জন্য প্রতিটা দিনই হল একটা নতুন জীবন।'** আমি এই লাইনটা টাইপ করে নিজের গাড়ির আয়নায় লাগিয়ে দিই। গাড়ি চালানোর সময় সর্বদা আমি সেই লেখাটা পড়তাম। তখন আমি বুঝতে পেরি যে, একদিন বেঁচে থাকাটা এমন কিছু কঠিন কাজ নয়। আমি অতীতকে ভুলতে আর ভবিষ্যতের চিন্তা দূর করতে শিখে গেছিলাম। প্রতিদিন সকালে ঘুম থেকে উঠে নিজেকে বলতাম, **'আজ একটা নতুন জীবন।'**

'আমি একাকিত্ব ও দরিদ্র দুটি ভয়কেই জয় করতে সক্ষম হয়েছিলাম। এখন আমি সুখী ও সফল, আর সর্বদা উৎসাহের সাথে জীবন অতিবাহিত করার চেষ্টা করি। আমি জানি, জীবনে যত প্রতিবন্ধকতারই সম্মুখীনতা করতে হোক না কেনো, আমি পুনরায় আর কখনই ভয় পাব না। ভবিষ্যৎ নিয়ে চিন্তা করে ভয় পাওয়ার কোনো প্রয়োজন আমার নেই। আমি বুঝে গেছি যে, আজকের দিনটাই আমাকে অতিবাহিত করতে হবে, কারণ 'প্রতিটা সকাল মানে একটা নতুন জীবন।'

এই কবিতার রচয়িতা কে বলতে পারবেন ?

আজ শুধু তারাই খুশীতে আছে,
যারা আজকের দিনটাকে নিজের বলে দাবি করতে জানে।
যে আত্মবিশ্বাসের সাথে বলতে জানে যে,
'কাল, তোমার যা করার করো,
আমি আজকের দিনটা যাপন করে ফেলেছি।'

কথা গুলি শুনে আধুনিক বলে মনে হচ্ছে ? কিন্তু যীশু খ্রীষ্টের জন্মের তিরিশ বছর আগে রোমের কবি হোরেস এই লাইন গুলি লিখেছিলেন।

আসলে মানুষ জীবন যাপন করতে ভয় পায়, এটাই মানুষের জীবনের সবচেয়ে বড়ো সমস্যা। আসলে আমরা জানলার বাইরে দিয়ে তাকিয়ে গাছে ফুটে থাকা গোলাপের গন্ধ উপভোগ করতে জানি না, তার পরিবর্তে ভবিষ্যতের গোলাপী স্বপ্নের দিন নিয়ে বিভোর থাকতে চাই।

আমরা এত কেনো মূর্খ ? এই মূর্খামিই দুঃখের কারণ ?

'কী অদ্ভুত এই জীবন যাত্রা !' স্টীফন লীকক লিখেছিলেন, 'বাচ্চারা বলে

আমি যখন বড়ো হয়ে যাব।' বড়ো হওয়ার পরে বলে, 'আমি যখন রোজগার করতে শুরু করব।' রোজগার শুরু করার পর বলে, 'যখন আমার বিয়ে হয়ে যাবে।' বিয়ে হয়ে গেলে কি হয়? পুনরায় বিচার বদলে যায়, 'যখন আমি অবসর নিয়ে নেব।' অবসর নেওয়ার পর যখন পিছন ঘুরে তাকায় তখন তাদের গা ঠান্ডা হয়ে আসে এই ভেবে যে, কি জীবন তারা অতিবাহিত করেছে? মানুষ অনেক পরে বুঝতে পারে যে, জীবনের প্রতিটা মুর্হূত উপভোগ করতে হয়, প্রতিটা ঘন্টা, প্রতিটা দিন যাপন করতে জানতে হয়।'

ডেট্রাইটের স্বর্গীয় এডওয়ার্ড এস. ইভান্স চিন্তা করতে করতে মৃত্যুর মুখে পৌঁছে যায়, আর তখন সে বুঝতে পারে যে, '**বেঁচে থাকার জন্যই জীবনের প্রতিটা মুহূর্ত, সেই কারণে জীবনের প্রতিটা ক্ষণ উপভোগ করতে হয়।**' দরিদ্র এডওয়ার্ড প্রথমে খবরের কাগজ বিক্রী করত, তারপর একটা দোকানে কাজ করত। এরপর সাত জনের পরিবার টানতে সমস্যা হচ্ছিল বলে সে একটা লাইব্রেরির এসিস্টেন্ট লাইব্রেরিয়ান হয়ে যায়। বেতন কম হলেও আট বছর এই চাকরি করে, কারণ চাকরি ছাড়তে সে ভয় পেত, শেষ পর্যন্ত সে সাহস করে নিজের ব্যবসা শুরু করে। মাত্র 55 ডলার পুঁজী সম্বল করে, সে এমন একটা ব্যবসা শুরু করেছিল, যে তার থেকে বছরে 20 ডলার আমদানী হোতে শুরু করে। সেই সময়তেই একটা অপ্রত্যাশিত দুঃখ জনক ঘটনা ঘটে। সে যে বন্ধুর জামানত ছিল, সে হঠাৎই দেউলিয়া হয়ে যায়, আর তারপর একের পর এক বিপত্তি দেখা দেয়। যে ব্যাঙ্কে পয়সা জমা ছিল, সেই ব্যাঙ্কও দেউলিয়া হয়ে যায়, যার ফলে তার সমস্ত পয়সা ডুবে যায়। সেই সময় তার বাজারে 16 হাজার ডলার ঋণ ছিল। সে কি করবে ভেবে পাচ্ছিল না, সেই সময়কার কথা বলতে গিয়ে বলেছিল, 'সেই সময় আমি না খেতে পারতাম, না শুতে, আমি প্রচন্ড অসুস্থ হয়ে পড়ি। একদিন রাস্তা দিয়ে হেঁটে যাওয়ার সময় আমার মাথা ঘুরে যায়, আমি মাটিতে পড়ে যাই। আমার আর হাঁটার ক্ষমতা ছিল না। বিছানায় পড়ে থেকে শরীরে ঘা হয়ে গেছিল। তখন অসহ্য কষ্ট ভোগ করতে হয়েছিল। আমি দিনে দিনে দুর্বল হয়ে পড়ছিলাম, একদিন ডাক্তার আমাকে বলে যে, আমি আর দুই সপ্তাহ বেঁচে থাকব। এই কথা আমাকে প্রবল ধাক্কা দিয়েছিল। আমি নিজের উইল করে দিই, আর বিছানায় শুয়ে মৃত্যুর জন্য অপেক্ষা করতে থাকি। তখন চিন্তা বা সংঘর্ষ কোনো কিছুরই আর কোনো মূল্য ছিল না। আমি পরাজয় স্বীকার করে নিয়েছিলাম, যার ফলে আমি শান্ত হয়ে যাই ও আমার চোখে ঘুম এসে যায়। কয়েক সপ্তাহ আমি দুই ঘন্টার

বেশি ঘুমাতে পারি নি, কিন্তু সেদিন একটা ছোট্টো শিশুর মতো আমি ঘুমাচ্ছিলাম। আমার ভেতরের সমস্ত ক্লান্তি যেন দূর হয়ে যায়, আমার খিদে পেতে শুরু করে, ধীরে ধীরে আমার ওজন বৃদ্ধি পেতে থাকে।'

'কয়েক সপ্তাহ বাদে, আমি লাঠিতে ভর দিয়ে হাঁটতে শুরু করেছিলাম। ছয় সপ্তাহ বাদে আমি পুনরায় কাজ করার উপযোগি হয়ে যাই। আগে আমি সপ্তাহে 20 ডলার উপার্জন করতাম, আর তখন এমন একটা চাকরি পেয়েছিলাম, যেখানে সপ্তাহে 30 হাজার ডলার দিত। তখন আমি শিক্ষা লাভ করেছিলাম - চিন্তা করে কোনো লাভ নেই, বিগত দিনের কথা নিয়ে মাথা ঘামানো উচিত না, ভবিষ্যতের দিকেও তাকানো উচিত না। আমি নিজের সম্পূর্ণ সময়, উর্জা ও উৎসাহ নিয়ে নিজের কাজ করতে শুরু করেছিলাম।'

তারপর এডওয়ার্ড এস. ইভান্স দ্রুতগতিতে সফলতার দিকে এগাতে থাকে। কয়েক বছরের মধ্যে সে কম্পানীর প্রেসিডেন্ট হয়ে যায়। এই কম্পানী এখন বেশ কয়েক বছর ধরে নিউইয়ার্কের স্টক এক্সচেঞ্জে নিজের স্থান করে নিয়েছে। আপনি যদি প্লেনে করে গ্রীনল্যান্ডে যান, তাহলে ইভান্স ফীল্ডে নামতে পারেন, তার নামের সম্মানেই এই বিমানপোতের নামকরণ করা হয়েছিল। যদি এডওয়ার্ড সেই সময় বেঁচে থাকার আসল রহস্য জানতে না পারত তাহলে, সে কখনই এমন সফলতা অর্জন করতে পারত না।

আপনার হয়তো হোয়াইট কুইনের কথা জানা আছে, '**আসল নিয়ম হল, আগামীটাকে মোড়কে আবদ্ধ করে রাখুন, বিগতের মোড়ক ফেলে দিন, কিন্তু আজটাকে মোড়কের মধ্যে আবদ্ধ করবেন না**।' কিন্তু আমাদের মধ্যে বেশির ভাগ লোকই আগামীটাকে কখনই মোড়কের মধ্যে আবদ্ধ করতে পারে না, আগামী কাল কি হবে, তা নিয়েই তারা বেশী উদ্বিগ্ন হয়ে পড়ে, কখনই আজকের দিনটা কিভাবে অতিবাহিত করবে তা নিয়ে ভাবে না। মহান ফ্রান্সিসী দার্শনিক মন্টেনও এই ভুল করে ফেলেছিলেন। তিনি লিখেছিলেন, '**আমার জীবন ভয়ানক দুর্ভাগ্যে পূর্ণ, তার মধ্যে বেশীর ভাগ তো কখন চোখেই দেখিনি**।' আর আপনার আর আমার জীবনের অবস্থাও অনেকটা এই রকমই।

দান্তে বলেছিলেন, '**একবার ভাবুন যে, এই দিন আর ফিরে আসবে না**।' জীবন অতি দ্রুত গতিতে আমাদের হাত থেকে নির্গত হয়ে যায়। 'আজ' হল আমাদের কাছে সবচেয়ে মূল্যবান সম্পত্তি। 'আজ'-ই আমাদের একমাত্র নিশ্চিত সম্পত্তি।

এবার লভেল থমাসের দর্শণ দেখুন। সম্প্রতি আমি প্রায় এক সপ্তাহ তার ফার্মে কাটিয়েছি, সেখানে আমি দেখেছিলাম যে, সে নিজের ব্রডকাস্টিঙ্গ স্টুডিওর দেওয়ালে বেশ কিছু শব্দ ফ্রেমের মধ্যে আবদ্ধ করে টাঙিয়ে রেখেছে, সেখানে যে লেখাটা সবচেয়ে বেশী আমার চোখে পড়েছিল, তা হল -

এই দিন ভগবানের সৃষ্টি,

আমরা আনন্দ ও খুশীর সাথে তা অতিবাহিত করব।

লেখক জন রস্কিনের টেবিলে একটা সাদা পাথরের টুকরো ছিল, তাতে একটাই শব্দ লেখা ছিল, আর তাহল **'আজ'**। যদিও আমার টেবিলে কোনো পাথরের টুকরো নেই, কিন্তু আমি নিজের আয়নার ওপর একটা কবিতা লাগিয়ে রেখেছি, প্রতিদিন সকালে দাড়ি কাটার সময় তা আমার চোখে পড়ে, শ্যার উইলিয়াম সর্বদা নিজের টেবিলের ওপর এই কবিতা রেখে দিতেন। ভারতের বিখ্যাত নাট্যকার ও মহানকবি কালিদাস এই কবিতার রচয়িতা

দিনকে স্বাগত

বর্তমানের দিকে তাকাও!
এটাই জীবন, এটাই জীবনের সার।
এর ছোট্টো যাত্রার মধ্যেই
তোমার অস্তিত্বের প্রচুর সত্যতা ছরিয়ে আছে
বিকাসের আনন্দ
কর্মের সুখ
সৌন্দর্যের আকর্ষণ,
কারণ বিগত কাল একটা স্বপ্ন
আর আগামি কাল হল শুধুমাত্র একটা ঝলক,
কিন্তু আজ ঠিক মতো অতিবাহিত করতে পারলে, বিগত প্রতিটা কাল
সুখকর স্বপ্ন হয়ে উঠবে
আর প্রতিটা আগামী হয়ে যাবে আশার ঝলক।
তাই, ভালো করে, এই দিনটাকে দেখে নাও!
দিনকে স্বাগত জানানোর এটাই উপায়।

চিন্তার বিষয়ে আপনাকে সবার আগে এই কথাটাই জানতে হবে আপনি যদি নিজের জীবনের থেকে এটাকে বাইরে বার করতে চান, তাহলে শ্যার উইলিয়াম

যা করেছিলেন, আপনিও তাই করে দেখুন —

1. **অতীত আর ভবিষ্যৎকে লোহার দরজায় আবদ্ধ করে ফেলুন। এক-এক দিন অর্থাৎ ডে-টাইট কম্পার্টমেন্টে জীবন অতিবাহিত করুন।**

   আপনি নিজেকে এই প্রশ্ন গুলি করুন, আর সেই প্রশ্নের উত্তর লিখবেন না কেনো?

1. আমি কি ভবিষ্যতের চিন্তাতেই বিভোর, তাই বর্তমানকে অস্বীকার করতে চাইছি আর 'সুন্দর গোলাপে ভরা বাগানের' আশায় বসে আছি কি?
2. অতীতের ঘটনা নিয়ে অনুতাপ করে, আমি কি নিজের বর্তমানকে হতাশা জনক করে তুলছি - যে ঘটনা ঘটে গেছে, যা কোনো মতেই সংশোধন করা সম্ভব না, আমি কি তাই নিয়েই ভেবে যাচ্ছি?
3. আমি কি প্রতিদিন সকালে, 'আজটাকে ধরতে হবে' এমন সংকল্পবদ্ধ হয়ে ঘুম থকে উঠি। '24 ঘন্টায় যতটা করা সম্ভব করব' এমন সংকল্প আমার মধ্যে আছে কি?
4. আমি কি 'এক-এক দিন বা ডে-টাইট কম্পার্টমেন্টে জীবন অতিবাহিত করলে' আরো ভালো করে জীবন কাটাতে পারব?
5. আমি কবে থেকে এমন ভাবে চলতে শুরু করব? পরের সপ্তাহ থেকে...কাল থেকে? নাকি আজ থেকেই?

2

চিন্তার হাত থেকে মুক্তির উপায়

'যা হয়ে গেছে, তাকে স্বীকার করে নিন...কারণ...যা হয়ে গেছে তা স্বীকার করে নেওয়াই, কোনো দুর্ভাগ্যজনক পরিণাম কাটিয়ে ওঠার প্রথম পদক্ষেপ।'

- ইউলিয়াম জেম্স

আপনি কি চিন্তাজনক পরিস্থিতির হাত থেকে রেহাই পাওয়ার সঠিক মন্ত্রটা জানতে চান, যে ফর্মূলা অতি শীঘ্র কাজ করবে - এমন একটা উপায়, যা আপনি এই পুস্তকের বাকি পৃষ্ঠা গুলি না পড়ার আগেই প্রয়োগ করে দেখতে পারেন।

আমি আপনাকে সেই ফর্মূলার কথা বলছি, যা উইলিয়াস এইচ. ক্যারিয়ার গ্রহণ করেছিলেন। উইলিয়াস এইচ. ক্যারিয়ার ছিলেন একজন অতি প্রসিদ্ধ ইঞ্জিনিয়ার, তিনি এয়ার-কন্ডীশনিঙ্গ শিল্পের শুরু করেছিলেন আর তা সাইর‍্যারস, নিউইয়ার্কে বিশ্ববিখ্যাত ক্যারিয়ার কর্পোরেশান নামে খ্যাত। চিন্তার সমস্যা কাটিয়ে ওঠার এমন একটা সুন্দর উপায় আমি খুব কম শুনেছি। একদিন আমরা সকলে মিলে নিউইয়ার্কের ইঞ্জিনিয়ার্স ক্লাবে লাঞ্চ করছিলাম, তখন মি. ক্যারিয়ার আমাকে ব্যক্তিগত ভাবে এই কথাটা বলেছিলেন।

ক্যারিয়ার বলেছিলেন, 'আমি বফ্যালো, নিউইয়ার্কের বফ্যালো ফোর্জ কম্পানীতে কাজ করতাম।' আমাকে ক্রিস্টেল সিটী, মিসূরীতে পিটসবর্গ প্লেট গ্লাস কম্পানীতে লক্ষ্যাধিক ডলারের কারখানায় গ্যাস পরিস্কার করার মেশিন লাগানোর কাজ দেওয়া হয়েছিল। এই মেশিন লাগানোর উদ্দেশ্য ছিল, গ্যাস থেকে অশুদ্ধ বস্তু দুর করা, যাতে করে তা চলার সময় ইঞ্জিনের কোনো রকম ক্ষতি না হয়। গ্যাস শুদ্ধ করার এই প্রক্রিয়া ছিল একেবারেই নতুন। এর আগে একেবারে অন্য পরিস্থিতিতে একবারই এর প্রয়োগ করা হয়েছিল। ক্রিস্টল সিটী, মিসূরীতে আমার কাজের সময় কিছু অপ্রত্যাশিত সমস্যার সৃষ্টি হয়। যদিও মেশিন নিজের কাজ

করছিল, কিন্তু যেভাবে গ্যারান্টীর সাথে কাজ করা উচিত ছিল, সেইভাবে কাজ করছিল না।

'আমি নিজের অসফলতা দেখে স্তব্ধ হয়ে গেছিলাম। মনে হচ্ছিল, কেউ যেন মাথায় হাতুড়ি দিয়ে মারছে। আমার পেটে কেমন একটা বেদনার সৃষ্টি হয়েছিল, কয়েকদিন তো আমি চিন্তায় ঘুমাতে পর্যন্ত পারিনি।

শেষ পর্যন্ত আমি এটা বুঝতে পারি যে, চিন্তা করে আসলে কোনো লাভ হবে না, তাই আমি চিন্তা ছেড়ে দিয়ে সমস্যার সমাধান খোঁজার চেষ্টা করতে থাকি। খুব ভালো সমাধানের পথও খুঁজে পেয়ে যাই। গত তিরিশ বছর ধরে আমি এই ভাবেই চিন্তা প্রতিরোধ করার রাস্তা খুঁজে বার করার চেষ্টা করছিলাম। এই প্রক্রিয়া খুবই সহজ, তাই যে কেউ তার প্রয়োগ করে দেখতে পারে। এই তিনটি পদক্ষেপ হল -

প্রথম পদক্ষেপ আমি ভয় না পেয়ে, সততার সাথে পরিস্থিতি বিচার করে দেখার চেষ্টা করি, আর সেই অসফলতার জন্য আমার সাথে কতটা খারাপ হোতে পারে, তারও অনুমান করে দেখার চেষ্টা করি। তার জন্য আমাকে জেলে যেত হোত না, বা ফাঁসি দেওয়ার মতোও কেউ ছিল না। খুব বেশী হলে আমার চাকরিটা চলে যেতে পারত। এই মেশিন সরাতে হলে আমার কম্পানীর কুড়ি হাজার ডলারের ক্ষতি হয়ে যেত।

দ্বিতীয় পদক্ষেপ সবচেয়ে খারাপ পরিণাম সম্পর্কেঅনুমান করে নেওয়ার পর, প্রয়োজন পড়লে তা স্বীকার করে নেওয়ার জন্য আমি প্রস্তুত হয়ে যাই। আমি নিজেকে বলি, এই অসফলতা আমার কেরিয়ারকে আহত করবে, এর জন্য আমার চাকরি পর্যন্ত চলে যেতে পারে, যদি তা হয়ও অন্য আর একটা চাকরি আমি পেয়েই যাব। কিন্তু পরিস্থিতি আরো অন্য রকম হোতে পারত, আসলে আমার কম্পানী গ্যাস পরিষ্কার করার মেশিন আবিষ্কার করার বিষয়ে একটা গবেষণা করছিল, তাতে প্রায় কুড়ি হাজার ডলার খরচও হয়েছিল, কম্পানীকে তা সহ্য করতে হয়েছিল, কম্পানী তা রিসার্চের খাতে দেখাতে পারত।

তৃতীয় পদক্ষেপ এরপর আমি শান্ত ভাবে নিজের কাজ করতে থাকি, যাতে করে যেকোনো খারাপ পরিস্থিতির মোকাবিলা করা সম্ভব হয়, কিন্তু আমি মানসিক দিক দিয়ে এই পরিস্থিতির সাথে মোকাবিলা করতে প্রস্তুত ছিলাম।

'এবার আমি এমন উপায়ের সন্ধান করতে থাকি, যাতে করে কুড়ি হাজার ডলারের ক্ষতিটা কিছুটা কম করা যায়। আমি আরো একটা পরীক্ষা করি, আর

শেষ পর্যন্ত এই পরিণাম দাঁড়ায় যে, আমি যদি আরো পাঁচ হাজার ডলার খরচ করে আর একটা মেশিন কিনি তাহলে আমাদের সমস্ত সমস্যা দুর হওয়া সম্ভব। আমি তাই করি, আর তার জন্য কম্পানীর কুড়ি হাজার ডলার ক্ষতির বদলে পনের হাজার ডলার লাভ হয়ে যায়।

'আমি যদি সেই সময় চিন্তায় পড়ে যেতাম, তাহলে বোধ হয়, তা কখনই সম্ভব ছিল না, কারণ চিন্তা এমন একটা জিনিস যা আমাদের একাগ্রতা শক্তিকে বিনষ্ট করে দেয়। আমরা যখন চিন্তা করি, তখন আমাদের একাগ্রতা শক্তি বিচ্ছিন্ন হয়ে যায়, যার ফলে আমরা কোনো রকম সিদ্ধান্ত নেওয়ার শক্তি হারিয়ে ফেলি। কিন্তু যখন আমরা যেকোনো খারাপ পরিণামের জন্য নিজেকে প্রস্তুত করে নিই, তখন সেই সমস্যা সম্পর্কে বিচার করার মতো একাগ্রতা আমাদের মধ্যে এসে যায়।

'এই ঘটনা বেশ কয়েক বছর আগে ঘটেছিল। এই টেকনিক তখন থেকেই আমার এত কার্যকারী বলে মনে হয়েছিল যে, আমি তারপর থেকে ক্রমাগত এর প্রয়োগ করতে শুরু করি, আর সেই কারণেই আজ আমার জীবন সম্পূর্ণ রূপে চিন্তা মুক্ত।'

এখন প্রশ্ন হল, মনোবৈজ্ঞানিক দিক থেকে উইলিয়াস এইচ. ক্যারিয়ারের এই ফুর্মলা এত অমূল্য এবং ব্যবহারিক কেনো? আসলে এই প্রক্রিয়া আমাদের চিন্তার ঘন ঘটা থেকে দূরে সরিয়ে নিয়ে যায়, আমরা দৃঢ়তার সাথে মাটিতে দাঁড়িয়ে থাকার সাহস পাই। আমরা বুঝতে পারি যে, আমরা কোথায় দাঁড়িয়ে আছি। আমাদের পায়ের নিচের মাটি যদি শক্ত না হয় তাহলে পৃথিবীতে কি হচ্ছে, তা আমরা কিভাবে চিন্তা করতে পারব?

1910 এপ্লাইড সাইকোলজীর পিতামহ প্রোফেসার ইউলিয়াম জেম্স মারা যান। তিনি যদি আজও বেঁচে থাকতেন, আর কিভাবে খারাপ থেকে খারাপ তর পরিস্থিতির মোকাবিলা করা যায় তা শুনতেন, তাহলে তিনি খুশীই হোতেন। আমার এই কথা বলার কারণ হল, তিনি নিজের বিদ্যার্থীদের বলেছিলেন, 'যা হয়ে গেছে, তা স্বীকার করে নাও...কারণ...যা হয়ে গেছে তা স্বীকার করে নিতেই হবে, আর দুর্ভাগ্য জনক পরিণাম থেকে রেহাই পাওয়ার এটাই সবচেয়ে বড়ো পদক্ষেপ।'

এই একই কথা লিন ইউট্যাঙ্গ নিজের জনপ্রিয় পুস্তক **ইম্পার্টেন্স অফ লিভিঙ্গ** -এ বলেছিলেন। এই চৈনিক দার্শনিকের মতে, 'খারাপ থেকে খারাপ তর পরিস্থিতিকে স্বীকার করে নিতে পারলেই মন প্রকৃত শান্তি লাভ করে। আমার মনে হয় মনোবৈজ্ঞানিক দিক থেকে এর অর্থ হল, নিজের ঊর্জাকে মুক্ত করা।'

এটা একেবারে সত্যি কথা! মনোবৈজ্ঞানিক দিক থেকে এর অর্থ হল, উর্জাকে নতুন ভাবে মুক্ত করা। আমরা যখন খারাপ থেকে খারাপ তর পরিস্থিতিকে স্বীকার করে নিই, তখন আমাদের কাছে আর হারানোর মতো কিছুই থাকে না। আর এর অর্থ হল, আমাদের কাছে পাওয়ার মতো সবকিছু থাকে। উইলিয়াস এইচ. ক্যারিয়ারের কথার রেশ টেনে বলতে হয়, খারাপ থেকে খারাপতর পরিস্থিতিকে স্বীকার করে নেওয়ার পর 'আমি শান্ত হয়ে গেছিলাম, যার ফলে বহুদিন বাদে আমি শান্তির শ্বাস ফেলতে সক্ষম হই। তারপর আমি নতুন কিছু ভাবতে পেরেছিলাম।'

এই কথা গুলিকে যুক্তিযুক্ত বলা যেতে পারে। তা সত্ত্বেও হাজার-হাজার লোক রাগ ও চিন্তায় নিজেদের জীবন শেষ করে দেয়, আসলে তারা খারাপ থেকে খারাপ পরিস্থিতি স্বীকার করার জন্য প্রস্তুত থাকে না। আসলে তারা দুর্ঘটনা থেকে যতটা রেহাই পাওয়া সম্ভব, সেটাকেও অস্বীকার করে দেয়। নিজের ভাগ্যকে নতুন ভাবে গড়ে তোলার বদলে তারা অভিজ্ঞাতার সাথে হিংসাত্মক হানাহানি শুরু করে, যার পরিণাম সর্বদাই তিক্তো হয় - আর শেষ পর্যন্ত ক্রমাগত চিন্তা করার অসুখ তাদের চেপে ধরে, যা ম্যালেনকোলিয়া নামে পরিচিত।

উইলিস এইচ. ক্যারিয়ারের ফর্মূলা গ্রহণ করে আর একজন ব্যক্তি কিভাবে সমস্ত চিন্তার হাত থেকে রেহাই পেয়েছিল তা শুনুন। আমার ক্লাসের এক বিদ্যার্থীর অভিজ্ঞতার কথা বলছি, সে ছিল নিউইয়ার্কের একজন তেলের ডিলার।

'আমাকে ব্ল্যাকমেল করা হচ্ছিল। আমি বিষয়টা বিশ্বাস করতে পারছিলাম না, ফিল্ম ছাড়া এমন ঘটনা ঘটতে পারে, তা কিছুতেই বিশ্বাস করতে পারছিলাম না, কিন্তু সত্যিই আমাকে ব্ল্যাকমেল করা হচ্ছিল। আসলে আমি যে তেল কম্পানীর মালিক ছিলাম সেখানে বেশ কিছু ডেলীভারী ট্রাক ছিল আর ট্রাক ডাইভারও ছিল। সেই সময় যুদ্ধের নিয়ম চলছিল, আমরা নিজেদের গ্রাহককে যা দিতে পারতাম তার ওপর রাশনিঙ্গ চলছিল। আমি জানতাম না যে, আমার কিছু ড্রাইভার নিয়মিত গ্রাহকদের কম তেল দিত, আর যে তেল অবশিষ্ট থাকত তা তারা বাইরে অন্য গ্রাহকদের কাছে বিক্রী করে দিত।

'এক ব্যক্তি যখন আমার কাছে আসে, তখন আমি সেই বেআইনি সওদার কথা জানতে পারি। সে আমাকে বলে যে, সে একজন সরকারি ইন্সপেক্টর, আর আমার কাছে নিজের মুখ বন্ধ রাখার জন্য দাম চায়। আমার ড্রাইভাররা যা করেছিল, সেই কাজের প্রমাণ তার কাছে ছিল, আর সে আমাকে এই বলে ভয় দেখানোর চেষ্টা করে যে, আমি যদি তাকে পয়সা না দিই তাহলে সে আমার বিরুদ্ধে ডিস্ট্রীক্ট

এটর্নীর অফিসে নালিশ করে সমস্ত প্রমাণ জমা করে দেবে।'

'আমি এটা জানতাম যে, ব্যক্তিগত দিক দিয়ে আমার ভয় পাওয়ার মতো কিছুই নেই। কিন্তু আইনের দিক দিয়ে দেখতে গেলে, যেকোনো কর্মচারীর কাজের জন্য তার কম্পানীর দায় বদ্ধতা থেকেই যায়। শুধু তাই নয়, যদি ঘটনা আদালত পর্যন্ত যেত, আর সম্পূর্ণ ঘটনা সংবাদপত্রে প্রকাশিত হোত, তাহলে সেই অপবাদের জন্য আমার ব্যবসা শেষ হয়ে যাওয়ার সম্ভাবনা ছিল, অথচ আমি নিজের ব্যবসা নিয়ে গর্ববোধ করতাম। আমার বাবা চব্বিশ বছর আগে এই ব্যবসা শুরু করেছিলেন।

'আমি চিন্তায় চিন্তায় অসুস্থ হয়ে পড়ি। আমি তিন দিন ও তিন রাত না কিছু খেতে পেরেছিলাম আর না ঘুমাতে। আমি শুধু হাঁটছিলাম। এই ব্যক্তিকে পাঁচ হাজার ডলার দিয়ে দেব নাকি তাকে বলে দেব যে, সে যা করার করে নিক, সেটাই আমি বুঝতে পারছিলাম না। দুটির মধ্যে যেকোনো একটা পথের শেষ যে কতটা ভয়ঙ্কর হোতে পারে, তা বুঝে উঠতে পারছিলাম না।'

'তখন, এক রবিবার রাতে পাবলিক স্পীকিঙ্গের কারনেগী ক্লাসে প্রাপ্ত **হাউ টু স্টপ ওয়ারিঙ্গ** বুকলেটটা আমি খুলে দেখি। আমি বইটা পড়তে শুরু করি, তাতে উইলিস এইচ. ক্যারিয়ারের ঘটনা পড়ি। তাতে লেখা ছিল, 'কতটা খারাপ হোতে পারে, তার অনুমান করো।' তখন আমি নিজেকে জিজ্ঞাসা করি, 'আমি যদি পয়সা না দিই আর সে যদি ডিস্ট্রিক্ট এটর্নীর কাছে চলে যায়, তাহলে আমার সাথে কি কি খারাপ ঘটনা ঘটতে পারে?'

'এর উত্তর হল, আমার ব্যবসা বন্ধ হয়ে যাবে - আমার সাথে এর চেয়ে খারাপ আর কিছুই হোতে পারত না। আমাকে জেলে যেত হোত না। নেগেটিভ প্রচারের জন্য আমি একবারে শেষ হয়ে যেতে পারতাম।'

তখন আমি নিজেকে বলি, 'আচ্ছা, ধরে নেওয়া যাক, আমার ব্যবসা শেষ হয়ে যাবে। আমি মানসিক দিক থেকে তা স্বীকার করে নিচ্ছি। এরপর কি হোতে পারে?'

'যদি আমার ব্যবসা চৌপাট হয়ে যায়, তাহলে হয়তো আমাকে চাকরির সন্ধান করতে হবে। তাতে আমার কোনো অসুবিধা নেই। আমি তেল সম্পর্কে যথেষ্ট অভিজ্ঞ, অনেক কম্পানীই আমাকে আনন্দ সহকারে চাকরিতে রেখে দেবে... এই কথা ভাবার পর আমি যেন শান্তিতে শ্বাস নিতে পেরেছিলাম। যে মানসিক চাপ আমি অনুভব করছিলাম, তা যেন কেটে গেছিল। আমি ভেতর থেকে শান্তি বোধ করেছিলাম আর আমার চিন্তা করার ক্ষমতা ফিরে এসেছে দেখে আমি অবাক হয়ে গেছিলাম।' এত স্পষ্ট ভাবে চিন্তা করার পর তৃতীয় পদক্ষেপে এসেই

যাই - খারাপ থেকে খারাপ তর পরিস্থিতিকে সংশোধন করার চেষ্টা করছিলাম। আমি যখন সমাধানের কথা ভাবি, তখন আমার সামনে সম্পূর্ণ রূপে নতুন একটা বিচার এসে উপস্থিত হয়েছিল। আমি যদি আমার উকিলকে সম্পূর্ণ ঘটনা খুলে বলি, তাহলে সে হয়তো এর থেকে বাইরে বেরানোর কোনো একটা পথ আমাকে বলে দিতে পারবে, সেই কথা হয়তো আমার মাথায় আসছে না। এই কথাটা কেনো আমার মাথায় আগে আসেনি তা আমি ভাবতেই পাচ্ছিলাম না, আসলে আমি চিন্তাই করে যাচ্ছিলাম, কোনো পথের সন্ধান করছিলাম না। তারপর আমি ঠিক করে নিই যে, সকাল না হোতেই উকিলের সাথে দেখা করব, আর তারপর বিছানায় শুয়ে ঘুমিয়ে পড়ি।

এর শেষ কিভাবে হয়েছিল? পরের দিন সকালে উকিল আমাকে পরামর্শ দেয় যে, আমি যেন নিজেই ডিস্ট্রিক্ট এটর্নীর সাথে গিয়ে দেখা করে সমস্ত ঘটনার কথা তাকে খুলে বলি। আমি তাই করি। তখন ডিস্ট্রীক্ট এটর্নীর কথা শুনে আমি অবাক হয়ে যাই, সে আমাকে বলে যে, 'আসলে যে ব্যক্তি নিজেকে সরকারি এন্সপেক্টর বলে দাবি করেছিল, সে আসলে একজন অপরাধি, আর বহু দিন ধরেই পুলিশ তার খোঁজ করছে। এই কথা শুনে আমি কতটা শান্তি পেয়েছিলাম, আপনি নিশ্চয়ই এখন তা বুঝতে পারছেন। তিন দিন আর তিন রাত ধরে আমার মাথায় এই কথাই ঘুরে ফিরে আসছিল যে, এই অপরাধিকে আমার পাঁচ হাজার ডলার দিয়ে দেওয়া উচিত।

এই অভিজ্ঞতা আমাকে একটা বিরাট শিক্ষা দিয়েছিল। তারপর থেকে আমার সামনে যখনই কোনো চিন্তাজনক পরিস্থিতি আসত, তখনই আমি 'উইলিস এইচ. ক্যারিয়ারের ফর্মুলার কথা মনে করতাম।'

আপনার যদি মনে হয় যে, উইলিস এইচ. ক্যারিয়ারের সমস্যা ছিল - তাহলে শুনুন এখনও তো আপনি সেই রকম কোনো সমস্যার কথাই শোনেন নি। এবার ভিঙ্কেস্টর, ম্যাসেজ্যুসেট্সের অর্ল পী. হ্যানীর ঘটনা শুনুন। 1948 সালের 17 ই নভেম্বর বোস্টনের স্টেটলর হোটেলে আমি এই ঘটনা তার মুখ থেকে শুনেছিলাম।

'কুড়ির দশকে আমি সর্বদাই এতটা চিন্তার মধ্যে থাকতাম যে, আমার আমাশয়ের স্তরে আল্সর হয়ে গেছিল। একদিন রাতে আমার প্রচন্ড রক্তক্ষরণ হয়। আমাকে তক্ষণাৎ নর্থবেস্টর্ন ইউনিভার্সিটী অফ শিকাগোর স্কুড অফ মেডিসিনের সাথে যুক্ত হাসপাতালে ভর্তি করা হয়। আমার ওজন 175 পাউন্ড থেকে 90 পাউন্ডে এসে দাঁড়িয়েছিল। আমি এতটাই অসুস্থ হয়ে পড়েছিলাম যে, আমাকে

হাত পর্যন্ত তুলতে মানা করা হয়েছিল। একজন বিখ্যাত আল্সর বিশেষজ্ঞ সহ তিনজন খ্যাতনামা ডাক্তার আমাকে বলে দেয় যে, আমার রোগের কোনো চিকিৎসা নেই। আমি ঔষধের জোরেই বেঁচে ছিলাম, সেই সাথে প্রতি ঘন্টায় আমাকে অর্ধেক চামচ দুধ আর ক্রীম দেওয়া হচ্ছিল। প্রতিদিন সকালে একজন নার্স এসে অগ্নাশয়ের মধ্যে একটা নল ঢুকিয়ে দিত, আর সেখান থেকে সেই সামগ্রী বাইরে বেরিয়ে আসেত।'

'এইভাবে প্রায় একমাস কেটে যায়...শেষ পর্যন্ত, আমি নিজেকে বলি - 'দেখো, অর্ল হ্যানী তোমার অবিষ্যৎ হল মৃত্যু, তাহলে যেটুকু সময় তোমার হাতে আছে, সেই টুকু সময়কে উপভোগ করে কাটাচ্ছো না কেনো? তুমি মৃত্যুর আগে সারা পৃথিবী ঘুরে দেখবে বলে ভেবেছিলে, তাহলে এখনই তা দেখে নিচ্ছো না কেনো? এরপর আর সময় পাবে না।'

'আমি যখন ডাক্তারদের বলি যে, আমি এবার পৃথিবী ঘুরে দেখব, আর নিজেই নিজের অগ্নাশয় পাম্প করে পরিষ্কার করে নেব, তখন তারা তা শুনে চমকে যায়। এমন অসম্ভব কথা তারা এর আগে কখনই শোনেনি। তখন তারা বলে যে পৃথিবী ঘুরে দেখার সময়তেই যদি আমার মৃত্যু হয়ে যায়, তাহলে আমার শরীর সমুদ্রে ভাসিয়ে দেওয়া হবে, আমি তাদের বলি যে, এমন ঘটনা ঘটবে না, কারণ আমি আমার আত্মিয়দের বলে রেখেছিলাম যে, আমার মৃত্যুর পর আমাদের মৃতদেহ যেন পারিবারিক করবস্থান নেব্রাস্কাতেই সমাধিস্থ করা হয়। তার জন্য আমি আমার সাথেই একটা কফিন নিয়ে নিয়েছিলাম।'

'সেই হিসাবেই আমি জাহাজ কম্পানীর সাথে কথাও বলে নিই। তাদের বলে দিয়েছিলাম যে আমার মৃত্যুর পর তারা যেন বরফের ভেতরে আমার শরীরটা রেখে দেয়, তারপর জাহাজ ফিরে আসার পর আমার শরীর যেন আমার পরিবারের লোকেদের হাতে তুলে দেওয়া হয়। আমার যাত্রা শুরু হয়ে যায়, আমার মন যেন নাচতে শুরু করে

আমার সামনে যা ছিল, আমি সেটাকেই উপভোগ করছিলাম
যেন শীঘ্রই মাটির নিচে যেতে না হয়
মাটিতে তো যেতেই হবে, মাটির নিচে চাপা পড়তেই হবে,
কিন্তু মদ, গান ছাড়া কিভাবে শেষ হবে!

এস. এস. প্রেসিডেন্ট এডন্স নামক জাহাজটা যখন লস এঞ্জেলসের পূর্ব দিক দিয়ে যেতে শুরু করে আমি যেন একটু ভালো বোধ করতে শুরু করি। আমি

ধীরে ধীরে ঔষধ খাওয়া ও অগ্নাশয়ে পাম্প করা বন্ধ করে দিই, শীঘ্রই সব রকম খাবার খেতেও শুরু করি। এমনকি যে খাবার গুলি খেলে আমার মৃত্যু নিশ্চিত ছিল, সেই গুলিও খেতে শুরু করি। কয়েক সপ্তাহ অতিক্রম হয়ে যাওয়ার পর চুরুট পর্যন্ত ধরিয়ে ফেলি। আমি বহু বছর বাদে অতটা আনন্দ করার সুযোগ পেয়েছিলাম।'

'আমি জাহাজে সবার সাথে খেলা করি, গান গাই, নতুন বন্ধু করি, অর্ধেক রাত পর্যন্ত আনন্দ করে কাটাই। ভারত আর চীনের গরিবদের দেখে আমার মনে হয়েছিল যে, আমার ব্যবসার পরিস্থিতি এদের থেকে কয়েক গুণ ভালো, আর তখন থেকেই আমি মূর্খের মতো চিন্তা করা বন্ধ করে দিই, আর আমি ভালো বোধ করতে থাকি। আমেরিকা পৌঁছাতে পৌঁছাতে আমার ওজন নব্বই কিলো বেড়ে গেছিল, আমার আল্সারের সমস্যার কথা আর মাথাতেই ছিল না। আমি সারা জীবনে এর আগে কখনই নিজেকে ততটা সুস্থ বোধ করিনি। পুনরায় নিজের ব্যবসার কাজ শুরু করি, আর তারপর থেকে একদিনও অসুস্থ হইনি।

অর্ল পী. হ্যানী আমাকে বলেছিল যে, উইলিস এইচ. ক্যারিয়ার চিন্তার হাত থেকে মুক্তি পাওয়ার জন্য যে সিদ্ধান্ত গ্রহণ করেছিল, সে তা অবচেতন মনেই গ্রহণ করে। 'সবার আগে আমি নিজেকে জিজ্ঞাসা করি, সবচেয়ে খারাপ কি হোতে পারে, আর তার উত্তর ছিল মৃত্যু।'

'দ্বিতীয়ত, আমি মৃত্যুকে বরণ করার জন্য প্রস্তুত ছিলাম। কারণ ডাক্তাররা বলেই দিয়েছিল, আমার রোগের কোনো চিকিৎসা নেই, তাই তা মেনে নেওয়া ছাড়া আমার কোনো উপায় ছিল না।'

'তৃতীয়ত, আমি পরিস্থিতি বদলানোর চেষ্টা করতে পারতাম...আমি যদি জাহাজে ওঠার পরেও সেই নিয়েই চিন্তা করতাম, তাহলে কফিনের মধ্যে থেকেই আমাকে পৃথিবীর রূপ দেখতে হোত। আমি নিজের সমস্ত সমস্যা ভুলে গিয়ে আরামে থাকতে শুরু করেছিলাম। আমার মনের শান্তিই আমাকে নতুন উর্জা দেয়, আর আমি বেঁচে যাই।'

যদি কোনো সমস্যা আপনাকে চিন্তিত করে, তাহলে দ্বিতীয় নিয়ম অনুসারে আপনাকে উইলিস এইচ. ক্যারিয়ারের ফর্মূলার পালন করতে হবে -

1. নিজেকে জিজ্ঞাসা করুন, 'সবচেয়ে খারাপ কি হোতে পারতে?'
2. প্রয়োজন হলে, সবকিছু স্বীকার করার জন্য প্রস্তুত হোন।
3. শান্তভাবে খারাপ থেকে খারাপ তর পরিস্থিতি সংশোধন করার চেষ্টা করুন।

3
চিন্তা করে কোনো লাভ হয় না

> যে চিন্তার সাথে লড়াই করতে জানে না, সে যৌবনেই মারা যায়।
> - ড. অলেক্সিস ক্যারেল

কয়েক বছর আগের কথা, একদিন সন্ধ্যাবেলা হঠাৎই আমাদের একজন প্রতিবেশী আমার বাড়িতে এসে আমাকে এবং আমার পরিবারের লোকেদের বসন্ত রোগের টীকা লাগানোর জন্য অনুরোধ করে। সারা নিউইয়ার্কে এমন বহুলোক ছিল যারা এমন অনুরোধ করে বেরাচ্ছিল। যারা ভয় পায়, তারা ঘন্টার পর ঘন্টা লাইনে দাঁড়িয়ে অপেক্ষা করে, কখন তার টীকা লাগানোর সময় আসবে। সেই সময় যে শুধু সমস্ত হাসপাতালেই টীকাকরণ কেন্দ্র খুলেছিল তাই নয়, বরং ফায়ার ব্রিগেড অফিসে, পুলিশ স্টেশানে এবং কিছু কিছু কারখানাতেও টীকা লাগানো হচ্ছিল। ভিড় সামলানোর জন্য দুই হাজার ডাক্তার ও নার্স দিন-রাত পরিশ্রম করে যাচ্ছিল। এই রোমাঞ্চের কারণ কি ছিল? আসলে সেই সময় নিউইয়ার্ক শহরে বসন্ত রোগের পাদুর্ভাব দেখা দিয়েছিল, তাতে দুটো লোক মারা পর্যন্ত যায়। প্রায় আশি লক্ষ মানুষের মধ্যে দুটি মানুষের মৃত্যু।

আমি বেশ কয়েক বছর নিউইয়ার্কের বাসিন্দা, তখনও পর্যন্ত কেউ কখনও দরজা ধাক্কে ভয়ঙ্কর অসুখের বিরুদ্ধে কোনো রকম সচেতন বাণী শুনিয়ে যাইনি। তখন আমেরিকায় বসন্তের থেকেও আর একটা রোগ অনেক বেশী ভয়ঙ্কর রূপ ধারণ করেছিল, তখন প্রতি দশ জনের মধ্যে একজন নার্ভাস ব্রেকডাউনের শিকার হচ্ছিল। কিন্তু কেউ কখনও দরজা ধাক্কে সেই কথা বলতে আসেনি। চিন্তা ও ভয়ানক সংঘর্ষ ছাড়া কখনই নার্ভাস ব্রেক ডাউন হোতে পারে না। তাই আমি দরজা ধাক্কিয়ে বা দরজায় বেল বাজিয়ে আপনাকে সচেতন করে দেওয়ার জন্য এই অধ্যায় লিখছি।

চিকিৎসা জগতে নবেল পুরস্কার প্রাপ্ত অলক্সিস ক্যারেল বলেছিলেন যে, **'যে ব্যবসায়ি চিন্তার সাথে সংঘর্ষ করতে পারে না, সে তো যৌবনেই মারা যায়।'** আর গৃহবধূ, পশুদের ডাক্তার বা শ্রমিকদের ক্ষেত্রেও এই একই কথা প্রযোজ্য।

কয়েক বছর আগে, ড. ও. এফ. গোবরের সাথে টেক্সস ও নিউ ম্যাক্সিকোর কয়েকটা জায়গায় ঘুরতে গেছিলাম, তিনি ছিলেন সান্তা ফের রেলওয়ের ডাক্তার। তার পুরো পদবী ছিল গল্ফ কলোরেডী আর তিনি সান্তা এফ. হাসপাতাল এসোশিয়েশানের প্রধান চিকিৎসক। চিন্তার প্রভাব নিয়ে যখন আলোচনা চলছিল, তখন তিনি আমাকে বলেন, 'ডাক্তারদের কাছে এমন 70 শতাংশ রোগী আসে, তারা যদি নিজেদের ভয় ও চিন্তা দূর করতে পারে তাহলে, কোনো রকম ঔষধ ছাড়াই সুস্থ হয়ে যাবে। প্রকৃত অসুস্থের মতো তারাও ব্যথা বেদনা অনুভব করে, তাতে কোনো সন্দেহ নেই। আবার অনেক সময় রোগীর অসুস্থতা যতটা হওয়া উচিত ছিল, তার থেকে অনেক বেশী বৃদ্ধি পায়। নার্ভাস ইন্ডাইজেশান, অগ্নাশয়ের আল্সার, হৃদরোগ, অনিদ্রা, বিভিন্ন রকম মাথা ব্যথা, কয়েক প্রকারের পক্ষাঘাতও এর মধ্যে পড়ে।'

'এই অসুখ গুলি সম্পূর্ণই আসল। আমি কি বিষয়ে কথা বলছি, তা আমি খুবই ভালো করে জানি, কারণ আমি নিজেই বারো বছর ধরে অগ্নাশয়ের আল্সার নিয়ে পীড়া ভোগ করছি।'

'ভয়ের কারণ হল চিন্তা। চিন্তার থেকে মানসিক সমস্যার জন্ম হয় আর আপনি নার্ভাস হয়ে যান। এতে করে আপনার অগ্নাশয়ের কোষ গুলি প্রভাবিত হয় তার ফলে পেটের ভেতরে অগ্নাশয় রস ক্ষরিত হোতে শুরু করে, যার পরিণাম দাঁড়ায় - অগ্নাশয়ে আল্সার।' নার্ভাস স্টমক ট্রাবেল পুস্তকের লেখক ড. জোসেফ এফ. মন্টেগ্যুও এই একই ধরণের কথা বলেন, **'আপনি কি খান, তার ভিত্তিতে অগ্নাশয়ে আল্সার হয় না। আল্সার হল এমন একটা অসুখ, যা আপনাকে খেয়ে নেয়।'**

মেয়ো ক্লিনিকের ডাক্তার ডব্লু সী. অলভারেজের অনুসারে, 'অধিকাংশ ক্ষেত্রে অল্সার মানসিক চাপের প্রভাব অনুসারে কমে বা বৃদ্ধি পায়।'

পেটের অসুখে পীড়িত 15000 লোকের ওপরে মেয়ো ক্লিনিক একটা গবেষণা করেছিল, তার থেকে এর সত্যতা আরো বেশী করে প্রমাণিত হয়। এই অধ্যায়ন থেকে এটা জানা গেছে যে, আশি শতাংশ লোকের পেটের অসুখের ক্ষেত্রে কোনো শারীরিক কারণ কাজ করে না। ভয়, চিন্তা, ঘৃণা, স্বার্থ এবং পৃথিবীর বাস্তবতার

সাথে তালমিল মেলাতে না পারার জন্য পেটের অসুখ দেখা দেয়, যার মধ্যে অন্যতম হল আল্সার...পেটের আল্সার আপনার জীবন পর্যন্ত নিয়ে নিতে পারে। লাইফ ম্যাগাজিন অনুসারে সবচেয়ে বিপদ জনক অসুখের তালিকায় আল্সারের নাম দশ নম্বরে আছে।

সম্প্রতি মেয়ো ক্লীনিকের ড. হেরল্ড সী. হ্যাবীনের সাথে চিঠি মারফৎ কিছু কথা বার্তা হয়েছিল। তিনি আমেরিকান এসোসিয়েশান অফ ইন্ডাস্ট্রিয়াল ফিজিশিয়ন্স এন্ড সার্জেন্সে একটা গবেষণা পত্র পড়েছিলেন। তাতে তিনি গড় বয়স 44.3 অনুসারে 176 বিজনেস এক্জীক্যুটিভ্জের অধ্যয়ণ করেছিলেন। **তাতে তিনি দেখেছিলেন যে, এক্জিক্যুটিভদের এক তৃতীয়াংশেরও বেশী সেই তিনটি রোগের শিকার, যার একমাত্র কারণ হল মানসিক চাপ - হৃদরোগ, পেটের আল্সার এবং উচ্চ রক্তচাপ।** একটু ভেবে দেখুন, আমাদের এক তৃতীয়াংশ বিজনেস এগ্জীক্যুটিব্জ 45 বছর বয়সের আগেই আল্সার, হৃদরোগ বা উচ্চ রক্তচাপের শিকার হয়ে উঠছে। তাহলে কিভাবে সফল হবে! তাদের সফলতা 'কেনার' ক্ষমতাও ছিল না। যে ব্যক্তি ব্যবসায় সফল হোতে গিয়ে নিজের পেট বা হার্টকে ক্ষতিগ্রস্থ করছিল, তাকে কোনো ভাবেই সফল বলা যায় কি? নিজের স্বাস্থ্যের বিনিময়ে সম্পূর্ণ পৃথিবী জয় করে কোনো লাভ হবে কি? সারা পৃথিবীর মালিক হওয়া সত্ত্বেও আপনি দিনে তিনবারই খাবার খাবেন আর একবারই শুতে যাবেন। একটা নতুন কর্মচারীও এই একই কাজ করে থাকে, হয়তো সে একজন উচ্চ পদস্থ বিজনেস এগ্জীক্যুটিভের থেকে অনেক গভীর ঘুম ঘুমাবে বা আরো আনন্দের সাথে খাবার খাবে। সত্যি বলতে কি, আমি কোনো দায়-দায়িত্বহীন চিন্তামুক্ত একজন ব্যক্তি হোতেই বেশী পছন্দ করব, আমি কিছুতেই 45 বছর বয়সে নিজেকে অসুস্থ করতে পারব না।

পৃথিবীর সর্বশ্রেষ্ঠ সিগারেট নির্মাতা কানাডার জঙ্গলে ঘুরে বেরানোর সময় হঠাৎই হৃদরোগে আক্রান্ত হয় ও প্রাণ হারায়, সে কোটি কোটি টাকার সম্পত্তি করেছিল, আর মাত্র 61 বছর বয়সেই মারা যায়। আসলে সে হয়তো জীবনে 'বাহ্যিক সফলতা' বলতে যা বোঝায়, তার পিছনেই নিজের জীবনের বেশ কয়েকটা বছর কাটিয়ে দিয়েছিল।

আমার বাবা ছিলেন মিসূরীর একজন কৃষক, তিনি নব্বই বছর বয়সে যখন মারা যান তখন তাঁর কাছে এক ডলারও ছিল না। কিন্তু আমার মনে হয় তিনি এই সিগারেট নির্মাতার থেকে অনেক বেশী সফল ছিলেন।

প্রসিদ্ধ মেয়ো বন্ধুরা ঘোষণা করেছিলেন যে, 'আমাদের হাসপাতালের অর্ধেকের বেশি বিছানা মানসিক ভাবে সমস্যাগ্রস্থ লোকেরাই ভরিয়ে রেখেছে। তা সত্ত্বেও পোস্টমার্টমের সময় যখন আমরা এই সমস্ত লোকেদের বিভিন্ন অঙ্গ প্রত্যঙ্গের কোষ গুলি শক্তিশালী মাইক্রোস্কোপের নিচে রেখে দেখি, তখন তা জ্যাক ডেম্পীর মতোই সুস্থ দেখায়। তাদের 'মানসিক সমস্যা' কারণ কোষগুলি দুর্বল হয়ে যাওয়া নয়, বরং ক্ষতি, কুণ্ঠা, ব্যাকুলতা, মানসিক চাপ, ভয়, পরাজয় ও হতাশার চিন্তাই তাদের অসুস্থ করে তুলেছিল।' প্লেটো বলেছিলেন, **'ডাক্তারদের সবচেয়ে বড়ো সমস্যা হল তারা মস্তিষ্কের চিকিৎসা না করে শুধুমাত্র শরীরের চিকিৎসা করে, অথচ মস্তিষ্ক ও শরীর একে অপরের সাথে যুক্ত, তাদের আলাদা-আলাদা করে চিকিৎসা করা উচিত না!'**

এত বড়ো একটা সত্য চিকিৎসা বিজ্ঞান দুই হাজার তিনশো সাল পড়ে জানতে পেরেছে। বিংশ শতাব্দীতে চিকিৎসা বিজ্ঞানের ইতিহাসে 'সাইকোসোম্যাটিক' চিকিৎসার বিকাস ঘটেছে- এমন এক পদ্ধতি, যার দ্বারা শরীর ও মন দুইয়েরই চিকিৎসা করা সম্ভব হয়েছে। জীবাণুর কারণে যে অসুখ গুলি ছরিয়ে পড়ত, চিকিৎসা বিজ্ঞান অনেকটাই তার নাশ করতে সক্ষম হয়েছে, তাই চিকিৎসা বিজ্ঞানে এই নতুন পদ্ধতির প্রয়োগ একেবারে ঠিক সময়তেই হয়েছে। পক্স, কলেরা, জন্ডিস প্রভৃতি অসুখ বহু মানুষকে সময়ের অনেক আগেই কবরে পৌঁছে দিয়েছে, সেই সময় চিকিৎসা বিজ্ঞান সেই সমস্ত অসুখের সাথে লড়াই করতে ব্যর্থ হয়েছে। কিন্তু জীবাণুর পরিবর্তে শুধুমাত্র চিন্তা, ভয়, ঘৃণা, কুণ্ঠা বা নিরাশার জন্য যে সমস্ত অসুখ গুলির সৃষ্টি হচ্ছে, সেগুলি আজ মারাত্মক আকার ধারণ করে বসে আছে। দ্বিতীয় বিশ্বযুদ্ধের সময় যখন যুবকদের সৈন্য দলে নেওয়া হচ্ছিল, তখন একজন যুবককে শুধুমাত্র মানসিক ভাবে অসুস্থ হওয়ার জন্য বাতিল করে দেওয়া হয়েছিল।

পাগলামির কারণ কি? এর সঠিক উত্তর কেউই দিতে পারবে না, কিন্তু ভয় ও অতিরিক্ত চিন্তার যে এর পিছনে গুরুত্বপূর্ণ অবদান আছে তাতে কোনো সংশয় নেই। যে ব্যক্তি মনের দিক থেকে সমস্যাগ্রস্থ ও অশান্ত থাকে, সে কখনই বাস্তব জগতের সাথে তাল মিলিয়ে চলতে পারবে না, সে ধীরে ধীরে নিজের আশেপাশের লোকেদের সাথে সম্পর্ক শেষ করতে শুরু করে দেয়। সে ধীরে ধীরে নিজের রচিত স্বপ্নের জগতে বসবাস করতে শুরু করে। আর এইভাবেই নিজের চিন্তা ও সমস্যা গুলিকে সমাধান করার চেষ্টা করে।

আমার টেবিলের ওপর ড. এডওয়ার্ড পোডোল্সকীর এক পুস্তক **স্টপ ওয়ারিঙ্গ**

এন্ড গেট ওয়েল পড়েছিল। এই পুস্তকের কিছু অধ্যায়ের শিরনাম গুলি হল

চিন্তা আপনার হার্টের সাথে কি করে

হাই ব্লাড প্রেসারের কারণই হল চিন্তা

এর থেকে গিঁটে বাত হোতে পারে

পেটকে ঠিক রাখার জন্য চিন্তা কম করুন

চিন্তার থেকে কিভাবে ঠান্ডা লেগে যেতে পারে

থায়রয়েড এবং চিন্তা

চিন্তায় ডায়বেটিসের রোগী

চিন্তা সম্পর্কিত আরো একটি ভালো পুস্তক হল **ম্যান অগেনস্ট হিমসেল্ফ,** এই পুস্তকের রচয়িতা ড. কার্ল মেনিঞ্জর ছিলেন 'মনোবিশ্লেষণের মেয়ো বন্ধুদের' মধ্যের অন্যতম। ড. মেনিঞ্জরের পুস্তক আপনাকে এটা বলে দেয় না যে, আপনি কিভাবে চিন্তার থেকে বাঁচতে পারেন। কিন্তু চিন্তা, কুণ্ঠা, ঘৃণা, হিংসা, বিদ্রোহ এবং ভয় প্রভৃতি কারণের জন্য আমাদের শরীর ও মস্তিষ্ক কতটা নষ্ট হয়ে যেতে পারে তার আশ্চর্যজনক তথ্য এই বইতে তুলে ধরা হয়েছে। হয়তো আপনার আশেপাশের লাইব্রেরিতে আপনি এই পুস্তক পেলেও পেতে পারেন।

চিন্তা কোনো সুস্থ থেকে সুস্থতর মানুষকেও অসুস্থ থেকে অসুস্থতর করে তুলতে পারে। গৃহযুদ্ধ সমাপ্ত হওয়ার সময়ে জেনারল গ্রান্ট এই রহস্য জানতে পেরেছিলেন। এই ঘটনাটি হল, জেনারল গ্রান্ট নয়মাস ধরে রেকমন্ড ঘিরে বসেছিল। জেনারেল লীয়ের ক্লান্ত সৈন্যরা তখন পরাজিত, সম্পূর্ণ রেজিমেন্ট তখন এক-এক করে সঙ্গ ত্যাগ করছিল। বাকিরা নিজেদের তাঁবুতে প্রার্থনা সভার আয়োজন করছিল। তারা চিৎকার করে কেঁদে দেবতার ঝলক দেখে প্রার্থনা করে যাচ্ছিল। শেষ তখন অতি নিকটে এসে গেছিল। লীয়ের লোকেরা তখন রেকমন্ডের তুলো ও তামাকের গুদামে আগুন লাগিয়ে দেয়, গোলা-বারুদ ধ্বংস করতে শুরু করে, সেগুলির আগুন অনেক ওপরে যাচ্ছিল, আর তারা রাতের অন্ধকারে শহর ছেড়ে পালিয়ে যাচ্ছিল। গ্রান্ট তখন দ্রুতগতিতে তাদের অনুসরণ করতে শুরু করে, দুই দিক থেকেই তাদের রাস্তা অবরুদ্ধ করার চেষ্টা করেছিল ও পিছন থেকে তাদের ধরে ফেলে। শেরিডনের অশ্বরাহী সেনারা তাদের সামনে এগিয়ে যেতে বাধা দেয়। তারা রেলওয়ে লাইন পর্যন্ত পৌঁছাতে ব্যর্থ হয়, রাণ শেরিডনের সেনারা সেই পথ বন্ধ করে দিয়েছিল আর রেল থেকে আসা সাপ্লাইও তারা বন্ধ করে দেয়।

সেই সময় গ্রান্টের এমন মাথা যন্ত্রণা শুরু হয় যে, সে কিছু চোখে দেখতে পাচ্ছিল না। সে সেনাদের পিছনে থেকে যায়, আর একটা ফার্মহাউসে বিশ্রাম নেয়। সে নিজের মেমোয়সে লিখেছিল, 'আমি সারা রাত, গরম জল ও সরসের তেল দিয়ে নিজের পায়ের তলায় সেঁক করি। হাতের তালু ও ঘাড়ের পিছনে সরসের মোটা করে প্রলেপ দিয়ে বেঁধে রাখি, কারণ আমি চাইছিলাম যাতে পরের দিন সকালের আগে আমার যন্ত্রণা দূর হয়।'

পরের দিন সকালে তার ব্যথা-যন্ত্রণা দূর হয়ে যায়। এখানে সবচেয়ে মজার কথা হল, আসলে মোটা সরসের প্রলেপে তাঁর বেদনা দূর হয়নি, তাঁর বেদনা দূর হয়েছিল এক অশ্বারহীর লেখা চিঠির জন্য, যাতে লেখাছিল যে, তারা সমর্পণ করতে চাইছে।

গ্রান্ট লিখেছিল, 'পত্রবাহক যখন আমার কাছে এসেছিল, তখনও আমি মাথার যন্ত্রণায় তাকাতে পারছিলাম না, কিন্তু চিঠিতে লেখা এই শব্দ গুলি পড়ার পর যেন, আমার মাথার যন্ত্রণা গায়েব হয়ে যায়।'

এরথেকে সহজেই বোঝা যাচ্ছে যে, গ্রান্টের মাথার যন্ত্রণার কারণ ছিল তার চিন্তা, মানসিক চাপ ও আবেগ। যখনই সে নিজের প্রাপ্তি ও বিজয়ের কথা জানতে পারে তখনই সে নিজের আত্মবিশ্বাস ফিরে পায়, তাতে করে মাথার যন্ত্রণা ঠিক হয়ে যায়।

এর সত্তর বছর বাদে, ফ্র্যাঙ্কলিন ডী. রুজভেল্টের ক্যাবিনেটর অর্থমন্ত্রী হেনরী মর্গনথা, (জুনিয়ার) দেখেন যে, যখন কোনো বিষয় নিয়ে তিনি চিন্তা করেন, তখনই তার মাথা ঘুরতে শুরু করে। তিনি নিজের ডায়রিতে লিখেছিলেন যে, 'যখন প্রেসিডেন্ট গমের দাম বৃদ্ধি করার জন্য একদিনেই 44000000 বুশেল কিনে নেয়, যার ফলে আমার মাথা যেন কেমন ঘুরতে শুরু করে, আমি বাড়ি চলে যাই, আর দুপুরে খাবার খাওয়ার পর বেশ কয়েক ঘন্টা বিছানায় পড়ে থাকি।'

চিন্তা লোকেদের সাথে কি করে, তা দেখার জন্য আমাদের কোনো লাইব্রেরি বা ডাক্তারের কাছে যাওয়ার প্রয়োজন নেই। আমি যেখানে বসে বইটা লিখছি, অর্থাৎ আমার বাড়ির জানলার সামনে গেলেই অনেক কিছু চোখে পড়ে যাবে। এমন একটা বাড়ি আমার চোখের সামনেই রয়েছে, যেখানে চিন্তার কারণে নার্ভস ব্রেকডাউন হয়ে যায়, আর সেই ব্লকেই আর একটা বাড়ি আছে, যেখানে এক ব্যক্তি চিন্তার কারণেই ডায়বেটিজের রোগী হয়ে উঠেছে। যখন স্টক মার্কেট নিচে যেতে শুরু করে তখন তার রক্ত ও মূত্রে শর্করার পরিমাণ বৃদ্ধি পেতে থাকে।

প্রসিদ্ধ ফ্রান্সিসী দার্শনিক মন্টেনকে যখন তাঁর নিজের শহর ওয়ার্ডইউক্সের মেয়র হিসাবে নির্বাচন করা হয়েছিল, তখন তিনি নিজের সাথী নাগরিকদের বলেছিলেন, 'আমি আপনাদের মামলা নিজের হাতে নেওয়ার জন্য প্রস্তুত তো আছি, কিন্তু নিজের লিভার ও লাংসে নেওয়ার জন্য কোনো মতেই প্রস্তুত নই।' আমার প্রতিবেশী স্টক মার্কেটের বিষয়টা এতটাই গম্ভীরতার সাথে নিয়েছিল যে, নিজেরই প্রাণ সংশয় হোতে শুরু করে।

চিন্তা মানুষের সাথে কি কি করতে পারে, তা খোঁজার জন্য আমাকে নিজের প্রতিবেশীদের বাড়ি গুলি দেখারও প্রয়োজন নেই। আমি এখন যে ঘরে বসে এই পুস্তক লিখছি, সেখানে তাকালেও দেখতে পাব, কারণ এই বাড়ির আগের মালিকই চিন্তার কারণে অসময়েই কবরে চলে গেছিল।

চিন্তার জন্য আপনি আর্থারাইটিস বা গিঁটে বাতের শিকার হোতে পারেন, তাতে করে হুইল চেয়ারেই জীবন কাটাতে হোতে পারে। আর্থারাইটিসের বিশ্ববিখ্যাত বিশেষজ্ঞ ল. এল. সেসিল আর্থারাইটিস হওয়ার চারটি মুখ্য কারণ তুলে ধরেছেন

1. অসফল বিবাহ
2. আর্থিক ক্ষতি ও দুঃখ
4. একাকিত্ব ও চিন্তা
3. দীর্ঘ সময় ধরে জমিয়ে রাখা ঘৃণা

এই চারটি মানসিক পরিস্থিতিই যে আর্থারাইটিসের মূল কারণ তা কিছুতেই বলা যায় না, কিন্তু তা সত্ত্বেও আমি বলব যে, আর্থারাইটিসের জন্য এই চারটি কারণ অনেকটাই দায়ী, যার তালিকা আমাদের সামনে তুলে ধরেছেন ড. রসেল এল. সেসিল। উদাহরণ স্বরূপ, মন্দার বাজারে আমার এক বন্ধুর অবস্থা এতটাই খারাপ হয়ে যায় যে, গ্যাস কম্পানীর লোকেরা এসে তার গ্যাসের কানেকশান কেটে দিয়ে যায় আর ব্যাঙ্ক তার বন্দকে থাকা বাড়িটিতেও কব্জা করে নেয়। তার স্ত্রী হঠাৎই আর্থারাইটিসের ভয়ঙ্কর যন্ত্রণায় কষ্ট পেতে শুরু করে - যতদিন না তাদের আর্থিক পরিস্থিতি পুনরায় ঠিক হয় ততদিন পর্যন্ত তার চিকিৎসা চলতে থাকে এবং ঔষধ ও সঠিক পথ্যের ওপরেই সে বেঁচে ছিল।

চিন্তার কারণে দাঁতের অসুখ পর্যন্ত হোতে পারে। ড. উইলিয়াম আঈ.এল.ম্যাকগানিগেল আমেরিকান ডেন্টাল এসোসিয়েশানের সামনে একটা গবেষণার সময় বলেছিলেন, '**চিন্তা, ভয় ও ক্রমাগত হতাশার মতো দুঃখ জনক ভাবনা... শরীরের ক্যালশিয়ামের ভারসাম্যতা নষ্ট করে দেয়, যার ফলে দাঁতের ক্ষয় হোতে শুরু করে।**' ড. ম্যাকগানিগেল নিজের এক রোগীর কথা বলেছিলেন, তার দাঁত একদম ঠিক ছিল, কিন্তু তার স্ত্রী হঠাৎ অসুস্থ হয়ে পড়ায় সে চিন্তা করতে

শুরু করে। তিন সপ্তাহ সে হাসপাতালে থাকে, আর তার মধ্যেই তার স্বামীর দাঁতে ক্যাভিটি হয়ে যায়, এই ক্যাভিটির কারণ হল একমাত্র চিন্তা। এমন কোনো ব্যক্তিকে আপনি চেনেন কি যে প্রচন্ড ভাবে থায়রয়েডে আক্রান্ত? আমি এমন একজনকে চিনি, তার সারা শরীর কাঁপত, এমন ভাবে কাঁপত দেখে মনে হোত, মৃত্যুর ভয়ে কাঁপছে। যারা প্রচন্ডভাবে থায়রয়েডে আক্রান্ত তাদের এমনি হয়, কারণ থায়রয়েড গ্লান্ড সারা শরীরকে ব্যবস্থিত রাখে, তা ভারসাম্য হারালে শরীরে গড়বড় দেখা দেয়। এটা আমাদের হৃদপিন্ডের গতিকেও বৃদ্ধি করে যার ফলে অপারেশানের দ্বারাও রোগিকে সুস্থ করা যায় না, শেষ পর্যন্ত রোগি মারা যায়।

কিছু দিন আগে আমি এই রোগে আক্রান্ত আমার এক বন্ধুর সাথে ফিলাডেল্ফিয়াতে গেছিলাম। আমরা ড. ইজরায়েল ব্র্যাম নামক একজন বিখ্যাত বিশেষজ্ঞের থেকে পরামর্শ নিই, গত আটতিরিশ বছর ধরে সে এমন রোগিদের চিকিৎসা করছিল। আসলে এই ঘটনার উল্লেখ করার কারণ হল, সেখানকার ওয়েটিং রুমের দেওয়ালে কাঠের সাইনবোর্ডের ওপর রং দিয়ে যে লাইন গুলি লেখাছিল, তা বারংবার আমার মনকে নাড়া দিয়েছিল। যখন আমরা অপেক্ষা করছিলাম তখন আমি একটা খামের পিছনে সেই কথা গুলি লিখে নিয়েছিলাম

মনোরঞ্জন এবং আরাম

সবচেয়ে বেশী আরাম প্রদানকারী মনোরঞ্জনকর শক্তি গুলি হল -
স্বাস্থ্য, ধর্ম, ঘুম, সঙ্গীত এবং হাসি।
ভগবানের ওপর আস্থা রাখুন - ভালো করে ঘুমাতে শিখুন।
ভালো গান উপভোগ করুন - জীবনের মজাদার দিক গুলির দিকে তাকান
তাতে করে আপনি সুস্থ হবেন ও সুখে থাকতে পারবেন।

তার প্রথম প্রশ্ন ছিল, 'কি ধরণের চিন্তা-ভাবনার কারণে এমন পরিস্থিতির সৃষ্টি হল?' সে আমার বন্ধুকে সচেতন করে দিয়ে বলে যে, সে যদি চিন্তা ত্যাগ না করে তাহলে আরো অনেক ধরণের অসুখ দেখা দিতে পারে। হৃদরোগ, আমাশা, আল্সার, ডায়বেটিস। এই বিখ্যাত ডাক্তার বলেছিল যে, '**এই সমস্ত অসুখ কজিন, ফার্স্ট কজিন**'।

ফিল্ম স্টার মর্লে ওবেরন নিজের সাক্ষাৎকার দেওয়ার সময় বলেছিল যে, সে একদম চিন্তা করে না, কারণ চিন্তা করলে সে নিজের সবচেয়ে মূল্যবান জিনিসটা হারিয়ে ফেলবে, আর তা হল সৌন্দর্য।

সে বলেছিল, 'আমি যখন ফিল্ম জগতে আসার চেষ্টা করছিলাম, তখন আমি

খুবই চিন্তিত থাকতাম, ভয়ে ভয়ে দিন কাটাতাম। কাজের খোঁজে সেই সময় আমি নিজের স্থান ছেড়ে এখানে আসি, আর লন্ডনে কাউকেই চিনতাম না। আমি কিছু প্রোডিউসার্সের সাথে দেখা করি, কিন্তু কেউই আমাকে সুযোগ দেয় না, আর আমার কাছে সামান্য যেটুকু পয়সা ছিল তাও শেষ হয়ে যায়। দুই সপ্তাহ জল আর বিস্কুট খেয়ে বেঁচে ছিলাম। শুধু যে চিন্তাগ্রস্ত ছিলাম তাই না, সঙ্গে ছিল পেটে খিদে।' 'তখন আমি নিজেকে বলি, 'তুমি বোধহয় মূর্খ। তোমার তো কোনো অভিজ্ঞতাই নেই, তাহলে ফিল্মে কাজ করবে কিভাবে? কখনও এক্টিঙ্গ করেছো? শুধুমাত্র একটু সুন্দর রূপ ছাড়া আছে কি?'

'আয়নার সামনে দাঁড়িয়ে আমি বুঝতে পারি যে, চিন্তা আমার সৌন্দর্যকে কিভাবে হরণ করছিল! আমার মুখে যেন কেমন দাগ পড়ে যাচ্ছিল আর চোখে-মুখে সমস্যার ছাপ পড়ে গেছিল। তখন আমি নিজেকে বলি, 'তোমার এক্ষুণি এই চিন্তা ত্যাগ করতে হবে। তোমার কাছে একটাই জিনিস আছে যা তোমাকে ফিল্ম জগতে নিয়ে যেতে পারে তাহল তোমার সৌন্দর্য, চিন্তা ত্যাগ না করলে তা নষ্ট হয়ে যাবে!'

চিন্তা যত দ্রুত একজন মহিলার সৌন্দর্য হরণ করে তাকে বয়স্ক করে দিতে পারে, এমনটা আর কোনো কিছুতেই সম্ভব না। চিন্তার কারণে আমাদের মুখের চামড়া কুঁচকে যায়। তাতে করে আমরা সর্বদা ভ্রূ-কুঁচকে থাকি, যা আমাদের রূপ-রঙের ক্ষেত্রে খুবই কুপ্রভাবের সৃষ্টি করে। এতে করে ত্বকে বিভিন্ন ধরণের দানা বা ব্রণোর সৃষ্টি হয়, ফোঁরা পর্যন্ত হোতে পারে।

আজ আমেরিকার লোকেরা সবচেয়ে বেশী হৃদরোগে আক্রান্ত। দ্বিতীয় বিশ্বযুদ্ধের সময় প্রায় তিন লক্ষ তেতাল্লিশ হাজার মানুষ মারা গেছিল, অথচ সেই সময় হৃদরোগে কুড়ি লক্ষ মানুষ প্রাণ হারায়। এর মধ্যে দশ লক্ষ লোকের হৃদরোগের কারণ ছিল তাদের চিন্তা ও মানসিক চাপ যুক্ত জীবন শৈলী। হৃদরোগের অন্যতম কারণ সম্পর্কে অলেক্সিস ক্যারেল বলেছিল, **'যে ব্যবসায়ি চিন্তার সাথে সংঘর্ষ করতে জানে না, সে যৌবনেই মারা যায়।'**

উইলিয়াম জেম্স বলেছিলেন, 'ভগবান আমাদের পাপের ক্ষমা করতে পারেন, কিন্তু নার্ভাস সিস্টেম কখনই তা করবে না।'

এখানে একটা আশ্চর্যজনক ও প্রায় অবিশ্বাসযোগ্য একটা তথ্য তুলে ধরা হচ্ছে   সবচেয়ে বড়ো যে পাঁচটা সংক্রামক রোগে আমেরিকাতে যত মানুষ মারা যায়, তার থেকে বেশি লোক বছরে আত্মহত্যা করে।

কেনো? এর সরাসরি উত্তর হল, 'চিন্তা'।

ক্রূর চৈনিক সৈন্যরা তাদের কয়দিদের সাথে টর্চার করার সময়। তাদের হাত-পা বেঁধে একটা জলের থলির নিচে রেখে দেয়, সেখান থেকে ক্রমাগত টপ- টপ করে জল পড়তে থাকে...দিন-রাত। ক্রমাগত মাথায় জল টপকাতে থাকলে তা মাথার ভেতরে গিয়ে হাতুড়ি পেটানোর মতো আওয়াজ করতে থাকে - যা মানুষকে পাগল করে দেয়। এই একই ভাবে 'স্পেনিশ ইনিক্‌ভজিশন' এবং 'জার্মান কন্সেন্টেরশন'-এর একটা ক্যাম্পে হিটলার টর্চার করেছিলেন।

এই জল বিন্দুর মতো চিন্তাও ক্রমাগত আমাদের মাথায় টপ-টপ করে পড়তে থাকে, যার ফলে মানুষ হয় পাগল হয়ে যায়, আর নয়তো আত্মহত্যা করে বসে।

আমি যখন মিসূরীর এক গ্রামের বাচ্চা ছিলাম আর কেউ আমার সামনে জগতের নরক রূপী আগুনের কথা বললে, আমি যেন ভয়েই আধমরা হয়ে যেতাম। চিন্তা করলে মানুষকে এমনি নরক রূপী আগুনে জ্বলে পুড়ে ছাই হয়ে যেতে হয়। উদাহরণ স্বরূপ বলা যেতে পারে, চিন্তা করাই যদি আপনার স্বভাব হয় তাহলে আপনাকে সবচেয়ে কষ্টকারী যন্ত্রণা 'এঞ্জাইনা পেক্টোরিসের' সন্মখীনতা করতে হোতে পারে।

আপনি কি আপনার জীবনটাকে ভালোবাসেন? আপনি কি সুস্থ-সবল হয়ে একটা দীর্ঘ জীবন অতিবাহিত করতে চান? তাহলে এর জবাব স্বরূপ আমি পুনরায় অলেক্সিস ক্যারের কথা গুলি তুলে ধরতে চাইব - **'যারা এই আধুনিক শহরের কোলাহলের মধ্যে নিজেদের অন্তর্মনের শান্তি বজায় রাখতে পারে, তারা নার্ভাস বেব্রকডাউনের হাত থেকে নিজেদের বাঁচাতে সক্ষম।'**

আপনি কি এই আধুনিক জগতের কোলাহলের মধ্যে নিজের মনের শান্তি অক্ষুণ্ণ রাখতে সক্ষম? আপনি যদি একজন সাধারণ মানুষ হন, তাহলে অবশ্যই এর উত্তর 'হ্যাঁ' হবে। 'বেশ জোরের সাথেই হ্যাঁ বলতে পারবেন।' আমরা নিজেদের যত ভালো করে চিনতে পারি, আমাদের ভেতরের শক্তি ততটাই বৃদ্ধি পায়, আসলে আমাদের ভেতরে কত কত শক্তি লুকিয়ে আছে, সে সম্পর্কে আমরা নিজেরাই জানি না। আমার অমর পুস্তক 'ওয়েল্ডনে' আমি বলেছিলাম, **'এর থেকে উৎসাহবর্দ্ধক অন্য কোনো তথ্য আমি দেখতে পাচ্ছি না যে সচেতনতার সাথে চেষ্টা করলে মানুষ উঁচুতে ওঠার অসন্দিগ্ধ ক্ষমতা লাভ করতে পারে। যদি কেউ বিশ্বাসের সাথে নিজের স্বপ্নের দিকে এগিয়ে যায় আর সেই ধরণের জীবন যাপন করার চেষ্টা করে যার সে কখনও কল্পনা পর্যন্ত করেনি, তবে সে অবশ্যই**

সফল হবে, সাধারণ সময়ে সে সেই গুলির কল্পনা পর্যন্ত করতে পারে না।'

এই পুস্তক নিশ্চিত রূপে কিছু পাঠকদের মধ্যে ইচ্ছাশক্তি ও অতিরিক্ত শক্তির জাগরণ ঘটাতে সক্ষম হবে, যেমনটা ছিল ক্রুরডেলীন আঈডেহোর আল্লা কে. জার্ভের কাছে। এই মহিলা সবথেকে বেশী দুঃখের সময়তেও চিন্তার থেকে অনেক দূরে থাকতে সক্ষম হোত। আমার দৃঢ় বিশ্বাস যে, আমি আর আপনিও এমনটা করতে পারি, কিন্তু তার জন্য একটা শর্ত আছে, তাহল পুস্তকে বর্ণিত সত্যি কথা গুলিকে নিজের জীবনে স্বীকার করে নিতে হবে। আল্লা কে. জার্ভে নিজের জীবন সম্পর্কে লিখেছিলেন, 'সারে আট বছর আগে আমাকে মৃত্যুদন্ডের কথা শুনুয়ে দেওয়া হয়েছিল, অতি ধীরে আসা যন্ত্রণা দায়ক ক্যান্সার। দেশের সর্বশ্রেষ্ঠ ডাক্তার মেয়ো বন্ধুরা এর সত্যতা প্রমাণ করেছিল। আমি যেন মৃত্যুর সামনে এসে দাঁড়িয়েছিলাম। তখন আমি যুবতি, মরার এতটুকুও ইচ্ছা ছিল না। আমি কেলগে আমার ডাক্তারকে ফোন করে নিজের দুঃখের কথা বলতে গিয়ে কেঁদে ফেলি। তখন সে আমাকে একটু ধিক্কার দিয়ে বলে, 'কি হল তোমার ওল্লা, তোমার মধ্যে কি সংঘর্ষ করার এতটুকুও শক্তি নেই? তুমি যদি এইভাবে কান্নাকাটি কর, তাহলে মরে যাবেই, তাতে কোনো সন্দেহই নেই। চিন্তা ছেড়ে, চিকিৎসার ব্যবস্থা কর।' সেই সময় আমি একটা প্রতিজ্ঞা করি, সেই প্রতিজ্ঞায় আমার বুকের হাড় গুলিও যেন কেঁপে উঠেছিল, **'আমি আর কখনও চিন্তা করব না...আমি আর কোনো দিন কাঁদব না...মানুষের মস্তিষ্ক যা চায় তাই করতে পারে, এই সিদ্ধান্ত যদি ঠিক হয় তাহলে আমি অবশ্যই জয়ী হব! আমি বেঁচে থাকব!'**

'অবস্থা এতটাই সঙ্গীন হয়ে উঠেছিল যে, সেই সময় এক্সরের সাধারণ মাত্রা 30 দিন পর্যন্ত সাড়ে দশ মিনিট ছিল। তিনি আমাকে 49 দিন পর্যন্ত সাড়ে চোদ্দো মিনিটের এক্সরে দেন, যদিও আমার শরীরে সেই সময় হাড় ছাড়া আর কিছুই ছিল না, নির্জন উপত্যাকায় যেমন পাহাড়-পর্বত দাঁড়িয়ে থাকে আমার শরীরও হাড় গুলিই দাঁড়িয়েছিল। আমার পা এত ভারী হয়ে গেছিল যে নারাতে পারতাম না, কিন্তু আমি চিন্তা করিনি। আমি একবারও কাঁদিনি। আমি হাসতাম। আমি হাসার জন্য যেন নিজেকে বাধ্য করতাম।'

'আমি এতটাও মূর্খ নই, তাই জানতাম যে, শুধু মাত্র হাসি মুখে থাকলেই ক্যান্সারের চিকিৎসা হওয়া সম্ভব না, কিন্তু আমি বিশ্বাস করতাম যে, খুশী মনে থাকতে পারলে আমি লড়াই করার অনেক বেশী শক্তি পাব। এই সংঘর্ষ শুধু আমাকে ক্যান্সারের হাত থেকেই মুক্ত করেনি, বরং গত কয়েক বছর ধরে যতটা

সুস্থ আছি, এমন সুস্থ আমি কোনোদিন ছিলাম না, **'তথ্যের সম্মখীনতা করুন! চিন্তা দূর করুন! আর তারপর এই বিষয়ে কিছু করুন!'**

আমি পুনরায় অলেক্সিস ক্যারেলের কথা বলেই এই অধ্যায়ের শেষ করতে চাইব, 'যে চিন্তার সাথে লড়াই করতে জানে না, সে যৌবনেই মারা যায়।' পয়গম্বর মহম্মদ বলেছিলেন 'কোরাণ'-কে বুকের মধ্যে খোদাই করে নেওয়া উচিত, তাঁর কথা অনুসারেই আমি বলতে চাই, **'যে চিন্তার সাথে লড়াই করতে জানে না, সে যৌবনেই মারা যায়।'** এই কথাটা বুকের মধ্যে খোদাই করে নিয়ে চলতে হবে।

ড. ক্যারেল কি আপনার সম্পর্কেই কথা বলছিলেন ?

হোতে পরে !

সংক্ষেপে

পুস্তক থেকে লাভবান হওয়ার নয়টা উপায়

1. আপনি যদি চিন্তার থেকে দূরে থাকতে চান, তাহলে সেটাই করুন যা শ্যার উইলিয়াম করেছিলেন, 'বর্তমানের প্রতিটা দিন যাপন করুন, অর্থাৎ 'ডে-টাইট কম্পার্টমেন্টে বাঁচুন।' 'ভবিষ্যতের চিন্তা করবেন না। প্রতিদিন শোয়ার আগে পর্যন্ত বাঁচুন।'
2. পরের বার যখন আপনার সামনে কোনো সমস্যা - কোনো বড়ো সমস্যা - আসবে, তখন উইলস এইচ. ক্যারিয়ারের সেই জাদুমন্ত্র গুলি স্মরণ করে তা প্রয়োগ করার চেষ্টা করবেন।

i. নিজেকে জিজ্ঞাসা করুন, 'আমি যদি নিজের সমস্যার সমাধান করতে না পাড়ি, তাহলে আমার সাথে কতটা খারাপ হোত পারে?'

ii. প্রয়োজন হলে, খারাপ থেকে খারাপ তর পরিস্থিতিতে পরিণামের জন্য নিজেকে মানসিক দিক থেকে প্রস্তুত রাখুন।

iii. তারপর ঠান্ডা মাথায় চিন্তা করুন, কিভাবে এই খারাপ থেকে খারাপতর পরিস্থিতির থেকে বাঁচা যায়, তা ভাবুন - আপনি আগে থেকেই তা স্বীকার করে নেওয়ার জন্য মানসিক দিক থেকে প্রস্তুত আছেন।

3. আপনার চিন্তার জন্য আপনার শরীর তার কতটা মূল্য দিচ্ছে তা মাথায় রাখবেন। যে চিন্তার সাথে লড়াই করতে জানে না, সে যৌবনেই মারা যায়।'

দ্বিতীয় ভাগ

চিন্তার কারণ
বিশ্লেষণ করে
দেখার মূল
টেক্‌নিক্‌

4

চিন্তার বিশ্লেষণ ও সমাধান

> **আমার ছয়জন বিশ্বস্ত সেবক আছে**
> **(আমি যা জানি, তা তাদের কাছ থেকেই শিখেছি।)**
> **তাদের নাম হল কি, কেনো এবং কখন,**
> **কিভাবে, কোথায় এবং কে।** **-রুডয়ার্ড কিপলিঙ্গ**

প্রথম ভাগের দ্বিতীয় অধ্যায়ে উইলসন এইচ. ক্যারিয়ারের যে ফর্মূলা গুলির উল্লেখ করা হয়েছে, তা কি আপনার সমস্ত সমস্যা দুর করতে সক্ষম ? না, কখনই না। তাহলে এর সমাধান কিভাবে খুঁজে পাওয়া যেতে পারে ? এর সমাধান হল, বিভিন্ন প্রকার চিন্তার থেকে মুক্তি লাভের জন্য সমস্যা গুলিকে বিভিন্ন ভাবে বিশ্লেষণ করতে শিখতে হবে, তার জন্য তিনটি মূলভূত পদক্ষেপ শিখে নেওয়াটা খুবই জরুরি।

সেই তিনটি পদক্ষেপ হল

1. **বিভিন্ন তথ্য গুলিকে একত্রিত করতে হবে।**
2. **তথ্য গুলি বিশ্লেষণ করে দেখতে হবে।**
3. **সিদ্ধান্ত নিতে হবে আর তারপর সেই অনুসারে কাজ করতে হবে।**

এটাই একদম ঠিক। 'হ্যাঁ, অরস্তু এটাই শিখিয়েছিলেন, তিনি সেই অনুসারে কাজও করতেন।'

যে সমস্যা গুলি আমাদের দিন-রাত্রি বিব্রত করে, যা আমাদের জীবনকে নরক করে তুলেছে, আমরা যদি সেই সমস্যা গুলির সমাধান করতে চাই, তাহলে আমাদের ওপরের সিদ্ধান্ত অনুসারে চলে দেখতেই হবে।

আসুন প্রথম নিয়মের অনুসরণ করা যাক **তথ্য একত্রিত করুন**। তথ্য গুলি একত্রিত করা গুরুত্বপূর্ণ কেনো ? কারণ যতক্ষণ না আমাদের কাছে তথ্য আসছে,

ততক্ষণ পর্যন্ত বুদ্ধির সাথে সমস্যার বিচার করা অসম্ভব। তথ্য ছাড়া সমাধান করার মানে অন্ধকারে তীর নিক্ষেপ করা, যার ফলে আমাদের মধ্যে দ্বিধার সৃষ্টি হবে ও আমরা পথভ্রষ্ট হয়ে যেতে পারি। বাইশ বছর ধরে কলম্বিয়া বিশ্ববিদ্যালয়ের কলম্বিয়া কলেজের ডীন ছিলেন হরবর্ট ঈ. হক্স, তিনিও এই একই মতে বিশ্বাস করতেন। তিনি নিজের শিক্ষগতার জীবনে দুই লক্ষ ছাত্রকে চিন্তা দূর করতে ও সমস্যার সাথে মোকাবিলা করতে শিখিয়েছিলেন। তিনি আমাকে বলেছিলেন, '**দ্বিধাই চিন্তার মুখ্য কারণ।**' তাঁর মতে, 'পৃথিবীর অর্ধেক চিন্তার কারণ হল, আপনি সিদ্ধান্ত নেওয়ার চেষ্টা করেন, কিন্তু আপনার কাছে পর্যাপ্ত তথ্য না থাকার জন্য, আপনি সেই অনুসারে কোনো সিদ্ধান্ত নিতে পারেন না। উদাহরণ স্বরূপ বলা যায়, হয়তো আমাকে পরের মঙ্গলবার দুপুর তিনটের সময় কোনো সমস্যার সমাধান করতে হবে, আমি পরের মঙ্গলবার না আসার আগে পর্যন্ত সেই বিষয়ে কোনো রকম সিদ্ধান্ত নেওয়ার চেষ্টা পর্যন্ত করিনা। হাতে যে সময়টা থাকে সেই সময়ে আমি সমস্যার সাথে সম্পর্কিত সমস্ত তথ্য একত্রিত করার চেষ্টা করি। আমি সেই নিয়ে কোনো চিন্তা করি না, সমস্যার কথা ভেবে ভেবে দুঃখও পাই না। আমি নিজের ঘুম নষ্ট করি না। আমি শুধুমাত্র তথ্য একত্রিত করার দিকে ধ্যান দিই। মঙ্গলবার আসার মধ্যে যদি আমি তথ্য গুলি একত্রিত করতে সক্ষম হয়ে যাই, তাহলে আপনার থেকেই সমস্যার সমাধান হয়ে যায়।'

আমি ডীন হক্সকে জিজ্ঞাসা করি যে, এর মানে কি এই দাঁড়ায় যে, তিনি চিন্তাকে সম্পূর্ণ রূপে পরাজিত করতে সমক্ষ হয়েছেন। তিনি বলেছিলেন, 'হ্যাঁ, আমার এমনটাই মনে হয়, আমি সততার সাথে বলতে পারি যে, আমার জীবন এখন সম্পূর্ণ রূপে চিন্তা মুক্ত। আমার মনে হয় যে, কোনো মানুষ যদি নিরপেক্ষ ভাবে তথ্য প্রাপ্ত করার বিষয়ে সময়ের সদ্ব্যবহার করে তাহলে তার জ্ঞানের আলোতে তার চিন্তা উড়ে চলে যাবে।'

আমি পুনরায় বলতে চাই, '**কোনো ব্যক্তি যদি নিরপেক্ষ ভাবে তথ্য প্রাপ্ত করার জন্য সময়ের সদ্ব্যবহার করে তাহলে তার চিন্তা সেই জ্ঞানের প্রকাশে সাধারণভাবেই বাষ্পের মতো উড়ে চলে যাবে।**'

আমাদের মধ্যে বেশির ভাগ লোক কি করে? থমাস এডিসন একবার সম্পূর্ণ গম্ভীরতার সাথে বলেছিলেন, 'মানুষ নিজের চিন্তার পরিশ্রম থেকে বাঁচার জন্য এমন কোনো উপায় নেই, যার প্রয়োগ সে করে না।' যদি কোনো তথ্য আমাদের চোখের আড়ালে চলে যায়, তাহলেও আমরা শিকারী কুকুরের মতো সেই তথ্য

খুঁজে বার করার চেষ্টা করি, সবচেয়ে গুরুত্বপূর্ণ তথ্যটিই আমাদের মাথায় সবার আগে আসে, বাকি গুলি আমরা অনেক সময় অদেখা করে থাকি। যে তথ্যের সাহায্যে আমাদের কাজ সঠিক ভাবে চলতে পারে, সেই দিকেই আমরা বেশি নজর দিই - এমন তথ্য গুলির দিকেই আমাদের নজর বেশি থাকে যেগুলি আমাদের ইচ্ছানুসারে চলে এবং আমাদের পূর্বানুমানের সাথে যার মিল খুঁজে পাই।

আঁদ্রে মরায় যেমন বলেছিলেন, '**যে জিনিস গুলি আমাদের ব্যক্তিগত ইচ্ছা অনুসারে চলে, সেই সমস্ত বিষয়কে আমাদের সঠিক বলে মনে হয়। যেগুলি এমন হয় না সেই গুলিই আমাদের ভেতরে রাগের উদ্রেক করে।**'

এর থেকে একটা কথা খুব স্পষ্ট যে, আমাদের সমস্যার সমাধান খুঁজতে সমস্যা হবেই? একটা কথা ভেবে দেখুন তো, অন্য ক্লাসের গণিতের সমাধান করতে আমাদের কষ্ট করতে হয় না কি? দুই আর দুই পাঁচ হবে, আমরা যদি এমন ধারণা নিয়ে কাজ করি, তাহলে কোনো লাভ হবে কি? পৃথিবীতে এমন অনেক লোক আছে যারা মনে করে যে, দুই আর দুয়ে পাঁচ বা পাঁচশো হয়, আর সেই কারণেই তারা শুধু নিজের জীবন নয়, সেই সাথে অন্যদের জীবনকেও নরক করে তুলেছ।

এই ক্ষেত্রে আমরা কি করতে পারি? কোনো কিছু নিয়ে ভাবার সময় নিজের আবেগকে দূরে রাখতে হবে, আর ডীন হক্সের কথা অনুসারে আমাদের 'নিরপেক্ষ' হয়ে তথ্য একত্রিত করার চেষ্টা করতে হবে।

আমরা যখন কোনো কিছু নিয়ে চিন্তিত থাকি, তখন এমনটা করা আমাদের জন্য সহজ হয় না। চিন্তিত থাকলে আমাদের সমস্ত ভাবনা উবে চলে যায়। আমি লক্ষ্য করে দেখেছি যে, যখন নিজের সমস্যার থেকে আলাদা থাকতে চাই, তখন দুটি বিচার আমাদের খুবই সাহায্য করে, সেই দুটির সাহায্যে আমি তথ্য গুলিকে স্পষ্ট ও নিরপেক্ষ ভাবে দেখার সুযোগ পাই -

1. **তথ্য একত্রিত করার সময় আমি কল্পনা করি যে, আমি এই তথ্য গুলি নিজের জন্য নয়, বরং অন্য কাউর জন্য একত্রিত করছি। তাতে করে আমি আবেগ মুক্ত হয়ে, নিরপেক্ষ ভাবে অনেক তথ্য একত্রিত করতে পারি। তাতে করে আবেগের থেকে মুক্তি লাভ করা যায়।**
2. **যে সমস্যা আমাকে খুবই বিব্রত করে, সেই বিষয়ে তথ্য একত্রিত করার সময় আমি ভেবে নিই যে, আমি গোয়ার একজন উকিল, আর ঘৃণার সাথে বিপক্ষ দলের উকিলকে পরাজিত করার জন্য মোকদ্দমার প্রস্তুতি নিচ্ছি। অন্যভাবে বলা যায়, আমি নিজের বিপক্ষে**

সমস্ত তথ্য একত্রিত করার চেষ্টা করি, যে তথ্য গুলি আমাদের পছন্দ নয়, যেগুলি আমাদের ইচ্ছার বিরুদ্ধে চলে, সেগুলিকেও একত্রিত করার চেষ্টা করি।

তারপর আমি দুটি দিকই লিখে নিই - নিজের পক্ষের কথা ও বিপক্ষের কথা, উভয়ই লিখে ফেলি- আমি খেয়াল করে দেখেছি, এই দুয়ের মধ্যে খানেই আসল সত্য লুকিয়ে থাকে।

আমি এটাই বলতে চাইছি যে, আমি, আপনি, আইস্টাইন বা আমেরিকার সুপ্রিম কোর্টের বিচারপতি, এমন কোনো বিদ্বান নেই, যে তথ্যে একত্রিত না করে, বুদ্ধির সাথে কোনো সিদ্ধান্ত নিতে পারবে। থমাস এডিসন এই কথা জানতেন। তাঁর মৃত্যুর সময় তাঁর কাছে আড়াই হাজার কপি ছিল, তাতে সেই সমস্ত সমস্যার তথ্য লেখা ছিল, যার সম্মখিনতা তিনি করেছিলেন।

তাই নিজের সমস্যা গুলির সমাধান করার প্রথম নিয়ম হল তথ্য একত্রিত করতে হবে। আসুন, ডীন হক্স যা করতেন, আমরাও তাই করে দেখি। যতক্ষণ না নিরপেক্ষ ভাবে সমস্ত তথ্য একত্রিত করতে পারছেন, ততক্ষণ পর্যন্ত সমস্যার সমাধান করার কথা ভাববেন না।

কিন্তু আপনি যদি সারা পৃথিবীর তথ্য একত্রিত করতে চান, তাহলেও কোনো লাভ হবে না, যতক্ষণ না আপনি সেই গুলি নিয়ে বিচার করছেন বা সেই গুলি বিশ্লেষণ করে দেখছেন।

আমি গভীর অভিজ্ঞতার থেকে শিখেছি যে, যতক্ষণ না তথ্য গুলি লেখা হচ্ছে, ততক্ষণ পর্যন্ত সেগুলির বিচার করা ততটা সহজ হয় না। তত্য গুলি কাগজে লেখার পর নিজের সমস্যাটা যদি চোখের সামনে স্পষ্ট হয়ে দাঁড়ায়, তাহলে আমরা অনেকটাই বিবেচনার সাথে নির্ণয়ের দিকে পৌঁছে যেতে পারি। চার্ল্স কেটরিঙ্গ যেমন বলেছিলেন, **'সমস্যা ঠিক ভাবে বলতে পারলে, তখনই তার অর্ধেক সমাধান হয়ে যায়।'**

জীবন কিভাবে চলে, আমি সেই নিয়েও একটু কথা বলতে চাই। চীনে একটা প্রবাদ আছে, একটা ছবি নাকি দশ হাজার শব্দের সমান, তাই আমি আপনাদের সামনে একটা ছবি তুলে ধরে বলতে চাই যে, কিভাবে একজন ব্যক্তি নিজের জীবনে এই পদ্ধতির প্রয়োগ করেছিলেন।

আমরা গ্যালন লিচফীল্ডের উদাহরণ দেখব - আমি তাকে বেশ কয়েক বছর ধরে চিনি, সে ছিল সুদূর পূর্ব আমেরিকার একজন সফল ব্যবসায়ি। 1902 সালে

মিস্টার লিচফীল্ড চীনে ছিল। সেই সময় জাপানি সেনা শঙ্ঘাইতে ঢুকে পড়েছিল। আমার বাড়িতে সে যখন অতিথি রূপে এসেছিল, তখন এই ঘটনা শুনেছিলাম।

'জাপানের পর্লে কিছুদিন বোমা বিস্ফরণ করার পর, সেই দল শঙ্ঘাইতে ঢুকে পড়ে। তারা আমার কম্পানীতে একজন 'আর্মী লিক্বিডেটর' পাঠায়, সে আসলে ছিল একজন এডমিরাল। আর সে আমাকে আদেশ দেয় যে, আমি যেন নিজের সম্পত্তি হিসাব করার বিষয়ে তাকে সাহায্য করি। আমি তাকে সাহায্য করব, নাকি? আর সেই 'নাকি'-র মানে ছিল নিশ্চিত মৃত্যু। তাই আমার কাছে এর আর কোনো বিকল্প ছিল না।

'আমাকে যা যা বলা হচ্ছিল, আমি অনিচ্ছা সত্ত্বেও সেই কাজ গুলি করে যাচ্ছিলাম, কারণ আমার কাছে আর কোনো উপায় ছিল না, কিন্তু আমি এডমিরালকে যে তালিকা দিয়েছিলাম তাতে 750000 ডলারের সিকিউরিটীজের কোনো তথ্য দিইনি, এর কারণ হল এই সিকিউরিটীজ ছিল আমার হংকং অফিসের, শঙ্ঘাইয়ের সাথে তার কোনো যোগাযোগ ছিল না। তখনও আমার মনে ভয় ছিল, এইভেবে যে, জাপানিরা যদি তা জানতে পারে, তাহলে আমি সমস্যায় পড়ে যাব, আর তারা জানতেও পেরে যায়।'

'তারা যখন সেই কথা জানতে পারে, তখন আমি অফিসে ছিলাম না, কিন্তু আমার প্রধান একাউন্টেন্ট অফিসেই ছিল। সে আমাকে পরে বলেছিল যে, জাপানি এডমিরাল রাগে ফুটছিল, সে নিজের পা বারংবার মাটিতে মেরে আমাকে গালাগালি দিচ্ছিল, আর চোর বলছিল।'

'ব্রিজহাউস! জাপানী গেস্টাপের টর্চার কক্ষ! আমার এক বন্ধু, সেই জেলে গিয়ে আত্মহত্যা করাই শ্রেয় বলে মনে করেছিল। আমার কয়েকজন বন্ধুকে সেখানে দশদিন আটকে রেখে বিভিন্ন প্রশ্ন জিজ্ঞাসা করেছিল, তারপর তারা একে একে মারা যায়। তখন আমার ব্রিজহাউসে যাওয়ার সময় এসে গেছিল।'

'আমি কি করলাম? রবিবার দুপুরবেলা আমার কানে এই খবর আসে, খবরটা শোনার পরেই আতঙ্কিত হওয়ার কথা ছিল, যদি আমার কাছে সমস্যা সমাধানের পথ না থাকত, তাহলে আমিও আতঙ্কিতই হোতাম। আসলে আমি যখনই চিন্তিত হই তখনই নিজের টাইপ রাইটারের কাছে গিয়ে বসি, এটা আমার বেশ কয়েক বছরের অভ্যাস, আমি বিভিন্ন প্রশ্ন ও তার সাথে সাথে উত্তর লিখে ফেলি

1. **আমি কি নিয়ে এত চিন্তিত?**
2. **আমি এই বিষয়ে কি করতে পারি?**

'আমি প্রথমদিকে না লিখে এই রকম প্রশ্নের উত্তর খোঁজার চেষ্টা করতাম, কিন্তু বেশ কয়েক বছর আগে তা ছেড়ে দিয়েছি। প্রশ্ন-উত্তর গুলি লিখে নিয়ে সমাধান করার চেষ্টা করলে ভালো করে ভাবার সুযোগ পাওয়া যায়। তাই সেই রবিবার দুপুরে আমি সোজা টাইপরাইটারের কাছে গিয়ে বসে লিখি

1 **আমি কি নিয়ে এত চিন্তিত?**

- কাল সকালেই আমাকে ব্রিজহাউসে নিয়ে যাওয়া হবে, তাই নিয়েই আমি ভয় পাচ্ছি।

2. **আমি এই বিষয়ে কি করতে পারি?**

- আমি বেশ কয়েক ঘন্টা সেই নিয়ে বিচার করি, আর মন থেকে চারটে বিকল্প খুঁজে পাই -

তারপর আমি প্রতিটা কাজের সম্ভাব্য পরিণামও লিখে ফেলি।

1. আমি জাপানী এডমিরালের সামনে নিজের বক্তব্য পরিষ্কার ভাবে বলার চেষ্টা করতে পারি, কিন্তু সে ইংরেজি জানত না। আমি যদি কোনো অনুবাদকের সাহায্য নিয়ে তাকে বোঝানোর চেষ্টা করি, তাহলে সে আরো বেশি রেগে যেতে পারে। এর পরিণাম মৃত্যু হোতে পারে, কারণ সে ছিল ক্রুর, হয়তো কোনো কথা না শুনে সোজা ব্রিজহাউসে নিয়ে চলে যাবে।
2. আমি পালানোর চেষ্টা করতে পারি, কিন্তু তা কিছুতেই সম্ভব না। কারণ আমি তখন নজর বন্দী হয়ে ছিলাম। আমাকে অফিসে ঢোকা বেরানোর সময় হস্তাক্ষর দিয়ে আসতে হোত। পালানোর সময় যদি ধরা পড়ে যাই, তাহলে আমাকে গুলি মেরে দেওয়া হবে, তাতে কোনো সন্দেহ নেই।
3. আমি নিজের বাড়িতে বসে থাকতে পারতাম, তাতে করে আর কোনো দিন অফিসের দিকে যাওয়ার সুযোগ হোত না, আর তাতে করে জাপানি এডমিরালের সন্দেহ হয়ে যেত, সে সৈন্যদল পাঠিয়ে আমাকে এরেস্ট করে ব্রিজহাউসে তুলে নিয়ে যেতে পারত, আমি কোনো কিছু বলারই সুযোগ পেতাম না।
4. আমি অন্যর মতো সোমবার সকালে অফিসে যেতে পারি। তাতে করে হয়তো জাপানি এডমিরাল ব্যস্ত থাকার জন্য আমি কি করেছিলাম তা মনে নাও আসতে পারে। যদি মনে এসেও যায়, হয়তো তার মাথা

ঠান্ডা হয়ে গেছে, তাতে করে সে আমাকে বিব্রত নাও করতে পারে। সেক্ষেত্রে যদি সে আমাকে বিব্রত করেও তাহলেও আমার কাছে নিজের বক্তব্য রাখার মতো সুযোগ থাকবে। তাই সাধারণ ভাবে অফিসে গিয়ে, যেন কোনো গড়বড়ই হয়নি এমন ভাব দেখাতে পারলে আমি নিজেকে বাঁচানোর সুযোগ পেতে পারি, নিজেকে ব্রিজহাউস যাওয়ার হাত থেকে রক্ষা করতে পারি।

'আমি যখন চিন্তা-ভাবনা করে ঠিক করি যে, অন্যদিনের মতো সোমবার সকালেও অফিসে যাব, তখন আমি যেন মন থেকে একটু শান্তি লাভ করেছিলাম।'

'সোমবার সকালে অফিসে ঢুকতেই জাপানি এডমিরালকে সামনেই দেখতে পাই, সে একটা চেয়ারে বসেছিল, তার মুখে ছিল একটা সিগারেট। সে প্রতিদিনের মতো সেদিনও আমাকে কটাক্ষ দৃষ্টিতে দেখছিল, কিন্তু কিছুই বলে না। ভগবানের আশীর্বাদে ছয় সপ্তাহ বাদে তারা চলে যায়, আর আমার চিন্তা দূর হয়।'

'আমি আগেও বলেছি যে, রবিবার দুপুরে এই টাইপ রাইটারের সামনে বসেই হয়তো আমি নিজের প্রাণ বাঁচাতে সক্ষম হয়েছিলাম। আমি কি কি পদক্ষেপ নিতে পারি, যখন সেগুলি লিখে ফেলতে পেরেছিলাম তখন ঠান্ডা মাথায় সঠিক পথটাও নির্বাচন করা সম্ভব হয়েছিল, যাতে করে আমি নিজেকে বাঁচাতে সক্ষম হয়েছিলাম। আমি যদি তা না করে চিন্তিত হয়ে হড়বড় করতাম, তাহলে সময় মতো ভুল কোনো পদক্ষেপ নিয়ে ফেলতাম। ঠিক মতো বিচার করতে না পারলে আমার রাতের ঘুমও নষ্ট হয়ে যেত। তাতে করে সোমবার সকালে চিন্তিত ও বিব্রত মুখ নিয়ে অফিসে পৌঁছাতে হোত, আমার মুখ দেখেই জাপানি এডমিরালের সন্দেহ প্রবল হয়ে যেত, আর সে কোনো কঠোর পদক্ষেপ নিয়ে বসত।'

আমার অভিজ্ঞতা বারংবার এটা প্রমাণ করে দিয়েছে যে, কোনো বিষয়ে একটা সিদ্ধান্তে পৌঁছানো খুবই গুরুত্বপূর্ণ। কোনো সমস্যা সামনে এলে মানুষ চিন্তার জালে নিজেকে জরিয়ে ফেলে, তাতে করে নির্দিষ্ট সিদ্ধান্ত নিতে পারে না, আর সেটাই হয়ে যায় নার্ভাস ব্রেকডাউনের কারণ, তাতে করে নিজের জীবন নরকে পরিণত হয়। আমি খেয়াল করে দেখেছি যে, যখন আমি কোনো স্পষ্ট ও নিশ্চিত সিদ্ধান্তে পৌঁছে যেতে পারি, তখনই আমার পঞ্চাশ শতাংশ চিন্তা দূর হয়ে যায়, আর যখন এই সিদ্ধান্ত অনুসারে কাজ করি তখন বাকি চল্লিশ শতাংশ চিন্তা চলে যায়।

এইভাবে চারটি পদক্ষেপের সাহায্যে আমি নিজের নব্বই শতাংশ চিন্তা দূর

করতে সক্ষম হয়ে যাই

1. **আপনি কি সম্পর্কে চিন্তা করছেন, তা স্পষ্ট ভাবে লিখে নিন।**
2. **আপনি সেই বিষয়ে কি কি করতে পারেন, তা লিখে নিন।**
3. **কি করবেন, তার সিদ্ধান্ত নিয়ে নিন।**
4. **তারপর যত শীঘ্র সম্ভব সিদ্ধান্ত অনুসারে কাজ করতে শুরু করুন।**

গ্যালেন লিচফীল্ড পরে বীমা ও আর্থিক উন্নতির কম্পানী স্টার পার্ক এন্ড ফ্রীম্যান ইংকের ডায়রেক্টর হন। তিনি বলেছিলেন যে, চিন্তা বিশ্লেষণ করে দেখার যে উপায় তিনি প্রয়োগ করেন তা তাঁকে উন্নতির দিকে নিয়ে গেছে, এই পদ্ধতিকেই তিনি নিজের সফলতার শ্রেয় দিয়েছিলেন।

এই পদ্ধতি এত উপযোগি কেনো? কারণ এটা প্রভাবপূর্ণ, এটা খুবই স্পষ্ট ও সোজা সমস্যার শিকড় পর্যন্ত পৌঁছে যায়। এর থেকেও বড়ো কথা হল, এর শেষে তৃতীয় এবং অনিবার্য নিয়ম আসে অর্থাৎ সেই অনুসারে কিছু করা। যতক্ষণ না আমরা নিজেদের নির্ণয়ানুসারে কাজ করছি, ততক্ষণ পর্যন্ত তথ্য সংগ্রহ করে বা তার বিশ্লেষণ করে আমাদের কোনো রকম লাভ হবে না।

তাতে শুধু আমাদের শক্তিরই ক্ষয় হবে।

উইলিয়াম জেমস বলেছিলেন, '**যখন একবার সিদ্ধান্ত নিয়ে নেবেন তখন কাজের সময়ে পরিণাম নিয়ে ভাববেন না বা কোনো রকম সাবধানতা অবলম্বন করার চেষ্টা করবেন না।**' (এক্ষেত্রে, উইলিয়াম জেম্‌স বোধহয় নিশ্চিত রূপে 'সাবধান' শব্দটি 'চিন্তার' সমার্থক হিসাবেই ব্যবহার করেছিলেন।) তার কথার অর্থ হল, আপনি যখন তথ্যের ওপর ভিত্তি করে অনেক চিন্তা-ভাবনার সাথে কোনো সিদ্ধান্তে উপনিত হন, তখন কাজ করা শুরু করতে হয়। তখন আর চিন্তা-ভাবনা করার জন্য দাঁড়াবেন না। সংকোচ করা, চিন্তা করা বা নিজের পা যাতে পিছন দিকে না যায় সেদিকে খেয়াল রাখবেন। আত্মসংশয় অন্য আর এক সংশয়ের জন্ম দেয়। পিছন ঘুরে তাকিয়ে আর কোনো লাভ হবে না।

আমি একবার ওক্‌লাহোমার বিখ্যাত তেল বিশেষজ্ঞ ওয়াইট ফিলিপ্সকে জিজ্ঞাসা করেছিলাম যে, তিনি কিভাবে নিজের সিদ্ধান্ত অনুসারে কাজ করেন। তিনি বলেছিলেন, 'আমার মনে হয় যে, নিজের সমস্যা সম্পর্কে একটা নিশ্চিত বিন্দুর থেকে আরো এগিয়ে গিয়ে ভাবলে দ্বিধা বা চিন্তা আরোও বৃদ্ধি পায়। কোনো একটা সময়ে আরো বেশি তথ্য সংগ্রহ করতে গেলে বা সেই নিয়ে বেশি ভাবলে লাভের চেয়ে ক্ষতিই বেশি হয়। এমন একটা সময় আসে যখন আমাদের

সিদ্ধান্ত নিতে হয়, সেই অনুসারে কাজ করে এগিয়ে যেতে হয়, তখন পিছন ঘুরে দেখা উচিত না।'

আপনি এই মুহূর্তে কোনো চিন্তার ব্যাপারে গ্যালেন লিচফীল্ডের টেকনিকের প্রয়োগ করে দেখতে পারেন -

প্রশ্ন 1 - আমি কিসের চিন্তা করছি? (নিম্নে দেওয়া খালি স্থানে প্রশ্নের উত্তরটা পেন্সিল দিয়ে লিখে ফেলুন।)

....

....

....

....

প্রশ্ন 2 - আমি এখন এই বিষয়ে কি করতে পারি? (নিম্নে দেওয়া খালি স্থানে প্রশ্নের উত্তরটা পেন্সিল দিয়ে লিখে ফেলুন।)

....

....

....

....

প্রশ্ন 3 - আমি এর জন্য এই পদক্ষেপ নিতে চলেছি। (নিম্নে দেওয়া খালি স্থানে প্রশ্নের উত্তরটা পেন্সিল দিয়ে লিখে ফেলুন।)

....

....

....

....

প্রশ্ন 4 - আমি কখন এই কাজ শুরু করব? (নিম্নে দেওয়া খালি স্থানে প্রশ্নের উত্তরটা পেন্সিল দিয়ে লিখে ফেলুন।)

....

....

....

....

5

ব্যবসার চিন্তা কিভাবে দূর করবেন

'যে চিন্তার সাথে সংঘর্ষ করতে জানে না, সে যৌবনেই মারা যায়।
- ড. অলেক্সিস ক্যারেল

আপনি যদি কোনো ব্যবসার সাথে যুক্ত থাকেন, তাহলে হয়তো এই অধ্যায়ের শীর্ষকটা পড়ার সাথে সাথেই আপনার মনে হয়েছে যে, 'একটা মুর্খের মতো শিরনাম দিয়েছে। আমি উনিশ বছর থেকে ব্যবসা সামলাচ্ছি, ব্যবসা সম্পর্কে আমার যথেষ্ট অভিজ্ঞতা আছে। আমাকে কেউ এটা বলতে চাইছে যে, আমি এক ঝটকাতেই নিজের ব্যবসার অর্ধেক সমস্যা দূর করতে পারি। -এটা বোকার মতো কথা ছাড়া কি?'

আপনি একদম ঠিক ভাবছেন - কয়েক বছর আগে আমি যদি এমন একটা শিরনাম পড়তাম, তাহলে আমারও এমনি কিছু মনে হোত। এটা এক বিরাট বড়ো প্রতিশ্রুতি, আর বড়ো বড়ো প্রতিশ্রুতিই বেশীর ভাগ সময় অন্তঃসার শূন্য হয়।

এবার আমরা এই বিষয়ে খোলাখুলি আলোচনা করে দেখতে পারি হয়তো তাতে করে আমি আপনার ব্যবসা সংক্রান্ত পঞ্চাশ শতাংশ চিন্তা দূর করতে সক্ষম হব। শেষে গিয়ে, এই কাজ শুধু আপনি ছাড়া আর কাউর পক্ষে করা সম্ভব না। অন্য লোকেরা কিভাবে এমন কাজ করে, সে কথা আমি আপনাদের জানাতেই পারি, কিন্তু সিদ্ধান্ত নেওয়াটা সম্পূর্ণ ভাবে আপনার ওপরেই নির্ভর করছে

আপনার নিশ্চয়ই ড. অলেক্সিস ক্যারেলের কথা মনে আছে, এই পুস্তকে আগেই বহুবার সেই কথার উল্লেখ আমি করেছি 'যে চিন্তার সাথে সংঘর্ষ করতে পারে না, সে যৌবনেই মারা যায়।'

চিন্তা অতি ভয়ঙ্কর জিনিস, তাই আমি যদি আপনার দশ শতাংশ চিন্তা দূর করতে পারি, তাহলে আমার নিজের খুব ভালো লাগবে, আমি ভেতর থেকে সন্তুষ্ট হোতে পারব। আমি আপনাকে একটা বিজনেস এগজীক্যুটিভের উদাহরণ

দিতে চলেছি, সে নিজের পঞ্চাশ শতাংশ চিন্তা দূর করতে সক্ষম না হলেও, ব্যবসা সংক্রান্ত যেকোনো সমস্যা ও সেই সংক্রান্ত মিটিং-এ আগের চেয়ে পঁচাত্তর শতাংশ কম সময় দিতে শুরু করে।

মনে রাখবেন, আমি আপনাকে কোনো মি. এক্স. বা মি. জোন্স বা ওহিয়োর একজন পরিচিত ব্যক্তির ঘটনা শোনাচ্ছি না। এমন অস্পষ্ট ঘটনা বললে আপনি হয়তো ঠিক মতো না বুঝতে পারতেন, আমি একজন সাধারণ মানুষের সত্যি ঘটনা আপনার সামনে তুলে ধরছি। সে হল লিয়ন শিমকিন। সে ছিল আমেরিকার বিখ্যাত সাইমন এন্ড শস্টর, রকফেলর সেন্টর, নিউইয়ার্কের প্রাক্তন ম্যানেজার এবং পার্টনার।

তার মুখেই তার অভিজ্ঞতার কথা শুনুন।

'পনেরো বছর ধরে আমি নিজের কাজের অর্ধেক সময়টাতে মিটিং-এই বসে থাকতাম, তাতে বিভিন্ন সমস্যা নিয়ে বিচার করা হোত। আমাদের এমনটা করা উচিত, বা আমাদের তেমনটা করা উচিত, বা আমাদের কি কিছু করা উচিত? আলোচনার সময় খুবই মানসিক চাপ বোধ করতাম, কখন-কখন নিজের চেয়ার ছেড়ে উঠে পায়চারি পর্যন্ত করতাম, কোনো বিষয় নিয়ে যখন তর্ক শুরু হোত তখন যেন সব কেমন গুলিয়ে যেত। রাতে খুবই ক্লান্ত বোধ করতাম, মনে হোত সারাটা জীবন বোধহয় এইভাবেই কেটে যাবে। পনেরো বছর ধরে একই রকম চলছিল, একবারও মনে হয়নি আমি এর চেয়ে ভালো কোনো উপায় খুঁজে বার করতে পারি। যখন কেউ আমাকে বলত যে, আমি নিজের টেনশান পচাত্তর শতাংশ পর্যন্ত কম করতে পারি তখন আমার মনে হোত এটা শুধু কথার কথা, বা তাকে আমার খুবই আশাবাদী বলে মনে হোত, কিন্তু আমি মনে মনে ভাবতাম তা কখনই সম্ভব না। অথচ সেই আমিই এমন একটা পরিকল্পনা গড়ে তুলি যার দ্বারা যেটাকে কোনো একটা সময় অসম্ভব বলে মনে হোত, সেটাও সম্ভব হয়ে ওঠে। আমি নিজের কার্যশৈলী, স্বাস্থ্য, সুখী জীবন সবই ফিরে পেতে সক্ষম হই।

'আমার কাছে প্রথম প্রথম তা একটা ঐন্দ্রজালিক ঘটনা বলে মনে হোত। আপনি যদি কিভাবে এটা করা সম্ভব তা জেনে যান, তাহলে জাদুর টেক্‌নিকের মতো এটাকেও খুবই সহজ বলে মনে হবে।'

'সেই রহস্য হল সবার আগে আমি এই পুরানো টেকনিক বন্ধ করে দিই। গত পনেরো বছর ধরে যেভাবে চলছিলাম তা দূর করার চেষ্টা করি, সেই প্রক্রিয়া ছিল, আমার সমস্যাগ্রস্ত সহযোগিরা প্রথমে এক-এক করে সমস্যা তুলে ধরত আর তারপর জিজ্ঞাসা করত, 'এবার আমাদের কি করা উচিত?' তার পরিবর্তে

আমি একটা নতুন নিয়ম গড়ে তুলি। যে ব্যক্তি আমার কাছে সমস্যা নিয়ে হাজির হোত, তাকে আগে একটা বিবরণ পত্র তৈরি করতে হোত, যাতে চারটি প্রশ্নের উত্তর লিখিত ভাবে জানাতে হোত

'প্রথম প্রশ্ন   সমস্যা কি?'

'আগে আমাদের এক-দুই ঘন্টা সমস্যা কি তা নিয়ে আলোচনা করতেই নষ্ট হয়ে যেত, কারণ আসল সমস্যা কি তা স্পষ্টভাবে কেউই ব্যক্ত করতে পারত না। আসলে সমস্যার সৃষ্টি হলে আমরা নিজেরা তা লিখে নিয়ে বোঝার পরিবর্তে সেটাকে ফেনার মতো বিরাট আকারে পরিণত করতে চাই।'

'দ্বিতীয় প্রশ্ন   সমস্যার কারণ কি?'

'আমি যখন নিজের অতীতের দিকে তাকাই তখন আমার মনে হয় যে, আমি মিটিং-এ কতটা সময় নষ্ট করেছি, অথচ সমস্যার শিকড় কোথায় সেটা একবারও খুঁজে দেখার চেষ্টা করিনি, এই কথা ভাবলে আমি যেন আরো ব্যাকুল হয়ে যাই।

'তৃতীয় প্রশ্ন   সমস্যাকে কতগুলি উপায়ে সমাধান করা যেতে পারে?'

'আগে মিটিং-এ এক একজন করে এক একটা সমাধানের পথ খুঁজে বার করত। অন্য লোকেরা তার বিরোধীতা করত। তাতে করে শুরু হোত তর্ক বিতর্ক, আর পরিবেশ গরম হয়ে উঠত। তাতে করে আমরা নিজের আসল সমস্যার থেকে দূরে সরে যেতাম, কেউই মিটিং-এর সমস্ত কথা গুলি লিখত না, ফলে কোনোই সমাধানে আসা সম্ভব হোত না।'

'চতুর্থ প্রশ্ন   আপনি কোন সমাধানের পরামর্শ দিচ্ছেন?'

'এমন ব্যক্তিদের সাথে মিটিং করতাম, যারা কোনো সমস্যার কিভাবে সমাধান করা যায় সেই নিয়ে চিন্তাই করত না। ঘন্টার পর ঘন্টা সমস্যা নিয়ে আলোচনা করে যেত, কিন্তু সম্ভাব্য সমাধান গুলির দিকে তাকিয়ে দেখত না, বা কখনই লিখত আকারে কোনো সমাধান সূত্র নিয়ে এসে বলত না যে, 'আমি এই ভাবে সমাধানের পরামর্শ দিচ্ছি।'

'এখন আমার সহযোগিরা তাদের সমস্যা নিয়ে খুব কমই আমার কাছে আসে। কেন? কারণ তারা এটা দেখে নিয়েছে যে, এই চারটি প্রশ্নের উত্তর দিতে গিয়ে তাদের সমস্ত তথ্য একত্রিত করতে হচ্ছে, সেই সাথে নিজের সমস্যা সম্পর্কে খুব ভালো করে বিচার করে দেখতে হচ্ছে। তারা যখন এইভাবে চলতে শুরু করে তখন তারা নিজেরাই বুঝতে পারে যে, তিন-চতুর্থাংশ ক্ষেত্রে আমার কোনো পরামর্শই তাদের প্রয়োজন হচ্ছে না, আসলে লিখে সমাধান খুঁজতে পারলে টোস্টার থেকে যেমন পাউরুটির টুকরো বেরিয়ে আসে তেমনি সমাধানের পথও

আপনা থেকে নির্গত হয়ে যায়। যে বিষয় গুলি নিয়ে আলোচনা করাটা আবশ্যক হয়ে দাঁড়াত, সেগুলি নিয়ে আলোচনা করতেও আগের চেয়ে এক-চতুর্থাংশ সময় লাগত, কারণ যেকোনো আলোচনা যদি যুক্তি সম্মত হয় তাহলে তথ্য গুলি নিজের থেকেই নির্গত হয়ে যায়।

'কি ভুল হয়েছে? সেই নিয়ে আলোচনা করার বিষয়ে সাইমন এন্ড শস্টর গ্রুপ আগের চেয়ে অনেক কম সময় ব্যয় করে, বরং সেই সমস্যা গুলির সমাধান করার বিষয়ে অনেক বেশী সময় ব্যয় করা হয়।'

আমেরিকার একজন অন্যতম বীমা এজেন্ট আমার বন্ধু ফ্র্যাঙ্ক বেটগর আমাকে বলেছিল যে, এই ধরণের টেকনিকের দ্বারা শুধু যে তার ব্যবসার চিন্তা দুর হয়েছে তাই নয়, বরং সে নিজের আমদানীও দ্বিগুণ করতে সক্ষম হয়েছিল।

ফ্র্যাঙ্ক বেটগর বলেছিল, 'বেশ কয়েক বছর আগে যখন আমি বীমা করার কাজ শুরু করেছিলাম, তখন আমার নিজের কাজের ব্যাপারে অফুরন্ত উৎসাহ ছিল ও অসীম প্রেম ছিল, কিন্তু এমন কিছু হয় যার জন্য আমি খুবই হতাশায় ভুগতে শুরু করি। আমার যেন কাজের ওপর একটা ঘৃণা জন্মে যায়, তা ছেড়ে দেওয়ার কথা ভাবতে থাকি। একটা শনিবার সকালে আমি ঘুম থেকে উঠে খুবই শান্ত মনে নিজের সমস্যার কেন্দ্রবিন্দু পর্যন্ত পৌঁছানোর চেষ্টা করি, তা না করলে হয়তো আমি নিজের কাজ ছেড়েই দিতাম।

1. আমি সবার আগে নিজেকে জিজ্ঞাসা করি, 'আসল সমস্যা কি?' সমস্যা ছিল আমি বহু সম্ভাব্য গ্রাহকের সাথে দেখা তো করছিলাম কিন্তু সেই অনুপাতে আমদানী করতে পারছিলাম না। মনে হোত যে, প্রোস্পেক্টকে বীমা বিক্রি করতে সমস্যা নেই, যত সমস্যা সেল ক্লেজের সময়ে। সেই সময় গ্রাহক বলত, 'মি. বেটগর, আমি এই বিষয়ে ভেবে দেখব, আপনি পুনরায় আমার সাথে দেখা করুন।' পুনরায় দেখা করার চক্করে আমি এত ফোন কল করতাম আর তাতে করে এতটা সময় নষ্ট হোত যে, আমি নিজের মনে হতাশ হোতে শুরু করি।
2. আমি নিজেকে জিজ্ঞাসা করি 'কিভাবে এর সমাধান করা যেতে পারে?' এই প্রশ্নের উত্তর খুঁজতে গিয়ে আমার তথ্য গুলি খুঁজে দেখার প্রয়োজন হয়। আমি গত এক বছরের রেকর্ড বুক বার করে সংখ্যা গুলি নিয়ে চিন্তা-ভাবনা করতে শুরু করি।

   'তখন আমি একটা আশ্চর্য জনক বিষয় লক্ষ্য করি, সংখ্যা গুলি বিশ্লেষণ করে আমি বুঝতে পারি যে, প্রথম ইন্টারভিউতে আমি 70 শতাংশ ও

দ্বিতীয় ইন্টারভিউতে 23 শতাংশ সফলতা অর্জন করতে সক্ষম হয়েছি। আর তারপর তৃতীয়, চতুর্থ প্রভৃতি ইন্টারভিউ থেকে মাত্র 7 শতাংশ বিক্রী হয়েছে। এই নিয়ে চিন্তা করেই আমার সময় নষ্ট হচ্ছিল, আর আমি হাতাশ হয়ে পড়ছিলাম। অন্যভাবে বলা যায় এরফলে ব্যবসায় মাত্র অর্ধেক সময় দিচ্ছিলাম তাতে করে আমার বিক্রী সাত শতাংশে নেমে এসেছিল।

3. 'উত্তর কি ছিল?' উত্তর খুবই স্পষ্ট হয়ে ওঠে। দ্বিতীয় ইন্টারভিউয়ের পরে আমি আর সেই গ্রাহকদের সাথে দেখা করি না, তার পরিবর্তে আমার হাতে যে সময় বাঁচে তখন আমি নতুন গ্রাহকের সাথে দেখা করি। যার পরিণাম ছিল অবিশ্বাসনীয়।

কিছু সময়ের মধ্যে আমার উপার্জন দ্বিগুণ হয়ে যায়।

দেখলেন, ফ্র্যাঙ্ক বেটগর দেশের অন্যতম বীমা এজেন্ট হওয়া সত্ত্বেও কোনো একটা সময় সে নিজের পেশা ত্যাগ করার কথা ভেবেছিল। সমস্যার বিশ্লেষণ না করার আগে সেও পরাজয় স্বীকার করে নিচ্ছিল।

আপনি নিজের ব্যবসায়িক সমস্যার ক্ষেত্রে, এইভাবে প্রশ্ন করে দেখেন কি? এই প্রশ্ন গুলি আপনার চিন্তা পঞ্চাশ শতাংশ দূর করতে সাহায্য করবে। পুনরায় প্রশ্ন গুলি দেওয়া হল

সংক্ষেপে দ্বিতীয় ভাগ

চিন্তা বিশ্লেষণ করার মূলভিত্তি

1. তথ্য একত্রিত করুন। কলম্বিয়া বিশ্ববিদ্যালয়ের ডীন গক্স কি বলেছিলেন, সেই কথা স্মরণে রাখুন - 'আপনি সিদ্ধান্ত নেওয়ার চেষ্টা করলেও কিসের ভিত্তিতে আপনি সিদ্ধান্ত নেবেন, সেই সঠিক তথ্য থাকে না, আর দুনিয়ার অর্ধেক চিন্তার কারণই হল এটা।

2. সাবধানতার সাথে সমস্ত তথ্য বিশ্লেষণ করে তবেই সিদ্ধান্ত নিন।

3. একবার সাবধানতার সাথে সিদ্ধান্ত নিয়ে নেওয়ার পরে শুধু কর্ম করুন। নিজের সিদ্ধান্ত অনুসারে কাজ শুরু করুন - আর পরিণামের চিন্তা করবেন না।

4. যখন আপনি আর আপনার সহযোগী কোনো সমস্যা নিয়ে আলোচনা করার মুডে থাকবেন তখন নিম্ন লিখিত প্রশ্ন গুলির উত্তর লিখে ফেলার চেষ্টা করুন

a. **সমস্যা কি?**

b. **সমস্যার কারণ কি?**

c. **কত গুলি উপায়ে এই সমস্যার সমাধান করা যায়?**

d. **এই সমস্যা সমাধান করার সবচেয়ে ভালো উপায় কোনটি?**

তৃতীয় ভাগ

চিন্তা আপনাকে
শেষ করার আগে,
আপনি চিন্তাকে
শেষ করুন।

6

কিভাবে চিন্তা দূর করবেন ?

ব্যস্ত থাকুন। চিন্তিত ব্যক্তিদের সর্বদা কাজের মধ্যে ডুবে থাকা উচিত, তা না হলে সে আরো বেশী হতাশাগ্রস্ত হয়ে পড়বে।

আমি সেই রাতের কথা জীবনে কোনো দিন ভুলতে পারব না, সেই সময় ম্যারিয়ল জে. ডগলস ছিল আমার কক্ষের একজন বিদ্যার্থী। (আমি এখানে ওর আসল নামটা দিচ্ছি না, কারণ কিছু ব্যক্তিগত কারণের জন্য সে আমাকে তার নাম সকলের সামনে প্রকাশ করতে নিষেধ করেছিল।) কিন্তু তার জীবনের কিছু প্রকৃত ঘটনার কথা এখানে তুলে ধরব, সে নিজের মুখেই সেই ঘটনার উল্লেখ ক্লাসে সকলের সামনে করেছিল। তার বাড়িতে কি ভয়ঙ্কর ঘটনা ঘটেছিল তা সে আমাদের বলেছিল, আর এই ঘটনা একবার নয়, দুইবার প্রত্যক্ষ করেছিল সে। প্রথমে তার পাঁচ বছরের বাচ্চা মারা যায়, তাকে সে খুবই ভালোবাসত। প্রথমে সে আর তার স্ত্রী ভেবেছিল যে, তারা এই শোক কিছুতেই মেনে নিতে পারবে না, কিন্তু যখনই তারা, 'দশ মাস বাদে ভগবানের আশীর্বাদে পুনরায় আর একটি মেয়ের মুখ দেখতে সক্ষম হয়' তখন তারা নিজেদের সামলে নেয়, কিন্তু পাঁচ দিনের মাথায় সেও এই পৃথিবী ছেড়ে চলে যায়।

দুইবার এমন চরম আঘাত সহ্য করা অসম্ভব হয়ে উঠেছিল। ম্যারিয়েল বলে, 'আমি এই আঘাত সহ্য করতে পারছিলাম না। আমি শুতে, খেতে বা কোথাও একটু শান্ত হয়ে বসতে পর্যন্ত পারতাম না, আরাম করার কথাটা জীবন থেকে চলে গেছিল। আমার ভেতরে আর কোনো শক্তি ছিল না, আত্মবিশ্বাস ভেঙেচুরে একাকার হয়ে গেছিল।' শেষ পর্যন্ত সে ডাক্তারের কাছে যায়। একজন তাকে ঘুমের ঔষুধ খেয়ে ঘুমাতে বলে, আর অন্যজন তাকে বাইরে কোথাও ঘুরে আসার পরামর্শ দেয়। সে দুটি উপায়ই অবলম্বন করে দেখে, কিন্তু কোনো কিছুতেই

কোনো লাভ হয় না। 'মনে হোত আমার শরীর যেন শিলে বাঁধা, আর যতদিন যাচ্ছে তা যেন আরো কোষে বাঁধছে আমাকে।' দুঃখের এমন আঘাত (যে এমন দুঃখ পেয়েছে, সেই বুঝতে পারবে) সে আর সহ্য করতে পারছিল না।

'কিন্তু ভগবানের দয়ায় তখনও আমার চার বছরের একটা ছেলে জিবীত ছিল। সে আমাকে সমস্যা সমাধান করতে সাহায্য করেছিল। একদিন দুপুরে যখন আমি দুঃখের সমুদ্রে নিমজ্জিত তখন সে আমার কাছে এসে বলে, 'ড্যাডী, আমাকে একটা নৌকা বানিয়ে দাও।' তখন আমার নৌকা বানানোর মতো কোনো মুডই ছিল না, সত্যি বলতে কি, তখন আমার কোনো কিছু করারই কোনো মুড ছিল না, কিন্তু আমার ছেলে ছিল খুবই জেদী প্রকৃতির, তার সামনে আমাকে শেষ পর্যন্ত পরাজয় স্বীকার করতেই হয়।

তার সেই রয়াল নৌকা তৈরি করতে আমার তিন ঘন্টা সময় লেগেছিল। তার নৌকা বানানো শেষ করার পর আমি বুঝতে পারি যে, গত কয়েক মাস বাদে আমি যেন একটু চিন্তা মুক্ত হওয়ার সুযোগ পেয়েছিলাম, বহুদিন বাদে মানসিক ভাবে একটু শান্তি বোধ করার সুযোগ পেয়েছিলাম।

'এই অনুসন্ধান আমার ঘুম ভাঙিয়েছিল, আর আমাকে ভাবতে বাধ্য করে - কয়েক মাস বাদে আমি কিছু ভাবছিলাম। আমি বুঝতে পেরেছিলাম যে, যখন আমি কোনো কাজ করার কথা ভাবতাম আর তার জন্য পরিকল্পনা গড়তে শুরু করতাম, তখন আমি আর অন্য কিছু চিন্তা করার মতো অবস্থায় থাকতাম না। একটা নৌকা বানাতে গিয়েই বুঝেছিলাম যে, নিজেকে কোনো ভাবে ব্যস্ত রাখতে পারলে আমি এই চিন্তার থেকে মুক্তি লাভ করতে পারি, তখন আমি ঠিক করি যে, যেকোনো উপায়ে নিজেকে ব্যস্ত রাখব।

'পরের দিন রাতে আমি সারা বাড়ি ঘুরে দেখি, কি কি কাজ করা জরুরি তার একটা তালিকা প্রস্তুত করে ফেলি, তখন দেখি সামনে হাজারও কাজ পড়ে আছে, ঘরের দরজা-জানলা মেরামত করার প্রয়োজন দেখা দিয়েছিল, পর্দা গুলি পরিষ্কার করার দরকার ছিল, সেই সাথে জলের কল ও নালাও ঠিক করার প্রয়োজন দেখা দিয়েছিল। আপনারা জানলে অবাক হবেন যে, আমি এক সপ্তাহে 242 টা কাজের তালিকা বানিয়ে ফেলেছিলাম।

'গত দু বছরে আমি এর মধ্যে বেশির ভাগ কাজ করে ফেলেছি, সেই সাথে নিজেকে প্রেরণা দায়ক গতিবিধির সাথে সংযুক্ত রাখার চেষ্টা করেছি। এখন আমি একটা স্কুল বোর্ডের চেয়ারম্যান, সেই সাথে বিভিন্ন সামাজিক কাজের সাথে যুক্ত,

সপ্তাহে দুদিন পৌঢ়দের সান্ধ্য কলেজেও যোগদান করে থাকি। আমি বহু মিটিং-এ অংশ নিই, রেড ক্রসের জন্য চাঁদা একত্রিত করি, সেই সাথে নিজেকে অন্য গতিবিধির সাথেও যুক্ত রাখার চেষ্টা করি। এখন আমি এত ব্যস্ত যে, চিন্তা করার সময়ই পাই না।'

'চিন্তা করার জন্য সময় পাই না।' এই কথাটা বলেছিলেন চার্চিল, যুদ্ধের সময় তাঁকে আঠারো ঘন্টা কাজ করতে হোত, তখন তাঁকে জিজ্ঞাসা করা হয়েছিল যে, এমন সংকট জনক পরিস্থিতি নিয়ে তিনি নিশ্চয়ই খুবই চিন্তিত, তখন তিনি বলেছিলেন, 'আমি খুবই ব্যস্ত, আমার কাছে চিন্তা করার মতো সময় নেই।'

চার্লস কেটেরিঙ্গও এই প্রকৃতির মানুষ ছিলেন, তিনি যানবাহনের জন্য সেল্ফ-স্টার্টরের আবিষ্কার করতে চেয়েছিলেন। তিনি বিশ্ববিখ্যাত জনরল মোটর্স রিসার্চ কর্পোরেশানের ভাইস চেয়ারম্যান হিসাবে অবসর গ্রহণ করেছিলেন, কিন্তু সেই সময় তিনি এতই গরিব ছিলেন যে গবেষণা করার মতো জায়গা তাঁর কাছে ছিল না, প্রয়োজনিয় সামগ্রী কেনার জন্য তিনি যে পনেরশো ডলার খরচ করেছিলেন তাও তার স্ত্রীর উপার্জিত অর্থ ছিল, যা তিনি পিয়ানো শিখিয়ে উপার্জন করেছিলেন। পরে তাঁকে নিজের জীবন বীমা থেকে পাঁচশো ডলার ঋণ নিতে হয়। যখন তাঁর স্ত্রীকে জিজ্ঞাসা করেছিলাম যে, এমন প্রতিকূল পরিস্থিতিতে কখনও চিন্তা হয়নি, তখন তাঁর স্ত্রী বলেন, 'এত চিন্তা হোত যে ঘুমাতে পর্যন্ত পারতাম না, কিন্তু মি. ক্যাটরিঙ্গের মধ্যে কোনো চিন্তা ছিল না, সে এতই কাজে ব্যস্ত থাকত যে, চিন্তা করার সময়ই পেত না।'

মহান বৈজ্ঞানিক পাশ্চর বলেছিলেন, 'পুস্তাকালয় ও গবেষণাগারেই শান্তি পাওয়া যায়।' কিন্তু সেখানে কেনো শান্তি পাওয়া যায়? কারণ সাধারণত পুস্তকালয় ও গবেষণাগারে মানুষ নিজেদের কাজ নিয়ে এতটাই ব্যস্ত থাকে যে, তাদের কাছে অন্য কিছু নিয়ে চিন্তা করার সময় থাকে না। যারা গবেষণা করে তাদের নার্ভাস ব্রেক ডাউন হয়েছে বলে শোনা যায় না, কারণ তাদের কাছে এমন বিলাসিতার সময় থাকে না।

ব্যস্ত থাকার মতো সাধারণ একটা বিষয় কিভাবে আমাদের চিন্তা দুর করে? এটার পিছনে একটা নিয়ম আছে, আর মনোবিজ্ঞানে বলা কয়েকটা নিয়মের মধ্যে এটা অন্যতম। এই নিয়ম হল, যেকোনো মানবীয় মস্তিষ্ক তা যতই প্রভাবশালী হোক না কেনো, একটা সময়ে একাধিক বিষয় নিয়ে ভাবতে পারে না। আপনার বিশ্বাস হচ্ছে না? তাহলে নিজেই বিচার করে দেখুন।

এবার আপনি হেলান দিয়ে বসে চোখ বন্ধ করে একসাথে ভিক্টোরিয়া মেমোরিয়াল ও কাল সকালে আপনাকে কি কি কাজ করতে হবে তার পরিকল্পনা গড়ে তোলার চেষ্টা করে দেখুন তো। (এগিয়ে যান, চেষ্টা ছাড়বেন না)। আপনি একসাথে দুটি বিষয় নিয়ে ভাবতে পারছেন না, আপনাকে এক-এক করে ভাবতে হচ্ছে, এটাই হল ভাবনার ক্ষেত্র, আমরা কোনো রোমাঞ্চকর কাজ করার সময় উৎসাহিত বোধ করি, তখন আমরা ব্যস্ত হয়ে যাই। আর তখনই আপনি চিন্তার হাত থেকে রেহাই পান, কারণ একটা ভাবনা আপনাকে আর একটা ভাবনার থেকে রেহাই দেয়। আর এই সত্যের দ্বারাই সৈন্যদের মনোচিকিৎসক দ্বিতীয় বিশ্ব যুদ্ধের সময় চমৎকারিত্ব ঘটাতে সক্ষম হয়েছিল।

সৈন্যরা যুদ্ধের ময়দানে প্রচন্ড ঘাবরে যাওয়ার ফলে সেখান থেকে বাইরে এসে তারা 'নেশাগ্রস্ত' হয়ে পড়ছিল, 'ওদের ব্যস্ত রাখো' এই চিন্তাধারার সাহায্যেই তাদের চিকিৎসা করা হোত, ঔষধ দেওয়া হোত।

নেশাগ্রস্ত লোকেদের প্রতিটা মুহূর্তে কোনো না কোনো ভাবে ব্যস্ত রাখার চেষ্টা করা হয়, সেগুলির মধ্যে বেশির ভাগ সময়টাই বাইরে কাটানোর বন্দোবস্ত করা হয়, যেমন - মাছ ধরা, শিকার করানো, ফুটবল খেলা, গোল্ফ খেলা, ছবি তোলা, নাচ-গান করা প্রভৃতি। তাদের নিজের অভিজ্ঞতা নিয়ে ভাবার সুযোগই দেওয়া হয় না।

যখন কোনো কাজকে চিকিৎসা হিসাবে প্রয়োগ করা হয়, তখন তাকে 'অক্যুপেশানল থেরাপি' বলা হয়। এটা কোনো নতুন অনুসন্ধান নয়। যীশু খ্রীষ্টের জন্মের পাঁচশো বছর আগে একজন গ্রীক ডাক্তার করেছিলেন।

বেন ফ্র্যাঙ্কলিনের সময় ক্বেকর্স ফিলাডিলফিয়াতে এর প্রয়োগ করেছিলেন। এক ব্যক্তি 1717 সালে ক্বেকর সেনিটেরিয়মে যাত্রা করেছিল, সেখানে একজন মানসিক রোগীকে সূতো কাটতে দেখে সে অবাক হয়ে যায়, তখন তার মনে হয় যে, ওখানে এমন হতভাগ্য লোকেদের শোষণ করা হয়। কিন্তু যখন ক্বেকর্স তাকে বুঝিয়ে বলেন যে, এই ধরণের রোগিরা কাজ করলে তবেই তারা ধীরে ধীরে সুস্থ হয়ে ওঠে ও তারা মানসিক ভাবে শান্তি লাভ করে তখন তার ভেতরের ভুল ধারণা দূর হয়।

যেকোনো মনোচিকিৎসক আপনাকে বলে দেবে যে, কাজে ব্যস্ত থাকার মানে অসুস্থ মনের ক্ষেত্রে সবচেয়ে বড়ো এনেস্থীসিয়া। হেনরী ডব্ল্যু. লাঙ্গফেলো যখন তার যুবতী স্ত্রীকে হারিয়েছিল, তখন তার এই টেকনিকই সঠিক বলে মনে হয়েছিল। মোমবাতি থেকে আগুন লেগে পুড়ে মারা যায় তার স্ত্রী, তার চোখের সামনে এই

ঘটনা ঘটে কিন্তু সে তাকে বাঁচাতে পারে না। সেই দুঃখ তাকে পাগল করে তুলেছিল, কিন্তু তার চোখের সামনে তখন ছিল তার ছোটো ছোটো তিনটে বাচ্চা, যাদের দিকে ধ্যান দেওয়াটা খুবই জরুরি ছিল। সেই দুঃখ বুকে নিয়ে লাঙ্গফেলো তাদের বাবা-মা উভয়েরই কর্তব্য পালন করে। তাদের ঘুরতে নিয়ে যায়, গল্প শোনায়, তাদের সাথে খেলে, সে তার কবিতা **দ্যা চিল্ড্রেন্স ওভার** -এ সেই কথা অমর করে রেখেছে। সেই সময় সে দান্তের লেখার অনুবাদ করতে শুরু করেছিল, যাতে করে সে এতটাই ব্যস্ত থাকত যে, নিজের মানসিক শান্তি ফিরে পেতে সক্ষম হয়েছিল। টেনীসন যখন তাঁর সবচেয়ে কাছের বন্ধু আর্থর হল্লামকে হারিয়েছিলেন তখন তিনি বলেছিলেন, '**আমাকে নিজেকে কাজে ব্যস্ত রাখতে হবে, তা না হলে নিরাশা আমাকে গ্রাস করবে।**'

আমরা প্রায় সকলেই দৈনন্দিন জীবনের অনুসারে কাজ করে থাকি, কিন্তু কাজ শেষ হয়ে যাওয়ার পরের সময় গুলি কাটানো দুর্বিসহ হয়ে পড়ে। যে সময়টায় আমরা খালি সময়ের আনন্দ উপভোগ করার কথা থাকে সেই সময়টাতেই যেন চিন্তা রূপী রাক্ষস আমাদের গ্রাস করতে আসে, যার ফলে না আমরা আরাম করতে পারি আর না শান্তি লাভ করি। তখনই আমাদের মনে হয়, আমরা শুধু কলুর বলদের মতো খেটেই মরছি না তো, এই কাজের ব্যস্ততায় আমাদের সেক্স এপীল কম হয়ে যাচ্ছে না তো, প্রভৃতি কথা মাথায় ঘুরপাক খেতে থাকে।

আমরা যখন ব্যস্ত থাকি না তখন আমাদের মস্তিষ্ক একদম খালি হয়ে যায়। পদার্থ বিদ্যার সমস্ত ছাত্ররাই জানে যে, 'প্রকৃতি যেকোনো খালি স্থানকেই ঘৃণা করে'। একটা কথা মাথায় রাখবেন প্রকৃতিতে কোনো স্থানই খালি নয়, যেখানে কিছুই নেই, সুযোগ পেলে সেখানে হাওয়া ঢুকে পড়ে।

সেই প্রকৃতিই আমাদের শূণ্য মস্তিষ্ক ভরার জন্য দ্রুতগতিতে কাজ করতে শুরু করে আর আমাদের মাথায় কি ভরে দেয়? সাধারণত চিন্তা। কেনো? কারণ চিন্তা, ভয়, ঘৃণা, হিংসা প্রভৃতি ভাবনা খুবই প্রবল, আর বহু কাল থেকে এই ভাবনা নিজের শক্তির সাথে প্রভাব বিস্তার করে চলেছে। এই ভাবনা গুলি এতটাই প্রবল হয় যে, তা আমাদের মস্তিষ্কের সমস্ত শান্তি, সুখকর বিচার এবং আবেগকে চূর্ণ বিচূর্ণ করে দেয়।

কলম্বিয়ার প্রয়েসার জেম্স এল. মসেল খুব সহজভাবে বলেছিলেন, 'যখন আপনি কোনো কাজে ব্যস্ত থাকেন তখন চিন্তা আপনার ওপর চেপে বসার সুযোগ পায় না, কিন্তু যখন কাজ শেষ করে আরাম করার সময় আসে তখন আপনার

কল্পনা শক্তি বিভিন্ন রূপ ধারণ করে আপনাকে তাড়া করে বেরায়, বিভিন্ন মুর্খতাপূর্ণ সম্ভাবনার জন্ম দেয়, ছোটোখাটো বিষয় গুলিও তখন বিরাট আকার ধারণ করে আপনার সামনে এসে উপস্থিত হয়। সেই সময় আপনার মস্তিষ্ক একটা যন্ত্রের মতো কাজ করে, যা অকারণে চলে থাকে। এইভাবে অকারণে কোনো যন্ত্র চললে তা জ্বলে যাওয়ার ভয় থেকেই যায়, তাতে করে তা টুকরো টুকরো হয়ে যাওয়ার ভয় থেকে যায়। চিন্তার সবচেয়ে বড়ো চিকিৎসা হল, যেকোনো সৃজনশীল কাজে নিজেকে সম্পূর্ণ রূপে ব্যস্ত রাখা।

এই সত্যি জানার জন্য বা সেই অনুসারে চলার জন্য আপনাকে কোনো কলেজের প্রফেসার হোতে হবে, তার কোনো মানে নেই। দ্বিতীয় বিশ্বযুদ্ধের সময় শিকাগোর এক গৃহিনীর সাথে আমার পরিচয় হয়েছিল, সে আমাকে বলেছিল যে,

'চিন্তার সবচেয়ে বড়ো চিকিৎসা হল কোনো সৃজনশীল কাজে নিজেকে লিপ্ত করে দেওয়া।' নিউইয়ার্কথেকে আমাদের ফার্ম হাউস মিসূরী যাওয়ার পথে এই মহিলা ও তার স্বামীর সাথে ডাইনিং কারে আমার পরিচয় হয়েছিল। এই দম্পত্তি আমাকে বলে যে, এই ঘটনার ঠিক আগের দিন তাদের ছেলে পর্ল হার্বর সৈন্যদলে যোগদান করেছিল। তার একমাত্র ছেলের কথা ভাবতে ভাবতে মহিলার শারিরীক অবস্থা একেবারে বিগড়ে যায়। সে কোথায় আছে? সুরক্ষিত আছে তো? নাকি যুদ্ধক্ষেত্রে যুদ্ধ করছে? সে আহত হয়নি তো? বা এখনও বেঁচে আছে তো?

তখন আমি এই মহিলাকে জিজ্ঞাসা করি যে, সে কিভাবে এই অবস্থার সাথে সংঘর্ষ করেছিল, তখন সে জানায় যে, 'আমি নিজেকে ব্যস্ত রাখতে শুরু করি।' সবার আগে সে নিজের বাড়ির কাজের লোককে বরখাস্ত করে দেয়, তারপর সে বাড়ির সমস্ত কাজ নিজেই করতে শুরু করে, কিন্তু তাতে বিশেষ কিছু লাভ হয় না। 'আসলে সংসারের কাজ করার সময় ততটা মস্তিষ্কের ব্যবহার করতে হয় না, মেশিনের মতোই সেই কাজ করা যায়। তাই বিছানা গোছানোর সময় বা বাসন মাজার সময়তেও আমার চিন্তা আমার সঙ্গ ছাড়ত না। তখন আমার মনে হয় যে, নিজেকে মানসিক ও শারীরিক উভয় দিকেই চব্বিশ ঘন্টা ব্যস্ত রাখাটা খুবই জরুরি, তাই তখন নতুন কাজের সন্ধান করতে হয়েছিল। তাই তখন আমি একটা ডিপার্টমেন্টাল স্টোরে সেল্সওম্যানের কাজ করতে শুরু করি।'

'তাতে করে আমি যা চাইছিলাম তা হয়ে গেছিল।' সে বলে, 'আর চারদিকে ছিল গ্রাহকদের ভিড়, অতি শীঘ্র আমি বিভিন্ন গতিবিধির মধ্যে জরিয়ে পড়তে সক্ষম হয়েছিলাম, বিভিন্ন গ্রাহক আমাকে দাম, সাইজ, রঙ্গ প্রভৃতি জিজ্ঞাসা করতে

শুরু করে। তখন আমি নিজের কাজ ছাড়া অন্য কিছু নিয়ে ভাবার মতো সময়ই পেতাম না, আর রাতে বাড়ি ফেরার পর নিজের পা দুটিকে আরাম দেওয়া ছাড়া আর কোনো কথাই আমার মাথায় আসত না। ডিনার শেষ করেই বিছানায় চলে যেতাম। আর সঙ্গে সঙ্গে ঘুমও এসে যেত, তখন চিন্তা করার মতো না শক্তি না সময়, কোনোটাই থাকত না।'

জন কাউপর পইজ তাঁর '**দ্যা আর্ট অফ ফরগেটিঙ্গ এ অনপ্লেজেন্ট** -এ যা বলেছিলেন, এই মহিলা নিজের জীবনের অভিজ্ঞতা থেকে সেই শিক্ষাই লাভ করেছিল, তিনি বলেছিলেন, 'যখন মানুষ নামক পশু তাকে দেওয়া কোনো কাজের মধ্যে সম্পূর্ণ রূপে নিমজ্জিত হয়ে যায়, তখন তার মস্তিষ্কের কোষগুলি শান্ত হয়ে যায়, সে একটা নিশ্চিন্ত আরাম দায়ক শান্তির অনুভব করে।'

এমন ঘটনা মানুষের সাথে ঘটে, এটা কি কম বড়ো আশীর্বাদ! বিশ্ব বিখ্যাত মহিলা অনুসন্ধানকারী ওসা জনসন আমাকে বলেছিলেন, তিনি কিভাবে নিজের চিন্তা ও দুঃখকে জয় করতে সক্ষম হয়েছিলেন। হয়তো আপনি তাঁর জীবনী পড়েছেন, সেটার নাম হল **আঈ ম্যারীড এডভেঞ্চার**। রোমাঞ্চকর বিষয়ে বলতে যা বোঝায়, এই মহিলার বিয়ে ছিল একেবারে সেই রকম, মার্টিন জনসন যখন ওসাকে বিবাহ করেন তখন তিনি মাত্র ষোলো বছরের যুবতী। তিনি তাঁকে কেন্যুট, কান্সস থেকে উঠিয়ে বোর্নিয়োর জঙ্গলে নিয়ে যান। চল্লিশ বছর ধরে এই দম্পতি সারা পৃথিবী ঘুরে বেরিয়েছিলেন, তাঁরা এশিয়া তথা আফ্রিকার লুপ্ত প্রায় ওয়াইল্ড লাইফের ওপরে ফিল্ম বানিয়েছিলেন। কয়েক বছর বাদে ফিল্ম নির্মাণের জন্য তাঁরা ল্যাক্চরে যচ্ছিলেন, ডেনভর থেকে কোস্টে যাওয়ার পথে তাঁদের প্লেন একটা পাহাড়ে গিয়ে ধাক্কা মারে, মার্টিন জনসন সঙ্গে সঙ্গে মারা যান। ডাক্তারদের মতে ওসার আর কোনো দিন বিছানা ছেড়ে ওঠার আশা ছিল না। কিন্তু তারা ওসা জনসনকে চিনত না, তিন মাস বাদে তিনি হুইল চেয়ারে বসে বহু জনতার সামনে ভাষণ দিয়েছিলেন। এই বছরে তিনি একশোর বেশী সভায় ভাষণ দিতে সক্ষম হয়েছিলেন। হুইল চেয়ারে বসেই তিনি সেই কাজ করতে সক্ষম হয়েছিলেন। তাঁকে যখন আমি জিজ্ঞাসা করেছিলাম যে, তিনি কিভাবে এমন অসাধ্য সাধন করেছিলেন, তখন তিনি বলেছিলেন, 'আসলে যাতে দুঃখ আর চিন্তা করার মতো সময় আমার হাতে না থাকে, সেই কারণেই আমি এইভাবে জীবন শুরু করেছিলাম।'

ওসা জনসনের অনেক আগেই টেনিসন বলে গেছিলেন যে, '**আমাকে নিজেকে কাজে ব্যস্ত রাখতে হবে, তা না হলে আমি হতাশ হয়ে যাব।**'

এডমিরল বর্ডও এই সত্যি উপলব্ধি করতে পেরেছিলেন, তিনি পাঁচ মাস কুমেরুর বরফের স্তুপে একা ঢাকা পড়েছিলেন, এই বরফের স্তুপের ক্ষেত্রফল আমেরিকা ও ইউরোপের দ্বিগুণের থেকেও বড়ো, তার মধ্যে লুকিয়ে আছে পৃথিবীর প্রাচীনতম রহস্য। তার একশো মাইলের মধ্যে কোনো জীবিত প্রাণী ছিল না, তাঁর শ্বাস বায়ু ঠান্ডায় জমাট বেঁধে যেত, কানের পাশ থেকে প্রহাবিত হাওয়া বরফে পরিণত হয়ে যেত। তিনি পুস্তক 'এলোন'-এ তাঁর পাঁচ মাসের অভিজ্ঞতা ব্যক্ত করেছিলেন। সেখানে দিন ছিল রাতের মতো, সেই অবস্থাতে নিজেকে বাঁচানোর জন্য তিনি রাতদিন নিজেকে ব্যস্ত রাখার চেষ্টা করতেন।

তিনি বলেছিলেন, 'রাতেই আমি আগামি দিন কি কি কাজ করব তার একটা তালিকা বানিয়ে নিতাম। যেমন, এক ঘন্টা আমি নিজেকে বাঁচানোর জন্য সুরঙ্গ কাটার কাজ করতাম, আধা ঘন্টা ধরে বরফ গুলি সমতল করার কাজ করতাম, এক ঘন্টায় ইন্ধনের ব্যবস্থা করতে হোত, খাওয়ার জন্যও আধা ঘন্টা সময় দিতে হোত, আর স্লেজ গাড়ি চালানোর জন্য যে সেতু নির্মাণ করা হয়েছিল, তা ভেঙে গেছিল, সেটা মেরামত করতেও এক ঘন্টা সময় দিতাম।'

এইভাবে সময়ানুসারে কাজ করার ফলে একটা অনুশাসিত জীবন লাভ করতে সক্ষম হয়েছিলাম। যদি সেই সময় লক্ষ্যহীন জীবন অতিবাহিত করতাম তাহলে আমার জীবনও লক্ষ্যভ্রষ্ট হয়ে যেত, লক্ষ্যচ্যুত দিন গুলি এইভাবেই অঘটনের সময় শেষ হয়ে যায়।'

তাঁর বলা শেষ কথা গুলি পুনরায় ভালো করে পড়ে দেখুন,' **লক্ষ্যচ্যুত দিল গুলি এইভাবেই অঘটনের সময় শেষ হয়ে যায়।**'

আপনি যদি চিন্তিত থাকেন, তাহলে নিজের কাজগুলি ঔষধ হিসাবে প্রয়োগ করে দেখতে পারেন। এই কথা স্বর্গীয় ড. রিচার্ড সী. কেবট বলে গেছেন। যাদের মনে শঙ্কা, ভয়, দ্বিধা ও সংকচ থাকে, সেই ধরণের মানুষদের কথা ভেবেই তিনি নিজের পুস্তক **হোয়াট ম্যান লিভ বাই** রচনা করেছিলেন, তাঁর মতে কার্য দ্বারা আমাদের মনে যে আত্মবলের সঞ্চার ঘটে, সেই শক্তি আমাদেরকে অমর করে দেয়।

আপনি বা আমি যদি নিজেকে কাজের মধ্যে ব্যস্ত না রাখি তাহলে আমরাও চার্লস ডার্বিনের বলা কথা অনুসারে 'বিবর গিবর্স'-এর জন্ম দেব। 'বিবর গিবর্স' আর কিছুই না, তাহল কীট-পতঙ্গ। তা আমাদের ভেতর থেকে অন্তঃসার শূণ্য করে আমাদের সমস্ত ইচ্ছাশক্তিকে হরণ করে।

আমি নিউইয়ার্কের এমন একজন ব্যবসায়িকে চিনি, যে সমস্ত 'বিবর গিবর্স'

কে হত্যা করে দিতে সক্ষম হয়েছিল, তার কাছে চিন্তা করার মতো কোনো ফুরসৎই ছিল না। তার নাম হল ট্রেম্পর লাঙ্গম্যান। সে ছিল আমার ক্লাসেরই ছাত্র, চিন্তাকে জয় করার প্রসঙ্গে তার মতামত আমার এতই রোমাঞ্চকর বলে মনে হোত যে, আমি একদিন ক্লাসের শেষে তাকে ডিনারে আমন্ত্রণ জানিয়েছিলাম। তার অভিজ্ঞতার কথা শুনতে শুনতে অর্ধেক রাত হয়ে গেছিল। তার মুখের কথাই তুলে ধরছি, 'আঠারো বছর আগে আমি এত চিন্তা করতাম যে, রাতে ঘুমাতে পারতাম না, স্বভাব খিট্‌খিটে হয়ে গেছিল, মানসিক চাপ বোধ করতাম। আমার ভয় হোত যে, আমি যেন নার্ভাস ব্রেকডাউনের শিকার হয়ে না যাই।'

'চিন্তার যথেষ্ট কারণও ছিল, আমি ছিলাম ক্রাউন ফ্রুট এন্ড এক্সট্যাক্ট কম্পানীর খাঞ্জাচী। আমারা স্ট্রবেরীর গ্যালন টিনের জন্য পাঁচ লক্ষ ডলার নিবেশ করেছিলাম, কুড়ি বছর ধরে একটা আইসক্রীম কম্পানীকে স্ট্রবেরীর গ্যালন টিন বিক্রী করে আসছিলাম, হঠাৎই আমাদের বিক্রী বন্ধ হয়ে যায়, কারণ এই কম্পানী তখন পয়সা ও সময় বাঁচানোর জন্য ন্যাশানাল ডেয়ারী ও বোর্ডন্সের মতো উৎপাদন ব্যবহার করতে শুরু করেছিল।

'সেই সময় স্ট্রবেরী কিনে আমাদের পাঁচ লক্ষ টাকা তো ফেঁসে গেছিলই, সেই সাথে আগামী দশ মাসের স্ট্রবেরীর জন্য আরো দশ লক্ষ টাকা অগ্রীম দেওয়া হয়ে গেছিল। মাথার ওপর ব্যাঙ্কের সাড়ে তিন লক্ষ টাকা ঋণ ছিল, বুঝতে পেরেছিলাম যে, নবীকরণ না করলে আমাদের পথে বসে যেতে হবে। এটা সত্যিই চিন্তার বিরাট কারণ ছিল।'

'আমি কম্পানীর প্রেসিডেন্টের সাথে দেখা করে সমস্ত বিষয়টা তাকে বোঝানোর চেষ্টা করি, তাকে বলি যে, আমরা শেষ হওয়ার মুখে দাঁড়িয়ে আছি, কিন্তু সে আমার কথা তো মানেই না, উপরন্ত সমস্ত দোষ চাপিয়ে দেয় আমাদের নিউইয়ার্কের সেলম্যানদের ওপরে।'

'কিছু দিন কথাবার্তা চলার পর শেষ পর্যন্ত আমার যুক্তি অনুসারে নতুন সাপ্লাইয়ের মাল গুলিকে স্যান ফ্রান্সিস্কোর বাজারে বিক্রী করে দেওয়ার বন্দোবস্ত করে দেওয়া হয়। তাতে করে আমাদের সমস্যার খানিকটা সমাধান ঘটে। তখন মনে হয়েছিল যে এবার চিন্তা ত্যাগ করা উচিত, কিন্তু চিন্তা ছাড়াটা খুবই দুষ্কর হয়ে যায়, আসলে তা আমাদের একটা অভ্যাসে পরিণত হয়।'

'নিউইয়ার্কে ফেরার পর আমি যেন সমস্ত বিষয় নিয়ে আরো বেশী করে চিন্তা করতে শুরু করি, ইটালী থেকে যে চেরী ও আনারস প্লেনে করে আসার কথা

ছিল তা নিয়েও চিন্তা হয়। আমি একটা মানসিক চাপ বোধ করছিলাম, সবসময় বিব্রত থাকতাম, রাতে ঘুমাতে পারতাম না, আমি বুঝতে পারছিলাম যে, আমি নার্ভাস ব্রেকডাউনের দিকে এগিয়ে চলেছি।'

'শেষ পর্যন্ত হতাশ হয়ে এমনভাবে জীবন যাপনের চেষ্টা করি, তাতে করে আমার অনিদ্রার সমস্যা দূর হয় ও আমার চিন্তাও শেষ হয়ে যায়। আমি ব্যস্ত থাকতে শুরু করি। আমি সমস্যার সমাধান খুঁজে বার করার চেষ্টা করতে থাকি, তাতেই আমি এত ব্যস্ত হয়ে যাই যে, আমার কাছে চিন্তা করার মতো আর কোনো সময়ই ছিল না। আগে আমি দিনে সাত ঘন্টা কাজ করতাম, তখন দিনে 15- 16 ঘন্টা করে কাজ করতে শুরু করি। আমি প্রতিদিন সকাল আটটায় অফিসে পৌঁছে যেতাম আর বাড়ি ফিরতাম মাঝ রাতে। আমি নতুন কাজ ও নতুন দায়িত্ব নিয়ে নিই। মাঝরাতে বাড়ি ফেরার পর এতটাই ক্লান্ত বোধ করতাম যে বিছানায় শুতে না শুতেই ঘুমে চোখ বুজে যেত।'

'আমি তিন মাস ধরে এমন ভাবেই জীবন অতিবাহিত করেছিলাম। সেই সময়ের মধ্যে আমার চিন্তা করার অভ্যাস শেষ হয়ে গেছিল, তাই পুনরায় নিজের আগের জীবনে ফিরে আসি। আমি আপনাকে আঠারো বছর আগের কথা বলছি, তারপর থেকে আমি আর কখনও অনিদ্রার সমস্যায় বা বিভিন্ন চিন্তা নিয়ে ভুগিনি।'

জর্জ বর্নাড শ সঠিক ছিলেন। তিনি একটা বাক্যের দ্বারাই সম্পূর্ণ প্রসঙ্গ ব্যক্ত করতে সক্ষম হয়েছিলেন - '**দুখী হওয়ার রহস্য হল, আপনি সুখী কিনা সেই নিয়ে আপনার কাছে চিন্তা করার সময় আছে।**' তাই এই বিষয়ে ভাবার ঝঞ্ঝাট না নেওয়াই ভালো। নিজেকে বদ্ধ পরিকর করে তুলুন, দেখবেন আপনার রক্তপ্রবাহ বৃদ্ধি পেয়েছে, আপনার মস্তিষ্ক দ্রুতগতিতে কাজ করতে শুরু করেছে, আপনার জীবনে এমন সকারাত্মক প্রবাহের ফলে, সমস্ত চিন্তা মস্তিষ্কের থেকে দূরে চলে যাবে। ব্যস্ত থাকুন। ব্যস্ত হয়ে পড়ুন। চিন্তা দূর করার জন্য এর চেয়ে সস্তা ও ভালো ঔষধ সারা পৃথিবীতে পাবেন না।

চিন্তার অভ্যাস দূর করার প্রথম নিয়ম

ব্যস্ত থাকুন। চিন্তিত ব্যক্তির সম্পূর্ণ রূপে কাজের মধ্যে ডুবে যাওয়া উচিত, তা না হলে হাতাশা তাকে গ্রাস করবে।

7

চিন্তা যেন আপনাকে গ্রাস না করে

আমাদের এই জীবনটাকে গুরুত্বপূর্ণ কাজ ও মহান ভাবনায় উৎসর্গ করতে হবে, মহান বিচারধারা, প্রকৃত স্নেহ এবং স্থায়ী অভিযানে উৎসর্গ করতে হবে, কারণ এই জীবন খুবই ছোটো তাতে যেন কোনো ঘাটতি না ঘটে।

এটা একটা নাটকীয় ঘটনা, যা ভুলে যাওয়া প্রায় অসম্ভব। নিউজর্সীর রবার্ট মূর আমাকে এই ঘটনা শুনিয়েছিল

ভারত-চীনের সীমান্তে থেকে দূরে 276 ফুট জলের নিচে 1945 সালের মার্চ মাসে আমি জীবনের সবচেয়ে বড়ো শিক্ষা লাভ করেছিলাম। ওয়াই.এস.এস 318 নামক সাবমেরিনে যে অষ্টাশি জন লোক ছিল, তার মধ্যে আমিও ছিলাম। র‍্যাডার থেকে জানতে পারি যে একটা ছোটো জাপানী ভেলা আমাদের দিকে এগিয়ে আসছিল, সকাল হলে হামলা করার জন্য আমরা জলের নিচে চলে যাই, আমি পেরিস্কোপ দিয়ে দেখি যে, জাপানী সেনারা একটা বোমবর্ষক পথপ্রদর্শক, একটা ট্যঙ্কার ও একটা সুরঙ্গপোত নিয়ে এগিয়ে আসছে। আমরা পথপ্রদর্শকের ওপর তিনটি বোমা নিক্ষেপ করি, কিন্তু আমাদের লক্ষ্যভ্রষ্ট হয়। পথপ্রদর্শক বুঝতেই পারে না যে, তার ওপর হামলা করা হয়েছে, তাই তা নিশ্চিন্তে এগিয়ে আসছিল। আমরা শেষ জাহাজ অর্থাৎ সুরঙ্গপোতের ওপর হামলা করার প্রস্তুতি নিচ্ছিলাম কিন্তু হঠাৎই তা উল্টে যায় ও সোজা আমাদের দিকে এগিয়ে আসতে থাকে। (একটা জাপানী উড়ো জাহাজ আমাদের জলের ষাট ফুট নিচে দেখতে পায় ও তা সঙ্গে সঙ্গে আমাদের অবস্থান সম্পর্কে জাপানী সুরঙ্গপোতকে রেডিও বার্তা পৌঁছে দেয়।) লুকিয়ে থাকার জন্য আমরা জলের 150 ফুট গভীরে চলে যাই। আমরা আমাদের সাবমেরিনের দরজায় তালা লাগিয়ে দিই, সাবমেরিন থেকে যাতে কোনো

রকম আওয়াজ নির্গত না হয় তার জন্য সমস্ত পাখা বন্ধ করে দেওয়া হয়, তার সাথে কুলিঙ্গ সিস্টেম ও বৈদ্যতিক উপকরণও বন্ধ করে দেওয়া হয়।

তিন মিনিট বাদে যেম বিনা মেঘে বর্জপাত হওয়ার মতো ঘটনা ঘটে। আমাদের চারদিকে ছয়টা বোমা বিস্ফরণ ঘটে, যা আমাদের সমুদ্রের তলদেশে নিয়ে চলে যায়, আমরা জলের 276 ফুট গভীরে চলে যাই। আমরা প্রচন্ড আতঙ্কিত হয়ে পড়ি। জলের গভীরতা এক হাজার ফুটের থেকে কম থাকলে, সেখানে হামলা হলে বাঁচার সম্ভাবনা খুব কম থাকে, জলের গভীরতা যদি পাঁচশো ফুট হয়, সেক্ষেত্রে হামলা হলে জীবন বাঁচার কোনো সম্ভাবনাই থাকে না, আর আমরা তখন ছিলান তারও অর্ধেক গভীরতায়, সুতরাং বুঝতেই পারছেন যে, সুরক্ষার প্রশ্ন আসছিলই না। পনোরে ঘন্টা ধরে এই জাপানী সুরঙ্গপোত আমাদের ওপর বোমা বিস্ফরণ করেছিল। কোনো সাবমেরিনের সত্তর ফুটের মধ্যে যদি বোমা বিস্ফরণ হয়, তাহলে সেই আঘাতের ফলে তাতে ছেদের সৃষ্টি হয়ে থাকে। আর আমাদের সাবমেরিনের পঞ্চাশ ফুটের মধ্যে বেশ কয়েক ডজন বোমা বিস্ফরিত হয়েছিল। আমাদের 'সুরক্ষিত থাকার' আদেশ দেওয়া হয়েছিল, অর্থাৎ ব্যাঙ্কারের মধ্যে চুপচাপ শান্ত হয়ে বসে থাকার আদেশ দেওয়া হয়।

ভয়ে আমার নিঃশ্বাস-প্রশ্বাস বন্ধ হয়ে গেছিল'। অর্থাৎ মৃত্যু। 'আমি বারংবার নিজেকে জিজ্ঞাসা করছিলাম যে, একেই কি মৃত্যু বলে...। এটাই কি মৃত্যু...। পাখা ও কুলিঙ্গ সিস্টেম বন্ধ হয়ে যাওয়ার কারণে সাবমেরিনের ভেতরের তাপমাত্র তখন একশো ডিগ্রীতে পৌঁছে গেছিল, কিন্তু ভয়ে আমার সারা শরীর ঠান্ডা হয়ে গেছিল, আমি সোয়েটার ও লোমের জ্যাকেট পরে নিয়েছিলাম, কিন্তু তা সত্ত্বেও ঠান্ডায় ভেতর থেকে কাঁপ আসছিল। আমার দাঁতে দাঁত লেগে যাচ্ছিল, ঠক্‌ঠক্ করে কাঁপছিলাম, অথচ সারা শরীর তখন ঘামে ভেজা। পনেরো ঘন্টা ধরে এমন হামলা চলে। তারপর হঠাৎই তা বন্ধ হয়ে যায়। বোঝা যাচ্ছিল যে জাপানী গোলা বারুদ শেষ হয়ে যাওয়ার জন্য সুরঙ্গপোত দূরে চলে যাচ্ছিল। সেই পনেরো ঘন্টা সময়কে যেন পনেরো মিলিয়ান সাল বলে মনে হয়েছিল। আমার চোখের সামনে আমার সম্পূর্ণ জীবনের ছবি ভেসে উঠেছিল। আমি জীবনে যা যা খারাপ কাজ করেছিলাম সেই সমস্ত কথা মনে পড়ে যায়, ছোটো-ছোটো সেই সমস্ত কথা মাথায় আসে, যা নিয়ে আমি চিন্তা করতাম। নেভীতে যোগ দেওয়ার আগে আমি একটা ব্যাঙ্কে ক্লার্কের কাজ করতাম। সেখানে অনেক বেশী কাজ করতে হোত, সেই অনুসারে বেতনও দিত না, প্রমোশানের সুযোগ অনেক কম ছিল, এই সমস্ত

চিন্তায় আমি খুবই বিব্রত থাকতাম। আমার নিজের বাড়ি ছিল না, একটা নতুন গাড়ি কিনতে পারছিলাম না, নিজের স্ত্রীকে একটা ভালো পোশাক কিনে দিতে পারতাম না, এই সমস্ত বিষয় আমাকে চিন্তিত করে তুলেছিল। আমার বস সর্বদা আমাকে বকাবকি করত, যার ফলে আমি তাকে একদম পছন্দ করতাম না, প্রতিদিন বাড়ি ফেরার সময় আমি এতটাই ক্ষিপ্ত থাকতাম যে, ছোটো-ছোটো বিষয় নিয়েও প্রতিদিন স্ত্রীর সাথে ঝগড়া হোত। একবার গাড়ি এক্সিডেন্টে আমার মুখে একটা দাগ হয়ে যায়, সেটা নিয়েও আমি খুবই বিব্রত থাকতাম।

'কয়েক বছর আগে, এই গুলি ছিল আমার কাছে এক বিরাট চিন্তার কারণ। কিন্তু শত্রুদের জাহাজ যখন আমাদের ওপর গোলাবর্ষণ করছিল তখন সেই সমস্ত বিষয় গুলিকে খুবই সামান্য বলে মনে হচ্ছিল। তখনই আমি ঠিক করেছিলাম যে, যদি আর কখনও সূর্য ও তারার মুখ দেখতে পাই, তাহলে জীবনে আর কখনও চিন্তা করব না। কখনও না! কখনও না!! কখনও না!!! পনেরো ঘন্টা এই সাবমেরিনে বন্দী থাকার পর জীবনের পাঠ শেখার সুযোগ হয়েছিল, চারটে বিশ্ববিদ্যালয়তে পড়েও তত শিক্ষা লাভ করতে পারিনি।'

জীবনে প্রায় সময়তেই আমরা অনেক বড়ো বড়ো সমস্যার সন্মখীনতা করতে পারি, কিন্তু ছোটো ছোটো বিষয় গুলি আমাদের ভেতরে যেন '**ভয় ও সমস্যার সৃষ্টি করে দেয়**।' উদাহরণ স্বরূপ, সেমুঅল পীপ্সের ডায়রির উল্লেখ করা যেতে পারে, তিনি লন্ডনে শ্যার হ্যারী বেনের মুন্ডুচ্ছেদনের দৃশ্য নিজে চোখে দেখেছিলেন। শ্যার হ্যারী প্ল্যাটফর্মে উঠে নিজের জীবনের ভিক্ষা চাননি, তিনি বলেছিলেন যে, তাঁর গলায় যে বেদনা দায়ক ফোঁড়া হয়ে আছে, তারা যেন তা বাঁচিয়ে তার মুন্ডুচ্ছেদন করে।

এডমিরল ওয়ার্ড রাতের অন্ধকারে দক্ষিণ মেরুর ভয়ঙ্কর ঠান্ডার মধ্যে আর একটা জিনিস খুঁজে পেয়েছিলেন, তাহল, বেশীর ভাগ মানুষই বড়ো বড়ো বিষয়ের পরিবর্তে ছোটো-ছোটো বিষয় নিয়ে বেশী মাথা ঘামায়। তিনি কোনো রকম অভিযোগ ছাড়া শূণ্য ডিগ্রীর নিচে থেকেই বিভিন্ন সমস্যার সন্মখীনতা করেছিলেন। এডমিরল ওয়ার্ড বলেছিলেন, 'আমি বঙ্করে একসাথে থাকা এমন লোকেদের চিনতাম যারা নিজেদের মধ্যে কথা বলা বন্ধ করে দিয়েছিল, কারণ তারা একে অপরকে সন্দেহ করত, কেউ যদি অন্যের জিনিসপত্র রাখার এক ইঞ্চি জায়গাও নিয়ে নিত তাহলেও ঝগড়া অশান্তি শুরু হয়ে যেত, আমি এমন একজন ব্যক্তিকে চিনি যে খাবার মুখে নিয়ে নিষ্টার সাথে আঠাসবার চেবানোর পরেই তা গিলত।'

'সুমেরুর এই ক্যাম্প এমন অনুশাসিত ব্যক্তিদেরও পাগল করে দেওয়ার জন্য যথেষ্ট ছিল।'

একটা কথা মাথায় রাখবেন যে, এডমিরল ওয়ার্ডের বলা কথা অনুসারে 'ছোটো ছোটো বিষয়ও' আপনার বৈবাহিক জীবনকে ভেঙে চুরমার করে দিতে পারে, তা পৃথিবীর 'অর্ধেক বেদনার কারণ হয়ে উঠতে পারে।'

বিশেষজ্ঞ গণ এমনি মনে করেন। শিকাগোর জজ জোসেফ সবাথ তাঁর নিজের কর্মজীবনে চল্লিশ হাজারেরও বেশী দুঃখজনক বিবাহের সিদ্ধান্ত শুনিয়েছিলেন। তিনি জানান, 'বৈবাহিক জীবনে বেশীর ভাগ দুঃখের কারণই হল ছোটো ছোটো বিষয়।' নিউইয়ার্ক কাউন্টীর পূর্ব ডিস্ট্রিক্ট অটর্নী ফ্র্যাঙ্ক এস. হগন বলেছিলেন, 'আমাদের আদালতে যে সমস্ত মামলা আসে তার মধ্যে অর্ধেকের বেশী ছোটো ছোটো বিষয় নিয়েই সৃষ্টি হয়। সংসারে কথা শোনানো, অপমানজনক টিপ্পনী, আহত করার মতো কোনো কথা, খারাপ ব্যবহার - এই সমস্ত ছোটো ছোটো ঘটনা, তাই নিয়েই হামলা হয়, এমনকি হত্যা পর্যন্ত হয়ে থাকে। খুব কম লোকের সাথেই খুবই খারাপ ব্যবহার করা হয় বা তাদের গুরুতর আহত করা হয়। একটা ছোটো কথাই আমাদের আত্মসম্মানকে আহত করে দেয়, আমাদের অহংকার সামান্য আহত হলেই আমরা সারা পৃথিবীকে আঘাত করতে চাই।'

এলীরোর রুজভেল্টের বিয়ের পর তাঁর নতুন রাঁধুনি যদি একদিন সুস্বাদু খাবার না বানাতো, তাহলে তিনি অনেকদিন ধরে তা নিয়ে চিন্তা করতেন। মিসেজ রুজভেল্ট বলেছিলেন, 'এখন এমন ঘটনা ঘটলে আমি এক ঝটকায় তা ভুলে যেতে পারি।' একজন প্রাপ্ত বয়স্ক বুদ্ধিমান ব্যক্তিই এমন কাজ করতে পারে। ক্যাথরীন মহানের মতো নিরুঙ্কুশ সম্রাজ্ঞীও নিজের রাঁধুনির রান্না নিয়ে মাথা ঘামাতেন না।

আমার স্ত্রী ও আমি একবার শিকাগোতে তার বন্ধুর বাড়িতে ডিনার করতে গেছিলাম। মাংস পরিবেশনের সময় সে একটু ভুল করে ফেলে। আমি সেদিকে ধ্যানই দিই নি, যদি ধ্যান দিতামও তাহলেও আমার সেই রকম কোনো সমস্যা হোত না। কিন্তু তার স্ত্রী তার ভুল ধরে ফেলে, আর সকলের সামনে স্বামীকে অপমান সূচক কথা বলতে শুরু করে, 'জন্! একটু দেখে কাজ করতে পার না! তুমি কোনো দিনই কোনো কাজ ঠিক করে করতে পার না।'

তখন সে বলে, 'ও সবসময় কিছু না কিছু ভুল করে, কোনো কিছুই শেখার চেষ্টা করে না।' হয়তো সে ঠিক মতো মাংস পরিবেশন করতে পারে না, কিন্তু কুড়ি বছর ধরে অমন ঝগড়াটে স্ত্রীকে নিয়ে সংসার করছে, সেটাও কি কম কথা। সত্যি

কথা বলতে কি শান্তির সাথে দুটো হটডগ পেলেই আমার কাছে যথেষ্ট, অশান্তি করে হাঁসের মাংস বা শার্ক আমার চাই না।

এই অভিজ্ঞতার পরে আমার কিছু বন্ধু আমার বাড়িতে ডিনার করতে এসেছিল, তাদের আসার কিছুক্ষণ আগে মিসেজ কারনেগী দেখে যে, তিনটে ন্যাপকিন টেবিল ক্লথের সাথে ম্যাচ করছে না।

পরে আমাকে বলেছিল, 'আমি দৌড়ে যাই রাধুনির কাছে, সে আমাকে বলে যে, তিনটে ন্যাপকিন ধোয়ার জন্য লন্ড্রীতে গেছে। তখন অতিথিরা দরজায় দাঁড়িয়ে, আর ন্যাপকিন বদলানোর সময় ছিল না, আমার মাথা কোনো কাজ করছিল না, চোখ দিয়ে যেন জল নির্গত হয়ে আসছিল! তখন শুধু একটাই কথা মনে হচ্ছিল যে, 'আমার এই মূর্খামির জন্য আজকের সন্ধ্যাটাই বোধহয় নষ্ট হয়ে যাবে। তারপর আমার মনে হয়ে, কেনো এর জন্য সন্ধ্যাটা নষ্ট করব? আমি সন্ধ্যাটা সুন্দর করে অতিবাহিত করার সংকল্প নিই। আমার মনে হয় আমাদের বন্ধুরা আমাকে নার্ভাস বা খিট্‌খিটে গৃহিণীর পরিবর্তে দায়িত্বহীন গৃহিণী ভাবুক। আর পরে আমার মনে হয়েছিল যে, কেউই ন্যাপকিনের দিকে সেইভাবে ধ্যানই দেয়নি।'

একটা অতি প্রচলিত প্রবাদ আছে, 'তুচ্ছ বিষয়ের সাথে আইনের কোনো সম্পর্ক নেই।' যারা অতিরিক্ত চিন্তা করে তাদেরও এই কথা মাথায় রাখা উচিত।

আপনি যদি নিজের দৃষ্টিভঙ্গী বদলাতে পারেন, যদি একটা নতুন ও সুখকর দৃষ্টিভঙ্গী নিয়ে চলতে পারেন তাহলে কখনই তুচ্ছ বিষয় নিয়ে আপনি মাথা ঘামাবেন না। আমার বন্ধু হোমর ক্রায়, **'দ্যা হ্যাড টু সি প্যারিস'** সহ বহু বই রচনা করেছিল, কিভাবে এমনভাবে চলবেন তার একটা অদ্ভুত উদাহরণ দিত। কোনো একটা বই লেখার সময় নিউইয়ার্কে নিজের এপার্টমেন্ট থেকেই রেডিএটরের এমন আওয়াজ শুনতে পেত যে, তার নিজেকে পাগলের মতো লাগত, সেই আওয়াজে সে কাজ করতে পারত না বলে, রাগে দিশাহারা বোধ করত।

হোমর ক্রায় বলে, 'পরে কিছু বন্ধুর সাথে কেপিঙ্গ অভিযানে যাই। জ্বলন্ত আগুনের মধ্যে লাঠি গুলি ফাটার আওয়াজ শুনে আমার সেই রেডিএটরের আওয়াজের কথা মনে পড়ে যায়, তখন আমার মনে হয় দুটি আওয়াজের মধ্যে কি প্রচন্ড মিল আছে, অথচ একটা আওয়াজ আমার কাছে অহস্য কর, আর অপরটা শুনতে আমার ভালো লাগছে? এমন কেনো হবে? বাড়িতে ফেরার পরে, আমি নিজেকে বলেছিলাম, 'আগুনে লাঠি ফাটার আওয়াজ যেমন সুখকর, রেডিএটরের আওয়াজও তেমনি - আমি এবার শুতে যাব, আর আওয়াজ নিয়ে

কোনো রকম মাথা ঘামাব না।' আর সেটাই হয়। তারপর কিছু দিন রেডিএটরের দিকে আমার ধ্যান যায়, কিন্তু তারপর ধীরে ধীরে আমি তা সম্পূর্ণ রূপে ভুলে যাই।

'আর বহু ছোটোখাটো চিন্তার বিষয়ে এমনটাই ঘটে। আমরা যেগুলি পছন্দ করি না, সেগুলি ঘটলেই রেগে যাই, এর একটাই কারণ, তাহল আমরা সেই ছোটোখাটো বিষয়কে একটু বেশিই গুরুত্ব দিই।'

ডিজরাইলী বলেছিলেন, 'জীবন অনেক ছোটো, তাই এটা বেকার হওয়া উচিত না।' আন্দ্রে মরায় **দিস উইক** ম্যাগাজিনে লিখেছিলেন, 'বহু যন্ত্রণাদায়ক অভিজ্ঞতার সময় এই শব্দ গুলি আমাকে সাহায্য করেছিল প্রায় সময়তেই আমরা ছোটোখাটো বিষয় নিয়ে খুবই বিচলিত হয়ে উঠি, তা আমাদের অগ্রাহ্য করা উচিত, ভুলে যাওয়া উচিত, এই পৃথিবীতে আমরা মাত্র আর কটা বছর থাকব, সেই সময়ে যদি কয়েকটা ঘন্টা এমন কথা নিয়ে চিন্তা করেই কাটিয়ে দিই, যা একবছর বাদে হয়তো কাউরই মনে থাকবে না, তাহলে যে ঘন্টা গুলি জীবন থেকে চলে যাবে সেগুলি শুধু অপচয়ই হবে। এই জীবনটাকে গুরুত্বপূর্ণ কাজের দিকে সমপর্ণ করাই সবচেয়ে ভালো, মহান বিচার, প্রকৃত স্নেহ এবং স্থায়ী অভিযান সেই দিকেই সময় দেওয়া উচিত, কারণ জীবন এমনিতেই ছোটো, তা আরো কম করে দেওয়া উচিত না।'

রূডওয়ার্ড কিপলিঙ্গসের মতো বিখ্যাত মানুষও অনেক সময় এটা ভুলে যেতেন যে, 'জীবন এত ছোটো, তাই এটা বেকার হওয়া উচিত না।' পরিণাম? তিনি নিজের শ্যালকের সাথে ওয়ারমন্টের ইতিহাস প্রসিদ্ধ আইনি যুদ্ধে নেমেছিলেন - তা এটাই প্রসিদ্ধ ছিল যে, সেই বিষয়ে একটা পুস্তক পর্যন্ত লেখা হয়েছিল **রূডওয়ার্ড কিপলিঙ্গস ওয়ারমন্ট ফ্যুড।**

ঘটনাটা ছিল এই প্রকার কিপলিঙ্গ ওয়ারমন্টের কন্যা কেরোলিন ব্যালেস্টিয়রের সাথে বিবাহ করেছিলেন। তিনি ব্রেটলবোরো, ওয়ারমন্টে একটা সুন্দর বাড়ি বানিয়েছিলেন, সেখানেই বসবাস করতে শুরু করেন, তাঁর ইচ্ছা ছিল সারাটা জীবন তিনি সেখানেই অতিবাহিত করবেন। তাঁর স্ত্রীর ভাই বীট্টী ব্যালেস্টিয়র কিপলিঙ্গ তাঁর সবচেয়ে কাছের বন্ধু হয়ে গেছিলেন। তাঁরা দুজনে একসাথে খেলতেন, কাজ করতেন।

তারপর কিপলিঙ্গ ব্যালেস্টিয়রের কাছ থেকে কিছুটা জমি কেনেন, দুজনের মধ্যে এই চুক্তি হয়েছিল যে, প্রতি বছর এই জমি থেকে ব্যালেস্টিয়রের ঘাস

কাটার অনুমতি থাকবে। একদিন ব্যালেস্টিয়র দেখেন যে, কিপলিঙ্গ সেই ঘাসের জমিতে ফুলের বাগান করছেন, তিনি খুবই ক্রুদ্ধ হয়ে যান, তিনি নিজেকে সামলাতে পারেন না, কিপলিঙ্গও সহজে ছাড়ার পাত্র ছিলেন না। ওয়ারমন্টের সবুজে ভরা ক্ষেত্র যেন হঠাৎই বিষাক্ত গরলের রঙ ধারণ করে।

কিছুদিন বাদে কিপলিঙ্গ সাইকেল নিয়ে আসছিলেন, হঠাৎই তাঁর শ্যালক সামনে দিয়ে ঘোড়ায় করে আসেন ও তাঁকে রাস্তায় ফেলে দিয়ে চলে যান। বেশির ভাগ মানুষই এমন সময়ে নিজের ক্রোধ সামলাতে পারে না, একে অপরের ওপর দোষারোপ করে, এই রকম অবস্থায় ভারসাম্য রক্ষা করতে ব্যর্থ হয়, কিপলিঙ্গও ঠিক এমনি কাজ করেছিলেন, তিনি নিজের ক্রোধ সামলাতে না পেরে নিজের শ্যালকের নামে এরেস্ট ওয়ারেন্ট বার করে দেন। তারপরই এক অবিস্মরণীয় মোকদ্দমা শুরু হয়ে যায়। বড়ো শহরের রিপোর্টার একটা কসবায় এসে উপস্থিত হয়, সারা পৃথিবীতে এই খবর ছরিয়ে পড়ে, অথচ এই মোকদ্দমার কোনো সিদ্ধান্তই হয় না, আর সেই কারণে মি. কিপলিঙ্গ ও তাঁর স্ত্রীকে তাঁদের বাকি জীবনটা আমেরিকার ঘর ছেড়ে অন্যত্র অতিবাহিত করতে হয়। একটা ছোট্টো বিষয় নিয়ে এত তিক্তোতার সৃষ্টি হয় যে, তা চরম আকার ধারণ করে। কারণ ছিল ঘাসের ফুল।

পেরিক্লীজ বহু যুগ আগেই বলেছিলেন, '**মহাশয়গণ, আমরা অনেক ছোটো ছোটো কথা নিয়েও বহু দিন তা আঁকড়ে বসে থাকি।**' বড়ো সত্যি!

এখানে ড. হ্যারী ইমর্সন ফাস্টিকের শোনানো একটা মজাদার ঘটনা দেওয়া হল - এটা হল জঙ্গলের বিরাট বৃক্ষ জেতা ও হারার কাহিনী

কলোরেডোতে লাগস পীকের ঢালে একটা বিশালাকার গাছের অবশেষ এখনও পড়ে আছে! প্রকৃতি বিজ্ঞানীদের মতে এই গাছ প্রায় চারশোরও বেশী প্রাচীন। 'কোলম্বাস যখন স্যান সাল্বাডোরে পা রেখেছিলেন তখন এটা ছিল একেবারে চারা গাছ আর যখন তীর্থযাত্রীরা প্লাঈমাউথে গিয়ে বসে, তখন এই গাছ অর্ধেক আকার ধারণ করেছিল। তার দীর্ঘ জীবনে তার ওপর চোদ্দোবার বর্জাঘাত হয়, চারশো বছরে সহস্রবার ঝড়-ঝঞ্ঝার মোকাবিলা করেছে, কিন্তু এই গাছের কোনো রকম ক্ষতি হয়নি। শেষ পর্যন্ত এই গাছকে ইউপোকার সৈন্যবাহিনী আক্রমণ করে আর এই বৃক্ষকে ধরাশায়ী করে দেয়। ইউপোকা গুলি এর ছালের ভেতরে ঢুকে পড়ে আর ক্রমাগত ছোটো ছোটো আক্রমণ করে গাছটাকে অন্তঃসার শূণ্য করে দেয়। জঙ্গলের বিশালকার গাছ গুলি এর বৃদ্ধির পথে বাধা দিতে পারেনি, তার ওপর বিদ্যুৎ ও ঝড়-ঝঞ্ঝার কোনো

রকম প্রভাব পড়েনি, অথচ ছোটো ছোটো পোকা সেই বৃক্ষকে ধরাশায়ী করে দেয়, অথচ কোনো মানুষ এই পোকা গুলিকে দু- আঙুলে টিপে মেরে দিতে পারে।

আমরা সকলেই এই জঙ্গলের বিশালাকার গাছের মতো নই কি? আমরা যেভাবেই হোক ঝড়-ঝঞ্ঝা, বজ্রাঘাতের সম্মখীনতা করতে পারি না কি? অথচ ছোটো ছোটো চিন্তা আমাদের ভেতরে উইপোকার মতো বাসা বেঁধে আমাদের ভেতর থেকে দুর্বল করে দেয় - অথচ এই ছোটো উই পোকা আমরা দুই আঙুলে টিপে মেরে দিতে পারি।

আমি ওয়ামিঙ্গ রাজ্যের হাইওয়ে সুপারিন্টেন্ডল চার্ল্স সীফ্রেড এবং তার কিছু বন্ধুর সাথে ওয়ামিঙ্গ টেটন ন্যাশানাল পার্কে ঘুরতে গেছিলাম। আমি পার্কে জন ডী. রকফেলর এস্টেট ঘুরতে যাচ্ছিলাম, কিন্তু যে গাড়িতে আমি বসেছিলাম সেটা অন্য পথে চলে যায়, আমি পথ হারিয়ে ফেলি ফলে এস্টেটের এন্ট্রান্স গেটে পৌঁছাতে আমার দেরি হয়ে যায়, আমি অন্যদের তুলনায় এক ঘন্টা দেরিতে সেখানে পৌঁছাই। মিস্টার সীফ্রেডের কাছে চাবি ছিল, যার দ্বারা প্রাইভেট গেট খুলত, তাই তাঁকেও গরমে মশার কামড় সহ্য করে আমার জন্য এক ঘন্টা অপেক্ষা করতে হয়েছিল, মশা এত বেশি ছিল যে, যেকোনো মানুষই ক্রুদ্ধ হয়ে যেত, কিন্তু চার্ল্স সীফ্রেডকে পরাজিত করতে পারেনি। তিনি একটা গাছের ডাল ভেঙে নিয়ে তা দিয়ে বাঁশি তৈরি করে নেন। আপনার কি মনে হচ্ছে, তা দিয়ে উনি মশাদের গালাগালি দিচ্ছিলেন? না, তিনি সেই বাঁশি বাজিয়ে তাদেরকে শিক্ষা দিচ্ছিলেন যারা জানে না যে কোথায় কোন কথা বলতে হয়।

চিন্তা আপনাকে সমাপ্ত করে দেওয়ার আগে, চিন্তাকে শেষ করার দ্বিতীয় পদ্ধতি

ছোটো খাটো বিষয় নিয়ে কখনই বিচলিত হবেন না, যে গুলি অদেখা করা উচিত বা ভুলে যাওয়া উচিত তা নিয়ে মাথা ঘামাবেন না। মনে রাখবেন, 'জীবন এতই ছোটো যে, তা যেন বেকার হয়ে না যায়।'

8

চিন্তা দূর করার নিয়ম

আমাদের সাধারণ নিয়ম গুলি পরীক্ষা করে দেখতে হবে আর সেই গুলি কতটা সম্ভবপর সেটাও বুঝতে হবে।

আমার শৈশব কেটেছে মিসুরীর ফার্মে। একদিন চেরী গুলি গর্তে রাখার সময় আমি আমার মাকে সাহায্য করতে গিয়ে কেঁদে ফেলি। আমার মা আমাকে জিজ্ঞাসা করেন যে, 'ডেল, কি এমন হল যে, তুমি কাঁদছো?' আমি একটু ব্যাকুল হয়ে বলি যে, 'আমার খুব ভয় করছে, মনে হচ্ছে আমার যেন জ্যান্ত কবর হয়ে না যায়।'

সেই সময় আমি বিভিন্ন রকম চিন্তা করতাম। ঝড় উঠলে মনে হোত, এক্ষুণি বজ্রাঘাতে আমার প্রাণ চলে যাবে। অর্থাভাব দেখা দিলে মনে হোত, আমাদের কাছে খাওয়ার পয়সা থাকবে না। মৃত্যুর পর নরকে না যাই, সেই নিয়েও ভয় পেতাম। পাড়ার একটা বড়ো ছেলে স্যাম আমাকে প্রায় ভয় দেখাতো যে, সে আমার কান কেটে দেবে, সেই ভয়েও আমি কুণ্ঠিত থাকতাম। কারণ যদি সত্যিই কান কেটে দেয়, তাহলে আমি যখন হ্যাট খুলে মহিলাদের অভিবাদন করব তখন তারা আমাকে দেখে হাসবে, তখন মনে হোত আমার কান কাটা দেখে কোনো মেয়েই আমাকে বিয়ে করতে চাইবে না। বিয়ের পরেই আমি স্ত্রীর সাথে কি কথা বলব, সেই নিয়েও চিন্তিত থাকতাম। আমি কল্পনা করতাম যে, গ্রামের কোনো চার্চেই আমার বিয়ে হবে, আর তারপর পালকি করে ফার্ম হাউস পর্যন্ত আসব, কিন্তু এতটা পথ কিভাবে আসব সেটাই ঠিক করতে পারতাম না। কিভাবে? কিভাবে? আবার কখনও ভূমিকম্পের কথা মাথায় আসতেই ভয়ে জড়সড় হয়ে যেতাম।

সময়ের সাথে সাথে বুঝতে পারলাম যে, যে বিষয় গুলি নিয়ে এত চিন্তিত থাকতাম তার মধ্যে 99 শতাংশ ঘটনা আমার সাথে কখনও ঘটেই নি।

উদাহরণ স্বরূপ বলা যায়, আমি আগেই বলেছি বজ্রাঘাতে আমার খুব ভয় ছিল, কিন্তু এখন আমি জানতে পেরে গেছি যে, বছরে বজ্রাঘাতে তিন লাখ পঞ্চাশ হাজারের মধ্যে মাত্র একজন মানুষ মারা যায়। (ন্যাশানাল সেফ্টী কাউন্সিলের রিপোর্টে আমি এই তথ্য পেয়েছি।)

জ্যান্ত কবরের যে ভয় আমার মধ্যে ছিল তা যে একেবারেই মূর্খামি, এখন তা বুঝতে পেরে গেছি। কফিন বাক্সে মৃতদেহ কবর দিতে দেখেও আমার মনে হোত যে যদি কোনো জ্যান্ত মানুষকে এইভাবে কবর দিয়ে দেওয়া হয়, কিন্তু আজ পর্যন্ত এমন ঘটনা কখনই ঘটেনি, অথচ কোনো একটা সময় এই কথা চিন্তা করেও আমি কাঁদতাম।

প্রতি আটজনের মধ্যে একজন মানুষ ক্যান্সারে মারা যায়। ক্যান্সারের মতো একটা ভয়ানক অসুখ নিয়ে যদি আমি চিন্তিত থাকতাম তাহলেও একটা কথা ছিল, কিন্তু তার পরিবর্তে আমি বজ্রাঘাত, জ্যান্ত কবর এই সব নিয়ে চিন্তা করতাম।

আমি আমার শৈশব ও কৌশরের কথা বলছি, কিন্তু প্রাপ্ত বয়স্ক হওয়ার পরেও আমাদের মাথায় এমন বহু মূর্খামিপূর্ণ বিচার আসে। আমি বা আপনি এক্ষুণি আমাদের 90 শতাংশ চিন্তা দূর করতে পারি, কিন্তু তার একটা শর্ত আছে, দীর্ঘদিন ধরে চিন্তা করার বদলে এটা খুঁজে বার করার চেষ্টা করুন যে, 'গড়' নিয়মের ভিত্তিতে সত্যিই আপনি যা নিয়ে চিন্তা করছেন তার কোনো ভিত্তি আছে কিনা।

পৃথিবীর অন্যতম বিখ্যাত বীমা কম্পানী লন্ডনের লয়ড্স কম্পানী অগণিত কোটি কোটি ডলার উপার্জন করেছে আর এর মূল কারণ হল মানুষের এমন উল্টোপাল্টা চিন্তা করার প্রবৃত্তি, অথচ এমন চিন্তা বাস্তবায়িত হয় কিঞ্চিত কদাচিত। এই কম্পানী লোকেদের সাথে শর্ত লাগাত যে, তারা যে বিষয় নিয়ে চিন্তা করছে, তা কখনই বাস্তবায়িত হবে না। আসলে, **একে শর্ত লাগানো বলা যায় না। একেই বলে বীমা, কিন্তু আসলে গড় নিয়মের ভিত্তিতে একেই শর্ত লাগানো বলা যেতে পারে।** এই বীমা কখনই বদলাবে না, তা যতদিন যাবে আরো বিরাট আকার ধারণ করবে, জুতো থেকে শুরু করে জাহাজ এবং সেলেং বাক্স পর্যন্ত প্রতিটা জিনিসের বীমা করে দেবে মানুষেরা। অথচ 'গড়' নিয়ম অনুসারে মানুষ যতটা বন্যা হবে বলে আশা করে ততটা বন্যা হয় না।

আমরা যদি গড় নিয়মটাকে খুব ভালো করে লক্ষ্য করি, তাহলে প্রাপ্ত তথ্য আমাদের অবাক করে দেবে। উদাহরণ স্বরূপ, যদি আমরা এটা জেনে যাই যে, গেটিসবর্গের যুদ্ধের মতো পরবর্তি পাঁচ বছর আমাদের ঘমাসানের যুদ্ধ করতে

হবে, তাহলে আমরা আতঙ্কিত হয়ে পড়ব। তখন যত জীবন বীমা করা যায়, আমি করিয়ে নেব। আমি নিজের উইল করে দেব, পৃথিবীর যাবতিয় কাজ শেষ করে নেওয়ার চেষ্টা করব। আমি বলব, 'হয়তো এই যুদ্ধরে পর আমি আর বাঁচব না, তাই যত দিন বেঁচে আছি, ততদিন প্রাণ ভরে বাঁচার চেষ্টা করব।' কিন্তু আসল তথ্য হল, গড় নিয়ম অনুসারে শান্তির সময়তেও 50 - 55 বছর বয়সের মধ্যে বাঁচার চেষ্টা করাও ততটাই ভয়ঙ্কর ও ঘাতক, যতটা ভয়ঙ্কর ছিল গেটিসগর্বের যুদ্ধের সময় বেঁচে থাকা। এই বিষয়টা আমি আরো বিস্তারিত বোঝানোর চেষ্টা করছি, গেটিসবর্গের যুদ্ধে যে সৈন্যরা মারা গেছিল তার মোট সংখ্যা হল 163000, শান্তির সময়তেও 50-55 বছর বয়সের মধ্যে প্রতি হাজার লোকের বিচার মৃতের সংখ্যা তাইই হবে।

এই পুস্তকের অনেক গুলি অধ্যায় আমি কেনেডিয়ন রকীজের বাউ লেকের ধারে অবস্থিত জেম্স সিম্পসনের নম-টী-গাহ লজে বসে লিখেছি। গরমকালে যখন আমি সেখানে ছিলাম তখন আমার সাথে মিস্টার আর মিসেজ হরবর্ট এইচ. স্যালিঞ্জরের সাথে দেখা হয়ে ছিল। মিসেজ স্যালিঞ্জর ছিলেন খুবই শান্ত প্রকৃতির ধীর স্থির মহিলা, তাকে দেখে আমার মনে হয়েছিল তিনি বোধহয় কোনো দিন কোনো চিন্তা করেন নি। একদিন সন্ধ্যায় গনগনে আগুনের সামনে বসে আমি তাঁকে জিজ্ঞাসা করি যে, তিনি কি কোনো দিনই কোনো বিষয়ে চিন্তা করেন নি। তিনি আমাকে বলেন, তিনি যথেষ্ট চিন্তা করতেন, আর তা তাঁর জীবনকে প্রায় ধ্বংসের দিকে নিয়ে গেছিল। 'নিজের চিন্তাকে জয় করার আগে আমি নিজেকে প্রায় এগারো বছর নিজের তৈরি নরকেই আবদ্ধ করে রেখেছিলাম। এতই চাপের মধ্যে থাকতাম যে, সর্বদা একটা খিট্‌খিটে স্বভাব হয়ে গেছিল, মাথা সর্বদা গরম থাকত। আমি প্রত্যেক সপ্তাহে নিজের স্যান ম্যাটিয়োর বাড়ি থেকে শ্যান ফ্রান্সিস্কো যেতাম শপিং করতে, তাও আবার বাসে করে। শপিং করার সময়তেও চিন্তা এতকুটু দূর হোত না, মনে হতো, হয়তো ইলেক্ট্রিক ইস্ত্রীটা জ্বলন্ত অবস্থায় রেখেই বাড়ি থেকে বেরিয়ে গেছি। হয়তো কাজের মেয়েটা বাচ্চাদের বাড়িতে একা রেখে পালিয়ে গেছে। হয়তো বাচ্চারা বাড়ির বাইরে বেরিয়ে রাস্তায় সাইকেল চালাচ্ছে, কোনো গাড়ির সাথে ধাক্কা না লেগে যায়। শপিং করতে করতেও চিন্তায় আমার গা দিয়ে ঘাম আসতে শুরু করত। সব কিছু ঠিক আছে কিনা তা দেখার জন্য আমি দৌড়ে বাস ধরে বাড়ি আসতাম। আমার প্রথম বিয়েটা একটা দুঃখ জনক কারণেই শেষ হয়ে যায়, তা নিয়ে আমি কখনই বিব্রত হোতাম না।

'আমার দ্বিতীয় স্বামী উকিল - ও খুবই শান্ত আর সবকিছু বিশ্লেষণ করার ক্ষমতা রাখে, ও কখনই কোনো কিছু নিয়ে চিন্তা করে না। ও যখন আমাকে চিন্তিত বা মানসিকভাবে অবসাদগ্রস্ত দেখে তখনই আমাকে বলে যে, 'আরাম করো। হয়তো তুমি সত্যিই কোনো কারণে চিন্তিত। কিন্তু গড় বিচারে বোঝা যাবে যে, সেই চিন্তা বাস্তাবায়িত হওয়ার সম্ভাবনা কতখানি।' 'উদাহরণ স্বরূপ, আমার মনে আছে একবার আমরা আল্বকর্ক, নিউ ম্যাক্সিকো থেকে কার্ল্সব্যাড কেবর্ন্স যাচ্ছিলাম, কাঁচা রাস্তার উপর দিয়ে গাড়ি যাচ্ছিল, বৃষ্টির জন্য তা ফেঁসে যায়।

'গাড়িটা বারংবার পিছলে যাচ্ছিল, তা কিছুতেই নিয়ন্ত্রণে আসছিল না। আমার মনে হচ্ছিল যে, আমরা পিছলে রাস্তার পাশের কোনো গর্তে আটকে যাব, কিন্তু আমার স্বামী বারংবার বলছিল যে, 'আমি খুব ধীরে ধীরে গাড়ি চালাচ্ছি। কোনো রকম বড়ো দুর্ঘটনা ঘটার কোনো সম্ভাবনাই নেই। যদি গাড়িটা পিছলে গিয়ে কোনো গর্তে আটকেও যায়, তাহলে গড় নিয়মানুসারে আমাদের আহত হওয়ার কোনো সম্ভাবনাই নেই।' তার শান্তভাব ও আত্মবিশ্বাস দেখে আমি শান্ত হয়ে যাই।

'একবার আমরা গরমের সময় কেনেডিয়ন রকীজের টুকিন ভ্যালীতে কেপিঙ্গ ট্রিপে গেছিলাম। একদিন রাতে আমরা সমতল ভূমির থেকে সাত হাজার ফুট উঁচুতে ক্যাম্প করি। হঠাৎ ঝড় ওঠে, মনে হচ্ছিল আমাদের তাঁবুটা বোধহয় ভেঙে গুঁড়িয়ে যাবে। তাঁবুর লাঠি গুলো প্লাটফর্মের সাথ দড়ি দিয়ে বাঁধা হয়েছিল। তাঁবুটা কাঁপছিল, চারদিকে শুধু হাওয়ার সাঁই-সাঁই আওয়াজ শোনা যাচ্ছিল। আমার শুধু এটা ভেবেই ভয় করছিল যে, তাঁবুটা বোধহয় ঢিলা হয়ে গিয়ে আকাশে উড়ে যাবে। আমি খুবই ভয় পেয়ে গেছিলাম, কিন্তু আমার স্বামী বারংবার আমাকে বলছিল, 'দেখো ডিয়ার, ব্রুস্টর্সের গাইডের সাথে ঘুরতে এসেছি। ব্রুস্টর্সরা খুব ভালো করেই জানে যে, ওদের কি করা উচিত। ওরা গত সাত বছর ধরে এই পাহাড়ের ওপর তাঁবু খাটাচ্ছে। আজ পর্যন্ত তা কখনই উড়ে যাইনি বা ভাঙেনি, তাহলে গড় নিয়মানুসারে বলা যায় যে, তা আজও ভাঙবে না। আর যদি তা ভেঙেও যায়, তাহলে আমরা অন্যকোনো তাঁবুতে গিয়ে আজকের রাতটা কাটিয়ে দেব। তাই চিন্তা করার কিছু নেই...।' আমি চিন্তা করা বন্ধ করে দিই, আর বাকি রাতটা খুবই শান্তির সাথে অতিবাহিত হয়ে যায়।

'কিছু বছর আগে ক্যালিফোর্নিয়ার যেদিকটা আমরা থাকি, সেদিকে চিকেন পক্স মহামারীর আকার ধারণ করেছিল, আগেকার দিন হলে আমি কিছুতেই নিজেকে সামলাতে পারতাম না, কিন্তু আমার স্বামী আমাকে শান্ত থাকতে বলে। আমি

সমস্ত রকম সাবধানতা অবলম্বন করে বাচ্চাদের ভিড়ের থেকে, ফিল্ম জগতের থেকে দূরে রাখি। সেই সময় এই রোগের পাদুর্ভাবে প্রায় 1835 বাচ্চা মারা যায়। সাধারণত এর সংখ্যা দুই শত থেকে তিন শত হয়, যদিও এটা খুবই দুঃখজনক ঘটনা কিন্তু আমার বিচারে সাধারণ নিয়মানুসারে আমার কোনো বাচ্চারই অসুস্থ হওয়ার সম্ভাবনা ছিল খুবই কম।

'সাধারণ নিয়মানুসারে এটা হবে না।' এই বাক্য মাথায় আসতেই আমার নব্বই শতাংশ চিন্তা দূর হয়ে যায়, আর এই বিচার গত কুড়ি বছর ধরে আমার জীবনকে খুবই সুখময় করে রেখেছে।'

কথায় বলে যে, আমাদের সমস্ত দুঃখ ও চিন্তার কারণ হল আমাদের কল্পনা, বাস্তবে তার অধিকাংশ ঘটনাই আমাদের সাথে ঘটে না। আমি গত জীবনের দিকে তাকালে বুঝতে পারি, আমার অধিকাংশ চিন্তার কারণই ছিল বিভিন্ন রকম কল্পনা। নিউইয়ার্কের জেম্স এ.গ্রান্ট ডিস্ট্রিব্যুটিঙ্গ কম্পানীর মালিক জিম গ্রান্টও আমার সাথে এক মত ছিল, কোনো একটা সময় সে ফ্লোরিডা থেকে কুড়ি গাড়ি কমলালেবু ও আঙুরের অর্ডার দিত। তখন তার মনে হোত যদি গাড়ি গুলির সাথে কোনো দুর্ঘটনা ঘটে বা যদি ফল গুলি সব রাস্তায় ছরিয়ে যায়, তাহলে কি হবে, তার মালের বীমা করা ছিল, কিন্তু সেক্ষেত্রে ফল সময় মতো এসে না পৌঁছালে তার সমস্ত গ্রাহক নষ্ট হয়ে যাবে, এই কথা ভেবেও চিন্তিত থাকত। এই চিন্তা ধীরে ধীরে ভয়ে পরিণত হয়, সেই থেকে পেটে আল্সার দেখা দেয়। ডাক্তারের কাছে গেলে জানতে পারে যে, তার পেটে কোনো আল্সার নেই, শুধুমাত্র মানসিক চিন্তার কারণেই তার এই রকম আবস্থা। তারপর সে নিজের ভুল বুঝতে পেরে নিজেকে এক একটা করে প্রশ্ন করতে শুরু করে - 'আচ্ছা জেম্স আজ পর্যন্ত তুমি ফল আনার জন্য কতবার ট্রিপ পাঠিয়েছো? উত্তর ছিল - 'প্রায় পঁচিশ হাজারবার।' তারপর নিজেকে জিজ্ঞাসা করে, 'এর মধ্যে কতবার দুর্ঘটনা ঘটেছে?' তার উত্তর ছিল, 'মনে হয় পাঁচবার।' তখন সে নিজেকে বলে, 'পঁচিশ হাজারের মধ্যে মাত্র পাঁচবার, অর্থাৎ অনুপাত দাঁড়াচ্ছে, পাঁচ হাজারে একবার! অন্যভাবে বলা যায়, সাধারণ নিয়মানুসারে বলা যায়, যে যদি আমি পাঁচ হাজারবার ট্রিপ পাঠাই তাহলে তার মধ্যে একবার আমাকে দুর্ঘটনার সম্মখীনতা করতে হবে। তাহলে তা নিয়ে এত চিন্তা করে লাভ কি?

'তারপর আমি নিজেকে বলি, 'কিন্তু ব্রীজও তো ভেঙে পড়তে পারে।' তখন নিজেকে বলি, 'ব্রীজ ভেঙে যাওয়ার কারণে তোমার কতগুলি গাড়ি দুর্ঘটনা

গ্রস্থ হয়েছে?' উত্তর ছিল - একটাও না। এইভাবে একের পর এক প্রশ্ন করে আমি নিজেকে বলি, 'তুমি কি মূর্খ? এমন বাজে চিন্তা করে নিজের পেটে আল্সার করে বসলে, আজ পর্যন্ত যে ব্রীজ ভাঙেনি তা হঠাৎ করে কিভাবে ভেঙে যাবে? পাঁচ হাজারে একবার গাড়ি দুর্ঘটনা গ্রস্থ হওয়ার জন্য এত টেনশান কিসের?'

জিম্স গ্রান্ট বলেছিল, 'এইভাবে বিচার করে দেখার পর, আমার নিজেকে খুবই মূর্খ বলে মনে হচ্ছিল। তখন থেকে আমি ঠিক করে নিয়েছিলাম যে, এবার থেকে নিজের সমস্ত চিন্তা সাধারণ নিয়মানুসারেই চলতে দেব, তখন থেকে আমার আর নিজের পেটের আল্সারের জন্য কখনও চিন্তা হয়নি।'

অল স্মিথ যখন নিউইয়ার্কের গভর্নর ছিলেন, তখন তিনি তাঁর রাজনৈতিক বিরোধীদের হামলার জবাব প্রায় সময়তেই এইভাবে দিতেন, '**আসুন, এবার রেকর্ডের পরীক্ষা করে দেখা যাক...আসুন, আমরা রেকর্ডের দিকে তাকিয়ে দেখি**।' তারপর তিনি সমস্ত তথ্য সকলের সামনে তুলে ধরতেন। পরেরবার যখনই কোনো বিষয় নিয়ে নিজেকে চিন্তিত বলে মনে করবেন, তখনই বুদ্ধিমান অল স্মিথের মতো রেকর্ডের পরীক্ষা করে দেখার চেষ্টা করবেন, তাহলেই বুঝবেন যে চিন্তা আপনার জীবনকে দম বন্ধ করা পরিস্থিতির দিকে নিয়ে যাচ্ছে, তা প্রকৃত অর্থে ভিত্তিহীন। নিউইয়ার্কে আমাদের ক্লাসে ফ্রেডরিক জে. ম্যাল্সটেড নিজের ভয়ের কথা বর্ণনা করেছিল, সেই ঘটনাই এখানে তুলে ধরছি

জুন, 1944 সালের প্রথম দিকে আমি ওমাহা সমুদ্রতটের পাশে এক সংকীর্ণ গহ্বরে শুয়েছিলাম। 999 তম সিগ্নাল সর্ভিসে আমি কাজ করতাম, এর কিছুদিন আগেই নর্মন্ডীতে খননের কাজ করেছিলাম। আমি যখন এই সংকীর্ণ গহ্বরের দিকে তাকাই তখন যে আয়তাকার স্থানটি আমার চোখে পড়ে তা দেখে 'আমার একটা কবরস্থান বলে মনে হচ্ছিল।' আমি যখন সেখানে গিয়ে শোয়ার চেষ্টা করি, আর শুয়ে পড়ি তখন তা সত্যিই কবর বলেই মনে হচ্ছিল। তখন আমি নিজের মনেই বলে বসি যে, 'হয়তো এটাই আমার কবর।' রাত এগারোটা নাগাদ জার্মাণের বোমবর্ষক বিমান ছুটে এসে বোম ফেলতে শুরু করে, তখন আমি সত্যিই খুব ভয় পেয়ে গেছিলাম, দুই থেকে তিন রাত দুটি চোখের পাতা এক করতে পারিনি, চতুর্থ রাত থেকে আমি নার্ভাস ব্রেক ডাউনের অনুভব করি, আমি বুঝতে পারছিলাম যে, আমি কিছু না করলে, সম্পূর্ণ রূপে পাগল হয়ে যাবে। তখন আমি নিজেকে বোঝাই যে, এইভাবে পাঁচটা রাত কেটে গেছে, আমি এবং আমার সমস্ত সঙ্গীই জীবিত, শুধুমাত্র দুইজন আহত হয়েছিল, তাও তার জন্য জার্মাণরা দায়ি ছিল না,

বরং আমাদের এন্টী-এয়রক্রাফ্‌ট তোপের থেকে যে টুকরো গুলি নিচের দিকে পড়ছিল, সেই টুকরোর জন্যই তারা আহত হয়েছিল। তখন আমি ঠিক করে নিই যে, আর চিন্তা করব না, তার পরিবর্তে, নিজের সংকীর্ণ গহ্বরের ওপরে কাঠ দিয়ে একটা মোটা ছাদ মতো বানিয়ে নিই, যাতে করে তোপের থেকে নির্গত টুকরোর হাত থেকে নিজেকে রক্ষা করতে পারি। তখন আমি নিজেকে বোঝাই যে, এই সংকীর্ণ গহ্বরে যদি সরাসরি আমার ওপর এসে বোম পড়ে তবেই আমি মারা যাব, তা না হলে নয়। তখন ভেবে দেখি যে, সরাসরি আমার ওপর বোম পড়ার সম্ভাবনা দশ হাজারে একবারও নেই। দুই রাত ধরে এইভাবে চিন্তা করার পর আমার চোখে ঘুম আসে, আর তারপর একদিকে বোমা পড়ছিল, আর তার মধ্যেই আমি ঘুমাচ্ছিলাম।'

আমেরিকার নৌসেনা বিভাগেই সৈন্যদের উৎসাহ বৃদ্ধির জন্য সাধারণ নিয়মের পালন করা হয়। জাহাজে গ্যাসলীনে ভরা ট্রাঙ্ক লাগানোর সময় সেখানকার এক প্রাক্তন নৌসেনা ও তার সঙ্গীরা খুবই ভয়ে ভয়ে থাকত, তাদের মনে হোত, যদি কোনো মিসাইল এসে পড়ে তাহলে তাদের জাহাজ ধ্বংস হয়ে যাবে ও সেই সাথে তারা সকলেই মারা যাবে।

আমেরিকার নৌসেনারা প্রকৃত ঘটনার সাথে ওয়াকিবহাল ছিল, তাই তারা তথ্য তুলে ধরে। যদি একশোটা ট্যাঙ্কারে মিসাইল লাগে তাহলে তার মধ্যে ষাটটা জলেই ভাসবে, বাকি যে চল্লিশটা ডুবে যাওয়ার সম্ভাবনা আছে তা ডুবতেও পাঁচ থেকে দশ মিনিট সময় লাগবে, অর্থাৎ সেই সময়ের মধ্যে আমরা অতি সহজেই জাহাজ থেকে বেরিয়ে যেতে পারব, অর্থাৎ আমাদের বাঁচার সম্ভাবনাই বেশি ছিল। এতে করে মনোবল বৃদ্ধি পায় কি? সেন্ট পল যখন আমাকে এই ঘটনার কথা শুনিয়েছিল তখন সে আমাকে বলে যে, 'এই সাধারণ নিয়মের পালন করাতে আমার ভয় চলে যায়। সম্পূর্ণ ইউনিট আগের থেকে অনেকটা ভালো বোধ করছিল। আমরা বুঝে গেছিলাম যে, আমাদের কাছে সুযোগ আছে, আর সাধারণ নিয়ম বলছে যে, আমাদের মারা যাওয়ার সম্ভাবনা কম।' চিন্তা আপনাকে শেষ করে দেওয়ার আগে, চিন্তা দূর করার তৃতীয় নিয়ম হল

' আসুন, আমরা রেকর্ডের পরীক্ষা করে দেখি। নিজেকে জিজ্ঞাসা করি, 'যে বিষয় নিয়ে আমি চিন্তাগ্রস্ত, সাধারণ নিয়মানুসারে সেই ঘটনা ঘটার সম্ভাবনা কতটা?'

9

যা হয়ে গেছে, সেটা ভুলে যান

যা হয়ে গেছে সেটাকে স্বীকার করে নিতে শিখুন। স্বীকার করে নেওয়াই কোনো দুর্ভাগ্য থেকে রেহাই পাওয়ার সবচেয়ে বড়ো পদক্ষেপ। -উইলিয়াম জেম্স

ছোটোবেলায় একদিন আমি আমার কয়েকজন বন্ধুর সাথে উত্তর-পশ্চিম মিসূরীর একটা পুরোনো কাঠের বাড়িতে খেলছিলাম, সেই বাড়িটা ছিল খালি। সিঁড়ি দিয়ে নিচে নামার সময় একটা জানলার ওপরে পা রেখে নিচে লাফিয়ে পড়ি। আমার বাম হাতের তর্জনীতে একটা আংটি ছিল, তা গিয়ে একটা পেরেকে আটকে যায়, আর তার ফলে আমার আঙুলটা যায় কেটে, তা বাদও হয়ে যায়।

আমি চিৎকার করতে থাকি। আমার মনে হচ্ছিল মৃত্যু আমার সামনে এসে দাঁড়িয়ে আছে। আমি প্রচন্ড ভয় পেয়ে গেছিলাম, খুব চিৎকার করছিলাম। অথচ এই ঘা শুকিয়ে যাওয়ার পর আমার আর কোনো দিন এই ঘটনার কথা মনেই পড়েনি। এই নিয়ে চিন্তা করে কি হবে? যা হওয়ার ছিল তা হয়ে গেছে, তাকে স্বীকার করে নেওয়াই শ্রেয়।

আমার বাম হাতে যে পাঁচটা আঙুলের বদলে চারটে আঙুল আছে, তা আমি মাঝেমাঝে ভুলেই যাই।

কয়েক বছর আগে আমার এক ব্যক্তির সাথে পরিচয় হয়েছিল, সে নিউ ইয়ার্কের বড়ো বড়ো ভবন গুলিতে লিফ্ট ওঠা-নামানোর কাজ করত, তার বাম হাতের কব্জির পরের অংশটা কাটা ছিল, অর্থাৎ তার হাতের তালু ও আঙুল ছিল না। আমি তাকে জিজ্ঞাসা করি যে, এই হাত কেটে যাওয়ার কারণে তার কোনো সমস্যা হয় কিনা। সে বলেছিল, 'আরে না। আমার তো এই দিকে ধ্যানই যায় না। অমি বিয়ে করিনি, যখন ছুঁচে সুতো ভরতে হয়, শুধুমাত্র তখনই আমার এই দিকে ধ্যান যায়।'

যেটা আমরা মেনে নিতে বাধ্য তা আমরা যেকোনো স্থিতিতেই অতি দ্রুত স্বীকার করে নিই, আর সেই ঘটনা ভুলেও যাই।

হল্যান্ডের একটা পুরানো গির্জার গায়ে লেখা কিছু সূত্র বাক্য আমার চোখে পড়েছিল, আমি প্রায়ই সেই সূত্রবাক্য গুলি নিয়ে ভাবি, এই সূত্র বাক্য গুলি ফ্লেমিশ ভাষায় লেখা ছিল। তার অর্থ হল, 'এটা হয়ে গেছে। তা কখনই বদলাবে না।'

আমরা যত এগাবো ততই আমাদের সাথে বহু অপ্রিয় ঘটনা ঘটবে, যা আমাদের স্বীকার করে নিতে হবে। আসলে তা বদলানোর কোনো বিকল্প আমাদের জানা নেই। এই রকম বিষয়ের সাথে বিদ্রোহ করা মানে নিজেদের জীবন ধ্বংসের দিকে নিয়ে যাওয়া, হয়তো তার ফলে আমরা নার্ভাস ব্রেক ডাউনের শিকার পর্যন্ত হোতে পারি, তাই তার সাথে আপোষ করে নেওয়াই শ্রেয়।

এখানে আমি আমার প্রিয় দার্শণিক উইলিয়াম জেম্সের কিছু কথা তুলে ধরতে চাই। তিনি বলেছিলেন, 'যা হয়ে গেছে তা স্বীকার করে নাও। স্বীকার করে নেওয়াই দুর্ভাগ্য জনক পরিণাম থেকে রেহাই পাওয়ার প্রথম পদক্ষেপ।' পোর্টল্যান্ডের এলিজাবেথ কনলে চরম সমস্যায় পড়ার পরেই এই শিক্ষা লাভ করেছিল, সে একটা পত্র দ্বারা আমাকে জানিয়েছিল যে, 'যেদিন উত্তর আফ্রিকায় আমেরিকা নিজেদের সেনাদের বিজয়ের উৎসব পালন করছিল, সেদিন যুদ্ধ বিভাগ থেকে আমার কাছে একটা চিঠি যায় আমার ভাইপো - তাকে আমি সবচেয়ে বেশি ভালোবাসতাম, যুদ্ধের সময় সে হারিয়ে গেছিল, কিছুদিন বাদে আর একটা চিঠি আসে, তাতে লেখাছিল সে মারা গেছে।'

দুঃখের কারণে কলেরা হয়ে যায়, তাতে আমি মরেই যাচ্ছিলাম। তখন আমার মনে হয়েছিল জীবন আমাকে অনেক কিছু দিয়েছে, আমি এমন একটা চাকরি করার সুযোগ পেয়েছিলাম, যা করতে আমার ভালো লাগত। আমি ভাইপোকে বড়ো করে তুলতেও সাহায্য করেছিলাম। যৌবন পর্যন্ত জীবন খুব ভালোই অতিবাহিত হয়েছিল, মনে হোত জলে রুটি ফেলছি আর তাই কেক্ হয়ে আমার কাছে ফিরে আসছে। ...কিন্তু এই টেলিগ্রাম আমার সম্পূর্ণ জীবনটা তছনছ করে দেয়। মনে হচ্ছিল, বেঁচে থেকে আর কোনো লাভ নেই। আমার এত সুন্দর ভাইপো, তার সম্পূর্ণ জীবনটাই সামনে পড়েছিল, কেনো মৃত্যু তাকে ছিনিয়ে নিল? আমি কিছুতেই তা স্বীকার করতে পারছিলাম না। আমি চাকরি ছেড়ে দূরে কোথাও চলে যাওয়ার সিদ্ধান্ত নিই, ভেবেছিলাম যে, তিক্তোতাকে সম্বল করেই সারাটা জীবন কাটিয়ে দেব।

'একদিন টেবিল পরিস্কার করতে করতে আমার হাতে একটা চিঠি আসে, সেটা ছিল বেশ কিছুদিন আগেকার চিঠি, এইভাবেই টেবিলে রাখা ছিল, সেটা ছিল আমার ভাইপোর লেখা একটা চিঠি, তখন সে আর এই পৃথিবীতে ছিল না। কয়েক বছর আগে আমার মা মারা যাওয়ার পর সে আমাকে এই চিঠিটা লিখেছিল - 'আমরা সকলেই জানি, এই অভাব দূর হওয়ার নয়, তাঁর অভাব আমরা প্রত্যেকেই বোধ করছি, কিন্তু আমি জানি যে, তুমি এই দুঃখ সহ্য করে নিয়েই জীবনের পথে এগিয়ে যাবে, তোমার ব্যক্তিগত দর্শণ তোমাকে এই কাজে সাহায্য করবে। যে সুন্দর সত্যি তুমি আমাকে শিখিয়েছো তা আমি কোনো দিনই ভুলতে পারব না, আমি যেখানে যে অবস্থাতেই থাকি না কেনো আমি তোমার শেখানো কথা গুলো সর্বদা মনে রাখব - হাস আর জীবনে যে পরিস্থিতিই আসুক না কেনো, পুরুষের মতো তার সম্মখীনতা করার চেষ্টা কর।'

আমি বারবার চিঠিটা পড়তে থাকি, মনে হচ্ছিল ও আমার সামনে দাঁড়িয়ে আমার সাথে কথা বলছে। মনে হচ্ছিল, ও আমাকে বলছে, 'তুমি যা আমাকে শিখিয়েছো, নিজে সেদিকে তাকাচ্ছো না কেনো? এগিয়ে যাও, যাই হোক না কেনো হাসির নিচে নিজের দুঃখকে চেপে রেখে তুমি এগিয়ে যাও।'

পুনরায় আমি নিজের কাজে যোগ দিই, বারংবার নিজের মনকে বলতে থাকি, 'ওটা হয়ে গেছে। তা আর কোনো মতেই বদলাবে না। কিন্তু আমি এগিয়ে যাব, কারণ ও চায়, আমি এগিয়ে যাই।' আমি নিজের সম্পূর্ণ মানসিক উর্জা ও শক্তি দিয়ে কাজ করতে থাকি। আমি অন্য সৈন্য বা তাদের ছেলেদের চিঠি লিখতাম, রাতে বয়স্ক মানুষদের পড়তাম, নতুন নতুন বিষয়ে আগ্রহ বৃদ্ধি করতে থাকি, নতুন বন্ধু হোতে থাকে। তাতে করে আমার মধ্যে প্রচুর পরিবর্তন আসতে শুরু করেছিল। যে সারা জীবনের মতো আমাকে ছেড়ে চলে গেছিল, সেই অতীতকে নিয়ে আর দুঃখ বোধ করতাম না, আনন্দের সাথে প্রতিটা দিন অতিবাহিত করার চেষ্টা করতাম - কারণ আমার ভাইপো চেয়েছিল যে, আমি যেন বাঁচি। আমি নিজের ভাগ্যের পরিহাস স্বীকার করে নিয়ে শান্তির সাথে জীবন অতিবাহিত করতে শুরু করি। এখন আমি আগের থেকে অনেক বেশি করে জীবনটা উপভোগ করার সুযোগ পেয়েছি!'

এলিজাবেথ কনলে সেটাই শিখেছিল, যা আমরা প্রত্যেকেই দেরিতে হোক বা দ্রুত শিখে থাকি, যা হয়ে গেছে তাকে স্বীকার করে নেওয়াই বাঞ্ছনিয়। '**এটা হয়ে গেছে, তা কিছুতেই বদলাবে না।**' এই শিক্ষা লাভ করা এতটা সহজ নয়। সিংহাসনে অধিষ্টিত সম্রাটগণদের মাঝেমাঝে এমন শিক্ষা মেনে নিতেই হয়েছে।

পঞ্চম জর্জ বকিংঘম প্যালেসে নিজের লাইব্রেরিতে কিছু শব্দ টাঙিয়ে রেখেছিলেন, **'আমাকে শেখান, যাতে চাঁদ পাওয়ার জন্য বা জলে পড়ে যাওয়া দুধের জন্য আমি কখনই না কাঁদি।'** শপেনহারও এমনি মতামত পোষণ করতেন - **'জীবন যাত্রায় পর্যাপ্ত পরিমাণে সন্তোষ বজায় থাকা সবচেয়ে গুরুত্বপূর্ণ বিষয়।'**

একটা পরিস্থিতিই আমাদের সুখ বা দুঃখের কারণ হোতে পারে না, এই পরিস্থিতিটিকে আমরা কোন চোখে দেখব, সেটাই সবঠিক করে দেয়। স্বয়ং যীশু খ্রীষ্ট বলে গেছেন, **'স্বর্গের সামাজ্য তোমার মধ্যেই আছে। আর নরকের সাম্রাজ্যও আছে তোমারই ভেতরে।'**

যেকোনো দুঃখকে জয় করার ক্ষমতা আমাদের প্রত্যেকের মধ্যে আছে। অনেক সময় আমাদের মনে হয়, আমরা হয়তো পরিস্থিতির সাথে মোকাবিলা করতে পারব না, কিন্তু আমাদের ভেতরের শক্তিই আমাদের যেকোনো পরিস্থিতির সাথে মোকাবিলা করার ক্ষমতা প্রদান করে, শুধুমাত্র আমাদের নিজেদের শক্তিশালী ভেবে নিয়ে তা প্রয়োগ করতে হবে, তাহলেই আমরা অনেক বেশি শক্তিশালী হয়ে উঠতে পারব।

স্বর্গীয় বুথ টার্কিঙ্গটন সর্বদা বলতেন, **'আমি জীবনে খারাপ থেকে খারাপতর পরিস্থিতি সহ্য করতে প্রস্তুত, শুধুমাত্র একটা জিনিস ছাড়া অন্ধত্ব। আমি ওটাকে সহ্য করতে পারি না।'**

প্রায় ষাট বছর বয়সে টার্কিঙ্গটন চোখে পরিষ্কার দেখতে পাচ্ছিলেন না, তখন তিনি ডাক্তারের কাছে যান, আর জানতে পারেন যে, ধীরে ধীরে তাঁর চোখের দৃটিশক্তি হারিয়ে যাচ্ছে। একটা চোখে তিনি কিছুই দেখতে পাচ্ছিলেন না, আর অপর চোখটাও ধীরে ধীরে নষ্ট হয়ে যাচ্ছিল। যে বিষয়টা নিয়ে তাঁর সবচেয়ে বেশি ভয় ছিল, তাঁর সাথে সেই ঘটনাই ঘটতে চলেছিল।

এই দুঃখ জনক পরিস্থিতির সম্মখীনতা টার্কিঙ্গটন কিভাবে করেছিলেন? তিনি কি বলেছিলেন , 'নাও! এবার আমার জীবন শেষ।' তিনি উপহাস করেও মুখ থেকে এমন কথা নির্গত করেননি। আসলে তাঁর চোখের সামনে সাঁতার কেটে একটা সাদা আস্তরণ আসত, আর তারপর তিনি চোখে কিছুই দেখতে পেতেন না, সেই সময় তিনি উপহাসের সুরে বলতেন, 'আরে দাদু তুমি আবার এসে গেছো, এত সকাল বেলা তুমি কোথা থেকে আসো বলতো?'

এমন মানুষকে দুর্ভাগ্য কিভাবে পারিজত করবে? এর উত্তর হল, এমন মানুষকে ভাগ্য কখনই পরাজিত করতে পারবে না। টার্কিঙ্গটন যখন সম্পূর্ণ অন্ধ

হয়ে গেছিলান তখন তিনি বলেছিলেন, 'কোনো মানুষ যেকোনো পরিস্থিতির মোকাবিলা যেভাবে করে, আমিও নিজের অন্ধত্বের সাথে এমনভাবেই মোকাবিলা করতে পারি। আমার পাঁচটা ইন্দ্রিয়ই যদি নষ্ট হয়ে যায়, তাহলেও আমি নিজের মস্তিষ্ককে ভিত্তি করে বেঁচে থাকতে পারব। কারণ মস্তিকই আমাদের দেখায়, সেই মস্তিষ্কই আমাদের জয় প্রদান করে, তা আমরা জানি বা নাই জানি।'

চোখের দৃষ্টিশক্তি ফিরে পাওয়ার জন্য এক বছরের মধ্যে তিনি বারোটারও বেশি অপারেশান করিয়েছিলেন। তাও আবার লোকাল এনেস্থীসিয়ার সাহায্যে! তাতেও তাঁর রাগ হোত, কিন্তু তাছাড়া উপায় নেই, তা তিনি ভালো করেই জানতেন। তিনি জানতেন এর চেয়ে বাঁচার কোনো উপায় নেই, তাই গরিমার সাথে তা মেনে নিতে পারলে তবেই কষ্ট কম হবে। তিনি হাসপাতালে কোনো প্রাইভেট ঘরে থাকতেন না, বরং তাঁরই মতো অন্য রোগীদের সাথে ওয়ার্ডে থাকতেন। বারংবার অপারেশন করানোর সময় তিনি বুঝতে পেরেছিলেন যে, তাঁর চোখের সাথে কি কি করা হচ্ছে, তখন তিনি নিজেকে খুবই সৌভাগ্যবান বলে মনে করেন, আর বলেন যে, '**কি অদ্ভুত কথা না! বিজ্ঞান এতটাই নিপুণ হয়ে গেছে যে, চোখের মতো এত স্পর্শ কাতর অঙ্গেরও অপারেশন করতে সক্ষম।**'

সাধারণত বারো বার অপারেশানের পরেও যদি কোনো মানুষ চোখে দেখতে না পায় তাহলে তো সে এমনিই নার্ভাস ব্রেক ডাউনের শিকার হয়ে যাবে। কিন্তু টার্কিঙ্গটন বলেছিলেন, 'আমি এই অভিজ্ঞতাকে কোনো সুখকর অভিজ্ঞতায় বদলাতে প্রস্তুত।' তিনি তা স্বীকার করতে প্রস্তুত ছিলেন, তিনি জানতেন যে জীবনে এমন কোনো দুঃখ নেই যেটাকে পরাজিত করা সম্ভব না। জন মিল্টনও জানতেন যে, 'অন্ধ হওয়াটা কোনো দুঃখের কারণ নয়, দুঃখের কারণ হল, সেই অন্ধত্বকে মোকাবিলা করতে না পারা।' নিউ ইঙ্গল্যান্ডের বিখ্যাত ফেমিনিস্ট মার্গরেট ফুলর একবার নিজের সূত্রবাক্যে বলেছিলেন, 'আমি ব্রহ্মান্ডকে স্বীকার করতে জানি।'

খিট্‌খিটে বুড়ো থমাস কার্লায়ল এই কথা শোনার পর নাক সিঁটকে বলেছিল, 'ভগবানের দিব্যি, এটা স্বীকার করে নেওয়াই ভালো! 'হ্যাঁ, ভগবানের দিব্যি করে বলছি, যেটা হয়ে গেছে সেটাকে স্বীকার করে নেওয়া আমার বা আপনার জন্যও ভালো। আমরা যদি এর বিরোধীতা করি তাহলে আরো বেশি করে তিক্তোতার সৃষ্ট হবে, তা কখনই অবশম্ভাবীকে বদলাতে পারবে না, কিন্তু তা আপনাকে অবশ্যই বদলে দেবে। আমি জানি, আমি তা করেও দেখেছি।'

একবার আমি, নিজের সামনে আগত একটা অবসম্ভাবিকে অস্বীকার করার

কথা ভেবেছিলাম। আমি মূর্খের মতো তার বিরুদ্ধে সংঘর্ষ করি, বিদ্রোগ চালাতে থাকি। আমার রাত গুলো অনিদ্রার নকরে পরিণত হয়েছিল। আমি না চাওয়া সত্ত্বেও সমস্ত সমস্যা নিজের কাঁধে নিয়ে নিয়েছিলাম। এক বছর ধরে প্রচুর কষ্ট সহ্য করার পর আমি তা স্বীকার করে নিতে বাধ্য হই, অথচ আমি প্রথম থেকেই জানতাম এই অবসম্ভাবিকে কোনো ভাবেই বদলানো সম্ভব না।

আমার বহু বছর আগেই ওয়াল হুইটম্যানের সাথে চিৎকার করে বলা উচিত ছিল

ঝড়, ঝঞ্ঝা, খিদে, অপমান, উপহাস, দুর্ঘটনা আর রাতের সম্মখীনতা কর, গাছ ও পশুদের মতো।

আমি বারো বছর পশুদের সাথে জীবন কাটিয়েছি, অথচ কোনো সার্জি গরুকে এটা ভেবে অসুস্থ হোতে দেখেনি যে, বেশি গরমের জন্য ঘাস কম উঠেছে, বা বেশি ঠান্ডায় সব বরফে ঢেকে গেছে বা তার প্রেমী অন্য কোনো পশুর দিকে আকর্ষণ বোধ করছে। রাত, ঝড়-ঝঞ্ঝা বা খিদে সমস্ত কিছুর মোকাবিলাই পশুরা খুবই শান্তির সাথে করে থাকে, তাই তারা কখনই নার্ভাস ব্রেক ডাউন বা পেটের আল্সারের শিকার হয় না, বা তাদের পাগল হোতেও দেখা যায় না।

আপনাদের কি মনে হচ্ছে, জীবনের পথে আগত যেকোনো কঠিন পরিস্থিতির সামনে মাথা নত করতে বলছি আমি? না, তা কখনই না। এটা একেবারেই ভাগ্যবাদী দৃষ্টিভঙ্গী। যতক্ষণ কোনো পরিস্থিতিকে সংশোধিত করা সম্ভব বলে মনে হয়, ততক্ষণ পর্যন্ত লড়াই চালিয়ে যান, কিছুতেই পরাজয় স্বীকার করবেন না। কিন্তু যখন আপনার মনে হবে যে, আপনি যে বিয় নিয়ে লড়াই করছেন, তা কিছুতেই সংশোধন করা সম্ভব না, তখন অযথা তা সংশোধন করতে গিয়ে নিজের সমস্যা বৃদ্ধি করবেন না, তা মনে নেওয়াই বুদ্ধিমানের কাজ। কোলম্বিয়া বিশ্ববিদ্যালয়ের স্বর্গীয় ডীন ডক্স বলেছিলেন যে, তিনি মাদার মূজের কয়েকটি পংক্তিকে নিজের জীবনের সূত্র করে রেখেছেন

আমাদের সমস্ত অসুখের
হয় কোনো চিকিৎসা আছে, আর তা না হলে চিকিৎসা নেই,
যদি চিকিৎসা থাকে, তাহলে তা খোঁজার চেষ্টা করো,
আর যদি চিকিৎসা না থাকে, তাহলে চিন্তা করো না।

এই পুস্তক লেখার সময় আমি আমেরিকার বহু অগ্রণী বিজনেস এক্জীক্যুটিব্দের ইন্টারভিউ নিয়েছিলাম, সেই সময় তারাও আমার এই অবসম্ভাবি

বিষয় মনে নেওয়ার ব্যাপারে এক মত পোষণ করেছিল। যদি তারা তা করতে না পারত, তাহলে বিভিন্ন রকম চাপে তাদের জীবন ছন্নছাড়া হয়ে যেত। আমি আপনাদের কি বলতে চাই, তা স্পষ্ট ভাবে ব্যক্ত করার জন্য এখানে কিছু উদাহরণ তুলে ধরা হল

জে.সী. পেনী রাষ্ট্রব্যাপী পেনী স্টোরের সংস্থাপক, আমাকে বলেছিলেন, 'যদি আমার সমস্ত পুঁজীও শেষ হয়ে যায়, তাহলেও আমি চিন্তা করব না, কারণ আমি জানি যে, চিন্তা করে আমার কোনো লাভ হবে না। আমার পক্ষে যতটা সম্ভব আমি করি, আর পরিণাম ছেড়ে দিই ভগবানের হাতে।'

হেনরী ফোর্ডও আমাকে এই ধরণের কথাই বলেছিলেন, 'যখন কোনো ঘটনা সংশোধন করার ক্ষমতা আমার থাকে না, তখন আমি তা পরিস্থিতির হাতে ছেড়ে দিই।'

সেই সময়কার ক্রাইস্লর কর্পোরেশানের তৎকালীন প্রেসিডেন্ট কে.টী. কেলরকে জিজ্ঞাসা করেছিলাম যে, কিভাবে তিনি চিন্তা মুক্ত থাকেন, তিনি বলেছিলেন, 'যখন আমার সামনে কোনো কঠিন পরিস্থিতি আসে, আর সেই বিষয়ে যদি আমার কিছু করার থাকে, তাহলে আমি সঙ্গে সঙ্গে সেই কাজ করার চেষ্টা করি। যদি কিছু করার না থাকে, তাহলে আমি সেটাকে ভুলে যাওয়াই শ্রেয় বলে মনে করি। আমি ভবিষ্যৎ নিয়ে কখনই ভাবি না, কারণ আমি জানি, পৃথিবীতে কেউই ভবিষ্যতে কি হবে তা জানে না। এমন বহু শক্তি আছে যা ভবিষ্যৎকে প্রভাবিত করতে পারে, কোন জিনিস এমন শক্তি গুলিকে সঞ্চালিত করে, তা কেউ বলতে পারবে না। তাহলে এমন জিনিস নিয়ে ভেবে লাভ কি? 'কে.টী. কেলরকে যদি দার্শণিক বলে আখ্যা দেওয়া হয়, তাহলে বোধ হয় উনি অসহজ বোধ করবেন। তিনি একজন দক্ষ ব্যবসায়ি, কিন্তু তার দর্শণ আমাকে রোমের এপিক্টেটসের কথা মনে করিয়ে দিয়েছিল। এপিক্টেটস রোমের লোকের উদ্দেশ্যে বলেছিলেন, '**সুখের একটাই রাস্তা আছে, আর তাহলে সেই সমস্ত বিষয়ে চিন্তা না করা, যা আমাদের ইচ্ছাশক্তিকে নষ্ট করে দেয়।**'

সারা বর্নহার্ড, 'দিব্য সারা' হলেন এমন একজন মহিলা যিনি জানতেন যে, কিভাবে অবসম্ভাবিকে মেনে নিতে হয়। প্রায় অর্ধেক শতাব্দী জুড়ে তিনি চারটি মহাদ্বীপের থিয়েটারের সম্রাজ্ঞী ছিলেন, তিনি ছিলেন পৃথিবীর অন্যতম জনপ্রিয় অভিনেত্রী। তিনি যখন একাত্তর বছরের তখন তাঁর কাছে কোনো অর্থ ছিল না, চরম দরিদ্রতার স্বীকার হয়েছিলেন, তখন প্যারিসের ডাক্তার তাঁকে বলেছিল,

তাঁর পা কেটে বাদ দিতে হবে, আটলান্টিক মহাসাগরে যাত্রা করার সময় তিনি ডেকে পড়ে যান, আর পায়ে খুবই আঘাত লাগে, তার ফ্লেবাইটিস হয়ে যায়, এতই যন্ত্রণায় কাতরাতেন যে, ডাক্তাররা তাঁর পা কাটার সিদ্ধান্ত নেয়। তখন সবার মনে হয়েছিল, 'দিব্য সারা' এই কথা শুনে সহ্য করতে পারবেন না। তারা আশঙ্কা করেছিল যে, এই ভয়ানক খবর শোনার পর তাঁর হিস্টীরিয়ার আক্রমণ হবে, কিন্তু তাদের আশঙ্কা একেবারেই ভুল ছিল। সারা কিছুক্ষণ তাদের দিকে তাকিয়ে থাকার পর বলেন, 'যদি এটা করতেই হয়, তাহলে করতেই হবে।' একেই বলে ভাগ্য।

তাঁকে যখন অপারেশান থিয়েটারে নিয়ে যাওয়া হচ্ছিল, তখন সেখানে দাঁড়িয়ে তাঁর ছেলে কাঁদছিল, কিন্তু সারা হাসি মুখে তার দিকে হাত নারিয়ে বলে, 'চলে যেও না যেন, আমি ফিরে আসছি।'

অপারেশান থিয়েটারে যাওয়ার সময় তাঁর মুখে শোনা গেছিল একটা নাটকের দৃশ্যের কিছু কথা। যখন তাঁকে কেই জিজ্ঞাসা করেছিল যে, তিনি কি নিজের মনবল বৃদ্ধির জন্য এইসব করছেন, তখন তিনি বলেছিলেন, 'না, আমি ডাক্তার ও নার্সদের মনবল বৃদ্ধির জন্য এইসব করছি, কারণ ওদের ওপর এখন প্রচন্ড চাপ।'

সুস্থ হয়ে যাওয়ার পর সারা বর্নহার্ড সম্পূর্ণ পৃথিবী ঘুরে দেখেছিলেন এবং তারপর সাত বছর ধরে তাঁর দর্শকদের মন্ত্র মুগ্ধ করে রেখেছিলেন।

এল্সী ম্যাক্কর্মিক 'রীডর্স ডাইজেস্ট'-কে লিখেছিলেন- 'আমরা যখন অবসম্ভাবির সাথে লড়াই করা বন্ধ করে দিই তখন আমরা উর্জা মুক্ত হয়ে যাই, তা আমাদের অনেক সমৃদ্ধ জীবন যাপনের জন্য সক্ষম করে তোলে।'

কোনো জীবিত মানুষের মধ্যেই অবশ্যম্ভাবির সাথে লড়াই করে একটা নতুন জীবন শুরু করার মতো ক্ষমতা থাকে না, তাই আপনাকে এর মধ্যে কোনো একটা পথকে বেছে নিতে হবে। হয় আপনাকে মাথা নত করে সেই তুফানের দাপটকে সহ করতে হবে আর তা না হলে বুকে ফুলিয়ে তার ধাক্কা সহ্য করতে না পেরে ভেঙে টুকরো টুকরো হয়ে যেতে হবে।

আমি মিসূরীতে নিজেদের ফার্মে এমনি ঘটনা ঘটতে দেখেছিলাম। আমি সেখানে অনেক গাছ রোপন করেছিলাম, সেগুলি খুবই দ্রুততার সাথে বৃদ্ধি পাচ্ছিল, হঠাৎই সেই গাছের শাখায় বরফের মোটা আস্তরণ দেখতে পাই, কিন্তু গাছ গুলি সেই বোঝা বহন না করে গর্বের সাথে তার বিরোধীতা করতে থাকে। গাছ গুলি ভেঙে যায়, ওজন সহ্য করতে না পেড়ে ধরাশায়ী হয়ে যায় - তাই সেগুলি কেটে ফেলতে হয়। কানাডার চিরহরিৎ জঙ্গলে মাইলের পর মাইল যাওয়ার সময় আমি

ওজনের জন্য কোনো গাছকে ভেঙে যেতে দেখিনি, কারণ চিরহরিৎ বৃক্ষ গুলি অবস্থার সাথে তাল মিলিয়ে মাথা নত করতে শিখে গেছিল, সেই গাছ গুলি অবশ্যম্ভাবিকে মেনে নিতে শিখে গেছিল।

জিজিৎসুর বিশেষজ্ঞ নিজের ছাত্রদের শেখায়, 'লতার মতো মাথা নত কর, বৃক্ষের মতো প্রতিরোধ করো না।'

বছরের পর বছর ধরে গাড়ির টায়ার গুলি কিভাবে রাস্তার ওপর দিয়ে চলে? প্রথম দিকে টায়ার তৈরির কারখানা গুলি এমন টায়ার তৈরি করার চেষ্টা করেছিল যেগুলি রাস্তায় আসা কোনো বাধা-বিপত্তির প্রতিরোধ করতে সক্ষম হয়। পরিণাম স্বরূপ টায়ার গুলি ফেটে যেতে থাকে। তারপর এমন টায়ার বানানোর চেষ্টা করে, যেগুলি রাস্তার প্রতিরোধ সহ্য করে তা যেন নিজের ভেতরেই ধারণ করতে পারে। সেই টায়ার 'চলতে শুরু করে'। আমি বা আপনিও যদি জীবনের আঘাত সহ্য করে নিয়ে তা নিজেদের ভেতরে ধারণ করে নিতে পারি তাহলে অনেক ভালোভাবে 'চলতে' পারব।

জীবনের আঘাত সহ্য করার বদলে যদি আমরা প্রতিরোধ জানাই তাহলে কি হবে? 'লতার মতো মাথা নত' না করে যদি বৃক্ষের মতো মাথা তুলে দাঁড়িয়ে থাকি তাহলে কি হবে? এর উত্তর খুবই সহজ। আমরা একের পর এক আন্তরিক সংঘর্ষ চালিয়ে যাব, যার ফলে চিন্তাগ্রস্ত ও মানসিক চাপের মধ্যে দিয়ে জীবন অতিবাহিত করতে হবে নিউরটিক হয়ে যাব।

আমরা যদি আর একটু এগিয়ে যাই, অর্থাৎ যদি বাস্তবকে অস্বীকার করে নিজেদের বানানো স্বপ্নের জগতে বিচরণ করার চেষ্টা করি, তাহলে আমরা অবধারিত পাগল হয়ে যাব। যুদ্ধের সময় লক্ষাধিক সৈন্যদের হয় সেই অবশ্যম্ভাবিকে স্বীকার করে নিতে হয় আর তা না হলে চাপের ফলে তারা ভেঙে চুরমার হয়ে যায়। উদাহরণ স্বরূপ আমরা গ্লেনডেল, নিউইয়ার্কের উইলিয়াম এইচ. কেসেলিয়সের কথা বলতে পারি। নিউইয়ার্কে আমার ক্লাসে সে এই কথাটা বলেছিল

'কোস্ট গার্ডে ভর্তি হওয়ার কিছুদিন বাদেই আমাকে আটলান্টিকে খুবই ভয়ঙ্কর কাজ দেওয়া হয়েছিল। আমাকে বিস্ফোরকের সুপারভাইজার করে দেওয়া হয়েছিল। কল্পনা করুন, আমি ছিলাম বিস্ফোরকের সেল্সম্যান, সেখান থেকে আমাকে বিস্ফোরকের সুপারভাইজার করে দেওয়া হয়েছিল। টী.এন.টী.-র হাজার টনের ওপর দাঁড়ানোর কথা ভাবতেই কোনো সেল্সম্যানের বুক কেঁপে ওঠে। আমাকে মাত্র দুদিন প্রশিক্ষণ দেওয়ার পরেই যা বলা হয়েছিল তা শুনে আমার বুকে ভেতর

কেঁপে উঠেছিল। আমার কাজের প্রথম দিনের কথা আমি কোনো দিন ভুলতে পারব না। নিউ জার্সীর অন্ধকার, ঠান্ডা এবং কোয়াশায় আচ্ছন্ন দিনের কথা মনে পড়ে যায়।

'আমাকে নিজের জাহাজের হোল্ড নম্বর পাঁচে বিস্ফোরক রাখার কাজ দেওয়া হয়েছিল। সেখানে পাঁচ জন শ্রমিক নিয়ে কাজ করতে হয়েছিল। তাদের পীঠ ছিল শক্ত, কিন্তু বিস্ফোরক সম্পর্কে কিছুই জানত না। তারা যে বাক্স গুলো নিয়ে আসছিল, সে গুলিতে এক টন করে টী.এন.টী. ছিল - এই বারুদ সেই পুরানো জাহাজকে এক মুহূর্তে ধ্বংস করে দিতে পারত। বাক্স গুলো দড়ি দিয়ে বেঁধে টেনে ওপরে ওঠানো হচ্ছিল। একটা দড়ি ছিঁড়ে গেলে কি হবে, আমার শুধু সেই ভয়ই করছিল। হে ভগবান! আমি প্রচন্ড ভয় পেয়ে গেছিলাম! আমার সারা শরীর থ্রথ্র করে কাঁপছিল, আমার মুখ শুকিয়ে যায় ও হাঁটু দুটোতে ভর করে দাঁড়াতে কষ্ট হচ্ছিল আমার, বুকের ভেতরটা সব সময় ধুকপুক করত, কিন্তু সেখান থেকে পালানোর কোনো উপায় আমার ছিল না। তাহলে আমার কোর্ট মার্শাল হয়ে যেত, আমাকে অপমানিত করা হোত, আমার বাবা-মাকেও অপমান করা হোত, এমনকি না বলে পালানোর জন্য আমাকে গুলি পর্যন্ত মারা হোতে পারত। তাই পালানোর কোনো উপায় আমার ছিল না, আমার সেখানেই পড়ে থাকতে হয়েছিল, শ্রমিক গুলো খুবই বেপরোয়াভাবে বারুদের বাক্স গুলো তুলছিল, আর চোখের সামনে আমাকে সেই গুলো দেখতে হচ্ছিল, যেকোনো মুহূর্তে জাহাজটা ধ্বংস হয়ে যেতে পারত। প্রায় এক ঘন্টা এমন চিন্তাচ্ছন্ন থাকার পর হঠাৎই আমার মাথায় একটা বুদ্ধি খেলে, আমি নিজেকে খুব ভালো করে বোঝাই। আমি বলি, 'দেখো, খুব বেশি হলে তুমি উড়ে যাবে, এর চেয়ে বেশি কিছু হবে না। তাতে কি হবে! এত সহজেই তুমি মরে যাবে যে, তুমি বুঝতে পর্যন্ত পারবে না। ক্যান্সার হয়ে মারার চেয়ে এমন মৃত্যু অনেক শ্রেয়। আর তুমি কি সর্বদা বেঁচে থাকতে এসেছো, তা তো নয়, এক না একদিন তোমাকে মরতেই হবে। আর তুমি যদি এই কাজ না করো তাহলেও তোমাকে গুলি বিদ্ধ করে মেরে দেওয়া হবে। তাই তোমার এই কাজটা মন দিয়ে করাই শ্রেয়।'

'আমি প্রায় এক ঘন্টা নিজের সাথে এইভাবে কথা বলার পর একটু নিশ্চিন্ত বোধ করি। শেষ পর্যন্ত আমি সেই অনিবার্যকে মেনে নেওয়ার জন্য নিজের মনকে প্রস্তুত করে নিই এবং চিন্তা ও ভয়কে জয় করতে সক্ষম হই।'

'আমি কোনো দিন সেই শিক্ষা ভুলতে পারব না। তারপর থেকে তখনই

কোনো অনিবার্য বিষয় নিয়ে আমার মনে কোনো চিন্তা এসেছে তখনই আমি নিজের মনকে বলেছি, '**ওটা ভুলে যাও**'।

যীশু খ্রীষ্টকে ক্রুশ বিদ্ধ করে মারা হয়েছিল, যদি সেই ঘটনাটা ছেড়ে দিয়ে বিচার করা হয় তাহলে দেখা যাবে পৃথিবীর ইতিহাসে সবচেয়ে প্রসিদ্ধ মৃত্যু হল সুকরাতের মৃত্যু। আজ থেকে দশ শতাব্দী পরের মানুষেরাও এই বিষয় সম্পর্কে প্লেটোর করা উক্তি অবশ্যই পড়বে, কারণ সাহিত্যের বিচারে সেই বর্ণনা খুবই সুন্দর ও মর্মস্পর্শী। খালি পায়ে পথ চলা বৃদ্ধ সুকরাতকে এথেন্সের বেশ কিছু লোক পছন্দ করত না। তারা সুকরাতের বিরুদ্ধে কিছু আরোপ তোলে যার ফলে তাঁর ওপর মামলা হয়, বিচার হয়, ও বিচারে তাঁকে ফাঁসির শাস্তি শোনানো হয়। তাঁর বন্ধু সম জেলার পান করার জন্য তাঁর সামনে এক পাত্র বিষ এনে দেয়, আর বলে, '**যা হবেই, সেটাকে সহজ ভাবে স্বীকার করে নেওয়াই শ্রেয়।**' সুকরাত সেটাই করেছিলেন। তিনি এতটাই সহজ ভাবে শান্তির সাথে মৃত্যুকে মেনে নিয়েছিলেন যে, তিনি দৈবিয় মহিমা স্পর্শ করার সুযোগ পেয়েছিলেন।

'যা অনিবার্য, সেটাকে সহজ ভাবে মেনে নেওয়ার চেষ্টা করুন।' এই কথাটা যীশু খ্রীষ্টের জন্মের 399 বছর আগেই বলা হয়েছিল। কিন্তু আজকের বিশ্বকে এই সহজ কথাটা অতি সহজে স্বীকার করতে শিখতে হবে। '**যা অনিবার্য, সেটাকে সহজ ভাবে মেনে নেওয়ার চেষ্টা করুন।**'

চিন্তা দূর করার জন্য, সেই সম্পর্কিত বিভিন্ন পুস্তক ও ম্যাগাজিন আমি পড়তে থাকি। আমি এই বিষয়ে সবচেয়ে ভালো কি সিদ্ধান্ত পেয়েছিলাম জানতে চান কি? তা হল - এমন কিছু কথা, যা আমাদের প্রত্যেককেই নিজেদের বাড়ির বাথরুমের আয়নায় টাঙিয়ে রাখা উচিত, তাতে করে যখন আমরা মুখ ধোবো তখনই যেন তার সাথে আমাদের মাথার চিন্তা গুলোও ধুয়ে যায়। এই অমূল্য প্রার্থনা রীনহোল্ড নীবর লিখেছিলেন

হে ভগবান, আমাকে শক্তি দাও
যা আমি বদলাতে পারব না তা স্বীকার করে নেওয়ার ক্ষমতা দাও,
যা আমি বদলাতে পারি, তা বদলানোর বিশ্বাস দাও;
আর দুটির মধ্যে পার্থক্য বোঝার শক্তি দাও।
চিন্তা আপনাকে শেষ করে দেওয়ার আগে, চিন্তা দূর করার চতুর্থ নিয়ম হল
অবশ্যম্ভাবির সাথে সহযোগিতা করুন

10

চিন্তায় 'বিরাম চিহ্ন' দিতে শিখুন

> **কোনো জিনিসের মূল্যকে আমি জীবনের মাত্রার নাম দিতে চাই, যা তার বদলে তৎকাল বা দীর্ঘ সময় ধরে পরিশোধ করতে হয়।**
>
> **- হেনরী থোরো**

শেয়ার বাজারে কিভাবে পয়সা রোজগার করতে হয়, সেটা জানতে চান কি? আপনি ছাড়া আরো এমন দশ লক্ষ লোক আছে যারা ভাবছে যে, যদি আমি এই প্রশ্নের উত্তর জানতাম তাহলে এই বইয়ের দাম দশ লক্ষ ডলার হোত। আসলে, আমি আপনাকে এমন একটা টেকনিকের কথা বলতে চাইছি, যার প্রয়োগ শেয়ার বাজারের খুবই সফল বিশেষজ্ঞ করে। আমি অর্থ বিনিয়োগের পরামর্শ দাতা চার্লর্স রবটর্সের কাছ থেকে এই কথা শুনেছিলাম

'আমি যখন প্রথমবার টেক্সাস থেকে নিউইয়ার্কে গেছিলাম, তখন আমার কাছে আমার বন্ধুদের দেওয়া মাত্র বিশ হাজার ডলার ছিল, তারা সেগুলি আমাকে শেয়ার বাজারে বিনিয়োগের জন্য দিয়েছিল। আমি ভাবতাম শেয়ার বাজার সম্পর্কে আমার ভালো অভিজ্ঞতা আছে, কিন্তু আমার সমস্ত পুঁজী নষ্ট হয়ে যায়। কিছু সওদায় আমার লাভ হয়েছিল ঠিকই, কিন্তু শেষ পর্যন্ত আমার সমস্ত পুঁজী নষ্ট হয়ে যায়।'

'আমার বন্ধুরা অনেক বড়োলোক ছিল, তাদের এই টাকা চলে যাওয়াতে কোনো সমস্যা ছিল না, কিন্তু বন্ধুদের পয়সা আমার হাত থেকে নষ্ট হয়েছিল বলে, আমার আফসোসের শেষ ছিল না। আমার তাদের সামনে যেতে ভয় করছিল, কিন্তু তারা সব শোনার পর তাদের আশাবাদী দৃষ্টিভঙ্গী আমাকে অবাক করে দিয়েছিল।'

'আমি বুঝতে পেরে গেছিলাম যে, শেয়ার বাজারে সফল হওয়ার জন্য

আমি অন্ধকারে তীর ছুঁড় ছিলাম তথা নিজের ভাগ্য ও অন্যের পরামর্শ অনুসারে পথ চলছিলাম। শেয়ার বাজারে আমি শুধুমাত্র আনাড়ীর মতো কাজ করে যাচ্ছিলাম।'

'আমি নিজের ভুল গুলি সম্পর্কে বিচার করতে শুরু করি, তখন আমার মনে হয় যে, শেয়ার বাজারে পুনরায় পা রাখার আগে কিভাবে এই কার্য হয় সেই সম্পর্কে আমার জানাটা খুবই প্রয়োজন। সেই কারণে আমি শেয়ার বাজারের বিশেষজ্ঞ বর্টন এস. কেস্লসকে খুঁজে বার করি ও তার সাথে ঘনিষ্ট হওয়ার চেষ্টা করি। আমি জানতাম যে, আমি তার কাছ থেকে অনেক কিছু শিখতে পারব। আসলে একজন সফল বিনিয়োগ কারী হিসাবে তার প্রতিষ্ঠা দিনে দিনে বৃদ্ধি পাচ্ছিল। শুধুমাত্র ভাগ্যের জোরেই সে এমন একটা সফল কেরিয়ারের অধিকারী হয়েছিল, তা হোতেই পারে না।

'সে আমার কাছ থেকে জানতে চেয়েছিল যে, আমি কিভাবে শেয়ার কিনি ও তা বিক্রী করি, তখন আমার কথা শোনার পর সে এমন একটা সিদ্ধান্তের কথা আমাকে জানিয়েছিল, আমার মনে হয় সেটা শেয়ার বাজারের জন্য সবচেয়ে গুরুত্বপূর্ণ সিদ্ধান্ত। সে বলে, 'আমি যেকোনো শেয়ার কেনার সময় তার ওপর 'স্টপ লস'-এর অর্ডার দিয়ে দিই। ধরুন আমি কোনো শেয়ার পঞ্চাশ ডলারে কিনছি, তাহলে আমি তার ওপর পঁয়তাল্লিশ ডলারের স্টপ-লস লাগিয়ে দিই। অর্থাৎ যদি সেই শেয়ারের দাম পড়তে থাকে তাহলে পঁয়তাল্লিশ ডলারে আসলে তা নিজের থেকেই বিক্রী হয়ে যাবে, আর তাতে করে সেই সওদায় আমার মাত্র পাঁচ ডলারের লোকসান হবে।

'আপনি যদি খুব ভেবে চিন্তে কোনো শেয়ারের নির্বাচন করেন, তাহলে আপনার গড়ে দশ, পঁচিশ বা পঞ্চাশ ডলারের লাভ হোতে পারে। অথচ আপনি নিজের ক্ষতি যেহেতু পাঁচ ডলারের মধ্যেই সীমাবদ্ধ রাখেন তাই অর্ধেকের বেশিবারও যদি আপনার লোকসান হয় তাহলেও আপনি অনেক অর্থ রোজগার করতে পারবেন।

'আমি তখনই সেই সিদ্ধান্ত অনুসারে চলার নির্ণয় নিই, আর ক্রমাগত তার প্রয়োগ করতে থাকি। তাতে করে আমার এবং আমার গ্রাহকের হাজারের বেশি ডালর বেঁচে যায়।'

কিছুদিন বাদে আমি অনুভব করি যে, 'স্টপ লস'-এর সিদ্ধান্ত শুধু শেয়ার বাজারের ক্ষেত্রেই নয়, বরং তা জীবনের অন্যান্য ক্ষেত্রেও প্রযোজ্য করা যেতে পারে। আমি আর্থিক সমস্যা ছাড়াও অন্যান্য সমস্যার ক্ষেত্রে স্টপ লস লাগাতে

শুরু করি। আমি নিজের সমস্যা ও দ্বেষের ক্ষেত্রেও স্টপ-লস অর্ডার প্রয়োগ করতে থাকি। তা জাদুর মতো ফল দেখাতে শুরু করে।

'উদাহরণ স্বরূপ, আমি এমন বন্ধুদের সাথে লাঞ্চ করতাম যারা খুব কমই সময় মতো আসত। আমি প্রায় আধা ঘন্টা তাদের জন্য অপেক্ষা করার পর তারা আসত। শেষ পর্যন্ত আমি তাদের জানিয়ে দিই যে, তাদের অপেক্ষার ব্যাপারে আমি 'স্টপ লস' লাগিয়ে দিয়েছি। আমি তাদের বলি, 'আমি তোমাদের জন্য দশ মিনিটের 'স্টপ লস' লাগিয়ে দিয়েছি। তোমরা যদি দশ মিনিটের বেশি দেরি কর তাহলে আমি আর লাঞ্চ করব না, আমি চলে যাব।'

হায়! আমি যদি বহু বছর আগেই এই কাজ করতাম! যদি! আমি নিজের অধীরতা, নিজের স্বভাব, নিজেকে সঠিক প্রমাণ করার বাসনা, নিজের আফসোস আর নিজের মানসিক ও আবেগের টানাপোড়েনের ওপর বহু বছর আগেই 'স্টপ লস'-এর অর্ডার দিতে পারতাম! যেকোনো পরিস্থিতিকে বিশ্লেষণ করার বুদ্ধি কেনো হল না আমার? তাহলে অনন্ত আমার মানসিক শান্তি বিনষ্ট হোত না। তখন আমি নিজেকে বলি, 'দেখো, ডেল কারনেগী, এই পরিস্থিতিতে শুধু এই টুকুই চিন্তা করা উচিত এর চেয়ে বেশি নয়।' ... আমি কেনো এমন করিনি?

যাই হোক, একটা বিষয়ে আমি নিজেকে সামান্য হলেও বুদ্ধিমানের শ্রেয় দিতে বাধ্য। সেটা ছিল খুবই বিষম সময়, আমার জীবন একটা সংকটের মধ্যে দাঁড়িয়ে ছিল। সেই সময় আমি দাঁড়িয়ে দাঁড়িয়ে নিজের স্বপ্ন, ভবিষ্যতের পরিকল্পনা এবং কয়েক বছরের পরিশ্রম চোখের ওপর নষ্ট হয়ে যেতে দেখছিলাম। তখন আমার বয়স তিরিশের থেকে একটু বেশি, আমি নিজের জীবন দিয়ে একটা উপন্যাস লেখার কথা ভেবেছিলাম, অন্যভাবে বলা যায় আমি তখন ফ্র্যাঙ্ক নরিস বা জ্যাক লন্দন বা থমাস হার্ডী হয়ে ওঠার স্বপ্ন দেখছিলাম। এই বিষয়টা নিয়ে আমি এতটাই গম্ভীর ছিলাম যে, দুই বছর ইওরোপে অতিবাহিত করি, সেখানে প্রথম বিশ্ব যুদ্ধের পর সস্তায় মাত্র কয়েক ডলারের বিনিময়ে থাকার সুযোগ পেয়েছিলাম। সেখানে দুই বছর থেকে, আমি নিজের মহান গ্রন্থ লেখার কাজ চালিয়ে যাই, যার নাম রেখেছিলাম, 'দ্যা ব্লিজার্ড' (বরফের তুফান)। বইটার নাম ছিল খুব সাধারণ, প্রকাশক তা আরো সাধারণ ভাবে গ্রহণ করেছিল, তাতে করে সে আমাকে বুঝিয়ে দিয়েছিল যে, আমার উপন্যাসের মধ্যে তেমন কোনো দম নেই, সেই সাথে বুঝিয়ে দিয়েছিল যে, আমার মধ্যে উপন্যাস লেখার কোনো কলা, গুণ বা প্রতিভা নেই। তার অফিস থেকে বাইরে বেরানোর সময় আমি মানসিক ভাবে বিধস্ত হয়ে

পড়েছিলাম, সেই সময় যদি কেউ আমার মাথায় জোড়ে আঘাত করত তাহলে বোধ হয় আমি মারাই যেতাম। তখন আমি বুঝেছিলাম যে, আমি জীবনের চরম মুহূর্তের মুখে দাঁড়িয়ে আছি, আমাকে একটা গুরুত্বপূর্ণ সিদ্ধান্ত নিতেই হবে। আমার কি করা উচিত? আমার কোন রাস্তায় চেনা উচিত? সেই চরম আঘাতের থেকে বাইরে বেরোতে আমার বেশ কয়েক সপ্তাহ লেগেছিল। সেই সময় আমি 'স্টপ লস'-এর কথাটা ভাবতে পারিনি, তাহলে বোধ হয় নিজের চিন্তায় 'স্টপ লস' প্রয়োগ করতে সক্ষম হোতাম, কিন্তু এখন যখন পিছনে ফিরে দেখি তখন বুঝতে পারি যে, আমি এরই প্রয়োগ করেছিলাম। নিজের ঘাম ঝরিয়ে দুই বছর ধরে যে উপন্যাস আমি লিখেছিলাম, সেই দুটি বছরকে নিজের জীবন থেকে মুছে ফেলি, সেটাকে আমি নিজের একটা ভালো প্রচেষ্টা বলে ধরি, কারণ সেটা তার চেয়ে বেশি কিছু ছিল না আর তারপর আমি এগিয়ে যাই। আমি পুনরায় নিজের কাজে মন দিই, প্রাপ্ত বয়স্কদের পড়াতে শুরু করি, আর খালি সময়ে নিজের জীবনী লিখতাম -জীবনী এবং ননফিক্শন পুস্তক, যে ধরণের বই আপনি এখন পড়ছেন।

আমি কি নিজের এই সিদ্ধান্তে খুশি হয়েছিলাম? খুশি? যখনই আমি এই কথা ভাবি তখনই আমার খুশিতে রাস্তায় নাচতে ইচ্ছা করে। আমি তারপর থেকে দ্বিতীয় থমাস হার্ডী হোতে না পারার জন্য আমি কখনই আফসোস করিনি।

কয়েক শতাব্দী আগে যখন একদিন রাতে যখন একটা প্যাঁচা লেকের ধারে বসে চিৎকার করছিল, তখন হেনরী থোরো নিজের কলম কালিতে ডুবিয়ে ডায়রিতে লিখেছিলেন যে, 'কোনো জিনিসের মূল্যকে আমি জীবনের মাত্রার নাম দিতে চাই, যা তার বদলে তৎকাল বা দীর্ঘ সময় ধরে শোধ করতে হবে।'

অন্যভাবে বলা যায় যখন জীবনে আমরা কোনো জিনিসের জন্য অধিক মূল্য পরিশোধ করতে চাই তখন আমরা মূর্খামির প্রমাণ দিই।

কিন্তু গিল্বর্ট এবং সুলিওন ঠিক এই কাজই করেছিলেন। তাঁরা জানতেন যে, কিভাবে শ্রুতি মধুর সঙ্গীত রচনা করা যেতে পারে, কিন্তু কিভাবে নিজেদের জীবনকে খুশীতে ভরিয়ে রাখা যায়, তাঁরা তা জানত না। তাঁরা অনেক সুন্দর সুন্দর অপেরা রচনা করে, সম্পূর্ণ পৃথিবীকে আনন্দ দান করেছিলেন **পেশেন্স, পাইনাফোর, দ্যা মিকাডো**। কিন্তু তাঁরা নিজেদের রাগকে নিয়ন্ত্রণ করতে পারিনি, আর সেই রাগের কারণে তাঁদের বিচ্ছেদ হয়ে যায়, আর সেই বিচ্ছেদের কারণ ছিল একটা কার্পেটের দাম। তাঁর দুজনে মিলে যে থিয়েটার কিনেছিলেন তার জন্য

সুলিওন একটা কার্পেটের অর্ডার দেন, সেই বিল দেখে গিল্বর্ট রাগে ফেটে পড়েন। তিনি সোজা আদালতে চলে যান, আর তারপর তাঁরা সারা জীবন কেউ কাউর সাথে কথা বলেন নি। যখন সুলিওন কোনো গান রচনা করতেন তখন তা ডাকের সাহায্যে গিল্বর্টের কাছে পাঠিয়ে দিতেন, আবার গিল্বর্ট কোনো গান রচনা করার পর তা ডাকের সাহায্যে সুলিওনের কাছে পাঠিয়ে দিতেন। একবার তাঁদের বাধ্য হয়েই মঞ্চে একসাথে আসতে হয়েছিল, কিন্তু দুজনে মঞ্চের দুই কোণায় এমনভাবে দাঁড়িয়েছিলেন যাতে একে অপরের মুখ দেখতে না পান। তাঁরা এত গুণি হওয়া সত্ত্বেও নিজেদের রাগের ওপরে 'স্টপ লস' লাগানোর মতো বুদ্ধির পরিচয় দেননি। যে পরিচয় দিয়েছিলেন লিংকন।

একবার গৃহযুদ্ধের সময় যখন লিংকনের কিছু বন্ধু তাঁর শত্রুদের ভৎর্সনা করছিল তখন লিংকন বলেন, 'আপনার মধ্যে ব্যক্তিগত দ্বেষের মাত্রা আমার চেয়ে একটু বেশি। হয়তো আমার মধ্যে তা একটু কম মাত্রায় আছে, কিন্তু আমার মনে হয় তাতে কোনো লাভ হয় না। কোনো মানুষের কাছেই এত সময় থাকে না, যাতে করে সে তার অর্ধেকটা জীবন লড়াই করেই নষ্ট করে দিতে পারে। যদি কোনো ব্যক্তি আমাদের ওপর হামলা করা বন্ধ করে দেয়, তাহলে তার অতীত সম্পর্কে সম্পূর্ণ রূপে ভুলে যাওয়া উচিত।'

যদি! আমার বৃদ্ধ আন্টী - এডিথ আন্টীর মধ্যেও লিংকনের মতো ক্ষমাশীলতা থাকত। সে এবং আমার ফ্র্যাঙ্ক আংকেল একটা বিধ্বস্ত ফার্ম হাউসে থাকত, সেইখানে আরশোলায় ভরা ছিল, জমিও ছিল অনুর্বর ও এবরো-খেবরো। তাদের জীবনে সমস্যার শেষ ছিল না - তারা একটা একটা করে পয়সা সঞ্চয় করার চেষ্টা করত, কিন্তু আন্টী নিজের সাধারণ ঘরটা চমকানোর জন্য কিছু পর্দা ও ছোটোখাটো জিনিস কেনার কথা ভেবেছিল। যার ফলে সে মিসূরীর একটা দোকানে গিয়ে বেশ কিছু বিলাসিতার জিনিস পত্র কিনে নিয়ে আসে। ফ্র্যাঙ্ক আংকেল ঋণের কথা ভাবতে থাকে। প্রতিটা কৃষকের মতো সেও ঋণের বিষয় নিয়ে চিন্তিত থাকত, তাই সে দোকানদারকে বারণ করে দেয়, যাতে সে তার স্ত্রীকে ধারে আর কোনো জিনিস না দেয়। আন্টীর কানে এই কথা গেলে সে আর নিজেকে সামলাতে পারে না, এমনকি এই ঘটনার পঞ্চাশ বছর বাদেও তার রাগ এত টুকু ঠান্ডা হয়নি। আমি বেশ কয়েকবার তার মুখ থেকে এই ঘটনার কথা শুনেছিলাম। শেষ বার যখন আমি তার মুখ থেকে সেই ঘটনা শুনেছিলাম তখন সে প্রায় সত্তর বছর বয়সের বৃদ্ধা। আমি তাকে বলে - 'এডিথ আন্টী, ধরে নিলাম ফ্র্যাঙ্ক আংকেলেরই

সব দোষ ছিল, সে আপনাকে ছোটো করার চেষ্টা করেছিল, কিন্তু আপনার মনে হয় না কি পঞ্চাশ বছর আগের কথা তুলে এখন অভিযোগ করা কোনো বুদ্ধিমানের কাজ নয়?' (সে আমার কথা শুনেও না শোনার ভান করেছিল।)

এডিথ আন্টী নিজের মস্তিষ্কে ঘৃণা ও দ্বেষের এমন একটা বৃক্ষ রোপণ করেছিল, যা বিরাট আকার ধারণ করে এবং তারফলে তার মনের শান্তি নষ্ট হয়ে যায়।

বেঞ্জামিন ফ্র্যাঙ্কলিন যখন সাত বছরের ছিলেন, তখন তিনি একটা ভুল করে ফেলেছিলেন। একটা বাঁশি তাঁর এতই পছন্দ হয়েছিল যে, তিনি দোকানে ঢুকে নিজের পকেটে যত পয়সা ছিল তা কাউন্টারে জমা করে দেন, আর বাঁশিটা দিতে বলেন, তিনি সেটার দাম পর্যন্ত জিজ্ঞাসা করেননি। সত্তর বছর বয়সে গিয়েও তিনি সেই কথা ভুলতে পারেন নি, তাই তিনি নিজের বন্ধুকে চিঠিতে লিখেছিলেন, 'তারপর আমি বাড়ি ফিরে এসে খুশি মনে সারা বাড়ি ঘুরে সেই বাঁশী বাজাচ্ছিলাম।' কিন্তু যখন তার ভাই বোনেরা বলে যে, তিনি বাঁশিটার দাম অনেক বেশি দিয়েছেন, আর তার জন্য যখন তারা তাঁর পিছনে লাগে তখন তিনি 'চিৎকার করে কাঁদতে থাকেন।'

কয়েক বছর বাদে ফ্র্যাঙ্কলিন যখন বিশ্ব বিখ্যাত রাজনৈতিক ব্যক্তিত্ব ও ফ্রান্সের রাষ্ট্রদূত হয়েছিলেন তখনও তিনি সেই বাঁশীর ঘটনা ভুলতে পারেননি, 'বেশি মূল্য দেওয়ার জন্য তাঁর এতটাই দুঃখ হয়েছিল যে, তিনি বাঁশীটা পাওয়ার আনন্দই উপভোগ করতে পারেন নি।'

কিন্তু ফ্র্যাঙ্কলিন বড়ো হয়ে যাওয়ার পর, যখন তিনি দুনিয়াদারি কি বুঝতে শেখেন, তখন তিনি বোঝানে যে, 'আমি বড়ো হওয়ার পর লক্ষ্য করে দেখেছি যে, পৃথিবীর বেশির ভাগ মানুষই তার বাঁশীর জন্য অধিক মূল্য দিয়ে থাকে। সংক্ষেপে বলা যায়, আমার মনে হয় মানুষের অধিকাংশ দুঃখের কারণ হল তারা জিনিসের দাম সম্পর্কে সঠিক অনুমান করতে পারে না, আর সেই কারণেই তারা নিজেদের বাঁশীর জন্য প্রয়োজনের বেশি মূল্য প্রদান করে।'

গিল্বর্ট আর সুলিওনকে তাঁদের বাঁশীর জন্য প্রয়োজনের বেশি মূল্য দিতে হয়েছিল। এই একই কাজ এডিথ আন্টীও করে। সেই কাজ ডেল কারনেগীও করেছে - অনেক বার। অমর লিয়ো টলস্টয়ও সেও পথেই চলেছেন, যিনি পৃথিবীর দুটি মহান উপন্যাস ;ওয়ার এণ্ড পীস' ও 'অন্না কেরেনিনা' রচনা করেছিলেন। এনসাইক্লোপীডিয়া ব্রিট্যানিকার অনুসারে টলস্টয় তাঁর জীবনের শেষ কুড়ি বছরে 'হয়তো পৃথিবীর সবচেয়ে সম্মানীয় ব্যক্তিতে পরিণত হয়েছিলেন।' 1890 থেকে

1910 সাল পর্যন্ত অসংখ্য প্রশংসকের কাছে তাঁর বাড়িটাই তীর্থযাত্রা হয়ে উঠেছিল, তারা একবার তাঁর মুখ দেখার জন্য তাঁর বাড়িতে গিয়ে ভিড় করত, একবার তাঁকে ছুঁতে চাইত, একবার তাঁর কণ্ঠস্বর শুনতে চাইত। তাঁর মুখ থেকে নির্গত প্রতিটা শব্দ নোট বুকে লিখে রাখতে চাইত, তা যেন তাদের কাছে ছিল 'দিব্য কথন'। অথচ সত্তর বছর বয়সেও টলস্টয়ের মধ্যে সাত বছরের ফ্র্যাঙ্কলিনের মতো বুদ্ধি পরিলক্ষিত হোত! তাঁর মধ্যে একদমই বুদ্ধি ছিল না।

আমার কথার অর্থ হল, টলস্টয় এমন একটা মেয়েকে বিবাহ করেছিলেন, যাকে তিনি খুব ভালোবাসতেন। তাঁরা একে অপরকে জীবন সঙ্গী হিসাবে লাভ করে এতটাই খুশী হয়েছিলেন যে, সর্বদা তার জন্য ভগবানকে ধন্যবাদ জানাতেন, কিন্তু যাকে টলস্টয় বিবাহ করেছিলেন সে ছিল হিংসুটে প্রকৃতির মানুষ, সে সর্বদা তাঁর স্বামীকে চোখে চোখে রাখত, এমনকি জঙ্গলেও কৃষকের বেশ ধারণ করে তাঁর দিলে লক্ষ্য রাখত। যার ফলে তাঁদের মধ্যে প্রচন্ড ঝগড়া হোত, এমনকি সে নিজের বাচ্চাদের পর্যন্ত হিংসা করত, যার ফলে একবার বাচ্চাদের ফটোতে পর্যন্ত গুলি মারে। শুধু তাই নয় নিজের মুখের সামনে আফিনের বোতল নিয়ে আত্মহত্যা করার পর্যন্ত ধমকী দেয়, সেই সময় তাঁদের বাচ্চারা ঘরের কোণায় দাঁড়িয়ে আতঙ্কে চিৎকার করত।

টলস্টয় কি করতেন? সেই সময় যদি তিনি মাথা গরম করে ফার্ণিচার ভাঙতেন তাহলে আমি তাঁকে দোষ দিতাম না, কারণ তাঁর রাগ করাটাই ছিল স্বাভাবিক। কিন্তু তিনি তা না করে একটা প্রাইভেট ডায়রি লেখেন আর তাতে সমস্ত কিছুর জন্য তাঁর স্ত্রীকেই দায়ি করেন, যা ছিল অতিব খারাপ একটা কাজ। আসলে তিনি চেয়েছিলেন যে, ভাবি প্রজন্ম যেন তাঁকে কোনো ভাবেই দোষি বলে না মানে, যেন তাঁর স্ত্রীকে অপরাধির চোখে দেখে। আর তার উত্তরে তাঁর স্ত্রী কি করেছিল? সে কি এই ডায়রিটা ছিঁড়ে টুকরো টুকরো করে দিয়েছিল? না, তা না করে সে আর একটা ডায়রি লেখে, আর তাতে সে টলস্টয়কে সকলের সামনে খল নায়ক করে দাঁড় করায়। সে একটা উপন্যাসও লিখেছিল, যার নাম ছিল 'কার দোষ?' (Whose fault?)। এই উপন্যাসে টলস্টয়ের স্ত্রী এটা প্রমাণ করার চেষ্টা করেছিল যে, স্বামীরা হয় জল্লাদ আর স্ত্রীরা হয় বলির পাঁঠা।

আর তাতে কি লাভ হল? কিছুই হল না। টলস্টয় নিজেই বলেছিলেন যে, তাঁরা তাঁদের একটা সুন্দর সংসারকে পাগলখানায় পরিবর্তিত করে দিয়েছেন। এর পিছনে নিশ্চয়ই কোনো না কোনো কারণ ছিল। এর অন্যতম কারণ হল, আপনাকে

বা আমাকে প্রভাবিত করার প্রবল ইচ্ছা। হ্যাঁ, আমরাই হলাম সেই ভাবী প্রজন্ম যাদের রায় নিয়ে তাঁরা দুজনেই যথেষ্ট উদ্বিগ্ন ছিল। তাঁদের দুজনের মধ্যে কে ভুল আর কে ঠি, তা নিয়ে আমাদের কোনো রকম মাথা ব্যথা আছে কি? না, আসলে আমরা নিজের সমস্যা নিয়ে এতটাই চিন্তিত যে, টলস্টয়কে নিয়ে মাথা ঘামানোর মতো সময় আমাদের হাতে নেই। তাঁরা নিজেদের সঠিক প্রমাণ করার জন্য একটা সুন্দর সংসারকে নরক করে তুলেছিলেন। তাঁরা নিজেদের পঞ্চাশটা বছর নষ্ট করে ফেলেন, এর একটাই কারণ, আর তাহল তাঁদের দুজনের মধ্যে 'এবার থাম' বলার মতো বুদ্ধি ছিল না। আসলে দুজনের মধ্যে কেউই জীবনের মূল্য কি তা বুঝতে পারেননি, তাই তাঁরা 'স্টপ লস' -এর অর্ডার দিতেই ভুলে গেছিলেন। আমরা আমাদের জীবন শেষ করে ফেলছি, এবার আমাদের 'থামা' উচিত।

'হ্যাঁ' আমার মনে হয় প্রকৃত মানসিক শান্তিই হল সবচেয়ে বড়ো রহস্য গুলির মধ্যে অন্যতম - মূল্যবোধের অনুভূতি, আর আমি বিশ্বাস করি যে, আমরা সহজেই নিজেদের পঞ্চাশ শতাংশ চিন্তা দূর করতে পারি, তার জন্য একটাই শর্ত মেনে চলতে হবে আর তাহলে আমাদের জীবন নাকি অন্যকোনো বিষয় আমাদের কাছে বেশি গুরুত্বপূর্ণ তা বুঝতে হবে।

চিন্তা আপনাকে শেষ করে দেওয়ার পূর্বে চিন্তা দূর করার পঞ্চম নিয়ম হল

যখনই কোনো জিনিস নিয়ে আপনি প্রয়োজনের বেশি চিন্তা করবেন বা যার জন্য আপনার জীবন ধ্বংস হয়ে যেতে পারে বলে মনে হচ্ছে, তখনই আপনি নিজেকে তিনটে প্রশ্ন করতে পারেন

1. *যে বিষয় নিয়ে আমি এত চিন্তা করছি, আমার জীবনে তার গুরুত্ব কতখানি?*
2. *কিভাবে এই চিন্তার ওপর 'স্টপ লস' লাগানো যায়, আর তারপর কি ভাবে তা ভোলা যায়?*
3. *এই 'বাঁশীর' জন্য আমি ঠিক কতটা মূল্য দিতে প্রস্তুত? আমি আগেই প্রয়োজনের থেকে তার মূল্য বেশি দিচ্ছি না তো?*

11

চর্বিত চর্বণ করে কোনো লাভ নেই

> **বুদ্ধিমান ব্যক্তি কখনই নিজের ক্ষতি নিয়ে ভেবে সময় নষ্ট করে না, বরং সে সন্তুষ্ট মনে কিভাবে ক্ষতিপূরণ করা যায়, তাই নিয়েই বিচার করে।** **- শেক্সপিয়ার**

এই বাক্য লেখার সময় আমি ইচ্ছা করলে বাইরের জানলার দিকে তাকিয়ে ডায়নাসৌরের পায়ের ছাপ দেখতি পারি - এখন ডায়নাসৌরের পায়ের ছাপ পাথরে পরিণত হয়েছে। আমি পীবডী মিউজিয়াম অফ ওয়েল বিশ্ববিদ্যালয় থেকে ডায়নাসৌরের এই পায়ের ছাপটা কিনেছিলাম আর আমার কাছে মিউজিয়ামের ক্যুরেটরের চিঠি আছে, তাতে লেখা আছে যে, এই পদচিহ্ন 18 কোটি বছর আগেকার। এই পদচিহ্ন বদলানোর জন্য 18 কোটি বছর পিছনের যাওয়ার কথা কোনো মঙ্গলিয়ানও ভাবতে পারবে না। তাহলে ভেবে দেখুন তো, 180 সেকেন্ড পূর্বে ঘটে যাওয়া কোনো ঘটনা, যা আপনি কোনো দিন বদলাতে পারবেন না, তা নিয়ে ভাবাও মূর্খামি নয় কি? আর আমাদের মধ্যে বেশির ভাগ লোক এমন মূর্খামিই করে থাকে। এটা ঠিক যে 180 সেকেন্ড পূর্বে ঘটে যাওয়া কোনো ঘটনায় প্রভাব আমাদের ওপর যথেষ্ট বেশি মাত্রায় থাকে, তাকে কিভাবে পরিবর্তিত করা যায় তা নিয়ে বিবেচনাও করা যেতে পারে, কিন্তু যা হয়ে গেছে তা আপনি শত চেষ্টা করলেও বদলাতে পারবেন না।

ভগবানের তৈরি এই পৃথিবীতে কেবল একটাই উপায় আছে, যার দ্বারা আমরা অতীতের ব্যবহার করতে পারি আর তাহল আমরা ঠান্ডা মাথায় নিজেদের বিগত অতীতের ভুল গুলি নিয়ে বিশ্লেষণ করতে পারি, এই বিশ্লেষণ থেকে লাভবান হওয়ার চেষ্টা করুন, আর তারপর সেই ভুল গুলি ভুলে যান।

আমি জানি এটা সত্যি, কিন্তু আমার নিজের মধ্যেও এমন কাজ করার সাহস

ও দায়িত্ব সর্বদা ছিল কি? এই প্রশ্নের উত্তর দেওয়ার আগে, আমি আপনাকে বহু বছর আগের একটা অভিজ্ঞতার কথা বলতে চাইব। আমি তিন লক্ষ ডলারের সদ্ব্যবহার না করেই তা নিজের হাতের বাইরে চলে যেতে দিয়েছিলাম। প্রাপ্ত বয়স্কদের শিক্ষা প্রদানের কাজটাকে আমি জোর কদমে এগিয়ে নিয়ে যাওয়ার চেষ্টা করছিলাম, তার জন্য বেশ কিছু শহরে নতুন শাখা খোলার চেষ্টা করেছিলাম, বিজ্ঞাপন ও ওভারহেডের জন্য অনেক টাকাও খরচ করি। তখন আমি পড়ানোর কাজে এতটাই ব্যস্ত ছিলাম যে, হিসাম-নিকাশের দিকে তেমন ভাবে ধ্যান দিতে পারি নি। খরচের দিকে হিসাব রাখার জন্য আমার একজন যোগ্য বিজনেস ম্যানেজারের প্রয়োজন ছিল, অথচ সেই কথা তখন আমার মাথাতেই আসেনি।

শেষ পর্যন্ত, প্রায় এক বছর বাদে আমি এমন একটা সত্য জানতে পারি, যাতে করে আমি প্রায় স্তব্ধ হয়ে গেছিলাম। প্রচুর অর্থ আমদানী হওয়া সত্ত্বেও আমার কোনোই লাভ হচ্ছিল না। এই গুরুত্বপূর্ণ কথাটা জানার পর আমার দুটো কাজ করা উচিত ছিল। প্রথমত, জর্জ ওয়াশিংটন কার্ভের ব্যাঙ্ক ফেল হয়ে যাওয়ার পর চল্লিশ হাজার ডলার হাত থেকে চলে যাওয়ার পর, অর্থাৎ তাঁর সারা জীবনের সঞ্চয় শেষ হয়ে যাওয়ার পর তিনি যা করেছিলেন আমিও তাই করতে পারতাম। যখন তাঁকে জিজ্ঞাসা করা হয়েছিল যে, তিনি কি জানেন যে তিনি দেওলিয়া হয়ে গেছেন, তখন তিনি বলেছিলেন, 'হ্যাঁ, আমি শুনেছি।' আর তারপর সে পড়তে চলে যায়। তিনি এই ক্ষতিটি সম্পূর্ণ রূপে নিজের মস্তিষ্ক থেকে বার করে দিয়েছিলেন আর পুনরায় তিনি কখনও সেই কথা উত্থাপন পর্যন্ত করেননি।

দ্বিতীয়ত, আমি যেটা করতে পারতাম সেটা হল **আমার নিজের ভুলের বিশ্লেষণ করা উচিত ছিল আর সারা জীবনের জন্য একটা শিক্ষা গ্রহণ করা উচিত ছিল।**

সত্যি বলতে কি, আমি এর মধ্যে কোনো পদক্ষেপই গ্রহণ করিনি। এর পরিবর্তে আমি চিন্তার সাগরে নিমজ্জিত হয়েছিলেম। কয়েক মাস ধরে আমি একটা বিভোরের মধ্যের ছিলাম, আমার রাতের ঘুম চলে যায়, ওজন কমতে শুরু করে। এই বড়ো একটা ভুলের থেকে কোনো শিক্ষা না নিয়ে, আমি এগিয়ে যায় আর পুনরায় ছোটো করে নিজের কাজ শুরু করি।

এই মুর্খামি স্বীকার করাটা আমার কাছে লজ্জাজনক হয়ে উঠেছিল, কিন্তু আমি অনেক আগেই শিখে নিয়েছিলাম যে, 'কি করলে ভালো হবে তা লোকেদের শেখানো যতটা সহজ, নিজে সেই শিক্ষা অনুসারে চলাটা কিন্তু ততটা সহজ নয়।'

108 চিন্তা ছাড়ুন সুখে থাকুন

যদি, আমি নিউইয়ার্কের জর্জ ওয়াশিংটন হাই স্কুলে প্রশিক্ষণ নেওয়ার সৌভাগ্য লাভ করতাম, আমি ড. পল ব্রান্ডওয়াইনের কাছ থেকে কিছু শিক্ষা লাভ করার সুযোগ পেতাম, তাহলে কত ভালোই না হোত। তিনি নিউইয়ার্কের এলন সন্ডর্সকে পড়াতেন।

সন্ডর্স আমাকে বলেছিল যে, তাদের হাইজীন ক্লাসের শিক্ষক ড. পল ব্রান্ডওয়াইন তাদের জীবনের এক মূল্যবান পাঠ পড়িয়েছিলেন। একটা ঘটনার কথা বলতে গিয়ে সে বলে, 'তখন আমি কিশোর, কিন্তু সেই সময় আমি খুবই চিন্তা করতাম। আমি নিজের ভুল নিয়ে খুবই চিন্তা-ভাবনা করতাম, তা নিয়ে বিচার- বিবেচনা করতাম। যদি কোনো পরীক্ষা থাকত, তাহলে তার আগের দিন রাতে ভয়ে আমার ঘুম আসত না, পাস করব কিনা সেই চিন্তা করেই সারা রাত কেটে যেত। যেকোনো কাজ করার পর আমার শুধু এটাই মনে হোত যে, আমার আরো ভালো করে এই কাজ করা উচিত ছিল, আমার এই কথাটা আরো ভালো করে বলা উচিত ছিল, ইত্যাদি।'

'একদিন সকালে বিজ্ঞানের গবেষণাগারে আমার ক্লাস ছিল, সেখানে গিয়ে দেখলাম আমাদের শিক্ষক পল ব্রান্ডওয়াইন ডেস্কের ওপর একটা দুধের বোতল এমন ভাবে রেখেছিলেন যাতে সকলেরই সেদিকে চোখ যায়। আমরা সকলেই এই দুধের বোতল দেখে অবাক হয়েছিলাম, কারণ এই হাইজীন কোর্সের সাথে এই দুধের বোতলের কি সম্পর্ক ছিল, তা আমরা কেউই বুঝতে পারছিলাম না। আর ঠিক সেই সময়তেই ড. পল বোতল সমেত দুধ সিঙ্কে ফেলে দেন, আর চিৎকার করে বলেন, '**ড্রেনে চলে যাওয়া দুধের দিকে ফোকাস করো না।**'

'তারপর তিনি আমাদের সকলকে সিঙ্কের সামনে ডেকে কাঁচের বোতলের ভাঙা টুকরো গুলি দেখিয়ে বলেন- 'ভালো করে দেখো, কারণ আমি চাই তোমার সকলেই সারা জীবন এই শিক্ষাটা মনে রাখো। এখন দুধ চলে গেছে - তা ড্রেনে ভেসে গেছে। এখন তুমি যতই কাঁদো, চিৎকার করো, নিজের চুল ছেঁড়ো, এক বিন্দু দুধও ফিরে পাবে না। আগেই যদি একটু সাবধান হোত, যদি বুদ্ধি করে কাজ করতে তাহলে দুধটা রক্ষা করতে পারতে, কিন্তু এখন আর কিছু করার নেই। অনেক দেরি হয়ে গেছে - এখন আমরা একটাই কাজ করতে পারি, আর তা হল যা হয়ে গেছে তা ভুলে গিয়ে অন্য কাজে মন দিতে পারি। এলন সন্ডর্স আমাকে বলেছিল, 'এই ঘটনার কথা আমি কোনোদিন ভুলতে পারিনি, স্কুলে পড়া রোমান ও গণিত আমি অনেক দিন আগেই ভুলে গেছি, কারণ এই ঘটনা আমাকে

একটাই শিক্ষা দিয়েছিল যে, সম্ভব হলে দুধ বাঁচাতে জানতে হবে, কিন্তু তা যদি একটা ভেসে যায় তাহলে তা ভুলে যাওয়াই শ্রেয়।'

অনেকে আমার এই কথা শুনে ভাবতে পারে যে, এই কথা গুলি তো সকলেই জানে, তাহলে পুনরায় এই গুলি বলার প্রয়োজন কি? আমি জানি আপনি এমন ধরণের কথা শত সহস্র বার শুনেছেন, এই কথা গুলি খুবই প্রাচীন, কিন্তু সেই সাথে আমি এটাও জানি যে, এমন প্রাচীন কথা গুলিই আমাদের জ্ঞানের প্রকটের উৎস। এই জ্ঞান গুলির উৎস হল মানুষের অভিজ্ঞতা আর তা বছরের পর বছর ধরে চলে আসছে। আপনি যদি সমস্ত যুগের মহান বিদ্বানদের চিন্তা সম্পর্কিত বিভিন্ন লেখা পড়েন, তাহলেও আপনার কাছে একটা অতি প্রাচীন কথাই সবচেয়ে বেশি মূল্যবান বলে মনে হবে, 'যখন সেতু আসবে, তখনই তা পার করো।' আর 'ড্রেনের চলে যাওয়া দুধের ওপর ফোকাস করো না।' আমরা যদি জীবনের প্রতিটা পদক্ষেপে এই দুটি বাক্য মাথায় রেখে চলতে পারি, তাহলে আমাদের এই বই পড়ার কোনো প্রয়োজনই হবে না। সত্যি বলতে কি, আমরা যদি আমাদের প্রাচীন প্রবাদ গুলি মাথায় রেখে জীবনের পথে এগিয়ে যেতে পারি, তাহলে আমাদের জীবন একটা আদর্শ জীবন হয়ে উঠবে, কিন্তু যতক্ষণ না আপনি কোনো জ্ঞান নিজের জীবনে আত্মসাৎ করতে পারছেন, ততক্ষণ পর্যন্ত তা আপনার শক্তিতে পরিণত হবে না। আপনাকে নতুন কিছু শেখানোর উদ্দেশ্যে আমি এই বই লিখিনি, বরং আপনি যে কথা গুলি জানেন, সেই গুলিই যাতে মেনে নিয়ে আপনি জীবনের পথে এগাতে পারেন তার জন্য প্রেরণা প্রদানই হল আমার মূল উদ্দেশ্য।

আমি স্বর্গীয় ফ্রেড ফুলর শেডের মতো ব্যক্তিকে সর্বদা পছন্দ করি, তাঁর মধ্যে পুরানো কথা গুলিকেই নতুন এবং সৃজনশীল করে দেওয়ার ক্ষমতা ছিল। ফিলাডেল্‌ফিয়া খবরের সম্পাদক হিসাবে কলেজের স্নাতক কক্ষের ছাত্রদের পড়ানোর সময় তিনি বলেছিলেন, **'আপনাদের মধ্যে কতজন করাত দিয়ে কাঠ কেটেছেন, হাত তুলুন।'** প্রায় সকলেই হাত তুলেছিল। তারপর তিনি জিজ্ঞাসা করেন যে, 'আপনাদের মধ্যে কতজন করাত দিয়ে কাঠের গুঁড়ো কেটেছেন?' তখন আর কেউই হাত তোলেনি।

'কারণ, করাত দিয়ে কাঠের গুঁড়ো কাটা সম্ভব না, তা সকলেই জানে।' তখন মিস্টার শেড বলেছিলেন, 'তা আগেই চিরে গেছে, অর্থাৎ তা অতীতে পরিণত হয়েছে। এখন আপনি যদি যা হয়ে গেছে তাই নিয়েই চিন্তা করতে থাকেন, তাহলে তার কোনো ফলই পাবেন না, অর্থাৎ আপনি করাত দিয়ে কাঠের গুঁড়ো কাটার চেষ্টা করছেন।'

বেসবলের পুরানো খিলাড়ী কনী ম্যাক যখন একাশি বছর বয়সের ছিলেন, তখন একবার আমি তাঁকে জিজ্ঞাসা করেছিলাম যে, আপনি যে ম্যাচ হেরে যেতেন তা নিয়ে কি খুব চিন্তিত হয়ে পড়তেন ?

কনী ম্যাক বলেছিলেন, 'হ্যাঁ, আমি এমনই করতাম, কিন্তু বহু বছর আগেই আমি এমন মূর্খামি করা ছেড়ে দিয়েছিলাম। আসলে আমি বুঝতে পেরেছিলাম যে, তাতে আমার কোনোই লাভ হচ্ছে না। নদীর জলের সাথে শস্য প্রবাহিত হয়ে গেলে, তা আর কখনই ফিরে পাওয়া যায় না।'

যা চলে গেছে তা নিয়ে ভেবে তা ফিরে পাওয়া যায় না, পরিবর্তে পাওয়া যায় পেটের আল্সার ও নিজের সৌন্দর্যের নাশ।

একবার আমি জ্যাক ডেম্পসীর সাথে থ্যাঙ্কসগিভিঙ্গ পার্টীতে ডিনার করছিলাম। তখন তিনি টার্কী ও ক্রেনবরীর শাঁশ খেতে খেতে আমাকে সেই লড়াইয়ের ঘটনা বলেন, যাতে তিনি হ্যাভীওয়েট চ্যাম্পিয়ানশিপে টনীকে পরাজিত করেছিলেন। এতে যে তাঁর অহংকার ক্ষুণ্ণ হয়েছিল, তাতে কোনো সন্দেহই নেই। তিনি আমাকে বলেছিলেন, 'এই লড়াইয়ের সময় আমার হঠাৎই মনে হয় যে, আমি বৃদ্ধ হয়ে গেছি ...দশ রাউন্ডের শেষে আমি নিজের পায়ে দাঁড়িয়েছিলাম মাত্র। আমার মুখ ফুলে গেছিল, আমার সারা শরীর তখন ক্ষত বিক্ষত, আমার চোখ তখন প্রায় বন্ধ... আমি দেখেছিলাম যে, রেফরী জীন টনীর হাত বিজয়ের ভঙ্গীতে তুলে ধরছিল...অর্থাৎ আমি আর ওয়ার্ল্ড চ্যাম্পিয়ান ছিলাম না। আমি অতি কষ্টে নিজের ড্রেসিঙ্গ রুমের দিকে ফিরে আসছিলাম, আমি যখন ফিরছিলাম তখন কিছু লোক আমার সাথে হাত মেলানোর চেষ্টা করছিল। বাকিদের চোখে ছিল জল।

এক বছর বাদে পুনরায় টনীর সাথে লড়াই করি, কিন্তু কোনো লাভ হয় না। আমি সারা জীবনের জন্য বাইরে চলে যাই। তখন চিন্তা না করে থাকাটা প্রায় অসম্ভব ছিল, কিন্তু আমি নিজেকে বলেছিলাম, **'আমি অতীতকে ধরে বাঁচব না, ড্রেনে বয়ে যাওয়া দুধ নিয়ে অনুতাপ করব না। আমি ঘুষি সহ্য করব, কিন্তু পড়ে যাব না।'**

আর জ্যাক ডেম্পসী সেটাই করে দেখিয়েছিলেন। কিভাবে ? তিনি কি নিজেকে বরাংবার বলছিলেন, 'আমি অতীত নিয়ে চিন্তা করব না।' না, তিনি তা করেননি, তাহলে তিনি কিছুতেই চিন্তা দূর করতে পারতেন না। তিনি নিজের পরাজয় স্বীকার করে নিয়েছিলেন, আর তা ভুলে গিয়ে নিজের সম্পূর্ণ ধ্যান ভবিষ্যতের

পরিকল্পনার দিকে দেন, তিনি ব্রাডভেতে জ্যাক ডেম্পসী রেস্টুরেন্ট খোলেন, আর 57 তম রাস্তায় গ্রেট নর্দর্ন হোটেল খোলেন। তিনি বক্সিঙ্গের প্রদর্শণ শুরু করেন। তিনি নিজেকে সৃজনশীল কাজে এতটাই ব্যস্ত করে ফেলেছিলেন যে, তাঁর কাছে অতীত নিয়ে চিন্তা করার মতো কোনো সময়ই ছিল না, জ্যাক ডেম্পসী বলেছিলেন, 'চ্যাম্পিয়ান হিসাবে আমি যতটা খুশী হয়ে ছিলাম, গত দশ বছরে আমি তার চেয়ে বেশি খুশিতে ছিলাম।'

ডেম্পসী আমাকে বলেছিলেন যে, তিনি খুব একটা বই পড়েননি, কিন্তু অজান্তেই তিনি শেক্সপিয়ারের পরামর্শ অনুসারে চলতে শুরু করেছিলেন, 'বুদ্ধিমান ব্যক্তি কখনই বসে বসে নিজের ব্যর্থতা নিয়ে বিলাপ করে না, বরং খুশি মনে এটা ভাবে যে, কিভাবে সেই ক্ষতির থেকে বাইরে বেরানো যায়।'

আমি যখন ইতিহাস বা জীবনী পড়ি, তখন মানুষ কিভাবে বিভিন্ন দুঃখ -কষ্ট কাটিয়ে উঠে জীবনের পথে এগিয়ে গেছে তা পড়ে, বিভিন্ন ভাবে প্রেরণা লাভ করি।

আমি একবার সিঙ্গ সিঙ্গ জেলে গেছিলাম, সেখানকার বন্দীদের দেখে আমি অবাক হয়ে যাই, কারণ তারা সাধারণ মানুষের মতোই খুশি মনে জীবন অতিবাহিত করছিল। আমি যখন সেখানকার জেলার লুইস ঈ. লজকে এই বিষয়ে জিজ্ঞাসা করি, তখন তিনি বলেছিলেন, কোনো অপরাধিকে যখন প্রথম সিঙ্গ সিঙ্গ জেলে নিয়ে আসা হয় তখন তার ভেতরে খুবই হিংসা ও ক্ষোভ ভরা থাকে, কিন্তু! কয়েক মাস বাদে বেশির ভাগ বোঝদার বন্দী তাদের জীবনের স্লেট থেকে সেই দুর্ভাগ্যকে মুছে ফেলার চেষ্টা করে, আর তারা শান্তির সাথে জেলের জীবনকে মেনে নেয়, সেই সাথে আনন্দের সাথে তাদের দিন গুলি অতিবাহিত করার চেষ্টা করে। লজ আমাকে একটা বন্দী - এক মালী সম্পর্মে বলেছিলেন, সে জেলের ভেতরেই বিভিন্ন সব্জী ও ফুলের চাষ করার সময় গুন গুন করে গান গাইত।

সিঙ্গ সিঙ্গ জেলের যে বন্দী চাষ করার সময় গান গাইত সে আমাদের থেকে অনেক বেশি বুদ্ধিমানের পরিচয় দিতে সক্ষম হয়েছিল। সে জানত -

আঙুল লিখে দিয়েছে, আর লেখার পরে
আগে চলে গেছে আপনার বুদ্ধি এবং নিষ্ঠাও
এর অর্ধেক পংক্তি কাটার জন্য বাধ্য করতে পারবে না,
আপনার চোখ থেকে নির্গত সহস্র ধারা এর লিখন ধুয়ে দিতে পারবেনা।

তাহলে বাহানা করে লাভ কি? এর ফলে আমরা ভুল করি, আমাদের মূর্খামি ধরা পড়ে। তাতে কি এসে যাবে? ভুল বা মূর্খামি কে করে না? এমনকি নেপোলিয়ানের মতো যোদ্ধাও বহু যুদ্ধে পরাজিত হয়েছেন। হয়তো আমাদের স্কোর নেপোলিয়ানের স্কোরের থেকে খারাপ হবে না। কে বলতে পারে?

আর, রাজা বা রাজার সমস্ত সৈন্য সামন্ত একত্রিত হয়েও অতীতকে ফিরিয়ে আনতে পারবে না। তাই ষষ্ঠ নিয়মের কথা মনে রাখুন

কতার দিয়ে কাঠের গুঁড়ো কাটার চেষ্টা করবেন না।

সংক্ষেপে তৃতীয় অধ্যায়

চিন্তা আপনাকে শেষ করার আগে, আপনি চিন্তাকে শেষ করে দিন।

1. নিজের মস্তিষ্ককে ব্যস্ত রেখে চিন্তা নির্গত করে দিন।
2. ছোটো ছোটো বিষয়কে বড়ো করে দেখবেন না। ছোটো ছোটো বিষয় নিয়ে অর্থাৎ জীবনকে উঁই পোকা বিদ্ধ করে, নিজের খুশিকে ধ্বংস করবেন না।
3. নিজের চিন্তাকে জয় করার জন্য গড় নিয়মের পালন করুন। নিজেকে জিজ্ঞাসা করুন, 'এই বিষয় ঘটার সম্ভাবনা কতটা?'
4. নিজের চিন্তার ওপর 'স্টপ লোস' অর্ডার দিন। কোনো বিষয় নিয়ে চিন্তা করা বন্ধ করুন।
5. অতীতকে কবরস্থ করুন। করাত দিয়ে কাঠের গুঁড়ো কাটার চেষ্টা করবেন না।

চতুর্থ ভাগ

সুখ-শান্তি বজায় রাখার সাতটি উপায়

12

জীবন বদলে দেওয়ার মতো কিছু শব্দ

> **যে নিজের মনকে জয় করে নিতে পারে, সে শহর জয়ী কোনো ব্যক্তির থেকে অনেক বেশী শক্তিশালী।**

কয়েক বছর আগে একটা রেডিও অনুষ্ঠানে আমাকে কিছু প্রশ্ন করা হয়েছিল, 'আপনার জীবনে গৃহীত শিক্ষার মধ্যে কোনটিকে সবচেয়ে মুল্যবান বলে মনে করেন?'

এর উত্তরটা আমার জন্য খুবই সহজ ছিল। এখনও পর্যন্ত আমি মনে করি যে, আমার কাছে সবচেয়ে গুরুত্বপূর্ণ শিক্ষা হল, আমরা যেটা ভাবি। আমরা যা, তা শুধুমাত্র আমাদের বিচারের জন্যই হয়ে উঠি, তাই আপনি কি ভাবছেন সেটা যদি আমি বুঝে যাই, তাহলে আপনি কি রকম সেটাও বুঝতে পারব। আমাদের মানসিক দৃষ্টিভঙ্গীই হল সেই অজ্ঞাত শক্তি, যা আমাদের ভাগ্য গড়তে ও ভাঙতে সাহায্য করে। ইমর্সন বলেছিলেন, '**সেই মানুষ, যে সারা দিন ধরে ভাবে।**' এর থেকে মানুষ আলাদা হবে কিভাবে?

কোনো রকম সন্দেহ ছাড়াই আমি বিশ্বাসের সাথে বলতে পারি যে, আপনার ও আমার সবচেয়ে বড়ো সমস্যা হল - আসলে, হয়তো আমাদের একমাত্র সমস্যা হল- সঠিক বিচারের নির্বাচন। যদি আমরা তা করতে পারি, তাহলে আমরা আমাদের সমস্ত সমস্যা সমাধানের পথ খুঁজে পাব, যার সাহায্যে নতুন পথে চলতে সক্ষম হব। রোমান সাম্রাজ্যের শাসন কর্তা মহান দার্শনিক মার্কস অরেলিয়াস আটটি শব্দের দ্বারা এই বিষয়টাই বোঝানোর চেষ্টা করেছিলেন, '**এমন আটটা শব্দ যা আপনার ভাগ্যকে বদলে দিতে পারে, আমাদের বিচারই আমাদের ভাগ্যকে বদলে দিতে পারে।**'

হ্যাঁ, যদি আপনার বিচার সুখকর হয় তাহলে আপনি সুখ লাভ করবেন।

আমাদের বিচার দুঃখ জনক হলে, তার জন্য আপনাকে দুঃখ পেতে হবে। আমাদের মস্তিষ্ক যদি ভয় দ্বারা পূর্ণ থাকে, তাহলে সারা জীবন ভয়ে ভয়ে বাঁচতে হবে। আমাদের বিচার যদি রোগগ্রস্ত হয়, তাহলে আমরাও অসুস্থ হয়ে পড়ব। যদি আমরা সর্বদা অসফলতার কথা ভাবি, তাহলে নিশ্চিত রূপে অসফল হয়ে যাব। আমরা যদি আত্ম-করুণার মহাসাগরে ডুবে যাই, তাহলে যেকোনো মানুষই আমাদের পাশ কাটিয়ে যাওয়ার চেষ্টা করবে। নর্মন ভিন্সেন্ট পীল বলেছিলেন, **'আপনি নিজের সম্পর্কে যেমন ভাবেন, আপনি তেমন হন না। বরং আপনি যেটা ভাবেন, আপনি তেমন হন।'**

আপনি যখনই কোনো সমস্যায় পড়বেন, তখনই আশাবাদী দৃষ্টিভঙ্গী বজায় রাখার চেষ্টা করবেন, আপনাকে এমন কোনো পরামর্শ দিচ্ছি বলে মনে করছেন কি? আমাদের দুর্ভাগ্য হল, আমাদের কাউর জীবনই এত সহজে চলে না, তবু আমি আপনাদের পরামর্শ দেব যে, জীবনে যত সমস্যাই আসুক না কেনো, ঋণাত্মক দৃষ্টিভঙ্গীর বদলে সর্বদা 'ধনাত্মক দৃষ্টিভঙ্গী' বজায় রাখার চেষ্টা করবেন। অন্যভাবে বলা যায়, আমাদের নিজেদের সমস্যার কথা ভাবতে হবে, তা নিয়ে চিন্তায় পড়লে চলবে না। সচেতন থাকা আর চিন্তিত হওয়ার মধ্যে কি পার্থক্য? এটা উদাহরণের সাহায্যে বুঝুন। যখনই আমি নিউইয়ার্কের ট্রাফিক জামে ফাঁসি, তখনই আমার মনে হয় যে, আমি কি করছি, কিন্তু আমি কখনই চিন্তাগ্রস্ত হই না। সচেতন থাকার মানে হল সমস্যা নিয়ে ভাবা তাকে অনুভব করার চেষ্টা করা, তার সমাধানের পথ খুঁজে বার করা, তখন তার সম্মখীনতা করার জন্য শান্তির সাথে পদক্ষেপ ফেলা। চিন্তা করার অর্থ হল, পাগলের মতো বেকার গোল গোল ঘুরে বেরানো।

মানুষ নিজের গভীর সমস্যা সম্পর্কে সচেতন থাকতে পারে এবং তা সত্ত্বেও নিজের জামায় গোলাপ গুঁজে মাথা উঁচু করে চলার ক্ষমতা রাখে। আমি লবেল থমাসকে সেটাই করতে দেখতাম। প্রথম বিশ্বযুদ্ধের সময় যখন এলেনবী-লারেন্স অভিযান সম্পর্কে নিজের বিখ্যাত ফল্মের প্রদর্শণ করছিলেন, তখন আমার জীবনে তাঁর সাথে যোগাযোগ ঘটার সৌভাগ্য ঘটেছিল। তিনি এবং তাঁর সহযোগিরা যুদ্ধের বহু ছবি তুলে আনতে সক্ষম হয়েছিলেন। সবচেয়ে বড়ো কথা হল টী.ঈ. লারেন্স এলেনবী দক্ষ আবর সেনাদের ফিল্মী রেকর্ড এনেছিলেন আর সেই সাথে এলেনবীর পবিত্র ভূমিতে জয়ের ফিল্মও রেকর্ড করেছিলেন। তাঁর ফিল্মের বিষয় নিয়ে যে আলোচনা হয়েছিল, তার শীর্ষক ছিল, **'এলেনবীর সাথে ফিলিস্তীনে আর লারেন্সের সাথে আরবে।'** এই আলোচনা শুধু লন্ডনেই নয় সারা পৃথিবীতে

আলোড়ন ফলে দিয়েছিল। লন্ডন অপেরার সিজিন ছয় সপ্তাহের জন্য এগিয়ে দেওয়া হয়েছিল, যাতে লবে থমাস নিজের অদ্ভুত রোমাঞ্চকর ঘটনা শুনিয়ে যেতে পারে আর কর্ভেন্ট গার্ডেন রয়াল অপেরা হাউসে নিজের ফিল্ম দেখাতে পারেন। লন্ডনে অভূত পূর্ব সফলতা লাভের পর তিনি আরো বেশ কয়েকটি দেশে বিজয়ী ভ্রমণ করতে সক্ষম হয়েছিলেন। তারপর তিনি দুই বছর ধরে ভারত আর আফগানিস্তানের ওপর দুই বছর ধরে ফিল্ম তৈরি করেন। এমন একটা মানুষও ভাগ্যের ছলনায় একদিন দেওলিয়া হয়ে যান। সেই সময় আমি তাঁর সাথেই ছিলাম, আজও মনে আছে তিনি সস্তার খাবার কিনে খাচ্ছিলেন। সেই খাবার খাওয়ার জন্যও তাঁকে অন্যের কাছে হাত পাততে হয়েছিল, তিনি যদি স্কট্সম্যান জেম্স ম্যাক্কীর থেকে ধার না নিতেন তাহলে আমরা সেখানেও খাবার খেতে পেতাম না। সেই সময় তাঁর বাজারে প্রচুর টাকা ধার হয়ে গেছিল, একটা নিরাশাজনক পরিস্থিতির মধ্যে দিয়ে তিনি দিন কাটাচ্ছিলেন, কিন্তু তা সত্ত্বেও তিনি ভাবতেন, কিন্তু সেই নিয়ে চিন্তা করতেন না। আসলে তিনি বুঝতে পেরেছিলেন যে, যদি তিনি নিজের দুর্ভাগ্যের কাছে পরাজয় স্বীকার করে নেন, তাহলে তিনি আর কোনো কাজই করতে পারবেন না। তাই প্রতিদিন বাড়ি থেকে বেরিয়ে তিনি একটা ফুল কিনতেন, সেটাকে নিজের বোতামের ফুটোতে গুঁজে নিয়ে মাথা উঁচু করে রাস্তা দিয়ে চলতেন। তিনি সাহসের সাথে জীবনের পথে এগিয়ে যাওয়ার চেষ্টা করেছিলেন, পরাজয়ের কাছে মাথা নত করে নয়। তিনি জানতেন যে, গন্তব্যে পৌঁছানোর জন্য প্রতিটা মানুষকেই প্রশিক্ষণ গ্রহণ করতেই হয়।

আমাদের মানসিক শক্তিরও শারীরিক ক্ষমতার ওপর অবিশ্বাসনীয় প্রভাব পড়ে। বিখ্যাত মনোবিশ্লেষক জেএ হ্যাডফীল্ড তাঁর 54 পৃষ্ঠার একটা পুস্তক 'দ্যা সাইকোলজী অফ পাওয়ার' -এ একটা চমৎকার উদাহরণ দিয়েছিলেন। তিনি লিখেছিলেন, 'আমি একটা গবেষণা করে দেখার জন্য তিন জন লোককে তাতে অংশ গ্রহণ করতে বলেছিলাম। এই গবেষণার উদ্দেশ্য ছিল তাদের শারীরিক শক্তির ওপর মানসিক পরামর্শের প্রভাব কতটা পড়ে তা দেখা। একটা ডায়নেমীটার ধরে তাদের শক্তি মাপার ছিল।' হ্যাডফীল্ড তাদের ডায়নেমোমীটারটা সম্পূর্ণ শক্তি প্রয়োগ করে ধরতে বলেছিলেন। তিনটি আলাদা আলাদা পরিস্থিতিতে তাদের এই কাজ করতে বলা হয়েছিল।

সাধারণ সচেতনতার সাথে যখন তারা তা ধরেছিল তখন তাদের গড় ছিল 101 পাউন্ড।

তারপর হ্যাডফীল্ড তাদের সম্মোহন করেন, আর বলেন যে, তারা খুবই দুর্বল। সেই সময় তাদের ধরার গড় আসে 29 পাউন্ড। তা তাদের সাধারণ শক্তির থেকে এক-তৃতীয়াংশেরই নিচে ছিল। তাদের ওপর এই গবেষণা করা হয়েছিল তাদের মধ্যে একজন পুরস্কার প্রাপ্ত বক্সার পর্যন্ত ছিল, তার সম্পর্কে টিপ্পনী করে বলা হয়েছিল যে, তার হাত গুলো ছোটো বাচ্চার মতো হয়ে গেছিল।

ক্যাপ্টেন হ্যাডফীল্ড তৃতীয়বার তাদের ওপর সম্মোহন করে বলেন যে, তারা খুবই শক্তিশালী, আর সেই সময় তাদের ধরার গড় দাঁড়ায় 142 পাউন্ড। তাদের মস্তিষ্কে যখন ধনাত্মক বিচার আসে, তখন তাদের শক্তিও আগের চেয়ে পঞ্চাশ শতাংশ বৃদ্ধি পায়।

তাহলে বুঝতেই পারছেন যে, আমাদের মানসিক দৃষ্টি ভঙ্গী অবিশ্বাসনীয় শক্তির উদাহরণ।

আমাদের বিচার বিবেচনা কতটা শক্তিশালী তা বোঝানোর জন্য আমি আপনাদের সামনে আমেরিকার ইতিহাসের এক আশ্চর্যজনক ঘটনা তুলে ধরতে চাই। এই বিষয় নিয়ে একটা বই লিখে ফেলা যায়, কিন্তু এখানে আমি সংক্ষেপেই বিষয়টা তুলে ধরার চেষ্টা করছি। গৃহযুদ্ধ শেষ হয়ে যাওয়ার কিছু দিন বাদেই অক্টোবরের এক বরফের রাতে এক গরিব, আশ্রয়হীন মহিলা রাস্তায় রাস্তায় ঘুরে বেরাচ্ছিল। সে গিয়ে 'মাদার' ভেবস্টের দরজা ধাক্কায়, 'মাদার' ভেবস্টর ছিলেন একজন অবসর প্রাপ্ত সমুদ্রী ক্যাপ্টেনের স্ত্রী। তিনি এম্সবরী, ম্যাসেচ্যুসেট্সে থাকতেন।

দরজা খুলতেই 'মাদার' ভেবস্টর একজন ছোটো শীর্ণকায় মহিলাকে দেখতে পান, যার হাড় ও চামরা মিলিয়ে 100 পাউন্ডের বেশী হবে বলে মনে হচ্ছিল না। এই অচেনা মহিলা মিসেজ গ্লোবর বলে যে, সে একটা আশ্রয়ের সন্ধান করছে, আসলে একটা বড়ো সমস্যা তাকে দিন-রাত্রি তাড়া করে বেরাচ্ছে, তাই সে একটা এমন স্থান চাইছিল যাতে সে একটু বসে ভাবতে পারে।

মিসেজ ভেক্টর বলেন যে, 'আপনি এখানেই থাকতে পারেন। আমি এত বড়ো বাড়িতে একাই থাকি।'

মিসেজ গ্লোবর হয়তো 'মাদার' ভেক্টরের সাথে অনেক দিনই তাঁর বাড়িতে কাটাত, যদি সেই সময় নিউইয়ার্ক থেকে তাঁর জামাই ছুটি কাটাতে তাঁর কাছে না আসত তো। তাঁর জামাই বাড়িতে ঢুকেই চিৎকার করে বলেছিল যে, 'আমি এখানে কোনো ভিখারীকে দেখতে চাই না।' সে এই আশ্রয়হীন মহিলাকে ধাক্কা মেরে রাস্তায়

বার করে দেয়, সেই সময় বাইরে বৃষ্টি হচ্ছিল, এই শীর্ণকায় মহিলা রাস্তায় দাঁড়িয়ে কিছুক্ষণ কাঁপতে থাকে আর তাপর পুনরায় এগিয়ে যায় নতুন আশ্রয়ের সন্ধানে।

এই ঘটনার আশ্চর্যজনক অংশের কথা এবার আপনাদের বলব। যে মহিলাকে বিল এলিস বাড়ি থেকে নির্গত করে দিয়েছিল সে বিশ্ব-চিন্তনের ওপর এতটাই প্রভাব ফেলেছিল যে, তা খুব কম মহিলার পক্ষেই সম্ভব ছিল। আজ তার কোটি কোটি নিষ্ঠাবান অনুগামী তাকে ম্যারী বেকর এড্‌ডী নামেই চেনে, যে ছিল ক্রিশ্চিয়ন সায়েন্সের সংস্থাপক।

কিন্তু সেই সময় পর্যন্ত জীবনে সে রোগ, দুঃখ এবং দুর্ভাগ্য ছাড়া কিছুই দেখেনি। তার প্রথম স্বামী বিয়ের কিছুদিনের মধ্যেই মারা যায়। তার দ্বিতীয় স্বামী তাকে পরিত্যাগ করে আর একজন বিবাহিত মহিলার সাথে পালিয়ে যায়। পরে সেই স্বামী দরিদ্রতার মধ্যে প্রাণ হারায়। তার একটা ছেলে ছিল, কিন্তু দরিদ্রতা, রোগ ও রাগের বশে এসে এই চার বছরের ছেলেকে সে নিজের থেকে আলাদা করে দিয়েছিল। সে তার কোনো খোঁজও পায়নি, পরবর্তি একতিরিশ বছর তার সাথে তার দেখা পর্যন্ত হয়নি।

সে এতটাই রোগগ্রস্থ ছিল যে, নিজেকে সুস্থ করার জন্য 'মানসিক চিকিৎসা বিজ্ঞানের' প্রতি তার প্রবল আগ্রহের সৃষ্টি হয়, আর তার এই নাম সেই রেখেছিল। কিন্তু ম্যাসেজ্যুসেট্‌সে তার জীবনে নাটকীয় পরিবর্তন দেখা দিয়েছিল। একদিন রাস্তা দিয়ে যাওয়ার সময় সে বরফের ফুটপাতে পড়ে যায় আর নিজের জ্ঞান হারায়। তার মেরুদন্ডের হাড় প্রচন্ড ভাবে আহত হয়েছিল, ডাক্তার পর্যন্ত বলে দিয়েছিল যে, তার আর বাঁচার কোনো সম্ভাবনাই নেই। ডাক্তার এ কথাও বলেছিল যে, কোনো চমৎকারিত্বের জোরে যদি বেঁচেও যায়, তাহলেও সে আর কোনো দিন হাঁটতে পারবে না।

মৃত্যুশয্যায় শুয়ে, ম্যারী বেকর এড্‌ডী বাইবেল খুলে পড়তে শুরু করেছিল, সেই সময় সন্ত ম্যাথুর শব্দ গুলি তার জীবনে প্রেরণার উৎস হয়ে উঠেছিল, 'আরে দেখো, যীশু খ্রীষ্টের কাছে একদিন এক কলেরার রোগীকে নিয়ে আসা হয়, তার চলার শক্তি পর্যন্ত ছিল না, তাকে দেখে তিনি বলেন...পুত্র, খুশীতে থাক, তোমার সব পাপ ক্ষমা করে দেওয়া হয়েছে...ওঠো, নিজের বিছানা ছেড়ে বাড়ি চলে যাও। সে বিছানা ছেড়ে উঠে নিজের বাড়ি চলে যায়।'

তিনি বলেছিলেন যীশু খ্রীষ্টের এই কথা গুলি তাঁর জীবনে এতটাই প্রেরণার সঞ্চার করেছিল যে, 'তখনি বিছানা থেকে নেবে, বাড়ি চলে গেছিলাম।'

মিসেজ এডডী বলেছিল, 'সেই অভিজ্ঞতা আমার কাছে মাটিতে পড়ে থাকা আপেলের সমান ছিল, তার থেকেই আমি বুঝতে পেরেছিলাম যে, কিভাবে নিজে সুস্থ থাকব আর অন্যদেরও সুস্থ করে তুলব। আমি সেই বৈজ্ঞানিক শক্তি উপলব্ধি করতে পেরেছিলাম যে, সব কিছুর জন্যই আমাদের মস্তিষ্ক দায়ি, সব কিছুই মানসিক প্রভাবের লক্ষণ।'

এইভাবে ম্যারী বেকর এড্ডী একটা নতুন ধর্ম ক্রিশ্চিয়ান সায়েন্সের প্রতিষ্ঠা করে। কোনো মহিলা দ্বারা স্থাপিত একমাত্র মহান ধার্মিক আস্থা হল এটাই - এমন একটা ধর্ম যা সারা পৃথিবীতে ছরিয়ে আছে।

হয়তো আপনি এই সময় নিজেকে বলছেন, 'কারনেগী নামক এই ব্যক্তিটি হয়তো ক্রিশ্চিয়ান সায়েন্সের প্রচার করার চেষ্টা করছে।' তা একেবারেই না, আমি কোনো ক্রিশ্চিয়ান বৈজ্ঞানিক নই, আমি একটা জিনিস বুঝতে পরেছি যে, যত আমার বয়স বৃদ্ধি পাচ্ছে, আমার বিশ্বাস ততই গভীর হয়ে যাচ্ছে। আমি প্রাপ্ত বয়স্ক ব্যক্তিদেরও পড়িয়েছি, তাই জানি যে, মানুষ নিজের বিচার ধারা বদলে ফেলে বিভিন্ন প্রকার ভয়, চিন্তা ও অসুখের হাত থেকে নিষ্কৃতি পেতে পারে, সেই সাথে নিজের জীবনও বদলে দিতে পারে। আমি এটা জানি ! জানি ! ! জানি ! ! ! শতাধিকবার আমি এমন বিশ্বাস যোগ্য পরিবর্তন হোতে দেখেছি। আমি এত বার এমন ঘটনা দেখেছি যে, এমন ঘটনা এখন দেখলে আর এতটুকুও অবাক হই না।

এমনি এক বিশ্বাসযোগ্য পরিবর্তন ঘটেছিল, আমার এক বিদ্যার্থীর সাথে। সে নাভার্স ব্রেক ডাউনের শিকার ছিল, তার কারণ কি ছিল ? সে আমাকে বলেছিল যে, ;সব কিছু নিয়েই চিন্তা করত। আমি ছিলাম খুবই রোগা, আর চুও ঝড়ে যাচ্ছিল, আসলে আমার ভয় ছিল যে, আমি হয়তো কোনো দিনও এত টাকা রোজগার করতে পারব না, যাতে করে আমার বিয়ে হোতে পারে। আসলে আমার মনে হোত যে, আমি কোনো ভালো বাবা হোতে পারব না। আসলে আমি যে মেয়েটাকে বিয়ে করতে চাইছিলাম, সর্বদা মনে হোত তাকে বোধ হয় হারিয়ে ফেলব।' আসলে আমি বুঝতে পরাছিলাম যে, আমি একটা সুন্দর জীবন অতিবাহিত করছি না। আমার মনে হোত যে, আমি কোনো ব্যক্তিকেই প্রভাবিত করতে পারব না। মনে হোত পেটে আল্সার হয়ে গেছে, যার ফলে কোনো কাজ করতে পারতাম না, নিজের চাকরিটাও ছেড়ে দিয়েছিলাম। এইভাবে চলতে চলতে নার্ভাস ব্রেক ডাউনের শিকার হয়ে যাই, যদি আপনি কোনো দিন নার্ভাস ব্রেক ডাউনের শিকার না হয়ে থাকেন, তাহলে ভগবানের কাছে প্রার্থনা করুন, যাতে সেই দিন কখনও

দেখতে না হয়। আসলে শরীরের কোনো বেদনাই মস্তিষ্কের বেদনার থেকে বেশি হোতে পারে না।

'আমার ব্রেক ডাউন এতই বৃদ্ধি পেয়ে গেছিল যে, আমি পরিবারের লোকেদের সাথে পর্যন্ত কথা বলতে পারতাম না। সব সময় ভয় করত, বিচারের ওপর নিজের কোনো নিয়ন্ত্রণই ছিল না। একটু আওয়াজ হলেই চমকে যেতাম। অকারণে কাঁদতাম।

'প্রতিটা দিন দুঃখের মধ্যে দিয়ে অতিবাহিত হচ্ছিল। মনে হোত আমার আশেপাশে কেউ নেই, এমনি ভগবান পর্যন্ত আমার থেকে দূরে সরে গেছেন। এই দুঃখ দায়ক জীবনের অবসান চাইছিলাম আমি।'

সেই সময় আমার মনে হয়েছিল যে, জায়গা বদলালে হয়তো মানসিক পরিস্থিতিও বদলে যাবে, তাই আমি ফ্লোরিডায় যাই। যখন ট্রেনে বসি, তখন আমার বাবা আমার হাতে একটা চিঠি দিয়ে বলেন যে, আমি যেন তা ফ্লোরিডায় পৌঁছে গিয়ে পড়ি। সেই সময় সেখানে পর্যটকদের খুব ভিড় ছিল, তাই কোনো হোটেলে জায়গা পাইনি, শোয়ার জন্য একটা গ্যারেজই ভাড়া করতে হয়েছিল। সেখানে একটা চাকরির চেষ্টাও করি, কিন্তু পাইনা, বাড়িতে যতটা দুঃখে ছিলাম ফ্লোরিডায় পৌঁছে সেই দুঃখ আরো কয়েক গুণ বৃদ্ধি পেয়েছিল, সেই মনের অবস্থা নিয়েই চিঠিটা খুলে দেখি, আমার বাবা লিখেছিলেন, 'এখন তুমি বাড়ির থেকে 1500 মাইল দূরে বসে আছো, অথচ তা সত্ত্বেও তোমার মধ্যে কোনো রকম পরিবর্তন আসেনি। আমি জানি তোমার মধ্যে কোনো পরিবর্তন আসা সম্ভবও না, কারণ তুমি সাথে করে এমনি একটা জিনিস নিয়ে গেছো, আর সেটা হল তুমি স্বয়ং। তোমার শরীর বা মস্তিষ্ক কোথাও কোনো সমস্যা নেই, তুমি পরিস্থিতির জন্য পরাজিত হওনি, বরং পরিস্থিতি সম্পর্কে তোমার যে চিন্তাধারা তাই তোমাকে পরাজিত করে দিয়েছে। **'কোনো মানুষ মনে মনে যেটা ভাবে, তার সাথে ঠিক তেমনি ঘটনা ঘটে।'** তুমি যখন এই কথাটা মনের থেকে বিশ্বাস করতে পারবে, তখনই বাড়ি ফিরে এসো, কারণ তখন তুমি সম্পূর্ণ রূপে সুস্থ হয়ে যাবে।'

বাবার চিঠি পড়ে আমার রাগ হয়, আসলে আমি সহানুভূতির আশা করেছিলাম, কোনো উপদেশের নয়। এত রাগ হয়েছিল যে, ঠিক করেছিলাম আর কোনো দিন বাড়ি ফিরব না। সেই রাতে যখন মিয়ামীর রাস্তায় ঘুরছিলাম তখন একটা চার্চ দেখতে পাই, সেখানে প্রবচন চলছিল, আমার কাছে আর কোথাও যাওয়ার জায়গা ছিল না, তাই চার্চে গিয়ে প্রবচন শুনতে বসি, সেই প্রবচনের বিষয় ছিল, 'যে নিজের মনকে জয় করতে পারে, সে কোনো শহর জয়ী ব্যক্তির থেকে অনেক

বেশী শক্তিশালী হয়।' ভগবানের পবিত্র স্থানে বসে আমার কানে সেই কথা গুলিই আসছিল যা আগেই আমার বাবা আমাকে চিঠিতে লিখেছিলেন - আর হঠাৎ আমার মস্তিষ্কের সমস্ত জঞ্জাল এক মুহূর্তে পরিষ্কার হয়ে যায়। এই প্রথম স্পষ্ট আলোয় নিজেকে দেখে অবাক হয়ে গেছিলাম, আমি সারা পৃথিবীর লোককে বদলানোর চেষ্টা করছিলাম, অথচ প্রয়োজন ছিল শুধুমাত্র নিজের মস্তিষ্কের ক্যামেরার লেন্সে ঠিক মতো ফোকাস করার।

'পরের দিন সকালেই আমি নিজের জিনিস পত্র গুছিয়ে নিয়ে বাড়ির উদ্দেশ্যে রওনা দিই। এক সপ্তাহ বাদের থেকে চাকরিতে যেতে শুরু করি, চার মাস বাদে সেই মেয়েটাকেই বিয়ে করি যাকে খাওয়াতে পারব কিনা তা নিয়ে ভয়ের শেষ ছিল না, এখন পাঁচটা বাচ্চা নিয়ে হেসে-খেলে সংসার জীবন অতিবাহিত করছি। ভগবান আমাকে সব দিক দিয়েই সাহায্য করেছেন, ব্রেক ডাউনের আগে আমি একটা ছোটো কম্পানীর ফোরম্যান ছিলাম, আর আজ আমি একটা পর্দা নির্মাণ কম্পানীর সুপারিন্টেডেন্ট, সেখানে সারে চারশোর বেশি লোক কাজ করে। আগের থেকে আমার জীবনে অনেক বেশি আনন্দ এসেছে, মনে হয়, এখন আমি জীবনের আসল মূল্য অনুধাবন করতে পেরেছি। যখনই আমার সামনে কোনো সমস্যা আসে, (তা প্রতিটা মানুষের জীবনেই আসে।) তখন নিজেকে পুনরায় ক্যামেরায় ফোকাস করতে বলি, আর সবকিছু সঠিক ভাবে চোখে পড়ে।

এখন সততার সাথে স্বীকার করতে কষ্ট নেই যে, এই 'ব্রেকডাউনের' জন্য আজ আমি খুশী, কারণ আমাদের বিচারই যে আমাদের মস্তিষ্ক ও শরীরকে প্রভাবিত করতে পারে, আমি তা বুঝতে পেরেছি, সেই দিন না দেখলে আমি তা বুঝতে পারতাম না। এখন আমি নিজেই নিজের বিচার অনুসারে কাজ করি। এখন বুঝতে পারি যে, সেদিন আমার বাবা ঠিকই বলেছিলেন, কোনো বাইরের কারণ আমাদের দুঃখের জন্য দায়ি নয়, বরং সেই পরিস্থিতি দেখার দৃষ্টিভঙ্গীই আমাদের দুঃখের কারণ। আমরা যা ভাবি, আমাদের সাথে তাই ঘটে, আমি ঠিক হয়ে যাই, আর আজও ঠিক আছি।' এই ছিল সেই বিদ্যার্থীর অভিজ্ঞতা।

আমি বিশ্বাস করি যে, আমরা কোথায় আছি বা আমাদের কাছে কি আছে তার ওপরে আমাদের জীবনের মানসিক শান্তি ও জীবন নির্ভর করে না। বাহ্যিক পরিস্থিতি এর ওপর কমই প্রভাবের সৃষ্টি করে। উদাহরণ স্বরূপ জন ব্রাউনের উদাহরণ নেওয়া যেতে পারে। হার্পর্স ফেরীতে আমেরিকা অস্ত্রাগার লুণ্ঠন ও দাসেদের বিদ্রোহ করার জন্য প্ররচিত করার অভিযোগে তাকে ফাঁসি দেওয়া হয়েছিল। সে

যখন ফাঁসির মঞ্চের দিকে এগিয়ে যাচ্ছিল তখন তার সাথে সে জেলর ছিল সে নার্ভাস হয়ে গেছিল, অথচ জন ব্রাউন ছিল শান্ত ও অবিচলিত। ভর্জনিয়ার ব্যু রিজ পাহাড়ের শিখর দেখে সে বলেছিল, 'প্রাকৃতিক দৃশ্য কত সুন্দর! আজ পর্যন্ত এই দৃশ্য দেখার সুযোগ ঘটেনি।'

রবর্ট ফাল্কন এবং তাঁর দল প্রং ব্রিটিশ ছিলেন যাঁরা দক্ষিণ মেরুতে পৌঁছাতে সক্ষম হয়েছিলেন। তাঁদের সেখান থেকে ফিরে আসার অভিজ্ঞতা শুনলে মনে হবে, কোনো মানুষ বোধ হয় এমন ভয়ঙ্কর যাত্রা করেনি আর কোনো দিন করবেও না। তাঁদের খাবার ও ইন্ধন দুইই শেষ হয়ে গেছিল। সেখানে এগারো দিন ধরে সব সময়ের জন্য বরফের ঝড় চলছিল, তাঁরা চিৎকার পর্যন্ত করতে পাচ্ছিল না, সেই বরফ আর হাওয়ার দাপটে সেখানে উঁচু উঁচু বরফের স্তূপ তৈরি হয়ে গেছিল। স্কট এবং তাঁর সাথিরা জানতেন যে, তাঁরা মরতেই জাচ্ছেন, তাই তাঁরা আপতকালীন পরিস্থিতির জন্য অনেকটা অফিন সঙ্গে করে নিয়ে গেছিলেন। একটু বেশি করে অফিন খেয়ে নিলে এমন স্বপ্নের দেশে চলে যাওয়া যায়, যে সেখান থেকে আর ফেরার কোনো সম্ভাবনাই থাকে না। কিন্তু তাঁরা সেই আফিন দূরে সরিয়ে দিয়ে 'মনের সুখে গান' গাইতে গাইতে প্রাণ ত্যাগ করেছিলেন। তার ঠিক আট মাস বাদে একটা অনুসন্ধানকারী দল তাঁদের খুঁজে বার করতে সক্ষম হয়েছিল, তখন তাঁদের কাছ থেকে শেষ লেখা একটা চিঠি উদ্ধার হয়েছিল।

হ্যাঁ, যদি আমরা সাহস ও শান্তির সাথে সৃজনশীন বিচার নিয়ে এগিয় যেতে পারি তাহলে মৃত্যুকে সামনে দেখেও প্রাকৃতিক সৌন্দর্যকে অনুভব করার ইচ্ছা থাকবে, ক্ষুধার্ত অবস্থায় বরফে জমে মৃত্যু হওয়ার সময়তেও 'খুশী মনে নিজের তাঁবুতে বসে গান গাওয়ার' ইচ্ছা থেকেই যাবে।

মিল্টন তিনশো বছর আগেই অন্ধ হয়ে গিয়ে এই সত্যিই উপলব্ধি করতে পেরেছিলেন, **'মস্তিষ্কের একটা নিজেস্ব স্থান থাকে, আর সেটাই নিজেই নরককে স্বর্গে আর স্বর্গকে নরকে পরিণত করতে পারে।'**

নেপোলিয়ান আর হেলেন কেলর মিল্টনের এই বক্তব্যের আদর্শ উদাহরণ। নেপোলিয়ানের কাছে সেই সমস্ত সুখ-স্বাচ্ছন্দ্য ছিল, যা একজন সাধারণ মানুষ আশা করে, অথচ তা সত্ত্বেও তিনি সেন্ট হেলেনাতে বলেছিলেন, 'আমি জীবনে ছয়টা দিনও সুখে অতিবাহিত করিনি।' অন্যদিক অন্ধ, কালা, বোবা হেলন কেলর বলেছিলেন যে, 'আমি বুঝেছি যে, এই জীবন খুবই সুন্দর।' পঞ্চাশ বছর ধরে জীবন থেকে যদি কোনো শিক্ষা লাভ করে থাকি তাহল, 'আর কোনো কিছু না, আপনিই পারেন আপনার জীবনে শান্তি নিয়ে আসতে।'

চিন্তা ছাড়ুন সুখে থাকুন 123

ইমর্সন তাঁর 'সেল্ফ-রিলায়েন্স'-এর শেষে যা বলেছিলেন আমি সেই কথা গুলিই পুনরায় বলতে চাই, 'রাজনৈতিক জয়, ভাড়া বৃদ্ধি, অসুস্থ প্রিয়জন ঠিক হয়ে যাওয়া, আপনার হারিয়ে যাওয়া বন্ধু ফিরে আসা বা যখন কোনো বাহ্যিক ঘটনা আপনাকে আনন্দ প্রদান করে, তখন আপনার মনে হোতে পারে যে, কোনো ভালো দিন আপনার জন্য প্রতিক্ষা করছে, কিন্তু তার ওপর বিশ্বাস করবেন না। এমনটা কখনই হোতে পারে না, কারণ অন্য কোনো কিছু নয়, আপনিই পারেন আপনার জীবনে শান্তি ফিরিয়ে আনতে।'

মহান দার্শনিক এপিক্টেটস বলেছিলেন যে, 'নিজের শরীর থেকে টিউমার বা ফোঁরা কাটার বিষয়ে মানুষের যতটা চিন্তা করা উচিত, তার চেয়ে বেশি চিন্তা করা উচিত নিজের মস্তিষ্ক থেকে ভুল বিচার গুলিকে বাইরে নির্গত করে দেওয়ার বিষয়ে।'

উনবিংশ শতাব্দীর আগেই এপিক্টেটস এই কথা বলে গেছেন, অথচ আধুনিক চিকিৎসকরা এরই সমর্থন করছে।

ফ্রান্সের মহান দার্শনিক মন্টেন এই শব্দ গুলিকেই নিজের জীবনের সূত্রবাক্য বলে মনে করেছিলেন, 'যা হয় তার জন্য কোনো মানুষ ততটা আহত হয় না, যতটা হয় সেই ঘটনা সম্পর্কে নিজের বিচারের জন্য। আর কোনো ঘটনাকে কিভাবে নেব, তা সম্পূর্ণ রূপে আমাদের বিচারের ওপরেই নির্ভর করে।'

কিন্তু এই সব বিষয়ে আমাদের কি যায় আসে? যখন আপনি বিভিৎস্য কোনো চাপের মধ্যে আছেন বা যখন আপনার মনে হচ্ছে যে আপনাকে হয়তো কেউ বুল্ডোজারের নিচে চেপে রেখেছে, তখন কি আমি এমন ধরণের প্রশ্ন করার ধৃষ্টতা দেখাচ্ছি? এই রকম পরিস্থিতিতেও আপনি নিজের ইচ্ছাশক্তি দ্বারা মানসিক দৃষ্টিভঙ্গী বদলাতে পারেন, এই কথাটা কি আমি খুবই তিক্তো পরিস্থিতির মধ্যে আপনাকে বলছি? হ্যাঁ, আমি এটাই বলতে চাইছি, আর শুধু তাই নয়, এটা কিভাবে করা যায়, আমি সেটাও আপনাদের বলতে চাই। এর জন্য একটু চেষ্টা করতে হবে, কিন্তু এই রহস্য বুঝে নেওয়াটা খবই সহজ।

ইউলিয়াম জেম্সের থেকে অধিক প্র্যাক্টিকাল মনোবিজ্ঞানের জ্ঞান আর কাউর ছিল না, তিনি একবার বলেছিলেন, **'আমার মনে হয়, আমাদের ভাবনা অনুসারেই আমাদের সমস্ত কাজ চলে। কিন্তু আসলে ভাবনা ও কার্য একই সাথে চলে, তথা কার্যের ওপর নিয়ন্ত্রণ করতে পারলে আমরা পরোক্ষ রূপে নিজেদের ভাবনাকেই নিয়ন্ত্রণ করতে পারি, কারণ নিজের কাজ এবং গতিবিধিকে ইচ্ছাশক্তি দ্বারা অতি সহজেই নিয়ন্ত্রণ করা যেতে পারে। অথচ নিজের ভাবনাকে নিয়ন্ত্রণ করা অপেক্ষাকৃত কঠিন।'**

অন্যভাবে বলা যায় যে, উইলিয়াম জেম্স আসলে বলতে চেয়েছিলেন যে, আমরা শুধুমাত্র চিন্তা করেই তক্ষণাৎ নিজেদের ভাবনা বদলাতে পারব না, কিন্তু আমরা নিজেদের কাজ বদলে নিতে পারি, আর যখন আমরা নিজেদের কাজ বদলে ফেলব, তখন আমরা নিজেদের ভাবনাকে বদলাতে সক্ষম হব। জেম্স স্পষ্ট ভাবে বলতে চেয়েছিনে যে, 'খুশিতে থাকার একটাই মাত্র উপায় হল, যদি আমরা খুশিতে নাও থাকি তাহলেও খুশী-খুশী বসতে হবে এবং এমনভাবে কথা বলতে হবে বা ব্যবহার করতে হবে যাতে মনে হয় যে, আমরা খুবই খুশিতে আছি।'

এই অতি সহজ উপায়টা কার্যত ফল দেয় কি? নিজেই পরীক্ষা করে দেখুন। আপনি হাসি মুখে, নিজের কাঁধটা পিছনের দিকে ঝুঁকিয়ে,গভীর শ্বাস নিন ও গান গান। আপনি যদি গান গাইতে না পরেন তাহলে সিটি দিন। যদি সিটিও দিতে না পারেন তাহলে গুনগুন করে কিছু গাওয়ার চেষ্টা করুন, আপনি অতি সহজেই বুঝে যাবেন না, ইউলিয়াম জেম্স সঠিক বলেছিলেন - আপনি যখন খুশিতে থাকার অভিনয় করেন, তখন উদাস থাকা শারীরিক দিক থেকে অসম্ভব হয়ে ওঠে।

এটা প্রকৃতির একটা ছোট্টো সত্যি, যা আমাদের প্রত্যেকের জীবনে অতি সহজে চমৎকারিত্বের সৃষ্টি করতে পারে। আমি ক্যালিফোর্নিয়ার একজন মহিলাকে চিনি, তার নাম প্রকাশ করছি না, সে চব্বিশ ঘন্টার মধ্যে তার যেকোনো দুঃখ কাটিয়ে উঠতে পারত, যদি সেই রহস্য সম্পর্কে সে অবগত হোত। সে বৃদ্ধা ও বিধবা, আমি জানি তার আর্থিক অবস্থাও ভালো নয় - তাহলে কি সে সুখে থাকার অভিনয় করে? না, আপনি যদি তাকে জিজ্ঞাসা করেন যে, সে কেমন আছে, তাহলে বলবে, 'আরে, আমি একদম ঠিক আছি।' অথচ তার মুখ দেখে বা তার কণ্ঠস্বরের বেদনা আপনাকে বলে দেবে যে, 'হে ভগবান, তুমি তো জানো আমি কত কষ্টের মধ্যে আছি।' তাকে দেখে মনে হয়, সে নিজের সম্মুখে কাউকেই সুখী দেখতে চায় না। বহু মহিলার অবস্থা হয়তো এর চেয়েও অনেক খারাপ, তার স্বামী তার জন্য পর্যাপ্ত বীমার অর্থ রেখ গেছিল, তা তার বাকি জীবনের জন্য যথেষ্ট ছিল। তার বিবাহিত বাচ্চারা ছিল, তাকে তারা আরামে নিজেদের কাছে রাখতে পারত। কিন্তু আমি হয়তো তাকে হাসতেই দেখিনি। তার মুখ থেকে সর্বদা অভিযোগই শুনতে পেতাম, সে বলত তার তিনটে জামাই, কিন্তু তিনজনেই কৃপণ ও স্বার্থপর, সে মাসের পর মাস মেয়েদের কাছে গিয়ে অতিথি হিসাবে থাকত, আর অভিযোগ করত যে, তার মেয়েরা কখনই তাকে কোনো উপহার প্রদান করেনি। সে নিজের বার্ধক্যের কথা ভেবে নিজের সমস্ত অর্থ অতি যত্নে

সামলে রেখেছিল। সে আসলে নিজেই নিজের দুর্ভাগ্যের জন্য দায়ি। কিন্তু এমনটা হওয়ার প্রয়োজন ছিল কি? এটাই সবচেয়ে বেদনা দায়ক কথা - এই দুঃখী, কূট এবং সমস্যা গ্রস্ত মহিলা ইচ্ছা করলে নিজেকে পরিবারের সম্মানিয় ব্যক্তিতে পরিণত করতে পারত, কিন্তু শর্ত হল, যদি সে নিজে চাইত। তার জন্য তাকে বিশেষ কিছু করতে হোত না, শুধুমাত্র সুখের অভিনয় করাই যথেষ্ট ছিল, ধরুণ তার কাছে দেওয়ার মতো সামান্য প্রেম বেঁচে আছে, সেদিকে না তাকিয়ে সে নিজের জীবনটাকে দুঃখ আর তিক্তোতায় ভরিয়ে তুলেছিল।

টেল সিটী, ইন্ডিয়ানার এইচ.জে. এঙ্গলর্ট আজ এই কারণে বেঁচে আছেন, কারণ তিনি সেই রহস্য বুঝতে সক্ষম ছিলেন। আসলে তিনি আগে স্কার্লেট ফীভারে আক্রান্ত ছিলেন। এই রোগ থেকে বেরিয়ে আসার পর তিনি বুঝতে পারেন যে তিনি নেফ্রাইটিসে পীড়িত, তা ছিল কিডনীর সমস্যা। তিনি বহু ডাক্তার দেখিয়েছিলেন, কিন্তু কেউই তাঁকে সুস্থ করে তুলতে পারেনি।

কিছু দিন বাদে তিনি আরো কিছু রোগগ্রস্থ হয়ে পড়েন। তাঁর ব্লাড প্রেসার খুবই বৃদ্ধি পায়। তিনি ডাক্তারের কাছে গিয়ে জানতে পারেন, তাঁর ওপরের দিকে ব্লাড প্রেসারের স্তর ছিল 214। ডাক্তার তাঁকে জানিয়ে দিয়েছিল যে, তাঁর অবস্থা খুবই খারাপ, আর পরিস্থিতি আরো খারাপ হোতে পারে, তাই আগেই তাঁকে সমস্ত কাজ সামলে নেওয়ার পরামর্শ দেওয়া হয়েছিল।

এলর্ট বলেছিলেন, 'আমি বাড়িতে গিয়ে সবার আগে দেখি যে, বীমার সমস্ত কিস্তি ঠিক মতো জমা দেওয়া আছে কিনা, তারপর আমি ভগবানের কাছে নিজের সমস্ত দোষের জন্য ক্ষমা চাই আর তারপর গভীর চিন্তায় ডুবে যাই। আমি বাড়ির প্রতিটা সদস্যকে দুঃখি করে দিয়েছিলাম। আমার স্ত্রী ও সন্তানরা দুঃখ পায়, তারা নিরাশার মধ্যে দিয়ে দিন অতিবাহিত করছিল।' এইভাবে এক সপ্তাহ দুঃখের মধ্যে দিয়ে কাটানোর পর আমি নিজেকে বলি, 'তুমি কেনো এমন মূর্খামি করছো? হয়তো এখনও এক বছর তুমি বাঁচবে, তাহলে যতদিন এই পৃথিবীতে আছো, ততদিন খুশি মনে থাকার চেষ্টা করছো না কেনো?'

'আমি নিজের কাঁধ পিছন দিকে করি, নিজের মুখে হাসি নিয়ে আসি, এমন ব্যবহার করার চেষ্টা করি, যাতে মনে হয় সবকিছুই সাধারণ ভাবেই চলছে। আমি স্বীকার করছি, প্রথমদিকে এটা করার জন্য আমাকে চেষ্টা করতে হোত, কিন্তু পরে আমি নিজেকে সুখে ও খুশিতে থাকতে বাধ্য করে তুলি, তাতে শুধু যে আমার পরিবার শান্তি পেয়েছিল তাই নয়, আমি নিজেও শান্তি লাভ করেছিলাম।'

সবচেয়ে বড়ো কথা হল, আমি আগের চেয়ে অনেক বেশী ভালো বোধ করতে শুরু করেছিলাম। আমি খুশীতে থাকার অভিনয় করতে করতে খুশীতেই থাকতে শুরু করি, যার ফলে পরিস্থিতিও শোধরাতে শুরু করে।আর আজ, কবরের নিচে যাওয়ার পরিবর্তে খুশী মনে, সুস্থ শরীরে আপনাদের সামনে দাঁড়িয়ে আছি, আর আগের চেয়ে আমার ব্লাড প্রেশারও অনেকটাই কমে গেছে। একটা কথা ভালো করে বুঝে গেছি যে, যদি আমি সেই সময় শুধু পরাজয় ও মৃত্যু নিয়ে ভাবতাম তাহলে অবশ্যই আজ ডাক্তারের কথাই সত্যি হোত। অথচ তার পরিবর্তে আমি নিজের মানসিক দৃষ্টিভঙ্গী বদলে ফেলে নিজের শরীরকে সুস্থ হয়ে ওঠার সুযোগ করে দিয়েছি। এখন আমি আপনাদের একটা প্রশ্ন করতে চাই, যদি খুশীতে থাকার অভিনয় করে এবং সুস্থ তথা সাহসের ধণাত্মক বিচার দ্বারা যদি মানুষ বেঁচে থাকতে পারে, তাহলে আমি বা আপনি সামান্য কিছু সমস্যা কেনো কাটিয়ে উঠতে পারব না? কেনো আমরা হতাশার গভীরে ডুবে যাব? আমরা হতাশায় থাকার মানে হল আমাদের চারদিকের লোকেরাও হতাশার মধ্যেই জীবন অতিবাহিত করবে, কেনো আমরা তা হোতে দেব? আমরা যখন শুধুমাত্র খুশীতে থাকার অভিনয় করে সবকিছুকে বদলে ফেলতে পারি, তাহলে কেনো আমরা সেই অভিনয় করব না?

বহু বছর আগে আমি একটা ছোট্টো বই পড়েছিলাম, সেই বইটা আমার ওপরে একটা স্থায়ী ও গভীর প্রভাবের সৃষ্টি করেছিল। জেম্স এলেনের লেখা এই বইটার নাম ছিল, 'এজ এ ম্যান থিংকেথ', তাতে লেখা ছিল

'প্রতিটা মানুষের এটা বোঝা উচিত যে, যখন সে কোনো বিষয় বা মানুষ সম্পর্কে নিজের বিচার বদলে ফেলতে পারে, তখন সেই বিষয় বা মানুষের বিচারও বদলে যায়...যদি কোনো ব্যক্তি জোড় করে নিজের বিচার বদলানোর চেষ্টা করে, তাহলে তার ফলে তার জীবনে যে বাস্তবিক পরিবর্তন সংগঠিত হয়, তা দেখে সে নিজেই অবাক হয়ে যায়। মানুষ যেমন হয় সে তেমন জিনিসের প্রতিই আকর্ষণ বোধ করে...যে দৈবিয় সত্তা আমাদের ফল প্রদান করে, তা আমাদের মধ্যেই বাস করে। তাই আমাদের আত্মা...মানুষ যা পায়, তা সম্পূর্ণ রূপেই তার বিচারের পরিণাম... নিজেদের বিচারকে উপরে তুলতে পারলে তবেই মানুষ উপরে পৌঁছাতে পারে, জয় লাভ করে, সফল হয়ে উঠতে পারে। যদি কোনো মানুষ নিজের বিচার গুলিই উপরে তুলতে না চায়, তাহলে সে দুর্বল, হতাশ ও দুঃখী হয়েই থেকে যাবে।

জেনেসিসের পুস্তক অনুসারে, ভগবান মানুষকে সারা পৃথিবীর সাম্রাজ্য প্রদান করেছেন। এটা এক বিরাট পুরস্কার। কিন্তু এত বড়ো সাম্রাজ্যের ওপরে আমার কোনো আগ্রহ নেই।

আমি শুধুমাত্র আমার নিজেস্ব সাম্রাজ্য গড়তে চাই - নিজের বিচারের ওপর, নিজের ভয়ের ওপর তথা নিজের মস্তিষ্ক ও ভাবনার সাম্রাজ্য। সবচেয়ে অদ্ভুত বিষয় হল, আমি জানি যে, আমি যখনই চাইব, এই সাম্রাজ্যকে আশ্চর্যজনক ভাবে প্রাপ্ত করতে সক্ষম হব, কিন্তু তার জন্য আমাকে নিজের কাজ গুলিকে নিয়ন্ত্রণ করতে জানতে হবে, যা আমার প্রতিক্রিয়া গুলিকে নিয়ন্ত্রণ করবে।

তাই আমাদের উইলিয়াম জেম্সের সেই শব্দ গুলি মনে রাখতে হবে, 'যেগুলিকে আমাদের খারাপ বলে মনে হয়, সেই গুলির মধ্যে বেশীর ভাগ জিনিস গুলি...আমরা নিজেদের অন্তরের দৃষ্টি বদলে অতি সহজেই বদলে ফেলতে পারি ও সেই খারাপ গুলিকেই ভালোতে পরিণত করতে পারি। তার জন্য আমাদের ভয়ের দৃষ্টিভঙ্গী বদলে সংঘর্ষের দৃষ্টিভঙ্গীকে গ্রহণ করতে হবে।'

আমাদের নিজেদের সুখের জন্য সংঘর্ষ করতে হবে!

নিজেদের দৈনিক কাজ গুলিকে সৃজনশীল ও আনন্দদায়ক করে তুলে আমরা আমাদের সুখের জন্য সংঘর্ষ করতে পারি। এখানে এমন একটা কার্যসূচী দিলাম যার নামকরণ করা হল, 'শুধু আজকের জন্য'। এই বিষয়টা আমার কাছে এতটাই প্রেরণা দায়ক যে, আমি এর সহস্রাধিক জেরক্স কপি অসংখ্য মানুষের মধ্যে ভাগ করে দিয়েছি। এই লেখাটা হল স্বর্গীয় সিভিল এফ. পারট্রিজের। যদি আমি এবং আপনি এর অনুসরণ করি, তাহলে আমরা নিজেদের অধিকাংশ চিন্তা শেষ করে ফেলতে পারব আর জীবনের আনন্দ অনেকটা বৃদ্ধি পাবে

শুধু আজকের জন্য

1. শুধু আজকের জন্য আমি খুশীতে থাকব। এর থেকে বোঝা যাচ্ছে যে, আব্রাহাম লিংকনের কথা গুলি যথেষ্ট ঠিক ছিল, 'বেশীর ভাগ লোক ততটাই খুশীতে থাকে, যতটা খুশীতে সে থাকার সংকল্প করে।' সুখ আসে আমাদের ভেতর থেকে, বাহ্যিক ঘটনার সাথে এর কোনো সম্পর্ক থাকে না।

2. শুধু আজকের দিনের জন্য আমি সংকল্প করছি যে, এই পৃথিবী যেমন তার সাথে মানিয়ে নিয়ে আমি পায়ে পা মিলিয়ে চলব, এই পৃথিবীকে নিজের ইচ্ছা অনুসারে চালনা করার চেষ্টা করব না। আমার পরিবার, আমার ব্যবসা, আমার ভাগ্য যেমনি হোক না কেনো, আমি নিজেকে সেই অনুসারে চালনা করার চেষ্টা করব।

3. শুধুমাত্র আজকের জন্য আমি নিজের শরীরের দিকে ধ্যান দেব। আমি ব্যায়াম করব, শরীরের দেখাশোনা করব, পুষ্টিকর খাদ্য গ্রহণ করব, তা অদেখা করব না, যাতে তা আমার আদর্শ মেশিনের মতো আমার সমস্ত আজ্ঞা পালন করে চলতে পারে।

4. শুধু আজকের জন্য আমি নিজের মস্তিষ্ককে শক্তিশালী করে তোলার চেষ্টা করব, আমি মানসিক দিক দিয়ে কোনো রকম অলসতা না করে নতুন কিছু উপযোগী বিষয় শেখার চেষ্টা করব, এমন কিছু পড়ব যার জন্য বিচার, চেষ্টা ও একাগ্রতার আবশ্যকতা থাকবে।
5. আজকের জন্য আমি নিজের আত্মাকে তিন ধরণের ব্যায়াম করাব। আমি কাউর ভালো করার চেষ্টা করব, আর এমন ভাবে করব যাতে সে আমার নাম পর্যন্ত জানতে না পারে। উইলিয়াম জেম্সের কথা স্মরণে রেখে, আমি কমপক্ষে এমন দুটি কাজ করব, যা আমি করতে চাই না।
6. আজকের দিনের জন্য আমি খুশীতে থাকব। নিজেকে যতটা সম্ভব সুন্দর দেখানোর চেষ্টা করব, যতটা ভালো পোশাক পরা যায় পরার চেষ্টা করব, কোনো রকম জোরে কথা বলব না, কাউর সমালোচনা করব না, অন্যদের প্রশংসা করব। কাউকে ভুল বলব না, সকলের সাথে ভদ্র ব্যবহার করব, কাউর ওপর জোর করে কিছু চাপিয়ে দেব না বা কাউকে সংশোধন করতে চাইব না।
7. শুধু আজকের দিনটাকে সম্বল করেই আমি বাঁচার চেষ্টা করব, নিজের সারা জীবনের সমস্যার মোকাবিলা করতে চাইব না। আমি বারো ঘন্টার জন্য এমন কাজ করতে পারি, যাতে আমি চমৎকৃত হয়ে যাই, তাতে সারা জীবন তা করতে হলে তাই করব।
8. শুধুমাত্র আজকের জন্য পরিকল্পনা করে চলব, আমি প্রতি ঘন্টায় কি করতে চাই তা লিখে রাখব, হয়তো আমি সম্পূর্ণ রূপে তা পালন করতে অসমর্থ হোতে পারি কিন্তু আমার হাতে একটা পরিকল্পনা অবশ্যই থাকবে। তাতে করে তাড়াহুড়ো ও অনির্ণয় এর মতো দুটি রাক্ষস পালিয়ে যাবে।
9. আজকের জন্য আমি আধা ঘন্টা নির্গত করে, শান্ত হয়ে বসে বিশ্রাম নেব, এই আধা ঘন্টায় ভগবানের কথা ভাবব। যাতে আমার জীবনে ধণাত্মক পরিবর্তন আসে।
10. শুধু মাত্র আজকের দিনের জন্য একদম ভয় পাব না। আমি খুশীতে থাকব, প্রতিটা সুন্দর জিনিসকে উপভোগ করব, আর এই বিশ্বাসই রাখব যে, আমি যাকে ভালোবাসি, সেও আমাকে ভালোবাসে।

আপনি যদি নিজের দৃষ্টিভঙ্গীকে সুখ-শান্তিময় করে তুলতে চান তাহলে তার প্রথম নিয়ম হল

খুশী মনে কোনো কিছু নিয়ে বিচার করুন, খুশীর অভিনয় করুন - আর তাতে করে আপনি খুশীর অনুভব করবেন।

13

প্রতিশোধ নিতে গেলে মূল্য দিতে হয়

> **নিজের শত্রুদের জন্য ঘৃণার আগুনকে এতটা প্রজ্জ্বলিত করবেন না, যাতে আপনি নিজেই সেই আগুনে দগ্ধ হয়ে যান। - শেক্সপিয়ার।**

বহু বছর আগে এক রাতে আমি এলোস্টোন পার্কের সামনে অন্য পর্যটকদের সাথে বসে অপেক্ষা করছিলাম, সামনেই ছিল দেবদারু ও স্প্রুসের ঘন জঙ্গল। যে পশুটিকে দেখার জন্য আমরা অধীর আগ্রহে অপেক্ষা করছিলাম, তাকে জঙ্গলের ত্রাস বলা হোত, সাদা ভল্লুক। একটা হোটেল থেকে কিছু খাবার নিয়ে আমরা তার চার হিসাবে ফেলেছিলাম, তা খাওয়ার জন্যই সে বেরিয়ে এসেছিল ও আচ্ছিলোও। মেজর মার্টিনডেল নামক একজন ফরেস্ট রেঞ্জর ঘোড়ার পিঠে বসে রোমাঞ্চিত পর্যটকদের সাথে ভাল্লুকের বিষয়ে আলোচনা করছিল। সে আমাদের জানিয়েছিল যে, সাদা ভাল্লুক, পশ্চিমী জগতের যেকোনো পশুকে এক ঝটকায় শেষ করে দেওয়ার ক্ষমতা রাখে, হয়তো শুধুমাত্র মহিষ ও কোডিথাক ভাল্লুক ছাড়া। কিন্তু সেই রাতে আমি দেখেছিলাম যে, এই সাদা ভাল্লুক শুধুমাত্র একটা পশুকে নিজের সাথে খাওয়ার অনুমতি দিয়েছিল   স্কঙ্ক। সাদা ভাল্লুক জানত যে, সে নিজের শক্তিশালী থাবার দ্বারা এক আঘাতেই স্কঙ্ককে শেষ করে দিতে পারে। কিন্তু সে তা কেনো করল না, কারণ সে অভিজ্ঞতার দ্বারা জানত যে, তা করে কোনো লাভ নেই।

আমিও সেটাই জানতাম। মিসুরীতে থাকা কালিন আমি এই চারপেয়ে জন্তু স্কঙ্ককে নিজের জালে ধরেছি, আর মানুষ হিসাবে নিউইয়ার্কের রাস্তায় আমি বেশ কয়েকবার দুই পেয়ে স্কঙ্কের সম্মখীনতা করেছি। আমার দুঃখ জনক অভিজ্ঞতা আমাকে বলে দিয়েছে যে, এই দুই ধরণের প্রজাতির সাথেই বিবাদে নেমে কোনো লাভ নেই।

আমরা যখন আমাদের শত্রুদের ঘৃণা করি, তখন আমরা তাদের নিজেদের

শক্তির ওপর চেপে বসার সুযোগ করে দিই   আমাদের ঘুমের ওপর, আমাদের খিদের ওপর, আমাদের ব্লাড প্রেশারের ওপর, আমাদের শরীরের ওপর বা আমাদের সুখের ওপর। আমাদের শত্রুরা যদি এটা জেনে যায় যে, আমরা তাদের জন্য কতটা বিব্রত, চিন্তিত ও দুঃখী, তাহলে তারা আনন্দে নাচতে থাকবে, আমাদের ঘৃণা তাদের কোনো রকম ক্ষতি সাধন করতে পারে না, অথচ তা আমাদের সারাটা দিনকে নরকে পরিণত করে।

আপনার কি মনে হচ্ছে, এই কথা কে বলতে পারে - '**যদি স্বার্থপর ব্যক্তি আপনাকে ব্যবহার করতে চায়, তাহলে তার নাম নিজের তালিকা থেকে মুছে ফেলুন, কিন্তু কোনো ভাবেই প্রতিশোধ নেওয়ার চেষ্টা করবেন না। আপনি যখন প্রতিশোধ নেওয়ার চেষ্টা করেন, তখন আপনি অন্যদের যতটা ক্ষতি করেন, তার চেয়ে অনেক বেশি ক্ষতি নিজের করেন**।'... হয়তো মনে হচ্ছে যে কোনো আদর্শবাদী ব্যক্তি নক্ষত্রের গতিবিধি লক্ষ্য করার সময় এই কথা গুলি বলেছিলেন, কিন্তু তা নয়। মিল্‌ভাকীর পুলিশ বিভাগ থেকে একটা সংবাদে এই কথা গুলি ছাপা হয়েছিল।

প্রতিশোধ স্পৃহা আপনাকে কিভাবে ক্ষতিগ্রস্ত করে? বহু রকম ভাবে করতে পারে। লাইফ ম্যাগাজিন অনুসারে, এর জন্য আপনি অসুস্থ হয়ে পড়তে পারেন। 'হাই ব্লাড প্রেশার লোকেদের ব্যক্তিত্বের সবচেয়ে বড়ো লক্ষণ হল দ্বেষ। যখন দীর্ঘ দিন ধরে কোনো ব্যক্তি ক্রুদ্ধ থাকে তখন ব্লাডপ্রেসার স্থায়ী রোগে পরিণত হয় আর কিছুদিন বাদে তা হৃদরোগে পরিণত হয়।'

স্বয়ং যীশু খ্রীষ্ট বলেছিলেন, 'নিজের শত্রুদের ভালোবাসতে শেখো।' তিনি যে শুধুমাত্র ধর্মের সিদ্ধান্তের কথা বলেছিলেন তা নয়, তিনি বিংশ শতাব্দীর চিকিৎসা বিজ্ঞানের কথাও বলে গেছেন। তিনি যখন বলেছিলেন, 'নিজে শত্রুদের সত্তর বার সাত গুণ ক্ষমা কর', তখন তিনি আপনাকে বা আমাকে এটাই বোঝানোর চেষ্টা করেছিলেন যে, হাই ব্লাড প্রেশার, হার্ট এট্যাক, পেটের আল্সার প্রভৃতি বিভিন্ন অসুখের হাত থেকে কিভাবে বাঁচা যেতে পারে।

সম্প্রতি আমার এক বন্ধু হৃদরোগে আক্রান্ত হয়ে পড়েছিল। তাকে ডাক্তার বিছানায় থাকতে বলেছিল, আর যাই হয়ে যাক না কেনো কোনো ভাবেই রাগ করতে মানা করেছিল। ডাক্তাররা জানে যে, যদি আপনার হার্ট দুর্বল হয়, তাহলে রাগ আপনার জীবন পর্যন্ত নিয়ে নিতে পারে। আমি কি বললাম, জীবন পর্যন্ত নিতে পারে? ওয়াশিংটনের এক রেস্টুরেন্টের মালিক স্পোকেন রাগের বশে

জীবন নিয়ে নিয়েছিল। আমার সামনেই স্পোকেন ওয়াশিংটনের জেরী স্বার্টআউটকে একটা চিঠি লিখেছিল, সেই সময় জেরী ছিল সেখানকার পুলিশ বিভাগের প্রধান। সেই চিঠিতে লেখা ছিল, 'কয়েক বছর আগে আটষট্টি বছরের স্পোকেন নামক এক হোটেলের মালিক রাগের মাথায় নিজেকেই মেরে ফেলেছিল, রাগের কারণ ছিল, তার রাঁধুনি তার কফির কাপে কফি খেয়ে নিয়েছিল। তাতে করে রেস্টুরেন্টের মালিক এতটাই রেগে যায় যে, রাঁধুনিকে মারা জন্য রিভালবার হাতে নিয়ে তার পিছনে ছুটতে থাকে, সেই সময় তার হার্ট এট্যাক হয় ও সে মারা যায়, মারা যাওয়ার সময়তেও রিভালবারটা তার হাতের মুঠোতে শক্ত করে ধরা ছিল। পোস্টমার্টমের রিপোর্টে আসে, হার্ট এট্যাকের জন্য তার মৃত্যু হয়েছে।'

যীশু খ্রীষ্ট যখন বলেছিলেন, 'নিজের শত্রুদের ভালোবাস', তখন তিনি হয়তো এটাও বলে দিয়েছিলেন যে, কিভাবে নিজের মুখমন্ডলকে আরো সুন্দর করে তোলা যায়। আমি এমন অনেক লোকেদের চিনি যারা রাগ পোষণ করতে করতে নিজেদের লালিত্য নষ্ট করে ফেলেছে, অন্তরের ঘৃণা তাদের চোখে মুখে বয়সের ছাপ ফেলে দিয়েছে। প্রেম, কোমলতা এবং ক্ষমার ভাবনা কোনো মানুষকে যতটা সুন্দর করে তুলতে পারে, পৃথিবীর কোনো কস্মেটিক সার্জারিই তা করতে পারবে না।

ঘৃণা আমাদের খাওয়ার আনন্দকেও নষ্ট করে দেয়। বাইবেলে বলা আছে, **'ঘৃণার সাথে গো মাংস ভক্ষণ করার পরিবর্তে যদি প্রেমের সাথে শুকনো সব্জী খাওয়া যায়, তাহলে তা লাভ জনক পরিণাম প্রদান করে।'**

যখন আমাদের শত্রুরা জানতে পারবে যে, তাদের জন্য আমাদের রক্ত আগুনের মতো জ্বলছে, আমরা ক্লান্ত হয়ে পড়ছি, নার্ভাস হয়ে যাচ্ছি, আমাদের সৌন্দর্য নষ্ট হচ্ছে, আমরা হৃদরোগে আক্রান্ত হয়ে পড়ছি, তার সাথে হয়তো আমাদের আয়ুও কমে যাচ্ছে, তখন তাদের আনন্দের শেষ থাকবে কি?

যদি আমরা আমাদের শত্রুদের ভালোবাসতে না পাড়ি, তার বদলে নিজেদের ভালো তো বাসতেই পারি? নিজেকে এতটাই ভালোবাসুন, যাতে আপনার শত্রু কোনো ভাবেই আপনার সুখ, স্বাস্থ্য এবং আপনার সৌন্দর্য হরণ করতে না পারে। তা যেন আমাদের নিয়ন্ত্রণেই থেকে যায়। যেমনটা শেক্সপিয়ার বলেছিলেন,

'নিজের শত্রুদের জন্য ঘৃণার আগুনকে এতটা প্রজ্জ্বলিত করবেন না, যাতে আপনি নিজেই সেই আগুনে দগ্ধ হয়ে যান।'

স্বয়ং যীশু খ্রীষ্ট যখন বলেছিলেন যে, নিজের শত্রুকে 'সত্তর বার সাত গুণ' ক্ষমা করতে হবে, তখন তার সাথে তিনি ব্যবসার বিরাট টেকনিক্ শিখিয়ে

দিয়েছিলেন। উদাহরণ স্বরূপ আমার সামনে একটা চিঠি রাখা আছে, যেটা জর্জ রনা সুউডেন থেকে লিখেছিলেন। বহু বছর ধরে জর্জ রনা ভিয়েনাতে উকালতি করেছিলেন, কিন্তু দ্বিতীয় বিশ্বযুদ্ধের সময় তিনি সেখান থেকে পালিয়ে সুইডেনে চলে আসেন। সেই সময় তাঁর কাছে অর্থ ছিল না, একটা চাকরির খুব দরকার ছিল তাঁর। তিনি বহু ভাষা জানতেন, লিখতেও পারতেন, যার জন্য তাঁর বিশ্বাস ছিল যে, তিনি কোনো না কোনো চাকরি অবশ্যই পেয়ে যাবেন, হয়তো কোনো সংবাদপত্রেও চাকরি পেতে পারতেন। অথচ তিনি যেখানেই চাকরির জন্য যাচ্ছিলেন, সেখান থেকেই তাকে বলা হচ্ছিল যে, যুদ্ধের জন্য আপাতত কোনো লোকের প্রয়োজন নেই, তাঁর নাম তারা লিখে নিচ্ছে, প্রয়োজন হলে ডেকে পাঠাবে... ইত্যাদি। সেই সময় এক ব্যক্তি জর্জ রনাকে চিঠি লিখে জানান যে, 'আমার ব্যবসা সম্পর্কে আপনি যা ভেবেছিলেন, তা ঠিক নয়। আপনি শুধু ভুলই নন, আপনি মূর্খও বটে। আমার আপনার মতো কাজের লোকের কোনো প্রয়োজন নেই, যদি প্রয়োজন হোত তাহলেও আপনাকে কাজে রাখতাম না, কারণ আপনি সুইডিশ ভাষাটাই ঠিক মতো জানেন না, আপনার চিঠিতে অজস্র ভুল আছে।'

এই চিঠি পড়ার পর জর্জ রনা ডোনাল ডাকের মতো পাগল হয়ে যান। তিনি ভেবেছিলেন সুডেনের লোকেদের সাহস দেখো, আমাকে বলছে যে, আমি সুইডিশ ভাষা লিখতে জানি না। নিজেই চিঠিতে কত ভুল লিখে রেখেছে, তার অন্ত নেই। রাগের বসে জর্জ রনা তাকে এমন একটা চিঠি লিখেছিলেন যা পড়ে সুউডেন বাসির শরীরের রক্ত ফুটতে শুরু করার কথা ছিল, কিন্তু তখনই তিনি দাঁড়িয়ে যান, আর ভাবেন, 'এক মিনিট দাঁড়াই। হয়তো এই ব্যক্তি ঠিকই বলছে? আমি সুউডিশ ভাষাটা শিখেছি ঠিকই, কিন্তু এটাতো আমার মাতৃভাষা নয়। তাই হয়তো আমার ভুল হোতেই পারে, হয়তো সেই ভুল আমি নিজেই ধরতে পারছি না। যদি সত্যিই তাই হয়, তাহলে অবশ্যই আমার আরো বেশি করে পড়াশোনা করা উচিত, যাতে করে আমি একটা চাকরি পেতে পারি। হয়তো এই ব্যক্তি আমাকে আমার ভুল গুলো ধরিয়ে দিয়ে, আমারই উপকার করেছে, হয়তো সে নিজের অজান্তেই আমার একটা বড়ো উপকার করে দিয়েছে। তার লেখার ঢং সঠিক না বলে, আমার তাঁর প্রতি কৃতজ্ঞতা এত টুকু কম হওয়া উচিত না। তাই তার এই উপকারের জন্য, আমার তাকে চিঠি লিখে ধন্যবাদ জানানো উচিত।

তখন জর্জ রনা সেই অপমান জনক চিঠি ছিঁড়ে ফেলে তার পরিবর্তে আর একটা চিঠি লেখেন, 'আপনি চিঠি লেখার কষ্ট করেছেন, তার জন্য ধন্যবাদ জানাচ্ছি,

আপনার ব্যবসায় আমার কোনো প্রয়োজন নেই তা সত্ত্বেও চিঠি লিখেছেন, তা ভেবেই আমার ভালো লাগছে। আপনার ব্যবসা সংক্রান্ত আমার প্রদেয় তথ্য ভুল হওয়ার জন্য, আমি বিশেষ ভাবে ক্ষমা চাইছি। আমি আসলে একটা চাকরি খুঁজছিলাম, তার জন্য তথ্য সংগ্রহ করার সময় জানতে পারি যে, আপনি এই ক্ষেত্রে নম্বর ওয়ান, তাই আপনাকে চিঠি লিখেছিলাম, কিন্তু বুঝতে পারিনি যে, আমার ব্যাকরণে ভুল আছে। নিজের এই ধরণের ভুলের জন্য আমি লজ্জিত। আমি সুউডিশ ভাষা শেখার জন্য আরো পরিশ্রম করব এবং নিজের ভুল সংশোধন করার চেষ্টা করব। আপনার জন্যই আমি আত্ম-সংশোধনের পথ খোঁজার প্রেরণা লাভ করেছি, তাই আপনাকে ধন্যবাদ জানাতে চাই।'

কিছু দিনের মধ্যে জর্জ রনাকে এই ব্যক্তি চিঠি লিখে তার সাথে দেখা করতে বলেন। রনা দেখা করতে যান ও তাঁর চাকরি হয়ে যায়। সেই ঘটনা জর্জ রনাকে শিখিয়েছিল যে, '**মিষ্টি কথা দিয়ে, মানুষের রাগ শান্ত করা যায়।**'

হয়তো আমরা কোনো বড়ো সন্তের মতো নিজেদের শত্রুকে ভালোবাসতে পারব না, কিন্তু নিজের স্বাস্থ্য ও সুখের কথা ভেবে তাদের ক্ষমা তো করেই দিতে পারি। এটাই সবচেয়ে স্মার্ট প্রক্রিয়া। কনফ্যুশিয়াস বলেছিলেন, 'আপনাকে আঘাত করা হোক, বা লুণ্ঠন করা হোক, তাতে কোনোই ক্ষতি হয় না, যদি না আপনি তা ক্রমাগত মনে রাখার চেষ্টা করেন।' আমি একবার জেনারেল আইজনহভরের ছেলে জন্‌কে জিজ্ঞাসা করেছিলাম যে, আপনার বাবা কি রাগ পুষে রাখতেন? না, সে বলেছিল, 'বাবা যাদের পছন্দ করেত না, তাদের বিষয়ে চিন্তা করে নিজের এক মুহূর্ত সময় নষ্ট করতেন না।'

একটা প্রাচীন প্রবাদ আছে, যে ব্যক্তি রাগ পোষণ করে, সে মূর্খ, কিন্তু যে ব্যক্তি কখনই রাগে না সে বোঝদার।

এটাই ছিল উইলিয়াম জে. গ্যানরের নীতি, তিনি ছিলেন নিউইয়ার্কের প্রাক্তন মেয়র। সংবাদপত্রে তাঁর সম্পর্কে খুব সমালোচনা হয়েছিল, আর এক পাগল তাঁকে গুলি বিদ্ধ করে প্রায় মেরেই ফেলেছিল, তিনি যখন হাসপাতালের বিছানায় শুয়ে জীবনের সাথে পাঞ্জা লড়ছিলেন, তখন তিনি বলেন, 'প্রতিদিন রাতে আমি প্রতিটা বস্তু ও মানুষকে ক্ষমা করে দিই।' এটাকে কি খুব বেশী আদর্শবাদী চিন্তাধারা বলে মনে হচ্ছে? খুব বেশীই মধুর ও হাল্কা কি? যদি তাই হয়, তাহলে আমাদের পরামর্শ নেওয়ার জন্য জার্মান দার্শনিক শপেনহারের কাছে যাওয়া উচিত, তিনি ছিলেন, 'স্টডীজ ইন পেসিমিজ্‌ম'-এর লেখক। তাঁর মতে জীবন হল নিরর্থক ও

যন্ত্রণা দায়ক অভিযান। তিনি যখন রাস্তা দিয়ে যেতেন তখন তাঁর চারদিকে যেন হতাশা ঝড়ে পড়ত, নিজের সেই গভীর হতাশা থেকেই তিনি চিৎকার করে বলেছিলেন, '**যদি সম্ভব হয়, তাহলে কাউর জন্য মনে শত্রুতা রেখো না।**'

একবার আমি বর্নার্ড বরুচকে জিজ্ঞাসা করেছিলাম - (তিনি ছিলেন ছয়জন রাষ্ট্রপতি অর্থাৎ ইউলসন, হার্ডিগ, কুলিজহুভর, রুজভেল্ট এবং ট্রুম্যানের বিশ্বস্থ পরামর্শ দাতা।) শত্রুদের কোনো আক্রমণ তাঁকে কখনও বিচিলিত করতে পেরেছিল কি? তিনি বলেছিলেন, 'কোনো মানুষই আমাকে অপমানিত ও বিচলিত করতে পারবে না। আমি নিজে সেই বিষয়ে কোনো সম্মতি দিই না।'

আপনি বা আমি যদি সম্মতি না দিই, তাহলে কেউই আপনাকে বা আমাকে বিচলিত বা অপমানিত করতে পারবে না।

লাঠি ও পাথর আমার হাড় ভাঙতে পারে,
কিন্তু কোনো কথা কখনই আমাকে আহত করতে পারবে না।

বহু বছর ধরে মানব জাতি যীশু খ্রীষ্টের সামনে মোমবাতি জ্বালিয়ে যাচ্ছে, তাঁর নিজের শত্রুদের প্রতি কোনো রকম দুর্ভাবনা ছিল না। আমি প্রায়ই কানাডার জ্যাস্পার ন্যাশানাল পার্কে যেতাম আর পশ্চিমী জগতের সবচেয়ে সুন্দর পাহাড় গুলির মধ্যে অন্যতম সুন্দর পাহাড়ের দিকে তাকিয়ে থাকতাম, সেই পাহাড়ের নাম হল এডিথ। 1915 সালের 12 ই অক্টোবর এডিথ নামক একজন নার্স সন্তের মতো জার্মানের বন্দুক থেকে নির্গত গুলির সামনে নিজেকে সমর্পণ করে দিয়েছিল, তার নামানুসারেই এই পাহাড়ের নাম রাখা হয়েছিল। সে কি অপরাধ করেছিল? সে নিজের বাড়িতে ফ্রান্স ও ইংরেজদের আহত সৈন্যদের স্মরণ দিয়েছিল, তাদের চিকিৎসা করত, তাদের খাবার দিত আর হল্যান্ড পর্যন্ত পালিয়ে যেতেও সাহায্য করেছিল। সেই অপরাধে এডিথকে বন্দী করা হয়েছিল, চ্যাপলিন যেদিন এডিথের সাথে দেখা করতে গেছিল, সেদিন সে একটাই কথা বলেছিল, 'আমি জানি দেশভক্তিই যথেষ্ট নয়, আমার মনে হয় কাউর জন্য মনে তিক্তোতা ও ঘৃণা রাখতে নেই।' চার বছর পরে তার পার্থিব শরীর হল্যান্ডে নিয়ে যাওয়া হয় এবং ভেস্টমিস্টর এবেতে সমারোহের সাথে কবরস্থ করা হয়েছিল। আমি জীবনের একটা বছর লন্ডনে কাটিয়েছিলাম। আমি প্রায়ই এডিথের মূর্তীর সামনে গিয়ে দাঁড়াতাম, আর তার মূর্তীর নিচে লেখা অমর শব্দ গুলি পড়তাম, 'আমার মনে হয় দেশভক্তিই যথেষ্ট নয়। আমার মনে হয় কাউর জন্য মনে তিক্তোতা ও ঘৃণা রাখতে নেই।'

নিজের শত্রুদের ভোলার ও ক্ষমা করার এটা এক বিশেষ মন্ত্র। এমন কোনো কাজ করার চেষ্টা করুন, তা যেন সর্বদাই বড়োই থেকে যায়। তখন শত্রু বা অপমান কোনো কিছুরই পরোয়া থাকবে না, কারণ তখন আপনার সামনে থাকবে বিরাট এক লক্ষ্য, যার ফলে আপনি বাকি সব ভুলে যাবেন। উদাহরণ স্বরূপ আমরা একটা নাটকীয় ঘটনার উল্লেখ করতে পারি, 1918 সালে মিসিসিপীর জঙ্গলে এই ঘটনা ঘটেছিল। এক দল মানুষ একজনকে মারতে চাইছিল, কৃষ্ণাঙ্গ শিক্ষক ও উপদেশক লারেন্স জোন্সের সামনে তখন মৃত্যু এসে দাঁড়িয়েছিল। কয়েক বছর আগে আমি লারেন্স জোন্সের স্থাপিত সেই স্কুলে গেছিলাম - পাইনী ভুড্স কন্ট্রী স্কুল - আর আমি বিদ্যার্থীদের সামনে কিছু বক্তব্যও রাখি। আজ সারা দেশ এই স্কুলের নাম জানে, কিন্তু আমি প্রথম বিশ্বযুদ্ধের সময়কার একটা ভাবুক ঘটনা তুলে ধরতে চাইছি। মধ্য মিসিসিপীতে একটা ভুয়ো খবর ছরিয়ে পড়ে যে, জার্মানরা কৃষ্ণাঙ্গদের উসকাচ্ছে, যাতে তারা বিদ্রোহ করে। লারেন্স জোন্স ছিলেন একজন কৃষ্ণাঙ্গ, তাঁর বিরুদ্ধে আরোপ লাগানো হয় যে, তিনি কৃষ্ণাঙ্গদের বিদ্রোহ করার জন্য প্ররোচিত করছেন। সেই কারণেই শ্বেতাঙ্গরা তাঁকে মেরে ফেলতে চাইছিল। একদল শ্বেতাঙ্গের কানে লারেন্স জোন্সের চিৎকার কানে আসে, তিনি ভিড়ের সামনেই চিৎকার করে বলছিলেন, 'জীবন একটা সংগ্রাম, তাতে প্রত্যেক কৃষ্ণাঙ্গকে নিজের 'কবচ' পরিধান করে নেওয়া উচিত, আর বাঁচার ও সফলতা লাভের জন্য লড়াই করা উচিত।'

'সংগ্রাম', 'লড়াই', 'কবচ' এই কথা গুলিই যথেষ্ট ছিল! রাতের অন্ধকারে ঘোড়ায় চেপে একদল শ্বেতাঙ্গ এসে তাঁকে ঘিরে ফেলে, তারা তাঁকে দড়ি দিয়ে আষ্টেপিষ্টে বেঁধে নেয় আর প্রায় এক মাইল রাস্তা তাঁকে টানতে টানতে নিয়ে যায়। সেখানে তাঁকে জ্বলন্ত কাঠের ওপর দাঁড় করিয়ে ফাঁসি দিয়ে মারার জন্য সকলেই প্রস্তুত ছিল, কিন্তু এমন সময় একজন চিকিৎকার করে বলে যে, 'আরে ওকে মারার আগে ও কি বলে লোকেদের উসকাচ্ছে তা শুনে নিতে দাও। ভাষণ! ভাষণ!' লারেন্স জোন্স জ্বলন্ত কাঠের ওপর দাঁড়িয়ে (তাঁর গলাতে লাগানো ছিল ফাঁসির দড়ি।) নিজের জীবন ও লক্ষ্যের জন্য ভাষণ দিতে থাকেন। 1907 সালে তিনি আয়োভা বিশ্ববিদ্যালয় থেকে স্নাতক হয়েছিলেন। তাঁর দৃঢ় চরিত্র, তাঁর গান এবং স্কলারশিপ তাঁকে শিক্ষক ও বিদ্যার্থীদের কাছে জনপ্রিয় করে তুলেছিল। স্নাতক হয়ে যাওয়ার পর একজন হোটেল ওয়ালার প্রস্তাবে তিনি অসম্মতি প্রকট করেছিলেন, সে তাঁকে ব্যবসায় দাঁড় করানোর প্রতিশ্রুতি দিয়েছিল, অন্যদিকে একজন

ধনী ব্যক্তিও তাঁকে সঙ্গীত শিক্ষা প্রদানের প্রস্তাব দিয়েছিল, তিনিও তাও অস্বীকার করেছিলেন। কেনো? কারণ তাঁর মনে ছিল প্রবল স্বপ্ন। বুকর টী. ওয়াশিংটনের জীবনী পড়ার পর তিনি এই প্রেরণাই লাভ করেছিলেন যে, নিজের প্রজাতির গরিবদের নিরক্ষরতা দূর করবেন, তাদের শিক্ষিত করে তোলার চেষ্টা করবেন। তাই তিনি নিজের স্বপ্নকে বাস্তবায়িত করে তোলার জন্য দক্ষিণের সবচেয়ে পিছিয়ে পড়া সম্প্রদায়ের কাছে গিয়ে উপস্থিত হন, সেই স্থানটি মিসিসীপি থেকে পঁচিশ মাইল দক্ষিণে অবস্থিত ছিল। নিজের ঘড়িটা 1.65 ডলারে বন্দক রেখে তিনি জঙ্গলের মধ্যেই শিক্ষা প্রদানের কাজ শুরু করে দিয়েছিলেন। ডেস্কের পরিবর্তে ছিল একটা কাঠের গুঁড়ি। তিনি অশিক্ষিত ছেলে-মেয়ে গুলিকে শিক্ষিত করে তোলার জন্য প্রচুর সংগ্রাম করেছিলেন। তিনি ছিলেন একজন ভালো কৃষক, প্রশিক্ষিত মেকানিক, রাঁধুনি ও হাউসকিপার। তিনি সেই সমস্ত শ্বেতাঙ্গ ব্যক্তিদের প্রতিও কৃতজ্ঞতা জানিয়েছিলেন যারা তাঁকে পাইনী বুড্‌স কন্ট্রী স্কুল স্থাপন করতে সাহায্য করেছিল। সেই সমস্ত শ্বেতাঙ্গরা যাতে তিনি নিজের শিক্ষা প্রদানের কাজ চালিয়ে যেতে পারেন তার জন্য তাঁকে জমি, জিনিসপত্র, শূকর, গরু এবং অর্থ প্রদান করেছিল।

যাঁরা তাঁকে রাস্তা দিয়ে দড়ি বেঁধে ঠানতে-টানতে নিয়ে গেছিল, তাদের ওপর তাঁর ঘৃণা হয়েছিল কিনা জানতে চাওয়া হলে, লারেন্স জোন্স বলেছিলেন যে, তিনি নিজের লক্ষ্য পূরণের বিষয়ে এতটাই ব্যস্ত ছিলেন যে, ঘৃণা করার মতো সময়ই তাঁর হাতে ছিল না। তিনি একটা বিরাট লক্ষ্যের দিকে এগিয়ে যাচ্ছিলেন। তাঁর বক্তব্য ছিল, **'আমার কাছে লড়াই করার মতো সময় ছিল না, আর অনুতাপ করার সময়ও ছিল না। কোনো মানুষই আমাকে এতটা নিচে নামাতে পারবে না, যাতে করে আমি তাকে ঘৃণা করব।'**

এপিক্টেটস বহু যুগ আগেই নিজের বক্তব্যের মাধ্যমে সংকেত দিয়ে গেছিলেন যে, আমরা যেমন চাষ করব তার থেকে ঠিক তেমনি ফল পাব। আর ভাগ্য কোনো না কোনো ভাবে অবশ্যই আমাদের কৃত কর্মের শাস্তি প্রদান করে থাকে। এপিক্টেটস বলেছিলেন, 'কখনও না কখনও প্রতিটা মানুষকেই তাদের কু-কর্মের জন্য শাস্তি ভাগ করতেই হয়, যে ব্যক্তি মনে রাখে যে সে কখনই কাউর ওপর রাগ করবে না, কাউর ওপর বিরক্ত হবে না, কাউর নিন্দা করবে না, কাউর ওপর কোনো রকম দোযারোপ করবে না, কাউকে আঘাত করবে না, কাউকে ঘৃণা করবে না।'

আমেরিকার ইতিহাসে হয়তো লিংকনের থেকে বেশি ঘৃণা ও সমালোচনা

কাউকেই সহ্য করতে হয়নি। কিন্তু হর্নডনের অমর জীবনী অনুসারে লিংকন, 'কখনই মানুষকে নিজের পছন্দ বা অপছন্দের দাঁড়িপাল্লায় ওজন করতেন না। যখন কোনো কাজের প্রশ্ন আসত তখন তাঁর এটাই মনে হোত যে, তাঁর শত্রুও এই কাজ খুবই ভালো করতে করতে পারবে। যদি কেউ তাঁর সমালোচনা করত, বা তাঁর সম্পর্কে অতিব খারাপ মন্তব্য করত, অথচ সে যদি কোনো পদের জন্য যোগ্য বলে বিবেচিত হোত তাহলে লিংকন কোনো কথা না বলেই তাকে সেই পদের ভার দিয়ে দিতেন। কোনো ব্যক্তিকে যতটা তৎপরতার সাথে তিনি এই পদ দিতেন, সেই ব্যক্তিকেও ততটাই তৎপরতার সাথে পদে নিযুক্ত করতেন...। আমার মনে হয় না কাউর সাথে ব্যক্তিগত শত্রুতার জন্য বা তাকে অপছন্দ করার জন্য লিংকন কাউকে তার পদ থেকে সরিয়েছেন।'

লিংকন যাদের উচ্চপদে নিযুক্ত করেছিলেন, যেমন ধরুন ম্যাক্লেলন, সেওর্ড, স্ট্যাটন এবং চেজ তারাই তাঁর সম্পর্কে যথেষ্ট সমালোচনা করত এবং তাঁকে অপমানও করেছিল। কিন্তু লিংকনের আইনি অংশীদার হর্নডনের অনুসারে, লিংকন বিশ্বাস করতেন যে, কখনই কাউর কোনো কাজের জন্য তার গুণগান গাইতে নেই বা কখনই কোনো কাজের জন্য অতিরিক্ত সমালোচনাও করতেও নেই। কারণ আমরা সকলেই আলাদা আলাদা মহলে বড়ো হই, প্রত্যেকের অভ্যাস ও বংশানুক্রমিকতাও আলাদা, প্রত্যেকেই বিভিন্ন পরিস্থিতির শিকার। এই গুলিই মানুষকে একটা ছাঁচে ঢেলে দেয়, আর মানুষ সর্বদা তেমনি থেকে যায়।'

হয়তো লিংকন সঠিক ছিলেন। যদি আপনার এবং আমার শারীরিক, মানসিক তথা আবেগাত্মক লক্ষণ একই রকম হোত, যা আমাদের শত্রুরা বংশানুক্রমে লাভ করেছে, জীবন তার সাথে যা করেছে যদি আমাদের সাথেও তাই করত, তাহলে হয়তো আমরাও তাদের মতোই চলতাম, তাদের মতোই ব্যবহার করতাম। হয়তো তার চেয়ে অন্য কিছু করার ক্ষমতাই আমাদের থাকত না। আমরা কি সিয়োক্স ইন্ডিয়ান্সের প্রার্থনা পুনরায় আওরাতে পারি, '**হে মহান আত্মা, আমি যেন কখনও কোনো মানুষের নির্ণয় করতে না যাই, মানুষের সমালোচনা করার থেকে আমাকে দূরে রেখো, যতক্ষণ না আমি দু-সপ্তাহ তার জুতো পরে চলছি।**' তাই নিজের শত্রুকে ঘৃণা করার বদলে তাকে দয়া করতে শিখুন, আপনি তার মতো হননি সেটা ভেবেই ভগবানকে ধন্যবাদ দিন। নিজের শত্রুদের সম্পর্কে সমালোচনা না করে বা তাদের প্রতি প্রতিশোধ স্পৃহা জাগ্রত করার বদলে তাকে ক্ষমা করুন, তাকে সহানুভূতি দেখান, তাকে সাহায্য করার চেষ্টা করুন, তার জন্য প্রার্থনা করুন।

আমি এমন একটা পরিবারের মধ্যে বড়ো হয়ে উঠেছি, যেখানে বাইবেল পড়া হোত, আমাদের বাড়িতে প্রতিদিন রাতে বাইবেলদের পংক্তি আওরানোর পর মাথা নিচু করে দেবতার উদ্দেশ্যে 'পারিবারিক প্রার্থনা' জানানো হোত। আজও আমি চোখ বুজে আমার বাবার কন্ঠস্বর শুনতে পাই, তিনি মিসূরীর ফার্ম হাউসে যীশু খ্রীষ্টের উদ্দেশ্যে কথা গুলি বলতেন - শব্দ গুলি ততক্ষণ আওরানোর চেষ্টা করুন, যতক্ষণ না আপনি নিজেকে সেই আদর্শে ঢালতে সক্ষম হচ্ছেন, 'নিজের শত্রুদের ভালোবাস, যে তোমাকে অভিশাপ দিচ্ছে তাকে তুমি আশীর্বাদ দাও, যে তোমাকে ঘৃণা করে তার ভালো করার চেষ্টা কর, আর যে তোমাকে শোষণ তথা অপমান করে, তার জন্য প্রার্থনা কর।'

আপনি যদি সুখ-শান্তিতে জীবন অতিবাহিত করতে চান, তাহলে অন্য নিয়ম গুলিও মনে রাখবেন

নিজের শত্রুদের ওপর প্রতিশোধ নেওয়ার চেষ্টা করবেন না, কারণ এমনটা করার সময় আমরা তাদের যতটা ক্ষতি সাধন করি, তার থেকে বেশি নিজেদের ক্ষতি করে থাকি। এর পরিবর্তে আমাদের সেটাই করা উচিত যেটা জেনারেল আইজনহভর করতেন; আপনি যাকে পছন্দ করেন না, তাকে নিয়ে ভেবে নিজের এক মিনিটও সময় নষ্ট করবেন না।

14

কৃতঘ্নতা সম্পর্কে ভাববেন না

উপকার নিয়ে ভুলে যাওয়াই মানুষের স্বাভাবিক স্বভাব, তাই আপনি যদি কৃতজ্ঞতা লাভের আশায় চারদিকে ঘোরেন তাহলে দুঃখের দিকে খানিকটা পথ এগিয়ে যাবেন।

সম্প্রতি ট্যাক্সাসে একজন ব্যবসায়ির সাথে দেখা হয়েছিল, সে রাগে জ্বলে-পুড়ে যাচ্ছিল। আমাকে আগেই বলে দেওয়া হয়েছিল যে, দেখা হওয়ার পনেরো মিনিটের মধ্যেই সে নিজের রাম কাহিনী শোনাতে শুরু করবে। আর সে তাই করেও ছিল। যে ঘটনা নিয়ে সে অতটা ক্ষুব্ধ ছিল সেই ঘটনা এগারো মাস আগে সংঘটিত হয়েছিল, কিন্তু তখনও সেই ঘটনা নিয়ে তার রাগের শেষ ছিল না। সে নিজের চৌতিরিশ জন কর্মচারীকে ক্রিসমাসে দশ হাজার ডলার বোনাস দিয়েছিল, অর্থাৎ মাথা পিছু প্রতএকে প্রায় তিনশো ডলার করে পেয়েছিল, কিন্তু কেউ তাকে একবার ধন্যবাদ পর্যন্ত জানায় নি। সে রাগের মাথায় বলেছিল যে, 'এখন আমার অনুতাপ হচ্ছে যে, কেনো আমি তাদের অর্থ দিলাম, আমার তো তাদের এক পাইও দেওয়া উচিত ছিল না।'

কন্ফুশিয়াস বলেছিলেন, 'ক্ষুব্ধ ব্যক্তির মধ্যে সর্বদা বিষ ভরা থাকে।' এই ব্যক্তির মন এতটাই বিষাক্ত হয়ে ছিল যে, তাকে দেখে সত্যিই আমার খুবই খারাপ লাগছিল। তার বয়স ছিল প্রায় যাট বছর। জীবন বীমা কম্পানী মনে করে যে, আমাদের বর্তমান বয়স ও আশির মধ্যে যতটা পার্থক্য, গড়ে আমরা তার থেকে দুই তৃতীয়াংশের থেকে একটু বেশি যাব। তাই বলা যায়, যদি এই ব্যক্তির কপাল ভালো হয় তাহলে বোধ হয় সে আরো চোদ্দো থেকে পনেরো বছর বাঁচবে। অর্থাৎ তার হাতে যে সীমিত সময় আছে, তার মধ্যে একটা বছর সে রাগ ও তিক্তোতা দিয়েই শেষ করে ফেলেছিল, এমন একটা ঘটনা নিয়ে সে বিরক্ত ছিল

যে, তা আর ফিরে আসা সম্ভব ছিল না, আমার তাকে দেখে খুবই খারাপ লাগছিল।

এতটা ঘৃণা আর ক্ষোভ মনের মধ্যে জমিয়ে না রেখে তার নিজেকেই জিজ্ঞাসা করা উচিত ছিল যে, কেনো তার কোনো প্রশংসা হইনি। হয়তো সে তার কর্মচারীদের বেশি খাটিয়ে তাদের বেতন কম দিত। হয়তো কর্মচারীরা সেই অর্থকে ক্রিসমাসের বোনাস হিসাবে না দেখে নিজেদের উপার্জিত অর্থ হিসাবেই দেখেছিল। হয়তো তাকে দেখে এতটাই সমালোচক বা ক্রুদ্ধ বলে মনে হয় যে, তারা ধন্যবাদ জানানোর সাহসই পাইনি বা তাদের হয়তো ইচ্ছাই হয়নি। হয়তো তাদের মনে হয়েছিল যে, কম্পানীর একটা বড়ো অংশ যাতে ট্যাক্সের হাত থেকে বেঁচে যায়, সেই কারণেই এতটা বোনাস দিয়েছে।

অন্যদিকে এটাও হোতে পারে যে, কর্মচারী গুলি স্বার্থপর, অকৃতজ্ঞ ও অসভ্য। এমনটাও অসম্ভব না। আমি এই বিষয়ে ততটাই বললাম, যতটা জানি, তার চেয়ে বেশি কিছু আমিও জানি না। কিন্তু আমি এটা জানি যে, ড. স্যাম্যুয়েল জনসন বলেছিলেন, ‘বহু পরিশ্রম করে কৃতজ্ঞতার ফল ফলাতে হয়। অসভ্য লোকেদের মধ্যে তা দেখতে পাওয়া যায় না।’

আমি যেটা বলতে চাইছি সেটা হল *এই ব্যক্তির কৃতজ্ঞতা পাওয়া আশা করাটাই ছিল ভুল, সেটাই ছিল তার দুঃখের কারণ। সে মানব স্বভাব সম্পর্কে অনভিজ্ঞ ছিল।*

আমি যদি কোনো মানুষের জীবন বাঁচান, তাহলে কি আপনি তার কাছ থেকে কৃতজ্ঞতা পাওয়ার আশা করবেন? হয়তো হ্যাঁ - কিন্তু বিচারপতির আসনে বসার আগে প্রসিদ্ধ উকিল স্যাম্যুয়েল লীবোভিট্জ আটাত্তর জন মানুষকে ফাঁসি হওয়ার হাত থেকে বাঁচিয়েছিল, আপনার কি মনে হয় তার মধ্যে কতজন এই বিখ্যাত উকিলকে ধন্যবাদ জানিয়েছিল, বা কৃতজ্ঞতার খাতিরে তাকে ক্রিসমাসে কার্ড পাঠিয়েছিল? কতজন? আন্দাজ করুন...ঠিক ভেবেছেন, একজনও না।

একবার প্রখর দুপুরে যীশু খ্রীষ্ট দশজনকে প্রাণে বাঁচিয়েছিলেন, তাদের মধ্যে কতজন তাঁকে ধন্যবাদ জানিয়েছিল? মাত্র একজন। সন্ত ল্যুকের অধ্যায় দেখুন। যীশু খ্রীষ্ট যখন তাঁর শিষ্যদের দিকে তাকান কিছু বলার জন্য তখন তিনি দেখেন একজন বাদ দিয়ে বাকি নয়জন পালিয়ে গেছে। তারা কোনো রকম ধ্যনবাদ না জানিয়েই পালিয়ে গেছিল। এখন আমি আপনাকে একটা প্রশ্ন করতে চাই আমি বা আপনি - বা ট্যাক্সাসের এই ব্যবসায়ি - নিজেদের ছোটোখাটো কোনো কাজের জন্য যীশু খ্রীষ্টের থেকেও বেশি ধন্যবাদ পাওয়ার আশা রাখতে পারি কি?

আর যেখানে অর্থের বিষয় এসে দাঁড়ায় সেখানে তো অবস্থা আরো বেশি করে নিরাশা জনক হয়ে দাঁড়ায়। চার্লস শ্বাব আমাকে বলেছিলেন যে, একবার তিনি এক ব্যাঙ্ক ক্যাশিয়ারকে বাঁচিয়েছিলেন, সে ব্যাঙ্কের পয়সা শেয়ার বাজারে লাগিয়ে দিয়েছিল। যদি শ্বাব নিজের পকেট থেকে অর্থ না বার করত তাহলে এই ক্যাশিয়ারকে নিশ্চিত রূপে জেলের ঘানি টানতে হোত। তো এই ক্যাশিয়ার কৃতজ্ঞ ছিল কি? হ্যাঁ, কিন্তু খানিকটা সময়ের জন্য। তরাপর সে শ্বাবের বিরোধীতা করতে শুরু করে, তারই সমালোচনায় স্বরব হয়। সেই ব্যক্তির সমালোচনা করেছিল, যে তাকে জেলে যাওয়ার হাত থেকে বাঁচিয়েছিল।

ধরুন আপনি আপনার কোনো আত্মিয়কে দশ লক্ষ ডালর ধার দিয়েছেন, তার থেকে আপনি কৃতজ্ঞতার আশা করেন কি? এন্ড্রইউ কারনেগী তাই করেছিলেন। যদি তিনি কিছুদিন বাদে নিজের কবর থেকে বাইরে আসতেন, তাহলে তিনি এটা দেখে অবাক হয়ে যেতেন যে, তাঁর সেই আত্মিয়ই তাঁকে গালাগালি দিচ্ছে। কেনো? কারণ বৃদ্ধ এন্ড্রইউ তাঁর 36.5 কোটি ডালর চ্যারেটিকে দান করেছিলেন, আর আত্মিয়দের হাতে (তাদের মতে) মাত্র দশ লক্ষ ডলারের টুকরো ধরিয়ে দিয়েছিলেন।

এটাই হল মানুষের চরিত্র। মানুষের স্বভাব সর্বদা এমনি থাকবে। আর হয়তো এটা আপনার জীবনেও বদলাবে না। তাহলে এটাকে স্বীকার করতে সমস্যা কোথায়? আমরাও যদি মার্কস অরেলিয়সের মতো বাস্তববাদী হয়ে যাই তাহলে ক্ষতি কিসের? তিনি ছিলেন রোমান সম্রাজ্যের অন্যতম বুদ্ধিমান শাসক। তিনি একদিন নিজের ডায়রিতে লিখেছিলেন, **'আজ আমি এমন লোকেদের সাথে দেখা করতে চলেছি, যারা খুব বেশি কথা বলে - তারা স্বার্থপর, অকৃতজ্ঞ ও অহংকারি, কিন্তু তাদের দেখে আমার আশ্চর্য লাগে কিন্তু আমি বিচলিত হব না, কারণ এমন লোকেদের ছাড়া এই পৃথিবীর কল্পনাই করা যায় না।'**

কথা গুলি মধ্যে যুক্তি আছে, তাই না? যদি আমি বা আপনি কৃতজ্ঞতা নিয়ে বিড়বিড় করি, তাতে দোষ কার? এটাই মানুষের স্বভাব - আর আমার মানুষের সেই স্বভাব সম্পর্কেই জানি না। আমাদের কখনই কৃতজ্ঞতা পাওয়ার আশা করা উচিত না। এরপরেও যদি আপনি কখনও কাউর কাছ থেকে সামান্য কৃতজ্ঞতা লাভ করেন, তাহলে আপনার মধ্যে একটা সুখকর আশ্চর্যের অনুভব হবে, কিন্তু অকৃতজ্ঞতা দেখে কখনই বিচলিত হবেন না।

আমি এই অধ্যায়ে যে প্রথম সূত্র বলতে চলেছি, তাহল কৃতজ্ঞতার কথা ভুলে যাওয়াই মানুষের স্বভাব, তাই যদি আমরা কৃতজ্ঞতা পাওয়ার আশায় চারদিকে

ঘুরে বেরাই তাহলে দুঃখ ছাড়া কপালে কিছুই জুটবে না।

আমি নিউইয়ার্কের এমন একজন মহিলাকে চিনি যে সর্বদাই নিজের একাকীত্ব নিয়ে অভিযোগ করে। তার কোনো আত্মিয় তার কাছে আসতে চায় না, তাতে আশ্চর্য হওয়ার মতো কিছু নেই। আপনি যদি তার সাথে দেখা করতে যান, তাহলে সবার আগে আপনাকে এই গল্পই শোনাবে যে, সে তার ভাইপোর জন্য ছোটোবেলায় কি না করেছে, ছোটোবেলায় বাচ্চাটা যখন অসুস্থ হয়ে পড়ত, তখন সেই তার দেখাশোনা করত। সে তার বোর্ডিং স্কুলের খরচও দিত, তাকে বিজনেস স্কুলে পড়িয়েছে ইত্যাদি, ইত্যাদি।

তার সেই ভাইপো তার সাথে দেখা করতে আসে কি? হ্যাঁ, কখনও কখনও, তাও শুধু কর্তব্যের খাতিরে। আসলে সে তার সাথে দেখা করতে আসতে ভয় পেত, কারণ সে জানত ঘন্টার পর ঘন্টা তাকে শুধু তিক্তো কথাই শুনতে হবে, তাদের আত্মকরুণার চর্বিত চর্বণ শুনতে হবে, আর যখন সেই মহিলা তার ভাইপোকে দেখা করতে আসতে বাধ্য করতে পারত না, তখনই তার হার্ট এট্যাক হয়ে যেত।

সত্যিই কি তার হার্ট এট্যাক হোত? হ্যাঁ। আসলে ডাক্তারের মতে তার হৃদপিন্ড খুবই দুর্বল ছিল, তার হৃদস্পন্দনের গতিও বেশি ছিল, তাই তার আবেগ কোনো ভাবে আহত হলেই সে অসুস্থ হয়ে পড়ত।

বাস্তবে, সেই মহিলা প্রেম ও ধ্যান চাইত। আর সে সেটাকেই কৃতজ্ঞতার নাম দিয়েছিল, যেহেতু প্রেমের বদলে কৃতজ্ঞতা দাবি করত, তাই কোনো দিনই সে তা পাইনি। সে মনে করত সেটা তার প্রাপ্য, অবশ্যই তার তা পাওয়া উচিত।

এই মহিলার মতো লক্ষ্যাধিক লোক, যারা 'কৃতজ্ঞতা', একাকীত্ব ও তিরস্কারের জন্য অসুস্থ হয়ে পড়ে, তারা আসলে সকলের থেকে একটু ভালোবাসা দাবি করে, কিন্তু প্রেম পাওয়ার একমাত্র উপায় হল, তা না চাওয়া, কোনো রকম প্রতিদান পাওয়ার আশা না করে সকলকে ভালোবাসতে শিখুন।

এই কথা গুলি কি আপনার অবাস্তব, কাল্পনিক ও আদর্শবাদী বলে মনে হচ্ছে? কিন্তু তা নয়। এটা সাধারণ বুদ্ধি। এটা নিজের জন্য মনের মতো সুখ লাভের একটা উপায় মাত্র। আমি জানি। আমি নিজে নিজের পরিবারে তা হোতে দেখেছি। আমার বাবা-মা অন্যদের সাহায্য করতে পারলে খুশি হোতেন, তাই তারা দান করতেন। আমাদের অবস্থা ভালো ছিল না, সর্বদা ঋণে ডুবে থাকতাম, আমাদের আর্থিক অবস্থা অতি খারাপ হওয়া সত্ত্বেও আমার বাবা-মা প্রতি বছর অনাথাশ্রমে কিছু অর্থ প্রদান করতেন। অথচ তারা কোনো দিন সেই অনাথাশ্রমে যাননি। তারা

ধন্যবাদ পাওয়ার আশায় তা করতেন না, তারা নিজেদের খুশির জন্য সেই কাজ করতেন। পরিবর্তে কোনো দিন কৃতজ্ঞতার আশা করেননি।

আমি বড়ো হয়ে বাড়ি ছাড়ার পর, প্রতিবার ক্রিসমাসে বাবা-মার নামে একটা চেক্ পাঠাতাম, আর তাঁদের বলতাম তাঁরা যেন সেই টাকা নিজেদের পিছনে খরচ করেন, কিন্তু হয়তো তাঁরা কোনোদিন সেই কাজ করেননি। একবার ক্রিসমাসের কিছুদিন আগে আমি যখন বাবা-মার সাথে দেখা করতে গেছিলাম, তখন আমাকে বাবা বলেছিলেন, তিনি একজন বিধবা মহিলাকে কয়লা আর কিছু আনাজ-পত্র কিনে দিয়েছেন, আসলে সে আর তার কয়েকটা বাচ্চা ঠিক মতো খেতে পেত না, তারা এতটাই গরিব ছিল যে সব্জি কেনা তো দূরের কথা কয়লা কেনার পর্যন্ত অর্থ তাদের কাছে ছিল না। এই উপহার দিতে পেরে তারা খুবই খুশি হয়েছিল, কিছু না পাওয়ার আশা ছাড়াই শুধুমাত্র দেওয়ার আনন্দ।

আমি বিশ্বাস করি, অরস্তু আদর্শ পুরুষের যে বর্ণনা দিয়েছিলেন, আমার বাবা ছিলেন তার আদর্শ উদাহরণ, এমন মানুষ যিনি সুখী হওয়ার যোগ্য পুরুষ ছিলেন। অরস্তু বলেছিলেন, 'আদর্শ পুরুষ অন্যদের সাহায্য করেই সুখ লাভ করে থাকে।'

এই অধ্যায়ে আমি যে দ্বিতীয় কথাটা বলতে চাই, সেটা হল **আমরা যদি সুখ লাভ করতে চাই, তাহলে আমাদের কৃতজ্ঞতা ও কৃতঘ্নতার বিষয়ে ভাবা বন্ধ করতে হবে আর শুধুমাত্র দেওয়ার আনন্দের জন্য দান করুন।**

আজ থেকে দশ হাজার বছর আগের থেকেই বাবা-মারা তাদের বাচ্চাদের কৃতঘ্নতা নিয়ে শুধু অভিযোগ জানিয়ে চলেছে।

এমনকি শেক্সপিয়ারের কিঙ্গ লিয়রও বলেছিল, 'অকৃতজ্ঞ বাচ্চারা সাপের দাঁতের চেয়েও বেশি বিষাক্ত হয়।'

কিন্তু বাচ্চারা অকৃতজ্ঞ কিভাবে হবে? যদি আমরা তাদের অকৃতজ্ঞ হওয়ার শিক্ষা না দিই? খরস্রোতা নদীর মতোই কৃতঘ্নতা খুবই স্বাভাবিক বিষয়। কৃতজ্ঞতা হল গোলাপ ফুলের মতো, তা পাওয়ার জন্য তাতে জল দিতে হয়, সার দিতে হয়, তার দেখাশোনা করতে হয়, প্রেম ও সুরক্ষা দ্বারা তার যত্ন করতে হয়।

আমাদের বাচ্চারা যদি অকৃতজ্ঞ হয়, তাহলে তার জন্য কে দায়ি? হয়তো আমরাই। যদি তারা আমাদেরকে কখনই কৃতজ্ঞ হোতে নাই দেখে তাহলে, কিভাবে তাদের কাছ থেকে আমরা কৃতজ্ঞতা পাওয়ার আশা করব?

শিকাগোর একজন ব্যক্তিকে আমি চিনি, যার কাছে নিজের সৎ ছেলেদের নামে অভিযোগ করার বহু কারণ ছিল, সে একজন বিধবা মহিলাকে বিবাহ করেছিল,

সে একটা বাস কম্পানীতে চাকরি করত, সপ্তাহে চল্লিশ ডলার করে পেত। স্ত্রীয়ের কথা অনুসারে সে তার স্ত্রীর আগের পক্ষের দুটি বড়ো বড়ো ছেলেকে কলেজে পড়াশোনা শেখানোর জন্য ঋণ দেয়, চল্লিশ ডলারে নিজের সংসার চালানোর সাথে সাথে ঋণের টাকা পরিশোধ করে, এইভাবে চার বছর কেটে যায়, সে উদয় অস্ত্র পরিশ্রম করে কিন্তু মুখ থেকে কোনো আওয়াজ পর্যন্ত করেনি।

এর জন্য কেউ তাকে ধন্যবাদ জানিয়েছিল কি? না, তার স্ত্রী এটাকে স্বাভাবিক ঘটনা বলে ধরে নিয়েছিল, আর সেই মহিলার ছেলেরাও তাই মনে করত। তাদের মনে কখনও এই কথা আসেইনি যে, সৎ বাবা তাদের জন্য ঋণ নিয়েছে, তার জন্য তাকে ধন্যবাদ জানানো উচিত।

দোষ কার ছিল? ছেলেদের? তাদের মা তাদের থেকে বেশি দোষী ছিল না কি? মায়ের মনে হয়েছিল যে, তার যুবক ছেলের কাছে 'ঋণের বোঝার' কথাটা উল্লেখ করা উচিত হবে না। সে ঋণের কথা স্মরণ করিয়ে, বাচ্চাদের জীবন শুরু করতে চাইছিল না। তাই সে কখনই সেই ব্যক্তির মহানতার তার বাচ্চাদের সামনে প্রকাশ করতে চায়নি। তার পরিবর্তে সে ভাবত যে, 'আরে এইটুকু তো ও করতেই পারে।'

সে ভেবেছিল যে, সে এমন কাজ করে তার বাচ্চাদের জন্য ভালো কাজ করছে। আসলে সে বাচ্চাদের কুশিক্ষা দিয়ে পৃথিবীর ময়দানে ছেড়ে দিয়েছিল, যার ফলে তার বড়ো ছেলে নিজের মালিকের কাছ থেকে ঋণ নেয় ও তা পরিশোধ করতে না পারার জন্য তাকে জেলেও যেতে হয়।

আমাদের মনে রাখতে হবে, আমরা যেমন ভাবে গড়ি, আমাদের বাচ্চারা অনেকটাই সেই রকমই হয়। আমার মাসী কখনই তার বাচ্চাদের 'কৃতঘ্নতা' নিয়ে কোনো রকম অভিযোগ করেনি, কারণ তিনি কখনই কোনো কারণ খুঁজে পাননি। তিনি যেমন তার সন্তানদের ঠিক মতো দেখাশোনা করতেন সেই রকম ভাবেই তার শ্বশুর-শাশুড়িকেও যত্ন করতেন, আজ সে একাই নিজের ফার্ম হাউসে দিন কাটান কিন্তু কখনও তার মুখ থেকে কোনো রকম অভিযোগ শুনিনি। সেই জন্য কি তার মনে কোনো রকম 'সমস্যা' নেই? আমার মনে হয় তিনি প্রতিটা মুহূর্তে সমস্যার সম্মখীনতা করেন, কিন্তু তার মুখ থেকে বা তার দৃষ্টিভঙ্গী থেকে কোনো ভাবেই তা প্রকাশ পায় না। আমার মাসির ছয়টা সন্তান ছিল সেই সাথে ছিল বৃদ্ধা শাশুড়ি, কিন্তু কোনো দিনও তাকে দেখে মনে হয়নি যে, তিনি এই বৃদ্ধাকে কৃপা করছেন। তিনি মানুষ ঠিকই, কিন্তু তাঁকে দেবী বলে সম্বধন করলেও বেশি বলা হবে না।

আজ আমার মাসি কোথায়? কুড়ি বছর হয়ে গেলো তিনি বিধবা হয়েছেন, তার পাঁচটি বড়ো বড়ো সন্তান পাঁচটা আলাদা আলাদা বাড়িতে থাকে। সকলেই চায় মাসি তাদের সাথে থাকুক, তার বাচ্চারা মা বলতে অজ্ঞান। তাকে নিজেদের কাছ থেকে দূরে রাখতে চায় না। এই সবই কি কৃতজ্ঞতার জন্য? কখনই না! একেই বলে প্রেম - বিশুদ্ধ প্রেম। যে বাচ্চারা ছোটোর থেকেই প্রেম ও দয়ার উষ্ণতার মধ্যে বড়ো হয়, তারা সারা জীবন তা অনুভব করতে পারে। সবচেয়ে বড়ো কথা হল, যখন পরিস্থিতি বদলে যায়, তখন তারা সেই প্রেমের উষ্ণতা ফিরিয়ে দেয়।

আপনি যদি আপনার বাচ্চাদের কৃতজ্ঞ দেখতে চান, তাহলে সবার আগে নিজেকে কৃতজ্ঞ হোতে হবে। মনে রাখবেন, 'দেওয়ালেরও কান থাকে,' তাই কথা বলার আগে ভেবে বলবেন। যেমন ধরুন, কখনই বাচ্চার সামনে কাউর দয়া নিয়ে উপহাস করবেন না, কখনই বলবেন না, 'অমুক, ক্রিসমাসে নিজের হাতে বুনে এই টেবিল ক্লথ উপহার দিয়েছে, ওকে বেশি পয়সাই খরচ করতে হয়নি।' কথাটা খুবই ছোটো, কিন্তু বাচ্চাদের মনে তার জন্য উল্টো প্রতিক্রিয়ার সৃষ্টি হয়, তার চেয়ে বরং বলতে পারে, 'অমুক এই টেবিল ক্লথ বানানোর জন্য কত পরিশ্রম করেছে। ও সত্যিই ভালো। চলো ওকে ধন্যবাদ জানিয়ে এখনি একটা চিঠি লিখি।'

হিংসা দুর করার জন্য এবং অকৃতজ্ঞতার থেকে দূরে থাকার জন্য, তৃতীয় নিয়ম হল

1. **কৃতজ্ঞতা পাওয়ার আশা না করাই ভালো, একটা কথা মাথায় রাখবেন স্বয়ং যীশু খ্রীষ্টও দশ জনের উপকার করে একজনের থেকে ধন্যবাদ শুনতে পেয়েছিলেন, তাহলে আমি বা আপনি তাঁর চেয়ে বেশি কিছু করে দেখাব কিভাবে?**
2. **সুখ লাভের একমাত্র উপায় কৃতজ্ঞতা লাভ করা নয়, বরং তার চেয়ে অন্যকে ধন্যবাদ জানিয়ে বা কৃতজ্ঞতা প্রকাশ করে সুখ প্রাপ্ত করার চেষ্টা করুন।**
3. **মনে রাখবেন 'কৃতজ্ঞতা'-কে অতি যত্নে পালন করতে হয়। তাই যদি আমরা আমাদের বাচ্চাদের কৃতজ্ঞ করে তুলতে চাই, তাহলে তাদের কৃতজ্ঞ হয়ে ওঠার প্রশিক্ষণ দিতে হবে।**

15

আপনি কি দশ লক্ষ ডলার চান?

> **আমরা সর্বদা এটা নিয়ে ভাবি যে, আমাদের কাছে কি আছে? কিন্তু আমাদের কাছে কি কি আছে, তা নিয়ে আমরা খুবই কম ভাবি।**
>
> - শপেনহার

ওয়েব সিটী, মিসূরীর বাসিন্দা হ্যারাল্ডরবটকে আমি বহু বছর ধরে চিনি। তিনি ছিলেন আমার লেক্চার ম্যানেজার। একদিন হঠাৎই তাঁর সাথে কান্সস সিটীতে দেখা হয়, তিনি আমাকে সেখান থেকে মিসূরী পর্যন্ত নিজের গাড়ি করে নিয়ে যান। যাওয়ার পথে তিনি আমাকে বলেছিলেন যে, কিভাবে তিনি চিন্তার থেকে দূরে থাকেন, সেই সময় তিনি আমাকে যে প্রেরণা দায়ক ঘটনা শুনিয়েছিলেন, তা আমি কোনোদিনও ভুলতে পারব না।

আগে আমি সর্বদা খুবই চিন্তার মধ্যে থাকতাম, কিন্তু 1934 সালের বসন্ত ঋতুতে একদিন আমি যখন ওয়েব সিটীতে ওয়েস্ট ডফর্টী স্ট্রীট দিয়ে পায়ে হেঁটে যাচ্ছিলাম, তখনই আমার চোখে এমন একটা দৃশ্য আসে, যা দেখার পর সারা জীবনের মতো আমার সমস্ত চিন্তা দূরে চলে যায়। মাত্র দশ সেকেন্ডের মধ্যেই এত বড়ো একটা ঘটনা ঘটে যায়, কিন্তু এই দশ সেকেন্ডের মধ্যেই জীবন এত বড়ো একটা শিক্ষা দিয়েছিল, যা গত দশ বছরেও আমি শিখতে পারি নি। দুই বছর ধরে আমি ভাড়ায় একটা দোকান চালাচ্ছিলাম, তাতে কে এত ঋণ হয়ে গেছিল যে, তা পরিশোধ করতে আমার সাত বছর সময় লেগে যায়। তা সত্ত্বেও সেই দোকান বন্ধ হয়ে যায়, আমি পুনরায় ঋণ নেওয়ার জন্য মর্চেন্টস এন্ড মাইনর্স ব্যাঙ্কে যাচ্ছিলাম, যাতে করে চাকরির সন্ধানে কামস সিটী যেতে পারি। আমি একজন পরাজিত লোকের মতো রাস্তা দিয়ে যাচ্ছিলাম, আমার সমস্ত শক্তি ও আস্থা যেন নিঃশেষ হয়ে গেছিল। ঠিক তখনই সামনে থেকে একজন ব্যক্তিকে

আসতে দেখি। তার পা ছিল না। সে একটা রোলার স্কেট্স যুক্ত কাঠের পাটাতনের ওপর বসেছিল, তার নিচে চাকা লাগানো ছিল। সে নিজের হাতে দুটো কাঠের টুকরো ধরে নিয়ে রাস্তার ওপর দিয়ে নিজেকে ধাক্কা দিয়ে নিয়ে যাচ্ছিল। যে সময় সে রাস্তা পার করার চেষ্টা করছিল, তখনই আমার নজরে সে আসে, সে রাস্তার থেকে ফুটপাতে ওঠার জন্য হাতে ভর দিয়ে নিজেকে কয়েক ইঞ্চি ওপরে তোলার চেষ্টা করছিল। সে মুখ তুলতেই তার চোখ পরে আমার চোখে, সে হাসি মুখে আমাকে অভিবাদন জানায়। সে উৎসাহের সাথে বলে, 'গুড মর্নিং স্যার, আজকের দিনটা কি সুন্দর না।' তার দিকে ভালো করে তাকানোর পর, আমি বুঝতে পারি যে, আমি তার চেয়ে কত ধনী। আমার কাছে দুটো পা ছিল, যার ফলে আমি হাঁটতে চলতে সক্ষম ছিলাম। তখন আমার নিজের আত্মকরুণার জন্য লজ্জা বোধ হচ্ছিল। আমি নিজের মনকে প্রশ্ন করি যে, তার পা না থাকা সত্ত্বেও তার মধ্যে কত আত্মবিশ্বাস আছে, সে কত সুখী, কত খুশী, আমার তো দুটো পা আছে, তাহলে আমি কেনো এমনভাবে জীবন অতিবাহিত করতে পারব না। হঠাৎই আমার মনে হয় যে, আমার বুক থেকে যেন একটা বিরাট পাষাণ দুর হয়ে গেলো। আমি তখন ব্যাঙ্কে যাচ্ছিলাম শুধুমাত্র একশো ডলার ঋণ করার জন্য, কিন্তু তাকে দেখার পর আমার মধ্যে দুশো ডলার চাওয়ার শক্তি এসে যায়। তখন আমি একটা চাকরি পাওয়ার উদ্দেশ্যে কান্সস সিটী যাওয়ার কথা ভাবছিলাম, কিন্তু তখন আমি নিজেকে বলি যে, আমি কান্সস সিটীতে গেলে অবশ্যই ভালো চাকরি পেয়ে যাব। আর আমার সাথে তাই হয়েছিল, চাকরি ও লোন দুটিই পেয়ে গেছিলাম আমি।

'আমি নিজের বাথরুমের আয়নায় কিছু কথা লিখে রেখেছি, প্রতিদিন সকালে শেভিঙ্গ করার সময় সেই কথা গুলি আমার চোখে পড়ে

'আমার কাছে জুতো নেই, এই বিষয়টা ততদিনই আমাকে দুঃখ দিয়েছে, যতদিন আমি রাস্তায় সেই লোকটাকে দেখিনি, যার হাঁটার জন্য পাই ছিল না।'

একবার আমি এড্ডী রিকেনব্যাকারকে জিজ্ঞাসা করেছিলাম যে, যখন তিনি 21 দিন ধরে প্রশান্ত মহাসাগরে হারিয়ে গেছিলেন এবং তাঁর সাথিদের সাথে জীবন রক্ষা করার জন্য সংগ্রাম করে যাচ্ছিলেন, তখন তিনি জীবন থেকে কি শিক্ষা লাভ করেছিলেন? তিনি বলেছিলেন - 'সেই অভিজ্ঞতা আমাকে যে বিরাট শিক্ষা প্রদান করেছিল তা হল, যদি আপনার কাছে পান করার জন্য স্বচ্ছ জল ও খাওয়ার জন্য খাদ্য থাকে, তাহলে আর কোনো কিছু নিয়ে অভিযোগ করা উচিত না।'

টাইম ম্যাগাজীন একবার এক সার্জেন্টের ঘটনা প্রকাশ করেছিল, তিনি

গ্বাডেলক্যানেলে আহত হয়েছিলেন। একটা বোমের টুকরো এসে লেগেছিল তাঁর গলায়, তাঁকে সাতবার রক্ত দেওয়া হয়েছিল, সে নিজের ডাক্তারকে লিখে প্রশ্ন করেছিল, 'আমি বাঁচব তো?' ডাক্তার বলেছিল, 'হ্যাঁ।' তখন তিনি পুনরায় লিখিত রূপেই জানতে চান, 'আমি কি কথা বলতে পারব?' ডাক্তার পুনরায় জবাব দিয়েছিল, 'হ্যাঁ।' তখন তিনি লেখেন, **'তাহলে আমি কি নিয়ে চিন্তা করছি?'**

আপনিও একটু দাঁড়িয়ে গিয়ে নিজেকে কেনো জিজ্ঞাসা করছেন না যে, 'তাহলে আমি কিসের জন্য চিন্তা করছি?' তাহলে হয়তো আপনি বুঝতে পারবেন যে, আপনি যা নিয়ে চিন্তা করছেন তা তুলনা মূলক ভাবে অনেকটাই গুরুত্বহীন ও তুচ্ছ।

আমাদের জীবনে প্রায় 90 শতাংশ জিনিস ঠিক থাকে আর মাত্র 10 শতাংশই ভুল থাকে। যদি আপনি খুশীতে থাকতে চান তাহলে আপনাকে এই নব্বই শতাংশ বিষয়ের দিকে ধ্যান কেন্দ্রিভূত করতে হবে, আর বাকি দশ শতাংশ বিষয়কে অদেখা করে চলতে হবে। কিন্তু আপনি যদি তিক্তো চিন্তা, পেটে আল্সার নিয়ে নিজের জীবন অতিবাহিত করতে চান, তাহলে আপনি অবশিষ্ট দশ শতাংশ বিষয়ের দিকে ধ্যান কেন্দ্রিভূত করতে পারেন, যা ভুল সেই দিকে তাকিয়ে থেকে যা ঠিক সেই গুলিকে অদেখা করুন।

ইংল্যান্ডের বহু স্থানে আপনি এই বাক্যটা লেখা দেখতে পাবেন, 'ভাবুন ও ধন্যবাদ দিন।' এই শব্দ গুলিকে নিজের মনেও গেঁথে নিতে হবে, 'ভাবুন ও ধন্যবাদ দিন।' সেই সব বিষয় নিয়ে ভাবুন, যার জন্য আপনার কৃতজ্ঞ থাকা উচিত, তারপর ভগবানকে তাঁর কৃপার জন্য তাঁকে ধন্যবাদ জানান।

গুলিভর্স ট্র্যাভেল্স -এর লেখক জোনাথন স্বিফ্‌ট ইংরেজ সাহিত্যেকদের মধ্যে সবচেয়ে নিরাশাবাদী ছিলেন। নিজের জন্মের জন্য তিনি এতটাই দুঃখি ছিলেন যে, জন্মদিনের দিন তিনি কালো পোশাক পরতেন ও সারাদিন উপবাস করতেন। এতটা হতাশ হওয়া সত্ত্বেও ইংরেজী সাহিত্যের এই লেখক সুখ ও খুশীকে স্বাস্থ্যের জন্য ভালো বলে দাবি করতেন ও তার প্রশংসাও করতেন। তিনি বলেছিলেন, 'পৃথিবীর সবচেয়ে ভালো ডাক্তার হল - ডাক্তার খাদ্য, ডাক্তার শান্তি এবং ডাক্তার খুশীমন।'

'ডাক্তার খুশীমনের' সেবা আপনি চব্বিশ ঘন্টা বিনামূল্যে লাভ করতে পারেন, কিন্তু তার জন্য আপনাকে বিশেষ কিছু নিয়মের দিকে ধ্যান দিতে হবে। সেই নিয়ম গুলি আলিবাবার অতুল ঐশ্বর্যের থেকেও অনেক বেশী মূল্যবান। আপনি কি এক

বিলিয়ান ডলারের পরিবর্তে নিজের দুটো চোখ দিয়ে দেবেন? আপনি নিজের দুটো পায়ের বদলে কি নেবেন? নিজের হাতের বদলে? নিজের শ্রবণ শক্তির বদলে কি চান আপনি? নিজের বাচ্চাদের পরিবর্তে কি নেবেন? নিজের পরিবারের বদলে? নিজের সম্পত্তি গুলি যোগ করে দেখুন, আপনি সেই সমস্ত কিছু রকফেলর, ফোর্ড এবং মরগনের একত্রিত সমস্ত সম্পত্তির বদলেও তা দিতে চাইবেন না।

কিন্তু আমরা কি এই গুলির মূল্য অনুধাবন করতে পারি? না। যেমনটা শপেনহার বলেছিলেন, 'আমরা সর্বদা এটাই ভাবি যে, আমাদের কাছে কি নেই। আমাদের কাছে কি আছে, তা নিয়ে আমরা খুবই কম ভাবি।' হ্যাঁ, আমাদের এই প্রবৃত্তির জন্যই পৃথিবীতে যত সমস্যা, 'আমরা সর্বদা এটা নিয়েই ভাবি যে, আমাদের কাছে কি নেই। কিন্তু আমাদের কাছে কি কি আছে তা নিয়ে আমাদের মাথায় কিঞ্চিত কদাচিত চিন্তা আসে।' এই প্রবৃত্তি হয়তো পৃথিবীর সমস্ত বড়ো যুদ্ধ ও অসুখের থেকে অনেক বেশি দুঃখ জনক।

এই কারণেই জন্ পামর একজন সাধারণ মানুষের থেকে খিট্‌খিটে বুড়োতে পরিণত হয়েছিল আর তার সংসার তছনছ হয়ে গেছিল। সে নিজেই আমাকে কথা গুলো বলেছিল বলে, আমি বিষয়টির সম্পর্কে অবগত।

পামর প্যাটরসন নিউ জার্সীর বাসিন্দা ছিল। তিনি বলেছিল, 'সৈন বিভাগ থেকে ফিরে আসার কিছুদিন বাদেই আমি ব্যবসা শুরু করেছিলাম। আমি প্রায় সারাদিন পরিশ্রম করতাম। সবই ঠিক-ঠাক চলছিল। তখনই সমস্যার শুরু হয়। আমি প্রয়োজনিয় জিনিস-পত্র পাচ্ছিলাম না। নিজের ব্যবসা বন্ধ হয়ে যাবে ভেবে, সর্বদা ভয়ের মধ্যে দিয়ে জীবন অতিবাহিত করছিলাম। এতটাই চিন্তিত হয়ে পড়েছিলাম যে, একজন সাধারণ মানুষ থেকে খিট্‌খিটে বৃদ্ধতে পরিণত হই। তখন নিজে কতটা খিটখিটে হয়ে যাচ্ছি তা বুঝতে পারিনি, কিন্তু যখন সুখের সংসারটা ভেঙে টুকরো টুকরো হয়ে যায়, তখনই আমি বিষয়টা অনুধাবন করতে পারি। তখন আমাকে একটা যুবক কিছু কথা বলেছিল, সে আমার কাছেই কাজ করত, 'জনী, তোমার লজ্জা হওয়া উচিত। তুমি এমন একটা ভাব করো যে, পৃথিবীতে একমাত্র তোমার সামনেই সমস্যা আছে। ধর, পরিস্থিতির জন্য যদি কিছু দিনের তোমার দোকান বন্ধ হয়ে যায় তাহলে কি এমন অসুবিধা হবে? পরিস্থিতি ঠিক হয়ে গেলে তুমি পুনরায় নিজের ব্যবসা শুরু করে দেবে। এমন বহু কিছু তোমার জীবনে আছে, যার জন্য তোমার কৃতজ্ঞতা জানানো উচিত। কিন্তু তুমি সর্বদাই অভিযোগ কর। আমি সর্বদা ভাবি, যদি! আমি তোমার জায়গায় থাকতাম!

আমার দিকে দেখো। আমার মাত্র একটা হাত, অর্ধেক শরীর যুদ্ধের সময় হারিয়ে ফেলেছি, তুবু কখনও অভিযোগ করি না। তুমি যদি এমন ভাবেই অভিযোগ করতে থাক, তাহলে শুধু যে নিজের ব্যবসা হারিয়ে ফেলবে তাই নয়, সেই সাথে নিজের সংসার ও বন্ধু-বান্ধবকেও হারিয়ে ফেলবে।'

'এই কথা গুলি আমাকে মাঝপথেই দাঁড় করিয়ে দিয়েছিল। তার কথা শোনার পর মনে হয়েছিল, আমি সত্যি তার চেয়ে অনেক ভালো পরিস্থিতির মধ্যে দিয়েই জীবন অতিবাহিত করছিলাম। আমি তখনই সংকল্প নিয়েছিলাম যে, আমি বদলে যাব, অর্থাৎ আবার আগের মতো জীবন অতিবাহিত করব।'

আমার এক বন্ধু লুসিল ব্লেক একটা ঘটনায় পঙ্গু হয়ে যাওয়ার পরেই নিজের জীবনের চিন্তা গুলিকে দূর করে সুখের সাথে জীবন অতিবাহিত করতে শিখেছিল। বহু বছর আগে লুসিলের সাথে আমার পরিচয় হয়েছিল, তখন আমরা কোলম্বিয়া ইউনিভর্সিটি স্কুল অফ জার্নালিজমে লঘুকথা লেখনের অধ্যয়ন করছিলাম। কয়েক বছর আগে তাকে এক বিরাট বড়ো মানসিক আঘাত সহ্য করতে হয়েছিল, সেই সময় সে টক্স এরিঝোনায় থাকত, সে নিজেই আমাকে তার জীবনের ঘটনা শুনিয়েছিল

'সেই সময় আমি এরিঝোনা বিশ্ববিদ্যালয়ে পড়াশোনা করছিলাম, শহরে স্পীচ ক্লিনিক চলাচ্ছিলাম, সেই সাথে বাড়ির পাসেই একটা গানের ক্লাসও চালাচ্ছিলাম, নিয়মিত পার্টী, ড্যান্স ও ঘোড়ায় চড়া প্রভৃতি চলছিল। একদিন সকালে আমি ঘোড়ার পিঠ থেকে পড়ে যাই। হে ভগবান! 'তোমাকে এক বছর বিছানায় শুয়ে সম্পূর্ণ রেস্ট করতে হবে।' ডাক্তার এই কথা নাজিয়ে দেয়, সেই সাথে আমি আর কোনো দিন নিজের পায়ে দাঁড়াতে পারব কিনা, সেই নিয়ে কোনো রকম আশাও দেয়নি।

'এক বছর বিছানায় শুয়েই কাটাতে হবে। পঙ্গু হয়ে - হয়তো সেই সময় আমি মরেও যেতে পারতাম। মনে সেই ভয়ও প্রচন্ড ভাবে ছিল। এইসব আমার সাথেই কেনো হল? এমন কি পাপ আমি করেছি, যার জন্য এত বড়ো ফল আমাকে পেতে হল? আমি চিৎকার করে কাঁদি, মনের ভেতরটা তিক্তো হয়ে যায়। কিন্তু ডাক্তারের কথা মতো বিছানাতেই ছিলাম, তখন আমার একজন প্রতিবেশী মিস্টার রূডল্‌ফ (তিনি ছিলেন একজন চিত্র শিল্পী) আমাকে বলেন যে, 'হয়তো আপনার মনে হচ্ছে, এক বছর ধরে বিছানায় পড়ে থাকাটা খুবই দুঃখ জনক, কিন্তু তা নয়। আপনি নিজেকে জানার সময় পেয়েছেন। আগামি এক বছর

ধরে আপনি নিজেকে আধ্যাত্মিকতার দিকে নিয়ে যেতে পারেন, যা আপনি এতদিন করার সুযোগ পাননি।' আমি সুস্থ হয়ে যাই, জীবনকে একটা নতুন দিকে নিয়ে যাওয়ার সুযোগ পেয়েছিলাম। সেই সময় আমি বহু প্রেরণা দায়ক পুস্তক পড়ি, সেই সময় রেডিও থেকে কিছু কথা আমার কানে আসে, '**আপনি শুধু সেই কথা গুলিই ব্যক্ত করতে পারেন, যা আপনার চেতনায় আছে।**' এই কথা গুলি আমি আগেও শুনেছি, কিন্তু সেই সময় তা যেন আমার মনকে স্পর্শ করে গেছিল। আমি ঠিক করে ফেলি যে, শুধু সেই কথা গুলিই ভাবব, যে গুলিকে সম্বল করে নিজের জীবন অতিবাহিত করতে চাই সুখ, খুসী, সুস্থ শরীর ও বিচার। প্রতিদিন সকালে ঘুম থেকে ওঠার পর, আমি নিজকে সেই কথা গুলো মনে করানোর চেষ্টা করতাম, যার জন্য আমার কৃতজ্ঞ থাকা উচিত ছিল। কোনো যন্ত্রণা নয়। আমার সুন্দর চোখ, আমার শ্রবণ ক্ষমতা, আমার ভালো বন্ধু, রেডিওর সুন্দর গান, পড়ার জন্য প্রচুর সময়, ভালো-ভালো খাবার প্রভৃতি, সেই সময় আমার সাথে এত লোকজন দেখা করতে আসত যে, ডাক্তারকে আমার কেবিনের বাইরে একটা বোর্ড টাঙিয়ে দিতে হয়েছিল, যেন নির্ধারিত সময়ের মধ্যে একজন করেই আমার সাথে দেখা করে।

'তারপর বহু বছর কেটে গেছে, এখন আমি সম্পূর্ণ রূপে একটা সক্রিয় জীবন অতিবাহিত করছি। এখন এই বছরটার জন্য মন থেকে ভগবানকে কৃতজ্ঞতা জানাই। এরিঝোনাতে অতিবাহিত করা সময়ের মধ্যে সেই সময়টা ছিল আমার কাছে সবচেয়ে বেশী মূল্যবান ও সুখদায়ক। প্রতিদিন সকালে আশীর্বাদ গনণা করার যে অভ্যাস আমি তখন করেছিলাম, আজও তা আমার মধ্যে বিদ্যমান আছে। জীবনের একটা বিরাট ভয় আমাকে সত্যি করে বাঁচতে শিখিয়েছিল, এই কথাটা ভেবে আজও আমার খুব লজ্জা করে।'

আমার প্রিয় লুসিল ব্লেক, তুমি হয়তো এটা জানোন না যে, দুশো বছর আগে স্যামুয়েল জনসন যা বলে গেছিলেন, তুমি সেই শিক্ষাই নিজের জীবন থেকে পেয়েছো। ড. জনসন বলেছিলেন, '**প্রতিটা ঘটনার পিছনে ভালো দিকটাকে দেখার অভ্যাস বছরে কে হাজার পাউন্ড রোজগারের থেকেও অনেক বেশি মূল্যবান।**'

ধ্যান দিন, কোনো সর্ব সুখী মানুষের মুখ থেকে এই কথাটা নির্গত হয়নি, বরং সেই মানুষের মুখ থেকে নির্গত হয়েছিল যিনি কুড়িটা বছর চিন্তা ও ক্ষুধার মধ্যে দিয়ে জীবন কাটিয়েছিলেন। পরে তিনিই নিজের প্রজন্মের অন্যতম লেখকে পরিণত

হয়েছিলেন, সেই সাথে হয়ে আছেন সর্বকালব্যাপী মহান বক্তা।

লগন পিয়র্সল স্মিথের বলা কিছু কথা খুবই যুক্তিপূর্ণ, তিনি বলেছিলেন, **'জীবনে দুটি লক্ষ্য হওয়া উচিত প্রথমত, আপনি যা চান তা পাওয়া আর দ্বিতীয়ত, তার আনন্দ উপভোগ করা। শুধুমাত্র অতি বোঝদার মানুষই দ্বিতীয় লক্ষ্য পূরণ করতে পারে।'**

আপনি জানেন কি রান্নাঘরের সিঙ্কে বাসন ধোয়াটাকেও কিভাবে রোমাঞ্চকর অনুভূতি করে তোলা যায়? যদি তা জানতে চান তাহলে বর্গহিল্ড ডহলের অবিশ্বাসনীয় সাহসে ভরা প্রেরণা দায়ক পুস্তক পড়ুন। সেই পুস্তকের নাম হল, 'আই ওয়ান্টেড টু সি'।

এই পুস্তক সেই মহিলা লিখেছিলেন, যিনি প্রায় পঞ্চাশ বছর অন্ধ ছিলেন। তিনি লিখে গেছেন, 'আমার একমাত্র চোখ ছিল, আর তাতেও এত ছিদ্র ছিল যে, আমি শুধুমাত্র বামদিকের একটা ছোটো ছিদ্র দিয়ে দেখতে পারতাম। কোনো বই পড়ার সময় তাকে মুখের সামনে চেপে ধরতে হোত, আর নিজের একটা চোখের ওপর প্রচুর চাপ দিতে হোত।'

এমন দয়ানীয় জীবন অতিবাহিত করার সময়তেও যখন অন্যদের থেকে আমাকে 'আলাদা' করে দেখা হোত, তখন আমার খুব রাগ হোত, আমি ছোটো বেলায় অন্য বাচ্চাদের সাথে হপস্কাচ খেলতে চাইতাম, কিন্তু লক্ষ্যভ্রষ্ট হওয়ার জন্য আমার সাথে কেউ খেলতে চাইত না, তারা নিজেদের বাড়ি চলে যেত। তাই তারা চলে যাওয়ার পর আমি মাটিতে ঝুঁকে খুব কাছ থেকে লক্ষ্যভেদ করার চেষ্টা করতাম। ধীরে ধীরে তিনি সেই খেলায় পারদর্শি হয়ে ওঠেন, বাড়িতে বসেই তিনি পড়াশেনা শেখার কাজ চালিয়ে গেছিলেন, বড়ো বড়ো অক্ষরের বই গুলিকে নিজের চোখের সামনে এনে পড়তে হোত, বইয়ের পৃষ্ঠা গুলি তাঁর চোখের পলককে স্পর্শ করত। পরবর্তি কালে তিনি দুটি কলেজ থেকে ডিগ্রী লাভ করতে সক্ষম হয়েছিলেন মিনেসোটা ইউনিভার্সিটি থেকে বী.এ. এবং লোকম্বিয়া ইউনির্ভাসিটি থেকে এম.এ.।

তিনি টিভন ভ্যালীর একটা ছোট্টো গ্রামে নিজের পড়াশোনা শুরু করেছিলেন, তারপর থেকে তিনি উপরে উঠতে শুরু করেন, যতদিন না অগস্টানা কলেজে প্রফেসার হোতে পেরেছিলেন। সেখানে তিনি তেরো বছর পড়িয়েছিলেন, তার মধ্যে তিনি রেডিওতেও বহু ভাষণ দেন ও বহু পুস্তক লেখেন। তিনি লিখেছিলেন, **'আমার মস্তিষ্কে সর্বদাই সম্পূর্ণ রূপে অন্ধ হয়ে যাওয়ার ভয় চেপে বসে**

থাকত। সেই ভয়কে জয় করার জন্য আমি সর্বদা হাসিমুখে থাকার চেষ্টা করতাম, আমি জীবনটাকে হাসিখুশি ভাবে অতিবাহিত করার চেষ্টা করেছিলাম।'

তারপর 1943 সালে, যখন আমি বাহান্ন বছরের ছিলাম, তখন হঠাৎই এক চমৎকার ঘটনা ঘটে, প্রসিদ্ধ মেয়ো ক্লিনিকে অপারেশান। তারফলে আমি আগের চেয়ে চল্লিশ গুণ ভালো করে দেখতে সক্ষম হয়েছিলাম।

তখন আমার সামনে ছিল একটা সুন্দর ও রোমাঞ্চকর পৃথিবী। তখন রান্নাঘরের সিঙ্কে বাসন ধোয়াটাও আমার কাছে রোমাঞ্চকর বলে মনে হোত।' তিনি বাসনে যে সাবনের ফেনা হোত, তা নিয়ে খেলা করতেন। 'বাসন থেকে ছোটো ছোটো সাবনের বুদ্বুদ নিয়ে খেলা করতাম।, সেগুলি আলোর সামনে নিয়ে যেতাম, তার থেকে যে বিভিন্ন রকম রঙ নির্গত হোত তা দেখে ছোটো রামধনু বলে মনে হোত।'

সাবুনের বুদ্বুদ দেখতে তিনি খুবই ভালোবাসতেন, তিনি নিজের বইয়ের শেষে লিখেছিলেন, 'প্রিয় ভগবান, আমি মন থেকে বলছি, স্বর্গে বসে থাকা হে পরমপিতা, আমি তোমাকে ধন্যবাদ জানাচ্ছি...আমি তোমাকে অসংখ্য ধন্যবাদ জ্ঞাপন করছি।'

কল্পনা করুন তিনি কেনো ভগবানকে ধন্যবাদ দিয়েছিলেন, কারণ তিনি বাসন দেখতে পারছিলেন, সাবানের বুদ্বুদের মধ্যে রামধনুর রঙ খুঁজে পেয়েছিলেন, বরফের গায়ে সূর্যের কিরণের ছটায় গৈরিক রঙ দেখতে পেয়েছিলেন!

আপনার এবং আমার নিজের ওপর লজ্জা হওয়া উচিত। এত সুন্দর পৃথিবীটাকে আমরা এত বছর ধরে দেখতে পাচ্ছি, কিন্তু আমরা এতটাই অন্ধ যে, এর সৌন্দর্য উপভোগ করতে পারি না, আমরা এর আনন্দ উপভোগ করতে পারি না।

আপনি যদি চিন্তা ত্যাগ করে, সুখে জীবন অতিবাহিত করতে চান, তাহলে তার চতুর্থ নিয়ম হল

নিজের খুশির গণনা করুন, নিজের কষ্টের নয়!

16

এই পৃথিবীতে আপনার মতো আর কেউ নেই

আমার অভিজ্ঞতা বলে যে, এমন লোকেদের দূরে সরিয়ে ফেলাই সুরক্ষিত থাকার সবচেয়ে ভালো উপায়, যারা যা নয় অথচ তা দেখানোর ভান করে। -স্যামভুড

আমার সামনে, মাউন্ট এয়রী, নর্থ ক্যারোলিনার মিসেজ এডিথ এলরেডের একটা চিঠি রাখা আছে। তিনি চিঠিতে লিখেছিলেন যে, ছোটোবেলায় তিনি খুবই সংবেদনশীল ও লাজুক ধরণের মেয়ে ছিলেন। আমি মোটা ছিলাম, গাল গুলি ছিল খুবই ফোলা ফোলা যার জন্য যতটা মোটা ছিলাম তার চেয়ে বেশি মোটা বলে মনে হোত। আমার মা ছিলেন প্রাচীন পন্থী, তিনি মনে করতেন যে, সুন্দর জামা-কাপড় পরা মূর্খামি ছাড়া কিছুই না। তিনি সর্বদা বলতেন, 'মোটা কাপড় বেশি দিন টেঁকসই হয়, আর পাতলা পোশাক খুব শীঘ্র ফেটে নষ্ট হয়ে যায়' আর সেই সিদ্ধান্ত অনুসারেই তিনি আমাকে জামা-কাপড় পরাতেন। আমি কোনো দিন কোনো পার্টীতে যাইনি, কোনো দিন কোনো রকম আনন্দ-উৎসবে অংশ নিইনি, স্কুলেও আমি অন্য বাচ্চাদের মতো অন্য কিছুতে অংশ নিতাম না, এমনকি খেলাধূলাতে পর্যন্ত অংশ নিতাম না। আমার প্রচন্ড লজ্জা বোধ হোত। আমার মনে হোত, আমি সবার থেকে 'আলাদা' আমাকে কেউ পছন্দ করে না।

'বড়ো হওয়ার পর, আমার সাথে আমার থেকে বেশ কয়েক বছরের বড়ো পুরুষের সাথে বিবাহ দিয়ে দেওয়া হয়। কিন্তু আমি এতটুকুও বদলাই না। আর শ্বশুর বাড়ির লোকেরা ছিল খুবই আত্মবিশ্বাসী, তারা সবকিছুর মধ্যে ভারসাম্য বজায় রেখে চলতে পারত। আমি যেমনটা হোতে চাইতাম, তারা ছিল ঠিক সেই

রকম, কিন্তু আমি তেমনটা হোতে পাচ্ছিলাম না। আমি তাদের মতো হয়ে উঠতে চাইছিলাম, কিন্তু পাচ্ছিলাম না। আমি নিজেকে যতটা বাইরে বার করার চেষ্টা করছিলাম, ততই ভেতরে ঢুকে যাচ্ছিলাম। আমি নার্ভাস ও খিট্খিটে হয়ে যাচ্ছিলাম। আমি আমার বন্ধুদের সামনে যেতেও লজ্জা পেতে শুরু করি। আমার অবস্থা এতটাই খারাপ হয়ে গেছিল যে, দরজায় কলিংবেল বাজার আওয়াজ শুনে আমি ঘাবরে যেতাম। আমি সম্পূর্ণ রূপে পরাজিত হয়ে গেছিলাম। আমার স্বামী এগুলি জানলে রাগ করবে সেই ভয়ে যখনই কোথাও যেতাম তখনই অভিনয় করতাম, ওভার এক্টিং করে প্রচন্ড খুশী হওয়ার ভান করতাম। কিন্তু ভেতরে জমা ছিল প্রচুর দুঃখ। শেষ পর্যন্ত দুঃখের পাহাড় এতই বড়ো হয়ে যায়, যে আমি ভাবতে থাকি, এমন জীবন রেখে লাভ কি, আমার আত্মহত্যা করাই ভালো।'

এমন হতাশ মহিলার জীবনে পরিবর্তন এসেছিল কিভাবে? শুধুমাত্র একটা বাক্যই তার জীবনকে বদলে দিয়েছিল।

'একটা সাধারণ টিপ্পণী আমার সম্পূর্ণ জীবনটাকে বদলে দিয়েছিল। একদিন আমার শাশুড়ি আমাকে বলছিলেন যে, তিনি কিভাবে তাঁর বাচ্চাদের বড়ো করেছেন, তখন তিনি বলেন, 'পরিস্থিতি যেমনি হোক না কেনো, আমি সর্বদা এটাই চাইতাম যে, আমার বাচ্চারা তেমনি দেখাক, তারা আসলে যেমনটা।' এই একটা বাক্য চমৎকার করে দেখিয়েছিল। এক মুহূর্তে আমার মনে হয়েছিল যে, আমার সমস্ত দুঃখের কারণ আমি নিজে, কারণ আমি নিজেকে একটা ছাঁচের মধ্যে ঢালার চেষ্টা করছিলাম, তা আমার আসল স্বরূপ কিছুতেই স্বীকার করে নিতে পারছিল না।

'আমি রাতারাতি বদলে যাই। আমি নিজের প্রকৃত স্বরূপ হিসাবে বাঁচতে শুরু করি। নিজের ব্যক্তিত্বের বিশ্লেষণ করার চেষ্টা করি। আমি কি ছিলাম, সেটা জানার চেষ্টা করি। আমি নিজের গুণ গুলি খোঁজার চেষ্টা করি। রঙ তথা স্টাইল সম্পর্কে সেই সব শিখি, যা শিখতে পারতাম, আর নিজের হিসাবেই পোশাক পরিচ্ছদ পরতে শুরু করি, যা আমার ঠিক বলে মনে হোত। আমি বন্ধুত্ব গড়তে শুরু করি। একটা সংগঠনের সাথে সংযুক্ত হই - প্রথমদিকে সেই সংগঠন ছিল খুবই ছোটো, কিন্তু তাসত্ত্বেও সেখানে যখন আমাকে ভাষণ দিতে বলা হয়, তখন ভয়ে আমার প্রাণ নির্গত হয়ে যাওয়ার অবস্থা হয়েছিল। কিন্তু তারপর থেকে যখনই মঞ্চে কিছু বলার চেষ্টা করতাম, তখন থেকেই আমার সাহস ধীরে ধীরে বৃদ্ধি পেতে শুরু করে, তার জন্য অনেকটা সময় লেগেছিল, কিন্তু আজ আমি এতটা খুশি, যতটার কল্পনাও কোনোদিন করিনি। আমার সন্তানদের সর্বদা আমি এই শিক্ষাই দিয়েছি, যা আমি বহু তিক্তো অভিজ্ঞতার পরে অর্জন করেছিলাম, '**পরিস্থিতি**

যেমনি হোক না কেনো, তুমি যেমন তেমনি ব্যবহার করার চেষ্টা করো।'

ড. জেম্স গর্ডন গিল্কীর মতে, নিজের আসল সত্তা বজায় রেখে চলার সমস্যা 'ততটাই পুরানো যতটা ইতিহাস আর তা এতটাই শাশ্বত, যতটা মানুষের জীবন।' নিজের আসল স্বরূপে না থাকার সমস্যা কোনো নিউরাসিস, সাইকাসিস এনং কম্পলেক্সেসের তালার লুকিয়ে রাখা চাবির মতো। এন্বেলো পত্রী বাচ্চাদের প্রশিক্ষণের ওপর তেরোটা পুস্তক এবং সংবাদপত্রে সহস্রাধিক সিডিকেটেড লিখেছিলেন, তাঁর মতে, 'যে মানুষ নিজের বদলে অন্য কাউর মতো হোতে চায় বা নিজের শরীর বা মস্তিষ্ককে অন্য কাউর মতো করে তোলার চেষ্টা করে, তার চেয়ে দুঃখি এই পৃথিবীতে আর কেউ নেই।'

আপনি যা নন, তা হওয়ার বাসনা হলীউডের এক অতি সাধারণ ঘটনা। হলিউডের বিখ্যাত ফিল্ম নির্দেশল স্যাম ভুড বলেছিলেন যে, যুবক অভিনেতাদের নিয়ে ফিল্ম করার সময় তাঁর সবচেয়ে বড়ো সমস্যা হয়ে দাঁড়ায় তাদের আসল স্বরূপ ফুটিয়ে তোলার চেষ্টা। তারা সকলেই তালনা টর্নর বা ক্লার্ক গেবল হয়ে উঠতে চায়। স্যাম ভুডকে বারংবার বলতে হয় যে, **'জনতা আগেই ওদের স্বাদ আস্বাদন করে ফেলেছে, জনতা এখন নতুন কিছুর স্বাদ পেতে চায়।'**

'গুডবাই, মিস্টার চিপ্স' এবং 'ফর হুম দ্যা বেল টোল্স' -এর মতো ফিল্ম নির্দেশনা করার আগে স্যাম বুড রিয়েল এস্টেডের ব্যবসায় সেল্স প্রতিভা বিকসিত করার জন্য বেশ কয়েক বছর কাটিয়েছিলেন। তাঁর মতে, ব্যবসার জগৎও সেই সিদ্ধান্তের ওপরেই টিঁকে আছে, যে সিদ্ধান্তের ওপর ভিত্তি করে ফিল্মী জগৎ দাঁড়িয়ে আছে। আপনি বাঁদরের মতো নকল করে কোথায় পৌঁছাতে পারবেন না। আপনি তোতাপাখি হোতে চাইলে কোনো লাভ পাবেন না। স্যামভুড বলেছিলেন, **'অভিজ্ঞতা আমাকে শিখিয়েছে যে, যারা অন্যদের মতো হয়ে ওঠার চেষ্টা করে, অথচ তা নয়, তাদের যত শীঘ্র সম্ভব বাইরে বার করে দেওয়া উচিত।'**

একটা বড়ো তেল কম্পানীর মালিককে আমি জিজ্ঞাসা করেছিলাম যে, লোকেরা যখন চাকরি চাওয়ার জন্য আবেদন করে, তখন তারা সাধারণত কোন ভুল করে ফেলে। তিনি ষাট হাজারের বেশি ইন্টারভিউ নিয়েছিলেন, এবং একটা বইও লিখেছেন, 'চাকরি পাওয়ার ছয়টা উপায়'। তিনি বলেছিলেন, 'চাকরির জন্য আবেদন করার সময় লোকেরা সাধারণত যে ভুলটা করে তা হল, তারা নিজেদের আসল স্বরূপ কি সেটাই বুঝতে পারে না। তারা নিজেদের ব্যক্তিত্ব প্রকাশ করে সম্পূর্ণ মন খুলে কথা না বলে, সেটাই বলার চেষ্টা করে, যেটা আপনি শুনতে চাইছেন বলে আশা করে।' কিন্তু এটা কোনো সফল উপায় নয়, কারণ কেউই নকল জিনিস

পছন্দ করে না। কেউই জাল টাকা পেতে চাইবে না।

একজন বাস কন্ডাক্টারের মেয়ে বহু সমস্যা ভোগ করার পর এই শিক্ষা লাভ করেছিল। সে গায়কা হোতে চাইত, কিন্তু তার মুখশ্রী ছিলো তার দুর্ভাগ্যের কারণ। তার মুখটা শরীরের আন্দাজে বড়ো ছিল, আর দাঁত গুলো বাইরের দিকে নির্গত হয়ে থাকত। যখন সে প্রথমবার নিউ সার্জির একটা ক্লাবে সকলের সামনে গান গায়, তখন সে নিজের ওপরের ঠোঁট দিয়ে বাইরে নির্গত হয়ে থাকা দাঁত গুলিকে ঢাকার চেষ্টা করে। সে নিজেকে 'গ্ল্যামরস' দেখানোর চেষ্টা করে। পরিণাম? সে নিজেকে মূর্খ বলে প্রমাণ করে ও অসফল হয়ে যায়।

অথচ, সেই নাইট ক্লাবে একজন ব্যক্তি ছিল, যে সেই মেয়েটার গান শুনছিল, তার গান শুনে মনে হয়েছিল যে, মেয়েটার মধ্যে প্রতিভা আছে। সে মেয়েটার কাছে গিয়ে পরিস্কার ভাষায় বলে যে, 'আমি আপনার গান শুনছিলাম, আর আমি জানি যে আপনি কি লোকানোর চেষ্টা করছিলেন? আপনি নিজের দাঁতটা লোকানোর চেষ্টা করছিলেন না?' সেই কথা শুনে মেয়েটা লজ্জা পেয়ে যায়। তখন সেই ব্যক্তি বলে, 'এতে কি এসে যায়? আপনার দাঁত বাইরে বেরানো, সেটা কি কোনো অপরাধ? ওটাকে লোকানোর চেষ্টা করবেন না। নিজের মুখ খুলে গান করুন, দর্শকদের বোঝান যে, তার জন্য আপনার কোনো লজ্জা নেই, তখন দেখবেন তারাও আপনাকে পছন্দ করতে শুরু করেছে।' সেই সাথে সে হেসে বলে যে, 'তাছাড়া যে দাঁতটা আপনি লোকানোর চেষ্টা করছেন, হয়তো একদিন এই দাঁতই আপনার ভাগ্যকে সৌভাগ্যে পরিণত করবে।' ক্যাস ডেলী এই ব্যক্তির পরামর্শ শুনেছিল, আর সে নিজের দাঁতের কথা ভুলে যায়। এই ঘটনার পরে সে শুধুমাত্র তাঁর দর্শকদের কথাই ভাবত। সে নিজের মুখ খুলে উৎসাহ ও আনন্দের সাথে নিজের গাব গাইত, এরপর রেডিও ও ফিল্মের গায়িকায় পরিণত হয় সে। অন্য কমেডিয়নরা তার নকল করার চেষ্টা করতে শুরু করে।

প্রখ্যাত উইলিয়াম জেম্স সেই সমস্ত লোকেদের সম্পর্কেই কথা বলতেন, যারা নিজের আসল স্বরূপ কি তা জানত না, তিনি বলেছিলেন যে, সাধারণ মানুষেরা নিজেদের মস্তিষ্কের মধ্যে নিহিত যোগ্যতার মাত্র দশ শতাংশই বিকসিত করতে পারে, তিনি লিখেছিলেন, **'আমাদের যা হওয়া উচিত, তার তুলনায় আমরা মাত্র অর্ধেকই জাগ্রত। আমরা আমাদের শারীরিক ও মানসিক ক্ষমতার সামান্য অংশই ব্যবহার করে থাকি। সোজা কথায় বলা যায় যে, মানুষ নিজে সম্ভাবনার সামান্য অংশই প্রয়োগ করে। তাদের কাছে বহু শক্তি থাকে, কিন্তু তারা তার সদ্ব্যবহার করার বিষয়ে অসফলই থেকে যায়।'**

চিন্তা ছাড়ুন সুখে থাকুন

আপনার এবং আমার মধ্যেও এই শক্তি আছে, তাই সর্বদা এটাই ভাবুন যে, আপনি অন্যের মতো নয়, আর তা ভাবার জন্য এত টুকুও সময় নষ্ট করবেন না। আপনি এই সংসারে এক এবং অদ্বিতীয়। পৃথিবী যবে থেকে শুরু হয়েছে তবে থেকে আজ পর্যন্ত কেউ আপনার মতো ছিল না, আর যতদিন এই পৃথিবী থাকবে, কেউ আপনার মতো হবে না। জেনেটিক্সের বিজ্ঞান আমাদের বলে দেয় যে, আপনি যা তা সম্পূর্ণ রূপে আপনার বাবার চব্বিশটা ক্রোমোজম ও আপনার মায়ের চব্বিশটা ক্রোমোজমের মিলিত ফল। এই আটচল্লিশটি ক্রোমোজমের মধ্যে সেই সমস্ত কিছু নিহিত আছে, যা আপনার বংশ আপনার মধ্যে নির্ধারিত করে দিয়েছে। এমর‍্যাম শীনফেল্ড বলেন যে, প্রতিটা ক্রোমোজমের মধ্যে এক ডজন থেকে কয়েক কোটি পর্যন্ত জিন থাকে - আর অনেক সময় তো একটা মাত্র জীন মানুষের সম্পূর্ণ জীবনকে বদলে দিতে পারে। এটা অতি সত্যি যে, এই মানস শরীর 'ভয়াবহ এবং অদ্ভুত' উপায়ে গঠিত হয়েছে।

আপনার বাবা-মায়ের মিলন বা সঙ্গমের পরে আপনার মতো একজন মানুষ সৃষ্টি হওয়ার সম্ভাবনা তিন লক্ষ বিলিয়ানের মধ্যে একটা ছিল। অন্যভাবে বলা যায়, যদি আপনার তিন লক্ষ বিলিয়ন ভাই বোন হোত তাহলেও তারা একে অপরের থেকে সম্পূর্ণ রূপে আলাদা হোত। এটা কি অনুমান করে বলা কথা? না। এই বৈজ্ঞানিক সিদ্ধান্ত, যা সম্পূর্ণ রূপে প্রমাণিত। আপনি যদি এই বিষয়ে আর বেশি কিছু জানতে চান, তাহলে এমর‍্যাম শীলফেল্ডের পুস্তক **'ইউ এন্ড হেরিডিটী'** পড়ুন।

নিজের স্বরূপ বজায় রাখার বিষয়ে আমি এতটা বিশ্বাসের সাথে বলতে পারছি, কারণ আমি তা নিজের মনের গভীরে অনুভব করতে সক্ষম। আমি জানি যে, আমি কি নিয়ে কথা বলছি। আমি অনেক তিক্তো ও মূল্যবান অভিজ্ঞতার দ্বারা এই সত্যকে উপলব্ধি করতে পেরেছি। প্রথম যখন মিসূরীর ভুট্টার ক্ষেত ছেড়ে নিউইয়ার্কে পা রেখেছিলাম তখন আমি আমেরিকান একাডেমী অফ ড্যামেটিক আর্টর্সে নাম লিখিয়েছিলাম। আমি অভিনেতা হোতে চাইতাম। আমার মনে হয়েছিল, আমি একদম ঠিক সিদ্ধান্ত নিয়েছি, সফলতা লাভের সবচেয়ে শর্টকাট উপায় এটাই, মনে হয়েছিল যে, এটাই সবচেয়ে সহজ বিচার, অথচ আমার মাথায় একটাই প্রশ্ন ঘুরছিল যে, হাজার হাজার উচ্চাকাঙ্ক্ষী মানুষের মনে এমন বিচার আগে কেনো আসেনি। আমার মনে হয়েছিল সেই সময়কার সবচেয়ে বিখ্যাত অভিনেতাদের গুণ গুলিকে নিজের মধ্যে সমন্বিত করে, আমি আলোড়ন সৃষ্টি করে দেব। কিন্তু আমি ছিলাম সম্পূর্ণ রূপে মূর্খ। অন্যদের নকল করে বেশ কয়েক

বছর ধরে যখন কোনো ফল হল না, তখন বুঝলাম যে, অন্যদের নকল করে কোনো লাভ নেই, কারণ কেউ কখনও কাউর মতো হোতে পারবে না।

এই দুঃখ জনক ঘটনার থেকে শিক্ষা নেওয়া উচিত ছিল, কিন্তু আমি এতটাই মূর্খ ছিলাম যে, সেই শিক্ষা নিইনি। আমাকে পুনরায় এই শিক্ষা পেতে হয়েছিল। এরপর বেশ কিছু বছর বাদে আমি ব্যবসায়িদের জন্য একটা পাবলিক স্পীলিঙ্গ কোর্সের ওপর বই লিখি, আমার মতে তা ছিল, এই বিষয়ের ওপর লেখা পুস্তক গুলির মধ্যে সর্বশ্রেষ্ঠ। এই বই লেখার সময়তেও আমার মাথায় সেই মূর্খামিই ঘুরে বেরাচ্ছিল, যা অভিনয় করার সময় ছিল, আমি ঠিক করেছিলাম যে, বহু লেখকের বই পড়ে তাদের বিচার গুলিই এদিক ওদিক করে লিখে দেব, সবকিছু একটা বইয়ের মধ্যেই থাকবে। সেই কারণেই আমি পাবলিক স্পীকিং-এর ওপরে ডজন খানেক বই একত্রিত করি এবং এক বছর ধরে তাদের বিচার গুলো নিজের বইতে লিপিবদ্ধ করি। কিন্তু একদিন আমি বুঝতে পারি যে, আমি কতবড়ো মূর্খ ছিলাম, অন্যদের বিচারের যে খিচুরি আমি নিজের পুস্তকে পেশ করেছিলাম, তা এতটাই নিরস আর একঘেঁয়ে ছিল যে, কোনো ব্যবসায়িই সম্পূর্ণ বইটা পড়ার মতো কষ্ট করত না। তাই শেষ পর্যন্ত আমি সমস্ত কাগজপত্র ডাস্টবিনে ফেলে দিই। তখন আমি নিজেকে বলি, '**তোমাকে ডেল কারনেগীই থাকতে হবে, তার ভুল ও সীমার মধ্যে। কারণ হয়তো তুমি অন্য কাউর মতো হোতেই পারবে না।**' তারপর আমি অন্যদের বিচারের কথা ভুলে গিয়ে নিজের যেটা ঠিক বলে মনে হয়েছিল, সেটাই করতে শুরু করি, নিজের অভিজ্ঞতার ওপর ভিত্তি করে পাবলিক স্পীকিং-এর ওপর পুস্তক লিখতে শুরু করি। আশা করি, শ্যার ভাল্টর র‍্যালে যা শিখেছিলেন, আমিও তা শিখতে পরেছি। (আমি সেই শ্যার ভাল্টরের কথা বলছি না, যিনি মহারাণীর পা রাখার জন্য নিজের কোর্ট খুলে কাটার মধ্যে রেখে দিয়েছিলেন। আমি সেই ব্যক্তির কথা বলছি, যিনি 1904 সালে অক্সফোর্ডে ইংরেজি সাহিত্যের প্রফেসার ছিলেন।) তিনি বলেছিলেন, '**আমি শেক্সপিয়ারের মতো বই লিখতে পারব না, কিন্তু আমি নিজে অবশ্যই একটা বই লিখতে পারব।**'

নিজের প্রকৃত স্বরূপ বজায় রাখার চেষ্টা করুন। ইরইউঙ্গ বর্লিন স্বর্গীয় জজ গর্শইউনকে যে পরামর্শ দিয়েছিলেন, আপনি সেই যুক্তিপূর্ণ পরামর্শ মেনে চলুন। যখন তাঁদের প্রথম দেখা হয়েছিল তখন বর্লিন ছিলেন বিখ্যাত ব্যক্তিত্ব, আর সেখানে গর্শউইন ছিলেন একজন সংঘর্ষরত যুবক গায়ক, তখন তিনি সপ্তাহে পঁয়তিরিশ ডলারের বিনিময়ে কাজ করতেন। গর্শউইনের যোগ্যতায় প্রভাবিত হয়ে বর্লিন তাঁকে একজন সঙ্গীত সচিব হওয়ার প্রস্তাব দেন, তাকে তিন গুণ

বেতন দেওয়া হবে বলা হয়েছিল, কিন্তু সেই সাথে বার্লিন তাঁকে পরামর্শ দিয়েছিলেন যে, 'কিন্তু আমার সঙ্গীত সচিব না হওয়াই শ্রেয়, কারণ তুমি আমার সঙ্গীত সচিব হওয়ার মানে আর একটা বার্লিনের জন্ম হোতে পারে। কিন্তু যদি তুমি নিজের স্বরূপ বজায় রাখতে পার, তাহলে প্রথম শ্রেণীর গর্শউইন হয়ে উঠতে পারবে।'

গর্শউইন সেই কথা মেনে নিয়েছিলেন, এবং ধীরে ধীরে তিনি নিজের প্রজন্মের মহান আমেরিকান সঙ্গীতজ্ঞের শ্রেণীতে নিজের স্থান করে নিতে সক্ষম হয়েছিলেন।

চার্লী চ্যাপলিন, উইল রজর্স, ম্যারী মার্গরেট ম্যাক্ব্রাইড, জীন অট্রী এবং কোটি কোটি লোককে এই শিক্ষায় লাভ করতে হয়েছে, যা এই অধ্যায়ে শেখানোর চেষ্টা করছি। তারা প্রত্যেকেই বহু শিক্ষা লাভের পর শিখেছিল, যেমনটা আমি নিজেও।

যখন চার্লী চ্যাপলিন ফিল্ম জগতে পা রেখেছিলেন, তখন ফিল্মের নির্দেশক গণ বলেছিল যে, তিনি তৎকালিন একজন বিখ্যাত জার্মান কমিডিয়ানকে নকল করেন। যতদিন না চার্লী চ্যাপলিন নিজের আসল রূপ দেখাতে সক্ষম হয়েছেন, ততদিন পর্যন্ত তিনি সফল হোতে পারেননি। বব হোপের অভিজ্ঞতাও অনেকটা একই রকম ছিল, তিনি নৃত্য-সঙ্গীতের অনুষ্ঠানে বেশ কয়েক বছর নষ্ট করেছিলেন, তিনি যখন নিজের আসল স্বরূপ বুঝে নিয়ে চুটকী শোনাতে শুরু করেন, তখনই তিনি সফলতা অর্জন করতে সক্ষম হন।

ম্যারী মার্গরেট ম্যাক্ব্রাইড যখন রেডিওতে প্রথম অনুষ্ঠান করেছিলেন, তখন তিনি একজন আইরিশ কমেডিয়ানকে নকল করার চেষ্টা করেছিলেন, যার ফলে তিনি অসফল হয়ে যান। থচ যখন তিনি মিসূরী থেকে আসা একজন সহজ-সরল মেয়ে হিসাবে সকলের সামনে প্রকটিত হন, তখন তিনি বিখ্যাত রেডিও স্টারে পরিণত হন।

এবার একটা কথা বুঝে নিন যে, আপনি এক এবং অদ্বিতীয়। আর তা যেনে খুশী হন। প্রকৃতি আপনাকে যা দিয়েছে, তার থেকে লাভবান হওয়ার চেষ্টা করুন। শেষ বিশ্লেষণে সমস্ত কলা আত্মকথন হয়ে যায়। আপনি সেই রকম ভাবেই গান গাইতে পারবেন, যা আপনার মধ্যে আছে। আপনি তেমনি ছবি আঁকবেন, যেমনটা আপনি আঁকতে পারেন। আপনার পরিবেশ, অভিজ্ঞতা এবং বংশ আপনাকে যেভাবে গড়ে তুলেছে, আপনি সেই রকমই হয়ে উঠবেন। ভালো হোক বা মন্দ, আপনাকে নিজের ছোট্টো বাগানটাকে সামলাতেই হবে। ভালো হোক বা মন্দ জীবনের অর্কেস্ট্রাতে আপনাকে নিজের ছোট্টো বাদ্য যন্ত্রই বাজাতে হবে।

যেমনটা ইমর্সন 'সেল্ফ-রিলায়েন্স' নিবন্ধে বলেছিলেন, 'প্রতিটা মানুষের শিক্ষা লাভের এমন একটা স্তর আসে, যেখানে এসে সে বুঝতে পারে, হিংসা আসলে অজ্ঞানতা, কাউকে নকল করার মানে আত্মহত্যা, কোনটা ভালো আর কোনটা মন্দ তা নিজেকে বুঝতে হবে। এই পৃথিবীতে ভালোর শেষ নেই, কিন্তু পুষ্টিকর ভুট্টা পাওয়ার জন্য তাকে নিজের প্রাপ্য জমিতে হাল দিতেই হবে, তার জন্য পরিশ্রম করতেই হবে। তার মধ্যে যে শক্তি আছে, তা প্রকৃতির জন্য নতুন, সে কি করতে পারে একমাত্র সে নিজেই জানে, অন্য কেউ না, কিন্তু সে যতক্ষণ না তা চেষ্টা করছে, ততক্ষণ পর্যন্ত তা জানতে পারবে না।'

এই একই বক্তব্য কবি ডগলস ম্যালোক এইভাবে ব্যক্ত করেছেন -

আপনি যদি পাহাড়ের ঢালে দেবদারু হোতে না পারেন,
তাহলে উপত্যাকার ঝোপ হোন - কিছুতো হোতে পারেন
নদীর ধারের একটা সুন্দর ঝোপ;
ঝোপই হন, যদি গাছ হোতে না পারেন।
যদি ঝোপ হোতে না পারেন, তাহলে ঘাষ হোন
দৈনন্দিন জীবনটাকে হাসিখুশীতে ভরিয়ে রাখতে পারেন
কস্তুরী হোতে না পারলে, হোতে পারেন মাছ
কিন্তু ঝিলের সবচেয়ে জীবন্ত মাছ।
সবাই ক্যাপ্টেন হোতে পারে না, কাউকে নাবিকও হোতে হয়
এখানে সকলের জন্যই কিছু না কিছু রয়।
কাজ ছোটো হোক বা বড়ো,
যা আমরা করতে চাই, তা আছে হাতের কাছে।
রাজপথ না হোক, পাগডন্ডীই যথেষ্ট,
সূর্য না হোক, তারাই যথেষ্ট;
কোনো আকারের বিচারে আপনি হবেন না সফল বা অসফল -
যেমন আছেন, তেমন থাকুন, হয়ে উঠুন সর্বশ্রেষ্ঠ।

সুখ-শান্তি উৎপন্ন করার মতো মানসিক দৃষ্টিভঙ্গী বিকসিত করুন ও চিন্তা দূর করার পঞ্চম নিয়ম হল

অন্যদের নকল করবেন না।

নিজেকে চিনুন, ও নিজের প্রকৃত স্বরূপ বজায় রাখুন।

17

লেবুকে শরবৎ-এ রূপান্তরিত করা যায়

> আমাদের দুর্বলতাই অপ্রত্যাশিত ভাবে আমাদের সাহায্য করে।
>
> -উইলিয়াম জেম্স

এই পুস্তক লেখার সময় আমি একদিন শিকাগো বিশ্ববিদ্যালয়ে গেছিলাম এবং সেখানকার অধ্যাপক রবার্ট ম্যানার্ডকে জিজ্ঞাসা করেছিলাম যে, তিনি কিভাবে নিজের চিন্তা দূর রাখেন। তিনি বলেছিলেন যে, 'আমি সর্বদা স্বর্গীয় জুলিয়াস রোজেনভাল্ডের পরামর্স অনুসারে চলার চেষ্টা করি, তিনি ছিলেন সিয়র্স, রোবক এন্ড কম্পানীর প্রেসিডেন্ট, 'আপনি যখন হাতে লেবু পাবেন, তখন লেবুটা দিয়ে শরবৎ বানিয়ে ফেলার চেষ্টা করবেন।'

প্রতিটা মহান মানুষ তাই করে, কিন্তু যারা মূর্খ হয়, তারা সম্পূর্ণ রূপে এর বিপরীত কাজ করে। তারা যদি জীবনে হাতের কাছে একটা লেবু পায়, তাহলে পরাজয় স্বীকার করে নেয়, আর বলে, 'আমি পরাজিত হয়ে গেছি। আমার ভাগ্যই খারাপ। আমি কোনো ভাবেই সফল হোতে পারছি না।' তারপর সে পৃথিবীকে দোযারোপ করে আর নিজের দুর্ভাগ্যের কান্না কাঁদে। কিন্তু যখন কোনো বুদ্ধিমান ব্যক্তি লেবু পায়, তখন সে নিজেকে বলে, 'আমি এই দুর্ভাগ্যের থেকে কি শিক্ষা লাভ করতে পারি? আমি কিভাবে নিজের পরিস্থিতিকে বদলাতে পারব? এই লেবু দিয়ে কিভাবে লেবুর শরবৎ করা যায়?'

সারা জীবন ধরে মানুষ ও তার ভেতরে লুকিয়ে থাকা শক্তির সন্ধান করতে গিয়ে মহান মনোবৈজ্ঞানিক অল্ফ্রেড এডলর এই রহস্যই উদ্ঘাটন করেছিলেন যে, মানুষের সবচেয়ে আশ্চর্যজনক গুণ হল, তার মধ্যে, 'ঋণাত্মকতাকে ধণাত্মকতায় বদলানোর ক্ষমতা থাকে।'

তখন আমি এমন একজন মহিলার ঘটনা আপনাকে বলব, যে সম্পূর্ণ রূপে এই কাজটাই করেছিল। তার নাম ছিল থেল্মা থম্পসন। তিনি নিজের অভিজ্ঞতার কথা বলতে গিয়ে বলেছিলেন, 'যুদ্ধের সময় আমার স্বামীকে ক্যালিফোর্নিয়াতে মোজাভে মরুভূমির কাছে একটা আর্মী ট্রেনিং ক্যাম্পে পাঠিয়ে দেওয়া হয়েছিল। আমিও তার সাথে সেখানে থাকতে যাই, কিন্তু সেই জায়গাটা আমার একদম পছন্দ ছিল না, আমি জায়গাটাকে ঘৃণা করতাম। আমার অসহ্য লাগত, এত দুঃখী আমি জীবনে কখনও হইনি। আমার স্বামী মেরুভূমিতে কাজ করতে চলে যেত, আর একটা ছোট্টো ঘরের মধ্যে আমি একা থেকে যেতাম। অসহ্য গরম ছিল সেখানে, ক্যাকটাসের ছায়াতে 125 ডিগ্রী। আশেপাশে কথা বলার জন্য কেউ ছিল না। সবসময় হাওয়া চলত, যা খেতাম, শ্বাসের মাধ্যমে যে বায়ু ভেতরে যেত, সবতেই শুধু ধূলো আর ধূলো।

'আমি দুঃখে, হতাশায় নিজের বাবা-মার কাছে একটা চিঠি লিখি। আমি তাদের বলি যে, আমি হেরে গেছি, এবার বাড়ি ফিরে আসব। আমি বলি যে, এখানে আর এক মিনিট থাকতে পাচ্ছি না, এর থেকে কোনো জেলে থাকা আমার জন্য ভালো ছিল। আমার বাবা এই চিঠির জবাবে মাত্রা দুটি লাইন আমাকে লিখেছিলেন, সেই দুটি লাইন, আমার সারা জীবন মনে থাকবে। এই দুটি লাইন আমার সারা জীবনটাকে বদলে দিয়েছিল।

দুটি লোক জেলের মধ্যে থেকে বাইরেটা দেখেছিল,
একজন পাঁক দেখেছিল, আর অপরজন তারা।

'আমি এই লাইন দুটো বারংবার পড়তে থাকি। আমার নিজের লজ্জা লাগছিল। তখন আমি ঠিক করি যে, আমার বর্তমান পরিস্থিতিতে কোথায় কোন ভালোটা লুকিয়ে আছে, তা আমি নিজেই খুঁজে বার করব, আমি তারার দিকে তাকাব।'

'আমি সেখানকার স্থানীয় লোকেদের সাথে বন্ধুত্ব করি, তাদের প্রতিক্রিয়া দেখে আমি অবাক হয়ে যাই, আমি যখন তাদের হাতে বোনা বিভিন্ন জিনিস ও বাসনের প্রতি রুচী দেখাই, তখন তারা তাদের সবচেয়ে সুন্দর জিনিসটা আমাকে উপহার স্বরূপ প্রদান করে। অথচ তা তারা কোনো পর্যটককে পর্যন্ত বিক্রী করতে চাইত না। আমি ক্যাক্টস, উইক্কা এবং জোশুআ গাছের আকৃতি নিয়েও অধ্যয়ন করতে শুরু করেছিলাম। আমি সেখানকার কুকুদের সম্পর্কেও জানার চেষ্টা করি, মরুভূমিতে সূর্যাস্ত দেখি, বহু বছর আগে হারিয়ে যাওয়া ভগ্ন প্রায় জাহাজও দেখতে যাই।

'এই আশ্চর্যজনক পরিবর্তন আমার মধ্যে কোথা থেকে এসেছিল? মোজাবে মরুভূমিতো বদলাই নি, বরং আমি বদলে গেছিলাম। আমি নিজের মানসিক দৃষ্টিভঙ্গী বদলাতে সক্ষম হয়েছিলাম, যার ফলে যে অভিজ্ঞতা আমার কাছে দুঃখজনক ছিল, তাই সুখকর হয়ে উঠতে শুরু করেছিল, নিজের জীবনকে একটা রোমাঞ্চকর অভিযানে রূপান্তরিত করার চেষ্টা করেছিলাম। নিজের খুঁজে বার করা এই নতুন পৃথিবী আমার কাছে যেমন রোমাঞ্চকর ছিল, তেমনি ছিল প্রেরণা দায়ক। আমি এতটাই রোমাঞ্চিত ছিলাম যে, তাই নিয়ে একটা বই লিখে ফেলি- ব্রাইট র‍্যাম্পার্টর্স নামক সেই উপন্যাসে আমি সেই অভিজ্ঞতার কথাই লিখেছিলাম, যা নিজের তৈরি জেলের বাইরে উঁকি দিয়ে আমি দেখতে পেয়েছিলাম।

থেল্মা থম্পসন একটা অতি প্রাচীন সত্যতাকে খুঁজে বার করেছিলেন, যা গ্রীক দার্শণিক গণ যীশু খ্রীষ্টের জন্মের পাঁচশো বছর আগেই বলেছিলেন, '**সবচেয়ে ভালো জিনিসটাই সবচেয়ে কঠিন হয়।**'

হ্যারী ইমর্সন ফাস্টিক বিংশ শতাব্দীতে পুনরায় সেই একই কথা বলতে গিয়ে বলেছিলেন, 'বেশীর ভাগ ক্ষেত্রে সুখ আনন্দ দেয় না, অধিকাংশ ক্ষেত্রেই তা জয় প্রদান করে।' লেবুর থেকে লেবুর শরবৎ সৃষ্টির মধ্যেই সেই জয়ের স্বাদ আস্বাদন করা যায়।

আমি একবার ফ্লোরিডার এক সুখি কৃষককে দেখেছিলাম, সে বিষাক্ত লেবুকেও লেবুর শরবৎ-এ রূপান্তরিত করতে সক্ষম হয়েছিল। যখন প্রথমবার তাকে চাষের জমির ভাগ দেওয়া হয়, তখন সে খুবই হতাশ হয়েছিল। জমিটা এতই খারাপ ছিল যে, তাতে ফল বা শাক-সব্জী হওয়া তো দূরের কথা শূকর পর্যন্ত পালন করা সম্ভব ছিল না। সেই স্থানটা ছিল সাপের জঙ্গল। তখন তার মাথায় একটা নতুন বুদ্ধি আসে। সে সাপ গুলির প্যাকেট বানিয়ে তার মাংস বিক্রী করতে শুরু করে। কয়েক বছর আগে আমি যখন তার সাথে দেখা করতে গেছিলাম, তখন এটা শুনে অবাক হয়েছিলাম যে, তার সাপের ফার্ম দেখার জন্য প্রতি বছর প্রায় কুড়ি হাজার টুরিস্ট আসে। তার ব্যবসা খুব ভালো চলছিল, সে সাপের দাঁত থেকে বিষ নির্গত করে সেগুলি গবেষণাগারে পাঠিয়ে দিত, যাতে করে তা থেকে বিষরোধক টীকা বানানো যায়। মহিলাদের জুতো ও ব্যাগ তৈরির জন্য সাপের চামরা অনেক দামেই বিক্রী হোত। সারা পৃথিবী জুড়ে সে সাপের প্যাকেট করা মাংস বিক্রী করছিল। আমি গ্রামের স্থানীয় পোস্ট অফিস থেকে সেই স্থানের একটা পিকচার পোস্টকার্ড কিনে সেটাকে পোস্ট করে দিই। সেই গ্রামের নাম বদলে রাখা হয়েছিল 'র‍্যাটলস্নেক,

ফ্লোরিডা', সেই ব্যক্তির সম্মানেই এই নাম রাখা হয়েছিল, যে বিযাক্ত লেবুকে মিষ্টি শরবৎ-এ রূপান্তরিত করতে সক্ষম হয়েছিল।

মাঝে মধ্যেই যখন আমি বিশ্বের এদিক-সেদিক ঘুরে দেখার সুযোগ লাভ করেছি, তখনই আমি এমন বহু লোকের সান্নিধ্য লাভ করেছি, যারা 'ঋণাত্মকতাকে ধণাত্মকতায় রূপান্তরিত করতে সক্ষম হয়েছিল।'

টভেল এগেনস্ট দ্যা গডস -এর স্বর্গীয় উইলিয়াম বোলিথো এই কথাটাই, ব্যক্ত করেছেন এইভাবে, 'ভালো জিনিসের সদ্ব্যবহার করাটা জীবনের সর্বাধিক গুরুত্বপূর্ণ বিষয় নয়। মূর্খ মানুষও এমনটা করতে পারে। আসল গুরুত্বপূর্ণ বিষয় হল, নিজের ক্ষতির থেকে লাভবান হওয়ার চেষ্টা করতে হবে। তার জন্য বুদ্ধির প্রয়োজন আছে, আর তার দ্বারাই মূর্খ ও বোঝদারের মধ্যে পার্থক্য করা যায়।'

বোলিথো এই কথা তখন বলেছিলেন, যখন একটা ট্রেন দুর্ঘটনায় তাঁর একটা পা কাটা গেছিল। আমি এমন একজন ব্যক্তিকে চিনি, যে নিজের দুটো পা হারানোর পরেও ঋণাত্মক পরিস্থিতিকে ধণাত্মক করে তুলতে সক্ষম হয়েছিলেন। তার নাম হল বেন ফোর্টসন। আটলান্টা জার্জিয়ার এক হোটেলের লিফ্‌টে তার সাথে আমার পরিচয় হয়েছিল। আমি লিফটে পা রাখতেই দেখতে পেয়েছিলাম এই হাসিখুশী মানুষটি লিফটের এক কোণায় একটা হুউল চেয়ারের ওপর বসে আছে। লিফট যখন তার গন্তব্যে পৌঁছে ছিল, তখন সে হাসিমুখে আমাকে বলেছিল যে, আমি যদি লিফটের এক পাশে গিয়ে দাঁড়াই, তাহলে তার সেখান থেকে বেরাতে সুবিধা হবে। সে বলেছিল, '**আপনার অসুবিধা হওয়ার জন্য আমি দুঃখিত**।' এই কথা বলার সময় তার মুখে ছিল মনকে ছুঁয়ে যাওয়ার মতো হাসি। আমি যখন লিফট থেকে বেরিয়ে নিজের ঘরে গেছিলাম, তখন আমার সেই হাসিমুখের পঙ্গু মানুষটা ছাড়া আর কাউর কথা মাথায় আসছিল না। তাই আমি নিজের আগ্রহেই তাকে খুঁজে বার করি ও তার থেকে তার জীবনের ঘটনা শুনতে চাই।

সে হাসিমুখে বলে, '1929 সালের কথা, আমি আখরোট গাছের কিছু ডালপালা কাটতে গেছিলাম, যাতে করে নিজের বাগানের বিন্স গাছগুলিকে এই ডালপালা দিয়ে বেঁধে দিতে পারি। আমি নিজের গাড়িতে ডালপালা গুলি উঠিয়ে নিয়ে বাড়ির উদ্দেশ্যে রওনা দিই। আমি যখন একটা বাঁকের দিকে গাড়ি ঘোরাই তখনই একটা লাঠি গাড়িতে ফেঁসে গিয়ে তখনই স্টিয়ারিং জাম করে দিয়েছিল। গাড়ি ফুটপাথের ওপর উঠে যায়, আর আমার একটা গাছে ধাক্কা লাগে। আমার পা দুটো পঙ্গু হয়ে যায়।

'এই ঘটনা যখন ঘটেছিল, তখন আমি মাত্র চব্বিশ বছরের, তখন থেকে আজ পর্যন্ত আমি এক পাও হাঁটতে পারিনি।'

চব্বিশ বছর বয়সেই, সারা জীবনের জন্য হুইল চেয়ারে থাকার শাস্তি! তাকে জিজ্ঞাসা করতে বাধ্য হয়েছিলাম যে, এত বড়ো একটা বিষয় সে এত সহজে কিভাবে মেনে নিল? কোথা থেকে এত শক্তি পেল? তখন সে বলে, 'আমি এমন কিছুই করিনি।' তার খুব রাগ হয়েছিল, তাই সে বিদ্রোহ করে। সে নিজের ভাগ্যকেও দোষারোপ করে, কিন্তু বহু বছর অতিক্রম হয়ে যাওয়ার পরে সে যখন দেখে যে এই বিদ্রোহ তার ভেতরে তিক্তোতাকে আরো বৃদ্ধি করতে দিয়েছে, তখন সে নিজেকে বলে যে, 'আমার আশেপাশের লোকেরা সর্বদাই আমার প্রতি দয়ালু, তারা শিষ্টাচার করে যাচ্ছে। আমি তাদের জন্য আর কিছু করতে না পারলেও দয়া ও শিষ্টাচার তো বজায় রাখতেই পারি।'

তখন আমি তাকে জিজ্ঞাসা করি যে, এত বছর অতিক্রম হয়ে যাওয়ার পড়েও কি তার মনে হয় যে, এই ঘটনা তার ভয়ানক দুর্ভাগ্যের জন্যই ঘটেছিল? তখন সে জবাব দেয়, 'না, এখন আমি সেই দুর্ঘটনার জন্য খুশী।' সে আমাকে বলেছিল যে, সে এই আঘাত ও রাগ কাটিয়ে ওঠার পর একটা আলাদা জগতে বসবাস করতে শুরু করে। সে ভালো ভালো বই পড়তে থাকে, সাহিত্যের প্রতি তার গভীর অনুরাগের সৃষ্টি হয়। সে আমাকে বলে যে, এই চোদ্দো বছরে সে কমপক্ষে চোদ্দোশো বই পড়েছে। এই পুস্তক গুলি তার জীবনকে একটা আলাদা দিকে নিয়ে গেছিল, তার জীবনকে এতটাই সমৃদ্ধ বানিয়ে দিয়েছিল যে, সে কখনও তার কল্পনা পর্যন্ত করতে পারি নি। সে ভালো ভালো গান শুনতে শুরু করে, আজও সুন্দর সিম্ফনি শোনার পর তারা সারা শরীর রোমাঞ্চিত হয়ে যায়, ঠিক প্রথমবার যেমনটা হয়েছিল, তার জীবনে সবচেয়ে বেশি করে সে যা পেয়েছিল, তাহল তার কাছে ভাবার জন্য প্রচুর সময় এসে যায়। সে বলে - '**নিজের জীবনে এই প্রথমবার আমি পৃথিবীর দিকে তাকিয়ে দেকার সুযোগ পেয়েছি, যার ফলে আমি বাস্তবিক মূল্য অনুভব করতে পেরেছি। আমি বুঝতে পেরেছিলাম যে, আগে আমি যে জিনিস গুলি পাওয়ার জন্য উদ্বিগ্ন হয়ে যেতাম, তার মধ্যে বেশির ভাগ জিনিসেরই কোনো গুরুত্বই নেই।**'

পড়ার পরিণামস্বরূপ সে রাজনীতিতে আগ্রহ দেখাতে শুরু করে, সে সার্বজনিক বিভিন্ন প্রশ্নের অধ্যয়ন করে, নিজের হুইল চেয়ারে বসেই ভাষণ দেয়। নিত্য নতুন লোকেদের সাথে পরিচয় করতে পেরে আনন্দ লাভ করে, লোকেরাও তাকে পছন্দ

করতে শুরু করেছিল। আর নিজের হুইল চেয়ারের ওপর বসেই সে জার্জিয়া রাজ্যের সেক্রেটারী হয়ে যায়।

নিউইয়ার্কে যখন আমি প্রাপ্ত বয়স্ক লোকেদের পড়াতাম, তখন আমি এমন অনেক লোককে দেখেছি, যাদের মনে এটা আফসোস ছিল যে, তারা কখনও কলেজে পড়ার সুযোগ পাইনি। তারা মনে করত যে, কলেজের শিক্ষা ছাড়া, জীবনে সফল হওয়ার সম্ভাবনা খুবই কম। কিন্তু আমি জানতাম যে, এই চিন্তাধারা কখনই সম্পূর্ণ সত্য নয়, কারণ আমি এমন বহু সফল ব্যক্তিদের জানতাম যারা হাই স্কুলের থেকে আর আগে যেতেই পারেনি। তাই আমার এমন বিদ্যার্থীদের আমি প্রায়ই এমন একজন ব্যক্তির কথা বলতাম, যিনি নিজের প্রারম্ভিক শিক্ষাটা পর্যন্ত সম্পূর্ণ করতে পারেননি। অতিরিক্তো অর্থের অভাবের মধ্যে তিনি বড়ো হয়েছিলেন। যখন তাঁর বাবা মারা গেছিল, তখন তাঁর বাবার বন্ধুরা চাঁদা তুলে কফিনের আয়োজন করেছিল। বাবা মারা যাওয়ার পর তাঁর মা একটা ছাতা তৈরির কারখানায় প্রতিদিন দশ ঘন্টা করে কাজ করত, তারপর বাড়িতে বসেও রাত্রি এগারোটা পর্যন্ত সেলাইয়ের কাজ করত।

এমন পরিস্থিতিতে বড়ো হয়ে ওঠা ছেলেটি একদিন তাঁদের চার্চে আয়োজিত একটা শখের নাট্যশালায় গিয়ে উপস্থিত হন। অভিনয় করতে তাঁর এতই ভালো লাগত যে, তিনি শেষ পর্যন্ত ‘পাবলিক স্পীকিঙ্গ’-এর ক্ষেত্রে উত্তীর্ণ হওয়ার সিদ্ধান্ত নেন। তারপর শুরু হয় তাঁর রাজনৈতিক জীবন। তিরিশ বছর বয়সের আগেই তাঁকে নিউইয়ার্ক রাজ্য বিধানসভার জন্য নির্বাচন করা হয়, অথচ সেই সময় তিনি সেই দায়িত্ব নিতে মোটেই প্রস্তুত ছিলেন না। তিনি আমাকে বলেছিলেন যে, আসলে তিনি সেই সময় এটাই বুঝে উঠতে পারছিলেন না যে, আসল বিষয়টা কি। তিনি দীর্ঘ, জটিল বিধয়কদের অধ্যয়ণ করে, যেখানে তাঁর ভোট দেওয়ার ছিল, কিন্তু কিছুই বুঝে উঠতে পারেননি। পড়ার সময় তাঁর মনে হচ্ছিল যে, তিনি ইংরেজি নয়, অন্য কোনো গ্রহের ভাষা পড়ছেন। এরপর যখন তাঁকে বন দপ্তরের সদস্য করে দেওয়া হয়, তখন তিনি আরো ঘাবরে যান, কারণ এর আগে তিনি কখনও জঙ্গলে পা পর্যন্ত দেননি। তখন তাঁকে স্টেট ব্যাঙ্কিঙ্গ কমিশানের সদস্য হিসাবে নির্বাচন করা হয়, তখন তিনি আরো বেশি সমস্যা ও চিন্তা অনুভব করতে থাকেন। কারণ তখনও পর্যন্ত তাঁর কোনো ব্যাঙ্কে একটা একাউন্ট পর্যন্ত ছিল না। তিনি আমাকে সরাসরি বলেছিলেন যে, সেই সময় যদি মায়ের সামনে পরাজয় স্বীকার করে নেওয়ার লজ্জা না থাকত তাহলে তিনি বিধানসভা ত্যাগ করে দিতেন।

হতাশাগ্রস্ত হয়ে তিনি ঠিক করেন যে, প্রতিদিন ষোল ঘন্টা করে পড়াশোনা করবেন, অজ্ঞানতার লেবু দিয়ে তিনি জ্ঞানের লেবুর শরবৎ প্রস্তুতের চেষ্টা করেছিলেন। এমনভাবে চলার পর তিনি স্থানীয় রাজনেতার থেকে রাষ্ট্রীয় স্তরের নেতাতে পরিণত হয়ে যান। শেষ পর্যন্ত তিনি এতটাই জনপ্রিয়তা অর্জন করেছিলেন যে, **দ্যা নিউইয়ার্ক টাইম্স** তাঁকে **নিউইয়ার্কের সর্বপ্রিয়** নাগরিক হিসাবে ঘোষণা করে।

আমি অল স্মিথের কথা বলছি।

রাজনীতি সম্পর্কিত আত্মশিক্ষার অভিযান শুরু করার দশ বছর পরে অল স্মিথ নিউইয়ার্ক শাসনের মহানতম জীবিত বিশেষজ্ঞ হয়ে যান। তাঁকে চারবার নিউইয়ার্কের গভর্নর হিসাবে নির্বাচন করা হয়েছিল। সেই সময়কার এমন একটা রেকর্ড যা আগে কোনো ব্যক্তি গড়তে পারেনি। 1928 সালে তিনি রাষ্ট্রপতি পদের জন্য ডেমোক্রেটিক পার্টীর প্রার্থী হয়েছিলেন। ছয়টা শীর্ষ স্থানীয় বিশ্ববিদ্যালয়, যার মধ্যে কোলম্বিয়া ও হার্বর্ডও ছিল, অল স্মিথকে বিশেষ উপাধি প্রদান করেছিল, অথচ তিনি প্রান্তিক শিক্ষা সম্পূর্ণ করারও সুযোগ পাননি। অল স্মিথ আমাকে বলেছিলেন যে, তাঁর জীবনে এমন কিছুই ঘটত না, যদি না তিনি প্রতিদিন ষোল ঘন্টা করে পরিশ্রম করতেন, তারফলেই তাঁর ঋণাত্মক পরিস্থিতি ধণাত্মকতায় রূপান্তরিত হয়েছিল।

নীৎসের মহান বক্তির এটাই ফর্মূলা ছিল যে, **‘প্রয়োজনের সময় শুধু সহ্য করাই যথেষ্ট নয়, বরং তাকে প্রেমও করতে জানতে হবে।’**

যে সমস্ত ব্যক্তিগণ মহান উপলব্ধি প্রাপ্ত করতে সক্ষম হয়েছিলেন, তাঁদের জীবনী পড়ে আমি একটা বিষয় বুঝতে পেরেছিলাম যে, তাঁদের চলার পথে এতই বাধা ছিল যে, তাঁরা তা অতিক্রম করতে পারার জন্যই মহান হয়ে ওঠার পুরস্কার লাভ করতে সক্ষম হয়েছিলেন। যেমনটা উইলিয়াম জেম্স বলেছিলেন, **‘আমাদের দুর্বলতাই অপ্রত্যাশিত ভাবে আমাদের সাহায্য করে থাকে।’**

হ্যাঁ, সেই কারণেই হয়তো মিল্টন এত সুন্দর সুন্দর কবিতা লিখতে সক্ষম হয়েছিলেন, কারণ তিনি অন্ধ ছিলেন। আর বীথেওয়ানের গানও হয়তো সেই জন্যই এত সুন্দর ছিল, কারণ তিনি নিজে কালা ছিলেন।

হেলেন কেলরের জীবন এত সুন্দর হয়ে উঠেছিল কারণ তিনি অন্ধ-কালা ও বোবা ছিলেন। হয়তো এটাই ছিল তাঁর প্রেরণার উৎস।

যদি চায়কোভস্কী কুণ্ঠিত না হোতেন, তিনি যদি নিজের দুঃখজনক বিবাহের

জন্য প্রায় আত্মহননের দ্বারে পৌঁছে না যেতেন, তাঁর জীবন যদি এতটা বেদনা দায়ক না হোত তাহলে বোধ হয় তিনি অমর **সিম্ফনী প্যাথেটিক** রচনা করতে পারতেন না।

যদি দোস্তোয়ভস্কী এবং টলস্টয় এত ভারাক্রান্ত জীবন অতিবাহিত না করতেন, তাহলে হয়তো তাঁরা নিজেদের অমর উপন্যাস গুলি রচনার থেকে বঞ্চিত থেকে যেতেন।

যে ব্যক্তি এই পৃথিবীতে জীবনের বৈজ্ঞানিক তথ্য বদলে দিয়েছিলেন, তিনি লিখেছিলেন, '**আমি যদি এতটা আশক্ত না হোতাম, তাহলে যত কাজ আমি করেছি, তত কাজ আমি করতে পারতাম না।**' এটা ছিল চার্লস ডারুইনের স্বীকারোক্তি, তাঁর দুর্বলতাই তাঁকে অপ্রাত্যশিত ভাবে সাহায্য করেছিল।

যে দিন ইংল্যান্ডে ডারুইনের জন্ম হয়েছিল, সেদিনই কেন্টকী জঙ্গলে একটা কাঠের তৈরি ঘরের মধ্যে আর একটা বাচ্চার জন্ম হয়েছিল। তাঁর দুর্বলতাও তাঁকে সাহায্য করেছিল। তিনি ছিলেন লিংকন - আব্রাহাম লিংকন। তিনি যদি কোনো অভিজাত বংশে জন্ম গ্রহণ করতেন এবং হার্বর্ড থেকে আইনী ডিগ্রী প্রাপ্ত করতেন তাহলে হয়তো সুখী দাম্পত্য জীবন অতিবাহিত করতেন, কখনই নিজের গভীরে গিয়ে অবিস্মরণীয় শব্দ খুঁজে বার করার চেষ্টা করতেন না, যার দ্বারা তিনি গেটিসবর্গে অমর হয়ে আছেন। তাহলে হয়তো তিনি নিজের ভাষণে বলা সেই পবিত্র কবিতা কখনই লিখতে পারতেন না। যেকোনো ভাষণে বলা বিভিন্ন উক্তির মধ্যে সবচেয়ে সুন্দর ও মহান বাক্য হল, '**কাউর জন্য হিংসা নয়, সকলের জন্য উদারতা...**' (with malice toward none_ with charity for all....')

হ্যারী ইমর্সন ফাস্টিক নিজের পুস্তক **দ্যা পাওয়ার টু সী এট থ্রু** তে লিখেছিনে, 'একটা স্ক্যানডিনেভিয়ন প্রবাদ আছে, যেটিকে আমাদের মধ্যে অনেকেই জীবনের সূত্রবাক্য করে তুলতে পারে, 'উত্তরের হাওয়াই ওয়াইকিঙ্গ তৈরি করে।' আমাদের মনে কেনো এমন বিচার আসে যে, সুরক্ষিত এবং সুখদায়ক জীবন, আরামদায়ক জীবন মানুষকে সুন্দর ও সুখী করে তুলতে পারে? আসলে যারা নিজেদের সম্পর্কে দয়ার ভাব দেখায় তারা যখন আরাম দায়ক বিছানায় শুয়ে থাকে তখনও দয়াই দেখায়। কিন্তু ইতিহাসে সর্বদা চরিত্র ও সুখ, ভালো, মন্দ, উদাসীন প্রভৃতি সমস্ত রকম পরিস্থিতির মিলন দেখা যায়, শুধুমাত্র তার জন্য মানুষকে নিজেদের দায়িত্ব টুকু পালন করতে হয়। ধর নিন, আপনি এতটা হতাশ হয়ে গেছেন, যে আপনার মনে হচ্ছে, আপনি নিজের লেবু দিয়ে কিছুতেই লেবুর শরবৎ প্রস্তুত করতে পারবেন

না, কিন্তু তাসত্ত্বেও আপনার কাছে এমন দুটি কারণ থাকে যার জন্য আপনাকে চেষ্টা করতেই হবে - এমন দুটি কারণ যাতে হারানোর মতো আমাদের কিছুই নেই কিন্তু পাওয়ার জন্য অনেক কিছু আছে।

প্রথম কারণ আমি সফল হোতে পারি।

দ্বিতীয় কারণ যদি আপনি বা আমি সফল হোতে নাও পারি, তাহলেও যদি ঋণাত্মক মনোভাবটাকে দূরে সরিয়ে দেওযা যায় তাহলে ধণাত্মকতাকে পাথেয় করে সামনের দিকে এগিয়ে যাওয়ার প্রেরণা লাভ করতে পারি। তাতে করে আমাদের মনে ঋণাত্মক বিচারের বদলে ধণাত্মক বিচারের জন্ম হবে, তাতে করে সৃজনশীলতার জাগরণ ঘটবে, আর তা আমাদের এতটাই ব্যস্ত করে দেবে যে, তারফলে অতীত নিয়ে ভাবর মতো সময় বা আগ্রহ কোনোটাই আমাদের মধ্যে অবশিষ্ট থাকবে না।

একবার বিশ্ববিখ্যাত ভায়লিন বাদক ওল বুল যখন প্যারিসে অনুষ্ঠান করছিলেন, তখন হঠাৎই তাঁর ভায়োলিনের একটা তার ছিঁড়ে যায়। কিন্তু ওল বুল তিনটি তারের সাহায্যেই নিজের সুর সমাপ্ত করতে সক্ষম হয়েছিলেন। হ্যারী ইমর্সন ফাশ্চিক বলেছিলেন, **'এটাই জীবন, যদি একটা তার ছিঁড়েও যায়, তাহলেও তিনটি তারের সাহায্যে তা সমাপ্ত করতে হবে।'**

বএটা জীবন নয়, এটা জীবনের থেকে অনেক বেশী কিছু। একটা জয়ী জীবন। আমার পক্ষে যদি সম্ভব হোত, তাহলে আমি উইলিয়াম বোলিথোর এই অমর শব্দ গুলিকে একটা তাম্র ফলকে খোদাই করে, দেশের বিভিন্ন প্রান্তের স্কুল গুলিতে টাঙিয়ে দিতাম।

'ভালো জিনিসের সদ্ব্যবহার করাই জীবনের সবচেয়ে গুরুত্বপূর্ণ বিষয় নয়। যেকোনো মূর্খ ব্যক্তিও এমন কাজ করতে পারে। সবচেয়ে গুরুত্বপূর্ণ বিষয় হল, নিজের ক্ষতির থেকেও লাভবান হোতে শেখা, এর জন্য প্রয়োজন বুদ্ধির, আর তার দ্বারাই একজন মূর্খ ও জ্ঞানীর পার্থক্য করা যায়।'

সুখে-শান্তিতে নিজের জীবন অতিবাহিত করার জন্য ষষ্ঠ নিয়ম সম্পর্কে কিছু ভাবতে হবে

ভাগ্য যখন আমাদের লেবু প্রদান করে, তখন আমাদের লেবুর শরবৎ বানানোর চেষ্টা করতে হবে।

18

হতাশাকে কিভাবে দূর করবেন ?

যখন আপনার ঘুম আসবে না, তখন আপনি কিভাবে কাউকে খুশি করতে পারেন, সেটা নিয়ে ভাবুন, নিজেকে সুস্থ রাখার বিষয়ে এটা এক বিরাট পদক্ষেপ।

এই বই যখন লেখা শুরু করেছিলাম, তখন আমি একটা প্রতিযোগিতার আয়োজন করেছিলাম। 'আমি কিভাবে চিন্তাকে জয় করেছি' -এই বিষয় নিয়ে যে ব্যক্তি সবচেয়ে প্রেরণাদায়ক ঘটনা লিখতে পারবে, তাকে পুরস্কার স্বরূপ দুশো ডলার দেওয়া হবে, তবে যাই লিখুক, তা নিজের জীবনের ওপর ভিত্তি করেই লিখতে হবে। এই প্রতিযোগিতার সিদ্ধান্ত নেওয়ার জন্য তিনজনকে নির্বাচন করা হয়েছিল ঈস্টর্ন এয়ার লাইন্সের প্রেসিডেন্ট এড্ডী রিকনব্যাকর, লিংকন মেমোরিয়াল বিশ্ববিদ্যালয়ের প্রেসিডেন্ট ড. স্টীওয়ার্ট ডব্লু ম্যাক্লীল্যান্ড এবং রেডিও নিউজ বিশ্লেষক এইচ. ভী. ক্যাল্টেনবোর্ন। শেষ পর্যন্ত, এত সুন্দর দুটো ঘটনা আমাদের হাতে এসে পড়ে যে, বিচারক মন্ডলীও সিদ্ধান্ত নিতে পারছিলেন না যে, কাকে কোন স্থান দেবেন। তাই আমার দুজনকেই প্রথম পুরস্কার প্রদান করি। যে দুটি ঘটনা প্রথম পুরস্কার লাভ করেছিল, তার মধ্যে একটি হল - সী. আর. বর্টনের ঘটনা (সে স্প্রীঙ্গফীল্ড, মিসূরীতে হুিজর মোটর সেল্সে কার্য করত।)

মিস্টর বর্টন আমাকে বলেছিল, 'আমি তখন খুব ছোটো যখন আমার মা একদিন হঠাৎই বাড়ি ছেড়ে চলে গেছিলেন, আমার যখন বারো বছর বয়স তখন আমার বাবা মারা যান, জীবনের উনিশ বছর কেটে যায়, আমি মাকে দেখতে পাইনি, তিনি নিজের সঙ্গে আমার দুটো ছোটো বোনকেও নিয়ে গেছিলেন, আমি তাদেরও না দেখে কতদিন কাটিয়ে দিয়েছিলাম। বাড়ি ছেড়ে যাওয়ার সাত বছর পর্যন্ত তিনি আমাকে কোনো দিন একটা চিঠি পর্যন্ত লেখেননি। আমার মা চলে

যাওয়া কয়েক বছর পরেই একটা দুর্ঘটনায় আমার বাবা মারা গেছিলেন, তিনি এবং তাঁর এক বন্ধু মিলে মিসূরীতে একটা কফি হাউস কিনেছিলেন, তাঁরা সেটাই চালাতেন, আমার বাবা মারা যাওয়রা পর ব্যবসার অবস্থা খারাপ হয়ে যায়, তাঁর বন্ধু কফি হাউসটা বিক্রী করে দিয়ে শহর ছেড়ে কোথাও চলে যায়। বাবার এক বন্ধু তাঁকে চিঠি লিখে শীঘ্র বাড়ি আসতে বলেছিল, তাড়াহুড়ো করতে গিয়ে বাবার দুর্ঘটনা ঘটে, ও তিনি মারা যান। আমার বাবার দুইজন বৃদ্ধা ও গরিব বোন আমাদের দুইভাইকে তাদের বাড়িতে আশ্রয় দিয়েছিনে, কেউই আমাদের দুই ভাইকে এতটুকু আশ্রয় দিতে চায়নি, শহরের দয়া ভিক্ষা করে বেঁচে থাকার জন্য ছেড়ে দিয়েছিল। আমরা দুই অনাথ ভাই কোথায় যাব, সর্বদা সেই নিয়ে ভয় পেতাম, আমাদের সাথে খুবই দুর্বব্যহার করা হবে, তা নিয়েও ভাবতাম। আমাদের ভয় শীঘ্রই বাস্তবতায় পরিণত হয়, শহরের এক গরিব পরিবার কিছুদিনের জন্য আশ্রয় দেয়, কিন্তু বাড়ির কর্তা হঠাৎই বেকার হয়ে পরায় সে আর আমাদের পেটের ভাতের যোগান দিতে পাচ্ছিল না। তারপর মিস্টার আর মিসেজ লাফ্‌টিন তাদের ফার্ম হাউসে আমাকে থাকার সুযোগ দেয়, সেই স্থানটা ছিল শহর থেকে এগারো মাইল দূরে। মিস্টার লাফ্‌টিন সেই সময় সত্তর বছরের ছিল, তার ওপর দাদের জন্য এতই বিব্রত ছিল যে, বিছানা থেকে ওঠার ক্ষমতা ছিল না। সে আমাকে বলেছিল যে, 'যতদিন না কোনো মিথ্যা বলবি, চুরি করবি, আর যা বলা হবে তাই করবি।' ততদিন পর্যন্ত আমি সেখানে থাকতে পারি। এই তিনটি আদেশ আমার কাছে বাইবেলের সমান হয়ে উঠেছিল। আমি তাদের অনুসারেই জীবন অতিবাহিত করতে শুরু করি। আমি স্কুল যেতে শুরু করি, কিন্তু প্রথম সপ্তাহেই ছোটো বাচ্চার মতো কাঁদতে কাঁদতে ফিরে আসি। অন্য বাচ্চারা আমার লম্বা নাকের জন্য আমাকে নিয়ে ব্যঙ্গ করে এবং আমাকে বোবাও বলে। সেই সাথে কেউ কেউ 'অনাথ বাচ্চা' বলেও উপহাস করে। আমার তাদের সাথে মারপিট করতে ইচ্ছা করত, কিন্তু মি. লাফ্‌টিনের বাড়িতে একজন কৃষক ছিল, যে আমাকে সর্বদা বোঝাত যে, '**সর্বদা মনে রেখো, মারপিট করার জন্য যতটা বাহাদুর হোত হয়, ঝগড়ার থেকে বাঁচার জন্য তার চেয়ে অনেক বেশি বাহাদুর হোতে হয়।**' স্কুলের একটা বাচ্চা একদিন হঠাৎই আমার মুখে মুরগীর গু ছুড়ে মারে, আমি নিজেকে নিয়ন্ত্রণ করতে পারি না, তার সাথে মারপিট করেছিলাম। আমি তাকে খুব মেরেছিলাম, আমার দুটো বন্ধুও হয়ে গেছিল। তারা বলে যে, তারা জানত, এমনটা এক না একদিন হবেই।

'মিসেজ লাফ্‌টিন, আমার জন্য একটা নতুন টুপি কিনে এনেছিলেন, সেটা

ছিল আমার কাছে খুবই গর্বের। একদিন একটা বড়ো মেয়ে আমার মাথা থেকে এক ঝটকায় টুপিটা খুলে নিয়ে তাতে জল ভোরে তা নষ্ট করে দেয়। তার মতে, 'যাতে জল আমার মোটা মাথাটাকে ভিজিয়ে দিতে পারে এবং আমার পপকর্ণ মস্তিষ্কটা বাইরে নির্গত না হয়' তার জন্য সে টুপিটা ভিজিয়ে দিয়েছিল। আমি স্কুলে কোনো দিন কাঁদিনি, কিন্তু বাড়িতে প্রায়ই চিৎকার-চেঁচামেচি করতাম। এরপর মিসেজ লাফ্‌টিন আমাকে এমন কিছু পরামর্শ দিয়েছিলেন যাতে করে আমার সমস্ত সমস্যা দূর হয়ে গেছিল, আর আমার শত্রুরাও আমার বন্ধুতে পরিণত হয়েছিল। সে বলেছিল যে, 'রাল্‌ফ, যদি তুমি তাদের বিয়ে আগ্রহ দেখাও, ও তাদের সাহায্য কর, তাহলে তারা আর তোমাকে 'অনাথ বাচ্চা' বলবে না, আর সেই সাথে তারা আর তোমাকে নিয়ে উপহাস করবে না।' আমি তার পরামর্শ মেনে নিয়েছিলাম, আমি খুব মন দিয়ে পড়াশোনা করতে শুরু করি, এবং অতি শীঘ্র ক্লাসের মধ্যে সবচেয়ে আগে পৌঁছে যাই, কিন্তু তার জন্য কেউ আমাকে হিংসা করত না, কারণ আমি সর্বদা এগিয়ে গিয়ে সকলের সাহায্য করতাম।

'প্রবন্ধ লেখার বিয়েও আমি কয়েকজন বাচ্চাকে সাহায্য করি। কয়েকজন ছাত্রের জন্য তর্ক-বিতর্ক করার সম্পূর্ণ বিষয়টা আমি লিখে দিয়েছিলাম। একজন ছেলে তো, তার পরিবারের কাছে এটা পর্যন্ত বলতে লজ্জাবোধ করত যে, সে আমার কাছ থেকে সাহায্য নেয়। তাই সে নিজের মাকে বলত যে, সে শিকারে যাচ্ছে। তারপর মি. লাফ্‌টিনের বাড়িতে এসে নিজের কুকুরটাকে বাইরে বেঁধে রেখে আমার সাথে বসে পড়াশোনা করত। আমি আমার এমন মেয়ে বন্ধুকে অঙ্কে সাহায্য করার জন্য বেশ কয়েকটা সন্ধ্যা তাকে নিয়েই পড়াতে বসতাম।

'ঠিক এমন সময়তেই আমাদের পাড়ায় মৃত্যুর পদধ্বনি শোনা যায়। দুইজন মারা যায়, আর এক ব্যক্তি তার স্ত্রীকে ছেড়ে দিয়ে অন্য কোথাও চলে যায়। এই চারটি পরিবারের মধ্যে আমিই ছিলাম একমাত্র পুরুষ। আমি দু বছর ধরে এই বিধবাদের সাহায্য করি, স্কুলে আসা-যাওয়ার পথে আমি তাদের ফার্মে যেতাম, তাদের সাহায্য করার জন্য কাঠ কেটে দিতাম, দুধ দুইয়ে দিতাম, তাদের পালিত পশু গুলিকেও খাবার-জল দিয়ে আসতাম। তখন আর লোকেরা আমাকে দেখে বিরক্ত হোত না, বরং আমাকে আশীর্বাদ দিত। সকলের কাছের বন্ধু হয়ে উঠতে পেরেছিলাম। যখন আমি নেভী থেকে বাড়িতে ফিরে আসি, তখন আমি বুঝতে পেরেছিলাম যে, লোকেরা সত্যি আমার বিষয়ে কি ধারণা পোষণ করে। আমি যেদিন বাড়ি ফিরি সেদিন দুশোর চেয়ে বেশি কৃষক আমার সাথে দেখা করতে

এসেছিল, তাদের মধ্যে অনেকেই আশি মাইল রাস্তা অতিক্রম করে আমার সাথে দেখা করতে এসেছিল, তখন আমি বুঝেছিলাম যে, তারা আমাকে কতটা স্নেহ করে। অন্যদের সাহায্য করার বিষয়ে আমি এতটসি ব্যস্ত থাকতাম যে, গত তেরো বছরে কাউর মুখ থেকে 'অনাথ বাচ্চা' কথাটা শুনতে পাইনি।

সী.আর. বর্টনের জন্য অজস্র করতালি। সে জানে, কিভাবে বন্ধু বানাতে হয়। আর চিন্তা ত্যাগ করে কিভাবে সুখে জীবন অতিবাহিত করা যায়, তা সম্পর্কেও সে অবগত।

জীবনের এই গুঢ় রহস্য সম্পর্কে ওয়াশিংটনের ড. ফ্র্যাঙ্ক লুপও অবগত ছিলেন। তিনি তেইশ বছর ধরে বিছানায় শুয়ে ছিলেন। আর্থাইটিস। তা সত্ত্বেও সিয়েটল স্টারের স্টুঅর্ট হোয়াইটহাউসে আমাকে বলেছিলেন যে, 'আমি বেশ কয়েকবার ড. লুপের ইন্টারভিউ নিয়েছি, কিন্তু তাঁর চেয়ে বেশী নিঃস্বার্থ মানুষ আমি আজও দেখিনি, আর আমার মনে হয় তারচেয়ে বেশি কিছু আজ পর্যন্ত কেউ অর্জন করতে পারিনি।'

বিছানায় থাকা এই মানুষটা কিভাবে জীবনে এত কিছু প্রাপ্ত করেছিলেন? আপনারা যাতে নির্বাচন করতে পারেন তার জন্য আমি আপনাদের দুটি বিকল্প দিচ্ছি। তিনি কি অভিযোগ করে সমালোচনার দ্বারা এমনটা করেছিলেন? নাকি... নিজেকে দয়ার চোখে দেখে, সকলের কাছ থেকে করুণার ভিক্ষা করেছিলেন? আর লোকেরা তাঁকে তাই প্রদান করেছিল। না...এখনও ভুল। তিনি প্রিন্স অফ ওয়েল্সের সূত্রবাক্যকে নিজের জীবনে কাজে লাগিয়েছিলেন, '**আমি সেবা করি।**' তিনি অন্য রোগীদের নাম ও ঠিকানা একত্রিত করে তাদের উৎসাহ বৃদ্ধির জন্য প্রেরণা দায়ক চিঠি লিখতেন। এইভাবে তিনি অন্যদের খুশী দেওয়ার সাথে সাথে নিজেকে সুখ প্রদান করতে শুরু করেন। আসলে তিনি রোগীদের জন্য একটা চিঠি-লেখার ক্লাব গড়ে তুলেছিলেন, সেখানে রোগিরা একে অপরকে চিঠি লিখত। শেষ পর্যন্ত তিনি শট-ইন সোসাইটী নামক রাষ্ট্রীয় সংস্থা স্থাপন করেন।

ল. লুপ আর বাকি লোকেদের মধ্যে মূল পার্থক্য কি ছিল? ড. লুপের মধ্যে মানুষের অন্তরকে চমকিত করে তোলার একটা ইচ্ছা ও লক্ষ্য ছিল। তিনি নিজেকে নিজের থেকে অনেক মহৎ বিচারের মধ্যে ঠেলে দিয়েছিলেন, শ'-এর ভাষায় বলা যায়, '**আত্মকেন্দ্রিক রোগগ্রস্ততা ও অভিযোগের পাহাড় সর্বদা তাদের মুখেই শোনা যায়, যারা মনে করে যে এই পৃথিবী তাদের সুখী দেখতে চায় না।**'

আমি এখানে মহান মনোবিশ্লেষক অল্ফ্রেড এডলরের বক্তব্য তুলে ধরছি। তিনি তাঁর ম্যালেনকোলিয়া নামক মানসিক রোগীকে বলতেন, 'আপনি যদি আমার

এই কথা শুনে চলেন, তাহলে চোদ্দো দিনের মধ্যে ঠিক হয়ে যাবেন। প্রতিদিন এটা ভাবার চেষ্টা করুন যে, আপনি কিভাবে কাকে খুশী করতে পারেন।'

এই বক্তব্যের মধ্যে এমন অবিশ্বাস্য শক্তি আছে যে, আমার মনে হয় তা বোঝার জন্য ড. এলডরের অদ্ভুত পুস্তক **কাট লাইফ শুড মীন টু ইউ** -র দুটি পৃষ্ঠা অবশ্যই পড়া উচিত।

'ম্যালেনকোলিয়াক অন্যদের প্রতি দীর্ঘদিন ধরে ঘৃণা ও রাগ জমিয়ে রাখার ফল, যদিও নিজের প্রতি ধ্যান আকর্ষণ করা, সাহায্য ও সহযোগিতা লাভই হল প্রধান বিষয়, কিন্তু রোগী শুধুমাত্র নিজের অপরাধ বোধের কারণেই হতাশ হয়ে থাকে। ম্যালেনকোলিয়াকের প্রথম যেটা মনে আসে তাহল, আমি বিছানার ওপর শুতে যাচ্ছিলাম, কিন্তু আমার ভাই সেখানে শুয়ে ছিল, আমি এত কাঁদি যে, সে উঠে যেতে বাধ্য হয়।'

'ম্যালেনকোলিয়াক লোকেদের মধ্যে আত্মহত্যা করে বদলা নেওয়ার প্রবৃত্তি প্রায় দেখা যায়, তাই ডাক্তারকে সবচেয়ে বেশি সেই দিকে ধ্যান রাখতে হয়, যাতে আত্মহত্যা করার কোনো বাহানা সে খুঁজে না পায়। চিকিৎসার শুরুতেই মানসিক চাপ কম করার চেষ্টা করা হয়, তাই নিজে রোগির সামনে বলি, '**আপনার যা করতে ভালো লাগে না, আপনি তা করবেন না**।' এই উপায়টাকে খুবই ছোটো বলে মনে হয়, কিন্তু তা সমস্যার গোড়ায় গিয়ে আঘাত করে। যদি ম্যালেনকোলিয়াক রোগী যা করতে চায়, তাকে তাই করতে দেওয়া হয়, তাহলে সে কাকে দোষ দেবে? তাহলে সে কিসের ভিত্তিতে নিজের ওপর প্রতিশোধ নেওয়ার চেষ্টা করবে? আমি তাকে বলি, 'আপনার যদি থিয়েটার দেখতে ইচ্ছা করে বা কোথাও ঘুরতে যেতে ইচ্ছা করে, তাহলে যেতে পারেন। রাস্তায় গিয়ে যদি আপনার মনে হয় যে, আপনি এখন যেতে চাননা, তাহলে বাড়ি ফিরে যাবেন।' এতে করে সে নিজেকে ভগবান ভাবতে শুরু করে, আর ভাবে যে সে যা চায় তাই করতে পারে। অন্যদিকে, এই বিয়টা তার জীবন শৈলীর সাথে অতি সহজে খাপ খায় না, কারণ সে অন্যদের ওপর হুকুম দিতে চায়, তাদের দোষারোপ করতে চায়, যদি সে এই বিষয়ে সম্মতি প্রকট করে তাহলে আর সেই গুলো করার কোনো উপায় থাকে না। এটা ভুল কার্যকারী নিয়ম, যার ফলে আজ পর্যন্ত আমার কোনো রোগি আত্মহত্যা করেনি।

সাধারণত রোগি বলে, 'কিন্তু আমার তো কিছু করতে ভালোই লাগে না।' তাহলে আপনার যা করতে ভালো লাগে না, তা করবেন না। অনেক সময় বলে, 'আমার তো সারা দিন বিছানায় শুয়ে থাকতে ভালো লাগে।' আমি জানি যে, আমি

যদি তাই করার অনুমতি দিই, তাহলে কখনই তা করতে চাইবে না। আমি তাকে বাধা দিলে সে ঝগড়া করবে, আমি সেটাও জানি। তাই আমি সর্বদা সম্মতি প্রকট করি।

এটা গেলো প্রথম নিয়ম। দ্বিতীয় পদ্ধতিটি তাদের জীবন শৈলীকে সরাসরি আক্রমণ করে, 'যদি আপনি এই নিয়ম অনুসারে চলেন তাহলে চোদ্দো দিনের মধ্যে সুস্থ হয়ে যাবেন। প্রতিদিন এটাই ভাবার চেষ্টা করুন যে, আপনি কিভাবে অন্যদের খুশীতে রাখতে পারেন ? ' এবার দেখুন এই কথা তাদের ওপর কি রকম প্রভাবের সৃষ্টি করে, তারা মনে মনে ভাবে যে, 'আমি কিভাবে অন্যদের খেয়াল রাখব ?' কিন্তু তাসত্ত্বেও তাদের মুখ থেকে যে উত্তর গুলো নির্গত হয়, তা শুনলে অবাক হয়ে যাবেন। কিছু লোক বলে, 'এই কাজ তো আমার জন্য খুবই সহজ, সারা জীবন ধরে আমি এই কাজই করে এসেছি।' অথচ এমন কাজ তারা কোনো দিনও করেনি, এরই কথা নিয়ে বিচার করতে বললেও তারা বিচার করে দেখে না। আমি রোগীকে এই পরামর্শ দিই যে, 'যখন ঘুম আসবে না, তখন এটা ভাবার চেষ্টা করুন যে, কিভাবে আপনি অন্যদের খুশী করতে পারেন, তাতে করে আপনি নিজে সুস্থতার দিকে এক পদক্ষেপ এগিয়ে যাবেন।' পরের বার যখন তার সাথে দেখা হয়, তখন আমি জিজ্ঞাসা করি যে, 'আমি যে কথাটা বলেছিলাম, তা ভেবে দেখেছেন ?' তখন সে বলে, 'গতকাল রাতে বিছানায় শোয়ার সাথে সাথে আমি ঘুমিয়ে পড়েছিলাম।' এই সমস্ত কাজ খুবই বিনম্রতার সাথে বন্ধুত্ব সুলভ ভঙ্গীতেই করতে হবে, তার মধ্যে সুপীরিয়ারিটীর ঝলকও থাকতে হবে।

অন্য আর এক রোগী জবাব দেয়, 'আমার মাথায় এমনিতেই এত চিন্তা ঘোরাফেরা করে, যে আমি অন্য কোনো চিন্তা আনতেই পারি না।' তখন আমি বলি, 'চিন্তা ছাড়তে কে বলেছে, কিন্তু তার সাথে কখনও অন্য চিন্তাও করে দেখতে পারেন।' আমি তাদের পছন্দ গুলি তাদেরই অন্য সাথিদের দিকে নিয়ে যাওয়ার চেষ্টা করি। আবার অনেক সময় কোনো রোগি বলে যে, 'আমি অন্যদের কি খুশি করতে চাইব ? অন্যরা কি আমাকে খুশি করার চেষ্টা করে ?' তখন আমি বলি, 'আপনার নিজের স্বাস্থ্যের কথা ভাবা উচিত। অন্যদের কথা নয়।' এমন খুব কম রোগিই আছে, যারা আমাকে বলেছে যে, 'হ্যাঁ, আপনি যা বলেছিলেন, আমি তা নিয়ে ভেবে দেখেছি।' আসলে আমি রোগিদের সামাজিক বিষয়ে কিভাবে আগ্রহ বৃদ্ধি করা যায়, সেই চেষ্টাই করি। আসলে সহযোগিতার অভাবই হল, এই রোগের মূল কারণ, তাই আমি চাই তারা সেটা বুঝুক। যখনই সে অন্যের দিকে সাহায্যের হাত প্রসারিত করতে শিখে যাবে, তখনই সে সুস্থ হয়ে উঠবে। ধর্ম

আমাদের কি শিক্ষা দেয়, ধর্ম আমাদের বলে, 'নিজের প্রতিবেশিকে ভালোবাসতে শেখো।' যে ব্যক্তির অন্য ব্যক্তির বিষয়ে কোনো রকম আগ্রহ থাকে না, তাকে সবচেয়ে বেশি সমস্যার সম্মুখীনতা করতে হয়, আর সেই অন্যদের সবচেয়ে বেশী ক্ষতি করে থাকে। এমন ধরণের ব্যক্তি সবচেয়ে বেশি অসফল হয়...কোনো মানুষের কাছ থেকে আমরা সবচেয়ে বেশি করে এটাই চাই, আর যখন তাকে একজন প্রকৃত বন্ধু, সহযোগী বা জীবন সাথী হিসাবে পাই, তখনই তাকে প্রকৃত মানুষ বলে মনে হয়।

ড. এডলর প্রতিদিন আমাদের একটা করে ভালো কাজ করার পরামর্শ দিয়েছেন। ভালো কাজ বলতে কি বোঝায়? প্রফেট মোহম্মদ বলেছিলেন, **'ভালো কাজ সেটাই, যা সামনের লোকের মুখে একটা আনন্দের হাসি ফুটিয়ে তোলে।'**

প্রতিদিন এই কাজ করলে কিভাবে এবং কেনো একটা আশ্চর্যজনক পরিণাম পাওয়া যায়? আসলে যখন আমরা অন্যদের কথা ভাবি তখন আমরা নিজেদের কথা ভাবতে ভুলে যাই, যার ফলে আমাদের ভেতর থেকে চিন্তা, ভয় দুর হয়, যার থেকে ম্যালেনকোলিয়ার সৃষ্টি হয়।

মিসেজ উইলিয়াম টী.মূন নিউইয়ার্কে মূন সেক্রেটরিয়াল কোর্স চালায়। নিজের হতাশা দূর করার জন্য কিভাবে অন্যদের খুশি করা যায়, তা নিয়ে ভাবার জন্য সে দু-সপ্তাহ সময়ও নেয়নি। সে তো অল্ফেড এডলরের থেকে এক পা এগিয়ে গেছিল - না সে হয়তো এডলরের থেকে তেরো পা এগিয়ে গেছিল। নিজের হতাশা দূর করার জন্য চোদ্দো দিন নয়, মাত্র একদিনেই সে তা করতে সক্ষম হয়েছিল। আসলে সে শুধুমাত্র কিভাবে অনাথ বাচ্চাদের খুশি করা যায়, তা নিয়ে ভেবেছিল।

'পাঁচ বছর আগে, ডিসেম্বর মাসে', মিসেজ মূন বলেছিল, 'জীবনের দুঃখ এতই বৃদ্ধি পেয়ে গেছিল যে, আমি নিজেকে করুণার চোখে দেখতে শুরু করেছিলাম। বহু বছর সুখী বিবাহিত জীবন অতিক্রম করার পর, আমার স্বামী হঠাৎই আমার থেকে চিরকালের মতো দূরে চলে যায়। আমি একা হয়ে যাই, ক্রিসমাস যত এগিয়ে আসছিল, আমার বেদনা তত বৃদ্ধি পাচ্ছিল, কারণ আমি কোনো দিনও একা ক্রিসমাস কাটাইনি। আমার অনেক বন্ধুই তাদের সাথে ক্রিসমাস পালন করার জন্য আমন্ত্রণ জানিয়েছিল, কিন্তু আমি কিছুতেই খুশি ও উৎসাহ পাচ্ছিলাম না। আমার মনে হচ্ছিল যে, আমি সবার মূড নষ্ট করে দেব, তাই আমি বিনয়ের সাথে তাদের আমন্ত্রণ অস্বীকার করি। আমাদের প্রত্যেকের জীবনেই কৃতজ্ঞ থাকার মতো কিছু না কিছু আছে, নিজের এই হতাশা দূর করার জন্য ক্রিসমাসের আগের

দিন দুপুরবেলায় আমি অফিস থেকে বেরিয়ে এদিক ওদিক ঘুরছিলাম। সেখানকার প্রতিটা লোকের মুখেই ছিল হাসি, তারা আনন্দের স্রোতে ভাসছিল, তাদের দেখে আমার বিগত স্মৃতি সতেজ হয়ে যাচ্ছিল। আমি কিছুতেই একা নিজের ফাঁকা ঘরে ফিরতে চাইছিলাম না, তা মনে পড়তেই মনের ভেতরটা ঘাবরে যাচ্ছিল। কি করব কিছুতেই বুঝতে পাচ্ছিলাম না, আমি কিছুতেই নিজের চোখের জল আটকাতে পাচ্ছিলাম না। প্রায় এক ঘন্টা এদিক সেদিক ঘোরার পর, নিজেকে বাস স্ট্যান্ডের সামনে পাই। আমার মনে পড়ে যে, আমি আর আমার স্বামী প্রায়ই রোমান্স করার জন্য অজানা বাসে উঠে পড়তাম, তাই হাতের কাছে যে বাসটা পাই সেটাতেই উঠে বসি। বাসটা হডসন নদী পার করার পর, আমার কানে কন্ডাক্টারের কথা ভেসে আসে, 'শেষ স্টপ', আমি বাস থেকে নেমে যাই। সেই স্থানটার নামও আমি জানতাম না। বাড়ি ফেরার জন্য বাসের অপেক্ষা করতে গিয়ে এমনিই রাস্তা দিয়ে হাঁটছিলাম, তখনই আমার সামনে একটা চার্চ আসে। চার্চের ভেতর থেকে 'সাইলেন্ট নাইট'-এর সুর ভেসে আসছিল, আমি চার্চের মধ্যে ঢুকে পড়ি। যে অর্গনিস্ট সেই সুন্দর সুরটা বাজাচ্ছিল, তারা ছাড়া সেই চার্চে আর কেউ ছিল না, আমি চুপ করে একটা চেয়ারে গিয়ে বসি। একটা সুন্দর করে সাজানো ক্রিসমাস ট্রি থেকে এত সুন্দর আলো আসছিল যে তা দেখে মনে হচ্ছিল অনেক গুলি তারা যেন চাঁদের আলোতে খেলা করছে। সঙ্গীতের এই সুরের মধ্যে কেমন যেন শান্তি খুঁজে পেয়েছিলাম, সকাল থেকে আমি ক্ষুধার্ত ও ক্লান্ত ছিলাম, তাই সেখানেই আমি ঘুমিয়ে পড়ি।

'যখন চোখ খুলি, তখন আমি কোথায় ছিলাম, নিজেই বুঝতে পাচ্ছিলাম না, আমি খুব ভয় পেয়ে গেছিলাম। তখনই চোখের সামনে দুটো ছোটো বাচ্চাকে দেখতে পাই, বাচ্চা দুটো ভালো করে ক্রিসমাস ট্রিটা দেখার জন্য এসেছিল। ছোটো মেয়েটা আমার দিকে ইশারা করে দেখিয়ে বলছিল, 'একে সান্তা ক্লজ পাঠাইনি তো।' কিন্তু আমার ঘুম ভাঙতে বাচ্চা দুটো ভয় পেয়ে যায়। আমি তাদের আশ্বাস দিই যে, আমি তাদের কোনো রকম ক্ষতি করব না, তাদের পরনে ছিল ছেঁড়া, পুরানো জামা কাপড়। আমি তাদের জিজ্ঞাসা করি যে, তাদের বাবা-মা কোথায়। তখন তারা বলে, 'আমাদের বাবা-মা নেই।' সেখানে আমি এমন দুটি ছোটো অনাথ বাচ্চাকে দেখি, যাদের অবস্থা আমার থেকেও খারাপ ছিল। তখন নিজের দুঃখ ও নিজের প্রতি করুণা হওয়ার জন্য আমার লজ্জা করছিল। আমি তাদের নিয়ে হোটেলে গিয়ে কিছু খেয়ে আসি, তাদের কিছু উপহারও কিনে দিই,

আমার একাকীত্বের যন্ত্রণা যেন এক মুহূর্তে কোথায় হারিয়ে গেছিল। এই দুটি অনাথ শিশু আমাকে বহু দিন বাদে প্রকৃত খুশি প্রদান করেছিল, কারণ আমি নিজেকে ভুলে গেছিলাম। ছোটোবেলায় বাবা-মার ছত্রছায়াতেই আনন্দের সাথে ক্রিসমাস কাটাতাম, তাদের দেখার পর আমি ঈশ্বরের উদ্দেশ্যে কৃতজ্ঞতা জানাই, সেদিন বুঝতে পেরেছিলাম, অন্যদের খুশি করার মধ্যেই আমাদের প্রকৃত খুশি লুকিয়ে থাকে। সেদিন বুঝেছিলাম, খুশি কতটা সংক্রামক। তা কিছু দেওয়ার মাধ্যমেই লাভ করা যায়। কাউকে একটু সাহায্য করে, প্রেম দান করে আমি নিজের চিন্তা-দুঃখ-আত্মকরুণার ভাব দূর করতে সক্ষম হয়েছিলাম, মনে হচ্ছিল যেন আমি নতুন জীবন শুরু করেছি। আর সত্যিই সেদিন থেকে আমি একটা নতুন জীবন শুরু করতে সক্ষম হয়েছিলাম।'

আমি এমন বহু লোককে চিনি যারা নিজেদের কথা ভুলে গিয়ে প্রকৃত সুখ ও সুস্থতা লাভ করতে সক্ষম হয়েছিল, তাদের সকলের কথা বললে হয়তো এই বইই শেষ হয়ে যাবে। উদাহরণ স্বরূপ আমি মার্গারেট ট্যালর ভেইসের কথা বলতে পারি, সে ইউনাইটেড স্টেট্স নেভীর খুবই জনপ্রিয়া মহিলা ছিল।

মিসেজ ইয়েট্স উপন্যাস লিখত। কিন্তু তার বইয়ের কথা গুলি ততটা রোমাঞ্চকর ছিল না, যতটা ছিল তার অনুভব, এটা হল তার সাথে ঘটা এক ঐতিহাসিক সকালের ঘটনা, সেদিন জাপানিরা পর্ল হার্বারে আক্রমণ করেছিল। দুর্বল হৃদয়ের জন্য মিসেজ ইয়েট্স একবছরের থেকেও বেশি সময় ধরে বিছানায় পড়েছিলেন। সে চব্বিশ ঘন্টার মধ্যে বাইশ ঘন্টা বিছানায় শুয়ে থাকত। স্নান করার সময় নিজের কাজের মেয়ের কাঁধে ভর দিয়ে সে বাগানে যেত, সেটাই ছিল তার কাছে সবচেয়ে দীর্ঘতম যাত্রা। সে আমাকে বলেছিল যে, সেই সময় তার মনে হোত যে, বাকি জীবনটা বিছানায় থেকেই তার কেটে যাবে। সে বলেছিল, 'যদি জাপানিরা হার্বারে আক্রমণ না করত আর তাতে করে যদি আমার বিশ্রামে ব্যাঘাত না ঘটত, তাহলে বোধহয় সত্যিই আমি আর বাঁচতাম না।'

'হামলা হওয়ার সাথে সাথে চারদিকে যেন একটা হাহাকার পড়ে যায়। একটা বোম আমার বাড়ির একদম কাছে পড়ে, তার থেকে একটা স্ফুলিঙ্গ আমার বিছানার তলায় এসে পড়ে। সৈন্যদের বাচ্চা ও স্ত্রীদের নিয়ে পাবলিক স্কুলে রাখার ব্যবস্থা করা হচ্ছিল। যাদের বাড়িতে অতিরিক্ত ঘর আছে, রেড ক্রস থেকে তাদের কাছে সাহায্য করার জন্য অনুরোধ জানানো হচ্ছিল। রেড ক্রসের কর্মচারী জানত যে, আমার বিছানার কাছেই ফোন থাকে তাই, আমাকে খবরাখবর আদান-প্রদান করার

দায়িত্ব দেওয়া হয়েছিল। সৈন্যদের স্ত্রী ও বাচ্চাদের কোথায় রাখা হয়েছিল, তা আমাকে জানিয়ে দেওয়া হয়, আর সৈনিকদের আমার নম্বর দিয়ে দেওয়া হয়েছিল, যাতে আমার কাছ থেকে তারা জেনে নিতে পারে যে, তাদের স্ত্রী ও বাচ্চারা কোথায় আছে।

আমি শীঘ্রই জানতে পেরে গেছিলাম যে, আমার স্বামী কমান্ডার রবার্ট র‍্যালে ইয়েট্‌স সুরক্ষিত ছিল। যে সমস্ত স্ত্রীরা জানতে পারছিল না যে, তাদের স্বামীরা কি অবস্থায় আছে, আমি তাদের মনোবল বৃদ্ধির চেষ্টা করি। সেই সাথে যারা নিজেদের স্বামী হারিয়েছিল, তাদেরও সান্ত্বনা দেওয়ার চেষ্টা করি। এই সময় প্রায় 2117 জল অফিসার ও জোয়ান শহীদ হয়েছিল তথা 960 জনের কোনো খোঁজ পাওয়া যাচ্ছিল না, ফলে বহু লোককে সান্ত্বনা দেওয়ার চেষ্টা করছিলাম।

'প্রথম দিকে তো বিছানার ওপর শুয়েই ফোনে জবাব দিচ্ছিলাম, তারপর উঠে বসে তাদের কথা শোনার চেষ্টা করি। পরে এতটাই ব্যস্ত ও রোমাঞ্চিত হয়ে পড়ি যে, এই দুর্বল শরীরেও বিছানা থেকে উঠে চেয়ারে গিয়ে বসি। যাদের অবস্থা আমার থেকেও খারাপ ছিল, তাদের সাহায্য করার ইচ্ছায় আমি বিছানা ছেড়ে ছিলাম, আর তারপর থেকে রাতে আট ঘন্টা বিশ্রাম করা ছাড়া, আমি কখনও বিছানায় শুতাম না। এখন মনে হয়, সেদিন যদি জাপানিরা আক্রমণ না করত, তাহলে বোধ হয় সারা জীবন বিছানায় শুয়েই কেটে যেত। আসলে বিছানায় থাকলেও আমি যথেষ্টই সেবা-যত্নের মধ্যে ছিলাম, সেই কারণে নিজের ভেতর থেকে সুস্থ হয়ে ওঠার বাসনাটা দিনে দিনে শেষ হয়ে যাচ্ছিল।'

'পার্ল হার্বারের ওপর এই আক্রমণ আমেরিকার ইতিহাসে এক বিরাট বড়ো দুর্ঘটনা, কিন্তু আমার ক্ষেত্রে আমি বলতে পারি যে, আমার সাথে যত ভালো ঘটনা ঘটেছে, তার মধ্যে এটা অন্যতম। এই ভয়ানক সংকট আমাকে এমন একটা জীবন প্রদান করেছিল, যার আশা আমার মন থেকে চলে গেছিল। আমি নিজের কথা ভুলে গিয়ে অন্যদের নিয়ে ভাবতে শুরু করেছিলাম। যার ফলে আমি বেঁচে থাকার জন্য একটা নতুন পথ খুঁজে পাই। আমার কাছে আর নিজের কথা ভেবে দুঃখ পাওয়ার মতো সময়ই ছিল না।'

যারা সাহায্য লাভের আশায় মনোবিশ্লেষকের কাছে দৌড়ায়, তাদের সম্পর্কে আমি বলতে পাড়ি যে, আপনারা নিজেই নিজেদের সাহায্য করতে পারেন, তার জন্য শুধুমাত্র আপনাদের নিজেদের কথা ভুলে গিয়ে অন্যদের দিকে সাহায্যের হাত প্রসারিত করতে হবে। এটা আমার কথা নয়, এটা কার্ল যুগের কথা, তাঁর

থেকে বেশী কেই বা জানতে পারে, তিনি বলেছিলেন যে, '**চিকিৎসা শাস্ত্রে নিউরাসিসে পীড়িত বলতে যা বোঝায়, আমার এক তৃতীংশ রোগী তার মধ্যে পড়ে না, বরং তারা নিজেদের অর্থহীন জীবন ও একাকীত্বের জন্য পীড়িত।**' অন্যভাবে বলা যায় যে, আমরা জীবনে লিফ্‌ট চাওয়ার আশা করি, আর গাড়ি আমাদের সামনে দিয়ে চলে যায়। সেই কারণেই আমরা নিজেদের অর্থহীন, ছোটো অনুপযোগী জীবন নিয়ে মনোবিশ্লেষকদের কাছে পৌঁছাই। যারা সময় মতো নৌকা ধরতে পারে না, তারা নদীর ধারে দাঁড়িয়ে নিজেকে ছাড়া সকলের ওপর দোষারোপ করে, আর অপেক্ষা করে যে এই পৃথিবী তাদের স্বার্থ পূরণ করবে।

আপনি হয়তো এই সময় নিজেকে বলবেন, 'এই গল্প আমাকে প্রভাবিত করছে না। ক্রিসমাসের আগের দিন সন্ধ্যায় যদি আমি কোনো অনাথ শিশুকে দেখতাম, তাহলে আমারও ভালো লাগত, আর যদি পার্ল হার্বারের মতো ঘটনা আমার জীবনে ঘটত তাহলে আমিও খুশি মনে সেই কাজটাই করতাম যা মার্গরেট ট্যালর ইয়েট্‌স করেছিল। আমার অবস্থাটা একেবারেই আলাদা, আমি একটা বোরিং জীবন অতিবাহিত করে চলেছি। প্রতিদিন আট ঘন্টা নিরস চাকরি করতে হয়, আমার জীবনে কোনো নাটকীয় ঘটনা ঘটে না। আমি কিভাবে অন্যদের সাহায্য করার বিষয়ে আগ্রহ প্রকাশ করব? আমার তাতে কি লাভ হবে?'

এই প্রশ্ন মনে আসতেই পারে, তা যথেষ্ট যুক্তি সঙ্গত। এবার আমি এর জবাব দেওয়ার চেষ্টা করব। আপনার জীবন যত বোরিংই হোক না কেনো, প্রতিদিন অবশ্যই আপনার সাথে কিছু লোকের কথাবার্তা হয়। আপনি তাদের সম্পর্কে কি ভাবেন? আপনি কি তাদের খুঁটিয়ে দেখার চেষ্টা করেন, নাকি তাদের জীবনে কোনটা গুরুত্বপূর্ণ তা জানতে চান? যেমন ধরুন আপনার পোস্টম্যান, সে বছরে কয়েক শো ক্রোশ পথ যাত্রা করে, আপনার চিঠি সময় মতো আপনার হাতে এসে দেয়, কিন্তু আপনি কি কোনো দিন তার কাছ থেকে জানার চেষ্টা করেছেন যে সে কোথায় থাকে, বা কখনও কি তাকে তার স্ত্রী-সন্তানের ছবি দেখাতে বলেছেন? সে ক্লান্ত কিনা বা তার একঘেঁয়ে লাগে কিনা, তা কখনও জানতে চেয়েছেন কি?

মুদিখানার ছেলেটা, যে প্রতিদিন আপনার বাড়িতে সংবাদপত্র দিয়ে যায়, ফুটপাথে বসে থাকা এই ব্যক্তি যে আপনার জুতো পালিশ করে, তারা সকলেই মানুষ। তাদের ভেতরেও সমস্যা, স্বপ্ন ও উচ্চাকাঙ্ক্ষা আছে। তারাও নিজেদের মনের কথা জানানোর জন্য ছটফট করে, কিন্তু আপনি কোনোদিন কি তাদের কাউর কাছ থেকে মনের কথা জানতে চেয়েছেন? আপনি তাদের জীবন সম্পর্কে

কখনও কোনো রকম আগ্রহ দেখিয়েছেন কি? আমি এই ধরণের বিষয়ের কথা বলতে চাইছি। পৃথিবীকে একটু বদলানোর জন্য আপনাকে কোনো সমাজ সংস্কারক হোতে হবে না, নিজের আশপাশটাকে একটু বদলানোর চেষ্টা করুন, যার সাথে কাল সকালে প্রথম দেখা হবে, তাকে দিয়েই নিজের কাজ শুরু করতে পারেন।

এতে আপনার কি লাভ হবে? আপনি অনেক বেশি খুশি হবেন নাকি আপনার গর্ব হবে! অরস্তু এই ধরণের দৃষ্টিভঙ্গীকে 'উদার স্বার্থ' নাম দিয়েছিলেন। জোরোআস্ট্র বলেছিলেন, '**অন্যের ভালো করাটা কোনো কর্তব্য নয়। এটা তো একটা খুশী, কারণ এটা আপনাকে সুস্থ রাখে ও আপনার সুখ বৃদ্ধি করে।**' বেঞ্জামিন ফ্র্যাঙ্কলিন খুবই সহজ ভাষায় এর সারাংশ বোঝানোর চেষ্টা করেছিলেন, আপনি যখন অন্য কাউর উপকার করার চেষ্টা করেন, তখন আপনি সবচেয়ে বেশি নিজের উপকার করেন।

নিউইয়ার্কের সাইকোলজিক্যাল সার্ভিস সেন্টারের ডায়রেক্টর হেনরী সী. লিংক লিখেছিলেন, 'আধুনিক মনোবিজ্ঞানের কোনো অনুসন্ধানই আমার উপলব্ধির থেকে গুরুত্বপূর্ণ নয়, প্রকৃত সুখ লাভের জন্য আত্ম-ত্যাগ ও অনুশাসনের প্রয়োজন।' অন্যের কথা ভাবলে আপনি যে শুধু নিজের সমস্যার কথা ভুলে যাবেন তাই নয়, সেই সাথে আপনি অনেক বন্ধু পাবেন। আমার প্রশ্নের জবাবে একবার প্রফেসার উইলিয়াম ল্যান ফেল্স বলেছিলেন

'আমি যখনই কোনো হোটেল, সেলুন বা দোকানে যাই তখন সেখানে যাদের সাথে দেখা হয়, তাদের কোনো না কোনো ভালো কথা না বলে আমি ফিরতে পারি না। আমি এমন কিছু বলার চেষ্টা করি, যাতে তাদের আমাকে একটা মানুষ বলে মনে হয়, যেন তারা আমাকে কোনো যন্ত্র না ভাবে। যেমন ধরুন, কোনো সেল্স গার্লকে বলি, তার চোখ বা চুল খুব সুন্দর। নাপিতকে জিজ্ঞাসা করি যে, সারা দিন দাঁড়িয়ে থাকতে থাকতে ক্লান্ত হয়ে যায় না। বা কখনও কি জিজ্ঞাসা করি, কেনো নাপিত হল বা কত বছর ধরে এই কাজ করছে, প্রভৃতি। আমি দেখেছি যে, যখন আমি কাউর বিষয়ে এমন আগ্রহ দেখাই, তখন সে আনন্দে নেচে ওঠে। আমি প্রায়ই সেই কুলির সাথে হাত মেলাই, যে আমার জিনিস-পত্র বহন করে নিয়ে যায়। এতে করে সে নতুন উদ্যমে কাজ করতে পারে। একদিন প্রচন্ড গরমের দিনে আমি দুপুর বেলায় একটা হোটেলে ঢুকেছিলাম, সেখানকার এক সার্ভিস বয় যখন আমাকে কি নেব তা জিজ্ঞাসা করতে আসে, তখন আমি তাকে বলি যে, 'আজ এত গরমে যে আগুনের সামনে দাঁড়িয়ে আছে, তার অবস্থা তো খুবই খারাপ।'

তখন সে আমাকে বলে, 'এখানে যারা আসে তারা সকলেই কোনো না কোনো অভিযোগ জানায়, কেউ বলে সার্ভিস ঠিক না, কেউ বলে দাম বেশি, কেউ বলে গরম, কিন্তু এই প্রথমবার কেউ আমাদের জন্য সহানুভূতি প্রকট করল। আমি ভগবানের কাছে প্রার্থনা করব, যাতে আপনার মতোই গ্রাহক পাই।'

আমি একজন রাঁধুনিকে মানুষ বলে ভেবেছিলাম, কোনো যন্ত্র হিসাবে দেখিনি, তা দেখে এই যুবকটি অবাক হয়ে গেছিল। প্রফেসার ফেলপ্স বলেছিলেন, 'প্রতিটা মানুষ চায়, অন্যরা তার দিকে একটু বেশি ধ্যান দিক। আমি যখন রাস্তায় কাউকে সুন্দর কুকুর নিয়ে যেতে দেখি, তখন আমি সর্বদা সেই কুকুরটার প্রশংসা করি। খানিকটা এগিয়ে যাওয়ার পর, পিছন ঘুরে দেখতে পাই যে, এই ব্যক্তি সেই প্রশংসার চোখেই কুকুরটাকে স্নেহ করছে, কারণ এই কথা তার পুরানো স্মৃতিকে জাগিয়ে তোলে। একবার আমি ইংল্যান্ডে একটা অতি দক্ষ কুকুর দেখেছিলাম, আমি তার মালিককে জিজ্ঞাসা করেছিলাম যে, সে কিভাবে এই কুকুরকে প্রশিক্ষণ দিয়েছে। সে প্রশংসা শোনার পর এই ব্যক্তি কুকুরটাকে আরো বেশি করে স্নেহ করতে শুরু করেছিল। এই কুকুরটার সম্পর্কে সামান্য প্রশংসা করার জন্য যেমন কুকুরটা খুশি হয়েছিল, তেমনি তার মালিক, সেই সাথে আমারও মন একটা নির্মল খুশিতে ভরে গেছিল।'

একবার ভেবে দেখুন তো, যে ব্যক্তি কুলিদের সাথে করমর্দন করেন, যে আগুনের সামনে দাঁড়িয়ে থাকা রাঁধুনির প্রতি সহানুভূতি দেখায় - লোকেদের সামনে তাদের কুকুরের প্রশংসা করে, তার মনে কখনও কি কোনো রকম কু-চিন্তা আসতে পারে? বা তার কি কখনও মনোবিশ্লেষকের সেবার প্রয়োজন হয়? আপনি কখনই তা করতে পারবে না, তাই না? না, একদম না। এই সম্পর্কে একটা চৈনিক প্রবাদ আছে, '**যে আপনাকে গোলাপ দেয়, তার হাতেও একটু গন্ধ থেকে যায়।**'

এবার আপনাকে একটা মজার কথা বলল, কিন্তু যদি আপনি পুরুষ হন, তাহলে এই পরিচ্ছেদটা না পড়াই ভালো, কারণ তাতে করে আপনি দুঃখ পেতে পারেন। এখানে আমি আপনাকে বলব,কিভাবে একটা দুঃখি ও চিন্তিত মেয়ে অনেক গুলি যুবকের কাছ থেকে বিয়ের প্রতিশ্রুতি আদায় করেছিল।

যে মেয়ে এই কাজ করেছিল, এখন সে দিদিমা-ঠাকুমা হয়ে গেছে। কয়েক বছর আগে আমি তার বাড়িতে তার স্বামী ও তার সাথে রাত কাটিয়েছিলাম। আমি তাদের কসবায় একটা ভাষণ দিয়েছিলাম, পরের দিন সকালে নিউইয়ার্ক আসার জন্য আমার ট্রেন ছিল, তারা স্বামী-স্ত্রী মিলে সকাল বেলায় প্রায় পঞ্চাশ

মাইল গাড়ি চালিয়ে আমাকে স্টেশানে ছাড়তে এসেছিল। আমরা কিভাবে বন্ধুত্ব গড়ে তোলা যায় সেই নিয়ে কথা বলছিলাম, তখন সে আমাকে বেছিল, 'মি. কারনেগী, আজ আমি আপনাকে সেই কথা বলব, যা আজ পর্যন্ত আমি কাউকে বলিনি - এমনকি আমার স্বামীকে পর্যন্ত বলিনি।' তার কথার থেকেই আমি জানতে পেরেছিলাম যে, সে ফিলাডেলফিয়াতে এক গরিব পরিবারে বড়ো হয়ে উঠেছিল। সে বলে, 'অর্থের অভাব আমার কৈশর ও যৌবনকে তছনছ করে দিচ্ছিল। আমাদের সমাজের বাকি মেয়েরা যেভাবে অন্যদের স্বাগত জানাতো, আমি সেই রকম ভাবে জানাতে পারতাম না। আমি কোনো দিন ভালো কোয়ালিটির জামা-কাপড় পরতে পারিনি, সেই সাথে বড়ো হয়ে উঠছিলাম বলে, খুব শীঘ্রই পোশাক ছোটো হয়ে যেত। সেই কারণে কোনো দিন জামা-কাপড়ের ফিটিং ঠিক হোত না, আর তা লেটেস্ট ফ্যাশানের পোশাক পরারও সৌভাগ্য হোত না। এত অপমানিত ও লজ্জা বোধ করতাম যে, প্রায় সময়তেই রাতে শোয়ার পর চোখে জল এসে যেত। এতটাই হতাশ হয়ে গেছিলাম যে, নিজের মাথায় এলো ডিনার পার্টীতে নিজের পার্টনারকে তাদের অভিজ্ঞতা, তাদের বিচার-বিবেচনা এবং ভবিষ্যৎ জীবনের পরিকল্পনা সম্পর্কে প্রশ্ন করব। তারা কি জবাব দেবে সেই বিষয়ে আমার খুব একটা আগ্রহ ছিল না, আমি আসলে এই জন্য প্রশ্ন করার কথা ভাবতাম, যাতে আমার পার্টনারের আমার জঘন্য পোশাকের দিকে নজর না পড়ে। কিন্তু একটা অদ্ভুত ঘটনা ঘটে, আমি যখন সেই যুবকদের প্রশ্ন করতে শুরু করি, আর তারা একের পর এক জবাব দিতে থাকে, তখন আমার কেমন যেন তাদের কথা শোনার একটা আগ্রহ জন্মায়। আমি তাদের কথায় এতটাই ডুবে যেতাম যে, অনেক সময় তো, নিজের পোশাকের কথা মাথা থেকে বেরিয়ে যেত, সবচেয়ে মজার বিষয় হল আমি ছিলাম একজন ভালো শ্রোতা, আর যুবকদের তাদের কথা বলার জন্য এতটাই উৎসাহিত করতাম যে, তারা নিজেরাও মনের কথা বলতে আনন্দ বোধ করত, আমার সাথে কথা বলতে ছেলেদের এতই ভালো লাগত যে, আমি ধীরে ধীরে আমার সমাজের সবচেয়ে জনপ্রিয় মেয়ে হয়ে উঠি, তাদের মধ্যে তিনজন ছেলে আমাকে বিয়ের প্রস্তাবও দিয়ে দেয়।'

এই অধ্যায় পড়ার পর কিছু লোক এটা বলবে যে, 'অন্যদের সম্পর্কে আগ্রহ দেখানোর বিষয়টা একেবারেই বেকার। কোনো ধার্মিক সিদ্ধান্ত। আমি এই জালে নিজেকে জরাব না। আমি নিজের পয়সা নিজের পার্সেই রাখব। পরোপকারের উপদেশ নিয়ে আমার কোনো লাভ নেই, আমার নিজের কথা ভাবাই ভালো।

আপনার মনবৃত্তি যদি এমন হয়, তাহলে সত্যিই আমার আর কিছু বলার নেই, কিন্তু যদি আপনি ইতিহাসের শুরুর থেকে আজ পর্যন্ত মহান দার্শনিক ও উপদেশকদের দিকে তাকান, তাহলে দেখবেন - যীশু খ্রীষ্ট, কনফুশিয়াস, বুদ্ধ, প্লেটো, অরস্তু, সুকরাত, সেন্ট ফ্রান্সিস যে তাঁরা সকলেই ভুলই বলে গেছেন, তাঁরা সকলেই ভুল ছিলেন। যেহেতু আপনার ধর্মিয় কথা গুলিকে মান্য বলে মনে হচ্ছে না, সেই কারণে কয়েকজন নাস্তিকের দিকেও তাকানো যেতে পারে। সবার আগে প্রফেসার এ.ঈ. হাউসম্যানের কথা বলা যাক, তিনি নিজের প্রজন্মের খুবই প্রসিদ্ধ বিদ্বান ছিলেন। 1936 সালে ক্যাম্ব্রিজ বিশ্ববিদ্যালয়ে 'কবিতার নাম ও প্রকৃতি' নিয়ে একটা ভাষণ দিয়েছিলেন। তখন তিনি বিশ্বাসের সাথে বলেছিলেন যে, যীশু খ্রীষ্টের এই কথার মধ্যেই বর্তমনারে সবচেয়ে বড়ো নৈতিক সত্য লুকিয়ে আছে, 'যে নিজের জীবন পেয়ে যায় সে তা হারাবে আর যে আমার জন নিজের জীবন শেষ করে দেয়, সে তা পেয়ে যাবে।'

হাউসম্যান ছিলেন একজন নাস্তিক ও হতাশ ব্যক্তি, তিনি বহুবার আত্ম হত্যা করার কথা ভেবেছিলেন, কিন্তু পরে তিনি বুঝেছিলেন যে, যে ব্যক্তি নিজের সম্পর্কে বেশি করে ভাবে, সে কখনই বেশি কিছু লাভ করতে পারবে না। তার সারাটা জীবন দুঃখেই কেটে যাবে, কিন্তু যে অন্যের সেবায় নিজেকে সমর্পিত করতে পারে, সে জীবনে প্রকৃত সুখ লাভ করবে।

মুন্ডে থিয়োডোর ড্রেজর, ছিলেন আমেরিকার অন্যতম নাস্তিক, তিনি যেকোনো ধর্মিয় উপদেশের ব্যঙ্গ করতেন, আর বলতেন জীবন, 'এক মূর্খের দ্বারা বলা কাহিনী, তাতে প্রচুর হৈ-চৈ ও আবেশ আছে, কিন্তু আসলে তা গুরুত্বহীন ও অর্থহীন।' কিন্তু তিনিও যীশু খ্রীষ্টের বলা সিদ্ধান্তের ওকালতি করে বলেছিলেন, **'যদি মানুষ নিজের জীবনে সামান্যতম আনন্দ লাভ করতে চায়, তাহলে শুধুমাত্র নিজের জন্য নয়, অন্যের জন্যও আরো ভালো কিছু করার কথা ভাবতে হবে, আর সেই হিসাবেই পরিকল্পনা করতে হবে, কারণ তার খুশী অন্যরা তার ওপর কতটা খুশি আর অন্যদের ওপর সে কতটা খুশি তার ওপরেই নির্ভর করে।'**

যদি আমরা 'অন্যদের জন্য ভালো কিছু করার চেষ্টা করি' তাহলে সেই কাজ যতটা সম্ভব তাড়াতাড়ি করা উচিত, কারণ সময় আমাদের হাতের বাইরে চলে যাচ্ছে। আমি একবারই এই রাস্তা দিয়ে যাওয়ার সুযোগ পাব, তাই যতটা দয়া দেখাতে পারব, যতটা ভালো করতে পারব, ততটাই ভালো হবে। 'এই সময়

আমার যেটা করা উচিত বলে মনে হবে, আমি অবশ্যই সেটা করব, কারণ এই রাস্তা দিয়ে আর কোনো দিন যাওয়ার সুযোগ পাব না।'

তাই যদি আপনি নিজের চিন্তা দূরে সরিয়ে রেখে সুখ-শান্তি ভরা জীবন অতিবাহিত করতে চান, তাহলে সপ্তম নিয়ম হল

অন্যের ওপর আগ্রহ দেখিয়ে নিজেকে ভুলে যাও। প্রতিদিন এমন কোনো ভালো কাজ করার চেষ্টা কর, যাতে অন্যের মুখে হাসি ফোটাতে পারেন।

সংক্ষেপে চতুর্থ অধ্যায়

সুখ-শান্তি বজায় রাখার সাতটি উপায়

1. আমাদের নিজেদের মস্তিষ্ককে শান্তি, সাহস, স্বাস্থ্য ও আশা জনক বিচারে ভরিয়ে রাখতে হবে। কারণ 'আমাদের বিচারই, আমাদের জীবন গড়ে তোলে।
2. কখনই শত্রুদের ওপর প্রতিশোধ নেওয়ার চেষ্টা করবেন না। কারণ তাতে করে আমার নিজেদের ক্ষতিই বেশি করি। আমাদের জেনারল আইজনহভরের ফর্মূলা মানতে হবে যাদের আপনি পছন্দ করেন না, তাদের কথা ভেবে নিজের একটা মিনিট সময়ও নষ্ট করবেন না।
3. কৃতঘ্নতা নিয়ে চিন্তা না করে, তা পাওয়ার আশা করুন। মনে রাখবেন দশ জনকে ঠিক করার পর স্বয়ং যীশু খ্রীষ্ট একজনের কাছ থেকে ধন্যবাদ লাভ করতে সক্ষম হয়েছিলেন। যীশু খ্রীষ্টের থেকে বেশি কৃতজ্ঞতা লাভের আশা আপনি কিভাবে করতে পারেন? কৃতজ্ঞতা লাভের আশাই সুখ পাওয়ার একমাত্র পথ নয়, বরং তা দেওয়ার মধ্যেই লুকিয়ে থাকে প্রকৃত আনন্দ।
4. নিজের কষ্ট নয়, কিসের জন্য ভগবানকে কৃতজ্ঞতা জানাতে পারেন, তার হিসাব করুন।
5. অন্যের নকল করবেন না, বরং নিজের স্বরূপ চেনার চেষ্টা করুন, কারণ 'হিংসা হল অজ্ঞানতা' আর 'নকল করা মানে আত্মহত্যা'।
6. যখন ভাগ্য আপনাকে লেবু দেবে, তখন আপনি তার থেকে শরবৎ প্রস্তুত করার চেষ্টা করুন।
7. 'অন্যকে একটু সুখ দেওয়ার চেষ্টা করে নিজের দুঃখ ভুলে যান।' আপনি যখন অন্যের কোনো উপকার করেন, তখন তার চেয়ে বেশি আপনি নিজের উপকার করে থাকেন।

পঞ্চম ভাগ

চিন্তা কে কিভাবে জয় করা যায় ?

19

কিভাবে চিন্তাকে জয় করবেন

> জীবন সম্পর্কে নতুন উৎসাহ, অধিক জীবন; অধিক বিশালতা; সমৃদ্ধ, সন্তুষ্টি দায়ক জীবন প্রদান করে। - উইলিয়াম জেম্স

আমি আপনাদের আগেও বলেছি যে, মিসুরীর একটা ফার্ম হাউসে আমার জন্ম হয়েছিল। তখনকার দিনের অন্যান্য কৃষকদের মতো আমার বাবা-মাকেও প্রচুর পরিশ্রম করতে হোত। আমার বাবা মাঠে কাজ করে মাসে বারো ডলার উপার্জন করতেন। মা সেই গ্রামের একটা স্কুলে পড়াতেন, তিনি যে শুধু আমার জামা-কাপড় সেলাই করে দিতেন তাই নয়, সেই কাপড়-জামা ধোয়ার জন্য নিজেই বাড়িতে সাবানও বানাতেন।

যে মাসে আমরা শুকর বিক্রী করতাম সেই মাস ছাড়া আমাদের কাছে কোনো নগদ অর্থ থাকত না। আমরা যে মুদিখানা থেকে আটা, চিনি, কফি কিনতাম সেই দোকানে বদলে ডিম ও মাখন দিয়ে আসতাম। আমার যখন বারো বছর বয়স, তখনও পর্যন্ত আমি কোনো বছরে নিজের ওপর খরচ করার জন্য বারো সেন্ট পর্যন্ত পাইনি। আমার এখনও মনে আছে, একবার 4 ঠা জুলাই, আমাদের স্বাধীনতা দিবসের দিন বাবা আমার হাতে দশ সেন্ট দিয়েছিলেন, যাতে আমি তা নিজের ইচ্ছা মতো খরচ করতে পারি। সেদিন আমার মনে হয়েছিল, আমার হাতে সারা পৃথিবীর অর্থ এসে গেছে।

গ্রামের এক কামরার একটা স্কুলে পড়ার জন্য আমাকে প্রতিদিন এক মাইল পথ হাঁটতে হোত। যখন চারদিক বরফে ঢেকে যেত, তখন তাপমাত্র শূণ্যের থেকে আঠাশ ডিগ্রী নিচে চলে যেত, তখনও আমি হেঁটেই স্কুল যেতাম। চোদ্দ বছর বয়স পর্যন্ত আমি কোনো দিন রবারের জুতো পরতে পারিনি। শীতকালে বরফের ওপর দিয়ে চলার সময় আমার পা সব সময়ের জন্য ভেজা থাকত, আর ঠান্ডা

হয়ে যেত। শৈশবে আমি কোনো দিন স্বপ্নেও ভাবতে পারতাম না যে ঠান্ডায় কাউর পা শুকনো ও গরম থাকতে পারে।

আমার বাবা-মা প্রতিদিন ষোল ঘন্টা করে কাজ করতেন, তা সত্ত্বেও সর্বদা ঋণের বোঝা বহন করে চলতে হোত, দুর্ভাগ্য যেন তাঁদের পিছুনই ছাড়ত না। আজও আর সেই দিনের কথা মনে পড়ে - নদীতে প্লাবন দেখা দেওয়ার জন্য আমাদের ভাট্টার ক্ষেতে জল ঢুকে গেছিল, সেই সাথে গবাদি পশুদের সমস্ত খাবারও বন্যার জলে প্লাবিত হয়ে গেছিল, আমাদের সমস্ত ভুট্টা নষ্ট হয়ে গেছিল। সাত বছরের মধ্যে ছয় বছর এইভাবে আমাদের সমস্ত ফসল নষ্ট হয়ে যেত। প্রায় প্রতি বছর অসুস্থতার কারণে আমাদের পালিত শুকর মারা যেত, সেগুলিকে আমরা জ্বালিয়ে দিতাম। এখনও চোখ বন্ধ করে ভাবলে আমি সেই জ্বলন্ত শূকরের তীব্র ভোঁটকা গন্ধ অনুভব করতে পারি।

একবার বন্যা না হওয়ার কারণে আমাদের ক্ষেতে প্রচুর ভুট্টা উৎপাদন হয়েছিল, আমরা গবাদি পশু গুলির জন্য চারা কিনেছিলাম, তাদের ভুট্টা খাইয়ে- খাইয়ে মোটা করে দিয়েছিলাম, অথচ তাতেও কোনো লাভ হয় না, আসলে সেই বছর শিকাগোর বাজারে মোটা শূকরের দাম কমে গেছিল, যার ফলে আমাদের খুব কম দামেই শূকর গুলি বিক্রী করতে হয়েছিল, কেনার দামের চেয়ে মাত্র তিরিশ ডলার বেশিতে শূকর গুলি বিক্রী করতে হয়েছিল, সারা বছরের পরিশ্রম জলে চল গেছিল, তখন মনে হয়েছিল এর চেয়ে বন্যা হলেই বোধহয় ভালো হোত।

আমরা যাই করতাম তাতেই আমাদের ক্ষতি হয়ে যেত, আজও মনে আছে বাবা একবার খচ্চর কিনেছিলেন। আমরা তাকে তিন বছর ধরে খাইয়ে বড়ো করি, বাবা সেটিকে প্রশিক্ষিত করার জন্য একজন লোক রেখেছিলেন, তাকেও পয়সা দিতে হোত, তারপর সেটাকে মেনকিস, টেনেসীতে পাঠানো হয় - সেটাকে বিক্রী করার পর আমরা তিন বছর আগে যত দিয়ে সেটাকে কিনেছিলাম সেই পয়সাও পাইনি।

দশ বছর ধরে প্রচুর পরিশ্রম করা সত্ত্বেও আমরা যে শুধু কাঙাল ছিলাম তাই নয়, সেই সাথে গলা পর্যন্ত ঋণের দায়ে ডুবে গেছিলাম। আমাদের ফার্ম বন্দক রাখতে হয়েছিল। বহু চেষ্টা করা সত্ত্বেও আমরা সুদের টাকা টুকু পর্যন্ত দিতে পারছিলাম না। যে ব্যাঙ্কের কাছে আমাদের ফার্ম বন্দক রাখা ছিল, সেই ব্যাঙ্ক আমার বাবাকে অপমান করত, তাঁর সাথে দুর্ব্যবহার করত, এমনকি ফার্ম ছিনিয়ে নেওয়ার ধমকি পর্যন্ত দিত। তখন আমার বাবার বয়স ছিল সাতচল্লিশ বছর, তিরিশ বছর ধরে কঠোর পরিশ্রম করা সত্ত্বেও অপমান ও ঋণের দায়ে জর্জরিত

হওয়া ছাড়া কিছুই পাননি তিনি। তিনি আর তা সহ্য করতে পারছিলেন না, চিন্তায় পড়ে যান। তাঁর শরীর দিনে দিনে খারাপ হোতে শুরু করে। সারাদিন মাঠে অক্লান্ত পরিশ্রম করার পড়েও তাঁর খিদে পেত না, খিদে বৃদ্ধির জন্য তাঁকে ঔষধ খেতে হোত। তিনি খুবই রোগা হয়ে গেছিলেন। ডাক্তার আমার মাকে বলে দিয়েছিল যে, তিনি আর মাত্র ছয়মাসই এই পৃথিবীতে থাকবেন। আসলে বাবা এতই চিন্তার মধ্যে দিয়ে দিন কাটাচ্ছিলেন যে, তিনি আর বাঁচতে চাইছিলেন না। আমি প্রায়ই দেখতাম যে, বাবা ঘোড়াদের খাবার খাওয়াতে গিয়ে যদি কিছুক্ষণের মধ্যে ফিরে না আসতেন বা যদি গরুর দুধ দহন করতে গিয়ে খানিক ক্ষণের মধ্যে না ফিরতেন, তাহলে মা নিজেই আস্তাবলে চলে যেতেন বাবা কি করছে তা দেখার জন্য। তাঁর মনে এই ভয় ছিল যে, বাবা সেখানে গিয়ে গলায় দড়ি তো দিয়ে দেননি। একদিন তিনি ব্যাঙ্কারদের সাথে দেখা করার জন্য ম্যারীউইলে গেছিলেন, তখনও ব্যাঙ্কাররা তাঁকে ফার্মটা নিলাম করার ধমকি দেয়। বাড়ি ফেরার পথে বাবা নদীর ধারে এসে ঘোড়ার পিঠ থেকে নামেন, আর কিনারায় গিয়ে অনেক ক্ষণ ধরে নদীতে ঝাঁপ দিয়ে সব কিছু শেষ করে দেবেন কিনা তা নিয়ে ভাবতে শুরু করেন।

বহু বছর বাদে এক রাত্রিরে আমার বাবা আমাকে বলেছিলেন যে, সেদিন শুধু তিনি আমার মায়ের কথা ভেবে নদীতে ঝাঁপ দেননি, আসলে আমার মা সর্বদা বলতেন যে, যদি আমরা ভগবানকে ভালোবাসতে পারি, যদি তাঁর প্রতি আমাদের আস্থা থাকে, তাহলে এক না একদিন অবশ্যই সমস্ত দুঃখ কেটে গিয়ে আমরা সুখের মুখ দেখব। মা ঠিক বলতেন। শেষ পর্যন্ত সব ঠিক হয়ে যায়। তারপর বাবা বিয়াল্লিশ বছর বেঁচে ছিলেন, 1941 সালে উননব্বই বছর বয়সে তিনি মারা যান।

সংঘর্ষ ও দুঃখের সেই সময় গুলিতেও আমি আমার মাকে কখনই চিন্তিত দেখিনি। প্রার্থনার সময় তিনি নিজের সমস্ত অসুবিধার কক্ষা ভগবানকে জানাতেন। প্রতিদিন রাতে বিছানায় শুতে যাওয়ার আগে আমার মা বাইবেলের একটা অধ্যায় আমাকে পড়ে শোনাতেন, প্রায়ই বাবা-মা যীশু খ্রীষ্টের সান্ত্বনাদায়ক শব্দ গুলি পড়তেন, 'আমার বাবার ঘরে অনেক গুলি মহল আছে...আমি সেখানে যাচ্ছি তোমাদের জন্য জায়গা প্রস্তুত করতে...যাতে করে আমি যেখানে থাকব, তোমরাও যেন সেখানেই থাকতে পার।' সেই কথা গুলি শোনার পর আমরা তিনজনেই ঈশ্বরের সামনে মাথা নত করে তাঁর কৃপা ও প্রেম ভিক্ষা করতাম। উইলিয়াম জেম্স যখন হার্বর্ডে দর্শণ শাস্ত্রের অধ্যাপক ছিলেন তখন তিনি বলেছিলেন, 'এটা ঠিক যে, চিন্তা দূর করার সবচেয়ে ভালো উপায় হল ধর্মের প্রতি আস্থা।'

এই কথা জানর জন্য আপনার হার্বর্ড বিশ্ববিদ্যালয়ে যাওয়ার প্রয়োজন নেই, আমার মা সেই কথা মিসূরীর ফার্মে বসেই জানতে পেরেছিলেন। বন্যা, ঋণের দায়, বহু বাধা-বিপত্তি কোনো কিছুই আমার মায়ের আস্থা, সুখ ও জয়ের প্রদীপকে নেভাতে পারিনি। আজও চোখ বন্ধ করলে সেই গানটা স্পষ্ট আমার কানে ভেসে আসে, যা আমার মা নিজের কাজের সময় গুনগুন করে গাইতেন

শান্তি, শান্তি, অদ্ভুত শান্তি,
উপরে বসে থাকা আমার পিতার কাছ থেকে প্রবাহিত হয়ে
চিরকালের জন্য আমার আত্মায় প্রবিষ্ট হয়ে থাকে।
আমি গভীর প্রেমের ঢেউ দিয়ে প্রার্থনা করছি।

আমার মা চাইতেন, আমি যেন নিজের জীবনটাকে ধর্মের পথে সমর্পণ করে দিই। আমিও বিদেশের কোনো মিশনারীতে চলে যাওয়ার বিষয়ে নিয়ে যথেষ্ট গভীর ভাবেই চিন্তা-ভাবনা করেছিলাম, তাপর শুরু হয় আমার কলেজ জীবন, কয়েক বছরের মধ্যে আমার জীবন ধীরে-ধীরে অনেকটাই বদলে যায়। আমি জীবন বিজ্ঞান, বিজ্ঞান, ফিলোজফি, তুলনামূলক ধর্ম, প্রভৃতি বিষয় নিয়ে অধ্যয়ন করতে থাকি। বাইবেল কিভাবে কিভাবে লেখা হয়েছিল, তা জানার জন্যও বই পড়ি। তাতে করে আমার মনে বেশ কিছু সিদ্ধান্ত নিয়ে সন্দেহ জাগে। সেই যুগে গ্রামীণ উপদেশকদের দেওয়া বেশ কিছু সংকীর্ণ সিদ্ধান্ত নিয়ে আমার মনে সন্দেহ জাগে। আমার মনে ভ্রমের সৃষ্টি হয়। আমার ভেতরে উৎসুকতা বৃদ্ধি পায়, একটা অদ্ভুত আলোড়ন অনুভব করতাম। কিভাবে বিশ্বাস করা যায়, তা আমি বুঝতেই পারছিলাম না, জীবনের কোনো উদ্দেশ্য খুঁজে পাচ্ছিলাম না। আমি প্রার্থনা করা ছেড়ে দিয়েছিলাম। আমি মন থেকে বিশ্বাস করতে শুরু করি যে, জীবন কখনই পরিকল্পনা মাফিক চলে না, তার কোনো লক্ষ্য নেই। কুড়ি কোটি বছর আগে এই পৃথিবীতে যে ডাইনোসৌর গুলি বিচরণ করত, তাদের মতো মানুষের জীবনেও কোনো দৈবিয় উদ্দেশ্য নেই। আমার মনে হচ্ছিল, যেকোনো বিলুপ্ত প্রায় প্রাণীর মতো একদিন মানব জাতিও এই পৃথিবী থেকে চলে যাবে। বিজ্ঞানের অনুসারে সূর্য ধীরে ধীরে ঠান্ডা হচ্ছে, সেটা আমার মাথায় ছিল, আর তার তাপমাত্র দশ শতাংশ কমে গেলে এই পৃথিবীতে আর কোনো প্রাণের অস্তিত্ব থাকবে না। মানুষ কোনো দয়ালু ভগবানেরই আর এক রূপ, এই যে ধারণা আমার মনে ছিল, তা নিয়ে আমার হাসি পেয়ে যায়। আমার মনে হোতে শুরু করেছিল সময় ও অন্তরিক্ষের মতো এই অগণিত শক্তির উৎস গুলিও সর্বদাই ছিল, তা কেউ সৃষ্টি করেনি।

এখন এই প্রশ্ন গুলির উত্তর আমি জানি, এমন কথা কি আমি বলতে পারি? না, কখনই না। কোনো জীবিত মানুষই - সৃষ্টির রহস্য, জীবনের রহস্য-আজ পর্যন্ত বুঝতে পারিনি। আমরা চারদিক দিয়ে ঘিরে আছি, আমাদের শরীরের কার্যপ্রণালীর মধ্যে গভীর রহস্য লুকিয়ে আছে। আপনার ঘরে যে বিদ্যুৎ আসছে, তার পিছনেও রহস্য আছে। দেওয়ালের ফাটলের মধ্যে যে ফুল ফোটে, আপনার জানলার বাইরে যে সবুজ ঘাস আছে, সবকিছুর মধ্যে লুকিয়ে আছে রহস্য। চালর্স এফ. ক্যাটরিঙ্গ প্রতি বছর নিজের পকেট থেকে এন্টিয়োক কলেজকে তিরিশ হাজার ডলার করে দিতেন, এটা গবেষণা করার জন্য যে, ঘাসের রঙ সবুজ কেনো হয়। তিনি বলেছিলেন যে, যদি আমরা একবার জানতে পারি যে ঘাস কিভাবে সূর্যের আলো, জল ও কার্বন ডাই অক্সাইড দিয়ে নিজের খাদ্য প্রস্তুত করে, তাহলে মানব জাতির ভবিষ্যৎ বদলে ফেলা যাবে। আপনার গাড়ির ইঞ্জিন চলার মধ্যেও গভীর রহস্য আছে। জেনরল মোটর্স রিসার্চ ল্যাবেরোটরি বহু বছর ধরে বহু ডলার খরচ করেছে এটা জানার জন্য যে, সিলেন্ডারের মধ্যে একটা স্ফুলীঙ্গের দ্বারা কিভাবে এবং কানো বিস্ফোরণ হয়, যার দ্বারা আপনার গাড়ি চলে।

আমরা নিজের শরীর, বিদ্যুৎ, গ্যাস ইঞ্জিন প্রভৃতির মধ্যে কি রহস্য লুকিয়ে আছে, আজ পর্যন্ত তা ঠিক মতো জানতে পারিনি, অথচ তা সত্ত্বেও আমরা এই গুলির ব্যবহার করে আনন্দ লাভ করি। ঠিক তেমনিই প্রার্থনা ও ধর্মের মধ্যে কি রহস্য লুকিয়ে আছে আমরা তা জানি না, কিন্তু তার থেকে প্রাপ্ত আনন্দ আমাদের জীবনকে সমৃদ্ধ করে, তা আনন্দে ভরিয়ে দেয়, তাই শেষ পর্যন্ত আমি এটা মেনে নিতে বাধ্য হয়েছিলাম যে, 'মানুষের জন্ম জীবনকে বোঝার জন্য হয়নি, বরং তার থেকে প্রাপ্ত আনন্দ উপভোগ করার জন্য হয়েছে।'

পুনরায় আমার মন ধর্মের দিকে ধাবিত হয়, কিন্তু সম্পূর্ণ ভাবে নিজেকে ঢেলে দিতে পারিনি। আমি ধর্ম সম্পর্কিত কিছু নতুন ধারণার দিকে এগিয়ে যাচ্ছিলাম। বিভিন্ন সম্প্রদায়ের বিভিন্ন মতামতের প্রতি তখন আমার আর কোনো আগ্রহ ছিল না। সুখাদ্য, বিদ্যুৎ ও জল যেমন আমার জিবনের জন্য অপরিহার্য ছিল তেনি ধর্মও জীবনের অপরিহার্য অঙ্গ বলে মনে হোতে শুরু করে। এই সবের দ্বারা অনেক বেশী সমৃদ্ধ, পূর্ণ এবং সুখী জীবন অতিবাহিত করা সম্ভব হচ্ছিল, কিন্তু ধর্ম বোধহয় এর চেয়ে বেশি কিছু প্রদান করে। এর থেকে নিজের ভেতরে আধ্যাত্মিক মূল্যবোধ জাগ্রত হয়, যেমনটা উইলিয়াম জেম্স বলেছিলেন, '**জীবনের প্রতি নতুন উৎসাহ, অনেক জীবন; বিরাট জীবন, সমৃদ্ধ ও সন্তুষ্টিদায়ক জীবন প্রদান**

করে।' তা আমাকে আস্থা, আশা ও সাহস প্রদান করে। তা জীবন থেকে মানসিক চাপ, চিন্তা, ভয় ও সমস্যা দূর করে। তা জীবনকে অর্থ ও লক্ষ্য প্রদান করে। তার দ্বারা আমার সুখ কয়েক গুণ বৃদ্ধি পায়, আমার শরীরও ভালো থাকে। এর দ্বারা 'আমি জীবনের উত্থান-পতনের মধ্যেও শান্তির বীজ বপন' করতে পারি।

ফ্রান্সিস বেকন সঠিক কথাই বলেছিলেন, তিনশত বছর আগে তিনি বলেছিলেন, 'সামান্য জ্ঞান মানুষের মস্তিষ্ককে নাস্তিকতার দিকে নিয়ে যায়, কিন্তু যখন সে অনেক জ্ঞানী হয়ে যায়, তখন তার মস্তিষ্ক ধর্মের দিকে ঝোঁকে।'

অনেক সময়তেই মানুষ বিজ্ঞান ও ধর্মের তুলনা মূলক আলোচনা করে, কিন্তু এটা কখনই হোতে পারে না। সমস্ত বিজ্ঞানের মধ্যে নবীনতম বিজ্ঞান অর্থাৎ মনোবিশ্লেষণ সেটাই লিখেছে, যা যীশু খ্রীষ্ট বহুকাল আগেই লিখে রেখে গেছেন। কেন? কারণ মনোবিশ্লেষণ এটা বিশ্বাস করে যে, প্রার্থনা ও দৃঢ় ধার্মিক আস্থার দ্বারা সমস্ত চিন্তা, সমস্যা, মানসিক চাপ এবং ভয় আমাদের থেকে দূরে পালায়, এই সমস্ত কারণই আমাদের অর্ধেকের বেশি সমস্যা সৃষ্টি করে। যেমনটা বিখ্যাত মনোবিশ্লেষক ড. এ.এ. ব্রিল বলেছিলেন, 'কোনো প্রকৃত ধার্মিক ব্যক্তির নিউরাসিস হোতে পারে না।'

যদি ধর্ম সত্য না হয়, তাহলে জীবন অর্থহীন হয়ে যাবে। হেনরী ফোর্ডের মৃত্যুর কয়েক বছর আগে আমি তাঁর সাক্ষাৎকার নিয়েছিলাম। তাঁকে দেখার আগে আমার মনে হয়েছিল যে, তিনি বহু পরিশ্রম করে যে ব্যবসার সাম্রাজ্য গড়তে সক্ষম হয়েছেন, তার রেখা নিশ্চয়ই তাঁর চোখে মুখে দেখা যাবে। তাঁকে দেখার পর আমি অবাক হয়ে যাই, আটাত্তর বছর বয়সেও তাঁকে দেখে খুবই শান্ত ও সুস্থ বলে মনে হচ্ছিল। যখন আমি তাঁকে জিজ্ঞাসা করেছিলাম যে, তাঁর কখনও চিন্তা হোত কিনা, তখন তিনি বলেছিলেন, 'না। আমার মনে হোত যে ঈশ্বর এই সম্পূর্ণ পৃথিবী চালাচ্ছেন, তাঁর আমার পরামর্শের কোনো প্রয়োজন নেই। এই দুনিয়া ঈশ্বরের হাতে, তাই আমি বিশ্বাস করি, শেষ পর্যন্ত সবকিছু ভালোই হবে। তাহলে চিন্তা করে কি হবে?'

আধুনিক জগতে বহু মনোবিশ্লেষকই পাদরী হয়ে উঠছেন। মৃত্যুর পর যাতে আমাদের নরকে যেতে না হয় তার জন্য আমাদের ধর্মের পথে তাঁরা চালিত করতে চাইছেন না, বরং যাতেবপাগলামি, আল্সার, নার্ভাস ব্রেকডাউনের আগুন আমাদের জীবনকে নরকে পরিণত করতে না পারে, তার জন্যই তারা আমাদের সাবধান করে দিচ্ছেন। মনোবৈজ্ঞানিক বা মনোবিশ্লেষকগণ আমাদের কি শিক্ষা

দেন? এই সম্পর্কে আরো বিস্তারিত ভাবে জানার জন্য ড. হেনরী সী. লিঙ্কের পুস্তক **দ্যা রিটার্ন টু রিলীজন** পড়ুন।

হ্যাঁ, খ্রীষ্টান ধর্মে প্রেরণা দায়ক ও স্বাস্থ্যবর্ধক গতিবিধি বিদ্যমান। স্বয়ং যীশু খ্রীষ্ট বলেছিলেন, 'যাতে তোমরা জীবন লাভ কর, আরো বেশি করে লাভ করতে পার, তার জন্যই আমি এসেছি।' সেই যুগে ধর্মের নামে যে অত্যাচার ও গোঁড়ামি চলছিল, যীশু খ্রীষ্ট তার তীব্র প্রতিবাদ জানিয়েছিলেন। তিনি ছিলেন একজন বিদ্রোহী। তিনি একটা নতুন ধর্ম গড়ে তোলার জন্য উপদেশ দিয়েছিলেন, এমন ধর্ম যা এই পৃথিবীকে বদলে দেওয়ার ক্ষমতা রাখবে, এই কারণেই তো তাঁকে এত অত্যাচার সহ্য করতে হয়েছিল। তিনি শিখিয়েছিলেন, **ধর্মের অস্তিত্ব আছে মানুষের জন্য, মানুষের ধর্মের জন্য নয়;** তিনি পাপের কথা যত না বলেছিলেন, তার চেয়ে বেশি ভয়ের কথা বলেছিলেন। যীশু খ্রীষ্ট মনে করতেন অধিক সমৃদ্ধ, অধিক পূর্ণ, অধিক সুখি ও সাহসিক জীবনের বিরুদ্ধে যাওয়া পাপ। ইমর্সন নিজেকে 'খুশী বিজ্ঞানের' উপদেশক বলতেন। তিনি নিজের শিষ্যদের আনন্দে থাকার উপদেশ দিতেন, তাদের সর্বদা খুশিতে জীবন অতিবাহিত করতে বলতেন। যীশু খ্রীষ্ট মনে করতেন ধর্ম সম্পর্কিত দুটি বিষয়ই সবচেয়ে গুরুত্বপূর্ণ সম্পূর্ণ মন থেকে ঈশ্বরকে ভালোবাসা আর নিজের প্রতিবেশীকেও সেই ভবাইে ভালোবাসা। যে ব্যক্তি এই কাজ করতে পারে, সেই হল প্রকটত ধার্মিক, তা সে জানুক আর নাই জানুক। আমার শ্বশুর হেনরী প্রাইস ছিলেন এক জীবন্ত উদাহরণ। তিনি স্বর্ণিম নিয়মের পালন করে নিজের জীবন কাটাতেন, তিনি কখনই কোনো মন্দ ও খারাপ কাজ করেননি। তিনি কখনও চার্চে যেতেন না। কোন বিষয় মানুষকে খ্রীষ্টান করে? তা নিয়েও প্রবল প্রশ্ন আসতে পারে। কোনো নিশ্চিত বিচারকে যুক্তি দিয়ে মেনে নেওয়া বা কোনো নিশ্চিত নিয়মের পালনই কি কোনো মানুষকে খ্রীষ্টান করে তোলে, না! আসলে মানুষের ভেতরের একটা নিশ্চিত ভাবনা এবং নিশ্চিত জীবন শৈলীই এর অংশীদার।'

যদি এই ধারণাই কোনো মানুষকে খ্রীষ্টান বলে প্রমাণ করার জন্য যথেষ্ট হয়, তাহলে হেনরী প্রাইস ছিলেন মহান খ্রীষ্টান।

আধুনিক মনোবিজ্ঞানের পিতামহ উইলিয়াম জেম্স তাঁর প্রফেসার বন্ধু থমাস ডেভিডসনসকে একটা চিঠি লিখে জানিয়েছিলেন যে, 'যত দিন যাচ্ছে, ততই মনে হচ্ছে আমি ভগবান ছাড়া একদম চলতে পাচ্ছি না।'

এই অধ্যায়ের শুরুতেই আমি বলেছিলাম যে, যখন বিদ্যার্থীরা তাদের জীবনের বিভিন্ন ঘটনা লিখে জমা দিয়েছিল, তখন তার মধ্যে থেকে একটা গল্পকে প্রথম

হিসাবে নির্বাচন করা নির্বাচক মন্ডলির কাছে কষ্টকর বলে মনে হচ্ছিল, তাই তাদের সিদ্ধান্ত অনুসারে দুজনকে প্রথম বলে ঘোষণা করতে হয়েছিল। এখন আর একটা ঘটনার কথা উল্লেখ করা হচ্ছে, সেটিকেও প্রথম পুরস্কারের সম্মান দেওয়া হয়েছিল- এটা সেই মহিলার অবস্মরণীয় অভিজ্ঞতা, যে অনেক কষ্ট সহ্য করার পর বুঝতে পেরেছিল যে, 'সে ভগবান ছাড়া চলতে পারবে না।'

আমি এখানে সেই মহিলার নামকরণ করেছি ম্যারী কুশম্যান, যদিও সেটা তার আসল নাম নয়। তার গল্প ছাপানো হলে তার সন্তানরা বা নাতি-নাতনিরা বিব্রত হোতে পারে, সেই কথা ভেবেই সে নিজের নাম প্রকাশ করতে চাইনি। আসলে, মহিলা খুবই বাস্তব প্রকৃতির মানুষ। এবার তার ঘটনা শুরু করছি

'মন্দার বাজারে আমার স্বামী প্রতি সপ্তাহে গড়ে আঠারো ডলার করে বেতন পেত। কখনও কখনও আমরা এই অর্থ টুকুও পেতাম না, যখনই সে অসুস্থ হোত, তখনই আর কোনো বেতন আসত না, আর এমন ঘটনা প্রায় ঘটত। তার সাথে ছোটোখাটো দুর্ঘটনা ঘটার অভাব ছিল না, বিভিন্ন রকম অসুখ তার লেগেই থাকত। আমাদের হাতে তৈরি ছোট্টো একটা বাড়িও আমাদের হারাতে হয়েছিল। এমনি মুদিখানার দোকানেও পঞ্চাশ ডলার ধার হয়ে গেছিল। দিনে দিনে ঋণের বোঝা বৃদ্ধি পাচ্ছিল। আমাদের পাঁচটি সন্তানকে খেতে দেওয়া কষ্টকর হয়ে উঠছিল। আমি প্রতিবেশীদের জামা-কাপড় কেচে তা ইস্ত্রি করার কাজ শুরু করি, আর বাজার থেকে পুরোনো জামা- কাপড় কিনে বাচ্চাদের পরাতাম। চিন্তায় চিন্তায় আমি নিজেই অসুস্থ হয়ে পড়ছিলাম। যে মুদিখানার দোকানে পঞ্চাশ ডলার বাকি পড়ে গেছিল, সেখানকার মালিক আমার এগারো বছরের ছেলেকে চোর বদনাম দেয়, সে নাকি তার দোকান থেকে দুটি পেন্সিল চুরি করেছিল। আমার ছেলে ঘটনাটা বলতে গিয়ে কেঁদে ফেলেছিল। আমি জানতাম সে যথেষ্ট সৎ ও সংবেদশীল ছিল, অন্যদের সামনে চোর বদনাম নিতে সে কতটা কষ্ট পেয়েছিল, তার কতটা লজ্জা করছিল, আমি তা বুঝতে পেরেছিলাম। জীবনে যত দুঃখ পেয়েছিলাম, সেদিন সেই সমস্ত দুঃখের কথা মনে পড়ে যাচ্ছিল, আমি ভবিষ্যতের কোনো আশা দেখতে পাচ্ছিলাম না। খানিকক্ষণের জন্য যেন আমি পাগল হয়ে গেছিলাম। আমি হঠাৎই নিজের ওয়াশিং মেশিন বন্ধ করে, নিজের পাঁচ বছরের বাচ্চাকে কোলে নিয়ে ঘরে আসি। ঘরের জানলা-দরজা গুলো চেপে বন্ধ করে দিই, আমার ছেলে আমাকে জিজ্ঞাসা করছিল, 'মা, জানলা বন্ধ করলে কেনো?' আমি তখন বলেছিলাম, বাইরের ঠান্ডা ভেতরে আসছে, তারপর বেডরুমে গিয়ে গ্যাস হিটারের

গ্যাস চালু করে দিই, কিন্তু তা জ্বালাই না, তারপর ছেলেকে বলি, চল, এবার আমরা শোব। তখন সে বলে, 'কিন্তু মা, এখনই তো আমরা উঠেছি।' তখন বললাম, 'তাতে কি, চল, আর একটু চোখ বন্ধ করে শুই।' শোয়ার পর আমার নাকে গ্যাসের তীব্র গন্ধ আসতে থাকে। কানে আসছিল হিপার থেকে নির্গত হওয়া গ্যাসের তীব্র আওয়াজ। আমি গ্যাসের সেই গন্ধ কোনোদিন ভুলতে পারব না...

'হঠাৎই আমার কানে একটা গান ভেসে আসে। আমি সেই গানটা শুনতে থাকি। আসলে রান্নাঘরে যে রেডিও বাজচ্ছিল, আমি তা বন্ধ করতে ভুলে গেছিলাম। তা শোনার পরেও আমার কিছু যায়-আসছিল না, একটু বাদে গানটা শেষ হয়ে যায় ও কানে একটা পুরানো ভজন আসে

যীশু খ্রীষ্ট আমাদের কতবড়ো বন্ধু,
আমাদের সমস্ত দুঃখ ও পাপ সহ্য করার জন্য, তিনি এসেছেন!
কত বড়ো অধিকার
সবকিছু উঠিয়ে ভগবানের সামনে প্রার্থনার জন্য রেখে দাও।
আরে, আমাদের কত শান্তি বিনষ্ট হয়।
আরে, আমরা কত অনাবশ্যক কষ্ট ভোগ করি
শুধু, তার জন্য কারণ আমার সবকিছু
প্রার্থনার সময়, ভগবানের সামনে রাখতে পারি না।

এই ভজন শোনার পর আমার মনে হয়, আমি বিরাট কোনো দুঃখ জনক ভুল করতে চলেছিলাম। আমি একাই নিজের সমস্ত ভয়ঙ্কর লড়াই লড়ার চেষ্টা করছিলাম। আমি প্রার্থনার সমথ ভগবানের সামনে সবকিছু রাখিনি...আমি সঙ্গে সঙ্গে গ্যাস বন্ধ করে, জানলা গুলি খুলে দিই, সেই সাথে দরজাও খুলে দিয়েছিলাম।

'আমি সারাদিন ধরে কাঁদি, আর প্রার্থনা করতে থাকি। আমি শুধুমাত্র সাহায্য চেয়ে প্রার্থনা করিনি, সেই সাথে ভগবান আমাকে যা যা দিয়েছিলেন, তার জন্য তাঁকে মন থেকে ধন্যবাদ জানাই। তিনি আমাকে পাঁচটা সুন্দর ফুলের মতো সন্তান দিয়েছিলেন। ওরা পাঁচ জনেই শরীর ও মস্তিষ্কের দিক থেকে সুস্থ ও সবল ছিল। আমি ভগবানের কাছে প্রতিজ্ঞা করি যে, আর কখনই কৃতঘ্নতার পরিচয় দেব না। আর আমি নিজের প্রতিশ্রুতি রাখতে সক্ষম হয়েছি।'

'নিজের মাথা থেকে ছাদ চলে যায়, মাসিক পাঁচ ডলার ভাড়ায় আমাদের গ্রামের একটা ছোট্টো স্কুল ভাড়া নিয়ে থাকতে হয়েছিল, তখনও ভগবানকে ধন্যবাদ জানিয়েছিলাম। গরম আর শীতের হাত থেকে বাঁচানোর জন্য আমাদের মাথার

ওপর ছাদ তো আছে, এই কথা ভেবেই আমি তাঁকে ধন্যবাদ দিয়েছিলাম। পরিস্থিতি এর চেয়ে খারাপ হোতে পারত, কিন্তু তা হয়নি, তার জন্য আমি ভগবানকে ধন্যবাদ দিয়েছিলাম। আর্থিক মন্দার বাজার যখন ধীরে ধীরে ঠিক হয়ে আসছিল, তখন আমার হাতে একটু বেশি অর্থ আসতে শুরু করেছিল। আমি গ্রামের একটা বড়ো ক্লাবে হ্যাট-চেক গার্লের চাকরি নিই, আর খালি সময়ে মোজা বিক্রী করতাম। কলেজের ফিস ভরার জন্য, আমার এক ছেলে আমাকে সাহায্য করেছে, সে একটা ফার্মে কাজ করত, সেখানে প্রতিদিন সকাল-সন্ধ্যায় তাকে তেরোটা গরুর দুধ দহন করতে হোত। আজ আমার ছেলে-মেয়েরা বড়ো হয়ে গেছে, তার সকলেই বিবাহিত। আমার তিনটে সুন্দর নাতি আছে। আজও যখন সেই ভয়ানক দিনটার কথা মনে পড়ে, যেদিন আমি গ্যাস খুলে রেখেছিলাম, আর সময় মতো আমার 'ঘুম ভেঙে গেছিল' সেই দিনটার জন্য আমি ভগবানকে ধন্যবাদ জানাই। সেদিন যদি 'আত্মহত্যা' করে ফেলতাম, তাহলে আজকের সমস্ত খুশির থেকে বঞ্চিত হোতাম। আমি কত গুলো সুন্দর বছর সারা জীবনের মতো হারিয়ে ফেলতাম। আজ যখনই আমার সামনে কেউ আত্মহত্যার কথা বলে, তখনই আমি চিৎকার করে বলি, 'এমন কথা বলো না! বলো না! গভীর হতাশার অন্ধকার কিছুক্ষণের জন্যই আছন্ন করে রাখে -আর তারপরই ভবিষ্যতের আলো দেখা যায়।'

আমেরিকায় গড়ে পঁয়তিরিশ মিনিটে একজন করে লোক আত্মহত্যা করে। গড়ে প্রতি দুই মিনিটে কেউ না কেউ পাগল হয়। তার মধ্যে বেশির ভাগ আত্মহত্যা ও পাগল হয়ে যাওয়া, দুটিই আটকানো যেতে পারে, কিন্তু তার পিছনে একটা শর্ত আছে, আর তাহল এদেরকে ধর্মের পথে চলতে হবে, প্রার্থনা করতে জানতে হবে।

বিখ্যাত মনোবিশ্লেষক ড. কার্ল যুগ **মডার্ন ম্যান ইন সার্চ অফ এসোল** পুস্তকের 264 নং. পৃষ্ঠায় লিখেছিলেন, 'গত তিরিশ বছর ধরে পৃথিবীর সমস্ত সভ্য দেশের লোকেরা আমার থেকে পরামর্শ নিয়েছে। আমি প্রায় সহস্র রোগির চিকিৎসা করেছি। জীবনের উত্তরার্ধের যে সমস্ত রোগি আমি দেখেছি, অর্থাৎ যাদের বয়স পঁয়তিরিশ বছরের বেশি ছিল, তাদের মধ্যে এমন কোনো রোগি আমি দেখিনি, যাদের সমস্যা অন্তিম বিশ্লেষণে জীবনের ক্ষেত্রে ধার্মিক বিশ্লেষণের সাথে যুক্ত ছিল না। আসলে প্রতিটা যুগে ধর্ম তার অনুগামিদের যা দিয়ে যাচ্ছে, তারা সেটাই হারিয়ে ফেলেছিল, আর তাদের মধ্যে কেউই ততদিন ঠিক হোতে পারিনি, যতদিন না তারা পুনরায় নিজেদের ধার্মিক জীবন লাভ করতে সক্ষম হয়েছিল।'

এই বক্তব্য এতটাই যুক্তি সঙ্গত যে, আমি পুনরায় মোটা অক্ষরে আপনার

সামনে তা তুলে ধরছি

'গত তিরিশ বছর ধরে পৃথিবীর সমস্ত সভ্য দেশের লোকেরা আমার থেকে পরামর্শ নিয়েছে। আমি প্রায় সহস্র রোগির চিকিৎসা করেছি। জীবনের উত্তরার্ধের যে সমস্ত রোগি আমি দেখেছি, অর্থাৎ যাদের বয়স পঁয়তিরিশ বছরের বেশি ছিল, তাদের মধ্যে এমন কোনো রোগি আমি দেখিনি, যাদের সমস্যা অন্তিম বিশ্লেষণে জীবনের ক্ষেত্রে ধার্মিক বিশ্লেষণের সাথে যুক্ত ছিল না। আসলে প্রতিটা যুগে ধর্ম তার অনুগামিদের যা দিয়ে যাচ্ছে, তারা সেটাই হারিয়ে ফেলেছে, আর তাদের মধ্যে কেউই ততদিন ঠিক হোতে পারিনি, যতদিন না তারা পুনরায় নিজেদের ধার্মিক জীবন লাভ করতে সক্ষম হয়েছিল।'

উইলিয়াম জেম্স প্রায়ই এই একই কথা বলেছিলেন, **'আস্থা সেই শক্তি গুলির মধ্যে অন্যতম, যার দ্বারা মানুষ জীবিত থাকে আর এর অভাবের মানে হল মানুষ ধরাশায়ী হয়ে যায়।'**

গৌতম বুদ্ধের পর ভারতের সেই মহান পুরুষও ধরাশায়ী হয়ে যেতেন যদি না তিনি প্রার্থনা করতেন, তিনি হলেন মহাত্মা গান্ধী। আমি তা কিভাবে জানলাম, কারণ গান্ধীজী নিজে আমাকে বলেছিলেন, 'প্রার্থনা না করলে আমি তো কবেই পাগল হয়ে যেতাম।'

সহস্রাধিক লোক এমন ধরণের কথা বলে। আমি আগেও আপনাকে বলেছি যে, যদি আমার বাবার মনে সেদিন মায়ের প্রার্থনার কথা গুলি না আসত, তাহলে তিনি অবশ্যই নদীতে ডুব দিয়ে আত্মহত্যা করতেন। আমাদের পাগলাগারদে এই সময় হাজারের বেশি লোক চিৎকার করছে, কষ্ট সহ্য করছে, হয়তো তাদের বাঁচানো যেতে পারে, যদি তারা নিজেদের সংঘর্ষ একা না করে, উচ্চ শক্তির কাছ থেকে বল লাভের জন্য প্রার্থনা করে।

আমরা যখনই কোনো সমস্যায় পড়ি, তখনই আমাদের শক্তি নষ্ট হোতে শুরু করে। তখন আমাদের মধ্যে অনেকেই হতাশায় ঈশ্বরকে স্মরণ করি, 'ফোক্সহোলে কোনো নাস্তিক নেই।' তাহলে আমরা হতাশ হওয়ার জন্য কেনো অপেক্ষায় থাকি? আমরা প্রতিদিন নিজেদের শক্তিকে নতুন করে তুলতে পারি না কি? রবিবারের অপেক্ষা করে কি হবে? বহু বছর ধরেই আমি যেকোনো দুপুরে চার্চে চলে যাই, যখন আমার মনে হয় আমি খুবই ব্যস্ত, ঈশ্বরের কথা স্মরণ করার মতো একটু খানি সময়ও আমার হাতে নেই, তখন আমি নিজেকে বলি, 'ডেল কারনেগী, একটু দাঁড়িয়ে যাও, এক মিনিট অপেক্ষা কর। এত ব্যস্ততা কিসের

জন্য? কিসের জন্য এত তাড়াহুড়ো? একটু অপেক্ষা করে, নতুন একটা দৃষ্টিকোণ খুঁজে বার করা তোমার জন্য খুবই জরুরি। আমি যদিও প্রোটেস্টেট, কিন্তু প্রায় সপ্তাহেই দুপুরবেলা ফিফ্‌থ এভেনিউতে অবস্থিত সেন্ট পেট্রিক চার্চে চলে যাই, আর নিজেকে স্মরণ করাই যে, আমি আর তিরিশ বছরের মধ্যে মরে যাব, অথচ সমস্ত চার্চে যে মহান আধ্যাত্মিক শিক্ষা প্রদান করা হয়, তা অমর থেকে যাবে। আমি নিজের চোখ বন্ধ করে প্রার্থনা করে নিই। এইভাবে চলতে পারলে আমার মানসিক স্থিতি শান্ত হয়ে যায়, আমার শরীর আরাম বোধ করে, আমার দৃষ্টিভঙ্গী স্পষ্ট হয়ে যায় এবং আমি নতুন করে নিজের জীবনের মূল্যবোধ খুঁজে পাই। আমি আপনাকেও কি এইভাবে চলার পরামর্শ দিতে পারি?

গত ছয় বছর ধরে এই পুস্তক লেখার সময় আমি কোটি খানিক উদাহরণ ও সত্যি ঘটনা একত্রিত করেছিলাম, যার সাহায্যে আমি বুঝতে সক্ষম হয়েছি যে, কিভাবে কোনো পুরুষ বা মহিলা প্রার্থনার দ্বারা নিজের ভয় ও চিন্তাকে দূর করতে পারে। আমার ফাইল গুলি ভর্তি বহু উদাহরণ আছে, এবার আসুন এক হতাশ ও নিরাশ পুস্তক বিক্রেতা জন আর.এন্থনীর উদাহরণ দেখা যাক। সে আমাকে যে ঘটনা শুনিয়েছিল, তা উল্লেখ করছি

‘বাইস বছর আগে আমি নিজের প্রাইভেট ল অফিস বন্ধ করে দিয়েছি, যাতে একটা আমেরিকান আইনী পুস্তক কম্পানীর রাজ্য প্রতিনিধি হোতে পারি। আমি আসলে ওকালতির জন্য খুবই অপরিহার্য বই গুলি বিক্রী করার কথা ভেবেছিলাম।

‘সেই কাজের জন্য আমাকে ভালো করে প্রশিক্ষণও দেওয়া হয়েছিল। আমি সমস্ত রকম ডায়রেক্টর সেল্স আলোচনা সম্পর্কে জানতাম, সমস্ত আপত্তির সম্ভাব্য সঠিক উত্তরও আমার কাছে থাকত। সম্ভাব্য গ্রাহকের সাথে দেখা করতে যাওয়ার আগে আমি তার সম্পর্কে যথেষ্ট খোঁজ খবর নিয়ে নিতাম উকিল হিসাবে সে কতটা প্রতিষ্ঠিত, তার ওকালতি করার প্রকৃতি, রাজনৈতিক বিষয়ে তার আগ্রহ প্রভৃতি। গ্রাহকের সাথে কথা বলার সময় আমি চতুরতার সাথে সেই সমস্ত বিষয়ের উল্লেখ করতাম, কিন্তু তা সত্ত্বেও কোথাও কোনো সমস্যা ছিল, যার জন্য আমি অর্ডার পেতাম না।

‘আমি হতাশ হয়ে পড়ি। আমি দ্বিগুণ প্রয়াস শুরু করি, কিন্তু তাসত্ত্বেও নিজের খরচ তোলার মতো মালপত্র বিক্রী করতে পাচ্ছিলাম না। এইভাবে দিন, সপ্তাহ, মাস অতিবাহিত হোতে থাকে। আমার ভেতরে কেমন যেন একটা ভয়ের সৃষ্টি হয়ে যাচ্ছিল। আমি গ্রাহকদের বাড়ির আশেপাশে ঘুরে নিজের মূল্যবান

সময় নষ্ট করতে থাকি। বহুবার বাড়ির আশেপাশে ঘোরার পর আমি গ্রাহকের বাড়িতে ঢোকার সাহস অর্জন করতে পারতাম। এরপর আসে অফিসের পালা, নিজের কম্পিত হাত যাতে কেউ দেখে না নেয় তা লোকানোর জন্য নিজের ভেতর থেকে সাহস অর্জন করে দৃঢ়তার সাথে অফিসের দরজা খুলতাম। সেখানেও সাহসের অভিনয় করতে হোত - এই আশার সাথে যেন আমার সম্ভাব্য গ্রাহক অফিসে ঢোকার পর আমাকে নিরাশ হয়ে ফিরতে না হয়।

'আমার সেল্স ম্যানেজার আমাকে ধমকি দেয় যে, যদি আমি বেশি করে অর্ডার আনতে না পারি, তাহলে আমাকে অগ্রিম দেওয়া বন্ধ করে দেবে। এদিকে বাড়িতে সংসার চালানোর জন্য স্ত্রী আরো বেশী করে অর্থ চাইত, তারও দোষ ছিল না, কারণ আমার তিনটে সন্তানও আছে। আমি চিন্তাগ্রস্থ হয়ে পড়ি, যার জন্য দিনে দিনে হতাশা আমাকে গ্রাস করতে শুরু করে। আমি বুঝতে পাচ্ছিলাম না যে, আমি কি করব। আমি নিজের প্রাইভেট ল অফিস বন্ধ করে দিয়েছিলাম, ফলে আমার সমস্ত গ্রাহকও চলে গেছিল। তখন আমি কপর্দকহীন, আমার কাছে খাওয়ার পর হোটেলে বিল দেওয়ার মতোও পয়সা ছিল না, বাড়ি ফেরার জন্য টিকিট কেনার পয়সাও ছিল না, আর যদি থাকতোও তাহলে আমি নিজের এই পরাজিত মুখটা নিয়ে বাড়িতে ফিরতে চাইছিলাম না। শেষপর্যন্ত, আর একটা দুঃখের দিন অতিক্রম করে আমি হোটেলের ঘরে গিয়ে পৌঁছাই, আর নিজেকে বলে দিয়েছিলাম যে, আর শেষ বার। আসলে আমি সম্পূর্ণ রূপে পরাজয় স্বীকার করে নিয়েছিলাম। দুঃখ আর হতাশা আমাকে গ্রাস করে ফেলেছিল, আমি কোথায় যাব, কি করব, কার থেকে সাহায্য চাইব, তা কিছুতেই বুঝতে পাচ্ছিলাম না। আমার নিজের জীবনের কোনো পরোয়া ছিল না। আমি নিজের জন্ম নিয়েই আফসোস করছিলাম, সেদিন রাতে ডিনারে আমি এক গ্লাস দুধ নিয়েছিলাম, সেটুকুর দাম দেওয়াও আমার পক্ষে সম্ভব ছিল না। সেদিন বুঝেছিলাম যে, হতাশ ব্যক্তিরা কেনো হোটেলের জানলা থেকে ঝাঁপ দেয়। কিন্তু সেটা করার সাহসও আমার ছিল না, আমি নিজের জীবনের লক্ষ্য কি ছিল তা ভাবতে থাকি, কিন্তু কিছুই মাথায় আসছিল না।

'যেহেতু আর কাউর কাছ থেকে সাহায্য পাওয়ার কোনো আশা ছিল না তাই আমি ঈশ্বরের স্মরণাপন্ন হই। আমি প্রার্থনা করি, আমি তাঁকে বলি যে, তিনি যেন আমার চারদিকে ঘন জঙ্গল কাটিয়ে দিয়ে আমাকে আশার আলো দেখান, তাঁর কাছে পথের দিশা জানতে চাই আমি। আমি ঈশ্বরের কাছে প্রার্থনা করে তাঁকে বইয়ের অর্ডার পাইয়ে দিতে সাহায্য করতে বলি, আমি তাঁকে বলি, যেন আমি

নিজের স্ত্রী-সন্তানের ঠিক মতো দেখাশোনা করতে সক্ষম হই। প্রার্থনা শেষ করে আমি যখন চোখ খুলি তখন হোটেলের খালি ঘরে আমার চোখ গিয়ে পড়ে বাইবেলের ওপর। আমি বইটা খুলি, যীশু খ্রীষ্টের সেই অমর বাণীর দিকে চোখ পড়ে, যা যুগ যুগ ধরে শত-সহস্র মানুষকে হতাশা-চিন্তা দূর করার জন্য প্রেরণা দিয়ে গেছে। এমন এক আলোচনা যেখানে যীশু খ্রীষ্ট তাঁর শিষ্যদের বলেছিলেন, কিভাবে মানুষ তার চিন্তা জয় করতে পারে -

তুমি নিজে কি খাবে, কি পান করবে, তা নিয়ে চিন্তা কর না, তুমি কি পরবে তা নিয়েও ভেবো না। এই জীবন দেহের থেকে, শরীরের আবরণের থেকে বেশী কিছু নয় কি? হাওয়ায় ওড়া পাখিদের দিকে দেখো, ওরা চাষ করে না, ফসল ফলায় না, ফসল কেটে একত্রিতও করে না, তা সত্ত্বেও পরমপতি তাদের পেট চালান। এই পাখি কি তোমার থেকেও উন্নত?...কিন্তু সবার আগে তোমাকে ঈশ্বরের সাম্রাজ্য তাঁর ধার্মিকতার সন্ধান করতে হবে, আর তুমি তাতে করে সব পেয়ে যাবে।'

'যখন প্রার্থনার ভঙ্গিতে আমি এই শব্দ গুলি পড়ি, তখন আমার সাথে একটা চমৎকার ঘটনা ঘটে, আমার সমস্ত মানসিক চাপ এক মুহূর্তে কোথায় হারিয়ে যায়। তখন আমার সমস্ত চিন্তা, ভয়, মানসিক চাপ, সাহস, আশা এবং জয়ের আস্থায় পরিবর্তিত হয়।

'আমি অন্তর থেকে খুশি অনুভব করছিলাম, যদিও তখন আমার কাছে হোটেলের বিল দেওয়ার মতো অর্থ ছিল না। আমি বিছানায় শুয়ে, বহু দিন বাদে আরামে ঘুমাই।'

'পরের দিন সকালে আর আমি গ্রাহকের অফিস কখন খুলবে তার জন্য অপেক্ষায় বসেছিলাম না, বরং সেই ঠান্ডা-বৃষ্টিতে ভরা সুন্দর দিনে আমি সময় মতো গ্রাহকের অফিসে গিয়ে পৌঁছে তার দরজা ঠক্‌ঠক্ করি। আমার হাত সেদিন দরজা খোলার সময় কাঁপছিল না, আমি দৃঢ়তার সাথে দরজা খুলে ভেতরে ঢুকি, মাথা উঁচু করে ধণাত্মকার সাথে গ্রাহকের টেবিলের দিকে এগিয়ে যাই। তার সামনে গিয়ে বলি, 'গুড মনিং মি. স্মিথ, আমি অল আমেরিকান ল বুক কম্পানীর জন আর.এন্থনী।'

'সেদিন একদিনে আমি এত বই বিক্রী করতে সক্ষম হয়েছিলাম, যা আমি এক সপ্তাহতেও পারতাম না। সেদিন সন্ধ্যায় একজন বিজয়ি নেতার মতো আমি হোটেলের ঘরে ফিরে আসি। আমার যেন সেদিন নিজেকে নতুন একটা মানুষ

বলে মনে হচ্ছিল। সত্যিই আমি নতুন হয়ে গেছিলাম, কারণ আমার দৃষ্টিভঙ্গী সম্পূর্ণ রূপে বদলে গেছিল। সেদিন রাতে আর শুধু দুধ নয়, আমি পেট ভরে খাবার খাই, সেদিন থেকে আমার বিক্রী আকাশ স্পর্শ করেছিল।'

'আজ থেকে প্রায় বাইশ বছর আগে, এই ছোটো হোটেলের ক্ষুদ্র ঘরে আমার পুনর্জন্ম হয়েছিল। যদিও তখনও আমার বাহ্যিক অবস্থা দেখে যেকোনো মানুষের মনে হোতে পারত যে, আমি একজন অসফল মানুষ, কিন্তু আমার অন্তর সম্পূর্ণ রূপে বদলে গেছিল। হঠাৎই ঈশ্বরের সাথে আমার সম্পর্কের বিষয়ে আমি সজাগ হয়ে গেছিলাম। এক একজন মানুষকে সহজেই পরাজিত করে দেওয়া যায়, কিন্তু যে মানুষের সাথে ভগবানের শক্তির প্রবাহ থাকে, তাকে কেউ পরাজিত করতে পারবে না। আমরা নিজের জীবনের অভিজ্ঞতা দিয়ে বলছি, এটাই সবচেয়ে বড়ো সত্য।

'চাও, তোমাকে অবশ্যই দেওয়া হবে, খোঁজো, তুমি পেয়ে যাবে, খট্‌খট্ কর, তোমার জন্য দরজা খুলে যাবে।'

হাইল্যান্ড, ইলিনয়ের মিসেজ এল. জী. বেয়র্ড যখন চুড়ান্ত দুর্ভাগ্যের সম্মখীনতা করেছিলেন, তখনও হাঁটুর ওপর ভর দিয়ে বসে প্রার্থনা করতে পেরে তিনি শান্তি লাভ করেছিলেন, ' হে ভগবান, আমার নয়, তোমার ইচ্ছাই পূর্ণ হোক।'

তিনি একটা চিঠি লিখেছিলেন, তা আমার সামনে পড়ে আছে, 'একদিন সন্ধ্যায় টেলিফোন বাজছিল, কিন্তু ফোনের রিসিভার ওঠানোর মতো শক্তি আমার ছিল না, কারণ আমি বুঝতে পাচ্ছিলাম, সেটা হাসপাতাল থেকেই এসেছে, আমার ছোটো বাচ্চার মৃত্যুর ভয় আমাকে চেপে ধরেছিল, তার ম্যানিঞ্জাইটিস হয়েছিল। তাকে পেনিসিলিন দেওয়া হয়েছিল, কিন্তু তার শরীরের তাপমাত্রা কমানো যায় নি, ডাক্তারের মনে হয়েছিল যে, রক্ত মাথায় উঠে গেছে, তাতে করে ব্রেন টিউমার হয়ে যাওয়ার সম্ভনা ছিল, যার পরিণাম হল মৃত্যু। ফোনে সে কথাই বলা হয়েছিল, আমি যার ভয় পাচ্ছিলাম। হাসপাতালের ফোন ছিল, ডাক্তার আমাকে তখনই সেখানে যেতে বলেছিল।

'সেই সময় আমার আর আমার স্বামীর অবস্থা কি হয়েছিল, নিশ্চয়ই সেই যন্ত্রণা আপনি অনুভব করতে পাচ্ছেন। সকলের কোলে বাচ্চা ছিল, শুধু আমাদের কোলই খালি হোতে চলেছিল, তখন শুধু একটা কথাই ভাবছিলাম, আর কি কখনও আমরা নিজেদের সন্তানকে বুকে জরিয়ে ধরতে পারব ? যখন ডাক্তারের কাছে গিয়ে পৌঁছাই তখন আমাদের আতঙ্ক আরো কয়েক গুণ বৃদ্ধি পায়, সে বলেছিল, আমাদের বাচ্চার বাঁচার আশা মাত্র চল্লিশ শতাংশ, আর সেই সাথে এই

কথাও বলেছিল যে, যদি আমাদের জানা শোনা কোনো ডাক্তার থাকে, তাহলে যেন আমরা তখনি তাকে সাহায্যে জন্য ডাকি।

'বাড়ি ফেরার পথে আমার স্বামী ভেতর থেকে একদম ভেঙে পড়েছিল, শুধু একটাই কথা বলছিল, 'কিভাবে আমি আমার সন্তানকে ভুলে যাব?' আপনি কখনও কি কোনো পুরুষকে কাঁদতে দেখেছেন? সেটা খুবই ভয়ঙ্কর অনুভব। আমরা রাস্তায় গাড়ি দাঁড় করিয়ে, অনেকক্ষণ সেই বিষয় নিয়ে আলোচনা করার পর ঠিক করি যে, আমাদের চার্চে যাওয়া উচিত, যদি ভগবান তাকে নিজের কাছে নিয়ে নিতে চায় তাহলে তাই হবে, আর যদি আমার সন্তানকে আমার কাছে ফিরিয়ে দিতে চায়, তাহলে যান, তাই করেন। আমি সবটাই তাঁর ইচ্ছার ওপর ছেড়ে দিয়েছিলাম। আমি চার্চে ঢোকার মুখে পড়ে যাই, যখন মুখ থেকে নির্গত হয়ে হয়েছিল, '**আমার নয়, তোমার ইচ্ছাই যেন পূর্ণ হয়।**' তখন চোখের জল বাঁধ মানছিল না।

'কিন্তু মুখ থেকে এই কথাটা নির্গত হওয়ার পর, যেন বুকটা হাল্কা হয়ে গেছিল। দীর্ঘদিন বাদে আমি এই রকম শান্তি অনুভব করতে পাচ্ছিলাম। বাড়ি ফেরার পথে একটা কথাই বারংবার বলছিলাম, 'হে প্রভু, আমার নয়, যেন তোমার ইচ্ছাই পূরণ হয়।' এক সপ্তাহ বাদে সেদিন রাতে আমি আরামে ঘুমাতে পেরেছিলাম। কিছু দিন বাদে ডাক্তার আমাকে ফোন করে জানায় যে, আমার সন্তান বিপদ কাটিয়ে উঠেছে। আমি ঈশ্বরের উদ্দেশ্যে ধন্যবাদ জানাই, কারণ তাঁর কৃপাতেই আমি আমার চার বছরের সন্তানকে ফিরে পেয়েছিলাম।'

আমি এমন অনেক লোকেদের চিনি, যারা মনে করে ধর্ম বাচ্চা, মহিলা ও উপদেশকদের জন্য। তারা এই কথা গর্বের সাথে বলে যে, 'হী-ম্যানের' মতো তারা একাই নিজেদের লড়াই লড়তে জানে।

কিন্তু একটা কথা জানতে পারলে তারা হয়তো অবাক হয়ে যাবে যে, সারা পৃথিবী জুড়ে এমন বহু 'হী-ম্যান' প্রতিদিন প্রার্থনা করে। উদাহরণ স্বরূপ, 'হী-ম্যান' জ্যাক ডেম্পসী আমাকে বলেছিলেন যে, কোনো দিন প্রার্থনা না করে তিনি বিছানায় শুতে যান না। তাঁর মতে সে ঈশ্বরকে ধন্যবাদ না দিয়ে কখনও কোনো খাবার মুখে তোলেন না। ক্লিং-এর অভ্যাস করার সময় বা প্রতিযোগিতার সময় তিনি সর্বদা ঈশ্বরকেই স্মরণ করেন। প্রত্যেক রাউন্ডে বেল বাজার আগে তিনি প্রার্থনা করতেন, এমনটা নয়, তাঁর বক্তব্য ছিল, 'প্রার্থনা করার পর আমি সাহস ও বিশ্বাসের সাথে লড়াই করতে পারি।'

'হী-ম্যান' কনী ম্যান আমাকে বলেছিলেন, তিনি প্রার্থনা না করে শুতে পারেন

না। 'হী-ম্যান' এড্ডী রিকনব্যাকর বিশ্বাস করতেন, প্রার্থনার শক্তিই তাঁর প্রাণ বাঁচিয়েছিল। তিনি প্রতিদিন প্রার্থনা করতেন।

যখন 'হী-ম্যান' আইজনহওর ব্রিটিশ এবং আমেরিকান সেনাদের সুপ্রীম কমান্ডার হওয়ার জন্য ইংল্যান্ড রওনা দিয়েছিলেন,তখন প্লেনে তাঁর সাথে একটাই পুস্তক ছিল, তাহল বাইবেল।

'হী-ম্যান' জেনারল মার্ক ক্লার্ক আমাকে বলেছিলেন যে, যুদ্ধের সময় তিনি প্রতিদিন প্রার্থনা করতেন, ও ঈশ্বরের উদ্দেশ্যে মাথা নত করতেন। এই একই কাজ লর্ড নেল্সন করতেন। জেনারল ওয়াশিংটন, রবার্ট ঈ. স্টোনভাল জ্যাক্সন থেকে শুরু করে প্রায় সমস্ত সেনাপতিরাই প্রতিদিন প্রার্থনা করতেন ও ঈশ্বরের কাছে মাথা নত করতেন।

যাদের প্রকৃত 'হী-ম্যান' বলা যেতে পারে, এরা সকলেই উইলিয়াম জেম্সের বক্তব্যের সত্যতা বুঝতে সক্ষম হয়েছিল, 'ভগবান আরা আমাদের মধ্যে এক গভীর সম্পর্ক বিদ্যমান, আর তার দ্বার নিজেকে প্রভাবিত করতে পারলে, আমাদের গভীরতম ভাগ্য সুপ্রসন্ন হয়।'

বহু 'হী-ম্যান' সেই কথা জানত। আজ 7.2 কোটি আমেরিকার বাসিন্দা চার্চের সদস্য - তা এক সর্বকালীন রেকর্ড। আমি আগেও বলেছি, আজ বিজ্ঞানও ধর্মের পথে পা বাড়িয়েছে। উদাহরণ স্বরূপ ড. অলেক্সিস ক্যারলের লেখা '**ম্যান, দ্যা অননীন**' পুস্তকটির উল্লেখ করা যেতে পারে, এই পুস্তক বিজ্ঞানের সর্বোচ্চ পুরস্কার নোবেল লাভ করতে সক্ষম হয়েছিল। ড. ক্যারেল **রীডর্স ডাইজেস্টের** এক প্রবন্ধতে লিখেছিলেন, 'প্রার্থনা কাউর দ্বারা উৎপন্ন ঊর্জার সর্বাধিক সশক্ত রূপ। মাধ্যাকর্ষণ শক্তি যেমন স্বাভাবিক, এই শক্তিও ততটাই স্বাভাবিক। ডাক্তার হিসাবে আমি দেখেছি যে, সমস্ত চিকিৎসা ব্যর্থ বলে প্রমাণিত হওয়ার পর, মানুষ প্রার্থনার দ্বারা নিজের সমস্ত দুঃখ ও রোগ থেকে মুক্তি লাভ করতে সক্ষম হয়...প্রার্থনা রেডিয়ামের মতো চক্চকে, নিজের থেকে ঊর্জা উৎপন্ন করে...প্রার্থনার দ্বারা মানুষ সমস্ত রকম ঊর্জার সম্পর্কে এসে, নিজের সীমিত ঊর্জা বৃদ্ধি করতে সক্ষম হয়। আমরা যখন প্রার্থনা করি, তখন ব্রহ্মান্ড ব্যাপ্ত সেই অবিনাশী শক্তির সাথে নিজেদের সংযুক্ত করতে পারি। যাতে এই শক্তির একটা অংশ আমাদের প্রয়োজন পূরণ করতে পারে, তার জন্যই আমরা প্রার্থনা করি। শুধু চাইলেই আমাদের ভেতরের দুর্বলতা দুর করা যায় না, তার জন্য আমাদের শক্তিশালী ও সুদৃঢ় হোতে হয়...যখনই আমরা অন্তর থেকে প্রার্থনা করে ভগবানকে স্মরণ করি, তখনই আমাদের আত্মা

ও শরীর আরো ভালো বোধ করে। এক মুহূর্ত প্রার্থনা করেই কোনো পুরুষ বা স্ত্রী ভালো পরিণাম লাভ করতে পারে।

'আমরা যখন প্রার্থনা করি, তখন আমরা নিজেকে সেই অবিনাশী শক্তির সাথে যুক্ত করে নিই, যার দ্বারা এই ব্রহ্মাণ্ড চালিত হচ্ছে' - এই কথার অর্থ এডমিরল বর্ড খুব ভালো করেই জানতেন। এই যোগ্যতার দ্বারাই তিনি নিজের জীবন সবচেয়ে কঠিক সময় কাটিয়ে উঠতে সক্ষম হয়েছিলেন, তিনি নিজের লেখা পুস্তক 'অলোন'-এ সেই কথাই বলেছেন। 1934 সালে অন্টার্কটিকার রস ব্যারিয়রে আইসক্যাপের নিচে চাপা পড়ে যাওয়া একটা ঝুপড়িতে পাঁচ মাস কাটিয়েছিলেন। সেই অঞ্চলে জীবিত প্রাণী বলতে তিনি একাই ছিলেন। তখন সেই স্থানের তাপমাত্রা ছিল শূণ্যের থেকে বিরাশি ডিগ্রী নিচে, আর চারদিকে ছিল কখনও শেষ না হওয়া অন্ধকার। তখন তিনি বুঝতে পেরেছিলেন যে, তাঁর স্টোভ থেকে নির্গত কার্বন মোনোঅক্সাইড তাঁকে ধীরে ধীরে মৃত্যুর দিকে নিয়ে যাচ্ছে। কিন্তু কি করতেন? 123 মাইল দুরে একটা সাহায্য কেন্দ্র ছিল, কয়েক মাসেও তিনি সেখানে পৌঁছাতে পারতেন না। তিনি নিজের স্টোভ ও ভেন্টিলেটিং সিস্টেমকে ঠিক করার চেষ্টা করেছিলেন, কিন্তু তখনও সেখান থেকে ধোঁয়া নির্গত হচ্ছিল। যে কারণে তিনি প্রায়ই অজ্ঞান হয়ে মাটিতে পড়ে থাকতেন। তিনি বা খেতে পেতেন, না শুতে, এতই দুর্বল হয়ে গেছিলেন যে, নিজের বাঙ্কর থেকে বেরাতেও কষ্ট হোত। তাঁর মনে হোত যে, তিনি আর বাঁচবেন না, তাঁর শরীর বরফের নিচে চাপা পড়ে থাকবে।

কে তাঁকে জীবন দান করেছিল? একদিন হতাশায় তিনি নিজের ডায়রি হাতে তুলে নেন, আর নিজের জীবনের দর্শণ লেখার চেষ্টা করেন। 'মানব জাতি ব্রহ্মাণ্ডে একা বাস করে না।' তিনি নিজের মাথার ওপরে ঘুরে বেরানো গ্রহ-নক্ষত্র গুলির দিকে লক্ষ্য করে ভেবেছিলেন যে, সূর্য নিজের শাশ্বত সময়ে ঠিকই দক্ষিণ মেরুকে আলোকিত করতে আসবে। তখন তিনি নিজের ডায়রিতে লিখেছিলেন, 'আমি একা নই।'

এই একটা চিন্তা, যে পৃথিবীতে তো দূরের কথা এই বরফের মধ্যেও সে একা নয়, তাঁর প্রাণ বাঁচিয়ে দিয়েছিল, তিনি বলেছিলেন, 'খুব কম লোকই নিজের ভেতরের সমস্ত শক্তি সম্পূর্ণ রূপে নিঃশেষিত করতে সক্ষম হয়। আমাদের ভেতরে শক্তির যে গভীর কুয়া আছে, তা আমরা প্রয়োগ করতে পারি না।' কিভাবে এই শক্তির সদ্ব্যবহার করতে হয় তা রিচার্ড বর্ড জানতেন, তিনি বুঝেছিলেন

ঈশ্বরের প্রতি বিশ্বাসের দ্বারাই এই শক্তির সম্পূর্ণ ব্যবহার সম্ভব।

এডমিরল দক্ষিণ মেরুতে বসে যে অভিজ্ঞতা লাভ করেছিলেন, গ্লেন এ. অরনল্ড ভুট্টার ক্ষেতে দাঁড়িয়ে জীবনের সেই সত্য অনুধাবন করতে সক্ষম হয়েছিলেন। তিনি নিজের ভাষণে বলেছিলেন, 'আট বছর আগে সমস্ত পথ বন্ধ হয়ে যাওয়ার পর আমি নিজের জীবনের শেষ দরজা খোলার জন্য চাবি ঘুরিয়েছিলেম, আমি নিজের গাড়িতে বসে নদীর দিকে যাই। আমি একেবারেই অসফল হয়ে গেছিলাম। একমাস আগে আমার মাথায় আকাশ ভেঙে পড়েছিল, বৈদ্যতিক যন্ত্রের যে দোকান আমি খুলেছিলাম, তা বন্ধ হয়ে গেছিল। তখন মা মৃত্যুশয্যায়। আমার স্ত্রী আমাদের দ্বিতীয় সন্তানের জন্ম দিতে চলেছিল। ডাক্তারের বিল দিনে দিনে বৃদ্ধি পাচ্ছিল। ব্যবসা শুরু করার জন্য বাড়ির ফার্ণিচার থেকে শুরু করে গাড়ি পর্যন্ত সবকিছু বন্দক দিয়ে দিয়েছিলাম। সব হাতের বাইরে চলে গেছিল, আমি আর সহ্য করতে পাচ্ছিলাম না, মনে হচ্ছিল এই জীবন রেখে আর কোনো লাভ নেই।'

'আমি গ্রামের একটা নির্জন পথের পাশে বসে বাচ্চার মতো কাঁদছিলাম। তখন আমি কিছু ভাবতে থাকি, চিন্তার চক্রে পড়ে গোল-গোল না ঘুরে আমি সৃজন শীল দৃষ্টিতে কিছু ভাবার চেষ্টা করি। আমার অবস্থা কতটা খারাপ ছিল? এর চেয়ে খারাপ হোতে পারত না কি? সত্যিই কি হতাশ হওয়ার মতো কিছু ঘটেছিল? এই জীবনকে উন্নত করে তোলার জন্য আমার কি আর কিছুই করার নেই? তখনই ঠিক করেছিলাম যে, নিজের সম্পূর্ণ সমস্যা ঈশ্বরের পায়ে রেখে দেব, আমি প্রার্থনা করতে শুরু করি, সবকিছু ভুলে গিয়ে প্রার্থনা করতে শুরু করি, আর তখনই এক অদ্ভুত ঘটনা ঘটে, যখন নিজের সমস্ত সমস্যার কথা সেই মহান শক্তির পায়ে অর্পণ করতে পেরেছিলাম, তখনই আমি ভেতর থেকে হাল্কা বোধ করতে শুরু করি, বহুকাল বাদে নিজেকে এই রকম হাল্কা লাগছিল। প্রায় আধা ঘন্টা ধরে সেখানে বসে কাঁদি ও প্রার্থনা করি, তারপর বাড়ি ফিরে একটা ছোট্টো বাচ্চার মতো ঘুমিয়ে পড়ি।

'পরের দিন সকালে একটা নতুন বিশ্বাসের সাথে আমার চোখ খোলে। তখন আর কোনো কিছুর ভয় ছিল না, কারণ আমি ভগবানের দেখানো পথে অগ্রসর হচ্ছিলাম। সেদিন সকালে আমি একটা স্থানীয় ডিপার্টমেন্টাল স্টোরে গিয়ে মাথা উঁচু করে বিশ্বাসের সাথে বৈদ্যতিক ডিপার্টমেন্টে সেল্সম্যানের চাকরির জন্য কথা বলি। আমি জানতাম আমি চাকরি পেয়ে যাব। আমি চাকরি পেয়ে যাই, ততদিন

সেই চাকরিটা করেছিলাম যতদিন না যুদ্ধের কারণে ব্যবসা বন্ধ হয়ে গেছিল। এরপর আমি বীমা বিক্রী করতে শুরু করি। আজ আমার বাজারে কোনো ঋণ নেই, নিজের কাছে একটা নতুন গাড়ি ও তিনটি বুদ্ধিমান সন্তান আছে, নিজের বাড়ি আছে সেই সাথে আমি বীমাতে পঁচিশ হাজার ডলারের মালিক।

'আজ পিছন ঘুরে দেখলে আমি খুশি হই, একদিন সব হারিয়ে নদীর দিকে গেছিলাম, সেদিনের সেই ভয় আমাকে ঈশ্বরের প্রতি ভরসা করতে শিখিয়েছিল, এখন আমার ভেতরে সেই শান্তি, সেই আত্মবিশ্বাস আছে, যা আমি স্বপ্নেও কল্পনা করতে পারিনি।'

ধার্মিক আস্থা কিভাবে এত শান্তি ও সহ্যক্ষমতা প্রদান করে? উইলিয়াম জেম্স তার উত্তরে বলেছিলেন, সমুদ্রের উপরিভাগের ঢেউ কখনই সমুদ্রের গভীরতম অংশকে বিচলিত করতে পারে না। যে ব্যক্তি অধিক বিরাট ও অধিক স্থায়ী সত্যকে ধরে রাখতে পারে, তার ব্যক্তিগত ভাগ্যের ক্ষণিক উত্থান-পতনকে তুলনাত্মক ভাবে গুরুত্বহীন বলে মনে হয়। এইভাবেই প্রকৃত ধার্মিক ব্যক্তি অবিচলিত ও শান্তিতে পরিপূর্ণ থাকে, আর শান্তির সাথে সে প্রতিদিনের কর্তব্য পালন করার জন্যও প্রস্তুত থাকে।'

আমরা যদি দুঃখি ও হতাশ হই, তাহলে একবার ভগবানকে পরীক্ষা করে দেখলে হয়না? ইম্যানঅল কান্ট বলেছিলেন, 'আমাদের ঈশ্বরের ওপর বিশ্বাস রাখতে হবে, কারণ আমাদের তা প্রয়োজন আছে।' সারা ব্রহ্মান্ড বিস্তৃত সেই অবিনাশী শক্তির সাথে নিজেকে যুক্ত করে দেখুন।

হয়তো আপনি প্রকৃতগত ভাবে নাস্তিক, হয়তো আপনার মধ্যে সন্দেহ বাতিক কাজ করে, আপনি যা ভাববেন, তা ভাবার জন্য প্রার্থনা আপনাকে আরো অনেক বেশি শক্তি দেয়, কারণ এটাই প্রাক্টিক্যাল। প্রাক্টিক্যাল বলতে আমি বোঝাতে চাইছি, প্রার্থনা আমাদের তিনটি মূলগত মনোবৈজ্ঞানিক প্রয়োজনকে পূরণ করে, তা সকলের মধ্যেই থাকে, তাতে সে ভগবানকে বিশ্বাস করে না করে না তা দিয়ে কিছু যায় আসে না।

1. প্রার্থনা আমাদের সমস্যাকে শব্দতে প্রকটিত করতে সাহায্য করে। আমার চতুর্থ অধ্যায়তে দেখেছি যে, যতক্ষণ প্রার্থনা অস্পষ্ট ও ধোঁয়াটে থাকে, ততক্ষণ পর্যন্ত তার সমাধান করা অসম্ভব হয়ে যায়। প্রার্থনা করার মানে হল, নিজের সমস্যা গুলিকে কাগজের ওপর লিখে ফেলা। কারণ তার জন্য আমাদের শব্দের ব্যবহার করতেই হয়।

2. প্রার্থনা আমাদের এটা বুঝিয়ে দেয় যে, আমরা একা নই, এই বোঝা বহন করার জন্য কেউ না কেউ আমাদের অবশ্যই সাহায্য করছে। নিজের সমস্ত সমস্যার বোঝা একা তুলে ধরার ক্ষমতা আমাদের মধ্যে খুব কম লোকেরই আছে, অনেক সময় আমাদের সমস্যা এতটাই ভয়ঙ্কর হয় যে, সেই সম্পর্কে আমরা আমাদের খুব কাছের আত্মিয় বা বন্ধুর সাথেও আলোচনা করতে পারি না। তার সমাধান হল প্রার্থনা। যেকোনো মনোবিশ্লেষক আপনাকে বলে দেবে যে, যখনই আপনি চিন্তার মধ্যে থাকেন, তখন আপনার আত্মার ওপর একটা বোঝা চেপে বসে, চিকিৎসা শাস্ত্রের মতে তখন নিজের সমস্যার কথা কাউকে বকে দেওয়াই সবচেয়ে ভালো। যদি আমরা আর কাউকে বলতে না পারি, ভগবানকে তো বলতেই পারি।

3. প্রার্থনা কর্মের সক্রিয় সিদ্ধান্তের কার্যরূপ। এটা কর্মের অভিমুখে চলার প্রথম পদক্ষেপ। আমার মনে হয়, এমন খুব কম লোকই আছে, যে প্রার্থনা করে কিছু পাইনি, অর্থাৎ অন্যভাবে বলা যায়, সেই বস্তু লাভের জন্য চেষ্টা করেনি। ড. অলেক্সিস ক্যারেল বলেছিলেন, 'মানুষের দ্বারা সৃষ্ট উর্জার সবচেয়ে শক্তিশালী রূপ হল, প্রার্থনা।' তাহলে তার ব্যবহার করে দেখতে ক্ষতি কিসের? আপনি তাঁকে ভগবান, ঈশ্বর, পরমাত্মা, আল্লাহ যেকোনো নামে স্মরণ করতে পারেন। নাম নিয়ে তর্ক করে লাভ নেই, প্রকৃতির রহস্যময়ী শক্তিকে নিজের সংরক্ষণে আনাই সবচেয়ে বড়ো কথা।

আপনি এখনি এই বই বন্ধ করে, ঘরের দরজা বন্ধ করে নিজের মনের জ্বালা নির্গত করার চেষ্টা করতে পারেন না? যদি আপনার আস্থা শেষ হয়ে গিয়ে থাকে, তাহলে ঈশ্বরের কাছে প্রার্থনা করে। সেই আস্থা ফিরে পাওয়ার চেষ্টা করুন। সাতশো বছর আগে এসিসীর সেন্ট ফান্সিসের লেখা সেই প্রার্থনা পুনরায় আওরান, 'হে ভগবান, আমাকে নিজের শান্তির মাধ্যম করে তোলো। যেখানে ঘৃণা, সেখানে প্রেমের বীজ বুনতে দাও। যেখানে আঘাত, সেখানে ক্ষমা করতে শেখাও। যেখানে শঙ্কা, সেখানে বিশ্বাস করতে শেখাও। যেখানে হতাশা, সেখানে আশার আলো জ্বালাতে দাও। যেখানে অন্ধকার, সেখানে যেন আমি সান্ত্বনা লাভের আশা না করে, তা দিতে সক্ষম হই, যেন অন্যদের বোঝার বদলে তাদের প্রেম দেওয়ার চেষ্টা করি। কারণ দিলে, তেবেই আমরা পাব, ক্ষমা চাইলে তবেই ক্ষমা পাওয়া যায়, মৃত্যুই যেন আমাদের জীবনকে অমরতা দানের দরজা খুলে দেয়।'

ষষ্ঠ ভাগ

সমালোচনা থেকে কিভাবে দূরে থাকবেন

20

কিভাবে অনুচিত সমালোচনার থেকে দূরে থাকবেন

> মহান লোকেদের ভুল বা মূর্খামি দেখে নিকৃষ্ট লোকেরা খুবই আনন্দ পায়। -শপেনহার

1929 সালে এমন একটা ঘটনা ঘটেছিল, তা সমগ্র শিক্ষা জগতে আলোড়ন সৃষ্টি করে দিয়েছিল। আমেরিকায় যত বিদ্বান ছিল, তারা সকলেই সেই ঘটনা নিজের চোখে প্রত্যক্ষ করার জন্য শিকাগোতে গিয়ে পৌঁছায়। কয়েক বছর আগে রবার্ট হচিন্স নামক এক যুবক ওয়েলে পরাশোনা করতেন, নিজের পড়ার খচর চালানোর জন্য তিনি কখনও হোটেলে ওয়েটারের কাজ করতেন তো, কখনও সেল্সম্যানের, আবার কখনও কাঠের কাজ করতেন বা কখনও টিউশান পড়াতেন। এর ঠিক আট বছর বাদে আমেরিকার চতুর্থ ধনী বিশ্ববিদ্যালয় অর্থাৎ ইউনিভার্সিটি অফ শিকাগোতে তিনি প্রেসিডেন্ট হোতে চলেছিলেন। তখন তাঁর বয়স মাত্র, তিরিশ বছর। এই অবিশ্বাস্য ঘটনা পৌঢ় শিক্ষাবিদ্দের নায়িয়ে দিয়েছিল। সেই সময় তাঁকে নিয়ে সমালোচনার শেষ ছিল না, তাঁর একটাই অপরাধ ছিল, সেই পদে বসার জন্য তাঁর বয়স কম ছিল, আর যার ফলে তাঁর অভিজ্ঞাতও কম ছিল, তাই তীব্র সমালোচনার মুখে পড়তে হয়েছিল তাঁকে। আসলে তাঁর শিক্ষা সম্পর্কিত অদ্ভুত মতামত কেউ মেনে নিতে পাচ্ছিল না, এমনকি সংবাদ মাধ্যম গুলিও এই সমালোচনায় যোগদান করে।

যেদিন তিনি প্রেসিডেন্ট হোতে যান সেদিন এক বন্ধু রার্বট ম্যানার্ড হচিন্সের বাবাকে বলেছিল, 'আজ সকালের সংবাদপত্রের সম্পাদকিয় স্তম্ভ পড়ে আমি অবাক হয়ে যাই, সেখানে আপনার ছেলের সম্পর্কে খুবই সমালোচনা করা হয়েছিল।'

'হ্যাঁ' বাবা বলেন, 'সমালোচনা খুবই হচ্ছে ঠিকই, কিন্তু একটা কথা স্মরণে রেখো, মরা কুকুরের গায়ে কেউই লাথি মারে না।'

কুকুরটা যত গুরুত্বপূর্ণ হয়, লোকেদের তাকে লাথি মারতে ততই ভালো লাগে। প্রিন্স অফ ওয়েল্স পরে এডওয়ার্ড অষ্টম হয়েছিলেন, কিন্তু তিনিও নিজের জীবনের সমালোচনা থেকে অভিজ্ঞতা সঞ্চয় করতে শিখেছিলেন। সেই সময় তিনি ডার্টমাউথ কলেজে পড়তেন, সেই কলেজ অন্নাপলিসে নৌসৈনিক একাডেমির সাথে সংযুক্ত ছিল, সেই সময় প্রিন্স মাত্র চোদ্দো বছরের যুবক। একদিন নৌসৈন্যদের অধিকারী তাঁকে কাঁদতে দেখে, কারণ জিজ্ঞাসা করে। প্রথমে তিনি কারণ বলতে চাননি, কিন্তু পরে তিনি বলেন যে, সৈনিক ক্যাডেটোঁ তাঁকে লাথি মেরেছে, কলেজের ক্যাপ্টেন ক্যাডেটোঁকে ডেকে বলে যে, প্রিন্স কোনোই অভিযোগ করেনি, কিন্তু তা সত্ত্বেও সে জানতে চায় যে, এমন দুর্ব্যবহার করার জন্য প্রেন্সকেই কেনো নির্বাচন করা হয়েছিল।

সে অনেক ক্ষণ ধরে কথা ঘোরানোর চেষ্টা করে শেষ পর্যন্ত আসল কথা স্বীকার করেই নেয়, যখন সে কিঙ্গস নেভীতে কমান্ডার বা ক্যাপ্টেন হবে, তখন সে গর্বের সাথে বলতে পরাবে যে, সে সম্রাটকে লাথি মেরেছিল।

তাই যখনই আপনার নামে সমালোচনা হবে বা যখন আপনাকে কেউ লাথি মারবে তখন বুঝবেন যে, যারা বা যে এই কাজ করছে তারা নিজেদের বা নিজেকে গুরুত্বপূর্ণ করে তোলার জন্য এই কাজ করছে। অধিকাংশ ক্ষেত্রে এর প্রধান উদ্দেশ্যে কিছু প্রাপ্ত করার দিকে থাকে, অন্যদের ধ্যান নিজের দিকে আকর্ষন করতে চাওয়া। অনেক লোক নিজেদের থেকে বেশি শিক্ষিত বা অভিজ্ঞ ব্যক্তিদের নামে সমালোচনা করে সন্তুষ্টি লাভ করে। উদাহরণ স্বরূপ বলা যায়, এই পুস্তক লেখার সময় আমার কাছে একটা চিঠি আসে, সেই চিঠিতে একজন মহিলা সালভেশন আর্মীর সংস্থাক জেনারল উইলিয়াম বুথের প্রচন্ড সমালোচনা করেছিল, আমি জেনারেল বুথ সম্পর্কে রেডিওতে কিছু প্রশংসা জনক কথাবার্তা বলেছিলাম, তাই জন্য সে আমাকে এই চিঠিটা পাঠিয়েছিল, তাতে লেখা ছিল জেনারল বুথ গরিবদের মধ্যে ভাগ করে দেওয়ার জন্য যে অর্থ একত্রিত করেছিলেন, তার মধ্যে আশি লক্ষ ডলার তিনি নিজে আত্মসাৎ করেছেন। যদিও এই সমালোচনা একেবারেই ভিত্তিহীন ছিল। অথচ সেই মহিলা সত্যিটা কি তা জানতেই চায়নি। আসলে সে অতিব নিম্নমানের একটা সন্তুষ্টি লাভ করার চেষ্টা করছিল, তা ওপর মহলের লোকেদের নামে সামলোচনা করে লাভ করা যায়। আমি তার সমালোচনায় ভরা চিঠিটা

ডাস্টবিনে ফেলে দিই, আর এই ধরণের মহিলার সাথে আমার বিবাহ হয়নি বলে, ভগবানকে অশেষ ধন্যবাদ জ্ঞাপন করি। এই চিঠিটা আমাকে জেনারেল বুথ সম্পর্কে কোনো কথাই বলেনি, কিন্তু এই মহিলা সম্পর্কে বহু কথা বলে দিয়েছিল। শপেনহার বহু যুগ আগে বলেছিলেন, 'হান লোকেদের ভুল ও মুর্খামি দেখে নিকৃষ্ট লোকরা খুবই আনন্দ পায়।'

ওয়েলের কোনো প্রেসিডেন্ট নিকৃষ্ট মনের পরিচয় দিতে পারে তা কেউই ভাবতে পারে না, অথচ সেখানকার প্রাক্তন প্রেসিডেন্ট টিমোথী ডভাইট আনন্দের সাথে সেই ব্যক্তির সমালোচনা করেছিলেন, যিনি আমেরিকা প্রেসিডেন্ট হওয়ার জন্য প্রার্থী হিসাবে নির্বাচিত হয়েছিলেন। ওয়েলের প্রেসিডেন্ট সকলকে সাবধান করে দেওয়ার সুরে বলেছিলেন যে, 'যদি এই ব্যক্তি আমেরিকার প্রেসিডেন্ট হয়, তাহলে আমাদের চোখের সামনেই আমাদের স্ত্রী ও মেয়েরা আইনত বেশ্যাবৃত্তির শিকার হবে, তাদের অপমানিত করা হবে, দূষিত করে দেওয়া হবে, সেই সাথে তাদের সমস্ত পবিত্রতা নষ্ট করে দেওযা হবে, তারা ভগবান তথা মানুষ উভয়ের চোখেই ঘৃণার পাত্র হয়ে উঠবে।'

কথা গুলো শুনে মনে হচ্ছিল, যেন হিটলার সম্পর্কে নিন্দা করা হচ্ছে, কিন্তু আসলে থমাস জেফরসনের দিকে এই সমালোচনার তীর গুলি ছোঁড়া হচ্ছিল। কে এই থমাস জেফরসন? উনি সেই স্বতন্ত্রতা ঘোষণাপত্রের লেখক ও স্বতন্ত্রতা সংরক্ষণের সন্ত তো নন? হ্যাঁ, এই ব্যক্তি সম্পর্কেই এই ধরণের সমালোচনা গুলো করা হচ্ছিল।

আপনার কি মনে হয়, আমেরিকার কোন নাগরিককে 'পাখন্ডী', 'ধূর্ত' তথা 'হত্যাকারীদের থেকে সামান্য ভালো' বলা হয়েছিল? একটা সংবাদ পত্রে তাঁর সম্পর্কে কার্টুন বানানো হয়েছিল, তাঁকে গিলোটেনের ওপর দাঁড় করিয়ে একটা বড়ো চাকু তাঁর মাথা কাটার জন্য প্রস্তুত ছিল, তিনি যখন রাস্তা দিয়ে ঘোড়ার পিঠে করে যাচ্ছিলেন, তখন অসংখ্য লোক তাঁকে উদ্দেশ্য করে যা ইচ্ছা তাই করছিল। তিনি কে? জর্জ ওয়াশিংটন।

কিন্তু এটা বহুদিন আগেকার কথা। হয়তো মানুষেরা এখন অনেক সংশোধিত হয়ে গেছে। আসুন এডমিরল পিয়রীর উদাহরণ থেকে তা বোঝা যাক - 1990 সালের 6 ই এপ্রিল, তিনি নিজের কুকুরকে সঙ্গে নিয়ে যখন উত্তর মেরুতে পৌঁছেছিলেন, তখন সেই ঘটনা সারা পৃথিবীর লোককে আশ্চর্যচকিত ও রোমাঞ্চিত করে তুলেছিল। সেদিন তিনি এমন একটা লক্ষ্য পূরণ করতে সক্ষম হয়েছিল,

যেটা বহু যুগ ধরে বহু মানুষ বহু কষ্ট সহ্য করে পূরণ করার চেষ্টা করেছিল, কিন্তু কেউই সফল হোতে পারেনি। পিয়রী যখন সফলতার উচ্চ শিখরে আরোহণ করতে সক্ষম হয়েছিলেন তখন আমেরিকার বহু বরিষ্ঠ নৌসৈনিক, তা সহ্য করতে পাচ্ছিল না। তাই তারা তার সম্পর্কে বলেছিল যে, বৈজ্ঞানিক অভিযানের জন্য অর্থ একত্রিত করলেও তিনি নাকি 'আর্কটিকে পড়ে আছেন আর সেখানে অসভ্যতামি করে ঘুরে বেরাচ্ছেন।' সেই সময় শুধুমাত্র রাষ্ট্রপতি ম্যাক্কিনলের আদেশের জন্যই পিয়রী আর্কটিকে নিজের অভিযান চালিয়ে যেতে সক্ষম হয়েছিলেন।

জেনারল গ্রান্টের অভিজ্ঞতা পিয়রীর থেকেও তিক্তো। জেনারল গ্রান্ট সর্বপ্রথম 1862 সালে উত্তরের সেনাদের পক্ষ থেকে সবচেয়ে বড়ো জয়লাভ করেছিলেন। দুপুরে এই বিজয় লাভ করার পর রাতারাতি গ্রান্ট রাষ্ট্রের হীরো হয়ে ওঠেন। এই জয়ের ফলে চারদিক জুড়ে আনন্দের বন্যা বয়ে গেছিল। অথচ এমন জয়লাভের মাত্র ছয় সপ্তাহ বাদেই গ্রান্টকে – **গ্রেপ্তার করা হয়েছিল আর তাঁর হাত থেকে সেনাদের কামান কেড়ে নেওয়া হয়, হতাশা ও অপমানে তাঁর চোখ দিয়ে জল নির্গত হয়েছিল।**

কেন সেদিন ইউ.এস.গ্রান্টকে গ্রেপ্তার করা হয়েছিল ? আসলে তিনি তাঁর বরিষ্ঠ অফিসারদের চক্ষুশূল হয়ে গেছিলেন, তাদের হিংসার জেরেই তাঁকে অপমান সহ্য করতে হয়েছিল।

যদি এমন অনুচিত আলোচনা আপনার চিন্তার অন্যতম কারণ হয়, তাহলে তার থেকে বাঁচার উপায় হল

মনে রাখবেন, অনুচিত সামলোচনার মধ্যে আপনার প্রশংসাই লুকিয়ে থাকে, মনে রাখবেন মৃত কুকুরকে কেউই লাথি মারে না।

21

সমালোচনায় কিভাবে প্রতিক্রিয়া ব্যক্ত করবেন ?

যতক্ষণ তুমি নিজে বিশ্বাস করো যে, তুমি ঠিক, ততক্ষণ লোকে কি বলল, সেদিকে কর্ণপাত কর না। **-এলীনোর রূজভেল্ট**

একবার আমি মেজর জেনারল মেডলে বটলরের সাক্ষাৎকার নিয়েছিলাম, জিমলেট-আই 'হেল-ভেভিল' বটলরের! তিনি কে তা কি মনে আছে? আমেরিকান ম্যারীন্সের প্রধানদের মধ্যে তিনিই ছিলেন সর্বাধিক রঙিন মেজাজের মানুষ এবং খুবই প্রতাপশালী ব্যক্তিত্ব ছিল তাঁর।

তিনি আমাকে বলেছিলেন যে, যৌবনে তিনি জনপ্রিয় হয়ে ওঠার বহু চেষ্টা করতেন, তিনি প্রত্যেকের ওপর নিজের ভালো প্রভাব সৃষ্টি করতে চাইতেন। সেই সময় তাঁর সম্পর্কে সামান্যতম সমালোচনাও তিনি সহ্য করতে পারতেন না, তা তাঁকে আহত করত। কিন্তু তিনি স্বীকার করেছিলেন যে, তিরিশ বছর ধরে ম্যারীন্সে থাকার পর তাঁর গায়ের চামরা মোটা হয়ে গেছিল, 'হলুদ কুকুর, সাপ এবং ধূর্ত শিয়াল বলে আমাকে অপমানিত করা হয়েছে, আমার বহু সমালোচনা হয়েছে, বিশেষজ্ঞদের বহু গালাগালি সহ্য করেছি, হয়তো ইংরেজি ভাষাতে এমন কোনো গালাগালি নেই, যা আমার জন্য প্রয়োগ করা হয়নি। এর জন্য আমার কি কোনো সমস্যা হয়েছে? না। এখন যদি আমার কানে নিজের সম্পর্কে কোনো সমালোচনা আসে, তাহলেও আমি মাথা ঘুরিয়ে সেদিকে তাকিয়ে দেখি না।'

হয়তো 'জিমলেট-আঈ' সমালোচনার বিষয়ে একটু বেশিই উদাসিনতা দেখিয়ে ফেলেছিলেন, কিন্তু এটা ঠিক যে, আমরা আমাদের সম্পর্কে যে ছোটোখাটো সমালোচনা করা হয়, সেই গুলি নিয়ে একটু বেশিই ভাবি। আমার সেদিনের কথা

আজও মনে আছে, কয়েক বছর আগে নিউইয়ার্কের 'সন' সংবাদপত্রের একজন সাংবাদিক আমার প্রাপ্ত বয়স্ক প্রশিক্ষণ কেন্দ্রের বৈঠকের প্রদর্শণে এসেছিল, আর তারপর সে তার সংবাদপত্র আমার কাজ ও আমাকে নিয়ে বহু উপহাস করেছিল। আমি কি খুবই ক্ষুব্ধ হয়ে গেছিলাম? বিষয়টা আমার খুবই অপমান জনক বলে মনে হয়েছিল। আমি 'সন'-এর এক্‌জীকূ্যটিভ কমিটির চেয়ারম্যান গিল হজেসকে ফোন করি, আর বলি যে, উপহাস করার পরিবর্তে কোনো তথ্য মূলক লেখা কি সে লিখেছে? আমি সংকল্প করেছিলাম যে, এই সাংবাদিককে তার উপযুক্ত শিক্ষা অবশ্যই প্রদান করব।

আজ আমি নিজের সেই দিনের ব্যবহারের জন্য সত্যিই লজ্জিত। এখন আমার মনে হয়, যারা নিয়মিত সংবাদত্র পড়ে, তাদের মধ্যের অর্ধেক লোক হয়তো সেই লেখা পড়েইনি। বাকি যারা সেই খবরটা পড়েছিল, তাদের মধ্যে অর্ধেকের নিছকই মনোরঞ্জনের স্রোত বলে মনে হয়েছিল, যারা এই খবর পড়ে মজা পেয়েছিল, তাদের মধ্যে অর্ধেকে হয়তো এক সপ্তাহের মধ্যে সেই কথা ভুলেও গেছিল।

এখন আমি বুঝতে পারি যে, লোকেরা আমার বা আপনার কথা ভাবে না, আমাদের সম্পর্কে কি কথা বলা হচ্ছে, সেই বিষয় নিয়েও তারা মাথা ঘামায় না। তারা আসলে সর্বদা নিজের কথাই ভাবে, সকালে ঘুম থেকে ওঠার পর থেকে মাঝরাত পর্যন্ত তারা শুধু নিজেদের কথাই ভাবে। আপনার মৃত্যু বা আমার মৃত্যুর থেকে তাদের সামান্য মাথা যন্ত্রণা নিয়ে তারা অনেক বেশি বিব্রত থাকে।

যদি আপনার মনে হয় যে, আপনার কয়েকজন অন্তরঙ্গ বন্ধুর মধ্যে একজন আপনাকে নিয়ে উপহাস করেছে, আপনার সাথে বিশ্বাসঘাতকতা করেছে বা আপনাকে পিছন থেকে ছুঁড়ি মারার চেষ্টা করেছে, তাহলেও মন খারাপ করবেন না, নিজেকে করুণার চোখে দেখবেন না। এর পরিবর্তে যীশু খ্রীষ্টের সাথে কি হয়েছিল, তা ভেবে দেখুন। তাঁর সবচেয়ে অন্তরঙ্গ একজন বন্ধু কিছু টাকার বিনিময়ে তাঁর সাথে বিশ্বাসঘাতকতা করেছিল। এরপর যখন তাঁর ওপর বিভিন্ন সংকট এসে উপস্থিত হয়েছিল, তখন তাঁর আর একজন কাছের বন্ধু তাঁকে ত্যাগ করে দিয়েছিল, আর সকলের সামনে প্রকাশ্যে বলেছিল যে, সে যীশু খ্রীষ্টকে চেনে পর্যন্ত না। আর তা বলার সময় সে দিব্যি পর্যন্ত খেয়েছিল। যীশু খীষ্ট্রের সাথে যদি এমন ঘটনা ঘটে থাকে, তাহলে আমি বা আপনি কে?

আমি বহুদিন আগেই এই সত্য উপলব্ধি করতে সক্ষম হয়েছিলাম যে, কোনো

ব্যক্তির অনুচিত সমালোচনা করার অভ্যাস আমি দূর করতে পারব না, কিন্তু আমি একটা গুরুত্বপূর্ণ কাজ করতে পারি আমি আর অনুচিত সমালোচনা শুনে বিচলিত হব না। এর মানে এই নয় যে, আপনি কোনো সমালোচনার দিকেই কান দেবেন না, তা কখনই না। আমি শুধুমাত্র '**অনুচিত সমালোচনা**' গুলিকে অদেখা করতে বলেছি। একবার আমি এলীনোর রুজভেল্টকে জিজ্ঞাসা করেছিলাম যে, তিনি সমালোচনার সম্মখীনতা করেন? তিনি যে কত সমালোচনার সম্মখীনতা করতেন, তা হয়তো একমাত্র ঈশ্বরই জানেন। হোয়াইট হাইসে যত জন লোক থাকত, তার তুলনায় তার প্রগাঢ় বন্ধু ও হিংসুটে শত্রুর সংখ্যা হয়তো কয়েকটা বেশিই ছিল।

তিনি আমাকে বলেছিলেন যে, কৈশরে তিনি খুবই সংকোচি প্রকৃতির ছিলেন। লোকে তরা সম্পর্কে কি বলব সে নিয়ে বড্ড বেশি মাথা ঘামাতেন। তিনি একদিন খুবই ঘাবরে গিয়ে তাঁর কাকিমা অর্থাৎ থিয়োডোর রুজভেল্টের বোনের কাছ থেকে পরামর্শ নিয়েছিলেন। তিনি বলেছিলেন যে, 'আন্টি আমি অমুক - অমুক কাজ করতে চাই, কিন্তু আমার সমালোচনা হবার কথা ভেবে ভয় পাই।' সেই সময় টেলী রুজভেল্ট তাঁর চোখে চোখ রেখে বলেছিল, 'যতক্ষণ তুমি মন থেকে বিশ্বাস কর যে, তুমি ঠিক, ততক্ষণ পর্যন্ত কোলে কি বলল, তা নিয়ে কখনও মাথা ঘামাবে না।' তিনি বলেছিলেন যে, বহু বছর বাদে যখন তিনি হোয়াইট হাউসে থাকতে শুরু করেছিলেন, তখন সেই কথা তাঁর আরো বেশি করে মনে পড়ে গেছিল। তিনি বলেছিলেন যে, আমরা শুধুমাত্র একটা উপায়েই সমালোচনা থেকে বাঁচতে পারি, আর তা হল ড্রেস্টন-চাইনার মূর্তি হয়ে শেল্ফরের ওপর বসে থাকা। **আপনার নিজের মন যেটাকে সঠিক বলবে, আপনি তাই করুন। কারণ আপনি যাই করুন না কেনো, আপনার সমালোচনা হবে, এমনটাই তিনি মনে করতেন। আপনি যদি কিছু করেন, তাহলেও আপনাকে সমালোচনা সহ্য করতে হবে, যদি কিছু না করেন, তাহলেও আপনাকে সমালোচনা সহ্য করতে হবে।**

স্বর্গীয় ম্যাব্যু সীস ব্রশ যখন আমেরিকার ইন্টারন্যাশানাল কর্পোরেশনের প্রেসিডেন্ট ছিলেন, তখন একবার আমি তাঁকে জিজ্ঞাসা করেছিলাম যে, আপনি সমালোচনা সম্পর্কে সংবেদনশীল কি? তখন তিনি উত্তর বলেছিলেন, 'আমি প্রথম দিকে সমালোচনার বিষয়ে খুবই সংবেদনশীল ছিলাম। তখন আমার মনে হোত যে, আমার সংগঠনের প্রত্যেক সদস্য যেন, আমাকে আদর্শ বলে মনে করে। যদি তারা তা মনে না করত, তখন আমি চিন্তাগ্রস্ত হয়ে পড়তাম। প্রথমদিকে যখন কেউ আমার সমালোচনা করত তখন আমি তার সাথে তালে তাল মিলিয়ে

চলার চেষ্টা করতাম, কিন্তু তার সাথে একটা ঠিকঠাক সম্পর্কে গরে তোলার জন্য আমি যা যা করতাম তাতে অন্যরা পাগল হয়ে যেত, আবার যখন অন্য আর একজনকে শান্ত করার চেষ্টা করতাম, তখন আরো দুজন মৌমাছির মতো ভন্‌ভন্‌ করত। শেষে আমি বুঝতে পারি যে, ব্যক্তিগত সমালোচনার হাত থেকে বাঁচার জন্য, আহত আবেগকে ঠান্ডা ও শান্ত করার জন্য আমি যত চেষ্টা করব, আমার শত্রুর সংখ্যা ততই বৃদ্ধি পাবে। শেষ পর্যন্ত আমি নিজেকে বলি, **'যদি তুমি ভিড়ের মধ্যে নিজের মাথা উঁচু করার চেষ্টা কর, তাহলে তোমার আলোচনা হওয়াই স্বাভাবিক। তাই এর অভ্যাস করে নাও।'** এর থেকে আমি খুবই সাহায্য লাভ করেছিলাম। তখন আমি ঠিক করে নিয়েছিলাম যে, নিষ্ঠার সাথে নিজের কাজ করব, আর তারপর নিজের পুরানো ছাতাটা মাথায় ধরে বসে থাকব, যতই সমালোচনার বৃষ্টি হোক না কেন, তা আমার ছাতা বেয়ে নিচে পড়বে, আমাকে স্পর্শ পর্যন্ত করতে পারবে না।'

ডিম্‌স টেলর আর একটু আগে পৌঁছে গেছিলেন তিনি নিজের সমালোচনা নিজের গায়ে মাখতেন না, উপরন্তু তা নিয়ে সার্বজনিক রূপে হাসাহাসিও করতেন। নিউইয়ার্ক ফিলাহার্মোনিক-সিম্ফনী অর্কেস্ট্রার রবিবার দুপুরে রেডিও কন্সটর্সের মধ্যান্তরে তিনি কিছু বলেছিলেন, আর তার ওপর ভিত্তি করে এক মহিলা তাঁকে একটা চিঠি লিখেছিল, তাতে সে তাঁকে স্পষ্টভাষায় 'মিথ্যেবাদী, প্রতারক ও বোকা' বলেছিল। মিস্টার টেলর নিজের পুস্তক **অফ মেন এন্ড মিউজিক-** এ বলেছিলেন, 'আমার সেই চিঠির বক্তব্য গুলি নিয়ে একটু সন্দেহ ছিল।' তাই তিনি পরের সপ্তাহে তাঁর সহস্রাধিক শ্রোতার সামনে এই চিঠিটা পড়ে শুনিয়েছিলেন, তার কিছুদিন বাদে পুনরায় এই মহিলা তাঁকে চিঠি পাঠায় ও একই কথা লিখে, 'নিজের পুরানো বিচার গুলি পুনরায় আওরে বলেছিল, আমি মিথ্যাবাদী, প্রতারক, সাপ ও মূর্খ।' যিনি নিজের সমালোচনাকে এইভাবে গ্রহণ করতে সক্ষম ছিলেন, আমাদের অবশ্যই তাঁর প্রশংসা করা উচিত। তার শান্ত স্বভাব, অবিচলিত ভাব ও হাস্যবোধ সত্যিই প্রশংসার যোগ্য।

চার্লস শ্বাব প্রেনস্টন তাঁর বিদ্যার্থীদের সামনে বলেছিলেন যে, তাঁর স্টিল মিলে কর্মরত এক বৃদ্ধ জার্মানের কাছ থেকে তিনি জীবনের এক বিরাট শিক্ষা লাভ করতে সক্ষম হয়েছিলেন। যুদ্ধের সময়, এই বৃদ্ধ জার্মান একদিন অন্য কর্মচারীদের সাথে খুবই গরম-গরম কিছু তর্ক-বির্তকের মধ্যে জরিয়ে পড়ে, আর তারা তাকে নদীতে ফেলে দিয়েছিল। শ্বাব বলেছিলেন, 'সে যখন আমাদের অপিসে এসে

পৌঁছায়, তখন তারা সারা শরীর ভেজা ও পাঁক লেগে। আমি তাকে জিজ্ঞাসা করেছিলাম যে, যারা তাকে নদীতে ফেলে দিয়েছিল, সে তাদের বিরুদ্ধে কি করল, সে বলেছিল, 'আমি শুধু হেসেছিলাম।'

শ্বাব এই কথাটায় এতটাই প্রেরিত হয়েছিলেন যে, তা তাঁর জীবনের সূত্র বাক্য হয়ে উঠেছিল, 'শুধু হেসেছিলাম।'

যখন আপনাকে অনুচিত সমালোচনা শুনতে হয়, তখন এই সূত্র বাক্য বেশি করে প্রয়োগ করুন। যে ব্যক্তি আপনার কথার জবাব দেবে, তাকে আপনি কিছু না কিছু বলতে পারেন, কিন্তু যে শুধু হাসবে, তাকে আপনি কি বলবেন?

গৃহযুদ্ধের সময় যদি লিংকন এই শিক্ষা লাভ না করতেন, তাহলে তিনি সম্পূর্ণ রূপে ভেঙে যেতেন, অকারণ নিন্দার জবাব দিতে চাওয়া মূর্খামি ছাড়া কিছুই না। তিনি যেভাবে প্রতিটা সমালোচনার সম্মখীনতা করতেন, তা চিন্তা করলে বোঝা যায় যে, তিনি ভেতর থেকে একজন সাহিত্যক ছিলেন। যুদ্ধের সময় জেনারল ম্যাখ্যার্থরের কাছে একটা লেখা ছিল, সেটা তিনি নিজের হেডকোয়ার্টারের ডেস্কের ওপর টাঙিয়ে রেখেছিলেন আর সেই একই লেখা উইনস্টোন চার্চিলের কাছেও ছিল, তিনি সেটা তাঁর স্টাডী টেবিলের কাছে টাঙিয়ে রেখেছিলেন। সেই সূত্র হল, যদি আপনি সমস্ত সমালোচনার উর্ধ্বে ওঠার চেষ্টা করেন (তার জবাব দেওয়া তো দূরের কথা) তাহলে আর অন্য কোনো কাজ করতে পারবেন না। আপনাকে নিজের হিসাব অনুসারে সবচেয়ে ভালো কাজটা করে দেখাতে হবে, অর শেষপর্যন্ত সেটাকেই বজায় রাখার চেষ্টা করতে হবে। শেযে যদি আপনি সফল হোতে পারেন, তাহলে কোনো সমালোচনারই কোনো দাম থাকবে না, আর যদি আপনি অসফল হয়ে যান, তাহলে দশটা দেবদূত এসেও আপনাকে যদি সঠিক বলে তাহলেও তার কোনো মূল্য থাকবে না।

যখন আপনার সম্পর্কে কোনো অনুচিত সমালোচনা করা হবে, তখন দ্বিতীয় নিয়মটা মাথায় রাখবেন

নিজের সর্বশ্রেষ্ঠ প্রদর্শণ করার চেষ্টা করুন; আর তারপর নিজের ছাতা খুলে নিন, যাতে সমালোচনার বর্ষা আপনাকে স্পর্শ না করে বয়ে যায়।

22

আমার মূর্খামি

> **আমাদের নিষ্কর্ষ নিরান্নবই শতাংশ ভুল হয় আর আর আমাদের সম্পর্কে আমাদের শত্রুদের বিচার আমাদের থেকে অনেক সঠিক।**
>
> - আইনস্টীন

আমি নিজের প্রাইভেট ফাইলিঙ্গ ক্যাবিনেটে একটা ফোল্ডার রেখেছি, যাতে লেখা আছে, 'এফ টী ডী' অর্থাৎ 'Fool Things I Have Done' (আমি যে সমস্ত মূর্খামি গুলি করেছি)। এই ফোল্ডারে আমি সেই সমস্ত মূর্খের মতো কাজ গুলিকে লিপিবদ্ধ করে রেখেছি, যা আমি নিজে করেছিলাম। অনেক সময় আমি এই কথা গুলি নিজের সেক্রেটারীকে দিয়েই লেখাই, কিন্তু অনেক সময় সেই মূর্খামি গুলি এতটাই ব্যক্তিগত রূপ ধারণ করে যে, তা ভাবতে আমার নিজেরই লজ্জা করে, আর তখন আমি নিজে হাতেই তা লিখি।

বিগত পনেরো বছর আগে আমি নিজের 'এফ টী ডী' ফোল্ডারে ডেল কারনেগীর সমালোচনা করে কি লিখেছিলাম, তা নিজেই দেখতে সক্ষম। যদি আমি সম্পূর্ণ রূপে সৎ হোতাম, তাহলে আজ আমার কাছে একটা ফাইলিং ক্যাবিনেট থাকত, যাতে 'এফ টী ডী'-এর কাগজে পরিপূর্ণ থাকত। আমি সততার সাথে বহু যুগ আগে সম্রাট সল দ্বারা বলা কথা গুলি পুনরায় বলতে চাই, **'আমি মূর্খের ভূমিকা পালন করেছে, আমি বহু ভুল করেছি।'**

আমি যখন নিজের 'এফ টী ডী'-র ফাইল হাতে নিয়ে নিজেরই করা কাজ গুলিকে যা আমি নিজে লিপিবদ্ধ করে রেখেছি, তা পড়ি, তখন আমার সামনে অবস্থিত সবচেয়ে কঠিন সমস্যার সাথে লড়াই করার মতো ক্ষমতা আমি পেয়ে যাই   ডেল কারনেগীর ম্যানেজমেন্ট।

আমি আমি নিজের কোনো সমস্যার জন্য অন্যদের ওপরও দোষারোপ

করতাম, কিন্তু বড়ো হওয়ার পরে বুঝেছি যে, (আশা করি বুদ্ধির বিকাসের ফলেই তা সম্ভব হয়েছে) আমার নিজের বেশির ভাগ দুর্ভাগ্যের জন্য আমি নিজেই দায়ি। বয়সের সাথে সাথে বুদ্ধির বিকাস ঘটার ফলেই মানুষ এই ধরণের শিক্ষা লাভ করতে সক্ষম হয়। নেপোলিয়ান সেন্ট হেলেনাকে বলেছিলেন যে, 'আর কেউ না, তিনি নিজেই নিজের পতনের জন্য দায়ি। আমি নিজের সবচেয়ে বড়ো শত্রু - নিজের এমন ধ্বংসাত্মক দুর্ভাগ্যের জন্য আমিই দায়ি।'

আমি আপনাকে আমার এক পরিচিত ব্যক্তির কথা বলতে চাই, সে আত্ম-মূল্যাঙ্কন এবং আত্ম-প্রবন্ধনের বিষয়ে খুবই নিপুণ। তার নাম ছিল এইচ.পী. হভেল। 1944 সালের 31 শে জুলাই হঠাৎই নিউইয়ার্কের এম্ব্যাসেডর হোটেলে তার মৃত্যু হয়, এই ঘটনা ছরিয়ে পড়ার সাথে সাথে বল স্ট্রীটের অবস্থা খারাপ হয়ে যায়, কারণ সে ছিল আমেরিকান ফাইনেন্সের লীডার - কমার্শিয়াল ন্যাশানাল ব্যাঙ্ক ও ট্রাস্ট কম্পানীর বোডের চেয়ারম্যান, আর সেই সাথে অনেক গুলি বড়ো কর্পোরেশানের ডায়রেক্টরও ছিল। তার একাডেমিক পড়াশোনা ছিল নামমাত্র, জীবনের শুরুতে সে গ্রামের এক স্টোরে ক্লার্কের কাজ করত, পরে ইউ.এস স্টীলে ক্রেডিট ম্যানেজার হয়ে যায় - আর তারপর সে পদ ওশক্তির রাস্তায় চলতে শুরু করে।

আমি যখন মি. হভেলকে তার সফলতার রহস্য কি তা জিজ্ঞাসা করেছিলাম, তখন সে আমাকে বলেছিল যে, 'বহু বছর ধরে আমি নিজের কাছে একটা ডায়রি রাখি, তাতে আমার সারাদিনের এপয়েন্টমেন্টের কথা লিপিবদ্ধ থাকে। আমার পরিবার শনিবার রাতে আমাকে নিয়ে কোনো রকম পোগ্রাম রাখে না, কারণ সকলেই জানে যে, শনিবার রাতে আমি আত্ম-পরীক্ষা করে থাকি, সেই সাথে সারা সপ্তাহের কাজ গুলি নিয়েও বিশ্লেষণ করি। ডিনার হয়ে যাওয়ার পর আমি একা বসে নিজের এপয়েন্টমেন্ট ডায়রি খুলি, আর সোমবার সকাল থেকে যে সমস্ত মিটিং, আলোচনা ও ইন্টারভিউ হয়ে গেছে সেই সম্পর্কে বিচার করি। সেই সময় আমি কি কি ভুল করেছি, তা নিজেকেই জিজ্ঞাসা করি, সেই সাথে কোন কাজটা ভালো করেছি তাই নিয়েও ভাবি, আমার প্রদর্শণের মধ্যে কতটা সংশোধনের প্রয়োজন তা ভেবে দেখি, 'আমার অভিজ্ঞতা আমাকে কি শেখালো?' অনেক সময় পুরো সপ্তাহ জুড়ে যত কাজ করেছি তা আমাকে খুবই বেদনা দেয়। নিজের অনেক ভুল আছে যা দেখে আমি নিজের সমস্যায় পড়ে যাই, অবাক হই। বহু বছর ধরে এমন ভাবে চলার ফলে আমার ভুল ধীরে ধীরে কমে গেছে, আর সেটাই স্বাভাবিক। বহু বছর ধরে আত্ম- বিশ্লেষণের যে প্রক্রিয়া অবলম্বন করে

আমি চলছি, তা অন্য জিনিসের থেকে আমাকে অনেক বেশি লাভবান করেছে।'

হয়তো এইচ.পী. হভেল ফ্র্যাঙ্কলিনের কাছ থেকে এই বিচার গ্রহণ করতে সক্ষম হয়েছিল। পার্থক্য শুধু একটাই, তা হল ফ্র্যাঙ্কলিন শনিবার রাত পর্যন্ত অপেক্ষা করতেন না। তিনি প্রতি রাতে কঠোর বিশ্লেষণ করতেন। তাতে করে তিনি নিজের মধ্যে তেরোটা প্রবল দুর্বলতা ধরতে পেরেছিলেন। এখানে তার মধ্যে তিনটির উল্লেখ করা হচ্ছে সময় নষ্ট করা, ছোটো ছোটো বিষয় নিয়ে অপ্রাসঙ্গিক চিন্তা-ভাবনা করা ও তা নিয়ে তর্ক-বিতর্ক করা এবং তার বিরোধীতা করা। বুদ্ধিমান ফ্র্যাঙ্কলিন এটা বুঝেছিলেন যে, তিনি যতদিন না নিজের দুর্বলতা গুলি ঘোচাতে পারছেন, ততদিন পর্যন্ত তিনি কিছুতেই এগাতে পারবেন না। সেই কারণে তিনি প্রতি সপ্তাহে নিজের দুর্বলতা দূর করার জন্য সংঘর্ষ করতেন, আর সেই ম্যাচে কে জিতল তারও একটা রেকর্ড রাখতেন। পরের সপ্তাহে তিনি আর একটা কু-অভ্যাসের সাথে লড়াই করা শুরু করতেন ও তা দূর না করা পর্যন্ত সংঘর্ষ চালিয়ে যেতেন। ফ্রাঙ্কলিন প্রায় দুই বছরেরও বেশি সময় ধরে প্রতি সপ্তাহে নিজের কোনো না কোনো কুঅভ্যাসের সাথে লড়াই করতেন।

তিনি আজ পর্যন্ত আমেরিকার সর্বাধিক প্রিয় এবং সবচেয়ে প্রভাবশালী ব্যক্তিদের মধ্যে অন্যতম।

অল্বর্ট হবার্ডের মতে প্রতিটা মানুষ প্রতিদিন কমপক্ষে পাঁচ মিনিট মূর্খামি করে। এই সময় যাতে বৃদ্ধি না পায়, বুদ্ধিমান ব্যক্তিকে সেটাই দেখতে হয়।

ছোটোখাটো মানুযেরা কখনই নিজের সামান্যতম সমালোচনা সহ্য করতে পারে না, কিন্তু বুদ্ধিমান ব্যক্তি সেই লোকেদের কাছ থেকে শেখার চেষ্টা করে, যে বা যারা তার নামে সমালোচনা করছে, সেই সাথে সমালোচনার বিষয় নিয়ে তর্ক-বিতর্ক করে নিজের ভুলটা বুঝে নেওয়ার চেষ্টা করে। ওয়াল হুিটম্যান বলতেন, 'যে ব্যক্তি শুধুমাত্র আপনার প্রশংসা করে, যে আপনার প্রতি দয়া দেখায়, যে সর্বদা আপনাকে রাস্তা ছেড়ে দিতে প্রস্তুত, আপনি কি শুধুমাত্র তার থেকেই শিক্ষা গ্রহণ করেন ? যে আপনাকে সব বিষয়েই অস্বীকার করতে চায়, আপনার বিরোধ করে এবং আরপান রাস্তা নির্বাচন নিয়ে বিবাদ করে, তার থেকে কি আপনি কিছুই শেখেননি ?

আমাদের শত্রু কখন আমাদের কাজ দেখে সমালোচনা করবে, তার জন্য অপেক্ষা না করে, কিভাবে তাকে পরাজিত করা যায় সেটা ভাবুন। নিজের দুর্বলতা নিজেই খুঁজে নিয়ে তা সংশোধন করার চেষ্টা করুন, যাতে আপনার শত্রু আপনার

সম্পর্কে একটাও কথা বলতে না পারে। এই কাজ করেছিলেন, চার্লস ডারউইন, এই কাজ করতে তাঁর পনেরো বছর লেগে গেছিল, আসুন ঘটনাটা দেখা যাক ডারউইন যখন নিজের অমর পুস্তক **দ্যা অরিজিন অফ স্পীসীজ** এর পান্ডুলিপি গড়ে ফেলেছিলেন, তখন তিনি নিজেই বিশ্বাস করেছিলেন যে, এই পুস্তক প্রকাশিত হওয়ার সাথে সাথে বৈপ্লবিক ধারণার সৃষ্টি হবে, তা ধার্মিক ও সামাজিক জীবনে আলোড়নের সৃষ্টি করবে। সেই কারণে **তিনি নিজের সামলোচক হয়ে যান, ও আরো পনেরো বছর সময় অতিবাহিত করেন। প্রতিটা তথ্যের ঠিক মতো বিচার করেন, প্রতিটা যুক্তি নিয়ে ভাবেন ও তাঁর সিদ্ধান্ত কতটা ঠিক নিরপেক্ষভাবে তার বিচার করেন।**

ধরণ কেই আপনাকে 'মহামূর্খ' বলেছে, আপনি কি করবেন, আপনার নিশ্চয়ই খুব রাগ হবে, কিন্তু একবার লিংকনকে কেউ একজন 'মহামূর্খ বলেছিল, জানেন তিনি কি করেছিলেন? লিংকনের যুদ্ধ সচিব এডওয়ার্ড এম. স্ট্যাটন একবার লিংকনকে 'মহামূর্খ' বলেছিল, আসলে লিংকন স্ট্যাটনের বিষয়ে হস্তক্ষেপ করেছিলেন বলে সে অতটা রেগে গেছিল। সে যে শুধু লিংকনের আদেশ অমান্য করেছিল তাই না, সেই সাথে বলেছিল যে, তিনি মহামূর্খ বলেই এমন একটা আদেশে হস্তাক্ষর করেছেন। এই কথা লিংকনের কানে গেলে, তিনি খুবই শান্ত হয়ে বলেন, 'যদি স্ট্যাটন আমাকে মহামূর্খ বলে থাকে, তাহলে আমি নিশ্চয়ই তাই কারণ ও বেশীর ভাগ ক্ষেত্রেই সঠিক বলে প্রামণিত হয়। আমি একটু তার কাছে গিয়ে, আসলে কি হয়েছে তা দেখে নেব।'

লিংকন স্ট্যাটনের সাথে দেখা করতে যান। স্ট্যাটন তাঁর সামনে প্রমাণ করে দেন যে, তাঁর আদেশ ভুল ছিল, আর তিনি সঙ্গে সঙ্গে সেই আদেশ ফিরিয়ে নেন। লিংকন সমালোচনাকে মাথা নত করে স্বীকার করে নিতেন, কিন্তু সেই সমালোচনা গম্ভীর হোতে হোত, তা তথ্য নির্ভর ও সহযোগিতা পূর্ণ হোতে হোত।

আমাদেরও এমন ধরণের সমালোচনাকে স্বাগত জানানো উচিত, কারণ বেশির ভাগ ক্ষেত্রেই চারের মধ্যে তিনটি তো সঠিক হবেই এমন আশা আমরা করতে পারি না। হোয়াইট হাউসে থাকার সময় থিয়োডোর রুজভেল্ট এতবারই নিজেকে সঠিক বলে প্রমাণ করার আশা করতেন। সেই সময়ে আইনস্টিন স্বীকার করেছিলেন যে, তাঁর নিরানব্বইটা সিদ্ধান্তই ভুল হয়। লা রোশফুকো বলেছিলেন, **'আমাদের সম্পর্কে আমাদের থেকে শত্রুদের বিচারই বেশি ঠিক হয়।'**

যখনই আমরা বুঝতে পারি যে, কোনো কারণে আমাদের সমালোচনা হোতে

চলেছে, তখনই আমরা নিজেদের রক্ষা করার চেষ্টা করি, কিন্তু প্রতিটাবারই আমরা মন থেকে অপ্রসন্নতা বোধ করি। বেশির ভাগ ক্ষেত্রেই আমরা প্রশংসাকে সাদরে অভ্যর্থনা জানালেও, সমালোচনা শুনলেই রেগে যাই, াথচ সেই সমালোচনা ও প্রশংসার মধ্যে কোনটা উচিত এবং কোনটা অনুচিত তা ভেবেও দেখি না। আমরা যুক্তি-তর্কের বদলে আবেগ দ্বারাই চালিত হই।

যখন শুনবেন কেউ আপনাকে খারাপ বলেছে, তখন নিজেকে বাঁচানোর চেষ্টা করবেন না। প্রতিটা মূর্খ এই কাজই করে, আসুন বিনম্র হওয়ার চেষ্টা করুন, নিজকে মৌলিক ও প্রভাবশালী করে তুলুন।

গত অধ্যায়ে আমি আপনাকে অনুচিত সমালোচনার ক্ষেত্রে কি করা উচিত সেটা বলেছি, এখানে আর একটা পরামর্শ দিচ্ছি আপনি নিজের নিন্দা শোনার পর এতটুকু না দাঁড়িয়ে বলতে পারেন যে, '**আমি কোনো আদর্শ মানুষ নই। যদি আইস্টীনের মতো মানুষ বলেন যে, তিনি নিরানব্বই শতাংশ কাজ ভুল করতেন, তাহলে আমি তো আশি শতাংশ ভুল করবই। তাই এই সমালোচনা তো সঠিক। তাই আমার এই বিয়ে ধন্যবাদ জানানো উচিত, আর তার থেকে যতটা সম্ভব লাভবান হওয়ার চেষ্টা করতে হবে।**'

ফোর্ড কম্পানীর ম্যানেজমেন্ট নিজেদের কার্যপ্রণালী ঠিক পথে চলছে কিনা তা জানার জন্য কর্মচারীদের সমালোচনা করতে উৎসাহিত করত, তারা ভোট দিত এবং তাদের সমালোচনা করার জন্য আমন্ত্রণ জানানো হোত।

আমি এমন একজন সাবানের সেল্সম্যানকে চিনি, যে সমালোচনার গ্রাহক ছিল। সে যখন কোলগেটের হয়ে সাবান বিক্রী করতে শুরু করে, তখন বিক্রী কম হচ্ছিল, তার চাকরি চলে যাওয়ার সম্ভাবনা দেখা দিয়েছিল, সে এটা জানত যে, সাবানের দামে কোনো রকম ভুল-ভ্রান্তি নেই, তার মানে তারই কোথাও ভুল হচ্ছিল। সে যখন সাবান বিক্রী করতে অসফল হোত, তখন সেই বিল্ডিংয়ের পাশ দিয়ে ঘুরত আর কোথায় ভুল হয়েছে, তা খুঁজে বার করার চেষ্টা করত। সে কি ঠিক মতো বোঝাতে পারেনি? তার মধ্যে উৎসাহের অভাব ছিল কি? অনেক সময় সে পুনরায় সেই গ্রাহক বা ব্যবসায়ির কাছে যেত, আর বলত যে, 'আমি এবার আপনার কাছে সাবান বিক্রী করতে আসিনি। আপনার সমালোচনা ও পরামর্শ শোনার জন্য ফিরে এসেছি। কিছুক্ষণ আগে যখন আমি আপনার কাছে সাবান বিক্রী করতে এসেছিলাম, তখন আমার কি ভুল হয়েছিল, দয়া করে একটু বলবেন? আপনি অবশ্যই আমার থেকে অনেক বেশী অভিজ্ঞতা সম্পন্ন ও সফল ব্যক্তি।

দয়া করে আমার দোষটা দেখিয়ে দিয়ে আমাকে এগানোর পথ করে দিন। সমালোচনা করার সময় কোনো ভাবেই নিজেকে নরম করবেন না।

এই দৃষ্টিভঙ্গীর জন্য সে যেমন অনেক বন্ধু পেয়েছিল, সেই সাথে মূল্যবান পরামর্শও লাভ করেছিল।

আপনার কি মনে হচ্ছে পরবর্তি কালে তার সাথে কি হয়েছিল, সে পৃথিবীর সবচেয়ে বড়ো বড়ো সাবান কম্পানী কোলগেট-পামোলিভ-পীট কম্পানীর প্রেসিডেন্ট হয়ে গেছিল, তার নাম ছিল ঈ.এইচ.লিটিল।

এইচ.পী.হভেল, বেন ফ্র্যাঙ্কলিন এবং ঈ.এইচ.লিটিল যা করেছিলেন, তা করার জন্য অনেক বড়ো মাপের মানুষ হওয়াটা খুবই জরুরি। এখন যখন কেউ আপনাকে দেখার নেই, তখন নিজেই আয়নাতে নিজেকে দেখুন, আর ভাবুন, আপনি কোন দলে পড়েন।

সমালোচনা শুনে চিন্তা না করে, নিজেকে বাঁচানোর তৃতীয় নিয়ম হল **নিজের মূর্খামির রেকর্ড রাখুন ও নিজের সমালোচনা করুন। কারণ আমার কখনই আদর্শ হওয়ার আশা করতে পারি না, তাই এইচ. লিটিল যা করেছিলেন, আমাদেরও তাই করতে হবে**

নিরপেক্ষ, সহায়ক ও সৃজনশীল সমালোচনার প্রতি আগ্রহ দেখান।

সংক্ষেপে ষষ্ঠ অধ্যায়

কিভাবে সমালোচনার থেকে বাঁচবেন

1. অনুচিত সমালোচনার মধ্যে প্রায়ই আপনার প্রশংসা লুকিয়ে থাকে। বেশীর ভাগ ক্ষেত্রেই যখন আপনার সফলতা অন্যের মনে জ্বালার সৃষ্টি করে, তখনই সে সমালোচনা করে। মনে রাখবেন কেউই মরা কুকুরকে লাথি মারে না।
2. নিজের সর্বশ্রেষ্ঠ প্রদর্শণের চেষ্টা করুন; আর তারপর নিজের ছাতাটা খুলে নিন, যাতে সমালোচনার বৃষ্টি আপনার ছাতা বয়ে নিচে পড়ে যেতে পারে, তা যেন আপনাকে স্পর্শ না করে।
3. নিজের মূর্খামির রেকর্ড নিজেদের কাছেই রাখতে হবে আর নিজের সমালোচনা করতে হবে। আমরা কখনই নিজেদের আদর্শ করে গড়ে তোলার আশা করতে পারি না, তাই ঈ. এইচ. লিটিলের মতো নিরপেক্ষ, সহায়ক ও সৃজনশীল সমালোচনার প্রতি আগ্রহ দেখান।

সপ্তম ভাগ

চিন্তা দূর করে
উর্জাবান হয়ে
ওঠার উপায়

23

কিভাবে প্রতিদিন একঘন্টা করে বৃদ্ধি করবেন

> **আরামের অর্থ এই নয় যে, আপনি কোনোই কাজ করবেন না, আরামের মানে হোত নিজেকে মেরামত করা।** -ড্যানিয়ল ডব্ল্যু জসেলিন

চিন্তা দূর করার এই পুস্তকে আমি কেনো ক্লান্তি দুর করার কথা বলছি? এর কারণ হল, চিন্তা করলে অনেক সময়তেই শরীরে ক্লান্তি আসে, আর তাতে করে অনেক সময় আমার চিন্তা করার প্রবনতা বৃদ্ধি পায়। মেডিকেলের যেকোনো ছাত্রই আপনাকে বলে দিতে পারবে যে, ক্লান্তি আপনার শরীরের প্রতিরোধক ক্ষমতা কমিয়ে দেয়, তার ফলে আপনার যেমন খুব বেশি ঠান্ডা লেগে যেতে পারে, সেই সাথে আরো ডজন খানিক অসুখ আপনাকে ঘিরে ধরতে পারে। যেকোনো মনোবিশ্লেষক আপনাকে বলে দেবে যে, ক্লান্তি আপনার আবেগাত্মক শারীরিক প্রতিরোধ ক্ষমতা কম করে দিতে পারে, যার জন্য আপনি ভয় ও চিন্তার মতো বিষয় গুলির প্রতিরোধ করতে পারেন না। তাই ক্লান্তির থেকে বাঁচার মধ্যেই চিন্তার থেকে বাঁচার বীজ লুকিয়ে থাকে।

আমি কেনো বললাম, 'চিন্তার থেকে বাঁচার বীজ লুকিয়ে থাকে?' এই বিষয়টা একটু দুর্বল বলে মনে হোতে পারে। ড. এডমন্ড জ্যাকবসন এর থেকে অনেক এগিয়ে গেছিলেন। ড. জ্যাকবসন রিল্যাক্সেশানের ওপর দুটি বই লিখেছিলেন **প্রোগ্রেসিভ রিল্যাক্সেশান** এবং **ইউ মস্ট রিল্যাক্স**। ইউনির্ভাসিটি অফ শিকাগো লেবোরেটরী ফর ক্লীনিক্যাল ফিজিয়োলজীর ডায়রেক্টর হওয়ার জন্য তিনি বহু বছর ধরে গবেষণা করেছিলেন, কিভাবে মেডিক্যাল প্রাক্টিসে বিশ্রামকে একটা টেকনিক হিসাবে ব্যবহার করা যেতে পারে। তিনি জোড়ের সাথে বলেছিলেন যে,

যেকোনো মানসিক সমস্যা এবং ঋণাত্মক আবেগাত্মক স্থিতি 'সম্পূর্ণ রূপে বিশ্রামের সময় কোনো মতেই থাকতে পারে না।' একদিক থেকে এর অর্থ হল, **আপনি যদি বিশ্রাম করেন, তাহলে চিন্তিত থাকতে পারেন না।**

তাই চিন্তা ও ক্লান্তি দূর করার সর্ব প্রথম নিয়ম হল বিশ্রাম নিন, ক্লান্ত হওয়ার পূর্বেই বিশ্রাম গ্রহণ করুন।

বিষয়টা এতটা গুরুত্বপূর্ণ কেনো? কারণ আমাদের ক্লান্তি দ্রুতগতির সাথে বৃদ্ধি পায়। আমেরিকার সেনাদের ওপর বারংবার পরীক্ষা করে জানা গেছে যে, বহু বছর ধরে কঠোর প্রশিক্ষণ প্রাপ্ত যুবক সৈন্যরা অনেকক্ষণ ধরে মোকাবিলা করতে সক্ষম বা তারা আরো ভালো প্যারেড তখনই করতে পারবে যদি তাদের ওপরে কোনো বোঝা না থাকে এবং প্রতি ঘন্টায় তাদের দশ মিনিট করে আরাম করতে দেওয়া হয়। সেই কারণেই সৈন্যদের অফিসাররা তাদের এমন করার জন্য বাধ্য করে। আপনার হৃদপিন্ড আমেরিকার সেনাদের মতো যথেষ্ট পরিশ্রমি। আপনার হৃদপিন্ড প্রতিদিন এত রক্ত পাম্প করতে পারে যাতে করে রেলওয়ের একটা ট্যাঙ্ক ভরে যেতে পারে। প্রতি চব্বিশ ঘন্টায় এই হৃদযন্ত্র এতটাই শক্তির প্রয়োগ করে, যাতে করে তিন ফুটের প্ল্যাটফর্মের ওপরে কুড়ি টন কয়লা জমে যেতে পারে। এমন অবিশ্বাসযোগ্য কাজ যে পঞ্চাশ, সত্তর বা নব্বই বছর ধরে করে। কিভাবে সে এত কাজ করে? হার্বর্ড মেডিকেল স্কুলের ডাক্তার ড. ওয়াল্টার বী. ক্যানন এর কারণ খুঁজতে সক্ষম হয়েছিলেন। তিনি বলেছিলেন, '**বেশীর বাগ লোকই ভাবে আমাদের হৃদপিন্ড ক্রমাগত কার্য করে চলেছে। আসল সত্যি হল, প্রতিবার সংকোচনের পর আমাদের হৃদপিন্ড একটু বিশ্রাম করে নেয়। মিনিটে গড়ে সত্তর বার হৃদয় স্পন্দিত হওয়ার সময় আমাদের হৃদয় আসলে চব্বিশ ঘন্টার মধ্যে মাত্র নয় ঘন্টা কাজ করে। সব মিলিয়ে বলা যায়, এটি প্রতিদিন সম্পূর্ণ পনেরো ঘন্টা বিশ্রাম করে।**'

দ্বিতীয় বিশ্বযুদ্ধের সময় উইনস্টন চার্চিলের বয়স ছিল প্রায় পঁয়ষট্টি বছরের অধিক, কিন্তু তা সত্ত্বেও তিনি প্রতিদিন ব্রিটিশ সৈন্যদের সঠিক পথ দেখানোর বিষয়ে প্রায় ষোল ঘন্টা কাজ করতেন। এক অদ্ভুত রেকর্ড। এর পিছনে কোন রহস্য লুকিয়ে আছে? তিনি প্রতিদিন সকাল এগারোটা পর্যন্ত বিছানাতেই কাজ করতেন, অর্থাৎ রিপোর্ট লিখতেন, আদেশ পড়তেন, ফোন করতেন সেই সাথে গুরুত্বপূর্ণ মিটিংও সেরে ফেলতেন। লাঞ্চের পর তিনি এক ঘন্টার জন্য বিছানায় চলে যেতেন ও ঘুমাতেন। সন্ধ্যা আটটায় রাতের খাবার খাওয়ার আগে তিনি দু ঘন্টা বিছানায় চলে যেতেন ও ঘুমিয়ে পড়তেন। তিনি কখনও তাঁর ক্লান্তির চিকিৎসা

করেননি, তিনি তা করার প্রয়োজনও মনে করেননি, আসলে তিনি কখনও ক্লান্তি বোধই করতেন না। কারণ তিনি প্রায়ই আরাম করে নিতেন ও সর্বদা সতেজ থাকতেন, সেই কারণেই মাঝরাত পর্যন্ত কাজ করতেও তাঁর কোনো রকম সমস্যা হোত না।

জন ডী. রকফেলর দুটি অসাধারণ রেকর্ড বানিয়েছিলেন। সেই সময় তিনি এত অর্থের মালিক হোতে পেরেছিলেন, যে তৎকালিন সময়ে অত অর্থ কাউর কাছে ছিল না, আর তিনি আটানব্বই বছর পর্যন্ত বাঁচেন। তিনি কিভাবে এমন দুটি রেকর্ড গড়তে সক্ষম হয়েছিলেন? এর প্রধান দুটি কারণ হল, তিনি দীর্ঘ আয়ু তাঁর বংশানুক্রমিক ভাবেই লাভ করতে সক্ষম হয়েছিলেন, আর দ্বিতীয় কারণ হল তিনি প্রতিদিন দুপুরে নিজের অফিসে আধা ঘন্টা করে ঘুমিয়ে নিতেন। তিনি অফিসের সোফায় শুয়ে পড়তেন, আর তিনি যখন বিশ্রাম করতেন, তখন আমেরিকার রাষ্ট্রপতিও তাঁকে ফোন করতে পারতেন না।

নিজের অনবদ্য পুস্তক হোয়াই উই টায়ার্ড -এ ড্যানিয়ল ডব্ল্যু. জসেলিন লিখেছিলেন, 'বিশ্রামের অর্থ এই নয় যে, আপনি কিছুই করবেন না, বিশ্রামের মানে হল নিজেকে মেরামত করা।' সামান্য একটু আরামের মধ্যেও প্রচুর শক্তি লুকিয়ে থাকে, পাঁচ মিনিটের বিশ্রামই আপনার সমস্ত ক্লান্তি দূর করে দিতে পারে। বেসবলের পিতামহ কনী ম্যান আমাকে বলেছিলেন যে, যদি ম্যাচের আগে দুপুরবেলা তিনি একটু বিশ্রাম না করতেন, তাহলে পাঁচটা ইনিঙ্গের পরেই ক্লান্ত বোধ করতে শুরু করতেন। আর যদি তিনি মাত্র পাঁচ মিনিটের জন্যও বিশ্রাম করার সুযোগ পেয়ে যেতেন, তাহলে সারাটা ম্যাচ কোনো রকম ক্লান্তি ছাড়াই খেলে দিতেন।

আমি যখন এলীনোর রুজভেল্টকে জিজ্ঞাসা করেছিলাম যে, বারো বছর তিনি কিভাবে হোয়াইট হাউসের ক্লান্তিকর দিন গুলি অতিবাহিত করেছেন? তখন তিনি বলেছিলেন, লোকেদের সাথে দেখা করার আগে বা কোনো ভাষণ দেওয়াও আগে তিনি চোখ বন্ধ করে তার চেয়ারে বসে থাকতেন, কমপক্ষে দশ মিনিট তিনি এইভাবে বিশ্রাম নিয়ে নিতেন।

একবার আমি ম্যাডিসন স্কয়ার গার্ডনে জীন আট্রীর ড্রেসিঙ্গ-রুমে তাঁর সাক্ষাৎকার নিয়েছিলাম, তখন তিনি পৃথিবীর অন্যতম আকর্ষণীয় ব্যক্তিত্ব। তাঁর ড্রেসিঙ্গ-রুমে একটা সৈন্যদের খাটিয়া রাখা ছিল, তিনি বলেছিলেন যে, প্রতিদিন দুপুরে তিনি এক ঘন্টা ওখানে শুয়ে পড়েন ও প্রদর্শণের মধ্যেই বিশ্রাম নিয়ে নেন।

'হলিউডে ফিল্ম করার সময় আমি প্রায়ই একটা আরাম দায়ক চেয়ারে বসে বিশ্রাম নিয়ে নিই, প্রতিদিন দুই-তিন বার দশ মিনিট করে ঘুমিয়ে নিই। এর জন্যই আমি এতটা শক্তি লাভ করতে পারি।'

এডিসন নিজের উর্জা ও সহ্য ক্ষমতার শ্রেয় নিজের ইচ্ছানুসারে শোয়ার অভ্যাসকেই দিয়েছিলেন।

হেনরী ফোর্ডের আশিতম জন্মদিনের কয়েকদিন আগে, আমি তাঁর একটা সাক্ষাৎকার নিয়েছিলাম। তাঁকে যথেষ্ট সতেজ ও সুস্থ দেখাচ্ছিল, যা দেখে আমি সত্যিই অবাক হয়ে গেছিলাম। আমি তাঁর সুস্থতার রহস্য কি তা জানতে চাই। তিনি বলেছিলেন, **'আমি যখন বসার সুযোগ পাই তখন আমি দাঁড়িয়ে থাকি না, আর যখন শোয়ার সুযোগ পাই তখন আমি বসে থাকি না।'**

'আধুনিক শিক্ষার পিতা', হোরেস ম্যানও বয়স বৃদ্ধির সাথে সাথে এই কাজই করেছিলেন, তিনি যখন এন্টিয়ক কলেজের প্রেসিডেন্ট ছিলেন, তখন তিনি তাঁর ছাত্রদের পড়ানোর সময় সোফায় শুয়ে পড়তেন।

আমি হলিউডের এক ফিল্ম নির্মাতাকে এইভাবে চলার জন্য রাজী করেছিলাম। পরে তিনি বলেছিলেন যে, তাতে করে তিনি চমৎকার ফল পেয়েছেন। আমি জ্যাক চেরটকের কথা বলছি, তিনি হলিউডের শীর্ষস্থ নির্দেশকদের মধ্যে অন্যতম ছিলেন। তিনি একটু কাজ করেই ক্লান্ত বোধ করতেন, সেই সমস্যার কথা আমাকে বালর পর আমি তাঁকে প্রতিদিন স্টাফ লেখকদের সাথে মিটিং করার সময় শুয়ে বিশ্রাম করার পরামর্শ দিই।

দুই বছর বাদে তাঁর সাথে দেখা হলে, তিনি বলেছিলেন, 'আশ্চর্যজনক ঘটনা ঘটেছে, আমি এখন অফিসের সোফায় শুয়ে মিটিং করি, গত কুড়ি বছরে আমি এতটা সুস্থ কখনও বোধ করিনি, যতটা এখন করছি। এখন আমি প্রতিদিন দুই ঘন্টা করে বেশি কাজ করতে পারি, আর কখনই ক্লান্তি বোধ করিনা।'

আপনি কি এর থেকে লাভবান হোতে পারেন ? আপনি যদি স্টেনোগ্রাফার হন, তাহলে এডিসন বা গোল্ডউইনের মতো অফিসে শুয়ে বিশ্রাম করার সুযোগ পাবেন না, আবার আপনি যদি একাউন্টেন্ট হন তাহলে আপনার অফিসের বসের সাথে সোফার ওপর শুয়ে অর্থনৈতিক বিষয়ে আলোচনাও করতে পারবেন না। কিন্তু আপনি যদি ছোটো কোনো শহরের বাসিন্দা হন এবং যদি দুপুরে খেতে বাড়িতে যান, তাহলে দশ মিনিট ঘুমিয়ে নেওয়ার সুযোগ পেতে পারেন। জেনারল জর্জ সী. মার্শাল এই কাজই করতেন। যুদ্ধের সময় আমেরিকার সৈন্যদের সঠিক পথে চালনা করার বিষয়ে তিনি এতটাই ব্যস্ত থাকতেন যে, দুপুরে একটু বিশ্রাম নওয়া তাঁর কাছে অনিবার্য ছিল।

আপনি যদি দুপুরে শুতে নাও পারেন, তাহলে রাতের খাবার খাওয়ার আগে অনন্ত এক ঘন্টা তো ঘুমাতেই পারেন। এটা ককটেলের থেকে সস্তা এবং দীর্ঘ

সময় ধরে 5467 গুণ বেশি লাভ জনক। আপনি যদি পাঁচটা থেকে ছয়টা বা ছয়টা থেকে সাতটা পর্যন্ত ঘুমাতে পারেন, তাহলে এক ঘন্টা বেশি সতেজ জীবন উপভোগ করতে পারবেন। কেনো? কিভাবে? কারণ যদি আপনি নিজের রাতের ছয় ঘন্টা ঘুমের সাথে সন্ধ্যার এক ঘন্টা ঘুম যোগ করে নেন, তাহলে আপনি দিনে সাত ঘন্টা বিশ্রাম করতে পারছেন, তা এক টানা আধ ঘন্টা শোয়ার থেকে অনেক বেশি উপকারি।

যারা শারীরিক পরিশ্রম করে তারাও যদি বিশ্রামের জন্য অধিক সময় নির্গত করতে পারে, তাহলে তারা আরো বেশি করে কাজ করতে পারবে। ফ্রেডরিক ট্যালর যখন বেথলহম স্টীল কম্পানীর বৈজ্ঞানিক ম্যানেমেন্ট ইঞ্জিনিয়ারের রূপে কাজ করেছিলেন, তখন তিনি এটা করে দেখিয়েছিলেন। তিনি দেখেন যে, প্রতিদিন মজুররা গড়ে 12.5 টন কাঁচা লোহা বহন করার পর দুপুরবেলায় খুবই ক্লান্ত হয়ে যেত। সমস্ত তথ্য ভালো করে দেখার পর তিনি বিচার করেন যে, শ্রমিকরা 12.5 টনের বদলে দিনে 'সাতচল্লিশ টন' লোহা বহন করতে পারবে! তিনি বুঝেছিলেন যে, তারা যে কাজ করছে তার থেকে চার গুণ বেশি কাজ করতে পারবে, আর কোনো রকম ক্লান্তিও বোধ করবে না। কিন্তু কিভাবে প্রমাণ করা যায়, তা বুঝতে পাচ্ছিলেন না।

ট্যালর শিমট নামের শ্রমিককে স্টপ ওয়াচের হিসাবে কাজ করাতে থাকে। যে ব্যক্তির হাতে স্টপ ওয়াচ ছিল সে শিমটকে মাল নিয়ে যাওয়া আর বিশ্রাম করার আদেশ দিয়ে যাচ্ছিল।

এর ফল কি হয়? শিমট প্রতিদিন 12.5 টন লোহার বদলে সাতচল্লিশ টন লোহা বহন করতে সক্ষম হয়েছিল, আর ফ্রেডরিক টেলর যতদিন বেথলহমে ছিলেন অর্থাৎ প্রায় তিন বছর ধরে শিমট এই একই গতিতে কাজ করতে সক্ষম হয়েছিল, সে হয়তো কখনই অসফল হয়নি। শিমট অত কাজ করতে সক্ষম হয়েছিল, কারণ সে ক্লান্ত হওয়ার আগেই বিশ্রাম নিয়ে নিচ্ছিল, সে প্রতি ঘন্টায় গড়ে 26 মিনিট কাজ করত ও 34 মিনিট বিশ্রাম করত। তাতে করে সে অন্যদের তুলনায় চার গুণ বেশি কাজ করতে পাচ্ছিল। এটা কি শুধু কথার কথা? না, আপনি ফ্রেডরিক ভিক্সো ট্যালরের লেখা পুস্তক প্রিন্সিপল্স অফ সায়ন্টিফিক ম্যানেজমেন্টের পৃষ্ঠা সংখ্যা 41 - 62 তে লেখা রেকর্ড পড়ে দেখতে পারেন।

আমি পুনরায় বলছি সেটাই কর, যা সেনারা করে - প্রায় বিশ্রাম নিন, সেটাই কর যা তোমার হৃদপিন্ড করে - ক্লান্ত হওয়ার আগেই বিশ্রাম করে নেয়, আর নিজের জীবনের সতেজ এক ঘন্টা বৃদ্ধি করুন।

24

আপনি কেনো ক্লান্ত হয়ে যান?

> **আমাদের বেশির ভাগ ক্লান্তির উৎপত্তি স্থল হল আমাদের মস্তিষ্ক, আসলে বিশুদ্ধ শারীরিক কারণে ক্লান্তি খুব কমই উৎপন্ন হয়।**
>
> -জে. এ. হেডফীল্ড

এখানে একটা খুবই আশ্চর্যজনক ও গুরুত্বপূর্ণ তথ্যের উল্লেখ করা হল শুধুমাত্র মানসিক শ্রমের দ্বারা আপনি কখনই ক্লান্ত হোতে পারেন না। কথাটা শুনে একটু হাসি পাচ্ছে, তাই না? কিন্তু কয়েক বছর আগে বৈজ্ঞানিক গণ এটা অনুসন্ধান করার চেষ্টা করেছিল যে, মানবীয় মস্তিষ্ক 'কার্যক্ষমতা অক্ষুণ্ণ রেখে' কতক্ষণ শ্রম করতে পারে? বৈজ্ঞানিক পরিভাষায় ক্লান্তি বলতে যা বোঝায়, এখানে সেটাই বোঝানোর চেষ্টা করা হয়েছে। বৈজ্ঞানিকরা এটা জানতে পেরে অবাক হয়ে গেছিলেন যে, মস্তিষ্ক যখন সক্রিয় থাকে তখন সেখানে যে রক্ত সঞ্চালন ঘটে, তাতে ক্লান্তির কোনো চিহ্ন খুঁজে পাওয়া যায় না। যখন কোনো শ্রমিক কার্যরত থাকে, তখন তার নার্ভ থেকে রক্ত নির্গত করে পরীক্ষা করলে দেখতে পাবেন যে, তাতে 'ক্লান্তির বিষাক্ত তত্ত্ব' এবং ক্লান্তির বহু উপাদান আছে, কিন্তু যদি আপনি অলবর্ট আইনস্টাইনের মস্তিষ্ক থেকে এক বিন্দু রক্ত নির্গত করে তা পরীক্ষা করেন, তাহলে দিনের শেষেও তাতে ক্লান্তির কোনো চিহ্ন খুঁজে পাবেন না। তাই মস্তিষ্কের বিষয়ে বলা যায় যে, তা 'আট থেকে বারো ঘন্টা বাদেও ততটাই দ্রুতগতিতে কার্য করতে পারে, যতটা পারে প্রথম ঘন্টায়।' আপনার মস্তিষ্ক যেখানে কখনই ক্লান্ত হয় না, সেখানে আপনি কিভাবে ক্লান্ত বোধ করেন।

মনোবিশ্লেষকগণদের মতে, আমাদের বেশির ভাগ ক্লান্তির কারণ হল আমাদের মানসিকতা ও আবেগাত্মক দৃষ্টিভঙ্গী। ইংল্যান্ডের বিখ্যাত মনোবিশ্লেষক জে.এ.হ্যাডফীল্ড তাঁর পুস্তক দ্যা সাইকোলজী অফ পাওয়ার -এ বলেছেন, 'আমাদের

বেশির ভাগ ক্লান্তির উৎপত্তি ঘটে মস্তিষ্কের থেকে; আসলে বিশুদ্ধ শারীরিক কারণে ক্লান্তি খুব কমই উৎপন্ন হয়।'

আমেরিকার বিখ্যাত মনোবিশ্লেষক ড. এ.এ.ব্রিল আরো কয়েকটা পদক্ষেপ এগিয়ে গেছিলেন। তিনি বলেছিলেন যে, যারা বসে কাজ করে এবং শারীরিক দিক থেকে যারা সুস্থ তাদের ক্লান্তির সম্পূর্ণ কারণই হল মানসিকতা অর্থাৎ আবেগাত্মক তত্ত্বের জন্যই ক্লান্তি বোধ করে।

যারা বসে কাজ করে তারা কোন ধরণের আবেগের জন্য ক্লান্তি বোধ করে? খুশী? অন্তিষ্টি? না! কখনই না! কখনই না! আসলে ঘৃণা সহ্য করতে না পারা, নিরর্থকতার ভাব, অতি শীঘ্র মানসিক চাপ বোধ করা, চিন্তা - এই ধরণের আবেগ গুলিই যে সমস্ত কর্মচারী বসে কাজ করে তাদের ক্লান্ত করে দেয়, এর ফলে তাদের কার্যক্ষমতা হ্রাস পেতে শুরু করে, খুবই শীঘ্র তাদের ঠান্ডা লেগে যায় এবং তাদের মাথা যন্ত্রণার সমস্যাও থাকে। হ্যাঁ, আমরা ক্লান্ত বোধ করি, কারণ আবেগ আমাদের ভেতরে চাপের সৃষ্টি করে।

মেট্রোপোলিয়ন লাইফ ইন্সিয়োরেন্স কম্পানী ক্লান্তি সম্পর্কে একটা পুস্তকে কিছু সংকেত দিয়েছিল, 'কঠোর পরিশ্রম করার পর আমরা যদি ঠিক মতো বিশ্রাম নিতে পারি, যদি ঠিক মতো ঘুমাই তাহলেই আমাদের ক্লান্তি দূর হয়ে যায়। চিন্তা, মানসিক চাপ এবং আবেগাত্মক উত্থান-পতনই ক্লান্তির সবচেয়ে বড়ো কারণ। বেশীর ভাগ ক্লান্তির কারণই হল এটা, অথচ শারীরক ও মানসিক শ্রমকেই এর জন্য দোষী বলে ধরা হয়...মনে রাখবেন যে মাংসপেশী গুলি চাপের মধ্যে আছে, সেগুলিও কাজ করছে। নিশ্চিন্তে থাকুন। গুরুত্বপূর্ণ কর্তব্য পালনের জন্য নিজের উর্জা সংগ্রহ করে রাখুন।'

আপনি যেখানে আছেন, সেখানেই দাঁড়িয়ে পড়ুন, আর নিজেকে পরীক্ষা করে দেখুন। এই পংক্তিটা পড়ার সময় আপনি কি কোথাও নিজেকে খুঁজে পাচ্ছেন? আপনার চোখে-মুখে কি ক্লান্তির ছাপ স্পষ্ট? আপনি কি চেয়ারে বসে বিশ্রাম করার অবস্থায় আছেন? নাকি আপনার কাঁধে রয়েছে অসংখ্য মানসিক চাপ? যদি আপনি শরীরে কোনো বল না পান, যদি ক্লান্ত বোধ করেন, তাহলে বুঝতে হবে আপনি নার্ভাস এবং মাংসপেশি গুলির মধ্যে চাপের সৃষ্টি হচ্ছে। **আপনি নার্ভসে চাপ তথা নার্ভাসে ক্লান্তি উৎপন্ন করছেন।**

মানসিক কাজ করার সময় অনাবশ্যক চাপের সৃষ্টি কেনো হয়? ডেনিয়াল ডক্যু জোসোলিন বলেছিলেন, 'আমি দেখেছি যে মুখ্য বাধা...এটাই শাশ্বত বিশ্বাস

যে কঠোর পরিশ্রমের জন্য চেষ্টা করাটা খুবই জরুরি, তা না হলে ভালো করে কাজ হওয়াটা কখনই সম্ভব না।' তাই যখন আমরা একাগ্রতার সাথে কোনো কাজ করি তখন আমরা যথেষ্ট প্রস্তুত হয়ে যাই। আমরা নিজেদের কাঁধ চওড়া করে নিই, সেই মাংস পেশী গুলিও সেই সময় সক্রিয় হয়ে ওঠে যেগুলি কাজ করার বিষয়ে মস্তিষ্ককে কোনো রকম সাহায্য করে না।

এখানে একটা আশ্চর্যজনক ও দুঃখ জনক সত্যি তুলে ধরছি - যারা মাত্র এক ডলার অপচয়ের কথা স্বপ্নেও কল্পনা করতে পারে না, তারা তাদের বহু উর্জা সাগরে মন ফলার মতো করে ধ্বংস করে চলেছে।

এই মানসিক ক্লান্তির জবাব কি? বিশ্রাম! বিশ্রাম! বিশ্রাম! আপনি যখন কাজ করবেন, তখন বিশ্রাম করতে শিখুন।

অতি সহজ? না। এর জন্য হয়তো আপনাকে আপনার সারা জীবনের অভ্যাস বদলে ফেলতে হোতে পারে। কিন্তু তার চেষ্টা করাটা খুবই জরুরি কারণ হয়তো তাতে করে আপনার জীবনে ক্রান্তিকারী পরিবর্তন আসতে পারে। উইলিয়াম জেম্স তাঁর নিবন্ধ দ্যা গস্পেল অফ রিল্যাক্সেশানে লিখেছেন যে, 'অতি ব্যস্ততা, মানসিক বেদনা ও যন্ত্রণাই আমেরিকানদের মানসিক চাপের কারণ...খুবই খারাপ অভ্যাস, না এর চেয়ে কম না এর চেয়ে বেশি।'

মানসিক চাপ সৃষ্টি কতা যেমন একটা অভ্যাস, তেমনি বিশ্রাম গ্রহণ করাটাও অভ্যাস। কু-অভ্যাস যেমন ত্যাগ করা যায়, তেমনি সু-অভ্যাসও গ্রহণ কার যেতে পারে।

আপনি কিভাবে বিশ্রাম করেন? আপনি কি আপনার মস্তিষ্ক থেকে শুরু করেন? অর্থাৎ নার্ভেসের থেকেই বিশ্রাম গ্রহণের কাজ শুরু করেন কি? আপনি দুটোর মধ্যে একটা উপায়ও গ্রহণ করেন না। আপনি সর্বদা নিজের মাংসপেশি গুলিকে বিশ্রাম করানো দিয়ে শুরু করেন।

আসুন চেষ্টা করা যাক। দেখা যাক, কিভাবে তা করা যেতে পারে, উদাহরণটা আমি আপনার চোখ দিয়ে শুরু করছি। এই পংক্তিটা সম্পূর্ণ পড়ে ফেলুন, শেষ হয়ে যাওয়ার পর চোখ বন্ধ করে নিন, চুপচাপ নিজের চোখকে বলুন, আলগা করে লাও। কোনো চাপ নিও না, আলগা কর। আলগা কর।' এক মিনিট ধরে খুবই ধীরে ধীরে কয়েকবার কথাটা বলতে থাকুন।

আপনি নিশ্চয়ই খেযাল করে থাকবেন যে, কয়েক সেকেন্ড বাদে আপনার চোখের মাংসপেশিগুলি আপনার আদেশ পালন করা শুরু করে দিয়েছে। আপনার

কি মনে হচ্ছে না যে, কেউ সে হাত দিয়ে আপনার সমস্ত চাপ দূর করে দিয়েছে? কথটা শুনে অবিশ্বাস্য বলে মনে হোতে পারে কিন্তু আপনি এই এক মিনিটের মধ্যে বিশ্রামের আসল চাবিকাঠিটি কি তা বুঝতে সক্ষম হবেন। আপনি এই কাজ শরীরের বিভিন্ন অংশের সাথে করতে পারেন, অর্থাৎ আপনার কাঁধ, হাত, পা প্রভৃতির সাথে, কিন্তু একটা কথা মাথায় রাখবেন যে, শরীরের সবচেয়ে গুরুত্বপূর্ণ অংশ হল চোখ। শিকাগো বিশ্ববিদ্যালয়ের ডাক্তার এডমন্ড জ্যাকবসন এই কথা পর্যন্ত বলেছেন যে, আপনি যদি আপনার চোখের মাংসপেশি গুলিকে সম্পূর্ণ রূপে বিশ্রাম দিতে পারেন, তাহলে আপনি নিজের সমস্ত সমস্যা ভুলে যেতে পারবেন। চোখের নার্ভস গুলি আমাদের টেনশান দূর করতে সবচেয়ে বেশি সাহায্য করে, কারণ তা শরীর দ্বারা প্রযুক্ত নার্ভস উর্জার এক চতুর্থাংশের ব্যবহার করে থাকে। তাই সম্পূর্ণ রূপে দৃষ্টি শক্তি ঠিক থাকা সত্ত্বেও বহু লোক 'চোখের সমস্যায়' জর্জরিত থাকে। আসলে তারা চোখের ওপর চাপের সৃষ্টি করে।

প্রসিদ্ধ ঔপন্যাসিক বীকী বম বলেছেন যে, যখন তিনি ছোটো ছিলন, তখন একজন সাধারণ মানুষের কাছ থেকে তিনি জীবনের সবচেয়ে গুরুত্বপূর্ণ শিক্ষাটা গ্রহণ করতে সক্ষম হয়েছিলেন। তিনি মাটিতে পড়ে যাওয়ার জন্য তার হাঁটুতে লেগেছিল, আর হাতের কুনুইয়েরও ছাল উঠে গেছিল। একজন বৃদ্ধ ব্যক্তি এসে তাকে উঠিয়েছিল। কোনো একটা সময়ে সে সার্কাসের জোকার ছিল। সে তার পোশাক ঝেড়ে দেওয়ার সময় বলেছিল, 'তোমার এতটা আঘাত কেনো লাগল যেন, কারণ তুমি কিভাবে নিজের শরীরকে ঢিলা ছেড়ে দিতে হয় তা জানো না। তোমার নিজেকে একটা মোজার মতো নরম বোধ করা উচিত ছিল, কোনো পুরানো মোজার মতো অভিনয় করা উচিত ছিল। এসো কিভাবে তা করবে, আমি তোমাকে বলে দিচ্ছি।'

এই বৃদ্ধ ব্যক্তি বিকী বম সহ কয়েকটা বাচ্চাকে কিভাবে সার্কাসে খেলা দেখানো হয়, সেই রহস্য সম্পর্কে বলেছিল, তারা খেলা দেখানোর সময় কিভাবে বারংবার পরা সত্ত্বেও তাদের আঘাত লাগে না, সেটা বোঝানোর চেষ্টা করেছিল। সে খুবই জোর দিয়ে বলেছিল যে, 'নিজেকে একটা পুরানো নরম মোজার মতো মনে কর। তাতে করে তোমাকে বিশ্রামের ভঙ্গীতে আসতেই হবে।'

আপনি যেখানেই থাকুন না কেনো, আপনি বিশ্রাম নিতেই পারেন। তার জন্য আপনার বিশ্রাম করার চেষ্টা করলে চলবে না। **বিশ্রামের মানে হল, সমস্ত রকম চাপ ও চেষ্টার থেকে দূরে থাকা**। আরাম ও বিশ্রামের কথা ভাবুন।

নিজের চোখ ও মুখের মাংস পেশি গুলিকে শিথিল করা দিয়ে কাজ শুরু করুন, সেগুলিকে ঢিলা ছেড়ে দিন। '...ঢিলা ছাড়ুন ও বিশ্রাম করুন।' নিজের মুখের মাংসপেশি থেকে শুরু করে নিজের শরীরের কেন্দ্র পর্যন্ত উর্জা প্রবাহিত হচ্ছে, এমন বোধ করুন। নিজেকে একটা ছোটো বাচ্চার মতো সমস্ত রকম চাপ মুক্ত বলে অনুভব করুন।

মহান গায়ক গ্যালী-কর্কীও একই মতামত ব্যক্ত করেছেন। হেলন জ্যাম্সন আমাকে বলেছিলেন যে, তিনি গ্যালী-কর্কীকে অনুষ্ঠানের আগে একটা চেয়ারের ওপর সমস্ত মাংসপেশি শিথিল করে বসে থাকতে দেখতেন। তরা মুখের নিম্নভাগ যেন নিচে ঝুলে পড়ত। এটা ভীষণ ভালো অভ্যাস। এতে করে স্টেজে ওঠার আগে তিনি ঘাবরাতেন না এবং ক্লান্তিও দূর হয়ে যেত।

এখানে আপনাকে চারটে পরামর্শ দেওয়া হচ্ছে, তাতে করে আপনি বিশ্রামের কলা শেখার সুযোগ পাবেন।

1. প্রায়ই আরাম করুন। নিজের শরীরকে পুরানো মোজার মতো একদম ঢিলা ছেড়ে দিন। আমি নিজের কাজের টেবিলে একটা পুরানো লাল রঙের মোজা রেখে দিয়েছি, তা দেখে আমার মনে পড়ে যায়, যে নিজেকে কতটা শিথিল করতে হবে। আপনি কখনও কোনো বিড়ালকে সূর্যের আলোয় শুয়ে থাকতে দেখেছেন? যদি দেখে থাকেন তাহলে লক্ষ্য করেছেন হয়তো, যে তার কান দুটি একবারে নেতিয়ে থাকে, কোনো ভেজা কাগজ যেভাবে নেতিয়ে যায়, তাদের কান দুটিও সেইভাবেই নেতিয়ে থাকে। ভারতের যোগীরাও বলেন যে, যদি আপনি বিশ্রামের কলায় নিপুণ হোতে চান, তাহলে আপনাকে বিড়ালের কাছ থেকে তা শিখতে হবে। আমি কখনও কোনো বিড়ালকে ক্লান্ত দেখিনি, কখনও অনিদ্রা বা চিন্তার জন কাউর পেটে আল্সরও হোতে দেখিনি। আপনি সেই সমস্ত সমস্যার হাত থেকে রেহাই পেতে পারেন, কিন্তু তার জন্য একটা শর্ত পালন করতে হবে, বিড়ালের মতো বিশ্রাম করতে শিখতে হবে।
2. যতদূর সম্ভব আরাম করে কাজ করার চেষ্টা করুন। মনে রাখবেন শরীরের ওপর চাপ দিলে সবার আগে আপনার কাঁধ ব্যথা করতে শুরু করবে। সেই সাথে আপনার নার্ভ গুলিও ক্লান্তির শিকার হয়ে যাবে।
3. প্রতিদিন পাঁচ থেকে ছয়বার নিজেকে পরীক্ষা করে দেখুন, আর নিজেকে

জিজ্ঞাসা করুন যে, এই কাজটা যতটা কঠিন আমি কি তার চেয়েও বেশি কঠিন করে তোলার চেষ্টা করছি? যে মাংসপেশি গুলির সাথে এই কাজের কোনো রকম সম্পর্ক নেই, আমি কি সেগুলিকেও চাপগ্রস্থ করে তুলছি? এর থেকে আপনি ধীরে ধীরে কিভাবে বিশ্রাম করতে হয়, সেই অভ্যাস রপ্ত করতে পারবেন। আর যেমনটা ড. ডেভিড হ্যারল্ড ফিঙ্ক বলেছেন, সেই অনুসারেও চলতে পারবেন, '**যে সমস্ত মানুষেরা মনোবিজ্ঞান সম্পর্কে খুব ভালো ভাবে ওয়াকিবহাল তার জানে যে, অভ্যাস এমন একটা মোকাবিলা যে তা দুই পয়েন্টে জেতা যেতে পারে।**'

4. দিনের শেষে পুনরায় পরীক্ষা করে দেখুন, আর নিজেকে জিজ্ঞাসা করুন যে, আপনি কতটা ক্লান্ত বোধ করছেন ? আপনি যদি ক্লান্ত বোধ করেন, তাহলে তার মানে এই নয় যে, আপনি বেশি করে মানসিক কাজ করেছেন, এর মানে হল আপনি নিজের কাজ ঠিক মতো করেননি। ডেনিয়াল ডক্যু জীসেলিন বলেছিলেন যে, 'আমি কতটা ক্লান্ত নই, তার ওপর ভিত্তি করে, আমি কি পেয়েছি তার বিচার করি না। যখন আমি কোনো দিনের শেষে বিশেষ ক্লান্তি বোধ করি বা মেজাজ খিট্‌খিটে হয়ে যায়, তখন বুঝতে পারি যে আমার নার্ভাস গুলো ক্লান্ত হয়ে গেছে, কোনো রকম সন্দেহ ছাড়াই আমি বুঝতে পারি যে, সেদিন আমার কাজের কোয়ালিটি ও পরিমাণ কোনোটাই সন্তোষজনক ছিল না।' যদি আমেরিকা প্রতিটা ব্যবসায়ি এই কলা রপ্ত করতে পারে, তাহলে ব্লাড প্রেশারে মৃতের সংখ্যা রাতারাতি কমে যাবে। সেই সাথে চিন্তা বা ক্লান্তির জন্য যারা নিজেদের মস্তিষ্কের ভারসাম্য হারিয়ে ফেলে তেমন লোকেদের আর পাগলাগারদে দেওয়ার প্রয়োজন হবে না।

25

যুবক দেখানোর জন্য কি করবেন ?

নিজের মনের জ্বালা নির্গত করে দিতে পারলে 'বোঝা হাল্কা হয়ে যায় আর আমরা তখনি স্বস্তি বোধ করি।'

গত বছর শরৎ কালে আমি একদিন আমার খুব কাছের শহর বস্টনে গেছিলাম একটা মেডিকেল ক্লাসে অংশ নেওয়ার জন্য, আমার মনে হয় পৃথিবীর সর্বাধিক অদ্ভুত মেডিকেল ক্লাস গুলির মধ্যে এটা ছিল অন্যতম। মেডিকেল ? হ্যাঁ। সপ্তাহে একদিন এর আয়োজন করা হোত, নিয়মিত এবং সম্পূর্ণ রূপে চিকিৎসা ও পরীক্ষা-নিরীক্ষা করে দেখার পরই রোগিকে এই ক্লাসে অংশ গ্রহণের সুযোগ দেওয়া হোত। আসলে এই ক্লাস ছিল একটা মনোবৈজ্ঞানিক ক্লীনিক। যদিও এটিকে আপনি এপ্লাইড সাইকোলজীর ক্লাস বলতে পারেন, যে সমস্ত ব্যক্তিরা চিন্তার কারণে বিভিন্ন সমস্যায় জর্জরিত, তাদের সুস্থ করাই হল, এই ক্লাসের মুখ্য উদ্দেশ্য। এই রোগীদের মধ্যে বেশ কিছু রোগী এমন ছিল, যারা সম্পূর্ণ রূপে গৃহিণী।

যারা চিন্তা করে, তাদের কথা ভেবে কবে থেকে এমন ক্লাস শুরু করা হয়েছিল ? 1930 সালে ড. জোসেফ এইচ. প্র্যাট, তিনি ছিলেন শ্যার উইলিয়াম অস্লরের শিষ্য, দেখেন যে, তাঁর কাছে যারা চিকিৎসা করাতে আসত, তাদের মধ্যে অনেকরই শারীরিক দিক থেকে কোনো রকম সমস্যা ছিল না, তবুও শরীরে রোগের সমস্ত লক্ষণ স্পষ্ট ছিল। একজন মহিলার হাত 'আর্থাইটিসের' কারণে এতটাই দুর্বল হয়ে পড়েছিল যে, সে এই হাত দিয়ে কোনো কাজ করতে পারত না। অন্য আর একজনের পেটে ছিল ক্যান্সার, তার ভয়ঙ্কর লক্ষণ গুলির জন্য সে খুবই কষ্ট পাচ্ছিল। বাকিদের কোমর ও মাথায় ব্যথা ছিল। তারা শারীরিক দিক থেকে খুবই ক্লান্ত হয়ে পড়েছিল, তাদের বেদনার কোনো সীমা ছিল না। আমি সত্যিই তাদের বেদনা অনুভব করতে পেরেছিলাম। কিন্তু চিকিৎসাধীন সমস্ত পরীক্ষা-নিরীক্ষা

করে দেখার পর বুঝতে পেরেছিলাম যে, শারীরিক দৃষ্টিতে বিচার করলে এদের মধ্যে কোনো রকম সমস্যা থাকার কথা নয়। কোনো পুরাতনপন্থী ডাক্তার হলে বলত, কল্পনার জন্যই এই সমস্ত রোগের সৃষ্টি হয়েছে - 'এই গুলি সবই মনের অসুখ।'

কিন্তু ড. প্র্যাট বুঝেছিলেন যে, এই রোগীদের এই সব কথা বলে কোনো লাভ নেই, তারা 'বাড়িতে যাওয়ার সাথে সাথেই সব ভুলে যাবে।' তিনি এটাও জানতেন যে, এদের মধ্যে বেশীর ভাগ লোকই অসুস্থ হোতে চায় না, তাই যদি অসুখের কথা ভুলে যাওয়া তাদের কাছে এতটা সুবিধা জনক হোত তাহলে তারা নিজেরাই সে কাজ করে ফেলতে পারত, তাহলে এখন কি করা যায়?

তিনি ক্লাস নিতে শুরু করেন - চিকিৎসা শাস্ত্র অনুসারে এই রোগীদের সুস্থ হয়ে ওঠার সম্ভাবনা ছিল খুবই কম, সেই সন্দেহ নিয়েই তিনি ক্লাস শুরু করেছিলেন এবং তার অসাধারণ ফলও লাভ করতে সক্ষম হন। এই ক্লাস শুরু হওয়ার পর থেকে আজ পর্যন্ত সহস্রাধিক লোকের চিকিৎসা করা হয়েছে। কোনো কোনো রোগি তো বছরের পর বছর ধরে নিষ্ঠার সাথে এই ক্লাস করে যাচ্ছে, যতটা নিষ্ঠার সাথে তারা চার্চে যায়। আমার সহযোগী একজন মহিলার সাথে কথা বলেছিল, গত নয় বছর ধরে সে একটা ক্লাসও ছাড়েনি। যখন সে প্রথম এই ক্লাসে আসে তখন তার ফ্লোটিঙ্গের সমস্যা ছিল, সে বিশ্বাস করত যে, তার হৃদরোগের সমস্যাও ছিল। সে এতটাই চিন্তা ও মানসিক চাপের মধ্যে দিয়ে জীবন অতিবাহিত করছিল যে, মাঝে মধ্যে সে চোখে পর্যন্ত কিছু দেখতে পারত না, সেই সময়টাতে তাকে অন্ধের মতোই জীবনের দিন গুলিকে অতিবাহিত করতে হয়েছিল। আজ তাকে দেখেই বোঝা যায়, তার মধ্যে যথেষ্ট আত্মবিশ্বাস আছে, তার হাসিমুখটা দেখলেই বোঝা যায়, সে যথেষ্ট সুস্থ। তাকে দেখে চল্লিশ বছর বয়স বলে মনে হচ্ছিল, অথচ তখন তার নাতি ছিল তার কোলে। 'আমি নিজের সংসার জীবন নিয়ে এতটাই চিন্তিত থাকতাম, যে কখনও কখনও মরে যেতে ইচ্ছা করত। কিন্তু এই ক্লীনিকে আসার পর, আমি বুঝতে পেরেছি যে চিন্তা করে আসলে কোনোই লাভ হয় না। আমি চিন্তার পথ রুদ্ধ করতে শিখি। এখন আমি সততার সাথে বলতে পার যে, আমার জীবন এখন একেবারেই শান্ত।'

ক্লাসের চিকিৎসক পরামর্শদাতা ড. রোজ হিলফর্ডিগ বলেছিলেন য, চিন্তা দূর করার সবচেয়ে ভালো ঔষধ গুলির মধ্যে অন্যতম হল, 'নিজের সমস্যা সম্পর্কে কোনো বিশ্বাস যোগ্য ব্যক্তির সাথে কথা বলুন। একে ক্যাথারসিস বলা হয়।' তাঁর মতে, যখন কোনো রোগী এখানে আসে তখন সে নিজের সমস্যা সম্পর্কে বিস্তারিত

ভাবে বহু কথা বলে, আসলে যতক্ষণ না তার চিন্তা মাথা থেকে নিগর্ত হচ্ছে, ততক্ষণ সে এই রকমই বলতে থাকে। নিজের চিন্তাকে মাথায় বোঝা করে নিয়ে ঘুরতে থাকলে তা আমাদের নার্ভস গুলির ওপরে টেনশানের সৃষ্টি করে। আমাদের প্রত্যেকেরই নিজেদের সমস্যা ভাগ করে নিতে হয়, আমাদের এটা বুঝতে হবে যে, এই পৃথিবীতে এমন কেউ আছে, যে আমাদের কথা শুনবে ও তা বোঝার চেষ্টা করবে। আমার সহযোগী নিজে চোখে দেখেছিল যে, একজন মহিলা শুধুমাত্র নিজের মনের কথা গুলি বলতে পেরেই সমস্ত চিন্তার জাল কাটিয়ে উঠতে পেরেছিল। তার চিন্তার কারণ ছিল তার সংসার জীবন, প্রথমে সে যখন বলতে শুরু করে তখন তার কথার মধ্যে দিয়ে ক্ষোভ রাগ সব ফেটে বেরচ্ছিল, তারপর যত বলতে থাকে তত সে শান্ত হোতে শুরু করে। সাক্ষাৎকার শেষ হয়ে যাওযার পর তার মুখে হাসি ফিরে এসেছিল। সে কি নিজের সমস্যার সমাধান করে ফেলেছিল? না, তা এতটা সহজ ছিল না। কাউকে মনের কথা বলতে পেরে পরিবর্তন এসেছিল, মানুষ যখন কাউর থেকে সামান্য সহানুভূতি লাভ করতে পারে, তখনও তার মধ্যে পরিবর্তন আসে।

সাইকোএনালিসিস বা মনোবিশ্লেষণ খানিকটা শব্দের চিকিৎসার ওপর নির্ভর করেই চলছে। ফ্রয়েডের সময় থেকে মনোবিশ্লেষকগণ এটা মেনে নিয়েছিলেন যে, যদি কোনো রোগী নিজের মনের সমস্ত কথা বলতে থাকে, তাহলে সে অবশ্যই ভেতর থেকে হাল্কা বোধ করবে ও সুস্থ হয়ে যাবে। এমনটা কেনো হয়? হয়তো এর কারণ হল, যখন আমরা নিজের সমস্যার কথা মুখে বলতে পারি, তখন আমাদের ভেতর থেকে আরো ভালো দৃষ্টিকোণ লাভ করতে সক্ষম হই। কেউই এর সম্পূর্ণ উত্তর জানে না। কিন্তু আমরা সকলেই এটা জানি যে, 'নিজের ভেতরের জ্বালা নির্গত করে দিতে পারলে, মনের বোঝা কমে যায় আর আমরা অতি শীঘ্র আরাম পাই।'

তাই এরপর যখনই ভেতর থেকে আবেগাত্মক সমস্যা বোধ করবেন, তখনই নিজের মনের কথা বলার জন্য কাউকে খুঁজুন। একটা কথা মাথায় রাখবেন, সকলের কাছে গিয়ে যদি আপনি নিজের দুঃখের কথা বলেন, যদি বিভিন্ন অভিযোগ করতে থাকেন, তাহলে সকলেই আপনাকে পাশ কাটিয়ে যাওয়ার চেষ্টা করবে। এমন কোনো ব্যক্তিকে এর জন্য নির্বাচন করুন, যার ওপর আপনি ভরসা করতে পারেন আর তারপর তার সাথে এপয়েন্টমেন্ট করে নিন। সে কোনো আত্মিয়, ডাক্তার, উকিল প্রমুখ যে কেউ হোতে পারে। তারপর সেই ব্যক্তিকে বলুন, 'আমি যা

বলব, আপনাকে শুনতে হবে। হয়তো আমার কথা শোনার পর আপনি আমাকে কিছু পরামর্শ দিতে পারেন। হয়তো আপনি এমন কোনো রাস্তা দেখিয়ে দিতে পারেন, যা আমি দেখতে পাচ্ছি না, তাতে করে আমার খুবই উপকার হবে।'

বস্টনে যে চিকিৎসা চালু করা হয়েছিল, তার প্রধান উদ্দেশ্য ছিল, মনের বোঝা দূর করে, তাকে হাল্কা করা। এখানে আরো কিছু পরামর্শ দেওয়া হল আপনার জন্য, যা আমি এই ক্লাস থেকে শিখেছি, আপনি ইচ্ছা করলে এই গুলির প্রয়োগ করে দেখতে পারেন।

1. 'প্রেরণাদায়ক' অধ্যয়ণের জন্য একটা ডায়রি বা নোটবুক রাখুন। এতে আপনি সেই সমস্ত প্রার্থনা, কবিতা বা ছোটোখাটো কোটেশান লিখে রাখতে পারেন যেগুলি আপনার খুব ভালো লাগে, যার থেকে আপনি প্রেরণা লাভ করতে সক্ষম। এরপর যেদিনই আপনি নিজের মনোবল দুর্বল লাগছে বলে মনে করবেন, বা আপনি যদি উদাস হয়ে যান, তাহলে এই ডায়রি আপনার সমস্ত হতাশা দূর করতে সাহায্য করবে। বহু রোগি বহু বছর ধরে এমন ডারয়ি নিজেদের কাছে রেখে চলেছে। তাদের মতে এটা এক ধরণের আধ্যাত্মিক 'ইঞ্জেকশান'।
2. অন্যদের অসুখ নিয়ে বেশিক্ষণ ভাববেন না। ক্লাসের একজন মহিলাকে দেখেই খুব খিট্‌খিটে ও ক্ষুব্ধ বলে মনে হচ্ছিল, তখন তাকে জিজ্ঞাসা করা হয় যে, 'যদি আপনার স্বামী হঠাৎ করে মারা যায়, তাহলে আপনি কি করবেন?' এই কথা শোনার পর তার রাগ এক মুহূর্তে শান্ত হয়ে যায়, আর সে চুপ করে বসে নিজের স্বামীর গুণের তালিকা বানিয়ে ফেলে। আপনারও যদি মনে হয় যে, আপনার বিয়ে কোনো জল্লাদের সাথে হয়েছে, তাহলে আপনিও এমন একটা তালিকা প্রস্তুত করে দেখছেন না কেনো? হয়তো আপনার স্বামীর গুণের তালিকা গুলি লিখে ফেলার পরে আপনার মনে হোতে পারে যে, আপনি এমনি লোকের সাথে দেখা করতে চাইছিলেন।
3. লোকেদের প্রতি আগ্রহ দেখান। আপনার আশেপাশের লোকেদের সম্পর্কে সুস্থ ধারণা রাখুন, তাদের সাথে বন্ধুত্বের সম্পর্ক গড়ে তোলার চেষ্টা করুন। একজন অসুস্থ মহিলা নিজেকে এতটাই 'বিশিষ্ট' বলে মনে করত যে, তার কোনো বন্ধু ছিল না। তাকে বলা হয়েছিল যে, যার সাথেই তার দেখা হোক না কেনো, সে যেন তাকে নিয়ে একটা গল্প

লেখার চেষ্টা করে। সে এই কাজ বাস থেকে শুরু করেছিল, সেখানে সে যাদের দেখে তাদের পৃষ্ঠভূমি, আচার-বিচার কেমন হবে সেই নিয়ে সে ভাবতে শুরু করে। তাদের জীবন যাত্রা কেমন হোতে পারে, তা নিয়ে কল্পনা করার চেষ্টা করে। তারপর একটা অদ্ভুত ঘটনা ঘটে, সে সকলের সাথে কথা বলতে শুরু করে, আজ সে নিজের সমস্ত বেদনা ভুলে গিয়ে একজন 'আকর্ষক' মহিলায় পরিণত হয়েছে।

4. রাতে শুতে যাওয়ার আগে পরের দিনের টাইম টেবিল বানিয়ে নিন। ক্লাসে দেখা গেছিল যে, কিছু লোক অগণিত কাজের চাপের জন্যই মানসিক চাপের মধ্যে দিন কাটায়, কিন্তু তা সত্ত্বেও তারা নিজেদের কাজ সম্পূর্ণ করতে পারে না। সারাদিন ঘড়ি তাদের দৌড় করায়, এই ধরণের ব্যক্তিদের আগের দিন রাতে একটা টাইমটেবিল বানানোর পরামর্শ দেওয়া হয়েছিল। তাতে কি হল? বেশি কাজ, কম ক্লান্তি, গর্ব ও প্রপ্তির অনুভব। শুধু তাই নয়, তাতে করে বিশ্রাম ও আনন্দের জন্যও তাদের হাতে প্রচুর সময় থাকত।

5. সর্বশেষে বলব, ক্লান্তি ও মানসিক চাপের থেকে নিজেকে রক্ষা করতে শিখুন। তার জন্য বিশ্রাম করতেই হবে। ক্লান্তি ও মানসিক চাপ আপনার শ্রী কেড়ে নিয়ে আপনাকে হত্শ্রী করে দেয়। অন্য কোনো কিছু আপনার সৌন্দর্য ও সতেজতা এত শীঘ্র হরণ করতে পারবে না। আমি বস্টনের বিচার নিয়ন্ত্রণ ক্লাসের প্রফেসার পল ঈ. জনসনের কাছ থেকে বিশ্রাম সংক্রান্ত কিছু সিদ্ধান্ত শুনেছিলাম, আমার সহযোগী সেই অনুসারে দশ মিনিট ব্যায়ামও করে, সে চেয়ারের ওপর বসেই প্রায় শুয়েই পড়েছিল। এই ধরণের শারীরিক বিশ্রামের ওপর এত জোর কেনো দেওয়া হয়? কারণ ক্লিনীকের সাথে সাথে সমস্ত ডাক্তার জানে যে, আপনাকে যদি চিন্তার জাল কেটে নির্গত হোতেই হয়, তাহলে আপনাকে বিশ্রাম করতেই হবে।

হ্যাঁ, আপনাকে বিশ্রাম করতেই হবে। সবচেয়ে বড়ো কথা হল, বিশ্রাম করার জন্য শক্ত মেঝে অনেক বেশি উপাকরি। এর ফলে প্রতিরোধ ক্ষমতা বৃদ্ধি পায় ও মেরুদন্ডের জন্যও তা খুবই ভালো।

এখনে কিছু ব্যায়ামের উল্লেখ করা হল, যা আপনি করতে পারেন। এক সপ্তাহ এর অভ্যাস করে দেখুন, দেখবেন নিজের সৌন্দর্য ও মানসিকতার ওপর

তা কতটা প্রভাব বিস্তার করেছে।

1. যখনই ক্লান্তি বোধ করবেন, মেঝেতে শুয়ে পড়ুন। একদম লম্বা হয়ে শুন। আপনি যদি পাশ ফিরে শুতে চান, তো শুতে পারেন, কিন্তু দিনে অবশ্যই এমনটা করবেন।
2. নিজের চোখ বন্ধ করুন। প্রফেসার জনসনের পরামর্শ অনুসারে আপনি বলতে পারেন যে, 'মাথার ওপর সূর্য চমকাচ্ছে। আকাশ কত নীল ও চমকদার। প্রকৃতি শান্ত ও তা পৃথিবীর নিয়ন্ত্রণেই আছে। আর আমি প্রকৃতির শিশু, তাই ব্রহ্মাণ্ডের সংযোজনেই আছি।' বা এর থেকেও ভালো কোনো প্রার্থনা আপনি করতে পারেন।
3. সময়ের অভাব থাকার দরুণ, যদি আপনি শোয়ার সময় না পান, তাহলেও চেয়ারে বসে আপনি একই প্রভাব প্রাপ্ত করতে পারেন। বিশ্রাম করার জন্য শক্ত ও সোজা চেয়ার সবচেয়ে ভালো। সোজা হয়ে চেয়ারের ওপর বসে মিশরের মূর্তীর মতো হাথ দুটিকে আরামে রাখুন। হাতের তালুটা যেন আপনার জংঘার ওপরে থাকে।
4. এবার ধীরে ধীরে পায়ের বৃদ্ধাঙ্গুষ্ঠ সোজা করার পর তা শিথিল করে দিন। পায়ের মাংসপেশি গুলি টানটান করার পর শিথিল করে দিন। ধীরে ধীরে শরীরের ওপরের দিকে যান ও প্রতিটা মাংসপেশির সাথেই এমনটা করুন। নিজের মাথাটাকে ফুটবলের মতো ঘোরান। আগের অধ্যায়তেই বলেছিলাম, নিজের মাংসপেশি গুলিকে বলুন, 'শিথিল হয়ে যাও।'
5. ধীর গতিতে শ্বাস নিয়ে নিজের নার্ভাস গুলিকে শান্ত করুন। গভীর শ্বাস নিন। ভারতের যোগীরা ঠিকই বলতেন, 'লয়বদ্ধ শ্বসন (প্রাণায়াম) নার্ভাস গুলিকে শান্ত করার সর্বশ্রেষ্ঠ উপায় গুলির মধ্যে অন্যতম।'
6. আপনার মুখের চামরা যদি কুঁচকে গিয়ে থাকে, তাহলে তা দূর করার চেষ্টা করুন। আপনার ভ্রূর মাঝখানে যদি চিন্তার রেখা পড়ে গিয়ে থাকে, তাহলে তাও দূর করার চেষ্টা করুন। দিনে যদি দুইবার এমন করতে পারেন, তাহলে বোধ হয়, আপনার বিউটি পার্লারে গিয়ে মাসাজ করানোর কোনো প্রয়োজনই হবে না। আর তা বাহ্যিকা ভাবে দূর হবে না, তা ভেতর থেকেই মিটে যাবে।

26

ভালো অভ্যাস চিন্তা দূর করতে সাহায্য করে

কার্য করার সর্বপ্রথম ভালো অভ্যাস
নিজের টেবিল থেকে সমস্ত কাগজ সরিয়ে দিয়ে শুধুমাত্র সেই কাগজ রাখুন, যা আপনার বর্তমান সমস্যার সাথে সম্পর্কিত

শিকাগো এবং নর্থবেস্টর্ন রেলওয়ের প্রেসিডেন্ট রল্যান্ড এল. উইলিয়াম একবার বলেছিলেন যে, যে ব্যক্তির টেবিলে প্রচুর কাগজ-পত্র ও ফাইল জমা হয়ে থাকে, সে যদি সেই গুলি সরিয়ে দিয়ে শুধুমাত্র সেই কাগজ গুলি রাখে, যা তার বর্তমান সমস্যার সাথে সম্পর্কিত, তাহলে সে অনেক সহজে এবং দক্ষতার সাথে সমস্ত কাজ করতে পারবে। আমি একে সুন্দর হাউসকিপিং বলি আর কাজের প্রতি দক্ষতা প্রাপ্ত করার জন্য এটাই সর্ব প্রথম পদক্ষেপ।

আপনি যদি ওয়াশিংটন ডী.সী.-র লাইব্রেরি অফ কংগ্রেসে যান। তাহলে ছাদের ওপরে লেখা একটা বাক্যের দিকে আপনার চোখ পড়বে। এই বাক্যটি পোপ নামক এক কবি লিখেছিলেন - **'ব্যবস্থা ভগবানের প্রথম নিয়ম।'**

ব্যবস্থা ব্যবসারও প্রথম নিয়ম হওয়া উচিত। কিন্তু সত্যিই কি মানুষ সেই ভাবে চলে, সাধারণত প্রচুর টেবিলে এমন অনেক কাগজ ও ফাইল দেখা যায়, যেগুলিতে বহু কাল হাত পর্যন্ত পড়ে না। আসলে নিউ আর্লিয়ানের একজন প্রকাশক একবার আমাকে বলেছিলেন যে, একবার তার সেক্রেটারী তার টেবিল পরিষ্কার করার পর তাকে বলেছিল যে, 'পরিষ্কার করার সময় আমি আপনার সেই টাইপ রাইটারটা খুঁজে পেয়েছি, যা গত দুই বছর ধরে খুঁজে পাওয়া যাচ্ছিলো না।'

যদি আপনার চারদিকে ডাক রিপোর্ট ও মেমো পড়ে থাকে, তাহলে আপনার

মনে দ্বিধার সৃষ্টি করবে ও তার ফলে আপনার মানসিক চাপ ও চিন্তা বৃদ্ধি পাবে। যদি ক্রমাগত আপনার মনে হয় যে, '**লক্ষাধিক কাজ পড়ে আছে, আর হাতে সময় খুবই কম**' তাহলে সেটা আপনার জন্য আরো খারাপ। চিন্তার ফলে শুধু যে মানসিক চাপ ও ক্লান্তি বৃদ্ধি পায়, তাই নয়, সেই সাথে ব্লাড প্রেসার, হৃদরোগ, অদ্রাশয়ে আল্সার প্রভৃতিরও সৃষ্টি হোতে পারে।

পেনসিল্ভ্যানিয়া বিশ্ববিদ্যালয়ের গ্রাজুয়েট স্কুল অফ মেডিসিনের প্রফেসার ড. জন এইচ. স্টোক্স আমেরিকান মেডিক্যাল এসোসিএশানের রাষ্ট্রীয় সম্মেলনে একটা রিসার্চ পেপার পড়েছিলেন, যাতে ড. স্টোক্স বলেছিলেন, 'রোগীর মানসিক অবস্থায় কি দেখেছিলেন।' এটা এগারোটা শর্ত সূচীবদ্ধ ছিল। এখানে এই তালিকার প্রথম শর্তটি উল্লেখ করা হল

অনিবার্যতার ভাব; আপনাকে যে যে কাজ গুলি করতে হবে, তার অনন্ত শৃঙ্খলা।

কিন্তু নিজের টেবিল পরিষ্কার করা, সঠিক সিদ্ধান্ত গ্রহণ করা, আপনাকে পরবর্তি সময়ে কি কি কাজ করতে হবে তার সূচী মাথায় রাখা, প্রভৃতি বিভিন্ন শৃঙ্খলা আপনাকে কিভাবে মানসিক চাপের থেকে দূরে রাখবে? কিন্তু আপনাকে তা করতেই হবে। মনোবিশ্লেষক উইলিয়াম এল. স্যাডলরের একজন রোগী বলেছিল যে, সে একটা অতি সহজ টেকনিকের প্রয়োগ করে, নিজেকে নার্ভাস ব্রেকডাউনের হাত থেকে বাঁচিয়েছিল। সেই ব্যক্তি একটা বড়ো শিকাগো ফার্মের এগ্‌জীক্যুটিভ ছিল। সে যখন ড. স্যাডলরের অফিসে গেছিল, তখন সে ছিল চিন্তিত ও প্রচুর মানসিক চাপের মধ্যে দিন কাটাচ্ছিল। সে বুঝতে পারছিল যে, ধীরে ধীরে নার্ভাস ব্রেকডাউনের দিকে এগিয়ে চলেছে, কিন্তু তা সত্ত্বেও সে কাজ ছাড়তে পাচ্ছিল না, তার আসলে সাহায্যের প্রয়োজন ছিল।

ড. স্যাডলর বলেছিলেন, 'এই ব্যক্তি যখন নিজের কথা বলছিল, তখন টেলিফোন বেজে ওঠে। হাসপাতাল থেকে ফোন এসেছিল, কিন্তু আমি বিষয়টা এরিয়ে না গিয়ে সিদ্ধান্তে পৌঁছানোর জন্য সময় নিই। সাধারণত আমি প্রথমবারেই সমস্ত সমস্যার সমাধান করে দেওয়ার চেষ্টা করি। যখনই ফোনের রিসিভারটা নামিয়ে রেখেছিলাম, তখনই পুনরায় ফোন বেজে ওঠে, পুনরায় আর একটা আর্জেন্ট বিষয়ে আলোচনা করার প্রস্তাব আসে, আমি পুনরায় সময় চাই। তৃতীয়বার আমার এক সহকর্মী খুবই অসুস্থ এক রোগীকে নিয়ে আসে, আমার কথার মধ্যে

পুনরায় ছেদ পড়ে। তার সাথে কথা শেষ করার পরেই, আমি রোগির কাছে যাই, আর তাকে অপেক্ষা করানোর জন্য ক্ষমাও চেয়ে নিই। কিন্তু তার চোখ-মুখের ভাব অনেকটাই বদলে গেছিল।

এই ব্যক্তি স্যাডলরকে বলেছিল, 'ক্ষমা চাইবেন না ডাক্তার, আমার মনে হয় গত দশ মিনিটে আমি বুঝতে পেরে গেছি যে, আমার মূল সমস্যা কি। আমি এখন অফিস যাব, আর নিজের অভ্যাস বদলানোর চেষ্টা করব। কিন্তু যাওয়ার আগে যদি আপনার খারাপ না লাগে তাহলে আমি ডেস্কটা একবার দেখতে চাই।'

ড. স্যাডলর নিজের ডেস্ক খুলে দেখান, সাপ্লাই ছাড়া সম্পূর্ণ ডেস্কটা খালি ছিল, তখন সে জিজ্ঞাসা করে যে, 'আচ্ছা, ডাক্তার বাবু, আপনি নিজের যে কাজ গুলি হয় না, সেগুলি কোথায় রাখেন?'

জবাবে ড. স্যাডলর বলেছিলেন, 'কাজ শেষ করে রাখি।' 'যে চিঠি গুলির উত্তর আপনি তক্ষণাৎ দিতে পারেন না সেগুলি কথায় রাখেন?' ডাক্তার বলেন, 'আসলে আমার নিয়মানুসারে, চিঠির জবাব না দেওয়া পর্যন্ত, আমি কোনো চিঠি জমিয়ে রাখি না।' ছয় সপ্তাহ বাদে এই ভদ্রলোক ড. স্যাডলরকে নিজের অফিসে যাওয়ার জন্য আমন্ত্রণ জানায়। তখন সে সম্পূর্ণ রূপে বদলে গেছিল, সঙ্গে তার টেবিল। সে নিজের ডেস্কের ড্রয়ার গুলো খুলে দেখায়, সেখানে কোনো অসম্পূর্ণ কাজ পড়ে ছিল না, সে ডাক্তারকে বলেছিল যে, 'ছয় সপ্তাহ আগে পর্যন্ত আমার অফিসে তিনটে আলাদা আলাদা টেবিল ছিল, আর আমি কাজের নিচে চাপা পড়ে যাচ্ছিলাম। আমার কাজই শেষ হোত না। আপনার সাথে কথা বলার পর, আমি এখানে এসে সমস্ত পুরানো কাগজ পত্র পরিষ্কার করে ফেলি, এখন আমি একটাই টেবিলের ওপর বসে কাজ করি, হাতে কোনো কাজ আসার সাথে সাথে তা সম্পূর্ণ করে নিই। এখন আর কোনো চিন্তা বা ভয় আমাকে বিব্রত করতে পারে না। সবচেয়ে বড়ো কথা হল, আমি একদম সুস্থ হয়ে গেছি। এখন আমার শরীরে কোথাও কোনো সমস্যা নেই।'

আমেরিকান সুপ্রীম কোর্টের প্রধান বিচারপতরি চার্ল্স ইভান্স হ্যুজের মতে, মানুষ বেশি কাজ করলে মরে যায় না। মানুষ মরে চিন্তা ও কুঅভ্যাসের জন্য। আসলে মানুষের কু-অভ্যাস তার সমস্ত উর্জা নষ্ট করে দেয়, তার কাজ শেষ হওয়ার নামই নেয় না, যে কারণে মানসিক চাপ ও চিন্তা দিনে-দিনে বৃদ্ধি পায়।

দ্বিতীয় ভালো অভ্যাস

কাজ গুলিকে ক্রমানুসারে করুন

দেশব্যাপী সিটীজ সার্ভিস কম্পানীর প্রতিষ্ঠাতা হেনরী এল. ডোহর্টী বলেছিলেন যে, 'আপনি যতই বেতন দেওয়ার জন্য প্রস্তুত থাকুন না কেনো, দুটি যোগ্যতা একত্রে পাওয়া প্রায় অসম্ভব।'

দুটি মূল্যবান যোগ্যতা প্রথমটা হল চিন্তা করার যোগ্যতা তথা দ্বিতীয়টি হল কাজ গুলি তাদের গুরুত্ব অনুসারে করার যোগ্যতা।

চার্লস লকম্যান শূণ্য থেকে শুরু করেছিলেন। কিন্তু বারো বছরের মধ্যে তিনি পেপ্সোডেন্ট কম্পানীর প্রেসিডেন্ট হয়ে গেছিলেন। বছরে তিনি বেতন পেতেন এক লক্ষ ডলার। এছাড়াও তিনি আরো দশ লক্ষ ডলার উপার্জন করতেন। তাঁর মতে, হেনরী এল. ডোহর্টীর যে দুটি যোগ্যতা একসাথে পাওয়া অসম্ভব বলে দাবি করেছেন, সেই দুটি যোগ্যতার সমাবেশই তাঁকে এতটা উন্নতি প্রদান করেছিল। চার্লস লকম্যান বলেছিলেন, '**যতদিন পিছনে গিয়ে জীবন নিয়ে ভাবা সম্ভব, ততদিন পিছনে গিয়ে দেখে বলতে পারি, আমি তখন থেকে প্রতিদিন সকাল পাঁচটায় উঠি, কারণ সেই সময়তেই আমি সবচেয়ে ভালো করে চিন্তা করতে পারি। সেই সময় আমি খুব ভালো করে ভেবে চিন্তে নিজের দিনের পরিকল্পনা করে নিই, আর সেই সাথে গুরুত্ব অনুসারেই ঠিক করে নিই, কোন কাজ কখন করব।**' আমেরিকার অন্যতম বীমা সেল্সম্যান ফ্যাঙ্ক বেটগর সকাল পাঁচটা বাজারও অপেক্ষা করতেন না, তিনি রাতে শুতে যাওয়ার আগেই পরের দিনের কর্মসূচী বানিয়ে ফেলতেন, এই দিন তিনি কতগুলি বীমা করবেন তারও একটা লক্ষ্য নির্ধারণ করে নিতেন। যদি তিনি সেই দিন নিজের লক্ষ্য পূরণে অসমর্থ হোতেন, তাহলে পরের দিনে তাঁর লক্ষ্য আরো খানিকটা বৃদ্ধি পেত, এইভাবেই দিনপ্রতিদিন চলতে থাকত।

যদি জর্জ বর্নার্ড শ নিজের গুরুত্বপূর্ণ কাজ গুলি আগে সেরে ফেলার নিয়ম না বানাতেন, তাহলে হয়তো তিনি কোনো দিনই লেখক হোতে পারতেন না, ব্যাঙ্ক ক্যাশিয়ার হিসাবেই জীবন কেটে যেত। তিনি প্রতিদিন পাঁচ পৃষ্ঠা করে লেখার পরিকল্পনা করেছিলেন। এইভাবে নয় বছর তিনি পাঁচ পৃষ্ঠা করে লিখেছিলেন, এর বিনিময়ে তিনি মাত্র তিরিশ ডলার লাভ করেছিলেন। রবিন্সস ক্রূসো প্রতিদিন প্রতি ঘন্টায় কি করবেন, তা হিসাব করে চলতেন।

তৃতীয় ভালো অভ্যাস

যেকোনো সমস্যার সমাধান সঙ্গে সঙ্গে করুন, ভবিষ্যতের জন্য রাখবেন না

আমার এক প্রাক্তন বিদ্যার্থী স্বর্গীয় এইচ. পী. হবেল আমাকে বলেছিলেন যে, তিনি ইউ.এস. স্টীলের বোর্ড অফ ডায়রেক্টর্সের সদস্য ছিলেন, সেখানে অনেক ক্ষণ ধরে বোর্ড মিটিং চলত। বহু সমস্যা নিয়ে আলোচনা হোত, কিন্তু সিদ্ধান্তে আসা হোত খুবই কম, ফলে সদস্যদের পড়ে দেখার জন্য বাড়িতে অনেক ফাইল নিয়ে আসতে হোত। শেষ পর্যন্ত বোর্ড অফ ডায়রেক্টর্সকে রাজী করানো হয় যে, যেন, একবারে একটাই সমস্যা নিয়ে আলোচনা করে, সঙ্গে সঙ্গে সমাধানের পথ খুঁজে বার করা হয়। মিস্টার হবেল বলেছিলেন, তাতে করে আশ্চর্যজনক পরিণাম লাভ করা সম্ভব হয়েছিল। তাতে করে সমস্ত সমস্যার সমাধান অতি সহজেই খুঁজে পাওয়া সম্ভব হচ্ছিল। তাতে করে কোনো সদস্যকেই বাড়িতে ফাইল বয়ে নিয়ে আসতে হোত না। অসম্পূর্ণ কাজের কোনো টেনশানও আর ছিল না।

শুধুমাত্র এই কম্পানীর জন্যই নয়, বরং আমার বা আপনার জন্যও এটা খুবই ভালো নিয়ম।

চতুর্থ ভালো অভ্যাস

ব্যবস্থিত থাকা ও নিরীক্ষণ করা

এমন বহু ব্যবসায়ি আছে, যারা নিজের কাজ অন্যদের দিয়ে করিয়ে নিতে জানে না, যার ফলে তারা সমস্ত কাজ নিজেরাই করতে চায়, আর এই কারণে তাদের অতি শীঘ্র ঈশ্বরের কাছে চলে যেতে হয়। পরিণাম   বিবরণ ও দ্বিধা চেপে ধরে। তাড়াহুড়ো করার জন্য মানসিক চাপ ধীরে ধীরে বৃদ্ধি পায়। অন্যদের দিয়ে কাজ করিয়ে নেওয়ার অভ্যাস করাটা খুবই সমস্যা জনক। আমি জানি, আর তা আমার জন্য খুবই কঠিন ছিল। আসলে কোনো ভুল মানুষকে কাজের দায়িত্ব দিলে সমস্যা বৃদ্ধি পায়। দায়িত্ব অর্পণ করাটা খুবই কঠিন, কিন্তু যদি আপনি মানসিক চাপ ও চিন্তার থেকে রেহাই পেতে চান, তাহলে আপনাকে তা করতেই হবে।

যে ব্যবসায়ি ব্যবসা বড়ো করে ফেলে, কিন্তু ব্যবস্থিত করতে পারে না, বা ঠিক মতো নিরীক্ষণ করতে জানে না, তাকে অতি অল্প বয়সেই হৃদরোগে আক্রান্ত হয়ে নিজের জীবন হারাতে হয়। আপনি যেকোনো স্থানীয় সংবাদপত্রে এমন বহু উদাহরণ দেখতে পাবেন।

27

কিভাবে একঘেয়েমি কাটিয়ে উঠবেন

> **কাজের পরিমাণ হ্রাস্ব করাই হল একঘেয়েমি জীবনের একমাত্র কারণ।**
>
> -ড. এডওয়ার্ড থর্নডিক

ক্লান্তির অন্যতম কারণ হল একঘেয়েমি লাগা। আমরা এই প্রসঙ্গে বহু উদাহরণ দেখতে পারি, কিন্তু সাধারণ ভাবে একজন একজীকূ্যটিভের কথা এখানে বলা হচ্ছে। সারাদিন চাকরি করে ক্লান্ত শরীরে সে বাড়ি ফিরে আসে। সে খুবই ক্লান্ত ছিল, ব্যবহার দেখে মনে হচ্ছিল খুবই চিন্তার মধ্যে আছে। তার মাথা ও পীঠে ছিল অসহ্য যন্ত্রণা। সে এতটাই ক্লান্ত বোধ করছিল যে, ডিনার না করেই শুয়ে পড়তে চাইছিল। কিন্তু মায়ের কথা মতো সে চেয়ারে গিয়ে বসে, আর তখনই তার একটা ফোন আসে। তার বয়ফ্রেন্ড ফোন করে তাকে ড্যান্সের জন্য আমন্ত্রণ জানাচ্ছিল। সেই কথা শুনে তার চোখ দুটি যেন চক্‌চক্ করে ওঠে, তার উৎসাহ যেন আকাশ স্পর্শ করছিল। সে এক ছুটে ওপরে নিজের ঘরে চলে যায়, সুন্দর গাউন পরে সেজে গুজে নাচতে চলে যায়, রাত তিনটে পর্যন্ত নাচতে থাকে। যখন সে বাড়ি ফেরে, তখন তার শরীরে ক্লান্তির লেশমাত্র ছিল না। আসলে সে এতটাই খুশী হয়েছিল যে, শুতে পর্যন্ত পাচ্ছিল না।

মাত্র আট ঘন্টা আগে তাকে দেখে মনে হচ্ছিল সে প্রচন্ড ক্লান্ত, তার রাতে খাবার খাওয়ার ইচ্ছা পর্যন্ত ছিল না, কিন্তু সত্যিই কি সে প্রকৃত ক্লান্ত ছিল? অবশ্যই। আসলে তার কাজ তাকে ক্লান্ত করে তুলেছিল, কাজের চাপ হয়তো তার জীবনকেও ক্লান্ত করে দিয়েছিল। খুঁজলে পৃথিবীতে এমন কোটি কোটি উদাহরণ খুঁজে পাবেন, হয়তো আপনি তাদের মধ্যে একজন!

এটা খুবই সত্যি যে, শারীরিক শ্রম আপনাকে যতটা না ক্লান্ত করতে পারে, আপনার আবেগ আপনাকে তার চেয়ে অনেক বেশি ক্লান্ত করে দেয়। কয়েক বছর

আগে ড. জোসেফ ঈ. বারম্যাক 'আর্কাইব্জ অফ সাইকোলজী'-তে নিজের গবেষণার কিছু রিপোর্ট পেশ করেছিলেন। এই রিপোর্টে তিনি প্রমাণ করে দিয়েছিলেন যে, কিভাবে একঘেয়ে জীবন মানুষকে ক্লান্ত করে তোলে। ল. বারম্যাক তাঁর ছাত্রদের এমন কিছু গবেষণা করার দায়িত্ব দিয়েছিলেন, যার প্রতি তাদের এত টুকুও আগ্রহ ছিল না। পরিণাম? ছাত্ররা ক্লান্ত বোধ করত, তাদের মাথা ও চোখ যন্ত্রণা করত, এমনকি তাদের স্বভাবও খিট্‌খিটে হয়ে যায়। অনেকের তো পেটের সমস্যাও দেখা দিয়েছিল, এই গুলি কি শুধু কল্পনা মাত্র, মোটেই না এই ছাত্রদের 'মেটাবিলিজ্ম' টেস্ট হয়েছিল। তার থেকে প্রমাণ হয়ে গেছিল যে, যখন কোনো মানুষ একঘেয়ে জীবন অতিবাহিত করে তখন তার শরীর অক্সিজেন ও ব্লাড-প্রেসারের মাত্রা কমতে থাকে, আর যখন যে আগ্রহের সাথে মনের আনন্দে কাজ করে তখন তার মেটাবোলিজ্ম সঙ্গে সঙ্গে ঠিক হয়ে যায়।

কোনো আনন্দজনক ও রোমাঞ্চকর কাজ করতে গিয়ে আপনি কখনই একঘেয়েমি বোধ করেন কি? আপনার ক্লান্ত লাগে? সম্প্রতি আমি ক্যানেঠিয়ম রকীজে ছুটি কাটাতে গেছিলাম, সেখানকার লেকে আমি সারা দিন মাছ ধরি। বড়ি বড়ো গাছের ডাল গুলি লেকের জলের ওপরে পড়েছিল, সেগুলির নিচ দিয়ে যেতে খুবই কষ্ট হচ্ছিল, প্রায় আটঘন্টা এইভাবে মাছ ধরার পরেও আমার এতটুকু ক্লান্তি লাগছিল না। কারণ কি? কারণ এই কাজটা করতে আনন্দ লাগছিল, মন খুশি হয়ে গেছিল। কিন্তু যদি আমার মাছ ধরতে ভালো না লাগত, তাহলে সাত হাজার ফুট উঁচুতে অমন কাজ করার সময় আমি খুবই ক্লান্ত বোধ করতাম।

পাহাড়ে ওঠার কাজটাও খুবই একঘেঁয়ে, তাই সেক্ষেত্রে শারীরিক শ্রম যত না হয়, তার চেয়ে অনেক বেশি আমরা ক্লান্তি অনুভব করি। এর একটা আদর্শ উদাহরণ দিচ্ছি। 1953 সালে কানাডা সরকার কানাডা আল্পাইন ক্লাবকে বলেন যে, তারা যেন প্রিন্স অফ ওয়েল্স রেঞ্জার্সের সদস্যদের পর্বতারোহণের প্রশিক্ষণ দেওয়ার জন্য গাইডের ব্যবস্থা করে। এই সৈন্যদের প্রশিক্ষণ দেওয়ার জন্য যাদের নির্বাচন করা হয়েছিল তাদের মধ্যে অন্যতম ছিল কিঙ্গম্যান। বিয়াল্লিশ থেকে উনোষাট বছরের লোকেদের মধ্যে কিভাবে সে ছিল, কিঙ্গম্যান আমাকে সেই অভিজ্ঞতার কথা বলেছিল। এই সৈন্যদের বিরাট বড়ো বরফের ময়দানে নিয়ে যাওয়া হয়েছিল। তাদের চল্লিশ ফুট পাহাড়ে উঠতে বলা হয়েছিল, তাদের কাছে তত বড়ো দড়ি ছিল না, সেই কারণে ফুটহোল্ডস এবং হ্যান্ডহোল্ডের সাহায্যেই তাদের ওপরে উঠতে হয়েছিল। পনেরো ঘন্টা পাহাড়ে চরা পর, সেই সৈন্যদের শারীরিক অবস্থা

ঠিক থাকা সত্ত্বেও তারা প্রচন্ড ক্লান্ত হয়ে পড়েছিল। আসলে তারা এর কিছুদিন আগে কঠোর ছয় সপ্তাহের কমান্ডার প্রশিক্ষণ সম্পূর্ণ করেছিল।

অতিরিক্ত মাংসপেশির প্রয়োগের জন্যই কি তারা অতটা ক্লান্ত বোধ করছিল, এই কমান্ডার প্রশিক্ষণের সময় তাদের মাংসপেশি গুলি দৃঢ় হয়ে যাইনি কি? যারা কমান্ডার প্রশিক্ষণ নিয়েছে, তারা এমন কথা শুনলে আশ্চর্য হয়ে যাবে, আসলে তাদের মাংস পেশি যথেষ্টই দৃঢ় ছিল, পাহাড়ে ওঠার কাজটা তাদের কাছে খুবই একঘেয়ে লাগছিল বলে তারা অতটা ক্লান্ত বোধ করছিল। তারা এতটাই ক্লান্ত হয়ে গেছিল যে, তাদের মধ্যে অনেকেই খাবার আসা পর্যন্ত অপেক্ষা না করেই শুয়ে পড়েছিল। কিন্তু তাদের যে গাইড ছিল, তার বয়স এই সৈন্যদের তুলনায় দ্বিগুণ বা তিন গুণ ছিল, তাদের অবস্থা কি হয়েছিল? তারাও ক্লান্ত হয়ে পড়েছিল, কিন্তু সৈন্যদের মতো নয়, তারা বিশ্রাম নেয় ও অনেক রাত পর্যন্ত নিজেদের অভিজ্ঞতা নিয়ে বহু কথা বলতে থাকে। আসলে সেই কাজের প্রতি ছিল তাদের অসীম আগ্রহ, যে কারণে তাদের শরীরে ততটা ক্লান্তি ছিল না।

কোলম্বিয়ার ড. এলওয়ার্ড থর্নডিক যখন ক্লান্তি সম্পর্কিত বিভিন্ন গবেষণা করছিলেন, তখন তিনি তার ছাত্রদের বিভিন্ন রকম আগ্রহ জনক কাজ দিয়ে প্রায় এক সপ্তাহ মতো জাগিয়ে রেখেছিলেন। বহু গবেষণার পর ড. থর্নডিক বলেন যে, 'কাজের পরিমাণ কম হওয়াই একঘেয়ে লাগার সবচেয়ে বড়ো কারণ।'

আপনি যদি মস্তিষ্কের কাজ বেশি করেন, তাহলে হয়তো এমন খুব কমই হয়, যখন আপনি বেশি কাজ করার জন্য ক্লান্ত বোধ করেন। হয়তো কাজের অতিরিক্ত পরিমাণ আপনাকে ক্লান্ত করতে পারে, না হওয়া কাজের চাপ আপনার ওপর বেশি ছিল হয়তো। গত সপ্তাহে যখন বারংবার আপনার কাজে বাধা আসছিল, সেই সময়টার কথা ভাবতে পারেন। সেই সময় আপনি কাউর কোনো চিঠির উত্তর দিতে পারেননি। এপয়েন্টমেন্ট বাতিল করতে হয়েছিল। যেখানে দেখছেন, সেখানেই কিছু না কিছু সমস্যা। সেই সময়ে সমস্ত কাজেই সমস্যা হয়ে গেছিল। আপনি কোনো কাজই করতে পারেননি, অথচ যখন আপনি বাড়ি ফিরতেন তখন খুবই ক্লান্ত বোধ করতেন এবং আপনার মাথা যন্ত্রণায় ছিঁড়ে যেত।

পরের দিন অফিসে যাওয়রা পর সমস্ত কাজ ঠিক মতো করতে সক্ষম হন। আপনি গত দিনের তুলনায় চল্লিশ গুণ বেশি কার্য করতে সক্ষম হয়েছিলেন, কিন্তু বাড়ি পৌঁছানোর পরেও আপনি সতেজ বোধ করছিলেন, নিজেকে একটা গোলাপের মতো তাজা লাগছিল। আপনার নিশ্চয়ই এমন অভিজ্ঞতা আছে, আমারও আছে।

এর থেকে আমরা কি শিক্ষা পেলাম? প্রায় সময়তেই আমাদের ক্লান্তির কারণ আমাদের কাজ নয় বরং আমাদের চিন্তা, কুণ্ঠা ও বিদ্বেষই আমাদের ভেতরে ক্লান্তির জন্ম দেয়।

এই অধ্যায় লেখার সময় আমি জেরোম কর্নের আনন্দদায়ক সঙ্গীতময় কমেডি শো বোটের পুনঃ প্রস্তুতি দেখতে গেছিলাম। কটন ব্লাসমের ক্যাপ্টেন এন্ডী নিজের দার্শণিক প্রহসনে বলেছিলেন যে, 'যারা নিজেদের পছন্দ অনুসারে কাজ করার সুযোগ পায়, তারাও সবচেয়ে বেশি সৌভাগ্যবান।' এরা সৌভাগ্যবান হওয়ার কারণ হল, অধিক উর্জা ও অধিক সুখ ভোগের সাথে সাথে কম ক্লান্তি ও কম চিন্তা ভোগ করতে হয়। যেখানে আপানর আগ্রহ থাকবে, সেখানই আপনার উর্জাও থাকবে। খিট্‌খিটে স্বামী বা স্ত্রীর সাথে দশ পা চলতে গেলেও আপনার ক্লান্তি বোধ হোতে পারে কিন্তু প্রেমিক বা প্রেমিকার সাথে দশ মাইল হাঁটলেও আপনার ভেতরে কোনো রকম ক্লান্তি দেখা যাবে না।

তাহলে? এই বিষয়ে আপনি কি করতে পারেন? সেটাই, যা একজন স্টেনোগ্রাফার করেছিল, এই ব্যক্তি একটা তেলের কম্পানীতে কাজ করত, কয়েক মাস ধরে সে প্রতিদিন একটা নিরস কাজ করে যাচ্ছিল, তেলের লীজের জন্য প্রিন্টেড ফর্ম গুলি টাইপ করে রাখা। এই বোরোং কাজটাকেও সে রোমাঞ্চকর করে তোলার কথা ভেবেছিল। কিভাবে? সে প্রতিদিন নিজের সাথেও প্রতিযোগিতা করত। প্রতিদিন সকাল থেকে দুপুরে খাওয়ার আগে পর্যন্ত সে যতগুলি ফর্ম টাইপ করত, তার সংখ্যা গুনে নিত, দুপুরে খাওয়ার পর সে তার থেকে বেশি ফর্ম টাইপ করার চেষ্টা করত। সন্ধ্যার সময় সে সারাদিনের কাজ গণনা করে নিত, পরের দিন তার চেয়ে বেশি করার চেষ্টা করত। পরিণাম? অতি শীঘ্রই সে অন্য স্টেনোগ্রাফারদের থেকে অনেক বেশি কাজ করতে সক্ষম হয়। তার জন্য সে কি পেয়েছিল? প্রশংসা? ধন্যবাদ? প্রমোশান? নাকি তার বেতন বৃদ্ধি পেয়েছিল? না সে এই রকম কিছুই লাভ করেনি, কিন্তু এর ফলে একঘেয়েমি কাজের জন্য তার ভেতরে যে ক্লান্তির সৃষ্টি হচ্ছিল, তা দূর হয়ে যায়। এতে করে তার মস্তিষ্ক প্রেরণা লাভ করতে শুরু করে। সে যেহেতু নিরস কাজকেও রোমাঞ্চকর করে তুলতে পেরেছিল, সেই কারণে সে অনেক বেশী আগ্রহের সাথে কাজ করত এবং তার খালি সময়েরও সুন্দর সদ্ব্যবহার করতে পারত, কারণ তার ভেতরে কোনো ক্লান্তির সৃষ্টি হোত না।

আমি জানি এটা একেবারেই সত্যি একটা ঘটনা, কারণ এই স্টেনোগ্রাফার অন্য কেউ না, সে আমার স্ত্রী। এখানে আর একজন স্টেনোগ্রাফারের কথা বলব,

সে বুঝেছিল যে, কাজের প্রতি আগ্রহ দেখানোর অভিনয়ও যথেষ্ট লাভ জনক বলে প্রমাণিত হয়। আগে সে হতাশার সাথে নিজের কাজ করত, কিন্তু এখন আর তা করে না। সে হল এল্মহর্স্ট ইলিনয়ের মিস ভ্যালী জী. গোল্ডেন। তার ঘটনা সে নিজে আমাকে লিখিত রূপে জানিয়েছিল, সেটাই এখানে তুলে ধরছি

'আমাদের অফিসে চারজন স্টেনোগ্রাফার আছে, প্রত্যেককেই কাউর না কাউর ডিক্টেশান নেওয়ার কার্য অর্পণ করা হয়েছে। কখন-কখন আমরা সেই কাজ নিয়ে ব্যস্ত হয়ে পড়ি। একদিন এসিস্টেন্ট ডিপার্টমেন্টের হেড যখন একটা দীর্ঘ চিঠি পুনরায় টাইপ করার আদেশ দেয়, তখন আমি ক্ষিপ্ত হয়ে তার প্রতিবাদ করি। আমি তাকে এটাই বোঝানোর চেষ্টা করেছিলাম যে, এই চিঠিটাকে পুনরায় টাইপ না করেও তা সংশোধন করা যেতে পারে। তখন সে এই কথার উত্তরে আমাকে বলে যে, যদি আমি সেই চিঠিটা পুনরায় টাইপ করতে না পারি, তাহলে সে এমন কাউকে খুঁজে নেবে, যে এই কাজ করতে সক্ষম। কথাটা শোনার পর আমি প্রচন্ড ক্ষিপ্ত হয়ে যাই। এই চিঠিটা টাইপ করার সময় আমার মনে হয় যে, আমি যে কাজটা করছি, এমন অনেক লোক আছে যারা লাফিয়ে উঠে এই কাজ করতে রাজি হয়ে যাবে, আর তাছাড়া এই কাজের জন্য আমাকে বেতনও তো দেওয়া হয়। তখন আমি অনেকটা ভালো বোধ করতে শুরু করেছিলাম। তখন হঠাৎই আমার মনে হয়ে যে, আমি এমনভাবে কাজ করব, যাতে সত্যিই তা করতে আমি আনন্দ বোধ করি, যদিও সেই কাজ করতে আমার এতটুকুও ভালো লাগত না। তারপর আমি নিজেই বুঝতে পারি যে, আমি যদি আনন্দের সাথে নিজের কাজ করি, তাহলে ভেতর থেকেই একটা আনন্দের অনুভব হয়। আর একটা বিষয়ও বুঝেছিলাম যে, যখন আমি আনন্দের সাথে নিজের কাজ করি, তখন আমার কাজও অনেক তাড়াতাড়ি হয়ে যায়। তাই এখন খুব কম দিনই আমাকে ওভার টাইম করতে হয়। এই দৃষ্টিভঙ্গীর জন্য আমি একজন ভালো কর্মচারী হিসাবেও প্রতিষ্ঠা লাভ করতে সক্ষম হয়েছি। যখন ডিপার্টমেন্টের সুপারিন্টেন্ডেন্টের প্রাইভেট সেক্রেটারীর প্রয়োজন হয়েছিল, তখন তিনি আমাকে এই পদে বহাল করেছিলেন। কারণ তিনি আমাকে বলেছিলেন যে, আমি অতিরিক্ত কাজ করার সময়তেও কোনো রকম ক্ষোভ প্রকাশ করি না। নিজের মানসিকতা পরিবর্তনের যে শক্তি আমি লাভ করেছিলাম, তা আমার কাছে এক গুরুত্বপূর্ণ অনুসন্ধান বলতে পারেন। তা আমার জীবনকে বদলে দিয়েছিল।'

মিস গোল্ডেন বুঝেছিলেন যে, আপনি যদি আগ্রহ দেখানোর অভিনয়ও করেন,

তাহলে একদিন সেই কাজে বাস্তবেই আপনার আগ্রহ জন্মে যাবে। তাতে করে আপনার ক্লান্তি ও মানসিক চাপের সাথে সাথে চিন্তাও দুর হবে।

কয়েক বছর আগে হার্লন হভর্ড একটা সিদ্ধান্ত গ্রহণ করেছিলেন, তাতে করে তার জীবন সম্পূর্ণ রূপে বদলে গেছিল। তিনি একটা নিরস কাজকে রোমাঞ্চকর করে তোলার সংকল্প নিয়েছিলেন। তার কাজ সত্যিই খুবই নিরস ছিল, হাইস্কুলের লাঞ্চরুমে প্লেট ধোয়া, কাউন্টার পরিষ্কার করা, ছেলে-মেয়েদের আইসক্রীম দেওয়া প্রভৃতি, অথচ তাঁর বয়সী ছেলেরা সেই সময় ফুটবল খেলত বা মেয়েদের সাথে গল্প করে সময় কাটাত। হার্লন হবর্ড নিজের কাজকে ঘৃণা করতেন, কিন্তু সেই কাজ করতে তিনি বাধ্য ছিলেন, সেই কারণে তিনি আইসক্রীমের অধ্যয়ণ করতে শুরু করেন। তা কিভাবে বানানো হোত, তাতে কোনো কোনো দ্রব্যের প্রয়োগ করা হোত, কিছু আইসক্রীম অন্য আইসক্রীমের থেকে কেনো ভালো হোত, ইত্যাদি। তিনি আইসক্রীমের রসায়ণ শাস্ত্রের অধ্যয়ণ করেন, আর তারফলে হাইস্কুলের কেমেস্ট্রী কোর্সে সর্বাগ্রে পৌঁছাতে সক্ষম হন। তখন তাঁর খাবার-দাবারের প্রতি আগ্রহ এতটাই বৃদ্ধি পেয়েছিল যে, তিনি 'ফুড টেকনোলজীর' ওপর ডিগ্রী প্রাপ্ত করতে সক্ষম হয়েছিলেন। সেই সময় নিউইয়ার্কের কোকোআ এক্সচৌঞ্জ কোনো আর চকলেটের ওপর সবচেয়ে ভালো রিসার্চ পেপার তৈরি করার জন্য প্রতিযোগিতার আয়োজন করে, তার প্রথম পুরস্কার ছিল একশো ডলার। তাতে কলেজের সমস্ত বিদ্যার্থী অংশ গ্রহণ করেছিল। আপনার কি মনে হচ্ছে, এই প্রতিযোগিতায় কে জয়লাভ করেছিল ? হ্যাঁ একদম ঠিক, হার্লন হবর্ডই এই প্রতিযোগিতায় জয়লাভ করতে সক্ষম হয়েছিলেন।

তাঁর যখন মনে হয়েছিল যে, চাকরি পাওয়া একটু সমস্যা জনক হয়ে দাঁড়াচ্ছে, তখন তিনি নিজের বাড়ির নিচের তলায় একটা গবেষণাগার খোলেন। তার ঠিক কিছুদিন বাদে একটা আইন বেরায়, দুধের মধ্যে ব্যাক্টেরিয়ার সংখ্যা গণনা করা অনিবার্য হয়ে ওঠে, হার্লন হবর্ড শীঘ্রই এমহর্স্টের চোদ্দোটি দুধের কম্পানী নিয়ে নেয়, যারা ব্যাক্টেরিয়ার গনণা করছিল, তাঁকে দুজন সহযোগিও রাখতে হয়েছিল।

আজ পঁচিশ বছর আবে তিনি কোথায় ? আজ যারা ফুড কেমেস্ট্রীর ব্যবসা চালাচ্ছে, তারাও একদিন অবসর নিয়ে নেবে, তাদের পরিবর্তে আসবে নতুন যুবকগণ। আজ থেকে পঁচিশ বছর বাদে হর্লন হবর্ড হয়তো নিজের ব্যবসার শীর্ষস্থানে থাকবেন, অথচ কোনো একটা সময় তিনি তাঁর যে সমস্ত সহপাঠীদের কাউন্টারের পিছন থেকে আইসক্রিম দিতেন , আজ তারা হয়তো জীবনে সেই ভাবে দাঁড়াতে

সক্ষম হয়নি, যার ফলে সরকারকে দোষারোপ করছে বা নিজের ভাগ্যকে। হর্লন হবর্ডও এই সুযোগ লাভ করতে সক্ষম হোতেন না, যদি না তিনি নিরস কার্যকে রোমাঞ্চকর করে তোলার সংকল্প নিতেন।

বহু বছর আগে একজন যুবক কারখানার বোল্ট প্রস্তুতকারী লেথ মেশিনের ওপর দাঁড়িয়ে থাকাটাকে নিরস কার্য বলে মনে করত। তার নাম ছিল স্যাম। স্যাম নিজের চাকরি ছাড়তে চাইত, কিন্তু অন্য কোনো চাকরি হয়তো সে পাবে না সেই ভয়ে চাকরিও ছাড়তে পাচ্ছিল না। যেহেতু এই নিরস কাজ করতে সে বাধ্য ছিল, তাই সেই কাজকে রোমাঞ্চকর করে তোলার সংকল্প নেয়। তার পাশে যে শ্রমিক মেশিন চালাত, সে তার সাথে প্রতিযোগিতা করতে শুরু করে। কখনও কখনও তারা মেশিন বদলে নিত, আর দেখত যে, কে বেশি বোল্ট নির্গত করতে পারে। ফোরম্যান স্যামের গতি ও কাজের দক্ষতা দেখে খুবই প্রসন্ন হয় এবং তাকে আর একটু ভালো কাজ দেয়। সেখান থেকেই প্রোমোশানের দীর্ঘ শৃঙ্খলা শুরু হয়ে যায়। তিরিশ বছর বাদে সেই স্যাম, স্যামুয়েল ভক্লেন নামে পরিচিত হয়ে ওঠে, তখন সে লোকোমোটিভ ওয়ার্কসের প্রেসিডেন্ট। যদি সে নিজের নিরস কাজকে রোমাঞ্চকর করে তোলার প্রতিশ্রুতি না নিত, তাহলে সারা জীবন একজন শ্রমিক হিসাবেই কাটিয়ে দিতে হোত।

প্রসিদ্ধ রেডিও সংবাদের বিশ্লেষক এইচ. ভী. কাল্টেনবর্ন একবার আমাকে বলেছিলেন, তিনি কিভাবে নিজের নিরাসাজনক কাজকে রোমাঞ্চকর করে তুলেছিলেন। বাইশ বছর বয়সে তাঁকে ক্যাটল বোটে করে আটলান্টিক পার করতে হয়েছিল। তিনি সাইকেলে চেপে ইংল্যান্ডে গেছিলেন এবং যখন প্যারিসে পৌঁছেছিলেন তখন তিনি ক্ষুধার্ত ও কপর্দক শূণ্য। নিজের ক্যামেরা পাঁচ ডলারের বিনিময়ে বন্দক রেখে তিনি একটা বিজ্ঞাপন দিতে সক্ষম হয়েছিলেন, তার ভিত্তিতে তিনি স্টীরিয়োপ্টিকন মেশিন বিক্রীর কাজ পেয়ে যান।

তিনি প্যারিসের প্রতিটা বাড়ি বাড়ি ঘুরে এই মেশিন বিক্রী করতে শুরু করেন - যদিও তিনি ফ্রান্সের ভাষা বলতে পারতেন না, অথচ প্রথম বছরেই কমিশান হিসাবে তিনি পাঁচ হাজার ডলার উপার্জন করেন, আর সেই বছর তিনি ফ্রান্সের সবচেয়ে বেশি উপার্জনকারী সেল্সম্যান হয়ে যান। তিনি আমাকে বলেছিলেন যে, সফলতার এমন স্বাদ তাঁর ভেতরে আরো সফল হওয়ার জন্য গুণ বিকসিত করার এমন আবেগের সৃষ্টি করেছিল তা হর্বর্ডে একবছর পড়াশোনা করার সমান। আত্মবিশ্বাস? এই অভিজ্ঞতার পর তাঁর মনে হয়েছিল যে, তিনি ফ্রান্সের গৃহিনীদের দ্যা কাংগ্রেশনল রিকর্ডও বিক্রী করতে সক্ষম হবেন।

এই অভিজ্ঞতা থেকে তিনি ফ্রেন্সের দৈনন্দিন জীবনকে অন্তরঙ্গ করে তোলার চেষ্টা করেছিলেন। যা পরবর্তি ক্ষেত্রে তাঁর জীবনের জন্য অমূল্য বলে প্রমাণিত হয়েছিল, তিনি রেডিওতে দোভাষী হিসাবে কাজ করতে শুরু করেছিলেন।

তিনি ফ্রান্সের ভাষা জানতেন না, তাহলে কিভাবে তিনি সেল্সম্যান জগতের বিশেষজ্ঞ হয়ে উঠেছিলেন? তিনি নিজের সাথে নিযুক্ত অন্যদের দিয়ে খুব ভালো করে ফ্রান্সের ভাষায় সেল্সের ভাষা সম্পর্কে লিখিয়ে নিয়েছিলেন আর সেটাই মুখস্থ করে নেন। তিনি গিয়ে ঘন্টায় বেল দিতেই ভেতর থেকে কোনো গৃহিণী এসে দরজা খুল, তিনি সঙ্গে সঙ্গে তাঁর মুখস্থ করা সম্পূর্ণ বিষয়টা উগরে দিতেন, তাঁর উচ্চারণে প্রচুর ভু-ভ্রান্তি ছিল, যাতে করে বিষয়টা তাদের কাছে খুবই মজাদার হয়ে উঠেছিল। তারপর তিনি নিজের ছবি দেখাতে, যদি কেউ কোনো প্রশ্ন করত, তাহলে তিনি কাঁধ ঝাঁকিয়ে বলতেন, যে, 'আমেরিকা...আমি আমেরিকান।' তারপর নিজের টুপি খুলে চমৎকার ফ্রেন্সের ভাষায় লেখা সেল্স সম্পর্কিত কথা গুলি দেখাতেন, যা তিনি নিজের টুপিতেই আটকে রেখেছিলেন। এইচ.ভী. কার্ল্টেনবর্ন আমার সাথে কথা বলার সময় স্বীকার করেছিলেন যে, কাজটা মোটেই সহজ ছিল না। একটাই গুণ যা তাঁকে সফল করে তুলতে সাহায্য করেছিল, তা হল কাজকে রোমাঞ্চকর করে তোলার সংকল্প। প্রতিদিন সকালে কাজে নির্গত হওয়ার আগে তিনি আয়নার সামনে দাঁড়িয়ে নিজেকে বলতেন, '**কার্ল্টনবর্ন যদি তুমি খেতে চাও, তাহলে তোমাকে এই কাজ করতেই হবে। যখন তোমাকে এটা করতেই হবে, তখন এটাকে ভালো করে করতে সমস্যা কোথায়? প্রতিবার দরজায় কষাঘাত করার সময় নিজেকে মনে করবে যে, তুমি মঞ্চের ওপর দাঁড়ানো একজন অভিনেতা, সমস্ত দর্শক তোমার দিকে তাকিয়ে আছে। আসলে তুমি যা করছো, সেটা এতটাই মজাদার যতটা আমার কোনো মঞ্চের ওপর দেখার সুযোগ পাই। তাহলে এই কাজ আনন্দ ও উদ্দীপনার সাথে করতে সমস্যা কোথায়?**'

তিনি আমাকে বলেছিলেন যে, প্রথমদিকে এই সেল্সের কাজ করতে তাঁর বিরক্ত লাগত, তাঁর নিজের ওপর ঘৃণা হোত, কিন্তু প্রতিদিন আয়নার সামনে দাঁড়িয়ে তিনি নিজেকে যে কথা গুলি বলতে শুরু করেছিলেন, তা তাঁকে জীবনের পথে এগিয়ে নিয়ে যেতে সাহায্য করেছিল, তাতে তিনি খুবই লাভবান হয়েছিলেন।

যখন আমি কাল্টবনর্নকে আমেরিকার উৎসাহি যুবকদের সফল হয়ে ওঠার জন্য কোনো বার্তা দিতে চান কিনা জিজ্ঞাসা করেছিলাম, তখন তিনি বলেছিলেন,

'হ্যাঁ, প্রতিদিন সকালে নিজের সাথে ব্যাটিং কর। আমার শরীর সুস্থ রাখার জন্য ব্যায়াম কতটা জরুরি, সেই নিয়ে অনেক কথা বলি, যে সময় আমরা অর্ধনিদ্রা মধ্যে থাকি, সেই সময় কত লোক ঘুরে বেরায়, কিন্তু আমার মনে হয় শারীরিক ব্যায়ামের চেয়েও আধ্যাত্মিক ও মানসিক ব্যায়ামের প্রয়োজন বেশি, তা আমাদের কাজ করার জন্য প্রেরণা প্রদান করে। প্রতিদিন নিজের সাথে কিছু কথা বলুন।'

একটা কথা মনে রাখবেন, আমাদের বিচার-বিবেচনাই আমাদের জীবন প্রস্তুত করতে সাহায্য করে। মার্কস অরিলিয়াস নিজের পুস্তক 'মেডিটেশন্স'-এ লিখেছিলেন যে, 'আমদের বিচারই আমাদের জীবন গড়ে তোলে।' আর এই কথা যুগ যুগান্তর থেকেই সত্যি বলে প্রমাণিত হয়ে আসছে।

প্রতিদিন, প্রতিটা ঘন্টায় আপনি নিজের সাথে কথা বলে, নিজেকে পথ দেখাতে পারেন, যাতে আপনি সাহস ও আন্দের সাথে বিচার করতে পারেন, শক্তি ও শান্তির সাথে বিচার করতে পারেন। যার জন্য আপনার কৃতজ্ঞ থাকা উচিত, সেই বিষয় গুলি নিয়ে চিন্তা করুন, নিজের মস্তিষ্ককে এমন বিচারে পরিপূর্ণ করে তুলুন, যাতে তা আকাশে উড়ে বেরাতে পারে ও গান গাইতে পারে।

সঠিক বিচার আপনার কাজকেও অনেকটাই নিরস হওয়া থেকে বাঁচাতে পারে। আপনার বস্ সর্বদা এটাই চাইবে যে, আপনিও যেন মন দিয়ে কাজ করেন, আগ্রহের সাথে নিজের কাজ চালিয়ে যান, যাতে সে আরো বেশি করে উপার্জন করতে পারে। কিন্তু এখন আমরা এটা ভুলে যাওয়ার চেষ্টা করি যে, আপনার বস্ কি চায়, বরং এটা ভাবি যে, আপনি যদি নিজের কাজের প্রতি আগ্রহ দেখাতে পারেন, তাহলে আপনার কি কি লাভ হোতে পারে। এমনটা করতে পারলে, আপনি নিজের জীবনে দ্বিগুণ খুশী অনুভব করতে পারবেন, কারণ আপনি যতক্ষণ জেগে থাকেন, তার অর্ধেকের বেশি সময়তে আপনি নিজের কাজ করেন, তাই যদি আপনি খুশি মনে কাজ না করেন, তাহলে কখনই জীবনের আনন্দ অনুভব করতে পারবেন না। নিজের কাজের মধ্যে আনন্দ খুঁজে পেলে, আপনার কত চিন্তা দূর হবে, তা ভেবে দেখেছেন কি? সেই সাথে হয়তো আপনার প্রমোশান হোতে পারে বা বেতনও বৃদ্ধি পেতে পারে। ধরুন যদি তা নাও হয়, তাহলেও আপনি তো নিজের ক্লান্তি দূর করতেই পারেন, তাতে করে আপনি অবসর সময়টাকে উপভোগ করতে পারবেন, নিজের জীবনকে আনন্দে ভরিয়ে তুলতে সক্ষম হবেন।

28

কিভাবে অনিদ্রা দূর করবেন?

মনে রাখবেন, পৃথিবীর কোনো মানুষই কম ঘুমানোর জন্য আজ পর্যন্ত মারা যায়নি। অনিদ্রার চাইতে, যদি আপনি তা নিয়ে চিন্তা করেন, তাহলে অনেক বেশি ক্ষতি হয়।

আপনি যদি ঠিক মতো ঘুমাতে না পারেন, তাহলে কি তা নিয়ে চিন্তা করেন? যদি তাই হয়, তাহলে হয়তো আপনার এটা ভেবে ভালো লাগবে যে, বিখ্যাত অন্তর্রাষ্ট্রীয় উকিল স্যামুয়েল অন্টরমায়র তাঁর সম্পূর্ণ জীবনের একটা রাতেও তিনি ঠিক মতো শুতে পারেননি।

স্যাম অন্টরমায়র যখন কলেজের গন্ডীতে পা রেখেছিলেন তখন তিনি দুটি রোগ সম্পর্কে চিন্তা করতেন, অস্থমা ও অনিদ্রা। দুটি রোগের ক্ষেত্রেই যখন তা চিকিৎসাহীন বলে প্রমাণ হয়ে যায়, তখন তিনি নিজের জেগে থাকার লাভ নেবেন বলে ঠিক করেন, তিনি সর্বশ্রেষ্ঠ কিছু করে দেখানোর সংকল্প নেন। বিছানার ওপর পড়ে এপাশ-ওপাশ করা আর চিন্তা করে নার্ভাস ব্রেকডাউনের শিকার হওয়ার চেয়ে তিনি উঠে পড়ে পড়াশোনা করাটাই শ্রেয় বলে মনে করতেন। পরিণাম? তিনি নিজের ক্লাসে সবচেয়ে ভালো নম্বর পেতে শুরু করেন, নিউইয়ার্কের সিটী কলেজের সবচেয়ে ভালো ছাত্রদের মধ্যে অন্যতম হয়ে ওঠেন।

তিনি যখন ওকালতি শুরু করেছিলেন, তখনও তাঁর অনিদ্রার রোগ ঠিক হয় না, কিন্তু তা নিয়ে তিনি চিন্তা করেন না। তিনি বলেছিলেন, 'প্রকৃতি আমার ধ্যান রাখবে।' প্রকৃতিই তাঁর ধ্যান রাখে। তিনি খুবই কম শোয়ার সুযোগ পেতেন, অথচ তাঁর শরীরে কোনো সমস্যা হোত না, তিনি সুস্বাস্থ্যের অধিকারী ছিলেন। তাতে করে তিনি তাঁর পেশার জন্য আরো কঠোর পরিশ্রম করার সুযোগ লাভ করেছিলেন। অন্য উকিলদের তুলনায় তিনি বেশি করে কাজ করতেন, কারণ যখন তারা শুয়ে

পড়ত, তিনি তখনও কাজ করে যেতেন। মাত্র একুশ বছর বয়সে স্যাম অন্টরমায়র বছরে পঁচাত্তর হাজার ডলার উপার্জন করতেন, অন্য যুবক উকিলরা তাঁর ওকালতি করার স্টাইল শেখার জন্য কোর্টে গিয়ে বসে তাঁকে লক্ষ্য করত। 1931 সালে একটা কেস লড়ার জন্য তাঁকে যে টাকা ফিস্ দেওয়া হয়েছিল, তখনকার সময়ে সেটা হয়তো সবচেয়ে বেশি ফিস্ ছিল দশ লক্ষ ডলার, আর সেটাও সম্পূর্ণ নগদ।

তখনও তাঁর অনিদ্রার রোগ ছিল। তিনি অর্ধেক রাত পর্যন্ত পড়াশোনা করতেন, তাও ভোর পাঁচটায় উঠে পড়তেন, সেই সময় তিনি চিঠি-পত্র ডিক্টেট করতেন। বেশির ভাগ লোক যখন দিন শুরু করত, সেই সময়ের মধ্যে স্যামের অর্ধেকের বেশি কাজ হয়ে যেত। তিনি একাশি বছর বেঁচেছিলেন, হয়তো সারাজীবনের কোনো রাতেই তিনি গভীর নিদ্রায় আচ্ছন্ন হোতে পারেননি, কিন্তু যদি তিনি এই অনিদ্রা নিয়ে চিন্তা করতেন, যদি তিনি সমস্যা বোধ করতেন, তাহলে হয়তো তাঁর সারাটা জীবনই ধ্বংস হয়ে যেত।

আমরা আমাদের জীবনের এক-তৃতীয়াংশ সময় ঘুমিয়েই কাটিয়ে দিই, কিন্তু আমাদের মধ্যে হয়তো কেউই জানি না যে, এই ঘুম আসলে কি? আমরা সকলেই মনে করি এটা একটা অভ্যাস, আর প্রকৃতি আমাদের বাঁচানোর জন্য এটাকেই রক্ষা কবচ হিসাবে দিয়েছে, কিন্তু আমরা এটা জানি না যে, প্রতিটা মানুষের কত ঘন্টা ঘুমানো উচিত।

প্রথম বিশ্ব যুদ্ধের সময় শত্রুপক্ষের একটা গুটি হাঙ্গেরীর একজন সৈনিক পল কর্নের মস্তিষ্ক ছেদ করে চলে গেছিল, চিকিৎসা শাস্ত্রের জোরে সে সুস্থ হয়ে যায়, তার আঘাত ঠিক হয়ে যায়, কিন্তু সে শুতে পারত না। ডাক্তার কোনো ভাবেই তাকে ঘুম পারাতে পাচ্ছিল না, সমস্ত প্রকারের ঘুমের ঔষধ তাকে দেওয়া হয়েছিল, নার্কেটিকেরও ব্যবহার করা হয়েছিল, কিন্তু কিছুতেই কিছু হচ্ছিল না, সে ঘুমাতে পাচ্ছিল না। তার এই অনিদ্রার জন্য ডাক্তাররা সমস্যায় পড়ে যায়, তারা বলে দিয়েছিল যে, এইভাবে চললে, সে বেশি দিন বাঁচবে না।

কিন্তু সে তাদের সমস্ত কথা ভুল বলে প্রমাণ করে দিয়েছিল, সে সুস্থ শরীরে বহু দিন চাকরি করে এবং দীর্ঘ জীবন ভোগের আনন্দ লাভ করে। সে নিজের চোখ বন্ধ করে বিশ্রাম করত। কিন্তু সে এক ফোঁটাও ঘুমাত না। চিকিৎসা সাস্ত্রে এই ঘুম নিয়ে বহু গবেষণা হয়েছে, তার থেকে বহু সত্য আমাদের সামনে এসে ধরাও দিয়েছে।

এমন কিছু লোক আছে, যাদের অন্যদের তুলনায় বেশি ঘুমের প্রয়োজন হয়। টোস্ক্যানিনীর জন্য রাতে পাঁচ ঘন্টা ঘুম যথেষ্ট ছিল, কিন্তু ক্যাল্বিন কূলিজ এর

দ্বিগুণেরও বেশি সময় ধরে ঘুমাতেন। কুলিজ চব্বিশ ঘন্টার মধ্যে এগারো ঘনা ঘুমাতেন। অন্যভাবে বলা যায় যে, টস্ক্যানিনী নিজের জীবনের পাঁচ অংশ ঘুমিয়েই কাটিয়ে দিয়েছিলেন, আর কুলিজ প্রায় অর্ধেকটা জীবন।

অনিদ্রা সম্পর্কে যদি আপনি বেশি চিন্তা করেন, তাহলে তা অনিদ্রার থেকে অনেক বেশি ক্ষতিকারক বলে প্রমাণিত হবে। উদাহরণ স্বরূপ আমি এখানে আমারই এক বিদ্যার্থীর কথা বলছি, দীর্ঘ দিন ধরে অনিদ্রার কারণে সে আত্ম হত্যা করবে বলে ঠিক করে ফেলেছিল। আমার সেই বিদ্যার্থীর নাম ছিল স্যানডনর।

স্যানডনর আমাকে বলেছিল, 'মনে হোত আমি পাগল হয়ে যাব।' তার সমস্যা ছিল সে আগে খুবই গভীর ঘুমে আচ্ছন্ন হয়ে পড়ত, এমনকি এলার্মের আওয়াজেও তার চোখ খুলত না, যে কারণে প্রতিদিনই সকালে তার অফিসে পৌঁছাতে দেরি হয়ে যেত। 'আমি সেই নিয়ে চিন্তায় পড়ে গেছিলাম, কারণ আমার বস্ আমাকে বলে দিয়েছিল যে, যেমন করেই হোক আমাকে সময়ের মধ্যে অফিসে পৌঁছাতে হবে। আমি এটা বুঝতে পাচ্ছিলাম যে, যদি এইভাবেই ঘুমাতে থাকি, তাহলে আর আমার চাকরি থাকবে না।'

'আমি আমার এক বন্ধুকে এই সমস্যা সম্পর্কে বলি, সে আমাকে পরামর্শ দেয় যে, আমি যেন শোয়ার সময় নিজের সম্পূর্ণ ধ্যান এলার্ম ঘড়ির দিকে দিয়ে শুই, আমি তাই করতে শুরু করি, আর শুরু হয় আমার অনিদ্র রাত্রি যাপন। ঘড়ির টিক্ টিক্ শব্দ যেন আমাকে খেতে আসত। আমার কেমন পাগল পাগল লাগত। আমি সারা রাত জাগতাম ও এপাশ-ওপাশ করতাম। সকাল বেলায় ওঠার পর নিজেকে খুবই বিধ্বস্থ লাগত, মনে হোত, আমার কোনো কঠিন অসুখ করেছে। এইভাবে আট সপ্তাহ কেটে যায়, আমি কি চরম মানসিক সমস্যার মধ্যে দিয়ে দিন অতিবাহিত করছিলাম, তা বলে বোঝাতে পারব না। আমার মন থেকে বিশ্বাস হচ্ছিল যে, আমি পাগল হয়ে যাচ্ছি। অনেক সময় সারা রাত ঘরে পায়চারি করতাম, বহুবার মনে হোত, জানলা দিয়ে লাফিয়ে নিজের জীবনটা দিয়ে দিই।

শেষ পর্যন্ত আমি আমার অনেক দিনের পরিচিত এক ডাক্তারের কাছে যাই। আমার মুখ থেকে সব কথা শোনার পর, সে বলে, 'দেখো আমি তোমার কোনো সাহায্য করতে পারব না, আসলে কেউই তোমার কোনো সাহায্য করতে পারবে না, কারণ সমস্ত সমস্যা তুমি নিজে সৃষ্টি করেছো। রাতে বিছানায় শোয়ার পর যদি তোমার ঘুম না আসে, তাহলে সেই কথা ভুলে যাও, সেই নিয়ে টেনশান করো না। শুধুমাত্র নিজেকে বল, 'আমার যদি ঘুম না আসে তাহলে তা নিয়ে আমার

কোনো সমস্যা নেই, আমি যদি সারা রাত না ঘুমাই, তাহলেও সকালে ওঠার পর আমার কোনো রকম সমস্যা হবে না, আমি ঠিকই থাকব।' নিজের চোখ বন্ধ করে নিজেকে বল, 'যতক্ষণ আমি চোখ বন্ধ করে শুয়ে থাকব, আর এই বিষয় নিয়ে চিন্তা করব না, ততক্ষণ পর্যন্ত আমার শরীর এমনিই বিশ্রাম পেয়ে যাবে।'

'আমি সেটাই করেছিলাম, তারপর থেকে আমার ঘুম আসতে শুরু করে, প্রথম দু সপ্তাহে মাঝেমাঝে ভেঙে যেত, তারপর থেকে রাতে টানা আটঘন্টা করে ঘুমাতে থাকি, এখন আমার নার্ভাসও সাধারণ ছন্দেই চলছে।'

অনিদ্রা নয়, অনিদ্রার চিন্তাই স্যান্ডনরকে বিব্রক করে তুলেছিল।

শিকাগো বিশ্ববিদ্যালয়ের প্রফেসার ড. ক্লীটম্যান অন্যদের তুলনায়, ঘুম নিয়ে অনেক বেশি গবেষণা করেছিলেন। নিদ্রা বিশেষজ্ঞ হিসাবে তিনি জোর গলায় বলেছিলেন যে, 'এমন কোনো মানুষকে আমি চিনি না যে না ঘুমিয়ে মারা গেছে।' কোনো মানুষ অবশ্যই নিজের অনিদ্রার জন্য চিন্তাগ্রস্থ হোতে পারে, আর তার ফলে শরীরের প্রতিরোধ শক্তি কমতে শুরু করে, যার ফলে তার শরীরে বিভিন্ন কীটাণু বাসা বাঁধতে পারে, কিন্তু সমস্ত ক্ষতিই হয় চিন্তার জন্য অনিদ্রার জন্য নয়।

ড. ক্লীটম্যান আরোও বলেছেন যে, যে ব্যক্তি অনিদ্রা নিয়ে চিন্তা করে সে সাধারণত নিজের অনুমানের তুলনায় অনেক বেশি ঘুমায়। যে ব্যক্তি দিব্যি করে বলে যে, 'গত রাতে আমি এক ফোঁটাও ঘুমাতে পারিনি,' সে হয়তো বেশ কয়েক ঘন্টা ঘুমায়, আর তা সে নিজেও বুঝতে পারে না। উদাহরণ স্বরূপ বলা যায়, উনবিংশ শতাব্দীর মহানতম চিন্তকদের মধ্যে অন্যতম হরবর্ট স্টেনসারের তখন ভালোই বয়স হয়েছিল, তিনি ছিলেন অবিবাহিত। তিনি একটা বোর্ডিং হাউসে থাকতেন আর নিজের অনিদ্রার কথা বলে সকলকে বোর করে দিতেন। যাতে কোনো চিৎকার চেঁচামিচি তার কানে এসে না পৌঁছায় এবং যাতে নিজের নার্ভাস শান্ত থাকে, তাঁর জন্য তিনি কানে তুলো গুজে রাখতেন। অনেকবার ঘুমানোর জন্য তিনি অফিন পর্যন্ত সেবন করতেন, একবার হরবর্ট এবং অক্সফোর্ডের প্রফেসার স্যাস একই হোটেলের ঘরে রাতে ছিলেন। পরের দিন সকালে উঠে হরবর্ট স্পেন্সর ঘোষণা করেন যে, সারা রাত তিনি দুটো চোখের পাতা এক করতে পারেননি। আসল সত্যি হল প্রফেসার স্যাস সেই রাতে একটুও ঘুমাতে পারেননি, কারণ স্পেন্সারের নাক ডাকার আওয়াজে তাঁর ঘুম আসছিল না।

ভালো ঘুমানোর জন্য সবচেয়ে আগে প্রয়োজন হল সুরক্ষার ভাব। শোয়ার আগে আমাদের এটা মনে করতে হবে যে, আমাদের থেকেও অনেক বেশি মহান

শক্তির অধিকারী কেউ, সকাল পর্যন্ত আমাদের রক্ষা করবে। গ্রেট ওয়েস্ট রাইটিং এসাইলামের ডাক্তার থমাস হাইস্লীপ ব্রিটিশ মেডিক্যাল এসোসিয়েশানের সামনে দেওয়া নিজের বক্তৃতাতে এই বিন্দুর ওপর বিশেষ জোর দিয়েছিলেন। তিনি বলেছিলেন, 'বহু বছর ধরে আমি যে প্র্যাক্টিস করছি, তার অভিজ্ঞতার থেকেই বলছি, ঘুম আসার সর্বশ্রেষ্ঠ উপায় হল প্রার্থনা। আমি ডাক্তারের দৃষ্টিভঙ্গীতে বিচার করেই এই কথা বলছি। যারা অভ্যাস বশতই ভগবানের কাছে প্রার্থনা করে, তাদের জন্য মস্তিষ্ক ও নার্ভস শান্ত করার সমস্ত উপায় গুলির মধ্যে এটাকেই সবচেয়ে সাধারণ ও পূর্ণ বলে মনে করা উচিত।' 'ভগবানকে স্মরণ কর - আর সবকিছু তাঁর ওপর ছেড়ে দাও।'

জীনেট ম্যাক্‌ডানল্ড আমাকে বলেছিলেন যে, তিনি যখনই হতাশ বা চিন্তিত থাকতেন, তখন তাঁর ঘুম আসত না, তখন তিনি ঈশ্বরের নাম স্মরণ করেই, 'সুরক্ষার ভাব প্রাপ্ত করতেন, ভগবান আমাকে পথ দেখাচ্ছে, আমার কোনো দিন কোনো অভাব হবে না। তিনি আমাকে সবুজ ক্ষেত্রে বিশ্রাম করান ও আমাকে শান্ত জলাধারের সামনে নিয়ে যান... ।'

কিন্তু আপনার যদি ধর্মের ওপর বিশ্বাস না থাকে, তাহলে নিজের শরীরকে আরাম প্রদান করার জন্য আপনাকে একটু কষ্ট করতে হবে। ড. ডেভিড হেরল্ড ফিক বলেছিলেন যে, এই কাজ করার সবচেয়ে ভালো উপায় হল, নিজের শরীরের সাথে কথা বলা। ড. ফিকের মতে, যেকোনো রকম শব্দের মধ্যেই সম্মোহনের চাবিকাঠি লুকিয়ে থাকে। আর যদি প্রতিদিনই আপনি ঘুমাতে না পারেন, তার মানে হল, আপনি নিজের সাথে কথা বলেই, নিজেকে অনিদ্রার রোগি করে তুলেছেন। এই রোগ দূর করার সবচেয়ে ভালো উপায় হল, এই সম্মোহনকে ভেঙে দেওয়া- আর তা করার জন্য আপনি নিজের শরীরের মাংসপেশি গুলিকে বলতে পারেন যে, 'নিজেকে শিথিল করে, শিথিল কর...আর বিশ্রাম নাও।' আমরা সকলেই জানি যে, আমাদের মাংসপেশি গুলি চাপের মধ্যে থাকলে আমরা কখনই বিশ্রাম করতে পারব না। তাই যদি আপনি শুতে চান, তাহলে আপনাকে প্রতিটা মাংসপেশিকে শিথিল করতে হবে। ড. ফিকের পরামর্শ অনুসারে বলা যায়, এই উপায় সত্যিই কাজ করে, নিজের পা দুটিকে আরাম দেওয়ার জন্য হাঁটুর নিচে একটা বালিশ রেখে দিন, আর হাতের নিচে ছোটো বালিস রাখুন। তারপর আপনি নিজের চোখ, হাত, পা গুলিকে বিশ্রাম করতে বলুন, এই ভাবে আপনার চোখে অবশ্যই ঘুম এসে যাবে, আপনার সাথে কি হচ্ছে বোঝার আগেই আপনি ঘুমিয়ে

পড়বেন, আমি নিজে প্র্যাক্টিস করে দেখেছি।

অনিদ্রার চিকিৎসা গুলির মধ্যে অন্যতম ভালো উপাচার হল, নিজের শরীরকে ক্লান্ত করে দেওয়া, এমন কোনো কাজ করুন বা খেলুন যাতে আপনি শুধুমাত্র শারীরিক দিক থেকেই ক্লান্ত বোধ করতে পারেন। থিয়োডোর ড্রেজর সেই কাজই করেছিলেন। যৌবনে যখন তিনি সংঘর্ষশালী লেখা লিখতেন তখন তিনি নিজের অনিদ্রা নিয়ে খুবই চিন্তিত থাকতেন, সেই কারণেই তিনি নিউইয়ার্ক সেন্ট্রাল রেলওয়ে সেকশানের হেড রূপে চাকরি শুরু করেছিলেন। সারাদিন ধরে পেরেক মারা ও পাথর ফেলার পরে তিনি খুবউ ক্লান্ত হয়ে যেতেন, বহু কষ্টে খাবার খাওয়া পর্যন্ত জেগে থাকতেন।

যদি আমরা খুবই ক্লান্ত হয়ে পড়ি, তাহলে প্রকৃতিই আমাদের শোয়ার জন্য ব্যস্ত করে, তাতে আমরা যতই জেগে থাকার চেষ্টা করি না কেনো। উদাহরণ স্বরূপ, আমি যখন ছোটো ছিলাম তখন আমার বাবা গাড়ি ভরে মোটামোটা শূকর মিসূরী থেকে সেন্ট জোতে নিয়ে গেছিলেন, তিনি দুটো রেলওয়ে পাস পেয়েছিলেন তাই সঙ্গে আমাকেও নিয়ে গেছিলেন। ততদিন পর্যন্ত আমি চার হাজারের বেশি জনবসতি সম্পন্ন কোনো এলাকা দেখিনি। আমি যখন সেন্ট জোতে নামি, তখন প্রথম আট হাজার জনবসতি সম্পন্ন কোনো শহর দেখি, আমি ভেতর থেকে রোমাঞ্চিত বোধ করছিলাম। আমি ছয়তলা বিল্ডিং দেখি, আর সেই প্রথম স্ট্রীটকার দেখে আমি অবাক হয়ে গেছিলাম। এখনও চোখ বন্ধ করে ভাবলে আমার চোখের সামনে সেই স্ট্রীটকার গুলি ফুটে ওঠে, আমি সেই গুলির আওয়াজ পর্যন্ত অনুভব করতে পারি। আমার জীবনর সবচেয়ে রোমাঞ্চককর দিনের পরে আমরা মিসূরী ফেরার জন্য পুনরায় ট্রেন ধরি। রাত্রি দুটোর সময় স্টেশানে পৌঁছানোর পরে, নিজেদের ফার্ম হাউসে পৌঁছানোর জন্য চার মাইল পথ হেঁটে যেতে হয়েছিল। এই ঘটনা শোনানোর আসল কারণ হল আমি এতই ক্লান্ত ছিলাম যে, হাঁটতে হাঁটতেই ঘুমিয়ে পড়েছিলাম, আমি তার মধ্যে স্বপ্নও দেখি। আমি প্রায় সময়তেই ঘোড়ার পিঠে বসেও ঘুমিয়ে পড়তাম। আর এই কথা কথা গুলি বলার জন্য আমি এখনও বেঁচে আছি।

মানুষ যখন দৈহিক দিক থেকে প্রচন্ড ক্লান্ত হয়ে পড়ে, তখন যুদ্ধের কোলাহল বা আতঙ্কের মধ্যেও ঘুমাতে পারে। প্রসিদ্ধ ইউরোলজিস্ট ড. ফস্টর কেনেডী আমাকে বলেছিলেন যে, 1918 সালে যখন ব্রিটিশ সৈন্যগণ পিছু হাঁটতে শুরু করেছিল, তখন সৈন্যগণ এতটাই ক্লান্ত ছিল যে, যে যেখানে ছিল সেখানই ঘুমিয়ে

পড়েছিল, তাদের দেখে মনে হচ্ছিল যে, তারা যেন কোমায় চলে গেছে। তিনি নিজে আঙুল দিয়ে টেনে তাদের চোখ খোলার চেষ্টা করেছিলেন, কিন্তু কাউর চোখ খুলতে পারেন নি। তাদের চোখের মণি গুলো ওপর দিকে চলে গেছিল। ড. কেনেডীর মতে, 'তারপর থেকে যখনই আমার ঘুম আসতে সমস্যা হোত, আমি নিজের চোখের মণি গুলিকে সেই স্থিতিতে নিয়ে যাওয়ার চেষ্টা করতাম। তখন আমি দেখেছি যে, কয়েক সেকেন্ডের মধ্যেই আমার কেমন ঝিমানি আসত এবং আমি ঘুমিয়ে পড়তাম। এটা একেবারেই একটা অটোম্যাটিক এক্শান, যার ওপর আমার কোনো রকম নিয়ন্ত্রণ ছিল না।'

আজ পর্যন্ত ঘুমের জন্য কেউ আত্মহত্যা করেনি, আর এমনটা কেউ কোনো দিন করবেও না। মানুষের সমস্ত ইচ্ছাশক্তিকে পরাজিত করে প্রকৃতি তাকে ঘুমানোর জন্য বাধ্য করবে। খাবার বা জল ছাড়াও প্রকৃতি আমাদের কয়েকদিন বাঁচিয়ে রাখবে, কিন্তু ঘুম ছাড়া নয়।

আত্মহত্যার কথা মাথায় আসতে, ড. হেনরী সী. লিঙ্কের লেখা পুস্তক **দ্যা রিডিস্কভরী অফ ম্যান** -এর কথা আমার মনে পড়ে যাচ্ছে। ড. লিঙ্ক দ্যা সাইকোলজীক্যাল কর্পোরেশানের ভাইস-প্রেসিডেন্ট ছিলেন, আর তিনি বহু চিন্তিত ও হতাশ লোকেদের সাথে কথা বলেছিলেন। তাঁর লেখা অধ্যায়, 'ভয় ও চিন্তা জয় করা'- তে তিনি একজন রোগীর কথা বলতে গিয়ে বলেছিলেন যে, সে আত্মহত্যা করতে চাইত। ড. লিঙ্ক বুঝেছিলেন যে, তার সাথে তর্ক করলে সমস্যা আরো বৃদ্ধি পাবে, তাই তিনি সেই ব্যক্তিকে বলেছিলেন যে, 'যদি সত্যিই তুমি আত্মহত্যা করতে চাও, তাহলে তুমি একটা নতুন কোনো প্রক্রিয়ায় সেই কাজ করো। এই ইমারতের চারদিকে দৌড়াও, আর যতক্ষণ না মরে যাচ্ছো, ততক্ষণ দৌড়াতে থাক।'

সে তাই করার চেষ্টা করে। একবার নয়, বারংবার আর তখন তার মাংস পেশি গুলি দুর্বল হয়ে গেলেও মস্তিষ্ক একটু ভালো বোধ করতে শুরু করেছিল। তৃতীয় রাতে সে সেটাই প্রাপ্ত করতে সক্ষম হয়েছিল, যেটা ড. লিঙ্ক চাইছিলেন, সে শারীরিক দিক থেকে খুবই ক্লান্ত হয়ে পড়েছিল, (অথচ মানসিক দিক থেকে সম্পূর্ণ রূপে শান্তি বোধ করছিল।) যার ফলে সে ঘুমিয়ে পড়ে। পরে সেই ব্যক্তি এথেলেটিক ক্লাবের সদস্য হয়ে যায় আর সে বিভিন্ন প্রতিযোগিতা মূলক খেলায় অংশ গ্রহণ করতে শুরু করে। অতি শীঘ্রই সে এতটা ভালো বোধ করতে শুরু করেছিল যে, বেঁচে থাকার ইচ্ছা দিনে দিনে বৃদ্ধি পেতে শুরু করে।

তাহলে অনিদ্রার চিন্তা দূর করার পাঁচটা নিয়ম

1. **আপনার যদি ঘুম না আসে তাহলে স্যামুয়েল অনটরমায়র যা করেছিলেন, তাই করুন। উঠে পড়ুন, আর যতক্ষণ না ঘুম আসছে ততক্ষণ পর্যন্ত কাজ বা পড়াশোনা করে যান।**
2. **মনে রাখবেন, কম ঘুমানোর জন্য আজ পর্যন্ত কেউ মারা যায়নি। অনিদ্রা থেকে আমরা অনিদ্রার জন্য যে চিন্তা করি, সেটাই আমাদের বেশি ক্ষতি করে।**
3. **প্রার্থনা করুন - মনে মনে কোনো ভগবানের ভজন করুন।**
4. **নিজের শরীরকে শিথিক করে দিন।**
5. **ব্যায়াম করুন। নিজের শরীরকে এতটাই ক্লান্ত করে দিন, যাতে আপনি জেগে থাকতে না পারেন।**

সংক্ষেপে সপ্তম ভাগ

চিন্তা দূর করার তথা জোশ ও উর্জা বৃদ্ধির উপায়

1. ক্লান্ত হওয়ার আগেই আরাম করে নিন।
2. নিজের কাজের ফাঁকে বিশ্রাম নিতে শিখুন।
3. নিজের বাড়িতে বিশ্রাম নিতে শিখুন।
4. কাজ করার চারটি ভালো অভ্যাস গড়ে তুলুন

ক) নিজের টেবিলের সমস্ত কাগজ পরিস্কার করে ফেলুন, যে কাজটা আপনাকে করতে হবে শুধু সেটাই রাখুন। রুটিং অনুসারে সেই কাজ সেরে ফেলার চেষ্টা করুন।

খ) কাজ গুলি তাদের গুরুত্ব অনুসারে সাজিয়ে ফেলুন।

গ) আপনার সামনে যখন কোনো সমস্যা আসবে এবং নির্ণয় নেওয়ার মতো যদি সমস্ত তথ্য আপনার কাছে থাকে, তাহলে আপনি যত শীঘ্র সম্ভব সিদ্ধান্তে আসার চেষ্টা করুন।

ঘ) ব্যবস্থিত থাকা, কাউকে দিয়ে কাজ করিয়ে নেওয়া এবং নিরীক্ষণ করতে শিখুন।

5. চিন্তা ও ক্লান্তি দূর করার জন্য, নিজের কাজের ব্যাপারে উৎসাহ দেখান।
6. মনে রাখবেন ঘুম কম হওয়ার জন্য কোনো মানুষ কোনো দিন মারা যায়নি। অনিদ্রার তুলনায় তা নিয়ে চিন্তা করে আমরা নিজেদের বেশি ক্ষতি ডেকে আনি।

অষ্টম ভাগ

কিভাবে চিন্তাকে
জয় করা যায় তার
31 সত্যি ঘটনা।

সমস্যার সূচনা

1943 সালের গ্রীষ্মকালে আমার মনে হচ্ছিল যে, পৃথিবীর অর্ধেকের বেশি চিন্তা বিশ্রাম করার জন্য আমার কাঁধে এসে ভর করেছে।

চল্লিশ বছরেরও বেশি সময় ধরে আমি একটা সাধারণ ও চিন্তা হীন জীবন অতিবাহিত করতে সক্ষম হয়েছিলাম, সেই সময়ে আমাকে খুবই সামান্য কিছু সমস্যার সম্মখীনতা করতে হোত, যা যেকোনো বাবা, স্বামী এবং ব্যবসায়ি করে থাকে। সাধারণত আমি এই ধরণের সমস্যার সম্মখীনতা করতে সক্ষম ছিলাম কিন্তু হঠাৎই ধড়াম করে পড়ে যাই। ছয়টা বড়ো সমস্যা একত্রে আমার দিকে হামলা করে দেয়। সারা রাত ঘুম আসত না, বিছানায় ছটপট করতাম, ভোরের আলো ফুটলেই আমার ভেতরে ভয়ের সঞ্চার হোত, কারণ তখন আমাকে এই ছয়টা মুখ্য চিন্তার সম্মখিনতা করতে হোত

1. আমার বিজনেস কলেজ আর্থিক বিনাশের দরজায় গিয়ে দাঁড়িয়ে ছিল। কারণ সমস্ত ছেলেরা সেই সময় যুদ্ধে চলে যাচ্ছিল, আর বেশির ভাগ মেয়েই এই প্রশিক্ষণ ছাড়াই যেকোনো ফার্মে গিয়ে অনেক বেশি উপার্জন করতে পাচ্ছিল, আমার কলেজ থেকে গ্রাজুয়েশান করার পর বিজনেস অফিস গুলি তাদের যে বেতন দিচ্ছিল, তার থেকে তার বেশি উজার্জন করতে পাচ্ছিল।
2. আমার বড়ো ছেলে সেই সময় সৈন্যদলে ছিল, প্রতিদিন সে যুদ্ধের ময়দানে যেতে, সমস্ত বাবা-মায়ের মতো আমার মনও তাকে নিয়ে খুবই ব্যাকুল হয়ে থাকত।
3. ওক্লাহোমা সিটী আগেই বিমানপোত নির্মাণের জন্য একটা বড়ো ক্ষেত্র প্রস্তুত করতে শুরু করেছিল, আর আমার বাড়ি-যেটা আগে আমার বাবার বাড়ি ছিল, এই ক্ষেত্রের ঠিক মাঝখানে আসছিল। আমি জানতাম যে, আমি এর আসল দামের মাত্র দশ বাগের এক ভাগই পাব, তার

চেয়ে বড়ো কষ্টের কথা হল, নিজের বাড়ি হারাতে হচ্ছিল। আমার পরিবারে তখন ছয় জন লোক, তাদের নিয়ে কোথায় সঠিক ঘর পাব, কিছু বুঝতে পাচ্ছিলাম না। কোনো টেন্টে গিয়ে থাকতে না হয়, এমন ভায়ই আমাকে চেপে বসেছিল। টেন্ট কিনার ক্ষমতা হবে কিনা সেটা নিয়েও চিন্তিত ছিলাম।

4. আমাদের জমিতে পানীয় জলের জন্য যে কুয়া খনন করা ছিল, তার জলও শুকিয়ে যায় কারণ আমাদের বাড়ির পাশেই একটা ড্রেন খনন করা হয়েছিল। একটা নতুন কুয়া খনন করা মানে তখন পাঁচশো ডলার মাটিতে দিয়ে দেওয়া, কারণ জমিতো তখন হাতের বাইরে যেতে বসেছিল। আমি আমাদের গবাদি পশু গুলিকে জল পান করানোর জন্য প্রতিদিন বাতলি ভরে জল নিয়ে যতাম, আর মনে হয়ছিল যে, যুদ্ধ চলাকালীন আমাকে প্রতিদিন এই কাজ করতে হবে।
5. আমি আমাদের বিজনেস স্কুল থেকে দশ মাইল দূরে থাকতাম, আর আমার কাছে ক্লাস বী গ্যাসোলিন কার্ড ছিল এর অর্থ হল আমি আর নতুন টায়ার কিনতে পারব না, আমার গাড়ি পুরানো হয়ে গেছিল, যদি কোনো দিন টায়ার ফেটে যায়, তাহলে কিভাবে আমি নিজের অফিসে যাব, সেটা নিয়েও খুবই চিন্তিত হয়ে পড়েছিলাম।
6. আমার সবচেয়ে বড়ো মেয়েটা নিজের বয়সের তুলনায় উঁচু ক্লাসে পড়ছিল, সে একবছর আগেই হাই স্কুলের পড়া শেষ করে ফেলেছিল, তার কলেজে ভর্তি হওয়ার খুবই ইচ্ছা ছিল, কিন্তু আমার সেই সময় তাকে কলেজে ভর্তি করার মতো সামর্থ ছিল না, কিন্তু আমি বুঝতে পারছিলাম যে, যদি তাকে কলেজে ভর্তি করতে না পাড়ি, তাহলে তার মন ভেঙে যাবে।

একদিন দুপুরে অফিসে বসে নিজের সমস্যা গুলি নিয়ে চিন্তা করার সময় মনে হয়েছিল যে, এই গুলি একটা কাগজে লিপিবদ্ধ করে নিলে ভালো হয়, কারণ আমার মনে হচ্ছিল, আমার সামনে সেই সময় যত সমস্যা আছে, দুনিয়ায় আর কাউর কাছে তত সমস্যা নেই। যদি চিন্তাকে জয় করার মতো সুযোগ থাকত তাহলে, চিন্তার সাথে লড়াই করতে আমার কোনো রকম সমস্যা হোত না, কিন্তু সেই সময় আমার সামনে যে সমস্যা গুলি ছিল, সেগুলি সবই ছিল নিয়ন্ত্রণের বাইরে। আমি সেই সমস্যা গুলি দূর করার জন্য কিছুই করতে পাচ্ছিলাম না। তাই

268 চিন্তা ছাড়ুন সুখে থাকুন

আমি নিজের সমস্যা গুলি সম্পর্কে সময়ানুসারে তালিকা প্রস্তুত করে একটা ফাইল বানিয়ে ফেলেছিলাম, কয়েক মাস কেটে যাওয়ার পর আমার এই তালিকার কথা আর মাথাতেই ছিল না। আঠারো মাস বাদে নিজের কাগজ পত্র গোছানোর সময় সেই ফাইলটা আমার হাতে এসে পড়ে, তাতে যে সমস্যা গুলির উল্লেখ ছিল তা কোনো একটা সময়ে আমার শরীর পর্যন্ত বিগরে দিয়েছিল, অথচ তার একটাও বাস্তবায়িত হয়নি।

সেই সমস্যা গুলির যা হয়েছিল, সেটা হল

1. নিজের বিজনেস কলেজ বন্ধ হয়ে যাওয়ার যে ভয় আমার মনে ছিল, তা সম্পূর্ণ নিরর্থক ছিল, কারণ সরকার ভেটরন্সদের প্রশিক্ষিত করার জন্য বিজনেস স্কুল গুলিকে অর্থ দিতে শুরু করেছিল, যার জন্য আমার স্কুল সম্পূর্ণ রূপে ভরে উঠেছিল।
2. আমার ছেলে ইতিমধ্যে সৈন্যদল থেকে সুস্থ শরীরের ফিরে এসেছিল, ফলে তাকে নিয়ে যে চিন্তা ছিল, সেটাও ভিত্তিহীন বলে প্রমাণিত হয়।
3. বিমান বন্দর গড়ে ওঠার ফলে আমার জমি বেহাত হওয়ার যে ভয় ছিল, তাও নির্মূল হয়ে যায়, কারণ আমার ক্ষেত্রের এক মাইলের মধ্যে তেলের সন্ধান পাওয়া গেছিল, যার ফলে সেখানকার জমির দাম বহু গুণ বৃদ্ধি পেয়েছিল।
4. গবাদি পশুদের জলের জন্য কুয়ার অভাবে যে চিন্তা আমাকে চেপে ধরেছিল, তাও নিরর্থক ছিল, কারণ যখনই আমি বুঝে গেছিলাম যে, আমার জমি আমারই থাকবে, তখনই আমি গভীর কুয়া খনন করে নিই, যাতে সর্বদাই জল পাওয়া যায়।
5. রিমল্ডিঙ্গ করানোর জন্য ও একটু সাবধানে গাড়ি চালানোর ফলে আমার টায়ার ফেটে যাওয়ার যে ভয় ছিল তাও বাস্তবায়িত হয়নি, আমি দিব্যি সেই গাড়ি চেপে ঘুরে বেরাতে পারছিলাম।
6. নিজের মেয়েকে কলেজে পাঠানো নিয়ে যে চিন্তা ছিল, সেটাও নিরর্থক হয়ে যায়, কারণ কলেজ শুরু হওয়ার ষাট দিন আগেই একটা চমৎকার হয়ে গেছিল - একটা অডিট করার কাজ পেয়ে গেছিলাম, তা আমি স্কুলের পরেও করতে পারতাম, আর সেই কাজের জন্যই আমি সেই সময়ে নিজের মেয়েকে কলেজে পাঠাতে সক্ষম হয়েছিলাম।

আমি প্রায় দেখেছি যে, যে বিষয় গুলি নিয়ে আমরা চিন্তা করি তার মধ্যে

নিরানব্বই শতাংশ বিষয় কখন বাস্তবায়িতই হয় না, আঠারো মাস বাদে যদি এই কাগজটা আমার হাতে এসে না পড়ত, তাহলে বোধহয় আমি এত বড়ো গভীর সত্যটা অনুভবই করতে পারতাম না।

আমি এখন ঈশ্বরকে ধন্যবাদ জানাই, কারণ সেই ব্যর্থ চিন্তা আমাকে যে শিক্ষা প্রদান করেছিল, তা আমি কোনো দিনও ভুলতে পারিনি। আমি এমন কিছু ঘটনা নিয়ে চিন্তা করে ভীত হয়ে গেছিলাম, যা বাস্তবায়িতই হয়নি - এখন আমার মনে হয় যে ঘটনা গুলি আমাদের নিয়ন্ত্রণের বাইরে, সেগুলি বোধহয় কোনো দিন বাস্তবায়িতই হয় না।

আজই হল সেই আগামি কাল যা নিয়ে আপনি বিগত কাল চিন্তা করছিলেন। নিজেকে জিজ্ঞাসা করুন   যে ঘটনার কথা চিন্তা করে আমি এখন বিব্রত হচ্ছি, তা বাস্তবায়িত হবেই তা আমি কি করে বুঝব ?

- সী. আঈ. ব্ল্যাকবুড

আমি এক ঘন্টায় আশাবাদী

আমি যখনই নিজের বর্তমান কোনো সমস্যা নিয়ে চিন্তায় পড়ে যাই, তখনই এক ঘন্টার মধ্যে সেই চিন্তা দূর করার চেষ্টা করি, নিজেকে জোর করে হলেও আশাবাদী করে তোলার চেষ্টা করি, আর এটাই হল সেই পদ্ধতি   আমি নিজের লাইব্রেরিতে চলে যাই, আর চোখ বন্ধ করে সেই সেল্ফের দিকে এগিয়ে যাই, যেখানে শুধুমাত্র ইতিহাসের বই রাখা আছে, চোখ বন্ধ একটা বই তুলে নিই, সেটা কোন বই আমি নিজেও তা জানি না। নিজের চোখ বন্ধ রেখেই তার যেকোনো একটা পৃষ্ঠা খুলে নিই, আর তারপর চোখ খুলে এক ঘন্টা ধরে বইটা পড়ি। বইয়ের পৃষ্ঠা গুলি পড়ার সময় আমার এটাই মনে হয় যে, পৃথিবীতে সারা জীবনই দুঃখ ছিল আর সমস্ত সভ্যতা সর্বদা টলমলই ছিল। ইতিহাসের প্রতিটা পৃষ্ঠা চিৎকার করে যুদ্ধের সময় গরিবদের কি সমস্যা হয় ও তাদের কি রকম অত্যাচার সহ্য করতে হয় তা বলে গেছে, ইতিহাসের পৃষ্ঠা গুলো পড়ার পর মনে হয় যে, আজকের অবস্থা খারাপ হলেও আগে যে অবস্থা ছিল, তার চেয়ে তা বহু গুণে শ্রেয়। এতে করে আমি নিজের বর্তমান সমস্যাকে আরো কাছ থেকে দেখার সুযোগ লাভ করি, আমি তা সমাধান করার সাহস জোটাতে পারি, আর এটাও বুঝতে সক্ষম হই যে, পৃথিবীর অবস্থা ধীরে ধীরে উন্নতির দিকেই যাচ্ছে, তা আরোও উন্নতিই করবে।

এই প্রক্রিয়া এতটাই ভালো যে, এর ভিত্তিতেই একটা সম্পূর্ণ অধ্যায় লিখে ফেলা যায়। ইতিহাস পড়ুন! দশ হাজার বছরের দৃষ্টিভঙ্গী রপ্ত করার চেষ্টা করুন, তাহলেই বুঝতে পারবেন যে, এই দীর্ঘ কালখণ্ডের তুলায় আপনার সমস্যা কতটা তুচ্ছ।

- **ড. রজার ডব্ল্যু ব্যাব্‌সন** (বিখ্যাত অর্থশাস্ত্রী)

হীনমন্যতার থেকে মুক্তি

আমার বয়স যখন পনেরো বছর তখন বিভিন্ন চিন্তা, ভয় ও সংকোচ আমার জীবনকে অসহ্য করে তুলেছিল। আমি নিজের বয়সের তুলনায় খুবই লম্বা ছিলাম, কিন্তু শরীর ছিল কঞ্চির মতো রোগা। আমি তখন ছয় ফুট দুই ইঞ্চির ছিলাম, কিন্তু ওজন ছিল মাত্র 118 পাউন্ড। অতটা লম্বা হওয়ার জন্য ভেতর থেকে দুর্বল ছিলাম, তার ফলে অন্য ছেলেদের সাথে বেসবল বা এথলেটিক্সের মোকাবিলা করার সময় পরাজিত হয়ে যেতাম। সবাই আমাকে নিয়ে উপহাস করত, আমাকে 'হ্যাচেট-ফেস' বলত। আমি কাউর সাথে দেখা করতে পর্যন্ত লজ্জা পেতাম, আমাদের ফার্ম হাউস মুখ্য রাস্তার থেকে আধা মাইল দূরে ছিল, আর চারদিকটা বড়ো বড়ো গাছে ঘেরা ছিল, তাই আমি কাউর সাথে দেখা করার অতটা সুযোগ পেতাম না বা চাইতামও না, এমন বহু সপ্তাহ গেছে, যাতে শুধুমাত্র বাবা-মা, ভাই-বোন ছাড়া আমার আর কাউর সাথে দেখা পর্যন্ত হয়নি।

আমি যদি সেই চিন্তা ও ভয়ের কাছে পরাজয় স্বীকার করে নিতাম তাহলে জীবনে কোনো দিনই সফলতার মুখ দেখতে পেতাম না। প্রতিটা দিন ও প্রতিটা ঘন্টা আমি শুধু নিজের লম্বা ও রোগা শরীর নিয়েই চিন্তা করতাম, আর কোনো কিছু নিয়ে হয়তো আমার চিন্তাই ছিল না। আমার লজ্জা আর কুণ্ঠার কথা ভাষায় প্রকাশ করা আমার পক্ষে প্রায় অসম্ভব। একমাত্র আমার মাই আমার সমস্যা অনুধাবন করতে পারতেন। তিনি ছিলেন একজন স্কুল শিক্ষিকা। প্রায়ই মা আমাকে বলতেন, 'দেখো, তোমার মন দিয়ে পড়াশোনা করা উচিত, তুমি জীবনে কি করতে চাও তা নিয়ে একটা লক্ষ গড়ে তোল, কারণ তোমার শরীর সর্বদাই তোমার চলার পথে বাধার সৃষ্টি করবে।'

আমার বাবা-মার আমাকে কলেজে পাঠানোর মতো ক্ষমতা ছিল না, তাই আমি বুঝতে পেরেছিলাম যে নিজের রাস্তা নিজেকেই তৈরি করতে হবে, সেই চিন্তা করেই আমি একদিন কিছু বন্য জন্তুর শিকার করে ফেলি, বাজারে তাদের চামড়া বিক্রী করে আমি চার ডলার পাই, আর সেই ডলার দিয়ে আমি দুটো

ছোটো শূকর কিনে নিই। বাড়িতে যে খাবার বেচে যেত, আমি তাদের তাই খাওয়াম, পরে তাদের ভুট্টা খাওয়াই। পরের শরৎকালে আমি সেই শূকর দুটিকে চল্লিশ ডলারে বিক্রী করে দিই। সেই ডলার দিয়ে আমি সেন্ট্রাল নর্মাল কলেজে পা রাখতে সক্ষম হই। তখন বোর্ডিং-এর জন্য আমাকে প্রতি সপ্তাহে এক ডলার চল্লিশ সেন্ট দিতে হোত আর ঘরের জন্য সপ্তাহে পঞ্চাশ সেন্ট। আমার মায়ের হাতে তৈরি একটা ধূসর রঙের শার্ট ছিল, আমার কাছে। (আসলে যাতে ময়লা হলে বোঝা না যায়, তার জন্যই এই রঙের শার্ট বানিয়েছিলেন মা।) আমি আমার বাবার কিছু জামা-কাপড়ও পরতাম, তাঁর পুরনো জুতোও, কিন্তু কিছুই আমার ফিট্ হোত না। জুতো গুলো এতই ঢিলা ছিল যে, তা পরে যখন আমি হাঁটতাম তখন তা পা থেকে বেরিয়ে যাওয়ার মতো অবস্থা হোত। অন্য ছাত্রদের সাথে কথা বলতে পর্যন্ত আমার লজ্জা করত, তাই সব সময় একাই ঘরে বসে পড়াশোনা করতাম। তখন আমার জীবনের সবচেয়ে বড়ো ইচ্ছা ছিল কোনো স্টোর থেকে নিজের ফিটিং-এর পোশাক কেনার, যাতে আমাকে লজ্জায় পড়তে না হয়।

এর ঠিক কিছুদিন বাদে আমার সাথে এমন চারটে ঘটনা ঘটে, যার দরুণ আমার সমস্ত চিন্তা ও লজ্জা দূর হয়ে যায়। তার মধ্যের একটা ঘটনা আমার ভেতরে সাহস, আশা ও আত্মবিশ্বাস জাগিয়ে তুলেছিল, আর সেই সাথে আমি বাকি জীবনটাকে বদলে দিয়েছিল। আমি সংক্ষেপে সেই ঘটনা গুলির বর্ণনা করছি

i. এই সাধারণ স্কুলে মাত্র আট সপ্তাহ পড়ার পরেই আমি পরীক্ষা দিই, তাতে করে আমি গ্রামের একটা পাবলিক স্কুলে তৃতিয় শ্রেণির বাচ্চাদের পড়ানোর জন্য সার্টিফিকেট পেয়ে যাই। মাত্র ছয়মাস চেষ্টা করলেই এই সার্টিফিকেট পাওয়া যেত, সেটা খুবই সত্যি, কিন্তু তা প্রমাণ করে দিয়েছিল যে, কাউর আমার ক্ষমতার ওপর ভরসা আছে। আমার মা ছাড়া প্রথম কেউ আমার ওপর এতটা আস্থা দেখিয়েছিল।

ii. হ্যাপী হোলি স্কুল আমাকে প্রতিদিন দুই ডলার অর্থাৎ মাসে চল্লিশ ডলারের বিনিময়ে কাজ দেয়। এই ঘটনা প্রমাণ করে দিয়েছিল যে, কাউর আমার ক্ষমতার ওপর ভরসা ছিল।

iii. আমি প্রথম বেতন হাতে পেয়েই স্টোরে গেছিলাম কিছু জামা-কাপড় কেনার জন্য, যাতে করে আমাকে আর সকলের সামনে লজ্জায় পড়তে না হয়। আজ যদি কেউ আমাকে দশ লক্ষ ডলারও দিয়ে দেয়, তাহলেও আমি সেদিনের মতো অতটা রোমাঞ্চ বোধ করতে পারব না, মাত্র কয়েক ডলার খরচ করে প্রথম

সুট কেনার কথা আমি বোধ হয় কোনো দিন ভুলতে পারব না।

iv. বেনব্রিজ ইন্ডিয়াতে প্রতি বছর আয়োজিত পুটম্যান কাউন্টী মেলায় আমি যা প্রাপ্ত করেছিলাম তা আমার সমস্ত লজ্জা ও হীনমন্যতাকে ভেঙেচুরে শেষ করে দিয়েছিল। সেই মেলায় আয়োজিত সার্বজনিক ভাষণ প্রতিযোগিতায় অংশ গ্রহণ করার জন্য আমার মা আমাকে প্রেরণা দিয়েছিলেন। আমি কল্পনাতেও এমন বিচার আনতে পারিনি। আমি একা কোনো মানুষের সাথে কথা বলতেই ভয় পেতাম, সেখানে অত লোকের সামনে কিভাবে ভাষণ দেব? কিন্তু আমার ক্ষমতার ওপর আমার মায়ের আস্থা ছিল। তিনি আমার ভবিষ্যৎ নিয়ে বড়ো বড়ো স্বপ্ন দেখতেন, নিজের সন্তানের মধ্যে দিয়েই তিনি পুনরায় জীবন যাপন করছিলেন। তাঁর সেই আস্থাই আমাকে প্রতিযোগিতায় অংশ নিতে বাধ্য করেছিল।

আমি ভাষণ প্রদানের জন্যও এমন একটা বিষয়ের নির্বাচন করেছিলাম, তা বোধহয় পৃথিবীতে প্রায় লুপ্ত হোতে বসেছিল, আমি সম্পূর্ণ অধিকার বোধের সাথে 'আমেরিকান ফাইন অর লিবারল আর্টস' নিয়ে নিজের বক্তব্য পেশ করেছিলাম। যখন আমি ভাষণ লিখব বলে ঠিক করি, তখন আমি লিবারল আর্টস আসলে কি সেটাই জানতাম না। কিন্তু তাতে খুব একটা সমস্যা হয়নি, কারণ আমার শ্রোতাগণও সেই বিষয়ে খুব একটা বেশি কিছু জানত না। আমি নিজের লেখা ভাষণটা খুব ভালো করে মুখস্থ করে ফেলেছিলাম, আর শতাধিক বার গাছ ও গরুর সামনে তা আওরেছিলাম। আমি আসলে মায়ের স্বপ্নটা পূরণ করার জন্য যতটা সম্ভব চেষ্টা চালিয়ে যাচ্ছিলাম। যাই হোক না কেনো, শেষ পর্যন্ত আমিই প্রথম পুরস্কার লাভ করি আর সেই ঘটনা আমাকেই অবাক করে দিয়েছিল।

শ্রোতাগণ করতালির সাহায্যে আমার উৎসাহ দ্বিগুণ করে তুলেছিল। যে ছেলেটা কোনো একটা সময় আমাকে নিয়ে উপহাস করত, আমাকে হ্যাচেট-ফেস বলত, সেই সেদিন আমার পিঠে আলতো করে মেরে বলেছিল, 'আমি জানতাম এল্সর, তুমি এটা অবশ্যই করতে পারবে।' আমার মা দু-চোখ ভরা জল নিয়ে আমাকে গলায় জরিয়ে ধরেছিলেন। এখন আমি পিছনে তাকালে বুঝতে পারি যে, সেই ভাষণ প্রতিযোগিতার জয়টা আমার জীবনের মোর ঘুরিয়ে দিয়েছিল। স্থানীয় সংবাদ পত্রের প্রথম পৃষ্ঠাতেই আমার একটা ছবি বেরিয়েছিল, তাতে একটা ভবিষ্যবাণীও করা ছিল, এই প্রতিযোগিতাই আমার জীবনে প্রতিষ্ঠা এনে দিয়েছিল।

এই জয়ের ফলে সবচেয়ে গুরুত্বপূর্ণ যে বিষয়টা ঘটেছিল, তাতে আমার আত্মবিশ্বাস দ্বিগুণ হয়ে গেছিল। এখন আমার মনে হয়, হয়তো এই প্রতিযোগিতায়

না জিতলে আমি আমেরিকান সিনেটের সদস্য হোতে পারতাম না, আসলে আমি নিজেকে বোঝাতে সক্ষম হয়েছিলাম যে, আমার ভেতরে যথেষ্ট যোগ্যতা আছে। সবচেয়ে বড়ো কথা হল, এই প্রতিযোগিতার প্রথম পুরস্কার ছিল, সেন্ট্রাল নর্মাল কলেজে এক বছরের স্কলারশিপ।

তখন আমার ভেতরে শিক্ষালাভের খিদে দিনে দিনে বৃদ্ধি পাচ্ছিল। 1896 - 1900 সাল পর্যন্ত সময়টা আমার পড়াশোনার মধ্যে দিয়েই কেটে গেছিল। ডে প বিশ্ববিদ্যালয়ে নিজের পড়াশোনার খরচ চালানোর জন্য আমি ওয়েটারের কাজ করেছি, তার সাথে লনে ঘাস কাটা, ভুট্টা ও গমের খেতে কাজ করা, রাস্তা নির্মাণের কাজে ইঁট-পাথর দেওয়া, ইঁটভাঁটায় হিসাব-নিকাশ করা প্রভৃতি কাজ করেছি।

1896 সাল, তখন আমি আঠারো বছরের যুবক, তার মধ্যে আমি আঠাশটা ভাষণ দিয়ে ফেলেছিলাম, সেই সময় আমি উইলিয়াম জেনিঙ্গস ব্রায়নের সান্নিধ্যে আসার সুযোগ পেয়েছিলাম, আর তারপর থেকেই আমার ভেতরে রাজনীতিতে যোগ দেওয়ার বাসনা প্রবল হোতে থাকে, তাই ডে প বিশ্ববিদ্যালয়ে ঢোকার পর আমি আইন ও সার্বজনিক ভাষণ নিয়ে অধ্যয়ণ করতে শুরু করি। 1899 সালে ইন্ডিয়ানাপিলিসে আয়োজিত তর্ক-বিতর্কপ্রতিযোগিতায় আমাদের বটলর কলেজের তরফ থেকে আমি প্রতিনিধিত্ব করেছিলাম, এর বিষয় ছিল, 'জনপ্রিয় ভোটদানের মাধ্যমেই সিনেটর নির্বাচন হওয়া উচিত।' আমি আরো অনেক ভাষণ প্রতিযোগিতাতেই জয়লাভ করেছিলাম, সেই সময় আমাদের কলেজ থেকে নির্গত দুটি সংবাদপত্রের সম্পাদক ছিলাম আমি।

ডে প থেকে বী.এ.-র ডিগ্রী লাভ করার পর আমি হোরেস গ্রীলের পরামর্শ অনুসারে পথ চলতে শুরু করি। আমি শুধু পশ্চিম দিকেই যাত্রা করিনি, আমি দক্ষিণ-পশ্চিমে যাত্রা করেছিলাম। আমি একটা নতুন ক্ষেত্রে যাই - ওক্লাহোমা। সেখানকার লটন ওক্লাহোমাতে নিজের ওকালতির অফিস খুলেছিলাম। তেরো বছর আমি সেখানকার সিনেটে সেবা প্রদান করেছিলাম, কংগ্রেসের নিম্ন সদনে চার বছর সেবা করেছিলাম, আর পঞ্চাশ বছর বয়সে গিয়ে আমার জীবনের সর্বচেয়ে বড়ো আকাঙ্ক্ষা পূরণ হয়। আমি ওক্লাহোমার থেকে আমিরিকান সিনেটের জন্য মনোনিত হয়েছিলাম। 1927 সালের 4 ঠা মার্চ থেকে আমি সেবা করছিলাম। 1907 সালে ওক্লাহোম রাজ্যে পরিণত হয়, যার ফলে আমার সম্মান কয়েকগুণ বৃদ্ধি পেয়েছিল, প্রথমে রাজ্য সিনেটের জন্য, তারপর কংগ্রেস আর পরে আমেরিকান সিনেটের জন্য সেবা প্রদানের সুযোগ পেয়েছিলাম।

আমি নিজের সফলতার জয়গাথা রচনার জন্য এই ঘটনা শোনাইনি, আমি জানি হয়তো অনেকেরই আমার জীবন নিয়ে কোনো আগ্রহই নেই, আসলে আমি চাই আমার জীবনের এই ঘটনা পড়ে কোনো গরিব ছেলের মধ্যে আত্মবিশ্বাস বৃদ্ধি পাক, তার ভেতরে সাহসের উদয় হোক। যে আমার মতোই চিন্তা ও কুণ্ঠায় নিজেকে তিলে তিলে শেষ করে দিচ্ছে, সে যেন নিজের জীবনে একটা নতুন দিশার সন্ধান পায়। আমি আমার বাবার জামা-কাপড় ও জুতো পরে ঘুরে বেরাতাম, তা আমার শরীরে ফিট্ পর্যন্ত করত না।

(**সম্পাদকের টিপ্পনী** এটা জানা খুবই জরুরি যে, যৌবনে যে ব্যক্তি ফিটিঙ্গ পোশাক পরতে পারেননি, নিজে হীনমন্যতায় গুটিয়ে থাকতেন, সেই এল্মর থমাস পরে আমেরিকান সীনেটের বেস্ট-ড্রেস্ড ম্যান হয়েছিলেন।)

- **এলমর থমাস**

ওক্লাহোমের প্রাক্তন আমেরিকান সীনেটর

নিজের বাগানে

1918 সাল, আমি তখন নিজের পরিচিত জগৎ থেকে মুখ ফিরিয়ে নিয়ে উত্তর-পশ্চিম আফ্রিকায় চলে যাই। আমি সাহারা অর্থাৎ আল্লাহের বাগানে আরববাসীদের সাথে থাকতে শুরু করি। সেখান যে সাত বছর অতিবাহিত করি, তখন খানাবদোশোদের ভাষা শিখে গেছিলাম। আমি তাদের মতোই খাবার খেতাম, তাদের মতোই পোশাক পরতাম আর তাদের জীবন-শৈলীতেই চলতে শুরু করেছিলাম, গত বিশ যুগ ধরে তার মধ্যে খুবই কম পরিবর্তন এসেছিল। আমি তাদের ধর্ম নিয়েও বহু পড়াশোনা করেছিলাম। আমি পরে মুসলিম সম্প্রদায়ের ওপরে একটা পুস্তকও লিখি, যার নাম ছিল, 'দ্যা ম্যাসেঞ্জার'। আমার মনে হয়, এই সাত বছর আমার জীবনের সবচেয়ে শান্তিপূর্ণ ও সন্তোষজনক সময় ছিল।

আগেই আমার অভিজ্ঞতা যথেষ্ট সমৃদ্ধশালী ছিল, আমার বিভিন্ন বিষয়ে জ্ঞানও ছিল। আমি প্যারিসে ইংরেজ বাবা-মায়ের ঘরে জন্মগ্রহণ করেছিলাম আর নয়টা বছর আমার ফ্রান্সে কেটেছিল। পরে আমি ছয়টা বছর ব্রিটিশ সরকার অফিসার হিসাবে কাটাই, সেখানে হিমালয়ে যাত্রা করা, পোলোখেলা, শিকার করা প্রভৃতি সবই করার সুযোগ লাভ করেছিলাম। আমি প্রথম বিশ্ব যুদ্ধের সময় যুদ্ধ করেছি, পরে আমাকে সহায়ক মিলিট্রী অট্যাশী রূপে প্যারিসে শান্তি বার্তাতে পাঠানো হয়েছিল। সেখানে যাওয়ার পর আমার মনে একটা বিরাট আঘাত লাগে, আমার

মনে হয়েছিল আমরা সভ্য সমাজকে বাঁচিয়ে রাখার জন্য যুদ্ধ করছি, কিন্তু প্যারিসের শান্তিবার্তাতে গিয়ে স্বার্থপর রাজনেতাদের দেখি, আর বুঝতে পারি যে, তারা দ্বিতীয় বিশ্বযুদ্ধের জাল রচনা করতে শুরু করে দিয়েছে। প্রতিটা দেশ নিজেদের জন্য সবকিছু প্রাপ্ত করার চেষ্টা করছিল, রাষ্ট্রীয় বিদ্বেষ উৎপন্ন করছিল, সেই সাথে গুপ্ত কূটনৈতিক বিবাদ গুলিকে পুনর্জীবিত করে তোলার চেষ্টা চালিয়ে যাচ্ছিল।

যুদ্ধ, সমাজ, সেনা প্রভৃতি থেকে আমার মন কেমন উড়ে গেছিল, সেই প্রথম রাত যে রাতে জীবনে কি করা উচিত, আমি সেই নিয়ে চিন্তা করেছিলাম। লয়ড জর্জ আমাকে রাজনীতিতে অংশ নেওয়ার জন্য প্রেরণা প্রদান করেছিলেন। আমি তাঁর পরামর্শ অনুসারে চলার জন্য বিচার করছিলাম, কিন্তু তখনই আমার জীবনে একটা অদ্ভুত ঘটনা ঘটে, আর সেই ঘটনাই পরবর্তি সাতটা বছরের দিক নির্ণয় করে দিয়েছিল। দুশো সেকেন্ডেরও কম সময়তে ঘটা একটা আলোচনা আমার জীবনকে সম্পূর্ণ রূপে বদলে দিয়েছিল। আমি 'টেড' লরিস, 'লরিস অফ অরবিয়া'-র সাথে আলোচনা করেছিলাম। লরিস প্রথম বিশ্বযুদ্ধ দ্বারা সৃষ্ট লোকেদের মধ্যে সবচেয়ে রোমান্টিক ও রঙিন মেজাজের মানুষ ছিলেন। তিনি আমাকে সেটাই করার পরামর্শ দেন, প্রথমে তো আমার সেই কথা শুনে খুবই অবাক লেগেছিল।

সেই সময় আমি সৈন্যদল ত্যাগ করার পরাশর্ম নিয়ে ফেলেছিলাম, তাও আমার কিছুতো করারই ছিল, সেই সময় শ্রম বাজারে লক্ষাধিক লোক বেকার হয়ে গেছিল, তাই প্রাক্তন অফিসারের পদে আমাকে রাখতে চাইছিল না। তাই লরিসের পরামর্শ অনুসারে আমি আরবে থাকতে চলে যাই। কিভাবে চিন্তাকে জয় করা যায় আমি তার কাছ থেকে শিখেছিলাম। সমস্ত নিষ্ঠাবান মুসলমানের ওপর আমিও ভাগ্যের ওপর আস্থা রাখতে শুরু করি, তারা বিশ্বাস করে যে, 'কোরানে' যা লেখা আছে সেই সবই আল্লাহের দৈবিয় অভিব্যাক্তি। তাই কোরাণে বলা, 'আল্লাহই তোমাকে আর তোমার সমস্ত কাজ রচনা করেছে' তারা এই কথাটা মন থেকে বিশ্বাস করে নিয়েছিল। তাই তারা জীবনটা শান্তির সাথে অতিবাহিত করতে জানত, তারা কোনো কিছু নিয়েই তাড়াহুড়ো করে না আবার কিছু ভুল হয়ে গেলে তা নিয়ে রাগও করে না।

তারা মনে করে যে, ভাগ্য যা আছে তা হবেই, আল্লাহ ছাড়া কেউ কোনো কিছু বদলাতে পারে না। এর মানে এই নয় যে, যখন কোনো সমস্যা দেখা দিত তখন তারা চুপ করে বসে থাকত, কোনো কিছুই করত না। একটা উদাহরণ দিচ্ছি,

আমি যখন সাহারায় ছিলা তখন একবার ভয়ানক ঝড় হয়েছিল, তিন দিন আর তিন রাত ধরে চারদিকে যেন তান্ডব চলেছিল। এই ভয়ঙ্কর ঝড় সমস্ত বালি উরিয়ে নিয়ে গিয়ে ভূমধ্যসাগরের পারে ফ্রান্সের রোন ভ্যালীতে নিয়ে গিয়ে ফেলেছিল। সেই ঝড়ের হাওয়া এতটাই গরম ছিল আমার মনে হচ্ছিল যে, আমার চুল গুলো জ্বলে ছাই হয়ে যাচ্ছে। আমার গলা শুকিয়ে গেছিল, দাঁত ভর্তি বালি কিরকির করছিল, চোখ দুটো জ্বালা করছিল। আমার মনে হচ্ছিল আমি যেন ইঁট ভাঁটার আগুনের সামনে দাঁড়িয়ে আছি। আমার কেমন যেন পাগলের মতো লাগছিল, কিন্তু কোনো আরববাসীর মুখ থেকে একটা শব্দও শুনতে পাইনি। তারা শুধু বলত, 'এটা লেখা ছিল।'

কিন্তু ঝড় শেষ হয়ে যাওয়ার সাথে সাথে জোর কদমে কাজ শুরু হয়ে যায়। তারা বহু গবাদি পশু মেরে ফেলে, কারণ তারা জানত এই গুলি মারাই যাবে,তাই সেই গুলিকে মেরে ভেড়া গুলি বাঁচানোর চেষ্টা করেছিল, ভেড়া গুলিকে তারা দক্ষিণ দিকের জলের কাছে নিয়ে যায়। তারা প্রতিটা কাজ শান্তির সাথে করছিল, চিন্তা করে বা ক্ষতির জন্য বিলাপ করে নয়। এই অঞ্চলের প্রধান বলেছিল, 'এটা এমন কিছু খারাপ ঘটনা নয়। আমাদের সবকিছু ধ্বংস হয়ে যেতে পারত,কিন্তু আল্লাহের আর্শিবাদে সমস্ত কিছু নতুন করে শুরু করার জন্য আমাদের কাছে চল্লিশ শতাংশ ভেড়া জীবিত আছে।'

আমার আরো একটা ঘটনার কথা মনে আছে। আমরা গাড়ি করে মরুভূমি পার করে যাচ্ছিলাম, তখনই গাড়ির একটা চাকা ফেটে যায়। ড্রাইভারের কাছে স্টেপনী ছিল না, তাই আমাদের কাছে তখন তিনটি টায়ারই অবশিষ্ট ছিল। আমি ছটপট করছিলাম, কি করব কিছুই মাথায় আসছিল না, তখন আমার আশেপাশের লোকেরা আমাকে বলে ছটপট করে কোনো লাভই হবে, কোনো সমাধান হবে না, শুধুমাত্র আমি আরো বেশি গরম হয়ে যাব। তাদের মতানুসারে আল্লাহের মর্জী অনুসারেই টায়ার ফেটেছে, তাই সেই বিষয়ে কিছুই করা সম্ভব না। তাই আমরা এগিয়ে যাই আর রিমের ওপরে একটা চাকা ঘুরছিল। হঠাৎই গাড়িটা এক ঝটকায় দাঁড়িয়ে পরে। আমাদের গাড়ির পেট্রোল শেষ হয়ে গেছিল, প্রধান শুধু একটাই কয়া বলেছিল, 'মকবুল!' কেনো সে গাড়িতে পর্যাপ্ত তেল ভরাইনি সেই নিয়ে কিছুই বলে না, সকলেই শান্ত হয়ে থাকে। বাকি রাস্তাটা আমাদের হেঁটেই যেতে হয়েছিল, আমরা রাস্তায় গান গাইতে গাইতে এগিয়ে যাই।

আমি আরবে যে সাত বছর কাটিয়েছিলাম, তাতে করে আমার এটা বিশ্বাস

হয়ে গেছিল যে, আমেরিকা ও ইওরোপে যে পাগল ও মদ্যপ দেখা যায় তা হল সেই তথাকথিত সভ্যতার আশির্বাদ, যা মানুষ তাড়াহুড়োর জন্য ব্যস্ত জীবন থেকে লাভ করে।

আমি যতদিন সাহারায় ছিলাম ততদিন আমার মধ্যে চিন্তা বলে কিছু ছিল না। আমি আল্লাহের এই বাগানে আত্মিক শান্তি ও শারীরিক সুস্থতা লাভ করতে সক্ষম হয়েছিলাম, বেশির ভাগ লোক হতাশা ও মানসিক চাপের সময় যার সন্ধান করে থাকে।

অনেকে আছে যারা ভাগ্যবাদের কথা শুনে নাক-মুখ কুঁচকায়, হয়তো সেটা ঠিক নয়। কেউ কি জানে, হয়তো বেশির ভাগ সময়তেই আমাদের ভাগ্যই আমাদের পথ দেখিয়ে নিয়ে চলে। হয়তো সেই 1919 সালের আগস্টের দুপুরে লর্রিসের সাথে কথা না বললে, আমার এই বছর গুলো হয়তো একেবারেই আলাদা ভাবে কাটত। আমি গত বিগত জীবন নিয়ে চিন্তা করলে একটা কথাই ভাবি যে, জীবনে এমন অনেক কিছু ঘটেছিল, যা সম্পূর্ণ রূপে আমার নিয়ন্ত্রণের বাইরে ছিল। আরব বাসীরা সেটাকেই আল্লাহের মর্জী বলে, আপনার যা ইচ্ছা আপনি সেটা বলতে পারেন। আজ সতেরো বছর হয়ে গেছে আমি আরব ছেড়ে দিয়েছি, কিন্তু আমি আজও বিশ্বাস করি যে, যা হয়ে গেছে বা যা হবেই তার সামনে নিজেকে খুশি মনে আত্মসমর্পণ করে দেওয়াই সবচেয়ে ভালো কাজ। আরবের সেই দর্শণ আমার কাছে হাজারটা ঘুমের ঔষধের থেকে অনেক বেশি কার্যকারী বলে প্রমাণ হয়েছিল।

যখন ক্রুদ্ধ জ্বলন্ত হাওয়া আমাদের ওপর আছড়ে পরে

আর যখন আমরা তা প্রতিরোধ করতে পারি না, তখন আমাদেরও অবসম্ভাবিকে স্বীকার করে নেওয়া উচিত। সব শান্ত হয়ে যাওয়ার পর টুকরো গুলি জোরা লাগানোর জন্য ব্যস্ত হয়ে ওঠা উচিত।

- আর. ভী. সী. বোডলে

শ্যার থমাস বোডলের বংশজ

বোডলিয়ন, অক্সফোর্ডের প্রতিষ্ঠাতা

উইন্ড ইন অফ সাহারা

দ্যা ম্যাসেঞ্জার সহ আরো চোদ্দোটা পুস্তকের লেখক।

কিভাবে চিন্তা দূর করবেন

(ওয়েলের উইলী ফেলপ্সের সাথে তাঁর মৃত্যুর কিছু দিন আগে আমি একটা দুপুর কাটানোর সুযোগ পেয়েছিলাম। এখানে চিন্তা দূর করার পাঁচটা উপায়ের কথা বলা হয়েছে, আপনি এর মধ্যে কোনো একটার সাহায্যে তা করতে পারেন। এই ইন্টারভিউতে আমি যে নোট্‌স নিয়েছিলাম, তার ওপর ভিত্তি করেই এই বর্ণনা দেওয়া হল। -ডেল কারনেগী।)

1. আমার বয়স যখন চব্বিশ তখন হঠাৎই আমার চোখ খারাপ হয়ে যায়। তিন থেকে চার মিনিট কিছু পড়ার পরেই মনে হোত আমার চোখে যেন কেউ পিন ফুটিয়ে দিচ্ছে, যখন পড়তাম না তখনও তা এতটাই স্পর্শকাতর ছিল যে, আমি জানলার সামনে বসতে পারতাম না। আমি নিউ হ্যাভেন এবং নিউইর্য়ার্কের সবচেয়ে বড়ো বিশেষজ্ঞকে নিজের চোখ দেখিয়েছিলাম, কোনো ঔষধেই কোনো রকম লাভ হয় না। বিকেল চারটের সময় আমি ঘরের সবচেয়ে অন্ধকার কোণায় একটা চেয়ার নিয়ে বসেছিলাম, আর ঘুম আসার অপেক্ষা করছিলাম, আমি প্রচন্ড ভয় পেয়ে গেছিলাম। শিক্ষক হিসাবে আমি তখন যে চাকরি করছিলাম তা ছাড়তে হবে ভেবেই ভয় পেয়ে গেছিলাম, মনে হচ্ছিল পশ্চিম দিকে দিয়ে কাঠুরিয়ার কাজ করে জীবন চালাতে হবে। তখনই এক অদ্ভুত ঘটনা ঘটে, তাতে করে শারীরিক রোগের পিছনে মস্তিষ্কের ভূমিকা সম্পর্কে জানা সম্ভব হয়। আমার চোখের যখন অমন অসহায় অবস্থা তখন আমি গ্রাজুয়েশান করছে এমন ছাত্রদের সামনে কিছু বলার নিমন্ত্রণ স্বীকার করে নিয়েছিলাম। যে ঘরে বক্তৃতার আয়োজন করা হয়েছিল সেখানে একটা দৈত্যাকার গ্যাসের জেট থেকে আলো বিচ্ছুরিত হচ্ছিল। এই আলোর ফলে চোখে এত যন্ত্রণা হচ্ছিল যে, সেখানে বসে আমাকে মাথা নিচু করে মেঝের দিকে তাকিয়ে থাকতে হয়েছিল। কিন্তু যে তিরিশ মিনিট বক্তৃতা দিয়েছিলাম, তখন কিন্তু চোখে ব্যথার কথা মনেই পড়েনি। তখন চোখের পলক না ফেলে সোজা আলোর দিকে তাকাতে পাচ্ছিলাম। অনুষ্ঠান শেষ হয়ে যাওয়ার পরে আমার চোখে আবার ব্যথা হোতে শুরু করে।

আমি তখনই বুঝে গেছিলাম যে, আমি যদি নিজের মনটাকে কোনো ভাবে

অন্যদিকে একাগ্র করতে পারি, তাহলে তিরিশ মিনিট কেনো এক সপ্তাহের জন্য চোখের বেদনা কমে যেতে পারে। কারণ এর সাহায্যে মানসিক রোমাঞ্চের সাথে শরীরের রোগ জয় করা সম্ভব।

পরে সমুদ্র পার করার সময় আমার সাথে এমনি ঘটনা ঘটে। সেই সময় আমি কোমরের যন্ত্রণায় হাঁটতে পর্যন্ত পাচ্ছিলাম না। সোজা দাঁড়ানোর চেষ্টা করলেই ব্যথা খুব বেশি বোধ হচ্ছিল। এই রকম অবস্থায় আমাকে জাহাজে কিছু বলার জন্য আমন্ত্রণ জানানো হয়েছিল, আমি যখনই নিজের বক্তব্য পেশ করতে শুরু করি, তখনই শরীরের সমস্ত বেদনা কোথায় যেন উবে গেছিল। প্রায় এক ঘন্টা আমি সোজা হয়ে দাঁড়িয়েছিলাম, যেদিকে খুশি ঘুরতে পাচ্ছিলাম, কোনোই সমস্যা হয়নি। বক্তব্য শেষ হয়ে যাওয়ার পরেও আমি আরামে হাঁটতে পাচ্ছিলাম। আমার তখন মনে হচ্ছিল সব ঠিক হয়ে গেছে, কিন্তু তা নয়, পুনরায় আমাকে কোমরের যন্ত্রণা ভোগ করতে হয়েছিল।

এই অভিজ্ঞতা প্রমাণ করে দিয়েছিল যে, মানুষের মানসিকতাই সবচেয়ে গুরুত্বপূর্ণ। অভিজ্ঞতা আমাকে শিখিয়ে দিয়েছিল যে, জীবনের আনন্দ উপভোগ করা কতটা গুরুত্বপূর্ণ। তাই আমি এখন জীবনের প্রতিটা দিন এমন ভাবে অতিবাহিত করি, যেন তা আমার জীবনের প্রথম ও শেষ দিন। আমি জীবন যাপনের বিষয়টা নিয়েই রোমাঞ্চিত, আর যখন কেউ রোমাঞ্চ বোধ করে তখন সে চিন্তা নিয়ে কখনই কোনো সমস্যা বোধ করতে পারে না। আমি একজন শিক্ষক হিসাবে নিজের প্রতিদিনের কাজটাকে খুবই ভালোবাসি। আমি একটা বইও লিখেছি, তার নাম হল '**দ্যা এক্সাইটমেন্ট অফ টীচিঙ্গ**'। পড়ানো আমার কাছে কোনো পেশা নয়, তা যেন মনের খুশি। কোনো শিল্পী ছবি এঁকে বা গান গেয়ে যতটা আনন্দ পায়, আমিও পড়িয়ে ঠিক ততটাই আনন্দ লাভ করি। আমি সর্বদাই মনে করি যে, জীবনে সফলতা লাভের সবচয়ে বড়ো উপায় হল উৎসাহ।

2. আমি দেখেছি যে, বেশ ভালো ভালো বই পড়তে পারলে মনে কোনো রকম চিন্তাই থাকে না। আমি যখন উনষাট বছরের তখন একবার দীর্ঘদিনের জন্য নার্ভাস ব্রেক ডাউনের শিকার হয়েছিলাম। সেই সময় আমি ডেভিড ইউল্সনের ঐতিহাসিক জীবনের ওপর ও তাঁর কর্মময় জীবন সম্পর্কে পড়তে শুরু করি। আমার সুস্থ হওয়ার পিছনে এর বিরাট অবদান ছিল। সেই সময় আমি তা পড়তে গিয়ে এতটাই তন্ময় হয়ে যেতাম যে, নিজের হতাশার কথা ভুলেই যেতাম।

3. একবার যখন প্রচন্ড মানসিক চাপের মধ্যে দিয়ে দিন কাটছিল, তখন আমি দিনের প্রতিটা মুহূর্ত শারীরিক দিক থেকে সক্রিয় থাকার চেষ্টা করতাম। আমি প্রতিদিন সকালে টেনিস খেলতে যেতাম, ঝড়ের বেগে চার-পাঁচ সেট খেলতাম। তারপর স্নান করে, খাবার খেয়ে গোল্ফ খেলতে যেতাম, সেখানেও আঠারোটা গর্তে বল ফেলতাম। শুক্রবার রাতে আমি প্রায় একটা পর্যন্ত নাচতাম। অনেক ঘাম নির্গত হওয়ার সিদ্ধান্তের ওপর বিশ্বাস করতাম। আমি শরীর থেকে ঘাম ঝরানোর সাথে সাথে সমস্ত চিন্তা ও মানসিক চাপও নির্গত করতে চাইতাম।

4. বহু আগেই আমি বুঝে গেছিলাম যে, ব্যস্ততার সাথে, তাড়াহুড়ো করে বা বেকার মানসিক চাপ নিয়ে কাজ করে কোনো লাভ হবে না। আমি সর্বদা ভিল্বর ক্রাসের দর্শণ মেনে চলার চেষ্টা করতাম। তিনি যখন কনেক্টিকটের গভর্নর ছিলেন, তখনই তিনি আমাকে বলেছিলেন, 'অনেক সময় যখন আমাকে অল্প সময়ের মধ্যে অনেক গুলি কাজ করতে হয়, তখন আমি একটু শান্ত হয়ে বসি, বিশ্রাম নিই, প্রায় এক ঘন্টা ধরে নিজের পাইপ পান করি। আর তখন আমি কিছু করি না।'

5. আমি এটাও বুঝেছি যে, ধৈর্য্য এবং সময় আমাদের বহু সমস্যার সমাধান করে দেয়। আমি যখনই কোনো কিছু নিয়ে চিন্তা অনুভব করি, তখনই সমস্যার আসল কারণ কি তা খোঁজার চেষ্টা করি। আমি নিজেকে বলি, আজ থেকে দুই মাস বাদে আমি এই সমস্যার কথা ভাবব না, তাহলে আজ আমি কেনো ব্যর্থ চিন্তা করে নিজের সময় নষ্ট করছি? আজ থেকে দুই মাস বাদে আমার যে দৃষ্টিভঙ্গী থাকবে, আজ সেই দৃষ্টিভঙ্গী নেই কেনো?

যে পাঁচটি উপায়ে প্রফেসার ফেলপ্স নিজের চিন্তা দূর করতে সক্ষম হয়েছিলেন, তার সারাংশ দেওয়া হল

1. **উৎসাহ ও আনন্দের সাথে জীবন অতিবাহিত করুন** 'আমি প্রতিটা দিন এমন ভাবে অতিবাহিত করি, যেন তা আমার জীবনের প্রথম ও শেষ দিন।'
2. **রোমাঞ্চকর কোনো পুস্তক পড়ুন** 'আমি যখন প্রচন্ড ভাবে নার্ভাস ব্রেক ডাউনের শিকার হয়ে গেছিলাম, তখন আমি 'লাইফ অফ কার্যালয়' পড়তে শুরু করি...সেই বই পড়ার সময় আমি এতটাই তন্ময় হয়ে যেতাম যে, আমার হতাশার কথা মাথাতেই আসত না।

3. **খেলুন** 'আমি যখন প্রচন্ড মানসিক যন্ত্রণায় ভুগছিলাম, তখন আমি দিনের প্রতিটা মুহূর্ত নিজের শরীরকে ব্যস্ত থাকার জন্য বাধ্য করেছিলাম।'
4. **কাজ করার সময় বিশ্রাম নিন** 'বহু দিন আগেই আমি তাড়াহুড়ো করে বা মানসিক চাপের মধ্যে কাজ করা বন্ধ করে দিয়েছি, কারণ বুঝে গেছি সেটা মূর্খামি ছাড়া কিছুই না।
5. **আমি নিজের সমস্যার সঠিক কারণ খুঁজে বার করার চেষ্টা করি** 'আমি নিজেকেই বলি যে, আজ থেকে দুই মাস বাদে আমি এই সমস্যা নিয়ে কোনোই চিন্তা করব না, তাহলে আজ কেনো তা নিয়ে চিন্তা করছি? আজ থেকে দুই মাস বাদে আমার যে দৃষ্টিভঙ্গী থাকবে, আজও তাই নেই কেনো?

- প্রোফেস্সার উইলিয়াম ল্যায়ন ফেলপ্স

কালকের সাথে সাথে আজকেরও সম্মুখীনতা

আমি অসুস্থতা ও দরিদ্রতার গভীরতা দিয়েই জীবন অতিবাহিত করেছি। আমাদের প্রত্যেকের জীবনেই সমস্যা আছে, আমি কিভাবে সমস্ত সমস্যার সম্মুখীনতা করেছি, যখন কেউ সেই বিষয়ে আমাকে কোনো প্রশ্ন করে, তখন আমি বলি, '**আমি গতকালও কষ্ট সহ্য করেছি। আমি আজও কষ্ট সহ্য করতে পারি। আর আগামি ভবিষ্যতে কি হোতে পারে তা নিয়ে ভাবার কোনো পোশ্রয় নিজেকে দিই না।**'

আমি দারিদ্রের সাথে সংঘর্ষ করেছি, হতাশা ভোগ করেছি। নিজের শক্তির চেয়েও বেশি কিছু করে দেখানোর চেষ্টা করেছি। যখনই জীবনের দিকে পিছন ঘুরে তাকিয়েছি, তখনই দেখেছি যে, এই যুদ্ধের ক্ষেত্রে আমার স্বপ্ন গুলো ছরিয়ে ছিটিয়ে পড়ে আছে, সেখানই আমি আমার সমস্ত আশার শবদেহ প্রত্যক্ষ করি - এমন এক যুদ্ধ যেখানে আমার প্রতিদ্বন্দ্বিরা সর্বদাই আমার থেকে অনেক বেশি শক্তিশালী ছিল, তাই তারা আমাকে সময়ের আগেই আহত করে দিয়েছিল, এই আঘাতেই আমি বিকলঙ্গ ও বৃদ্ধ হয়ে গেছি।

কিন্তু আমার কখনই নিজের ওপর দয়া আসেনি, আমি অতীতের কথা ভাবি না, তা নিয়ে চিন্তা করে কখনই চোখের জল ফেলি না। যে দুঃখ আমি জীবনে পেয়েছি, যে সমস্ত মহিলা তা পাইনি, তাদের দিকে তাকিয়েও আমি কোনো রকম হিংসা বোধ করি না। কারণ আমি জীবন যাপন করেছি, আর আজও তা করে চলেছি। আমি জীবনের প্রথম থেকে শেষ বিন্দুটা পর্যন্ত আস্বাদন করার চেষ্টা

করেছি। জীবন পেয়ালার ওপরিভাগে বহু বুদ্বুদ থাকে, কিন্তু আমি সম্পূর্ণ পেয়ালা শেষ করে দেখেছি, তারা তা পারে না। আমি এমন সবকিছু জানি, যা তারা কখনও জানতে পারবে না, আমি এমন বহু কিছু দেখেছি, যা তারা কোনো দিন দেখতে পাবে না। যে মহিলার চোখের জলে তার চোখ পরিষ্কার হয়ে যায়, শুধুমাত্র সেই এমন দৃষ্টি প্রাপ্ত করতে সক্ষম হয়, যা তাকে সম্পূর্ণ বিশ্বের মহিলাকে বোনের নজরে দেখতে শেখায়।

কষ্ট নামক মহান বিশ্ববিদ্যালয়ে আমি সেই দর্শণ শেখার সুযোগ পেয়েছিলাম, যা আরামদায়ক জীবনে কোনো মহিলাই লাভ করতে পারবে না। আমি প্রতিটা দিনই সেই দিনের শর্ত অনুসারেই অতিবাহিত করতে শিখেছিলাম, আর আগামি দিনের কথা ভেবে আগে থেকেই নিজেকে প্রস্তুত করে রাখতাম। বেশির ভাগ মানুষই কষ্টের কল্পনা করেই ভয় পেয়ে যায়, আমি সেই ভয়কে জয় করতে শিখেছিলাম, অভিজ্ঞতা আমাকে সেই ভয়ের সাথে মোকাবিলা করে শক্তি বৃদ্ধি করতে শিখিয়েছিল। ছোটো-খাটো সমস্যা আর আমাকে বিচলিত করতে পারে না। আপনি যখন নিজের সমস্ত সুখকে ধ্বংস হোতে দেখবেন, যখন সব ভেঙে গুঁরিয়ে গিয়ে আপনি বিনাশের দিকে এগিয়ে যাবেন, তখন আপনার সামনে কোন চাকর সুপের বাটি উল্টে ফেলছে বা কে রান্না করতে ভুলে গেছে, তা নিয়ে কিছুই যায় আসবে না।

আমি এটাও বুঝে গেছি যে, লোকেদের থেকে বেশি কিছু আশাই করা উচিত না, তাতে করে যে বন্ধু আপনার বিশ্বস্ত নয় বা যে আপনার সমালোচনা অন্যের কাছে করে, তাদের নিয়েও আপনার কোনো সমস্যা হবে না বা আপনি কোনো রকম বেদনা অনুভব করবেন না। সবচেয়ে বড়ো কথা হল আমি সবকিছুকেই হেসে উড়িয়ে দিতে শিখেছি, কারণ জীবনে এমন বহু ঘটনা ঘটেছিল যা হয় আমাকে হাসি মুখে সহ্য করতে হোত আর তা না হলে কেঁদে। যখন কোনো মহিলা তার কষ্ট সম্পর্কে ভেবে হিস্টোরিক্যাল হওয়ার বদলে উপহাস করতে পারে, তখন কোনো কিছুই তাকে আহত করতে পারে না। আমি যে সমস্যা ভোগ করেছি তা নিয়ে কখনই কোনো রকম আফসোস করি না, কারণ সেগুলির সাহায্যেই আমি আমার জীবনের প্রতিটা বিন্দুকে ছুঁতে পেরেছি। আর যে মূল্য আমি দিয়েছি, তা যথেষ্ট বৈধ্যও ছিল।

ডোরোথী ডিক্স 'ডে নাইট কম্পার্টমেন্টে' থেকে
নিজের চিন্তাকে জয় করতে পেরেছিলেন।

- ডোরোথী ডিক্স

আমি কি সকাল পর্যন্ত জীবিত থাকব না?

(1902 সালের 4 টা এপ্রিল, একজন যুবক মাত্র পাঁচশো ডলার সম্বল করে এবং দশ লাখ ডলারের সংকল্প বুকে নিয়ে কেমরর, ব্যার্মিঙ্গে একটা ড্রাই-ফুড্স স্টোর খোলে। কেমরর হল একটা ছোটো কসবা, যেখানে হাজার লোকের বাস, লুইস এবং ক্লার্ক এক্সপীডীশান দ্বারা তৈরি পুরানো কবার্ড ব্যাগন ট্রেলের ওপর তা দাঁড়িয়েছিল। এই যুবক আর তার স্ত্রী স্টোরের ওপরেই একটা ছোট্টো মতো ঘরে বাস করত, ড্রাই-গুডসের একটা বড়ো বাক্স টেবিল হিসাবে ব্যবহার করত আর ছোটো বাক্স গুলি ছিল চেয়ার, এই যুবকের স্ত্রী তাদের সন্তানকে একটা কম্বলের মধ্যে জরিয়ে কাউন্টারের নিচে শুয়েই দিত, আর সেখানেই সে দাঁড়িয়ে থাকত ও গ্রাহকদের সেবা করার বিষয়ে নিজের স্বামীকে সাহায্য করত। আজ ড্রাই-গুডসের দুনিয়ায় সবার ওপরে সেই ব্যক্তির নাম জ্বল-জ্বল করে। জে.সী পেনী স্টোর্স - আজ আমেরিকার সমস্ত রাজ্যে বিদ্যমান, এর সংখ্যা এখন ষোলোশোরও বেশি। সম্প্রতি আমি মি. পেনীর সাথে ডিনার করার সুযোগ পেয়েছিলাম, তখন সে তার জীবনের সবচেয়ে নাটকীয় মুহূর্ত সম্পর্কে আমাকে বলেছিল।)

কয়েক বছর আগে আমার জীবনের চারদিকে শুধু সমস্যাই সমস্যা ছিল, আমি খুবই চিন্তিত ও হতাশ ছিলাম। আমার চিন্তার সাথে জে.সী. পেনী কম্পানীর কোনো যোগ ছিল না। আমার ব্যবসা তখন ভালোই চলছিল, তা বেশ ফুলেফেঁপেও উঠেছিল, কিন্তু ব্যক্তিগত দিক থেকে আমি 1929 সালের মন্দা বাজারের আগে কিছু বোকার মতো কাজ করে ফেলেছিলাম। এই স্থিতির জন্য অন্যদের সাথে আমাকেও দোষারোপ করা হচ্ছিল, অথচ আমার কোনো দোষই ছিল না। সেই সময় চিন্তায় চিন্তায় আমার অবস্থা খারাপ হয়ে যায়, যার জন্য আমি কোনো ভাবেই দায়ি ছিলাম না। আমি ঠিক মতো ঘুমাতে পর্যন্ত পারতাম না, আমার একটা কঠিন অসুখ পর্যন্ত হয়ে যায়, যা শিঙ্গল্স নামে পরিচিত। সারা শরীরে ফোড়া হয়ে গেছিল। আমি ড. এগলস্টনকে দেখাই, সে আমাকে বিছানায় শুয়ে থাকতে বলে, আর আমাকে আমি খুবই অসুস্থ এই কথা বলে সতর্ক করে দেয়। প্রচুর চিকিৎসা হয়, কিন্তু কোনো কিছুরই কোনো লাভ হয় না, দিনে দিনে আমি দুর্বল হয়ে পড়ছিলাম, হতাশার মধ্যে কোথাও কোনো আশার আলো দেখতে পাচ্ছিলাম না। আমার কাছে বেঁচে থাকার যেন কোনো মানেই ছিল না, আমার

মনে হোত, সারা পৃথিবীতে আমার আর কোনো বন্ধু নেই, এমনকি আজ পরিবারের লোকেরাও আমার বিরুদ্ধে। রাতে ঘুমের ঔষধ খেয়ে শুতাম কিন্তু তবুও খুব তাড়াতাড়ি চোখ খুলে যেত, একদিন রাতে চোখ খোলার পর আমার মনে হয়েছিল, সেই রাতই বোধহয় আমার জীবনের শেষ রাত, বিছানা থেকে উঠে আমি আমার স্ত্রী ও সন্তানের জন্য শেষ চিঠি লিখি, আর তাতে লিখেছিলাম যে, কাল সকালের সূর্য দেখার জন্য হয়তো আমি আর বেঁচে থাকব না।

পরের দিন সকালের সূর্য দেখার পর আমি নিজেই অবাক হয়ে গেছিলাম, আমি বিশ্বাসই করতে পাচ্ছিলাম না যে, আমি বেঁচে আছি। সকালে ঘুম থেকে ওঠার পর একটা সুন্দর ভজন শুনি, আজও সেই ভজন আমার কানে বাজে, আমি সেদিন ভজন শোনার পর বাইবেলের একটা অধ্যায়ও পড়ি। হঠাৎই যেন ভেতর থেকে কিছু একটা হয়, সেই অনুভূতি আমি ভাষায় প্রকাশ করতে পারব না। এটাকে চমৎকার বলতে পারেন, মনে হচ্ছিল যেন ঘন অন্ধকার কেটে গিয়ে উজ্জ্বল সূর্য নির্গত হয়েছে, যেন আমাকে নরক থেকে স্বর্গে নিয়ে যাওয়া হয়েছে। আমার ঈশ্বরের শক্তি অনুভব করতে পারি, তখন আমি বুঝতে পারি যে, আমার সমস্ত সমস্যার জন্য একমাত্র আমি নিজেই দায়ি। সেদিনকার পর থেকে আজ পর্যন্ত আমার জীবনে কোনো রকম চিন্তা নেই, আজ আমার বয়স একাত্তর বছর, আজ পর্যন্ত আমার জীবনের সবচেয়ে অদ্ভুত সময় হল এই কুড়ি মিনিট, যেখানে আমি শুনতে পেয়েছিলাম, 'ভগবান তোমার ধ্যান রাখবে।'

পেনী, নিজের চিন্তাকে তৎকাল জয় করতে শিখেছিল,
কারণ সে নিজের আদর্শ চিকিৎসা খুঁজে পেয়ে গেছিল।

- জে.সী.পেনী।

জিমে বক্সিং আর বাইরে হাইকিঙ্গ

যখনই আমার নিজেকে চিন্তিত বলে মনে হয়, যখনই আমার সবকিছু কেমন গুলিয়ে যায়, তখনই আমি নিজের সমস্ত চিন্তা দূর করার জন্য শারীরিক ব্যায়ামের আশ্রয় নিই, এই ব্যায়ামই আমাকে সাহায্য করে থাকে। যেকোনো রূপে আমি এই ব্যায়াম করি, যেমন ধরুন টেনিস খেলে বা বক্সিঙ্গ লোড়ে, কখনও দৌড়াই তো কখনও দীর্ঘ হাইকিঙ্গের জন্য নিগর্ত হই। যেকোনো ধরণের শারীরিক ব্যায়াম আমার মানসিক দৃষ্টিভঙ্গীকে স্বচ্ছ করে দেয়, সপ্তাহের শেষে ছুটির দিনে আমি বিভিন্ন রকম ব্যায়াম করি, কখনও মাঠে গিয়ে দৌড়াই, আবার কখনও স্কী করতে চলে যাই। শারীরিক ক্লান্তি আমার মস্তিষ্কের সমস্যা গুলি দূর করতে সাহায্যে করে, পরে যখন আমি এই সমস্যা নিয়ে ভাবি তখন আমার মস্তিষ্ক নতুন জোশ ও উর্জায় ভরা থাকে।

নিউইয়ার্কে আমি যেখানে কাজ করি, সেখানে প্রায়ই আমি ওয়েল ক্লাবে গিয়ে এক ঘন্টা কাটিয়ে আসার সুযোগ পেয়ে যাই। স্কীইঙ্গ করার সময় বা টেনিস খেলার সময় কোনো ব্যক্তিই চিন্তা করতে পারে না, আসলে সে এতটাই ব্যস্ত থাকে যে, তার মাথায় কোনো চিন্তা আসতেই পারে না। চিন্তার পাহাড় ছোটো সরষের দানার মতো হয়, নতুন বিচার ও কার্য দ্বারা তা তৎকাল পরিষ্কার করে দেওয়া উচিত। আর মনে হয়ে চিন্তার সবচেয়ে বড়ো চিকিৎসা হল ব্যায়াম। আমি যখন চিন্তা বোধ করবেন তখন নিজের মাংসপেশি গুলিকে বেশি করে শ্রম করান, আর মস্তিষ্ককে আরাম করান, এর পরিণাম দেখে আপনি নিজেই অবাক হয়ে যাবেন, আমার জন্য এই উপায়ই সর্বশ্রেষ্ঠ, ব্যায়াম শুরু করলে চিন্তা কোথায় পালিয়ে যায়।

- কর্নেল এড্ডী ঈগন
নিউইয়ার্ক এটনী, রোড্স স্কলার
নিউইয়ার্ক স্টেট এথ্যালেটিক কমিশানের প্রাক্তন চেয়ারম্যান
প্রাক্তন অলেম্পিক লাইট-হ্যাভীভেট চ্যাম্পিয়ান অফ দ্যা ওয়ার্ল্ড

286 চিন্তা ছাড়ুন সুখে থাকুন

চিন্তার ধ্বংসাবশেষ

সতেরো বছর আগে যখন আমি ব্ল্যাক্সবর্গ বর্জীনিয়ার মিলিটারী কলেজে ছিলাম, তখন আমাকে 'বর্জীনিয়া টেকের চিন্তাকারী ধ্বংসাবশেষ' বলে ডাকা হোত। আমি এতই চিন্তাগ্রস্ত থাকতাম যে, প্রায়ই অসুস্থ হয়ে যেতাম। আসলে আমি এতটাই অসুস্থ হয়ে যেতাম যে, কলেজ থেকে আমার জন্য হাসাপাতালের একটা বিছানা সবসময় সংরক্ষিত করে রাখতে হোত। আমার চিন্তার কোনো শেষ ছিল না, আমি সবকিছু নিয়েই চিন্তা করতাম। অনেক সময়তো আমি কি নিয়ে চিন্তা করছি, সেটাও ভুলে যেতাম। খারাপ নম্বরের জন্য আমাকে কলেজ থেকে বাইরে বের করে দেওয়া হবে, এই চিন্তাটা আমার প্রায়ই হোত। আমি ফিজিক্স সহ অন্য অনেক গুলি বিষয়ে ফেল করে যাই। আমি জানতাম যে গড়ে আমাকে 75-84 শতাংশ নম্বর পেতেই হবে। আমি নিজের অসুস্থ শরীর, বদহজম ও অনিদ্রা নিয়েও চিন্তিত থাকতাম। আমি নিজের আর্থিক অবস্থার কথা ভেবেও চিন্তা করতাম। আমার বান্ধবী আমার কাছ থেকে যত বড়ো ক্যনডি চাইত বা যতবার সে আমার সাথে নাচতে যেতে চাইত, ততবার আমি তার ইচ্ছা পূরণ করতে পারতাম না, সেই নিয়েই আমার চিন্তা হোত। মনে হোত সে হয়তো অন্য কাউকে বিয়ে করে নেবে। আমার কোনো সমস্যার কোনো রকম সমাধান আমি খুঁজে পেতাম না, যার ফলে আমার চিন্তারও কোনো শেষ ছিল না।

হতাশায় এসে আমি ভী.পী. আঈয়ের বিজনেস এডমিনিস্ট্রেশানের প্রফেসার ড্যুক বেয়র্ডকে নিজের সমস্ত সমস্যার কথা বলি।

প্রফেসার বেয়ার্ডের সাথে যে পনেরো মিনিট কাটানোর সুযোগ লাভ করেছিলাম তা আমার শরীর ও সুখের জন্য এতটাই লাভজনক ছিল যে, গত চার বছরে কলেজে আমি তেমন একটা মুহূর্তও কাটাতে পারিনি। তিনি বলেছিলেন, 'জিম তুমি শান্ত হয়ে বসে সমস্ত তথ্য গুলি নিয়ে ভালো করে বিচার করে দেখো। তুমি নিজের সমস্যা গুলি নিয়ে যত চিন্তা করছো, তার চেয়ে অনেক কম সময়তেই তুমি তার সমাধানের পথ খুঁজে বার করতে পারতে, যদি তুমি সমস্যার সমাধান খোঁজার চেষ্টা করতে তো। চিন্তা করা একটা কুঅভ্যাস, যা তুমি নিজেই রপ্ত করেছো।

তিনি আমাকে চিন্তা ত্যাগ করার তিনটি নিয়ম শিখিয়েছিলেন

1. তুমি যা নিয়ে চিন্তা করছো, আসলে সেই সমস্যাটা কি তা ঠিক করে খোঁজার চেষ্টা কর।
2. সমস্যার কারণ খুঁজে বার কর।
3. সমস্যার সমাধান করার জন্য অতি শীঘ্র কোনো সৃজনশীল পদক্ষেপ গ্রহণ কর। ফিজিক্সে ফেল করার পর তা নিয়ে চিন্তা না করে, কেনো ফেল করলে সে কথা ভাব।

তখন আমি চিন্তা করে বুঝি যে, আসলে ফিজিক্সে আমার কোনো আগ্রহ ছিলনা বলেই, আমি তাতে ফেল করেছিলাম। আমি এই বিষয় নিয়ে কোনো পরিশ্রমই করিনি, কারণ আমি কিছু বুঝতেই পারতাম না, ইন্ডাস্ট্রিয়াল ইঞ্জিনিয়ারের ক্ষেত্রে এই বিষয় কিভাবে আমাকে সাহায্য করবে তা আমার মাথায় ঢুকত না। কিন্তু তারপর আমি নিজের দৃষ্টিভঙ্গী বদলে ফেলি। তখন আমার মনে হয় যে, যখন কলেজের লোকেরা চাইছে যে, আমাকে ডিগ্রী নেওয়ার জন্য আমাকে ফিজিক্স পড়তেই হবে, তখন আমি তাদের জ্ঞানকে সন্দেহের চোখে দেখি কিভাবে?

তাই আমি পুনরায় ফিজিক্সের পরীক্ষা দেব বলে ঠিক করি ও নাম লিখিয়ে দিই। তখন আমি আর চিন্তা না করে, সম্পূর্ণ পরিশ্রমের সাথে নিজের পড়াশোনা চালিয়ে যাই।

নিজের আর্থিক অবস্থা সংশোধনের জন্য আমি একটা কাজও করি, তাতে করে আমার পড়াশোনার জন্য বাবাকে যে ধার নিতে হয়েছিল গ্রাজুয়েশান শেষ করেই সেই পয়সা আমি শোধ করে দিতে সক্ষম হয়েছিলাম। আমি যে মেয়েটাকে ভালোবাসতাম, যাকে বিয়ে করা নিয়ে আমার এত চিন্তা ছিল, আমি তাকে বিয়ের প্রস্তাব দিই, আর আজ সে মিসেজ জিম বর্ডস্যাল।

আজ যখন পিছন ঘুরে দেখি, তখন আমার মনে হয় যে, আসলে আমার মূল সমস্যা ছিল দ্বিধার সমস্যা। আসলে আমি নিজের চিন্তার কারণ সন্ধান ও একজন যথার্থবাদী হিসাবে তার সম্মুখিনতা করার সাহস আমার ছিল না।

জিম বর্ডস্যাল নিজের সমস্যার বিশ্লেষণ করে চিন্তা দূর করতে শিখে গেছিলেন। কিভাবে তিনি নিজের 'চিন্তার কারণ গুলিকে বিশ্লেষণ করেছিলেন এবং কিভাবে তার সমাধান করেন?' অধ্যায়ে বর্ণিত সিদ্ধান্তের প্রয়োগ করে।

-জিম বর্ডস্যাল

একটা বাক্যের সাহায্যে বাঁচুন

বেশ কয়েক বছর আগে অনিশ্চিয়তা আর মোহভঙ্গ আমার জীবনকে এমন জায়গায় পৌঁছে দিয়েছিল যে, আমার মনে হয়েছিল আমার জীবন এখন আমার হাতের বাইরে, তা অন্যকোনো শক্তির হাতে নিয়ন্ত্রিত। তখনকার এক সকালে একদিন হঠাৎই আমি নিউ টেস্টামেন্ট খুলি আর আমার চোখ একটা বাক্যে গিয়ে আটকে যায়, 'আমার বাবা একা আমাকে ছেড়ে দেননি।' সেই মুহূর্তে থেকে আমার জীবন সম্পূর্ণ রূপে বদলে গেছিল। আমার মনে আছে, তারপর থেকে এমন একটা দিনও যাইনি, যেদিন আমার স্মরণে এই বাক্যটা আসেনি। তারপর থেকে বহু লোক আমার কাছে নিজেদের চলার পথ সম্পর্কে জানতে চাইত, আর আমি তাদের এই শক্তিশালী বাক্য প্রদান করতাম। যেদিন থেকে আমার চোখ এই বাক্যের ওপর পড়েছিল, সেদিন থেকে আমি এই বাক্যটাকে সম্বল করেই জীবন অতিবাহিত করছি। এই বাক্যই আমার সমস্ত শান্তি ও শক্তির উৎস। আমার কাছে তা ধর্মের নির্যাস। এই বাক্যের মধ্যে লুকিয়ে আছে সেই শক্তি, যা আমার জীবন যাপনের ভিত্তি। আমার জীবনের সবচেয়ে সুন্দর সূত্র।

- ড. জোসেফ আর.সিজূ

প্রেসিডেন্ট নিউ ব্রন্সুইক থিয়োলজিক্যাল সেমিনারী

নউ ব্রন্সয়িক নিউ জার্সী-আমেরিকার সবচেয়ে পুরানো থিয়োলজিকল সেমিনারী যার প্রতিষ্ঠা হয়েছিল 1784 সালে।

খাদে পড়েও বেঁচে গেছে

আমি একটা ভয়ঙ্কর 'চিন্তিত জীব' ছিলাম। কিন্তু এখন আর তা নই। 1942 সালের গ্রীষ্মকালে জীবন এমন একটা অভিজ্ঞতা দিয়েছিল, যাতে করে আমার জীবনের সমস্ত চিন্তা উবে গেছিল। আমার জীবন নতুন আশার কিরণ দেখতে পেয়েছিল, আমি বুঝেছিলাম যে, আমার অভিজ্ঞতার তুলনায় আমার সমস্যা গুলো খুবই ছোটো।

বহু দিন ধরে আমি অলাস্কার কমর্শিয়াল ফিশিঙ্গ ক্রাফ্‌টে গ্রীষ্মের কয়েকটা দিন অতিবাহিত করার কথা ভেবেছিলাম, তাই 1942 সালে বত্রিশ ফুটের এক স্যামন-সীনিঙ্গ ভেসলে নিজের নাম লিখিয়ে দিয়েছিলাম, তা কোডিয়াক অলাস্কা হয়েই যাওয়ার কথা ছিল। এই ধরণের নৌকায় শুধুমাত্র তিন ধরণের লোকের দল থাকে   ক্যাপ্টেন যে সর্বদা নিরীক্ষণ করে, দ্বিতীয়ত সেই ধরণের লোকেরা যারা ক্যাপ্টেনকে সাহায্য করে আর তৃতীয়ত যারা সেই সমস্ত কাজ করত যা অন্যরা করতে চাইত না, আমি ছিলাম তাদের মধ্যে।

সেমন মাছের শিকার করতে হোত জোয়ার ভাঁটার ওপর ভিত্তি করে, তাই আমাকে প্রায়ই চব্বিশ ঘন্টার মধ্যে বাইশ ঘন্টা কাজ করতে হোত। প্রায় এক সপ্তাহ ধরে আমার প্রতিটা দিন এইভাবেই কাটছিল, যা অন্য কেউ করতে চাইত না, আমি সেই কাজ করতাম। আমি নৌকা ধুতাম। গিয়ার সরাতাম। একটা ছোট্টো কেবিনের মধ্যে কাঠের আগুনে রান্নাও করতাম। সেখানকার গরম আর ধোঁয়ার জন্য প্রায় সময়তেই আমি অসুস্থ হয়ে পড়তাম। আমি বাসন ধুতাম। নৌকা সারাতাম। সেমন মাছ গুলিকে নৌকা থেকে আর একটা কন্টেনারে ঢালতাম, সেখান থেকে প্যাকেট করার জন্য মাছ গুলিকে নিয়ে কারখানায় যাওয়া হোত। রবারের জুতোর ভেতরে আমার পা সব সময়ের জন্য ভেজা থাকত। আমার জুতোর ভেতরে প্রায়ই জল জমে থাকত, কারণ জল বার করার মতো সময় আমার কাছে ছিল না। কিন্তু আমার প্রধান কাজ, 'কর্ক লাইন' টানার কাছে এই গুলিকে খেলা বলে মনে হোত। নৌকার পিছন ভাগে পা শক্ত করে ঠেকিয়ে কর্ক ও জালের জালী ধরে টানতে হোত। আসলে সেই জাল এতই ভারী ছিল যে আমি যখন তা ভেতরের দিকে টানতাম তখন তা নরত পর্যন্ত না। কর্ক লাইন টানার পরিবর্তে আমি নৌকাটাকেই ভেতরে টেনে নিয়ে আসি। এক সপ্তাহ ধরে আমি প্রতিদিন চেষ্টা চালিয়ে যাচ্ছিলাম। আমার সারা শরীরে প্রচন্ড বেদনা হচ্ছিল।

যখন বিশ্রাম নেওয়ার সময় পেতাম তখন একটা মাদুর নিয়ে তা নৌকার ওপর বিছিয়ে শুয়ে পড়তাম। আমি এমন ভাবে শুতাম দেখে মনে হোত আমি ঘুমের ঔষধ খেয়ে ঘুমাচ্ছি।

এই ক্লান্তি ও পরিশ্রম করা সত্ত্বেও আমি খুশিতে ছিলাম কারণ তখন আমার মধ্যে কোনো রকম চিন্তা ছিল না। এখনও যখন আমার কোনো বিষয় নিয়ে চিন্তা হয়, তখন শুধু আমার একটাই কথা মনে পড়ে, আর তখন নিজেকে প্রশ্ন করি, 'এরিকসন কর্ক লাইন টানার থেকে খারাপ আর কিছু হোতে পারে কি?' আর সর্বদা এরিকসন আমাকে বলে, 'না, আর কোনো কিছুই তার থেকে খারাপ হোতে পারে না।' তাই আমি খুশি হয়ে যাই, আর সাহসের সাথে সমস্যার সমাধানের চেষ্টা করি। আমার মনে হয়, কখন কখনও এমন ভয়ঙ্কর যন্ত্রণা সহ্য করাটাও উচিত, তাহলেই আমরা বুঝতে পারব যে গভীর খাদে পড়ার পরেও আমরা বেঁচে আছি। তখন তার তুলনায় আমাদের দৈনন্দিন জীবন আমাদের কাছে অনেক সহজ বলে মনে হবে।

- টেড এরিকসন

সবচেয়ে বড়ো গাধার মধ্যে অন্যতম

বিভিন্ন রকম রোগ আমাকে যতবার মেরেছে, আমার মনে হয় কোনো মানুষ অতবার মরেনি, তাতে সে জীবিতই হোক বা মৃত বা অর্ধমৃত।

আমি কোনো সাধারণ হাইপোকোন্ড্রিয়াক নই। আমার বাবার একটা ঔষধের দোকান ছিল, আমি সেই পরিবেশেই বড়ো হয়ে উঠেছি। প্রায় প্রতিদিনই আমাকে ডাক্তার বা নার্সদের সাথে কথা বলতে হোত, তাতে করে অসুখের নাম ও তার লক্ষণ সম্পর্কে আমি সাধারণ মানুষদের থেকে একটু বেশিই জানতাম। আমি যখন কোনো অসুখ নিয়ে এক থেকে দুই ঘন্টা চিন্তা করতাম, তখন সেই অসুখের লক্ষণ আমার শরীরে দেখা দিত, যা সেই রোগে আক্রান্ত কোনো রোগীর শরীরে ছিল। একবার আমাদের শহরে ডিপথীরিয়ার পাদুর্ভাব দেখা দেয়, তা মহামারীর আকার ধারণ করেছিল। ঔষধের দোকান থেকে আমি সংক্রামিত পরিবারের সদস্যদের প্রতিদিন সেই ঔষধ বিক্রী করতাম। তারপর আমি যেটা নিয়ে ভয় পাচ্ছিলাম, আমার সাথে সেই ঘটনাই ঘটে, আমারই ডিপথীরিয়া হয়ে যায়। আমি বিশ্বাস করতাম যে, আমার এই অসুখই হয়েছে। আমি বিছানায় শুয়ে পড়ি, আর চিন্তা করে সাধারণ লক্ষণ গুলিকে নিজের শরীরে আমন্ত্রণ জানাই। আমি

ডাক্তার ডাকি, আর সে আমাকে পরীক্ষা করে বলে, 'হ্যাঁ, পর্সী তোমার ডিপথীরিয়া হয়ে গেছে।' তখন আমার মস্তিষ্ক শান্তি পায়, আমি পাশ ফিরে শুয়ে ঘুমিয়ে পড়ি, আসলে একবার রোগে আক্রান্ত হয়ে যাওয়ার পর আমার আর কোনো রকম সমস্যা হোত না, পরের দিন সকালে আমি সুস্থ হয়ে যাই।

বহু বছর ধরে আমি নিজের একটা আলাদা পরিচয় গড়ে তুলতে পেরেছি, লোকেদের কাছ থেকে অনেক ধ্যান ও সহানুভূতিও লাভ করতে সক্ষম হয়েছি, কারণ আমি বিভিন্ন অদ্ভুত রোগের বিশেষজ্ঞ ছিলাম। অনেকবার হাইড্রোফোভিয়ার জন্যও আমাকে মৃত্যুর মুখে যেতে হয়েছিল। তারপর আমি টি.বি. ও ক্যান্সারের মতো অসুখেরও বিশেষজ্ঞ হয়ে যাই। এখন আমি সেই সব কথা ভেবে হাসি, কিন্তু তখন আমার দুঃখের শেষ ছিল না। বহু বছর ধরে আমার শুধু মনে হোত আমার পা দুটো কবরের মধ্যে ঢুকেই গেছে। বসন্তকালে যখন নতুন সুট কেনার সময় আসত তখন আমি নিজেকে জিজ্ঞাসা করতাম যে, 'এই সুট পরার মতো সময় হয়তো আমার হাতে নেই, তাহলে এইভাবে পয়সাটা নষ্ট করা উচিত হবে কি?'

আজ আনন্দের সাথে একটা কথা বলতে ভালো লাগছে, গত দশ বছরে আমি মরেনি।

কিভাবে আমি নিজের প্রতিদিনের মৃত্যু ভয়কে জয় করেছিলাম? নিজের এই মূর্খামি পূর্ণ কল্পনা গুলিকে নিয়ে হেসে। যখনই আমি এই ভয়ঙ্কর লক্ষণ গুলিকে নিজের শরীরে অনুভব করতাম, তখনই হাসতাম আর বলতাম, 'দেখো হোয়াইটিঙ্গ তুমি গত কুড়ি বছর দরে একের পর এক সাংঘাতিক অসুখে মৃতপ্রায় হয়ে গেছো, তবুও আজ তোমার শরীর ঠিকই আছে। সম্প্রতি একটা বীমা কম্পানী পুনরায় তোমার বীমা করেছে। তাহলে এখনও কি তোমার এই মূর্খের মতো চিন্তা গুলি নিয়ে হাসার সময় আসেনি?'

তখন আমি বুঝতে পারি যে, নিজেকে নিয়ে চিন্তা করা আর নিজের মুর্খামির জন্য হাসা, দুটো কাজ একসাথে করা কখনই সম্ভব না, তাই তারপর থেকে আমি নিজের ওপর হাসতে শুরু করি।

এর শিক্ষা হল নিজেকে নিয়ে বেশি ভাববেন না।

নিজের মূর্খের মতো চিন্তা গুলির জন্য হাসার চেষ্টা করুন তাহলেই দেখতে পাবেন যে, আপনার হাসির জোরেই তা গায়েব হয়ে গেছে।

- পর্সী এইচ. হোয়াইটিঙ্গ

দ্যা ফাইভ গ্রেট রুল্স অফ সেলিঙ্গের লেখক

সর্বদা নিজের রসদের রাস্তা উন্মুক্ত রাখবেন

আমার মনে হোত বেশীর ভাগ সমস্যার কারণই হল পারিবারিক অশান্তি ও অর্থ। আমার সৌভাগ্য যে আমার স্ত্রী ওক্লাহোমের মেয়ে, আর আমাদের দুজনের পারিবারিক পৃষ্ঠভূমিও একই রকম, আর আমি যে সমস্ত বিষয়ে আনন্দ লাভ করতাম, সেও সেই গুলির মধ্যেই আনন্দ খুঁজে পেত। আমরা দুজনেই স্বর্ণিম নিয়মের পালন করার চেষ্টা করতাম, তাই পারিবারিক সমস্যা নিয়ে যতটা সম্ভব কম ভাবার চেষ্টা করতাম।

আমি দুটি কাজ করতাম, তাই আমার আর্থিক সমস্যাও ততটা ছিল না, আগে আমি প্রতিটা জিনিস একশো শতাংশ সততার সাথে পালনের চেষ্টা করতাম। কাউর থেকে পয়সা ধার করলে তাকে প্রতিটা পয়সা গুনে গুনে ফেরত করতাম। বেইমানীর কথা ভেবে যতটা ভয় পেতাম, কোনো বিষয় নিয়ে আমি ততটা চিন্তিত ছিলাম না।

এছাড়া আমি যখনই নতুন কোনো কাজে হাত দিতাম তখন সর্বদা নিজের কাছে একটা পথ খোলা রাখতাম। মিলিট্রী বিশেষজ্ঞদের কতে, লড়াইয়ের প্রথম শর্ত হল নিজের রসদ ও রাস্তা উন্মুক্ত রাখা। সেনাদের যুদ্ধের ক্ষেত্রে এই সত্যিটা যতটা প্রযোজ্য, আমার মনে হয় ব্যক্তিগত যুদ্ধের ক্ষেত্রেও সেই সত্যিটা ততটাই প্রযোজ্য। কৈশর ও যৌবনেই আমি দেখেছিলাম যে, অর্থহীনতার যন্ত্রণা কি, কারণ সেই সময় সারা দেশ জুড়ে আকাল দেখা দিয়েছিল। দিনের খাবার টুকু সংগ্রহ করতেই প্রচন্ড পরিশ্রম করতে হোত।

আমার বাবা পেটের ভাত জোগার করার জন্য কোথায় না কোথায় ঘুরে বেরাতেন, তিনি ঘোড়া পরিবর্তনের কাজ করতেন, আমি তাঁর চেয়ে একটু ভরসা যোগ্য কিছু করার চেষ্টা করেছিলাম, তাই রেলওয়ে স্টেশান এজেন্টের কাজ করতাম আর খালি সময়ে টেলিগ্রাফী শিখতাম। পরে আমি ফ্রিস্কো রেলওয়েতে রিডীফ অপরেটারের পদে কাজ পাই। যে সমস্ত স্টেশানের এজেন্টরা অসুস্থ ছিল তারা যাতে বিশ্রাম নিতে পারে তার জন্য আমাকে এখানে-সেখানে যেত হোত, অনেক সময় দুর-দুরান্তেও যেতে হোত। অনেক সময় যাদের ক্ষমতার অধিক কাজ দিয়ে দেওয়া হোত, তাদেরও সাহায্য করার জন্য আমাকেই পাঠাতো। চাকরির থেকে বেতন হিসাবে প্রতিমাসে 150 ডলার করে পেতাম। পরে নিজেকে আরো উন্নত করে তোলার কথা ভাবতেই সবার আগে মাথায় আসত রেলের কাজ মানে আর্থিক

সুরক্ষা, তাই এই কাজ ছাড়ার কোনো প্রশ্নই ছিল না। ঠিক করেছিলাম যে, যতদিন না ঠিক মতো উন্নতি করছি, ততদিন পর্যন্ত এই রসদের পথ বন্ধ করার কথা ভাববো না।

উদাহরণ হিসাবে বলা যায়, 1928 সালের এক সন্ধ্যায়, আমি তখন আমার কার্যক্ষেত্রে, এক অচেনা ব্যক্তি টেলিগ্রাম করতে এসেছিল। তখন আমি গিটার বাজাচ্ছিলাম ও কাউবয় গান গাইছিলাম, সে আমাকে বলেছিল যে, আমি নাকি খুব ভালো গিটার বাজাই। সে আমাকে বলে যে, আমার নাকি নিউইয়ার্কে গিয়ে স্টেজে বা রেডিওতে অনুষ্ঠান করা উচিত। কথা গুলি শুনে আমার ভালোই লাগছিল, আমি যখন টেলিগ্রামের নিচে এই ব্যক্তির হস্তাক্ষর দেখি, তখন আমি চমকে যাই- **উইল রজার্স**।

সঙ্গে সঙ্গে নিউইয়ার্কে যাওয়ার সিদ্ধান্ত নেওয়ার বদলে, নয়মাস ধরে আমি সাবধানতার সাথে সম্পূর্ণ বিষয়টা নিয়ে ভেবেছি, শেষ পর্যন্ত মনে হয়েছিল যে, এই কসবা ছেড়ে নিউইয়ার্কে যাওয়ার মানে হল, আমি কিছুই হারাব না, কিন্তু আমার পাওয়ার সম্ভাবনা ছিল অনেক বেশি। আমার কাছে রেলওয়ের পাস ছিল, সুতরাং বিনামূল্যে যাত্রা করতে পারতাম, খাওয়ার জন্য স্যান্ডুইচ ও ফলও নেওয়ার ক্ষমতা ছিল আমার।

শেষ পর্যন্ত নিউইয়ার্কের উদ্দেশ্যে রওনা দিই, সেখানি গিয়ে যে ঘরে থাকতাম তার জন্য সপ্তাহে পাঁচ ডলার করে দিতে হোত, দশ সপ্তাহ ধরে রাস্তায় ঘুরে ঘুরে আমার জুতো ছিঁড়ে গেছিল, কিন্তু কোনোই লাভ হয়নি। সেই সময় আমার রেলওয়েতে পাঁচ বছর কাটানো হয়ে গেছিল, আই আমি বরিষ্ঠ কর্মচারী হয়ে গেছিলাম, কিন্তু নব্বই দিনের বেশি ছুটি নেওয়ার অনুমতি ছিল না, নিউইয়ার্কের রাস্তায় ঘুরেই সত্তর দিন কেটে গেছিল, তাই নিজের রসদ সুরক্ষিত রাখার জন্য পুনরায় আমি ওক্লাহোমের দিকে ছুটি, পুনরায় নিজের পুরানো কাজ করতে শুরু করে দিই। আমি কয়েক মাস কাজ করি, কিছু অর্থ সঞ্চয় করে পুনরায় নিউইর্য়াক যাই, আর তখন আমি সুযোগও পেয়ে যাই।

একদিন রেকর্ডিং অফিসে অপেক্ষা করার সময় আমি বসে গিটার বাজাচ্ছিলাম, মহিলা রিসেপসনিস্টের সামনে একটা গানও গাই, 'জীনী আই ড্রীম অফ লিলাক টাইম।' আমি যে সময় এই গানটা গাইছিলাম তখন এই গানের রচয়িতা ন্যাট শিল্টক্রুট সেখানে আসেন তাঁর আমার গান ভালো লেগেছিল, তিনি আমাকে ভিক্টর রেকডিং-এর সাথে যোগাযোগ করার জন্য একটা চিঠি লিখে দেন, আমি

একটা রেকর্ড করি, কিন্তু আমার কাজ ততটা ভালো হয়নি, তাই আমি ভিক্টর রেকডিং-এর মালিকের পরামর্শ অনুসারে টুলসায় যাই, সেখানে রেলওয়েতে কাজ করতাম আর রাতে রেডিওযে কাউবয়ের গান গাইতাম, এইভাবে নয় মাস কেটে যায়, আমার খুব ভালোই লাগছিল, কারণ আমার রসদের চিন্তা ছিল না, তাই কোনো টেনশানও ছিল না।

আমি নয়মাস ধরে কিউ রেডিও স্টেশানে যেতাম, তখন আমি আর জিম লঙ্গ মিলে একটা গান রচনা করেছিলাম, 'দ্যাট সিলভর হেয়ার্ড ড্যাডী অফ মাইন।' গানটা বাজারে জনপ্রিয়তা পায়। আমেরিকার রেকর্ডিং কম্পানীর প্রধান আর্থর স্যাহর্লী সেই সময় আমাকে একটা রেকর্ডিং করতে বলেন, তা এতটাই জনপ্রিয় হয়ে গেছিল যে, তারপর থেকে আমি প্রতিটা রেকডিং-এর জন্য পঞ্চাশ ডলার করে পেতাম, আর শেষ পর্যন্ত শিকাগোতে ডব্ল্যু. এল. এস. রেডিও স্টেশানে কাউবয়ের গান গাওয়ার জন্য চাকরি পেয়ে যাই। বেতন ছিল প্রতি সপ্তাহে চল্লিশ ডলার। চার বছর গান গাওয়ার পর আমার বেতন বৃদ্ধি পেয়ে সপ্তাহে নব্বই ডলার হয়ে যায়। তাছাড়া ব্যক্তিগত ভাবে যে থিয়েটারে গান গাইতাম সেখান থেকে প্রতি রাতের জন্য তিনশো ডলার করে উপার্জন করতাম।

1934 সালের একটা ব্রেক আমার সামনে বিভিন্ন সম্ভাবনার দ্বার খুলে দিয়েছিল। পরিষ্কার-পরিচ্ছন্ন ফিল্ম তৈরি করার জন্য লীগ অফ ডেসেন্সী বানানো হয়, তাই হলিউডের নির্মাতাগণ কাউবয় ফিল্ম বানানোর কথা ভাবে, তারা নতুন ধরণের কাউবয় চাইছিল, যে গানও গাইতে পারবে। আমেরিকান রেকডিং কম্পানীর মালিকের খানিকটা মালিকানার অংশ রিপব্লিক পিকচার্সেও ছিল, তিনি নিজের সহযোগিদের আমার কথা বলেছিলেন। এই ভাবে ফিল্ম জগতে পা রাখতে সক্ষম হই। সপ্তাহে একশো ডলারের হিসাবে আমি ফিল্মে কাউ বয়ের কাজ করতে শুরু করি। আমার ফিল্ম সফল হবে কিনা তা নিয়ে আমার যথেষ্ট সন্দেহ ছিল, কিন্তু কোনো ভয় ছিল না, কারণ আমার কাছে নিজের পুরানো কাজে ফেরার পথ খোলা ছিল।

ফিল্মে যে জনপ্রিয়তা লাভ করেছিলাম, তা আমি স্বপ্নেও কল্পনা করতে পারিনি। তখন বেতন হয়, বছরে এক লক্ষ ডলার, আর ফিল্মের লভ্যাংশের অর্ধেকটা ছিল আমার, তখন আর আমার কোনো চিন্তা ছিল না। কারণ আমি জানতাম আমার রসদের রাস্তা সুরক্ষিত।

-**জীন অট্রী** (পৃথিবীর সবচেয়ে জনপ্রিয় এবং বিখ্যাত সিঙ্গিঙ্গ কাউবয়)

ভারতের একটা আওয়াজ

আমি নিজের জীবনের চল্লিশ বছর ধরে ভারতে মিশনারীর কাজ করেছি। সেখানকার অসহ্য গরম আমি সহ্য করতে পারতাম না, সেই সাথে ছিল অসহনীয় কাজের চাপ, যা আর আমি সহ্য করতে পাচ্ছিলাম না। আট বছর এইভাবে চলার পর নিজের মানসিক যন্ত্রণা সহ্য করতে না পেরে একদিন আমি পড়ে যাই, তারপর থেকে প্রায়ই আমি অসুস্থ হয়ে পড়তাম, আমাকে এক বছর আমেরিকায় ফিরে গিয়ে বিশ্রাম নেওয়ার আদেশ দেওয়া হয়, যে রবিবার আমেরিকার জাহাজে উঠেছিলাম, সেখানেও শেষ ভাষণ দেওয়ার জন্য আমি মাথা ঘুরে পড়ে যাই, জাহাজের ডাক্তার আমাকে সম্পূর্ণ যাত্রাটাই বিছানায় শুইয়ে করায়।

এক বছর আমেরিকায় বিশ্রাম করার পর আমি পুনরায় ভারতে ফিরে যাই, কিন্তু আসার পথে মনীলাতে বিশ্ববিদ্যালয়ের বিদ্যার্থীরা একটা ধর্মিয় সভার আয়োজন করেছিল, তার জন্য আমি সেখানে চলে যাই। সেই সভাতেই মানসিক চাপের জন্য আমি বেশ কয়েকবার মাথা ঘুরে পড়ে যাই। ডাক্তার বলে দিয়েছিল যে, ভারতে গেলে আমার বাঁচার সম্ভাবনা খুবই কম, সেই কথা শোনার পরেও আমি ভারতে চলে যাই। বোম্বেতে পৌঁছানোর পরেও আমার শরীরের অবস্থা এতটাই খারাপ ছিল যে, সোজা পাহাড়ে চলে যাই বিশ্রাম নেওয়ার জন্য। তারপর নিজের কাজ করার জন্য 'যুদ্ধক্ষেত্রে' ফিরে আসি। কিন্তি কোনোই লাভ হয় না, আমি পুনরায় পড়ে যাই, আর দীর্ঘ দিন পাহাড়ি অঞ্চলে পাঠিয়ে দেওয়া হয়, বিশ্রাম নেওয়ার জন্য। এইভাবে বারংবার পাহাড়ে যাওয়ার দুঃখও আমি আর সহ্য করতে পাচ্ছিলাম না। আমি মানসিক, শারীরিক ও মনোবৈজ্ঞানিক দিক থেকে ভেঙে পড়েছিলাম। মনে হচ্ছিল, এই শরীরের ধ্বংসাবশেষ নিয়েই বাকি জীবনটা কাটাতে হবে।

তখন আমার মনে হয়েছিল, এইভাবে চলতে থাকলে মিশনের কাজ ছেড়ে আমেরিকায় চলে যেতে হবে আর কৃষিক্ষেত্রে কাজ করতে হবে। সেই সময়টা ছিল আমার জীবনের সবচেয়ে দুর্বিসহ সময়। সেই সময় লক্ষ্ণৌতে একটা সভার আয়োজন করছিলাম, একদিন রাতে প্রার্থনার সময় আমার সম্পূর্ণ জীবনটাই যেন বদলে গেছিল। প্রার্থনা করার সময় একবারও আমার নিজের কথা মনে পড়ছিল না, তখন আমার মনে হচ্ছিল যে, কেউ যেন আমার কানে বলছে, 'আমি যে কাজের জন্য তোমাকে এখানে ডেকেছি, তুমি কি সেই কাজ করতে প্রস্তুত?'

আমি জবাব দিই 'না ঈশ্বর, আমি হেরে গেছি। আমার সব শক্তি শেষ।' সেই কণ্ঠস্বর আমাকে বলে, 'যদি তুমি নিজের সমস্যা আমার ওপর ছেড়ে দাও, আর তা নিয়ে চিন্তা না কর, তাহলে আমি সব ঠিক করে দেব।'

সঙ্গে সঙ্গে আমি বলে, 'হ্যাঁ ভগবান! আমি রাজী।'

আমার সম্পূর্ণ শরীর ও হৃদয় জুড়ে কেমন শান্তির অনুভব করছিলাম। আমি যেন অফুড়ন্ত জীবন লাভ করেছিলাম। আমার চারদিকে যেন পবিত্র ভূমি ছিল, রাতে বাড়িতে ফেরার সময় মনে হয়েছিল, পা যেন মাটিকে স্পর্শই করছে না। তার কিছুদিন পরে, আমার কাছে কোনো শরীর আছে, সেই কথাই ভুলে গেছিলাম, সারা দিন কাজ করতাম, কোনো কোনো দিন রাতেও কাজ করতে হোত। রাতে শুতে যাওয়ার সময় মনে হোত, আমার শরীরে তো কোনোই ক্লান্তি নেই, তাহলে আমি কেনো বিছানায় যাচ্ছি? কেউ যেন আমার জীবনে শান্তি ও বিশ্রাম ভরে দিয়েছিল, স্বয়ং ভগবান যীশুই এই কাজ করেছিলেন।

প্রথমে বিচার করেছিলাম যে, আমার এই কথা কাউকে বলা উচিত কিনা, তারপর মনে হয়েছিল, বলা উচিত, আর আমি তাই করি, তারপর থেকে জীবন এটাই ব্যস্ত হয়ে যায় যে, 'কর, নাহলে মর'-র অবস্থা হয়ে যায়, এইভাবে জীবনের কুড়িটা কঠিন বছর কেটে যায়, কিন্তু আমার সেই পুরানো সমস্যা আর ফিরে আসেনি। আমার শরীর এর আগে কখনও এত ভালো ছিল না। আসলে আমি নিজের শরীর, মস্তিষ্ক ও আত্মার জন্য নতুন জীবনী স্রোতের সন্ধান পেয়েছিলাম। এই অভিজ্ঞাতর পরে আমি জীবনে অনেক উঁচু স্তরের কার্য করতে সক্ষম হয়েছি, আর তাতে করে আমি শুধু পেয়েইছি, কিছুই দিতে হয়নি।

তারপর থেকে আজ পর্যন্ত আমার তিনবার সারা পৃথিবী ঘুরে দেখার সুযোগ হয়েছে, প্রায়দিনই আমি তিনবার করে প্রবচন দিতাম, আর 'দ্যা ক্রাইস্ট অফ দ্যা ইন্ডিয়ান রোড' সহ আরো এগারোটা বই লেখার সময় ও শক্তি লাভ করেছিলাম। এই সবের মধ্যে একদিনের কোনো এপয়েন্টমেন্ট ভুলিনি, বা কোথাও কোনোদিন দেরিতে পৌঁছাইনি। যে চিন্তা আমাকে বিব্রত করত, তা বহুদিন আগেই কর্পূরের মতো উবে গেছিল। আজ আমার তেষট্টি বছর বয়স, কিন্তু আমার ভেতরে জীবনী শক্তির কোনো অভাব নেই, অন্যদের সেবার মধ্যেই আনন্দে খুঁজে পাই, আজ আমি অন্যদের জন্য বাঁচি, নিজের জন্য নয়।

আমার মনে হয়, যে শরীরিক ও মানসিক কায়া পরিবর্তন আমি অনুভব করেছি, তা মনোবৈজ্ঞানিক রূপে সংযুক্ত করা যায়, আর সেই সাথে সেটিকে

আরো স্পষ্ট করে তোলা যায়। তাতে কোনো ফরক পড়ে না। আমার মনে হয় জীবন প্রক্রিয়ার চেয়ে অনেক বেশি কিছু। আমি আজ শুধু একটা কথাই জানি, লক্ষ্ণৌতে, সেদিন রাতেই আমার জীবন সম্পূর্ণ রূপে বদলে গেছিল, আজ আমি সমস্ত হতাশা ও দুর্বলতার অনেক উর্দ্ধে। এই গভীর হতাশার মধ্যেও এমি একটা কণ্ঠস্বর শুনতে পেয়েছিলাম, 'তুমি যদি নিজের সমস্যা আমার ওপর ছেড়ে দাও আর তা নিয়ে যদি চিন্তা না কর, তাহলে আমি সব ঠিক করে দেব।' আর আমি জবাব দিয়েছিলাম, 'হ্যাঁ, ভগবান, আমি রাজী।'

- ঈ. স্টেনলী জোন্স

আমেরিকার মহান বক্তা এবং
তাঁর সময়ের সবচেয়ে বিখ্যাত মিশনারী

পরের দরজা দিয়ে ভেতরে গেলাম

1933 সাল, আমার জীবনের সবচেয়ে অন্ধকারময় সময়, একদিন শেরিফ সামনের দরজা দিয়ে ভেতরে প্রবেশ করে আর আমি পিছনের দরজা দিয়ে রাস্তায় গিয়ে দাঁড়াই। আমি 10 স্ট্যান্ডিশ রোড ফরেস্ট হিল্‌স লাঙ্গ আইল্যাণ্ডের নিজের বাসভবন হারিয়েছিলাম, সেখানে আমার সন্তানদের জন্ম হয়েছিল, গত আঠারো বছর ধরে আমার পরিবার সেই বাড়িতেই বাস করছিল। আমার সাথে এমন কোনো ঘটনা ঘটতে পারে, তা আমি স্বপ্নেও ভাবতে পারিনি। বারো বছর আগে আমার মনে হোত যে, আমি যেন পৃথিবীর সবচেয়ে ওপরে বসে আছি। আমি নিজের উপন্যাস **বেস্ট অফ দ্যা ওয়াটার টাওয়ার** অনেক দামে হলিউডের ফিল্মের বাজারে বিক্রী করেছিলাম। আমি দুই বছর নিজের পরিবারকে নিয়ে বিদেশে কাটাই। গরমে সুইজারল্যাণ্ড ও শীতে ফ্রান্সে চলে গেছিলাম।

আমি প্যারিসেও ছয়মাস কাটানোর সময় উপন্যাস লিখি **দে হ্যাড টু সি প্যারিস**। এর ফিল্মের সংস্করণে উইল রজার্স অভিনয় করেছিল। সেটা ছিল তার প্রথম কথা বলা ফিল্ম। আমাকে হলিউডে টিঁকে থেকে উইল রজার্সের ফিল্মের জন্য লেখার প্রস্তাব দেওয়া হয়েছিল। কিন্তু আমি তা না করে, নিউইয়ার্কে ফিরে যাই, আর আমার সমস্যার দিন শুরু হয়।

হঠাৎই আমার মনে হয়, আমার ভেতরে এমন কোনো মহান ক্ষমতা শুয়ে আছে, আমি যার বিকাসই করতে পারিনি। আমি নিজেকে দক্ষ ব্যবসায়ি বলে

ভাবতে শুরু করি। কাউর মুখ থেকে শুনেছিলাম যে, জন্ জ্যাকব এস্টর নিউইয়ার্কের জমিতে অর্থ নিবেশ করে কোটি কোটি ডলার উপার্জন করতে পেরেছিল। এস্টর কে ছিল? একজন অপ্রবাসী ফেরিওয়ালা, তার কথা বলার ভঙ্গীও ছিল অদ্ভুত। যদি সে এমন কাজ করে দেখাতে পারে, তাহলে আমি কেনো পারব না?... আমি ধনী হোতে যাচ্ছিলাম!

একজন এস্কিমো তেলের ভাঁটা সম্পর্কে যতটা জানে, রিয়েল স্টেট সম্পর্কে আমার জ্ঞানও ঠিক তেমনি ছিল। আমার ভেতরে তখন অজ্ঞানতার সাহস। তখন বৈভবশালী ফাইনেনশিয়াল কেরিয়ারের জন্য আমার প্রচুর অর্থের দরকার ছিল। সেই পয়সা কোথা থেকে আসবে? জবাব ছিল, নিজের বাড়ি বন্দক দিয়ে ফোরেস্ট হিল্সে কিছু ভালো জমি কিনে নিই। ঠিক করেছিলাম যে, যতদিন না জমি গুলির দাম আকাশ ছোঁবে ততদিন পর্যন্ত তা বিক্রী করব না, আর তারপর তা বিক্রী করে বিলাসিতা পূর্ণ জীবন অতিবাহিত করব। যে সমস্ত কর্মচারীরা সামান্য বেতনের জন্য দাসত্ব করত, তাদের দেখে আমার দয়া হোত। আমি নিজেকে বলি যে, ঈশ্বর সকলকে ফাইনেনশিয়াল জীনিয়াস হওয়ার জন্য দৈবিয় অগ্নির প্রকাশ দেননি।

হঠাৎই মন্দার বাজার আসে, তাতে করে আমর চারদিক যেন ভেঙেচুরে তছনছ হয়ে যায়।

আমাকে প্রতি মাসে এই রাক্ষসি প্লটের মুখে 220 ডলার করে দিতে হোত, সেই সাথে বাড়ি বন্দক ছিল তার জন্যও অর্থ দিতে হোত, পরিবারের মুখে পর্যাপ্ত খাদ্য তুলে দেওয়ার দায়িত্বও ছিল আমারই। আমি চিন্তায় পড়ে যাই। আমি বিভিন্ন পত্রিকার জন্য হাস্য-রসাত্মক লেখা লিখতে শুরু করি, কিন্তু কোনো ফল হয় না, আমি নিজের কোনো কিছুই বিক্রী করতে পাচ্ছিলাম না। আমার লেখা সবকটা উপন্যাস অসফল হয়ে যায়। আমার সব অর্থ তখন শেষ। তখন আমার কাছে নিজের টাইপ রাইটার আর সোনার দাঁত ছাড়া কিছুই অবশিষ্ট ছিল না, এদিকে দুধের কম্পানী দুধ দেওয়া বন্ধ করে দিয়েছিল, গ্যাসের কম্পানী গ্যাসের সাপ্লাই বন্ধ করে দিয়েছিল। আমাকে একটা ছোটো আউটডোর স্টোভ কিনতে হয়েছিল। তাতে পেট্রোলের সিলেন্ডার লাগানো থাকত। তাতে হাত দিয়ে পাম্প করে আগুন জ্বালাতে হোত, জ্বলন্ত অগ্নিশিখা থেকে হিসহিস করে আওয়াজ নির্গত হোত।

আমাদের চুক্তির সময় শেষ হয়ে গেছিল, ফলে কম্পানী আমাদের ওপর মোকাদ্দমা করে দেয়। আগুনের পাশ ছাড়া আর কোনো গরমের জিনিস আমাদের কাছে ছিল না। আমি রাতের অন্ধকারে সেই সমস্ত ধনীদের পরিত্যাক্ত জিনিস

তুলে নিয়ে আসতাম, যারা নতুন জিনিস কিনে পুরানোটা ফেলে দিয়ে যেত, অথচ কিছু দিন আগে আমি তাদেরও একজন হয়ে ওঠার স্বপ্ন দেখেছিলাম।

আমি এত চিন্তিত ছিলাম যে, শুতে পর্যন্ত পারতাম না। বেশির ভাগ দিনই মাঝরাতে উঠে পরতাম, আর হাঁটতে বেরিয়ে যেতাম, যাতে শরীরের ক্লান্তি আসার পর চোখে একটু ঘুম আসে।

আমি যে শুধু কেনা জমি গুলি হারিয়েছিলাম তাই না, সেই সাথে বুকের রক্ত জল করে সেই জমিতে যে সেচন করেছিলাম তাও হারিয়ে ফেলি।

ব্যাঙ্কের কাছে আমার বসত বাড়ি বন্দক রাখা ছিল, ব্যাঙ্ক সেটা নিজের হস্তগত করে, ফলে আমার পরিবার রাস্তায় এসে দাঁড়ায়।

খুব কষ্টে মাত্র কয়েক ডলারের ব্যবস্থা করতে পেরেছিলাম, তার সাহায্যেই একটা বাড়ি ভাড়া করে নিই, 1933 সালের শেষের দিকে আমার অবস্থা এই রকম দুর্বিসহ হয়ে গেছিল। আমি একটা প্যাকিং কেসের দিকে তাকিয়ে চারদিকে চোখ ঘোরাচ্ছিলাম, তখনই মার বলা একটা অতি প্রাচীন কথা আমার মাথায় আসে, 'যে দুধ নালীতে বয়ে গেছে, তা নিয়ে আফসোস করো না।'

কিন্তু তা দুধ নয়, আমার হৃদয়ের রক্ত ছিল।

আমি যখন সেখানে বসেছিলাম তখন নিজেকেই বলি, 'এখন আমি একদম তলিয়ে গেছে, মাটিতে পড়ে আছি, সুতরাং এখন ওপরে ওঠা ছাড়া আমার কাছে আর কোনো রাস্তা নেই।'

বন্দকের ফলে আমি যা গেছিল, তা তো গেছিলই, তাছাড়াও আমার কাছে কি কি অবশিষ্ট ছিল, আমি সেই জিনিস গুলি নিয়ে ভাবি, আমার কাছে তখন আমার বন্ধুরা ছিল আর সেই সাথে ছিল আমার সুস্থ শরীর। ঠিক করি, অতীতের কথা ভেবে দুঃখ পাব না, পুনরায় সব শুরু করব। আমি প্রতিদিন প্রায় সময়তেই মার বলা সেই কথাটা মনে করতাম।

আগে চিন্তা করে নিজের যে উর্জার ধ্বংস করছিলাম, সেই উর্জার সাহায্যেই আমি নিজের কাজ শুরু করে দিই। ধীরে-ধীরে আমার অবস্থার পরিবর্তন ঘটে। আজ আমি সেই দুঃখের দিন গুলি স্মরণ করে, ভগবানকে কৃতজ্ঞতা জানাই, কারণ তারফলেই আমি শক্তি, সহ্য ক্ষমতা ও আত্মবিশ্বাস সঞ্চয় করতে সক্ষম হয়েছিলাম। এখন আমি বুঝি যে, খাদে পড়ে যাওয়া কাকে বলে, আমরা এর ফলে মরে যাই না, কিন্তু তাতে করে আমরা নিজেদের অনুমানের থেকে অনেক বেশি কিছু সহ্য করতে শিখে যাই, আজ যখন ছোটো-ছোটো চিন্তা, মানসিক চাপ ও অনিশ্চিয়তা

আমাকে বিচলিত করে তোলে, তখন আমি সেই কাটিয়ে আসা দিন গুলির কথা মনে করি। আর তখনই আমার মনে পড়ে, 'এখন আমার কাছে ওপরে ওঠা ছাড়া আর কোনো রাস্তা নেই।'

এখানে কোন সিদ্ধান্তের কথা বলা হয়েছে? কাঠের গুড়ো কাটার চেষ্টা করো না। অবসম্ভাবিকে মেনে নেওয়ার চেষ্টা কর। আপনি যদি তাতে করে নিচে না যান তাহলে ওপরে ওঠার চেষ্টা করতে পারেন।

- হোমর ক্রয়

যাই হোক, সংঘর্ষ করে যাব

আমি যখন বক্সিং করতাম, তখন বুঝেছিলাম যে, যে সমস্ত বক্সারদের সাথে আমাকে প্রতিদ্বন্দ্বিতা করতে হয়, তাদের থেকে চিন্তার সাথে প্রতিদ্বন্দ্বিতা করা অনেক বেশি কষ্টকর। আমি বুঝতে পেরেছিলাম যে, চিন্তা করা বন্ধ করতে না পারলে আমার সমস্ত উর্জা নষ্ট হয়ে যাবে, আর আমি কোনো দিনও সফল হোতে পারব না। তাই ধীরে ধীরে আমি নিজের জন্য একটা সিস্টেম বানাই। আমি যেগুলি করেছিলাম সেগুলি হল

1. রিঙ্গে নিজের সাহস ধরে রাখার জন্য আমি লড়াইয়ের সময় নিজেকে পেপ টক দিতাম। উদাহরণ স্বরূপ বলা যায়, ধরুন আমি ফপীর সাথে লড়াই করছিলাম, কিন্তু নিজেকে বারংবার বলতাম, '**কোনো কিছুই আমাকে আটকে রাখতে পারবে না। কেউ আমাকে আহত করতে পারবে না। একটা ঘুষিও আমার শরীরে লাগবে না। আমি কিছুতেই আহত হোতে পারি না। যাই হোক না কেনো, আমি সংঘর্ষ চালিয়ে যাব।**' নিজেকে এমন ধণাত্মক বাক্য বলতে পেরে আমি চিন্তাধারা বদলে যেতে শুরু করে। আমি নিজের মস্তিষ্ককে এতটাই ব্যস্ত রাখার চেষ্টা করতাম, যাতে আঘাতের কোনো বোধ আমার মধ্যে না জাগে। আমার কেরিয়ারে আমার ঠোঁট ছিন্নবিছিন্ন হয়ে গেছিল, আমার চোখে ঘা হয়ে গেছিল, পাঁজরের হাড় ভেঙে গেছিল, ফপী আমাকে তুলে দড়ির বাইরে ফেলে দিয়েছিল, তাতে করে আমি একজন রিপোর্টারের টাইপরাইটারের ওপর গিয়ে পড়েছিলাম, তা ভেঙে চুরমার হয়ে যায়। একবার লেস্টর জনসন আমার পাঁজরের তিনটে হাড় ভেঙে দিয়েছিল, শুধুমাত্র তখনই

আমার আঘাতের অনুভব হয়েছিল। আসলে তার জন্য আমি ঠিক মতো শ্বাস নিতে পাচ্ছিলাম না, আমি সততার সাথে বলছি সেই দিনটা ছাড়া রিঙ্গের কোনো আঘাতে আমি কখনও আহত বোধ করিনি।

2. আমি নিজেকে বোঝাতে শুরু করেছিলাম যে, চিন্তা করে কোনো লাভ হয় না। আসলে বড়ো কোনো মোকাবিলার আগে প্রশিক্ষণের সময়তেই আমার সবচেয়ে বেশি চিন্তা হোত। তাতে করে আমার রাতে ঘুম আসত না, সারা রাত এপাশ ওপাশ করে কেটে যেত। আসলে আমার চিন্তা হোত যে, প্রথম রাউন্ডেই যদি আমার হাতে গেলে যায় বা পা মুচকে যায় বা যদি চোখ গুরুতর আহত হয়ে যায় তাহলে আর বাকি রাউন্ড গুলিতে আমি ঠিক মতো সংঘর্ষ করতে পারব না। আমি টেনশান নিয়েই বিছানা ছাড়তাম, আয়নার সামনে দাঁড়িয়ে নিজের সাথ কথা বলতাম, নিজেকে বলতাম, 'যে ঘটনা কখনও ঘটেনি, বা হয়তো কখনও ঘটবেও না তুমি তা নিয়ে চিন্তা করে নিজের মূর্খামির পরিচয় দিচ্ছো। জীবন খুবই ছোটো। আমি মাত্র আর কয়েক বছর বাঁচতে চাই, সুতরাং জীবনটা উপভোগ করে বাঁচাই শ্রেয়।' আমি নিজেকে বারংবার এটা বোঝানোর চেষ্টা করি যে, না ঘুমালে ও চিন্তা করলে আমার শরীর নষ্ট হয়ে যাবে। কয়েক বছর ধরে নিজেকে বারংবার এই কথা গুলি বলার পর তা আমার চামড়ার নিচে চলে যায় ও জলের মতো শরীর থেকে বাইরে নির্গত হয়ে যায়।

3. তৃতীয়ত, যেটা সবচেয়ে উপকারি বলে প্রমাণ হয়েছিল, তা হল প্রার্থনা! আমি যখন কোনো ম্যাচের জন্য ট্রেনিং নিই, তখন আমি সর্বদা দিকে বেশ কয়েকবার প্রার্থনা করি। রিঙ্গে থাকার সময় প্রতিবার ঘন্টা বাজার আগে আমি প্রার্থনা করে নিতাম। তাতে করে আমি সাহস ও আত্মবিশ্বাসের সাথে লড়াই করতে পারতাম। আমি নিজের জীবন প্রার্থনা না করে কখনও শুতে যেতাম না। প্রতিবার খাবার খেতে বসার আগে আমি ঈশ্বরকে ধন্যবাদ জানাতে ভুলিনা...আমি কি আমার এই প্রার্থনার জবাব পেয়েছি? হাজার বার!

–জ্যাক ডেম্পসী

নিজেকে ব্যস্ত রাখুন

আমার ছোটোবেলাটা ভয় ভয়েই কেটেছে, আমার মায়ের হৃদরোগ ছিল। প্রায় দিনই মা মাথা ঘুরে মাটিতে পড়ে যেতেন। সব সময় মনে হোত মা বোধহয় আর বেশি দিন বাঁচবে না, আর আমি ভাবতাম যে, যে সমস্ত ছোটো মেয়েদের মা মরে যায় তাদের সেন্ট্রাল ভল্লীঅন অনাথাশ্রমে পাঠিয়ে দেওয়া হয়, আমরা মিসূরীর বারেন্টনে থাকতাম, এটা সেখানেই অবস্থিত ছিল। আমি সেখানে যাওয়ার ভয়েই আতঙ্কে শেষ হয়ে যেতাম, তাই ছয় বছর বয়স থেকে আমি ক্রমাগত প্রার্থনা করতে থাকি, 'হে ঈশ্বর দয়া করে আমার মাকে ততদিন বাঁচিয়ে রেখো যতদিন না আমি বড়ো হয়ে যাচ্ছি, আমাকে যেন অনাথাশ্রমে যেতে না হয়।'

কুড়ি বছর বাদে আমার ভাই মেনর প্রচন্ড আহত হয়, তাকে দুই বছর অসহ্য যন্ত্রণায় কষ্ট পেতে হয়েছিল, সে নিজে হাতে তুলে খাবার খেতে পারত না, এমনকি পাশ পর্যন্ত ফিরতে পারত না। তার ব্যথা কমানোর জন্য আমি তাকে চব্বিশ ঘন্টায় তিনবার মরফীনের ইঞ্জেকশান দিতাম। দুই বছর ধরে আমি এই কাজ করি। সেই সময় আমি ভারেন্টন মিসূরীর সেন্ট্রাল ভেল্লীঅনে সঙ্গীত নিয়ে পড়াশোনা করছিলাম, প্রতিবেশিরা যখনই আমার ভাইয়ের চিৎকারের আওয়াজ শুনত, তখনই আমাকে কলেজে ফোন করে দিত, আমি মরফিনের ইঞ্জেকশান দেওয়ার জন্য ছুটে বাড়ি চলে আসতাম। প্রতিদন রাতে শুতে যাওয়ার সময় আমি নিজের ঘড়িতে এলার্ম দিয়ে দিতাম, যাতে ঠিক সময় উঠে তাকে মরফিনের ইঞ্জেকশান দিতে পারি। আমার এখনও মনে আছে, ঠান্ডার সময় আমি একটা দুধের বোতল বাইরে রেখে দিতাম, সেটা জমে যাওয়ার পর, একদম আইসক্রিংরে মতো হয়ে যেত, তখন সেটা খেতে খুব ভালো লাগত। এলার্ম যখন বাজত, তখন সেই আইসক্রীমের কথাও আমার মাথায় আসত, তাতে করে ঘুম থেকে ওঠার জন্য আলাদা আকর্ষণ থাকত। এত সমস্যার মধ্যেও আমি দুটি কাজ অবশ্যই করতাম, তাতে করে আমার নিজের মধ্যে কখনই আত্ম দয়া আসেনি, আমি কখনও চিন্তা বা দ্বেষ অনুভব করতাম না আর তাতে করে কখনও কোনো খারাপ কাজ করার কথাও মাথায় আসে নি। প্রথমত, আমি দিনে বারো থেকে চব্বিশ ঘন্টা গান নিয়ে থাকতাম, তাতে করে মাথায় কখনও কোনো চিন্তাই আসত না, আর যখনই নিজের এই অবস্থা দেখে আফসোস হোত, তখনই নিজের মনকে বারংবার বলতাম, **'দেখো, তুমি হাঁটতে পার, নিজের খাবারের ব্যবস্থা করতে পার, তোমাকে**

অসহ্য যন্ত্রণাও সহ্য করতে হয় না, তার মানে তোমার নিজেকে পৃথিবীর সবচেয়ে সুখী মহিলা বলে ভাবা উচিত। যাই হয়ে যাক না কেনো, তুমি যতদিন বেঁচে আছো, ততদিন এই কথা গুলো কখনও ভুলো না। কখনও না!'

আমি ঠিক করি যে, আমি যা পেয়েছি, বা ভাগ্য আমাকে যা দেবে তার জন্য সর্বদা কৃতজ্ঞ থাকব। শুধু তাই নয়, নিজের ভেতরে সর্বদা কৃতজ্ঞতার দৃষ্টিভঙ্গী গড়ে তোলার চেষ্টা করব। প্রতিদিন সকালে ঘুম থেকে উঠে ঈশ্বরকে কৃতজ্ঞতা জানাতাম, কারণ আমি হাঁটতে পারতাম, নিজেই খাবার খাওয়ার জন্য টেবিলে গিয়ে বসতে পারতাম। আমি দৃঢ়তার সাথে ঠিক করেছিলাম যে, যত সমস্যাই থাকুক না কেনো, ভারেন্টন মিসূরীর সবচেয়ে সুখি হয়ে মহিলা হয়ে আমি দেখিয়ে দেব। হয়তো আমি নিজের এই লক্ষ্য পূরণ করতে পারিনি, কিন্তু আমাদের শহরের সবচেয়ে কৃতজ্ঞ যুবতী হিসাবে নিজেকে প্রমাণ করতে সক্ষম হয়েছিলাম, আমি যত কম চিন্তা করি, আমার আশেপাশে এমন খুব কম সহযোগিই আছে, যারা এতটা কম চিন্তা করত।

মিসূরীর এই সঙ্গীতের অধ্যাপক, এই পুস্তকে বর্ণিত কোন সিদ্ধান্তটি মেনে নিয়েছিল তিনি এতটাই ব্যস্ত থাকতেন যে, নিজের কাছে চিন্তা করার মতো সময়ই ছিল না, যা হচ্ছিল তিনি তা স্বীকার করে নিতে পেরেছিলেন, এই টেকনিকের সাহায্যেই তিনি জীবনের পথে এগিয়ে গেছিলেন।

- ক্যাথলীন হাল্টর

পেট ঝড়ের মতো মোচড় মারছিল

আমি বেশ কয়েক বছর ধরে ক্যালিফোর্নিয়ার ব্রাদার্স স্টুডিওতে পাব্লিসিটী ডিপার্টমেন্টে মনের সুখেই কাজ করছিলাম। আমি একজন ইউনিটম্যান এবং ফীচার রাইটার হিসাবেই কাজ করছিলাম। আমি ভার্নর ব্রাদার্সের তারকাদের সম্পর্কে সংবাদপত্রে এবং বিভিন্ন পত্রিকায় লিখতাম।

হঠাৎই আমাকে প্রোমোশান দেওয়া হয়। আমাকে এসিস্টেন্ট পাবলিসিটী ডায়রেক্টর বানিয়ে দেওয়া হয়। আসলে এটা একটা প্রশাসনিক নীতির পরিবর্তন ছাড়া কিছুই না, আমার পদের নামটাও ছিল বেশ জমকালো এডমিনিস্ট্রেটিভ এসিস্টেন্ট।

তার ফলে আমাকে একটা সুসজ্জিত অফিস দেওয়া হয়, সেই সাথে নিজেস্ব

ফ্রিজ, দুজন সেক্রেটারী, পঁচাত্তর লেখক এক্সপ্লইটর্স তথা রেডিওকর্মিদের সম্পূর্ণ দায়িত্ব ছিল আমার ওপর। আমি খুব বেশিই প্রভবাতি হয়ে পড়েছিলাম। আমি সোজা বাজারে গিয়ে একটা নতুন সুট কিনে নিই। আমি একটু গর্বের সাথে কথাবার্তা বলার চেষ্টা করি। আমি ফাইলিঙ্গ সিস্টেম বানাই, বিশ্বাসের সাথে সিদ্ধান্ত নিয়ে দ্রুততার সাথে কাজ করতে শুরু করি।

আমার মনে হচ্ছিল যে, বার্নার ব্রাদার্সের সম্পূর্ণ পাবলিক-রিলেশান্স নীতি আমার কাঁধের ওপরেই টিঁকে আছে। আমার মনে হচ্ছিল, সেই সময়কার সমস্ত বিখ্যাত তারকাদের ব্যক্তিগত ও সার্বজনিক জীবন আমার হাতের মুঠোয়।

এইভাবে কয়েক দিন কাটে, তখনও একমাস হয়নি, আমার মনে হচ্ছিল আমার পেটে আল্সার হয়েছে, তা ক্যান্সারও হোতে পারে।

সেই সময় আমি বার এক্টিভিটীজ কমেটি অফ দ্যা স্কিণ পাব্লিসিস্টস গিল্ডের চেয়ারমান ছিলাম, আর সেটাই ছিল আমার মূখ্য দায়িত্ব। আমার সেই কাজ করতে ভালো লাগত, গিল্ডের বৈঠকে নিজের বন্ধুদের সাথে কথা বলতে পেরে আমি ভেতর থেকে আনন্দ বোধ করতাম। কিন্তু ধীরে ধীরে সেই বৈঠক আমার কাছে আতঙ্ক হয়ে ওঠে, সব কটা মিটিং-এর পর আমার শরীর প্রচন্ড ভাবে খারাপ হোতে শুরু করে। প্রায় দিনই বাড়ি ফেরার পথে আমাকে গাড়ি দাঁড় করিয়ে নিজেকে সামলে নিতে হোত, যাতে আমি বাকি রাস্তাটা ঠিক করে গাড়ি চালাতে পারি। আসলে প্রচুর কাজ তখন, কিন্তু তা করার জন্য সময় ছিল খুবই কম। আর সব কটা কাজ করাই খুবই গুরুত্বপূর্ণ ছিল। সবচেয়ে দুঃখের কথা হল, আমি কাজ গুলো করতে পাচ্ছিলাম না।

আমার মনে হয়, আমার জীবনের এটাই ছিল সবচেয়ে ভয়ঙ্কর অসুখ, আর এটাই সত্যি। আমার পেটের ভেতরে সবসময় মোচড় মারত, আমি খেতে পারতাম না, ঘুম তো চোখে ছিলই না। সর্বদা ব্যথা হোত।

সেই কারণে আমি একজন বিখ্যাত ডাক্তারের কাছে যাই, নিজের চিকিৎসা করানোর জন্য, বিজ্ঞাপন জগতের ব্যক্তিরা আমাকে তার কাছে যাওয়ার পরামর্শ দিয়েছিল। বিজ্ঞাপন জগতের বহু লোক এই ডাক্তারের চিকিৎসাধীন, এমন কথাই শুনেছিলাম।

ডাক্তার আমার সাথে খুবই কম কথা বলে, সে শুধু জিজ্ঞাসা করেছিল যে, আমার ব্যথাটা আসলে কোথায় আর আমি কি কাজ করি। আমার অসুখের তুলনায় সে চাকরির দিকেই তার বেশি আগ্রহ ছিল, কিন্তু আমি সুস্থ হয়ে গেছিলাম, প্রায়

দুই সপ্তাহ ধরে সে প্রতিদিন আমাকে পরীক্ষা করত, আমার ফলুওরোস্কোপ করা হয় ও শেষ পর্যন্ত আমাকে সিদ্ধান্ত জানানোর জন্য ডাকা হয়।

সে খুবই আরামের সাথে বলে, 'দেখুন, মি. শিপ আপনার বহু পরীক্ষা করানো হয়েছে, আর সেগুলি করাটা খুবই জরুরি ছিল, কারণ সব গুলি পরীক্ষা করার পর আমি নিশ্চিত রূপে বলতে পারছি যে, আপনার পেটে কোনো আল্সার নেই।'

'কিন্তু আমি জানতাম যে, আপনি যে ধরণের মানুষ, তাতে করে আমি যদি পরীক্ষা গুলো না করাতাম, তাহলে আপনি আমার মুখের কথা বিশ্বাস করতেন না, আসুন আপনাকে দেখাচ্ছি।'

সে আমাকে চার্ট ও এক্সরে দেখায়, আর আমাকে বুঝিয়ে দেয় যে আমার আল্সার নেই।

ডাক্তার বলে, হয়তো আমার চিকিৎসায় অনেক পয়সা খরচ হয়েছে, কিন্তু তাতে করে আমারই লাভ হয়েছে, আসলে আমার রোগের একমাত্র চিকিৎসা ছিল, চিন্তা মুক্ত হয়ে থাকা।

আমি কোনো রকম প্রতিবাদ জানানোর আগেই, সে আমার হাতে কিছু ঔষধ ধরিয়ে দিয়ে বলে, আপনার পক্ষে এর চিকিৎসা এখনি শুরু করা সম্ভব না, তার জন্য আপানকে এই ঔষধ গুলি দিলাম, এর মধ্যে বেলেডোনা আছে, আপনি যত খুশি খেতে পারেন, আপনার কোনো সমস্যা হবে না, বরং আপনি শান্ত থাকতে পারবেন।

'একটা কথা মাথায় রাখবেন, আপনার ঔষধের প্রয়োজন নেই, আপনাকে শুধু চিন্তা মুক্ত জীবন কাটাতে হবে।

আপনি যদি পুনরায় চিন্তা করেন, তাহলে আপনাকে আবার এখানে আসতে হবে, প্রচুর টাকা নষ্ট হবে, তখন কেমন লাগবে?'

তার এই পরামর্শ আমার ঠিক লেগেছিল, কিন্তু আমি কিছুতেই চিন্তা মুক্ত হোতে পাচ্ছিলাম না। যখনই আমার মনে হচ্ছিল যে, মাথায় চিন্তা আসছে, তখনই আমি একটা ঔষধ খেয়ে নিতাম। কয়েক সপ্তাহ ধরে এইভাবেই কাটে। ঔষধে লাভ হোত, সঙ্গে সঙ্গে ভালো বোধ করতাম। শারীরিক দিক দিয়ে আমার কোনো সমস্যা ছিল না, আমি প্রায় আব্রাহাম লিংকনের মতো লম্বা, ওজন প্রায় দুশো পাউন্ড, তাই কথায় কথায় এই ঔষধ খাওয়াটা আমার কাছে মূর্খামি বলে মনে হোত। আমাকে যখন কেউ ঔষধ কেনো খাচ্ছি তা জিজ্ঞাসা করত, তখন কারণটা বলতে আমার খুব সংকোচ হোত। তারপর ধীরে ধীরে আমি নিজের ওপর হাসতে

শুরু করি, 'দেখো ক্যামরণ শিপ, তুমি কত বড়ো মুর্খ! তুমি নিজের তুচ্ছ কাজটা নিয়ে অতিরিক্ত চিন্তা করছো। তুমি যদি আজ রাতে মারা যাও তাহলেও বার্নর ব্রাদার্স টিঁকে থাকবে, বিখ্যাত তারকারা বিখ্যাতই থাকবে, তোমাকে ছাড়াই তাদের কাজ চলবে। আর তুমি একটা ছোটও সাদা ঔষধ ছাড়া কোনোই কাজ করতে পারছো না, এই সাদা ঔষধটা ছাড়া তোমার পেটে মোচড় মারে।'

ঔষধ ছাড়া বাঁচার মধ্যে দিয়ে গর্ব বোধ করতে শুরু করি। কিছুদিন বাদে আমি ঔষধ গুলি ফেলে দিই, আর ডিনারের কিছুক্ষণ আগেই বাড়ি ফিরে যেতাম, যাতে কিছুক্ষণ বিশ্রাম নিতে পারি। ধীরে ধীরে আমি সাধারণ জীবন যাপন করতে শুরু করে, তাতে করে আর আমাকে ডাক্তারের কাছে যেতে হয় না।

সেই সময় ডাক্তারের ফিস খুব বেশি বলে মনে হলেও, আজ আমি তার প্রতি কৃতজ্ঞ। সে আমাকে নিজের ওপর হাসতে শিখিয়েছিল। তার বুদ্ধির প্রশংসা না করে পাচ্ছি না, কারণ সে কখনও আমাকে নিয়ে হাসেনি, সে কখনও একথা বলেনি যে, আমার কাছে এমন কোনো গুরুত্বপূর্ণ কারণ নেই, যার জন্য আমি এতটা চিন্তিত। সে গম্ভীরতার সাথে আমার কথা গুলি শুনেছিল, সে আমাকে নিজের সম্মান বাঁচাতে সাহায্য করেছিল। সে আমাকে একটা ছোট্টো বাক্স থেকে বিরাট জগতের সামনে দাঁড় করিয়ে দিয়েছিল। আজ আমি জানি যে, সেদিন সেই ডাক্তারও জানত যে, আসলে আমার মানসিকতা বদলানোই ছিল সবচেয়ে বড়ো প্রয়োজন।

এই ঘটনার সবচেয়ে বড়ো শিক্ষা হল, যারা আজও আরো ভালো বোধ করার জন্য ঔষধের ভরসায় বসে আছেন, তারা এখনি অধ্যায় সাত পড়ুন এবং আরামের সাথে জীবন অতিবাহিত করুন।

-ক্যামরণ শিপ

আজকের কাজ আজই করতে হবে

কয়েক বছর আগে আমি পেটের অসহ্য যন্ত্রণায় কষ্ট পেতাম, রাতে ঠিক মতো ঘুমাতে পর্যন্ত পারতাম না, পেটে ব্যথার জন্য রাতে দুই-তিন বার ঘুম ভেঙে যেত। আমার বাবা আমার চোখের সামনে অগ্নাশয়ে ক্যান্সার হওয়ার জন্য মারা গেছিলেন, আমার মনেও সেই ভয়টাই ছিল। পেটে আল্সার আছে কিনা, সেটাও ভাবতাম, শেষ পর্যন্ত পরীক্ষা করার জন্য ক্লিনিকে যাই, একজন বিখ্যাত অগ্নাশয় বিশেষজ্ঞ ফ্লুওরোস্কোপ দিয়ে আমার পেটের এক্সরে করে, সে আমাকে ঘুমের ঔষধ দেয়, আর আশ্বাস দেয় যে, আমার অগ্নাশয়ে কোনো আল্সার বা ক্যান্সার নেই। সে আমাকে বলে যে, আমি এই নিয়ে চিন্তা করি বলে, আমার বেটে ব্যথা হয়। আমি একজন পাদরী ছিলাম, তাই সবার আগে সে আমাকে জিজ্ঞাসা করে যে, চার্চের বোর্ডে কোনো বাতিক-গ্রস্ত বৃদ্ধ আছে কি না?

সে আমাকে এমন কিছু কথা বলে, যা আমি আগে থেকেই জানতাম আমি অনেক বেশি কাজ করার চেষ্টা করছিলাম, আমি রবিবার চার্চে বক্তৃতা দিতাম, বেশ কিছু কাজ করতাম, সেই সাড়ে রেডক্রসের কাজও করতাম, কারণ আমি ছিলাম সেখানকার চেয়ারম্যান। আমি সর্বদা কাজ নিয়ে ব্যস্ত থাকি, আমার ডাক্তারের পরামর্শটা শুনে খুব ভালো লেগেছিল, আমি সোমবার ছুটি নিতাম, আর নিজের অনেক দায়িত্ব কম করতে শুরু করি। একদিন টেবিল পরিষ্কার করার সময় আমার মনে কিছু বিচার আসে, আর তা আমার জন্য গুরুত্বপূর্ণ বলে প্রমাণিত হয়। অতীতের বিভিন্ন সমস্যা যে কাগজ গুলিতে লেখা ছিল, তা আমি পড়ার পর একটা একটা করে ছিঁড়ে ফেলি, তখনি নিজেকে দাঁড় করিয়ে আমি বলি,'**বিল, তুমি যে কাজ এই কাগজের সাথে করছো, নিজের চিন্তার সাথেও তাই কর না কেনো? এইভাবে নিজের সমস্ত চিন্তা ঝেড়ে ফেলার চেষ্টা কর।**' এই একটা বিচার থেকে আমি সঙ্গে সঙ্গে প্রেরণা লাভ করেছিলাম। মনে হচ্ছিল যেন, কাঁধ থেকে বিরাট বোঝা নেমে গেছে। সেদিন থেকে বুঝে গেছিলাম যে, যে সমস্যা গুলির সমাধান করা আমার পক্ষে সম্ভব হবে না, সে গুলি নিজের মন ও মাথা থেকে ঝেড়ে ফেলে দেব।

তারপর একদিন যখন আমার স্ত্রী বাসন ধুচ্ছিল, আর আমি জল মুছছিলাম, তখন আমার মনে আর একটা বিচার আসে। বাসন মাজার সময় আমার স্ত্রী গুন গুন করে গান গাইছিল, তখন আমি নিজেকে বলি, দেখো তোমার স্ত্রী কত খুশীতে

আছে। আমাদের বিয়ের আঠারো বছর হয়ে গেছে, আর তখন থেকে সে বাসন মাজে, সে যদি বিয়ের আগে ভাবত যে আঠারো বছর দরে বাসন মাজতে হবে, সে যদি ঢের বাসনের গায়ে লেগে থাকা নোংরার কথ ভাবত তাহলে কি কখনও বিয়ে করতে পারত, নাকি খুশী মনে এই কাজ করত?

তখন আমি নিজেকে বলি, 'আসলে তোমার স্ত্রী, শুধুমাত্র একদিনের বাসন মাজে, সে আঠারো বছর ধরে কত বাসন মেজেছে, সে কথা ভাবছে না, বা ভাববেও না, তাই তার কাজ করতে কোনো রকম সমস্যা হচ্ছে না।' আমি তখন নিজের প্রকৃত সমস্যা কি তা বুঝে যাই। আসলে আমি আজকের সাথে সাথে গতকালকেরও বাসন ধোয়ার চেষ্টা করছিলাম, আর সেই সাথে যে বাসন গুলি এখনও ব্যবহারই হয়নি, সেই বাসনের কথা ভেবেও চিন্তা করছিলাম।

আমি বুঝতে পারি যে, আমি কতটা মূর্খের মতো কাজ করছিলাম। আমি রবিবার দিন সকালে চার্চে দাঁড়িয়ে লোকেদের সামনে কিভাবে জীবন যাপন করা উচিত তা নিয়ে বহু কথা বলতাম। অথচ আমি নিজেই চিন্তিত, ব্যস্ত ও মানসিক চাপে পূর্ণ জীবন অতিবাহিত করে যাচ্ছিলাম। আমার নিজের ওপর লজ্জা হচ্ছিল।

এখন আর আমার চিন্তার জন্য কোনো রকম কষ্ট হয় না। এখন পেটে ব্যথাও কোথায় চলে গেছে। অনিদ্রা কাকে বলে ভুলে গেছি। এখন আমি অতীতকে কাগজের মতো ছিঁড়ে ফেলতে শিখে গেছি, আর যে বাসন নোংরা হয়নি, তা পরিষ্কার করা নিয়ে মাথাও ঘামাই না।

এই পুস্তকে, এই বিষয়ে যে বাক্যটা ব্যবহার হয়েছিল, আপনার কি সেই বাক্যটা মনে আছে? ভবিষ্যতের বোঝা যদি অতীতের বোঝার সাথে যুক্ত করে দেওয়া হয়, আর আজ যদি তা তোলার চেষ্টা করা হয়, তাহলে অতি শক্তিশালী ব্যক্তিও টলমল হয়ে যাবে।' ...তাহলে এই ধরণের চেষ্টা করে লাভ কি?

-রেভরেন্ড উইলিয়াম হুড

উত্তর পেয়ে গেছি

1943 সালে আমি অল্বকর্ক নিউ ম্যাক্সিকোর ভেটরন্স হাসপাতালে বুকের তিনে হাড় ভাঙা সহ ফুসফুসে ছেদ নিয়ে ভর্তি হয়েছিলাম। হাওয়াই দ্বীপপুঞ্জ থেকে দূরে ম্যারীন এমঠফীবিয়স ল্যান্ডিঙ্গের প্র্যাক্টিসের সময় আমার সাথে এমন দুর্ঘটনা ঘটেছিল। আমি নৌকা থেকে সমুদ্রের পারে লাফিয়ে পড়ার জন্য প্রস্তুত হচ্ছিলাম, তখনই একটা ব্রেক আসে আর আমার সমস্ত ভারসাম্য নষ্ট হয়ে যায় আর তারফলে আমি বালির ওপর গিয়ে পড়ি। তীব্র বেগের সাথয়ে পড়ার জন্য আমার বুকের একটা হাড় ভেঙে ফুসফুসের মধ্যে ঢুকে যায়, তারফলে তাতে ছিদ্র হয়ে যায়।

তিন মাস হাসপাতালের বিছানায় শুয়ে থাকার সময়তেই জীবনের সবচেয়ে বড়ো আঘাত সহ্য করেছিলাম। ডাক্তাররা আমাকে বলে যে, আমার শরীরে কোনো রকম উন্নতি লক্ষ্য করা যাচ্ছে না। একটু গভীর ভাবে চিন্তা করার পর আমি বুঝতে পারি যে, চিন্তাই আমাকে সুস্থ হোতে দিচ্ছে না। আমি খুবই সক্রিয় জীবন অতিবাহিত করতাম, কিন্তু এই তিনমাস, শুধু বিছানায় পড়ে থেকেছি, আর ভেবে গেছি, এছাড়া আমার কাছে আর কোনো কাজই ছিল না। যত ভাবতাম, চিন্তা ততই বৃদ্ধি পাচ্ছিল, আসলে আমার আসল চিন্তা ছিল, নিজের সেই আগের স্থান আমি ফিরে পাব কিনা সেটা নিয়ে। আমার সারাটা জীবন পঙ্গু হয়েই কেটে যাবে না তো? এরপর আমি আর কখন সাধারণ জীবন অতিবাহিত করতে পারব কি? আমার আর বিয়ে হবে কি?-এইসব চিন্তা আমাকে প্রচন্ড বিব্রত করে তুলেছিল।

আমি ডাক্তারকে আমাকে 'কন্ট্রী ক্লাব' নামক পরের ওয়ার্ডে রাখার জন্য অনুরোধ করেছিলাম, কারণ সেখানকার রোগিরা নিজেদের ইচ্ছা অনুসারে কিছু কাজ করার জন্য ছাড় পেত।

এই 'কন্ট্রী ক্লাব' ওয়ার্ডে আমি কন্ট্র্যাক্ট ব্রিজের প্রতি আগ্রহ দেখাই। এই খেলাটা শিখতে আমার ছয় সপ্তাহ সময় লেগেছিল, তারপর আমি অন্যদের সাথে খেলতে শুরু করি, ব্রিজের ওপর কল্বর্টসন পুস্তক গুলিও আমি পড়েছিলাম। ছয় সপ্তাহ পরের থেকে প্রতিদিন সন্ধ্যায় হাসপাতালেই ব্রিজ খেলতে শুরু করি। আমার অয়েল পেন্টিঙ্গ করতেও খুব ভালো লাগত, প্রতিদিন দুপুরে একজন অধ্যাপকের কাছ থেকে আমি অয়েল পেন্টিঙ্গ শিখতাম। কিছু পেন্টিঙ্গ তো এত সুন্দর হয়েছিল, যে আপনার তা দেখে মনেই হবে না, যে সেটা আমি করেছিলাম।

আমি সোপ আর উড কার্ভিঙ্গের কাজ করারও চেষ্টা করি, সেই বিষয়ে কিছু বইও পড়ি, আর তা পড়তে আমার খুব ভালোও লেগেছিল। রেড ক্রস প্রদত্ত মনোবিজ্ঞানের কিছু বই পড়ারও সময় আমি পেয়ে গেছিলাম। নিজেকে এতটাই ব্যস্ত করে ফেলি যে, শরীর নিয়ে চিন্তা করার মতো সময়ই ছিল না। তিন মাস বাদে সম্পূর্ণ মেডিকেল স্টাফ আমার কাছে এসে বলে যে, 'শরীরের অকল্পনিয় পরিবর্তন'-এর জন্য অভিনন্দন। নিজের জীবনে যত কথা শুনেছি, এর থেকে মধুরতম কথা বোধহয় আমি কোনো দিন শুনিনি। আমি আনন্দে চিৎকার করতে শুরু করেছিলাম।

আমি আপনাকে এটাই বলতে চাইছি যে, যখন আমার জীবনে করার মতো কোনো কাজ ছিল না, সারাক্ষণ শুয়ে শুয়ে নিজের ভবিষ্যৎ নিয়ে চিন্তা করতাম, তখন আমার অবস্থা ভালো হওয়ার বদলে আরো খারাপের দিকে যাচ্ছিল, আসলে এই চিন্তা আমার শরীরকে বিষাক্ত করে তুলছিল। কিন্তু যখনই আমি নিজেকে ব্যস্ত রাখতে শুরু করি, তখনই ডাক্তাররা ঘোষণা করে যে, 'শরীরের অকল্পনিয় পরিবর্তন' ঘটেছে।

আজ আমি সম্পূর্ণ সুস্থ, আপনার ফুসফুসের মতোই আমার ফুসফুসও একদম সুস্থ ও স্বাভাবিক।

মনে রাখবেন জর্জ বনার্ড শ কি বলেছিলেন, **আপনি খুশিতে আছেন কি নেই, সেটার চিন্তা করাই দুঃখে থাকার সবচেয়ে বড়ো কারণ।**

- ডেল হ্যুজ

সময়ের দ্বারা সমস্যার সমাধান

চিন্তা আমার জীবনের দশটা বছর শেষ করে দিয়েছে। আঠারো থেকে আঠাশ বছর পর্যন্ত, যেকোনো যুবকের জীবনের জন্য আসল সময় বলা যেতে পারে, আমার সেই সমৃদ্ধ ও লাভজনক সময়টাই নষ্ট হয়ে গেছিল।

এখন আমার মনে হয়, অন্য কেউ না, সেই সময় নষ্ট হয়ে যাওয়ার জন্য আমিই দায়ি।

চাকরি, শরীর, পরিবার প্রভৃতি সব কিছু নিয়ে চিন্তা তো করতামই সেই সাথে আমার মধ্যে ছিল হিনমন্যতা। আমি রাস্তায় বেরিয়ে কোনো পরিচিত ব্যক্তিকে দেখলে না দেখার ভান করে চলে যেতাম, কোনো বন্ধুর সাথে দেখা হলেও পাশ

কাটিয়ে যাওয়ার চেষ্টা করতাম, মনে হোত, সকলেই আমাকে ছোটো করতে চায়। কোনো অপরিচিত ব্যক্তিকে দেখলে আতঙ্কিত হয়ে পড়তাম-তিন সপ্তাহে আমি তিনটি সম্ভাব্য চাকরি হারিয়ে ফেলেছিলাম, কারণ নিয়গ কর্তাদের আমার এটা বলার ক্ষমতা হয়নি যে, আমি করতে পারব।

তারপর আট বছর আগে একদিন দুপুরবেলায় আমি নিজেই নিজের চিন্তাকে জয় করতে সক্ষম হয়েছিলাম। আর তারপর থেকে আমি কখনও চিন্তা করেছি বলে আমার মনে পড়ে না, আর করলেও সেটা খুবই কম। সেদিন দুপুরে আমি এমন এক ব্যক্তির অফিসে বসেছিলাম, যে আমার থেকে অনেক বেশি চিন্তিত ছিল, বহু সমস্যার সম্মখীনতা করা সত্ত্বেও মুখের হাসি এতটুকুও ম্লান হয়নি। 1929 সালে বহু অর্থ রোজগার করে আর তারপর সব হারিয়ে ফেলে, পুনরায় 1933 সালে বহু অর্থোপার্জন করার পরেও কপর্দক হীন হয়ে যায়, 1939 সালে মাথা তুলে দাঁড়ায়, আর নিঃস্বও হয়ে যায়। তার শত্রু ও ঋণদাতারা তার জীবন দুর্বিসহ করে তুলেছিল। এমন সমস্যার মুখে পড়লে বহু মানুষই সহ্য করতে না পেরে আত্মহত্যা করে ফেলে, কিন্তু সে সবকিছু সহ্য করেছিল।

আট বছর আগে এই ব্যক্তিকে দেখে আমার খুব হিংসা হয়েছিল, আর মনে হয়েছিল যে, যদি ভগবানও আমাকে এইভাবে সৃষ্টি করতেন! সেদিন সকালেই সে একটা চিঠি পেয়েছিল, সে আমার হাতে সেই চিঠিটা ধরিয়ে দিয়ে বলে যে, 'এটা পড়ে দেখো।'

খুব রাগের বশেই এই চিঠি লেখা হয়েছিল, তাতে বিব্রত করার মতো বহু প্রশ্নও ছিল। আমি এমন পত্র পেলে কি করতাম জানি না, আমি তাকে জিজ্ঞাসা করি যে, 'বিল তুমি কিভাবে এর উত্তর দেবে?'

বিল বলে, 'দেখো, আমি তোমাকে একটা ছোট্টো রহস্যের কথা বলছি। যখনই তোমার কাছে চিন্তা করার মতো কিছু হবে, তখনই একটা কাগজ আর পেন্সিল নিয়ে বসে পড়বে, আর বিস্তারিতভাবে তোমার চিন্তার কারণটা লিখে ফেলবে। তারপর সেই কাগজটা নিজের ডেস্কের ডানদিকের ড্রয়ারে রেখে দাও, দুই সপ্তাহ অপেক্ষা কর, আর তারপর পুনরায় দেখো। তুমি যা লিখেছিলে, সেটা নিয়ে যদি এখনও চিন্তিত থাক, তাহলে পুনরায় সেটা আগের স্থানেই রেখে দাও। পুনরায় দুই সপ্তাহ অপেক্ষা কর, তোমার কাগজটা সুরক্ষিত থেকে যাবে, সেটার কিছুই হবে না, কিন্তু যে বিষয় নিয়ে তুমি চিন্তা করছিলে, তাতে অনেক ধরণের পরিবর্তন এসে যেতে পারে। আমি দেখেছি যে, ধৈর্য্য ধরে থাকলে, প্রায় সময়তেই

চিন্তা গুলি ফাটা বেলুনের মতো নিচে পড়ে যায়।

এই পরামর্শ আমার ভেতরে বহু পরিবর্তন এনে দিয়েছিল। আমি বিলের পরামর্শ অনুসারে বহু দিন ধরে চলছি, আর তারপর থেকে খুব কম বিষয় নিয়েই আমি চিন্তা করেছি।

সময় বহু সমস্যাকে কাটিয়ে দেয়, যে সমস্যা নিয়ে আপনি চিন্তিত, সময় সেই সমস্যাও কাটিয়ে দিতে পারে।

- লুঈ টী. মটন, জুনিয়ার

খারাপ থেকে খারাপতরোর মোকাবিলা

কয়েক বছর আগে, আমি কোর্টের এক মোকদ্দমার সাক্ষী ছিলাম, যে কারণে আমার ভেতরে মানসিক চাপ ও চিন্তা দুইই প্রবল ছিল। মোকাদ্দমা শেষ হয়ে যাওয়ার পর বাড়ি ফেরার পথে ট্রেনেই হঠাৎ প্রচন্ড যন্ত্রণার জন্য আমি মাটিতে পড়ে যাই। হার্ট এট্যাক। আমি শ্বাস পর্যন্ত নিতে পাচ্ছিলাম না।

বাড়ি ফেরার পরে ডাক্তার আমাকে ইঞ্জেকশান দেয়, আমি ড্রয়িং রুমের সোফাতেই শুয়ে পড়েছিলাম, ভেতরে যাওয়ার মতো ক্ষমতা আমার ছিল না। যখন আমার জ্ঞান আসে তখন সেখানে পাদরী অন্তেষ্টি ক্রিয়ার প্রস্তুতি করছিলেন।

আমার পরিবারের লোকেদের মুখে দুঃখ আর শোকের ছায়া নেমে এসেছিল। আমার মনে হচ্ছিল যে, আমার খেলা শেষ। পরে জানতে পারি যে, ডাক্তার বলে দিয়েছিল যে, তিরিশ মিনিটের মধ্যে আমার জীবন শেষ হয়ে যাবে। আমার হার্ট এতই দুর্বল ছিল যে, ডাক্তার আমাকে কথা বলতে নিষেধ করে দিয়েছিল, সেই সাথে আঙুল পর্যন্ত নারাতে মানা করেছিল।

আমি কখনও সাধু সন্ত ছিলাম না, কিন্তু একটা জিনিস শিখেছিলাম যে, কখনই ভগবানের সাথে তর্ক করতে নেই। তাই আমি চোখ বন্ধ করে বলি যে, 'তোমার ইচ্ছাই পূরণ হোক...এটা যদি এখনই হওয়ার হয়, তাহলে তাই হোক, তুমি যা চাইবে যেন তাই হয়।'

মন থেকে এমন বিচার আসার পর আমি যেন অপার শান্তি লাভ করেছিলাম। আমার আতঙ্ক উবে যায়, আর নিজেই চিন্তা করি যে, আমার সাথে কতটা খারাপ হোতে পারে? হয়তো পুনরায় ব্যথা উঠতে পারত, আর তারপর সব শেষ। আমি আমার বাবার সাথে দেখা করতে চলে যাব, আর চির শান্তি লাভ করব।

আমি সোফাতেই শুয়েছিলাম, আর এক ঘন্টা পরেও পুনরায় আর ব্যথার সৃষ্টি হয়নি। তখন নিজেকে জিজ্ঞাসা করি যে, যদি আমি এখন না মরি, তাহলে এই জীবনের সাথে কি করব? তখন সংকল্প করি যে, সুস্থ হয়ে ওঠার জন্য সব রকম চেষ্টা করব। আমি আর কোনো দিন কোনো কিছু নিয়ে চিন্তা করব না বা মানসিক চাপ বোধ করব না, পুনরায় নিজের শক্তিকে জাগিয়ে তুলব।

এটা চার বছর আগের কথা। তারপর আমি নিজেকে এতটাই সুস্থ করে ফেলেছি যে, আজ ডাক্তার নিজেই আমাকে দেখে অবাক হয়ে যায়। আজ নতুন উৎসাহের সাথে জীবন কাটাই, কখনই কিছু নিয়ে চিন্তা করি না। সততার সাথে বলতে পারি যে, যদি মৃত্যুকে এতটা কাছ থেকে না দেখতাম, তাহলে বোধ হয় নিজের মধ্যে এতটা সংশোধন আনতে পারতাম না। সেই দিন যদি জীবনে না আসত তাহলে বোধহয় ভয় বা আতঙ্কেই আমি এতদিনে মরে যেতাম।

মিস্টার রয়ান আজ এই কারণেই বেঁচে আছেন, কারণ তিনি সেই চরম মুহূর্তে সেই আশ্চর্যের প্রয়োগ করতে শিখে গেছিলেন - খারাপ থেকে খারাপতরো পরিস্থিতির সম্মখীনতা কর।

-জোসেফ এল. রয়ান

শীঘ্র ভুলে যাওয়া

চিন্তা হল একটা অভ্যাস - এম একটা অভ্যাস, যা আমি বহু দিন আগেই ত্যাগ করেছি। আমি দেখেছি যে, সাধারণত তিনটি বিষয়ের দ্বারাই আমি চিন্তার থেকে দূরে থাকতে পারি

প্রথমত আমি নিজেকে এতটাই ব্যস্ত রাখি যে, আমার কাছে আত্মঘাতী চিন্তায় ডুবে যাওয়ার মতো সময়ই থাকে না। আমার সামনে এমন তিনটে কাজ আছে। যার দ্বারা আমি সারাদিন ব্যস্ত থাকতে পারি। আমি কোলম্বিয়া বিশ্ববিদ্যালয়ে বেশ বড়ো একটা দলের সম্মুখে লেকচার দিই। আমি নিউইয়ার্ক সিটির বোর্ড অফ হায়র এডুকেশানের চেয়ারম্যান। আমি হার্পর এন্ড ব্রাদার্স প্রকাশক ফর্মের আর্থিক এবং মানসিক পুস্তক বিভাগের প্রধানও। এই তিনটি কাজ নিয়ে আমি এতটাই ব্যস্ত থাকি যে, আমার কাছে চিন্তা করার মতো কোনো সময়ই থাকে না।

দ্বিতীয় বআমি খুব শীঘ্রই ভুলে যাই। আমি যখন একটা কাজ থেকে আর একটা কাজের দিকে যাই, তখনই আমি আগের সমস্ত চিন্তা ভুলে যাই। তাতে

করে একটা কাজ থেকে অপর কাজে যাওয়ার জন্য আমি প্রেরণা ও উৎসাহ লাভ করে থাকি। তাতে করে আমি আরাম পাই, আমার চিন্তার কারণ আরো স্পষ্ট হয়ে ওঠে।

তৃতীয় আমি যখন নিজের অফিসের দরজা বন্ধ করে দিই, তখন মস্তিষ্ককেও সেই সমস্ত সমস্যার দরজা বন্ধ করার জন্য প্রস্তুত করে ফেলি। সমস্যা তো সর্বদাই চলতে থাকে। প্রতিটা বিষয়েই এমন বহু সমস্যা আছে যেদিকে ধ্যান দেওয়াটা খুবই জরুরি। প্রতিটা বিষয় যদি বাড়িতে নিয়ে যাই, আর সারা রাত যদি তা নিয়ে চিন্তা করতে থাকি তাহলে আমার শরীর একেবারেই নষ্ট হয়ে যাবে। সেই সাথে সমস্যার সাথে সংঘর্ষ করার ক্ষমতাও নষ্ট হয়ে যাবে।

আর্ডবে টিড কার্য করার চারটি ভালো অভ্যাস গড়ে তুলেছেন। আপনি কি জানেন, সেগুলি কি?

(অধ্যায় 26 -এর সপ্তম খন্ড দেখুন)

-আর্ডবে টীড

চিন্তা ছেড়েছিলাম বলেই বাঁচতে পেরেছি

আজ তেষট্টি বছর ধরে আমি প্রফেশানাল বেসবলে আছি। আশির দশকে যখন খেলতে শুরু করেছিলাম তখন আমাকে কোনো রকম বেতন পর্যন্ত দেওয়া হোত না। আমরা খালি প্লটে খেলতাম আর ফাঁকা টিনের কৌটো আর লোকেদের পরিত্যক্ত ঘোড়ার কলারই ছিল আমাদের ভরসা। খেলা শেষ হয়ে যাওয়ার পরে, আমরা দর্শকদের সামনে গিয়ে টুপি ধরতাম। আমি খুবই কম অর্থ পেতাম, বিশেষ করে তখন যখন বিধবা মা ও ছোটো ভাই-বোনেদের একমাত্র সাহারা ছিলাম আমি। চালানোর জন্য অনেক সময় বেসবল টীমকে স্ট্রবেরী সপর বা ক্ল্যামবেকের আয়োজন করতে হোত। আমার কাছে চিন্তা করার জন্য বহু কারণ ছিল। আমি ছিলাম এমন একজন ম্যানেজার যে গত সাত বছর ধরে ক্রমাগত শেষ স্থানেই ছিলাম। সবচেয়ে আশ্চর্যের বিষয় ছিল, আমি সব সময় চিন্তা করতাম, কিছু খেতে পারতাম না, শুতেও পারতাম না। কিন্তু আজ থেকে পঁচিশ বছর আগে আমি চিন্তা করা ছেড়ে দিয়েছি। তখন থেকে যদি আমি চিন্তা করা না ছাড়তাম, তাহলে অনেক আগেই কবরে পৌঁছে যেতাম।

আমি যখন পিছন ঘুরে নিজের দীর্ঘ জীবনের দিকে তাকাই (যখন জন্মেছিলাম

তখন লিংকন ছিলেন রাষ্ট্রপতি) তখন আমি কিভাবে চিন্তা জয় করতে পেরেছিলাম তা বুঝতে পারি।

1. আমি দেখেছি যে, বহু চিন্তাই নিরর্থক ছিল। চিন্তার ফলে আমি কিছুই করতে পারছিলাম না আর তাতে করেই আমার কেরিয়ার প্রায় শেষ পর্যায়ে পৌঁছে গেছিল।
2. আমি খেয়াল করে দেখি যে, এর জন্য আমার শরীর নষ্ট হয়ে যাচ্ছিল।
3. আমি ভবিষ্যতে ম্যাচ জেতার পরিকল্পনা করার বিষয়ে আর সেই অনুসারে কাজ চালিয়ে যাওয়ার ব্যাপারে নিজেকে এতটাই ব্যস্ত রাখি যে, আমার কাছে হেরে যাওয়া ম্যাচ নিয়ে চিন্তা করার মতো কোনো সময় ছিল না।
4. আমি শেষ পর্যন্ত একটা নিয়ম গড়ে তুলি, কোনো খেলোয়াড় যদি কোনো ভুল করে ফেলে তাহলে চব্বিশ ঘন্টা পরে সেদিকে আলোকপাত করা উচিত। প্রথমদিকে আমি খেলোয়ারদের সাথেই ইউনিফর্ম পরতাম ও তা বদলাতাম, তখন যদি দল হেরে যেত তাহলে আমি খেলোয়াড়দের নিয়ে সমালোচনা করতাম, তাদের কয়েকটা তিক্তো কথাও শুনিয়ে দিতাম, কিন্তু তাতে করে আমার চিন্তা আরো বৃদ্ধি পেত। কাউর সম্পর্কে অন্য কাউর সামনে সমালোচনা করার জন্য সেই খেলোয়াড় আর সহযোগিতা করতে চাইত না, তাতে করে একটা তিক্তোতার সম্পর্ক গড়ে উঠত। নিজেকে নিয়ন্ত্রণ করার জন্য ঠিক করেছিলাম যে, পরাজয়ের একদম পরেই খেলোয়াড়দের সাথে দেখা করব না, পরের দিনও পরাজয় নিয়ে কোনো রকম আলোচনা করব না, ততক্ষণে সব ঠান্ডা হয়ে যাবে, তাতে করে আমি শান্ত মাথায় নিজের বক্তব্য পেশ করতে সক্ষম হব। তাতে করে খেলোয়াড়ও রাগের মাথায় নিজেকে বাঁচানোর চেষ্টা করবে না।
5. আমি সমালোচনা করে খেলোয়াড়দের মন ছোটো করার বদলে তাদের প্রশংসার সাথে প্রেরিত করার চেষ্টা করতাম। আমি প্রত্যেকের জন্য কোনো না কোনো ভালো কথা বলার চেষ্টা করতাম।
6. আমি দেখেছি যে, যখন আমি ক্লান্ত বোধ করতাম, তখনই বেশি চিন্তা হোত, তাই প্রতিদিন রাতে দশ ঘন্টা বিছানায় থাকি আর দুপুরেও একটু চোখ বন্ধ করার চেষ্টা করি। পাঁচ মিনিট চোখ বন্ধ করে থাকতে পারলেও অনেক লাভ হয়।
7. আমি দেখেছি যে, সক্রিয় থাকতে পেরে আমি চিন্তার হাত থেকে বাঁচতে

সক্ষম হয়েছি আর নিজের জীবনকেও দীর্ঘ করতে সক্ষম হয়েছি। আজ আমি পঁচাশি বছরের কিন্তু, যতক্ষণ না আমি আমার পুরানো ঘটনা গুলিকে বারংবার জীবন্ত করতে পাচ্ছি, ততদিন পর্যন্ত অবসর নেব না। যখন আমি তা করতে শুরু করব, তখন বুঝে যাব যে, আমি বৃদ্ধ হয়ে গেছি।

কনী ম্যাক চিন্তাকে জয় করার জন্য কোনো পুস্তক পড়েননি, তাই তিনি নিজের মতো করে নিয়ম তৈরি করে নিয়েছিলেন। আপনিও নিজের অতীতের দিকে তাকান, আর কিভাবে নিজেকে সাহায্য করেছিলেন তা দেখুন ও এখানে লিখে ফেলুন।

সেই উপায় যার দ্বারা আমি নিজে চিন্তা জয় করতে সক্ষম হয়েছিলাম।

1. ....
2. ....
3. ....
4. ....

- কনী ম্যাক

বেসবলের পিতামহ

অগ্নাশয়ে আল্সার ও চিন্তার থেকে মুক্তি

পাঁচ বছর আগে আমি চিন্তিত, হতাশ ও অসুস্থ ছিলাম। ডাক্তারদের মতে আমার অগ্নাশয়ে আল্সার ছিল। আমি কি খাব আর কি খাব না সেই সব সেই ঠিক করে দেয়, আমি দুধ আর ডিমের ওপরেই নিজের জীবন অতিবাহিত করছিলাম, কিন্তু তাতেও সুস্থ্ হোতে পাচ্ছিলাম না। তারপর একদিন আমি ক্যান্সার নিয়ে লেখা একটা প্রবন্ধ পড়ি। আমার মনে হয় আমার ভেতরে সমস্ত কটা লক্ষণ আছে, তখন আর আমি চিন্তিত ছিলাম না, আমি আতঙ্ক গ্রস্ত হয়ে পড়েছিলাম। তাতে করে আমার অগ্নাশয়ের আল্সার যেন আগুনের মতো জ্বলে উঠেছিল। যখন চব্বিশ বছর বয়সেই সৈন্যদল আমাকে শারীরিক দিক থেকে অসুস্থ বলে ঘোষণা করে, তখন আমি খুবই আহত হয়েছিলাম। যখন আমার শারীরিক শক্তি চরমে থাকার কথা ছিল, সেই বয়সেই আমার শরীর ক্ষীণ হয়ে যায়।

আমি তখন খুবই হতাশ, আশার কোনো আলো দেখতে পাচ্ছিলাম না, সেই হতাশার মধ্যেই এমন ভয়ানক অবস্থার কারণ কি তা খুঁজে বার করার চেষ্টা করি। তখন ধীরে ধীরে আমি সত্যিটা বুঝতে পারি। দুই বছর আগে যখন আমি সেল্সম্যান

হিসাবে নিজের কর্মজীবন শুরু করেছিলাম তখন আমি যথেষ্ট খুশীতে ছিলাম, সুস্থও ছিলাম, কিন্তু যুদ্ধের সময় বাধ্য হয়ে নিজের কাজ ছেড়ে একটা কারখানাতে আমি কাজ করতে শুরু করি। কারখানায় কাজ করতে আমার একদম ভালো লাগত না, তার চেয়ে বড়ো কথা হল আমার চারদিকে তখন শুধু ঋণাত্মক মনভাবাপন্ন মানুষদের বাস। তারা সর্বদা সবার নামে নিন্দা করত। কোনো কিছুই ঠিক ছিল না। তারা কাজের সময় বেতন, বস্ সবকিছু নিয়েই সমালোচনা করত। আমি বুঝতে পারি যে, অজান্তেই আমি তাদের ঋণাত্মকতাকে আত্মসাৎ করে ফেলেছি।

আমি ধীরে ধীরে অনুভব করতে পারি যে, এই আল্সারের কারণ হল আমার ভেতরে জমে থাকা এই ঋণাত্মক চিন্তাধারা ও তিক্তো ভাবনা। তখন আমি ঠিক করি যে, আমি আমার পুরানো কাজের জগতে ফিরে যাব, সেলিং, আর সব সময় ধণাত্মক মনোভাবাপন্ন সৃজনশীল মানুষদের মধ্যেই থাকার চেষ্টা করব। এই সিদ্ধান্তই বোধ হয় আমার জীবন বাঁচিয়ে দিয়েছিল। আমি সেই বন্ধু ও সহযোগিদের খুঁজে বার করার চেষ্টা করি, যারা আমাকে সুস্থ ও উন্নত করে তুলতে পারত। এমন সুখী ও আশাবাদী লোক যাদের মধ্যে কোনো চিন্তা ও আল্সার ছিল না। আমি যখনই নিজের ভাবনা বদলাতে সক্ষম হয়েছিলাম, তখনই অগ্নাশয়ও বদলাতে শুরু করেছিল। কিছুদিনের মধ্যেই আমি ভুলেই গেছিলাম যে, আমার কখনও আল্সার হয়েছিল। আপনি যত তাড়াতাড়ি চিন্তা, তিক্তোতা, অসুস্থতা গ্রহণ করতে পারেন, ঠিক ততটাই দ্রুততার সাথে আরোগ্য, ধণাত্মক চিন্তাধারা, সৃজনশীলতা গ্রহণ করতে সক্ষম। আমার জীবনে শেখা এটাই সবচেয়ে গুরুত্বপূর্ণ শিক্ষা। আমি বহুবার এই সম্পর্কে পড়েছি ও শুনেছি। কিন্তু সমস্যায় পড়ার পরেই তা শিখতে সক্ষম হয়েছিলাম। এখন আমি যীশু খ্রীষ্টের সেই শব্দ গুলির মানে বুঝতে সক্ষম, '**মানুষ নিজের মনের ভেতরে যা ভাবে, সে তেমনি হয়।**'

-আর্ডন ডব্ল্যু শার্প
গ্রীন বে, ভিস্কান্সিন

সবুজ আলোর সন্ধানে

শৈশব থেকে কৈশর পর্যন্ত আর প্রাপ্ত বয়স্ক হওয়ার পরেও চিন্তা কখনও আমার সঙ্গ ত্যাগ করেনি। আমি বহু বিষয় নিয়ে চিন্তা করতাম, সর্বদাই চিন্তাগ্রস্ত থাকতাম। এই রকম বিভিন্ন চিন্তার মধ্যে কিছু প্রকৃত হলেও বাকি গুলি ছিল ভিত্তিহীন। এই দুর্লভ সময়, যখন আমার মনে হোত যে, আমার কাছে চিন্তা

করার মতো কিছুই নেই, তখন ভাবতাম নিশ্চয়ই আমি কোনো গুরুত্বপূর্ণ বিষয়ের দিকে ধ্যান দিতে ভুলে যাচ্ছি।

তারপর দুই বছর আগে আমি নিজের নতুন জীবন শৈলী শুরু করি। তখন নিজের জীবনের ভুল গুলির আত্মবিশ্লেষণ করতে সক্ষম হই। আমি সাহসের সাথে নিজের গুণ-দোষ সব লিখতে শুরু করি। তখন আমি বুঝতে পারি যে, আমার আসল চিন্তার কারণ কি।

আসলে আমি শুধু বর্তমানটাকে সম্বল করে বাঁচছিলাম না, সেই সাথে ছিল অতীতের ভুলের জন্য আফসোস ও ভবিষ্যতের অনিশ্চিয়তা নিয়ে ভয়।

আমাকে বারংবার বলা হোত যে, 'আজই হল সেই আগত ভবিষ্যৎ, যা নিয়ে চিন্তা করে তুমি ভয় পাচ্ছিলে।' কিন্তু তাতেও আমার কোনো লাভ হয় না। আমাকে চব্বিশ ঘন্টা কোনো না কোনো কাজ করার পরামর্শ দেওয়া হয়। আমাকে বলা হয়েছিল যে, আজই হল সেই দিন যেটা আমার নিয়ন্ত্রণের মধ্যে আছে, প্রতিদিন প্রাপ্ত সুযোগ গুলির সদ্ব্যবহার করার পরামর্শ দেওয়া হোত। আমাকে বলা হয়েছিল যে, আমি যদি এইভাবে চলতে পারি, তাহলে ব্যস্ত থাকব, তাতে করে অন্যদিনের কথা ভাবার মতো সময় আমার কাছে থাকবে না। এই পরামর্শ খুবই যুক্তি সম্মত ছিল, কিন্তু জানি না কেনো, আমি তা নিয়ে বিচার করতে চাইছিলাম না।

তখনই অন্ধকারের মধ্যেই আমি নিজের উত্তর খুঁজে পেয়েছিলাম - আমি কোথা থেকে উত্তর পেয়েছিলাম বলে মনে হচ্ছে আপনার? 1945 সালের 31 শে মে নর্থওয়েস্টর্ন রেলওয়ে প্ল্যাটফর্ম, সন্ধ্যা সাতটা, আমার জন্য খুবই গুরুত্বপূর্ণ সময় ছিল। তাই আমার সেই সময়ের কথা খুব ভালো করে মনে আছে।

আমি সেখানে কিছু বন্ধুকে ট্রেনে রওনা করতে গেছিলাম। তারা ছুটি কাটানোর জন্য **দ্যা সিটী অফ এঞ্জেলিস** নামক ট্রেনে উঠেছিল। তখনও যুদ্ধ চলছিল, সেই বছর খুব ভিড়ও ছিল। আমি নিজের স্ত্রীর সাথে ট্রেনে ওঠার বদলে ট্রেনের সামনের দিকে প্ল্যাটফর্মের ওপর হাঁটছিলাম, সেই সময় আমার চোখ যায় ট্রেনের মস্ত ইঞ্জিনটার দিকে, সেই চকচকে ইঞ্জিনটাই আমি ভালো করে খেয়াল করে দেখি। তারপর পাটির দিকে তাকিয়ে একটা বড়ো সংকেত স্তম্ভ চোখে পড়ে। সেখান থেকে একটা হলুদ রঙ ছরিয়ে পরছিল। শীঘ্রই তা সবুজ আলোয় বদলে যায়। ইঞ্জিনিয়ার তখনই ঘন্টা বাজিয়ে ট্রেন চলার সংকেত দেয়, সেই পরিচিত আওয়াজ শুনে সকলেই ট্রেনে উঠে পড়ে ও ট্রেন স্টেশান থেকে 2300 মাইল যাত্রা করার উদ্দেশ্যে রওনা দিয়ে দেয়।

তখন আমার মনে হচ্ছিল যে, একটা চমৎকার ঘটনা ঘটে গেছে। হঠাৎই যেন আমি সবকিছু বুঝতে পারি। আমি যে উত্তর খুঁজে বেরাচ্ছিলাম, সেই ইঞ্জিনিয়ার আমাকে সেই জবাব দিয়ে দিয়েছিল। একটা সবুজ আলোর সাহারায় সেই ট্রেন একটা দীর্ঘ যাত্রায় রওনা দিয়ে দিয়েছিল, আমি তার জায়গায় থাকলে সম্পূর্ণ যাত্রায় সমস্ত আলোয়ই সবুজ দেখার কথা ভাবতাম। এমন ঘটনা ঘটা অসম্ভব জেনেও, আমি নিজের জীবন থেকে এমনি কিছু পাওয়ার আশা করছিলাম। আমি স্টেশানেই বসে আছি, কোথাও যাচ্ছি না, অথচ আমার সামনে কি আছে, সর্বদা সেটা দেখার চেষ্টা চালিয়ে যাচ্ছি।

আমার মস্তিষ্কে বিভিন্ন রকম বিচার আসতে শুরু করে। কিছু মাইল যাওয়ার পরে, কি সমস্যায় পরতে হোতে পারে, ইঞ্জিনিয়ার তা নিয়ে চিন্তা করছিল না। অনেক সময় গাড়ি দাঁড় করাতে হবে, কখনও ধীরে চালাতে হবে, এর জন্যই তো সিগনালের সিস্টেম। হলুদ আলোর অর্থ হল গতি কম কর, আরামে চল। লাল আলো- সামনে বিপদ- দাঁড়িয়ে পড়ো। এইভাবেই তো ট্রেনের যাত্রাকে সুরক্ষিত করে তোলা হয়। একটা ভালো সিগলান সিস্টেম, তখন আমি নিজেকেই জিজ্ঞাসা করি যে, আমার কাছে কি নিজের জীবনের জন্য একটা ভালো সিগলান সিস্টেম নেই! জবাব আসে, আছে, ভগবান নিজে আমাকে সেই সিস্টেম দিয়েছেন। তিনি নিজেই তা নিয়ন্ত্রণ করেন, তাই তার মধ্যে কোনো রকম ত্রুটি থাকতেই পারে না, আমি নিজে সেই সবুজ আলোর সন্ধান করতে শুরু করি। কোথায় সেই আলো পাওয়া যেতে পারে? তখন মনে হয় ঈশ্বরই এই সবুজ আলোর সৃষ্টি কর্তা, তাঁকে জিজ্ঞাসা করলে কেমন হয়? আর আমি তাই করি।

প্রতিদিন সকালে প্রার্থনা করে, সেদিনের জন্য সবুজ আলোর সন্ধান করে নিতাম। যখন হলুদ আলো দেখতে পেতাম, তখন ধীরে চলতাম আর যখন লাল আলো দেখতাম তখন নিজেকে ভেঙে ফেলার বদলে নিজেকে দাঁড় করিয়ে নিতাম।

দুই বছর আগে যে অনুসন্ধান করতে পেরেছিলাম, তা আমার জীবনের সমস্ত চিন্তা শেষ করে দিয়েছিল। এই দুই বছরে আমি কমপক্ষে সাতশোবার সবুজ আলো দেখেছি, তাতে করে আমার জীবন যাত্রা আরো সহজ হয়ে উঠেছিল, কারণ পরবর্তি আলোর রঙ কি হোতে পারে, তা নিয়ে আমি আর চিন্তাই করছিলাম না। সেই আলোর রঙ যাই হোক না কেনো, আমি জানতাম যে, আমার কি করা উচিত ছিল।

- জোসেফ এম. কটর

ধার করা সময় থেকে পঁয়তাল্লিশ বছর বাঁচা

জন ডী. রকফেলর সীনিয়ার মাত্র পঁয়তাল্লিশ বছর বয়সেই দশ লক্ষ ডলার একত্রিত করতে সক্ষম হয়েছিলেন। তেঁতাল্লিশ বছর বয়সে তিনি পৃথিবীর সবচেয়ে বড়ো মনোপলি তৈরি করতে সক্ষম হয়েছিলেন- মহান স্ট্যান্ডার্ড অয়েল কম্পানী। কিন্তু তার তিপান্ন বছর বয়সে কি হয়েছিল? মাত্র তিপান্ন বছর বয়সেই চিন্তা তাঁকে পরাজিত করে দিয়েছিল। চিন্তা আর অতিরিক্ত মানসিক চাপের ফলে তাঁর শরীর খারাপ হোতে শুরু করেছিল। তিপান্ন বছর বয়সে তাঁকে দেখে 'কোনো মমি' বলে মনে হোত, তাঁর জীবনী লেখক জন কে. ভিঙ্কলর এমনই উল্লেখ করেছেন।

তিপান্ন বছর বয়সে রকফেলরের রহস্যময়ী পাচনতন্ত্র সম্পর্কিত সমস্যা দেখা গেছিল, যার ফলে তাঁর মাথার সব চুল তো ঝড়ে যাইই, সেই সাথে তাঁর চোখের পলক ও ভ্রুও ঝড়ে গেছিল। ভিঙ্কলর বলেছেন, 'পরিস্থিতি এতটাই গম্ভীর হয়ে গেছিল যে, এমন একটা সময় আসে যখন জন ডী. শুধুমাত্র মানুষের দুধ পান করেই বেঁচে থাকতে বাধ্য হয়েছিলেন।' ডাক্তারদের মতে তাঁর এলোপেসিয়া হয়েছিল, মাথায় টাক পড়ে যাওয়া, যার একমাত্র কারণ হল নার্ভাসনেস। তাঁর মাথায় টাক পড়ে যাওয়ার জন্য তাঁকে এতটাই কুৎসিত দেখতে লাগত যে, তাঁকে সর্বদা টুপি পরে থাকতে হোত। পরে তিনি প্রচুর ডলার খরচ করে নিজের জন্য পটচুল তৈরি করেন, আর শেষ জীবন পর্যন্ত এই সাদা পটচুল পরেই কাটাতে হয়েছিল তাঁকে।

প্রকৃতির আশীর্বাদে রলফেলর লোহার মতো শরীর লাভ করেছিলেন। ক্ষেতে বড়ো হয়ে ওঠা রকফেলরের কাঁধ ছিল চওড়া, সোজা শরীরের প্রতিটা অংশ থেকেই দৃঢ় তেজের আভাস পাওয়া যেত। কিন্তু মাত্র তিপান্ন বছর বয়সেই, যখন সমস্ত পুরুষদের শরীরে আলাদা তেজ থাকে, তখন তাঁর কাঁধ ঝুঁকে গেছিল, হাঁটার সময় তিনি টলমল করতেন। তাঁর আর একজন জীবনী লেখক জন টী. ফ্লিন বলেছিলেন, 'তিনি যখন নিজেকে আয়নায় দেখতেন, তখন আলাদা একটা মানুষ বলে ভাবতেন। প্রচুর কাজ, প্রচুর চিন্তা, অপমানজনক কথা, ঘুমহীন রাত, ব্যায়াম ও বিশ্রামের অভাব' মূল্য নিয়ে নিয়েছিল, তাঁকে হাঁটু পর্যন্ত ঝুঁকিয়ে দিয়েছিল। সেই সময় তিনি ছিলেন পৃথিবীর মধ্যে সবচেয়ে ধনী ব্যক্তি, কিন্তু তাঁকে নিজের শরীরের কথা ভেবে যা খেতে হোত, তা খেতে গেলে যেকোনো ভিখারীও মুখ

ঘুরিয়ে নিত। সেই সময় প্রতি সপ্তাহে তাঁর আমদানি ছিল দশ লক্ষ ডলার। কিন্তু সারা সপ্তাহ জুড়ে তিনি বোধ হয় দুই ডলারের খাবারও খেতেন না। ডাক্তার তাঁকে এসিড্যুলেটেড দুধ এবং কিছু পাতলা বিস্কুট ছাড়া আর কিছুই খাওয়ার অনুমতি দেয়নি। তাঁর রঙ-রূপ সব নষ্ট হয়ে যায়, দেখে মনে হোত হাড়ের ওপর চামড়া লাগানো আছে। আসলে তিপান্ন বছর বয়সে তিনি নিজের পয়সার জোড়ে সবচেয়ে ভালো চিকিৎসা কিনতে সক্ষম হয়েছিলেন, যার জন্য তিনি মরেননি।

কেনো এমন হয়েছিল? চিন্তা। মানসিক আঘাত। অতিরিক্ত চাপ ও অতি টেনশানে ভরা জীবন শৈলী। তিনি নিজেকে সত্যিই কবরের সামনে পৌঁছে দিয়েছিলেন। মাত্র তেইশ বছর বয়সেই রকফেলর দৃঢ় সংকল্পের সাথে নিজের লক্ষ্যের পিছনে ধাওয়া করেছিলেন, তাঁর পরিচিত ব্যক্তিরা বলে যে, ' **শুধুমাত্র মোটা লাভের কথা কানে আসলে তবেই সে হাসত**।' যখন কোনো মোটা লাভ হোত, তখন তিনি নাচতেন, নিজের টুপিটা মেঝেতে ফেলে দিয়ে নাচতে শুরু করতেন। কিন্তু যদি কোনো রকম আর্থিক ক্ষতির কথা কানে আসত তাহলে তিনি অসুস্থ হয়ে পড়তেন। একবার তিনি গ্রেট লেক্সতে 40000 ডলারের সব্জি পাঠিয়েছিলেন, কোনো বীমা ছিল না, বীমার জন্য 150 ডলার খরচ করতে হোত, সেই রাতে এরী লেকে খুবই ঝড়-ঝঞ্ঝা দেখা দেয়। রকফেলর নিজের জিনিসের ক্ষতির কথা ভেবে এতটাই চিন্তিত ছিলেন যে, যখন তাঁর পার্টনার জর্জ গার্ডনর সকালে অফিসে পৌঁছায় তখন সে দেখে যে, জন ডী. পায়চারি করছেন।

তাকে দেখেই তিনি বলেন, 'তাড়াতাড়ি কর! দেখো এখনও বীমা পেওয়া যাবে কি?' গার্ডনর শহরের দিকে ছুটে যায়, বীমা করিয়ে ফিরে আসার পর তাঁকে আরো বেশি টেনশানের মধ্যে দেখে। তারপরেই একটা টেলিগ্রাম আসে, যে জিনিস গুলি ঠিক মতো পৌঁছে গেছে, আর কোনো রকম ক্ষতি হয়নি। সেই কথা শুনে আরো অসুস্থ হয়ে পড়েন, কারণ তাঁর 150 ডলার খরচ হয়ে গেছিল। শেষ পর্যন্ত সমস্যা এতটাই বেড়ে যায় যে, তাঁকে বাড়ি ফিরে বিশ্রাম নিতে হয়েছিল। একটু ভাবুন! সেই সময় তাঁর ফার্ম বছরে 500000 ডলারের সফল ব্যবসা চালিয়ে যাচ্ছিল। অথচ তাঁকে মাত্র 150 ডলার বেকার খরচ হয়ে যাওয়ার জন্য বিছানা নিতে হয়েছিল।

খেলা বা মনোরঞ্জনের জন্য তাঁর কাছে বিন্দুমাত্র সময় ছিল না। অর্থ রোজগার করা ও সন্ডে স্কুলে পড়ানো ছাড়া তাঁর কাছে অন্যকোনো কাজের জন্য সময় ছিল না। যখন তাঁর পার্টনার জর্জ গার্ডনর আর তিনজন ব্যক্তির সাথে মিলে

2000 ডলার দিয়ে একটা সেকেন্ড হ্যান্ড জাহাজ কেনে, তখন তিনি তা দেখে জন ডী. স্তব্ধ হয়ে গেছিলেন, এমনকি তিনি এই জাহাজে চেপে ঘোরার বিষয়েও না করে দিয়েছিলেন। গার্ডনর এক শনিবারের দুপুরে তাঁকে অফিসে বসে কাজ করতে দেখে বলেছিল, 'চলো জন আমরা দুজনে একটু জাহাজে চেপে ঘুরে আসি। দেখবে তোমার ভালো লাগবে, একটু ব্যবসার কথা ভুলে গিয়ে, আনন্দ উপভোগ কর।' রকফেলর সেই কথা শুনে খুবই ক্ষুব্ধ হয়ে গেছিলেন, আর তাকে সাবধান করে দিয়ে বলেছিলেন যে, 'জর্জ গার্ডনার আমি যত জনকে চিনি তাদের মধ্যে তুমি সবচেয়ে বেশি বাজে খরচ কর। তুমি ব্যাঙ্কে নিজের ক্রেডিট অপচয় করছো, সঙ্গে আমারও। এতে করে সবচেয়ে আগে যেটা হবে, সেটা হল আমাদের ব্যবসা শেষ হয়ে যাবে। না, আমি তোমার জাহাজে বসব না, আমি তা দেখতে পর্যন্ত চাই না!' আর তারপর শনিবারের দুপুরে অফিসে বসেই কাজ করতে থাকেন।

এই আনন্দের ঘাটতি, সঠিক দৃষ্টিভঙ্গীর অভাব, জন ডী.-র সম্পূর্ণ ব্যবসার দুনিয়াটাকেই আচ্ছন্ন করে রেখেছিল। বহু বছর বাদে তিনি বলেছিলেন, 'প্রতিরাতে আমি নিজেকে মনে করাতাম, আমার সফলতা অস্থায়ী হয়ে যেতে পারে, আর তারপরেই আমি বালিশে মাথা দিতাম।'

তাঁর কাছে লক্ষাধিক ডলার ছিল, কিন্তু প্রতি রাতে শুতে যাওয়ার আগে তাঁর মনে হোত যে, তাঁর সমস্ত অর্থ চলে যেতে পারে। চিন্তা যে তাঁর শরীর শেষ করে দিয়েছিল তা ভেবে অবাক হওয়া মতো কিছুই নেই। তিনি ছিলেন এমন একজন ব্যক্তি, যিনি কখনও কিছু খেলতে বা মনোরঞ্জনের জন্য যেতেন না, তিনি তাস খেলতেন না, থিয়েটার দেখতে যেতেন না, পার্টিতে যেতেন না। মার্ক হন্না বলেছিলেন, 'এই মানুষটি পয়সার জন্য পাগল ছিলেন। বাকি সবকিছুতেই যখন বোধগম্যতা ছিল, কিন্তু পয়সার পিছনে পাগল।'

ক্লীবল্যান্ড ওহিয়োতে নিজের প্রতিবেশিদের সামনে রকফেলর স্বীকার করেছিলেন যে, 'আমি চাই লোকে আমাকে ভালোবাসুক।' কিন্তু তাঁর ভেতরে আবেগের এতটাই অভাব ছিল, এবং এতটাই রাগি ধরণের মানুষ তিনি ছিলেন যে, খুব কম লোকই তাঁকে পছন্দ করত। মর্গন একবার তো তাঁকে বলেই দিয়েছিল যে, সে তাঁর সাথে ব্যবসা করতে চায় না। সে রাগে বলেছিল, 'আমি এই ব্যক্তিটাকে একদম পছন্দ করি না, আমি ওর সাথে কোনো রকম সম্পর্ক রাখতে চাই না।'

রকফেলরের নিজের ভাই পর্যন্ত তাঁকে এতটাই ঘৃণা করত যে, সে তাঁর বাচ্চাদের মৃতদেহ পারিবারিক কবর স্থান থেকে সরিয়ে দিয়েছিল, সে বলেছিল,

'আমার রক্তের সাথে সম্পর্কিত কোনো মানুষ এই জমিতে আরামে থাকতে পারবে না, যার মালিক জন ডী.।' রকফেলরের সহযোগি ও কর্মচারীগণ তাঁকে প্রচন্ড ভয় পেত, আর সবচেয়ে মজার বিষয় হল রকফেলর নিজেও তাদের ভয় পেতেন। তিনি ভাবতেন যে, এরা অফিসের বাইরে গিয়ে কথা বলে, সমস্ত 'গোপনিয় কথা বাইরে চলে যায়'। আসলে তিনি কাউকে বিশ্বাস করতেন না, বিশ্বাস শব্দটা বোধহয় তাঁর জীবনেই ছিল না। তাঁর মূল নীতি ছিল, 'মুখ বন্ধ রাখো, আর নিজের ব্যবসা চালিয়ে যাও।' এটাই ছিল তাঁর জীবনের সূত্র বাক্য। সেই কারণেই তো তিনি যখন এক স্বাধীন রিফাইনরের সাথে দশ বছরের কন্ট্রাক করেছিলেন, তখন সেই কথা তাঁর স্ত্রীকে পর্যন্ত জানতে দেননি, এমনকি এই ব্যক্তিকে পর্যন্ত সেই কথা প্রকাশ করতে মানা করা হয়েছিল।

হয়তো সেই কারণেই তিনি উন্নতির চরম শিখরে পৌঁছানোর পরেও কখনই সমালোচনার বাইরে যেতে পারেননি। লোকেদের ঘৃণা সর্বদাই তাঁকে সহ্য করতে হয়েছে। তাঁর স্টেন্ডের্ড অয়েল কম্পানী রেলওয়েকে গোপনে যে রিবেট দিয়েছিল তার জন্য সমস্ত প্রতিদ্বন্দ্বি কম্পানী গুলিকে দমে যেতে হয়েছিল, সেই সময় এই নির্মম দমন সমালোচনার ঝড় তুলে দিয়েছিল।

পেনসিল্ভ্যানিয়ার তৈল ক্ষেত্রের মানুষেরা সবচেয়ে বেশি ঘৃণার চোখে দেখত জন ডী. রাকফেলরকে। তিনি যাদের জীবন নষ্ট করে দিয়েছিলেন তারা তাঁর পুতুল তৈরি করে ফাঁসি দিয়েছিল, তাদের মধ্যে অনেকে তো এটাও চাইত যে, তার গলায় বেশ কয়েকাট দড়ি বেঁধে যেন তাঁকে কোনো টক আপেল গাছের ডালে টাঙিয়ে দেওয়া হয়। বহু মানুষ ক্ষুব্ধ হয়ে তাঁর অফিসে বহু চিঠি পাঠাতে শুরু করে, এমনকি তাঁকে মেরে ফেলার হুমকি পর্যন্ত দেওয়া হয়েছিল। নিজের শত্রুদের হাতে মরে যাওয়ার ভয়ে, তাঁকে বডিগার্ড রাখতে হয়েছিল। তিনি ঘৃণার এই আগুনকে অদেখা করার চেষ্টা করেছিলেন, একবার সন্দেহের বশে তিনি বলেছিলেন, 'আপনি আমাকে লাথি মারতে পারেন, অপমানও করতে পারেন, কিন্তু শর্ত হল আপনাকে আমাকে আপনার রাস্তা দিয়ে হাঁটতে দিতে হবে।' আসলে তিনি শেষ পর্যন্ত এটা বুঝতে পেরেছিলেন যে, তিনিও একজন মানুষ। তিনি সেই ঘৃণা ও চিন্তার সাথে আর সংঘর্ষ চালিয়ে যেতে পাচ্ছিলেন না। তাঁর শরীর খারাপ হোতে শুরু করে, এই নতুন শত্রুর সাথে তিনি কিভাবে লড়াই করবেন বুঝতে পাচ্ছিলেন না, ভেতরের এই আঘাত তিনি কিভাবে সহ্য করবেন বুঝতে না পেরে প্রথম প্রথম তো তিনি নিজের শরীরের অসুস্থতার কথা কাউকে বলেননি, সকলের থেকে

লুকিয়ে রাখার চেষ্টা করেছিলেন। নিজের অসুস্থতাকে মাথা থেকে ঝেড়ে ফেলার চেষ্টা করেন। কিন্তু অনিদ্রা, বদহজম, মাথার চুল ঝড়ে যাওয়া, নার্ভাস ব্রকডাউন প্রভৃতি বিষয়ে কাউর চোখকেই ফাঁকি দিতে পারেনি। শেষ পর্যন্ত ডাক্তারদের কাছ থেকে তিনি সেই তিক্তো সত্য জানতে পারেন। তিনি নিজের বিকল্প নির্বাচন করতে পারতেন নিজের অর্থ নয় চিন্তা নয় নিজের জীবন। তারা তাঁকে বলে দিয়েছিল যে, হয় কাজের থেকে অবসর নিতে হবে, আর তা না হলে মরতে হবে। তিনি অবসর নিয়ে নেন। কিন্তু অবসর নেওয়ার আগেই চিন্তা, লোভ ও ভয় তাঁর শরীরকে শেষ করে দিয়েছিল। আমেরিকার সবচেয়ে বিখ্যাত জীবনী লেখিকা ইডা টারবেল যখন তাকে প্রথমবার দেখেছিলেন তখন তিনি নিজেইস্তম্ভিত হয়ে যান। তিনি লিখেছিলেন, 'তার চোখে মুখে প্রচন্ড বার্ধক্য ধরা পড়ছিল। আমার দেখা সবচেয়ে বয়স্ক ব্যক্তি ছিলেন তিনি।' সেই সময় রকফেলর জেনারল ম্যাকআর্থরের থেকে কয়েক বছরের ছোটো ছিলেন, সেই সময় ম্যাক আর্থর পুনরায় ফিলিপীন্সের ওপর কব্জা করেছিলেন। তাকে শারীরিক দিক থেকে অতটা দুর্বল দেডে টারবেলের তাঁর ওপর দয়া হয়েছিল। সেই সময় তিনি যে বইটা লিখছিলেন তাতে স্যান্ডর্ড অয়েল ও তাঁর নীতির প্রচন্ড সমালোচনা করা হয়েছিল। যে ব্যক্তি এমন একটা 'অক্টোপাস' তৈরি করেছিলেন, তাকে ভালোবাসার মতো কোনো কারণ তিনি খুঁজে পাচ্ছিলেন না। তবু যখন জন ডী. কে তিনি সেন্ড-স্কুলে পড়াতে দেখেছিলেন তখন তাঁর ওপর তাঁর একটা আবেগের জন্ম হয়েছিল, তিনি স্বীকার করেছিলেন যে, 'আমার মনে একটা ভাবনা আসে, অথচ আমি কোনো দিন সেটা আসবে এমন আশা করিনি, আর সময়ের সাথে সাথে তা বাড়তেও থাকে। আমার তাকে দেখে দয়া হচ্ছিল। আমার মনে হচ্ছিল, ভয়ের থেকে ভয়ানক কোনো সাথী থাকতে পারে না।'

ডাক্তাররা যখন রকফেলরকে বাঁচানোর দায়িত্ব নেয়, তখন তাঁকে তিনটে নিয়ম মেনে চলতে বলা হয়েছিল, যে তিনটি নিয়ম তাকে সারা জীবন মেনে চলতে বলা হয়েছিল, সেই তিনটি নিয়ম হল

1. **চিন্তার থেকে বাঁচুন। কখন, যেকোনো পরিস্থিতিতে, কোনো বিষয় নিয়ে চিন্তা করবেন না।**
2. **বিশ্রাম নিন, উন্মুক্ত হাওয়ায় হাল্কা ব্যায়াম করুন।**
3. **নিজের খাওয়া-দাওয়ার দিকে নজর দিন। পেটে সামান্য খিদে রেখে খান।**

জন ডী. রকফেলর এই তিনটি নিয়মের পালন করেছিলেন, আর সেই কারণেই বোধ হয় তিনি নিজের জীবন ফিরে পেয়েছিলেন। তিনি কাজ থেকে অবসর নিয়ে নেন। তিনি গোল্ফ খেলতে শেখেন। তিনি বাগানেও কাজ করতে শুরু করেন। নিজের প্রতিবেশীদের সাথে কথা বলতেন, খেলতেন, গান গাইতেন।

কিন্তু সেই সাথে তিনি আরো কিছু করেছিলেন, ভিঙ্কলর বলেছিলেন, 'যন্ত্রণার দিন গুলিতে, অনিদ্রার রাত গুলিকে জন ডী. চিন্তন করার মতো বহু সময় পেয়েছিলেন।' তিনি অন্যদের সম্পর্কে ভাবতে শুরু করেন। কত অর্থ তিনি পেতে পারেন, তা ভাবা বন্ধ করে দেন, তার পরিবর্তে মানবীয় সুখের জন্য কি কি কেনা যায় তা ভাবতে শুরু করেন।

সংক্ষেপে বলা যায়, রকফেলর নিজের লক্ষাধিক ডলার বিলিয়ে দিতে শুরু করেন। এটা তাঁর পক্ষে খুব সহজ কাজ ছিল না। তিনি যখন একটা চার্চে অর্থ দেবেন বলে ঘোষণা করেন তখন সারা দেশ তাঁর তীব্র প্রতিবাদ জানিয়ে বলেছিল, 'পাপের রোজগার', কিন্তু তা সত্ত্বেও তিনি ক্রমাগত অর্থ বিলাতে শুরু করেছিলেন। মিশিগন লেকের সামনে একটা ছোট্টো কলেজ অর্থের অভাবে বন্ধ হোতে বসেছিল, সেই কথা তাঁর কানে আসে, সেখানে তিনি লক্ষাধিক ডলার খরচ করেন, আর আজ তা সারা পৃথিবী বিখ্যাত শিকাগো বিশ্ববিদ্যালয়ে নামে পরিচিত। তিনি নিগ্রোদের সাহায্য করার চেষ্টা করেছিলেন। তিনি টস্কেগী কলেজের মতো ছোটো বিশ্ববিদ্যালয়েও পয়সা দিয়েছিলেন। হুকওয়ার্মের সাথে মানুষকে সংঘর্ষ করার জন্য তিনি অর্থ দিয়েছিলেন, যখন হুকওয়ার্মের বিশেষজ্ঞ ড. চার্লস ডব্লু. স্টাইল্স বলেন, 'পঞ্চাশ সেন্টের দয়ায় একজন মানুষের জীবন বাঁচতে পারে, কিন্তু এই পঞ্চাশ সেন্ট দেবে কে?' তখন রকফেলর তা দিয়েছিলেন, আর যে রোগ দক্ষিণে মহামারির আকার ধারণ করেছিল, তার থেকে বহু মানুষকে বাঁচিয়েছিলেন। হুকওয়ার্মের জন্য তিনি লক্ষাধিক ডলার খরচ করে এই মহামারির থেকে মানুষদের জীবন বাঁচিয়েছিলেন। তিনি এখানেই থেকে যাননি, আরো এগিয়ে গেছিলেন, তিনি একটা মহান অন্তর্রাষ্ট্রীয় ফাউন্ডেশান - রকফেলর ফাউন্ডেশানের স্থাপনা করেন, যা সারা পৃথিবীর রোগ ও অজ্ঞানতার সাথে লড়াই করতে থাকে।

এই প্রতিষ্ঠানটার সাথে কোথাও যেন আমার আবেগ জরিয়ে আছে, কারণ আজ আমি রকফেলর ফাউন্ডেশানের জন্যই বেঁচে আছি। আমার আজও মনে আছে 1932 সালে যখন আমি চীনে ছিলাম তখন পীকিং-এ কলেরা মহামারির আকার ধারণ করেছিল, চীনের কৃষকেরা মৌমাছির মতো মরছিল, কিন্তু এই রকম

চরম অবস্থাতেও আমি রকফেলর মেডিকেল কলেজ পর্যন্ত পৌঁছাতে সক্ষম হয়েছিলাম আর মহামারির মধ্যেও নিজেকে সুরক্ষিত রাখার জন্য টীকা লাগাই। তখন আমি বুঝতে পেরেছিলাম, রকফেলরের কোটি কোটি টাকা সারা পৃথিবীকে আজ কিভাবে বাঁচাচ্ছে।

ইতিহাসের পাতায় রকফেলর ফাউন্ডেশানের নাম জ্বল জ্বল করছে, তা এক এবং অদ্বিতীয়। রকফেলর জানতেন পৃথিবীতে বহু কাজ ভবিষ্যদ্রষ্টা কোনো ব্যক্তি শুরু তো করবে কিন্তু অর্থের অভাবে তা মাঝপথেই শেষ নিঃশ্বাস ত্যাগ করে দেবে। তিনি মানবতার সেই প্রবর্তকদের সাহায্য করার সিদ্ধান্ত নিয়েছিলেন। তিনি তাদের ওপর অধিকার স্থাপন করতে চাননি, বরং তারা যাতে নিজেদের কাজ চালিয়ে যেতে পারেন তার জন্য আর্থিক সাহায্য করতে চেয়েছিলেন। আজ আপনি এবং আমি পেনিসিলীন আবিষ্কারের জন্য জন ডী. রকফেলরকে ধন্যবাদ জানাতে পারি, সেই সাথে এমন বহু আবিষ্কারের জন্য তিনি আর্থিক ভাবে সাহায্য করেছিলেন। আজ আমাদের ঘরের বাচ্চারা স্পাইনাল মেনিঞ্জাইটিসের জন্য মারা যায় না, সেখানেও জন ডী.-কৃপা। ম্যালেরিয়া, টী.বী., ইন্ফুয়েঞ্জা, ডিপথেরিয়া প্রভৃতি ছাড়াও আরো কিছু অসুখ আছে সেগুলিকে যদি দমন করা না যেত তাহলে সারা পৃথিবী জুড়ে বিভিসিকার সৃষ্টি হোত।

রকফেলর যখন এইভাবে চারদিকে অর্থ দিয়ে যাচ্ছিলেন, তখন কি তিনি মানসিক শান্তি প্রাপ্ত করতে সক্ষম হয়েছিলেন? শেষ পর্যন্ত তিনি সন্তুষ্টি লাভ করতে সক্ষম হন। এলন নেভিন্স বলেছিলেন, 'যদি 1990 সালের পর জনতা যদি মনে করে থাকে যে তিনি এখনও স্ট্যান্ডর্ড অয়েল নিয়ে ভাবেন, তাহলে সেটা তাদের ভুল ধারণা।'

রকফেলর সুখে ছিলেন। তিনি সম্পূর্ণ রূপে বদলে গেছিলেন, তাঁর মধ্যে চিন্তা বলে কিছু ছিল না। আসলে যখন তিনি নিজের কেরিয়ারের পরাজয় স্বীকার করে নিয়েছিলেন, তখন তিনি ঠিকই করে নিয়েছিলেন যে, আর একটা রাতেরও ঘুম তিনি নষ্ট করবেন না।

তাঁর তৈরি বিশাল কর্পোরেশান স্ট্যান্ডর্ড অয়েলকে যখন ইতিহাসের সবচেয়ে বড়ো ক্ষতিপূরণ দেওয়ার আদেশ দেওয়া হয়েছিল, তখন থেকেই সেই পরাজয়ের শুরু। আমেরিকার সরকারের হিসাবে স্ট্যান্ডার্ড অয়েল ছিল একটা মনোপলী, যা সরাসরি এন্টিট্রস্ট আইনের অবহেলা করেছিল। সেই যুদ্ধ পাঁচ বছর ধরে চলেছিল। সেই সময়কার ইতিহাসের সবচেয়ে বড়ো আইনি যুদ্ধ ছিল এটাই। কিন্তু শেষপর্যন্ত স্ট্যান্ডার্ড অয়েল পরাজিত হয়ে যায়।

জজ কেনেস মাইন্টেন ল্যান্ডিস যখন নিজের সিদ্ধান্ত জানিয়েছিল তখন জন ডী.-র উকিল এইভেবে ভয় পেয়ে গেছিল যে, এতে রকফেলর খুবই আহত হবেন। আসলে তিনি এটা জানতেন না যে, সেই সময় তিনি কতটা বদলে গেছিলেন।

সেই রাতে একজন উকিল জন ডী.-র সাথে ফোনে করা বলে। এই সিদ্ধান্ত সম্পর্কে যথেষ্ট সহিষ্ণুতার সাথে চিন্তা করে সে বলে, 'আমি আশা করছি যে, মি. রকফেলর আপনি নিশ্চয়ই এই সিদ্ধান্ত শুনে বিচলিত হননি। আমি আশা করব, আপনি রাতে ঘুমাতে পারবেন।' সেই সময় বৃদ্ধ জন ডী. ফোন ধরেই বলেন, 'চিন্তা করবেন না, মিস্টার জনসন, আজ রাতে ঘুমানোর ইচ্ছা আছে। আর আপনি এই নিয়ে বিব্রত হবেন না। গুড নাইট।' এই সেই ব্যক্তি যিনি একবার মাত্র 150 ডলার নষ্ট হওয়ার জন্য বিছানা নিয়ে নিয়েছিলেন। হ্যাঁ, চিন্তাকে জয় করার জন্য জন ডী.-র দীর্ঘ সময় লেগে গেছিল, তিনি তিপান্ন বছর বয়সেই মরতে বসেছিলেন, কিন্তু শেষ পর্যন্ত আটানব্বই বছরের দীর্ঘ জীবন ভোগ করতে সক্ষম হয়েছিলেন।

- জন ডী. রকফেলর

আমি ধীরে ধীরে আত্মহত্যা করছি

ছয় মাস আগেও আমার জীবন যেন ঝড়ের গতিতে এগিয়ে যাচ্ছিল, আমি সর্বদা চাপের মধ্যে থাকতাম, একটা মুহূর্তও আরামে বসার সময় ছিল না। প্রতিদিন অফিস থেকে বাড়ি ফেরার পর চিন্তা আর মানসিক ক্লান্তি আমাকে ক্লান্ত করে দিত। কেন? কারণ কেউ আমাকে এই কথাটা বলেনি যে, পল তুমি নিজের জীবনটা শেষ করে দিচ্ছো। তুমি কেনো একটু আস্তে এগাচ্ছো না, কেনো একটু আরাম করছো না?

সকালে ঘুম চোখ খোলার পর থেকেই আমার ব্যস্ততা শুরু হয়ে যেত, যত শীঘ্র সম্ভব দাড়ি কেটে, খেয়ে গাড়ি নিয়ে বেরিয়ে যেতাম। রাস্তায় এত দ্রুততার সাথে গাড়ি চালাতাম যে, কখনও কখনও নিজের মনে হোত যে, আমি যদি স্টিয়ারিং- টা শক্ত করে ধরে না থাকি তাহলে হয়তো আমি নিজেই হাওয়ার গতিতে জানলা দিয়ে বাইরে বেরিয়ে যাব। আমি খুব তাড়াতাড়ি কাজ শেষ করে তাড়িতাড়ি বাড়ি ফিরতে চাইতাম, আর রাতেও তাড়াহুড়ো করে শুতে যেতাম।

অবস্থা এতটাই খারাপ হয়ে যায় যে, শেষ পর্যন্ত আমাকে ডেট্রাইটের একজন বিখ্যাত নার্ভ বিশেষজ্ঞের কাছে যেতে হয়েছিল পরামর্শ করার জন্য। তিনি সবার

আগে আমাকে আরাম করে কাজ করার পরামর্শ দেন - কাজ করার সময়, গাড়ি চালানোর সময়, খাওয়া বা শোয়ার সময়, সমস্ত কাজই ধীরে সুস্থে করতে বলেন। তিনি আমাকে বলেছিলেন যে, আমি ধীরে ধীরে আত্মহত্যা করছি, কারণ আমি জানতামই না যে, কিভাবে আরাম করতে হয়।

তখন থেকে আমি আরাম করে কাজ করার অভ্যাস করি। রাতে বিছানায় যাওয়ার পরেও যতক্ষণ না আমি নিজের সম্পূর্ণ শরীর ও শ্বাস বায়ুকে শান্ত করতে পাচ্ছি ততক্ষণ পর্যন্ত আমি ঘুমানোর চেষ্টা করি না। আর এখন যখন সকালে চোখ খুলি তখন নিজেকে একদম সতেজ লাগে। আগে ঘুম ভাঙার পরেও নিজেকে ক্লান্ত ও অবসাদ গ্রস্ত লাগত, এখন আমি খাবার খাওয়ার সময় বা গাড়ি চালানোর সময়তেও আরামের সাথে কাজ করি। গাড়ি চালানোর সময় আমি সর্বদাই সতর্ক থাকি, এখন আমি উত্তেজনার বদলে নিজের মস্তিক দিয়ে গাড়ি চালাই। আমার অফিস হল সবচেয়ে গুরুত্বপূর্ণ স্থান, সেখানে আমি খুবই আরামের সাথে কাজ করি। দিনে অনেক সময় আমি সব কাজ ছেড়ে এটা বিচার করে নিই যে, আমি আরামের সাথে কাজ করছি কি না? এখন ফোনের আওয়াজ শুনেও আমি কোনো রকম তাড়াহুড়ো করিনি, আমি ধীরে সুস্থে ফোন তুলি, একটা গভীর ঘুমে আচ্ছন্ন বাচ্চার মতোই নিজের দিনচর্চা সম্পূর্ণ করার চেষ্টা করি।

পরিণাম? জীবন এখন আগের চেয়ে অনেক বেশি সুখময় ও আনন্দজনক হয়ে উঠেছে। নিজের মানসিক ক্লান্তি ও অবসাদকে আমি সম্পূর্ণ রূপে জয় করতে সক্ষম হয়েছি।

- পল স্যাম্পসন

একটা চকমৎকার হয়ে গেছিল

চিন্তা আমাকে সম্পূর্ণ রূপে পরাজিত করে দিয়েছিল। আমার মস্তিষ্ক ছিল সমস্যা আর দ্বিধায় পরিপূর্ণ। কারণ জীবন থেকে আনন্দ যেন গায়েব হয়ে গেছিল। এতটাই মানসিক চাপের মধ্যে ছিলাম যে, রাতে ঘুম আসত না, দিনেও আরাম করতে পারতাম না। আমার তিনটে ছোটো ছোটো বাচ্চা তিনজন আলাদা আলাদা আত্মিয়ের কাছে থাকত। আমার স্বামী তখন সম্প্রতি সৈন্যদল থেকে ফিরে অন্য শহরে নিজের আইনি প্র্যাক্টিস জমিয়ে তোলার চেষ্টা চালিয়ে যাচ্ছিল। যুদ্ধের পরে

মানুষের জীবন কতটা অসুরক্ষিত ও অনিশ্চিত হয়ে যায়, আমি তা বুঝতে পেরেছিলাম।

আমি নিজের স্বামীর কেরিয়ার তো নষ্ট করছিলামই সেই সাথে নিজের সন্তানদের কাছ থেকে সাধারণ পারিবারিক জীবনের আনন্দও হরণ করছিলাম। সেই সাথে আমার জীবনটাও হয়ে উঠছিল বিপদ জনক। আমি স্বামী থাকার জন্য কোনো ঘর পাচ্ছিল না, তাই একটা বাড়ি বানানোই ছিল একমাত্র উপায়। আমার ঠিক হওয়ার উপরেই সমস্ত কিছু নির্ভর করছিল। এই কথা গুলি যত বেশি করে আমার মনে হচ্ছিল তত বেশি করে আমি সবকিছু কাটিয়ে ওঠার চেষ্টা করছিলাম, কিন্তু আমার অসফলতা ততই বৃদ্ধি পাচ্ছিল। তারপর কোনো রকম দায়িত্ব নিতেও যেন আমার ভয় লাগতে শুরু করে। তখন আমার মনে হয় যে, আর কোনো ভাবেই আমার নিজের ওপর ভরসা করা উচিত না, আমার নিজেকে সম্পূর্ণ রূপে অসফল বলে মনে হোতে লাগে।

যখন চারদিক অন্ধকারাচ্ছন্ন হয়ে গেছিল, যখন কোথাও কোনো রকম সাহায্যের হাত দেখতে পাচ্ছিলাম না, তখন আমার মা আমার জন্য এমন কিছু করেছিলেন যা আমি কোনো দিন ভুলতে পারব না, আর সারা জীবন তার জন্য কৃতজ্ঞ থাকব। তিনি আমাকে সংঘর্ষ করার জন্য প্রেরণা দিতে শুরু করেন। পরাজয় স্বীকার করে নেওয়ার জন্য বা নিজের মস্তিষ্ককে নিয়ন্ত্রণ করতে না পারার জন্য তিনি আমার সমালোচনা শুরু করেন। তিনি আমাকে বোঝান যে, আমি পরিস্থিতির কাছে মাথা নত করে দিয়েছি, সংঘর্ষ করার বদলে আমি ভয় পেয়ে গুটিয়ে যাচ্ছি, জীবন যাপন করার বদলে আমি দূরে পলায়ন করছি, তিনি আমাকে দৃঢ়তার সাথে সব ঝেড়ে ফেলে বিছানা ছেড়ে উঠে দাঁড়ানোর জন্য প্রেরণা দিতে থাকেন।

সেই দিন থেকে আমিও সংঘর্ষ করতে শুরু করে দিয়েছিলাম। সেই উইকেন্ডেতে আমি আমার বাবা-মাকে তাঁদের বাড়িতে ফিরে যেতে বলি, আর বলেছিলাম যে, এবার আমি নিজেই নিজের সংসার সামলাতে পারব। আমি সেই সমস্ত কাজ করতে শুরু করি যা করা আমার পক্ষে অসম্ভব বলে মনে হোত। নিজের দুটো ছোটো বাচ্চাকে আমি একাই সামলাচ্ছিলাম। খুব ভালো করে খাবার খাওয়া ও ঘুমানো এই দুটো যখন করতে সক্ষম হয়ে যাই, তখন নিজের মানসিক স্থিতি বদলাতে শুরু করে। এক সপ্তাহ বাদে যখন আমার বাবা-মা পুনরায় আমার সাথে দেখা করতে আসেন, তখন তাঁরা দেখেন যে, আমি গান গাইতে গাইতে প্রেস করছি। আমার খুব ভালো লাগছিল, কারণ আমি সংঘর্ষ করা শুরু করে দিয়েছিলাম,

আর আমিই জিতছিলাম। আমি সেই শিক্ষাটা কোনো দিন ভুলতে পারব না, '...যখন কোনো পরিস্থিতিকে অপরাজেয় বলে মনে হবে, তখন তার সম্মখীনতা কর! লড়াই শুরু কর! পরাজয় স্বীকার করো না।'

সেই সময় থেকে আমি নিজেকে কাজ করার জন্য ব্যস্ত করি, আর নিজেকে সম্পূর্ণ রূপে কাজের মধ্যে ব্যস্ত রাখতে শুরু করি। শেষ পর্যন্ত আমি নিজের বাচ্চাদের সামলে নিয়ে স্বামীর সাথে নতুন বাড়িতে থাকার জন্যও চলে যাই। আমি নিজেকে একজন দৃঢ় ও স্নেহময়ী মা করে তোলার প্রতিজ্ঞা নিই। আমি নিজের স্বামী, নিজের সংসার ও নিজের সন্তানদের জন্য পরিকল্পনা কগড়ে তুলতে সর্বদাই ব্যস্ত থাকতাম- শুধুমাত্র নিজের জন্যই কোনো পরিকল্পনা করিনি। আসলে আমি এতটাই ব্যস্ত থাকতাম যে, নিজের জন্য কোনো রকম পরিকল্পনা করার সময়ই পেতাম না। আর তখনই ঘটে আসল চমৎকার।

আমি আরো বেশি শক্তিশালী হয়ে উঠছিলাম, প্রতিদিন সকালে একটা খুশি নিয়ে ঘুম থেকে উঠতাম, আরাম করে নতুন দিনের পরিকল্পনা গড়ে নিয়ে সুখের সাথে জীবন অতিবাহিত করতে শুরু করি। যখন কাজ করতে করতে ক্লান্ত হয়ে যেতাম তখন হতাশ লাগত, তখন নিজেকে বলতাম যে, আমি আর সেই দিন গুলোর কথা ভাবব না, আর তাতে করে ধীরে ধীরে সেই দিন কমতে শুরু করে, আর শেষ পর্যন্ত তা গায়েব হয়ে যায়।

আজ এক বছর বাদে আমার কাছে একজন সুখী ও সফল স্বামী আছে, একটা সুন্দর ঘর আছে, যেখানে আমি প্রতিদিন যোল ঘন্টা কাজ করতে পারি, আমার তিনটে সুখী ও সুস্থ বাচ্চা আছে - সবচেয়ে বড়ো কথা আমার মানসিক শান্তি আছে!

- মিসেজ জন বর্জর

বেঞ্জামিন ফ্র্যাঙ্কলিন কিভাবে নিজের চিন্তাকে জয় করেছিলেন

জোসেফ প্রীস্টলকে লেখা বেঞ্জামিন ফ্রাঙ্কলিনের একটা চিঠি। প্রীস্টলে যখন অর্ল অফ শেলনর্বের জন্য লাইব্রেরিয়ান হিসাবে নিয়োজিত হয়েছিলেন তখন তিনি বেঞ্জামিন ফ্রাঙ্কলিনের থেকে পরামর্শ চেয়েছিলেন। ফ্রাঙ্কলিন নিজের চিঠিটে সেই উপায়ের কথা বলেছেন, যার দ্বারা উনি কোনো রকম চিন্তা না করেই সমস্যার সমাধান করতেন।

প্রিয় মহাশয়   আপনি যে গুরুত্বপূর্ণ বিষয়ে আমার কাছ থেকে পরামর্শ চেয়েছেন, সেই বিষয় সম্পর্কে আমি ততটা ওয়াকিবহাল নই, সেই কারণে আপনাকে সঠিক সিদ্ধান্ত দিতে পাচ্ছি না। কিন্তু আপনি যদি চান তাহলে আপনাকে বলতে পারি যে, কিভাবে আপনি নির্ণয় গ্রহণ করবেন। যখন আমাদের জীবনে কোনো কঠিন পরিস্থিতি আসে তখন তা আমাদের কাছে আরো কঠিন হয়ে যায় কারণ আমরা তা নিয়ে ঠিক মতো বিচার করতে অসমর্থ হই, আমরা সবদিকটা একত্রে খুঁটিয়ে দেখি না। এই জন্য উদ্দেশ্য ও রুচি ভিন্ন হয়ে যায়, আর অনিশ্চিয়িতা আমাদের দ্বিধায় ফেলে দেয়।

এমন পরিস্থিতিতে সবার আগে একটা কাগজ নিয়ে সেটাতে মাঝখান দিয়ে লাইন টেনে নিয়ে দুটি কলামে ভাগ করে নিই, কলামের একদিকটাতে লিখি পক্ষ আর অপর দিকটাতে লিখি বিপক্ষ। তারপর তিন চারদিন ধরে আমার মাথায় যে সমস্ত বিচার গুলি আসে সেই গুলি সংক্ষেপে লিখতে থাকি, পক্ষের দিকে পক্ষের বিষয় গুলি আর অপর দিকে বিপক্ষের বিষয় গুলি। যখন আমার চোখের সামনে সব কটি বিন্দু এসে উপস্থিত হয়, তখন আমি তার ওজন নেওয়ার চেষ্টা করি, অর্থাৎ কোনদিকটা বেশি আর কোনদিকটা কম তা বোঝার চেষ্টা করি, যদি মনে হয় পক্ষ আর বিপক্ষের ওজন সমান তখন আমি উভয় দিকই কেটে দিই। যখন দেখি পক্ষের একটা কারণ বিপক্ষের দুটি কারণের সমান তখন সেই তিনটিকে একত্রে কেটে দিই। আবার তখন দেখি যে পক্ষের তিনটি কারণ বিপক্ষের দুটি কারণের সমান তখন সেই পাঁচটিকে একত্রে কেটে দিই, আর এইভাবে ততক্ষণ চলতে থাকি যতক্ষণ না কোন দিকের পাল্লাটা বেশি ঝুঁকছে বুঝতে পারছি। এরপর এক দুই দিনের মধ্যে যদি পক্ষ বিপক্ষ সম্পর্কে কোনো গুরুত্বপূর্ণ বিচার মনে না আসে তাহলে আমি আগের সিদ্ধান্ত অনুসারেই নির্ণয় নিয়ে নিই। যদিও কারণ গুলি বীজগণিতের মাত্রার মতো সঠিক ওজনে নেওয়া সম্ভব না, তবুও যখন প্রতিটা বিষয়কে আলাদা ভাবে তুলনা মূলক বিচার করা হয় আর সম্পূর্ণ কারণ যখন আমার চোখের সামনে থাকে তখন আমার মনে হয় যে, আমি আরো ভালো করে সিদ্ধান্ত নিতে পারব। আমি তাড়াহুড়ো করে কখনও কোনো সিদ্ধান্ত নিই না, আর এই ধরণের সমীকরণ থেকে যথেষ্ট লাভবানও হয়েছি, যাকে নৈতিক ও প্রুডেন্সিয়াল বীজগণিতও বলা যেতে পারে।

আপনি সর্বশ্রেষ্ঠ নির্ণয় নিতে সক্ষম হোন, শুভকামনার সাথেই চিঠি শেষ করছি, আপনার পত্র মিত্র ও হিতৈষী...

- **বেন ফ্রাঙ্কলিন**

অন্নহীন আঠারো দিন

তিন মাস আগে আমি এতই চিন্তিত ছিলাম যে, চার দিন আর চার রাত্রি এক ফোঁটা শুতে পর্যন্ত পারিনি। শুধু তাই নয় আঠারো দিন আমি কোনো ভারি খাবার পর্যন্ত খেতে পারিনি। খাবারের গন্ধ নাকে এলেই কেমন শরীর গুলিয়ে যেত, আমি সেই মানসিক যন্ত্রণার কথা আমি ভাষায় প্রকাশ করতে পারব না। আমি যে যন্ত্রণা ভোগ করেছি, নরক যন্ত্রণা কি তার চেয়েও খারাপ হোতে পারে? আমার মনে হোত, আমি পাগল হয়ে যাব আর তা না হলে আমি মরে যাব। আসলে আমি বুঝতে পারছিলাম যে, আমি যেভাবে বাঁচছি, সেই ভাবে আর বেশি দিন বাঁচতে পারব না।

যেদিন এই পুস্তকের এডভান্স কপি আমার হাতে এসেছিল, সেদিন থেকেই আমার জীবনের মোড় ঘুরতে শুরু করেছিল। সত্যি বলতে কি, শেষ তিন মাস আমি এই পুস্তকের ভরসাতেই বেঁচেছি, আমি এই বইয়ের প্রতিটা পৃষ্ঠা খুঁটিয়ে পড়েছি, আর প্রচন্ডভাবে জীবন যাপনের চেষ্টা করে গেছি। আমার মানসিক দৃষ্টিভঙ্গী এবং ভাবাত্মক স্থিরতাতে যে পরিবর্তন দেখা গেছিল, তা অবিশ্বাসযোগ্য। এখন আমি যেকোনো দিনের যুদ্ধ অতিবাহিত করার ক্ষমতা লাভ করেছি। আমি এখন বুঝতে পেরেছি যে, আগে আমি আজকের দিনের সমস্যা নিয়ে ভেবে পাগল হোতাম না, বরং গত কাল কি ঘটে গেছে আর আগামি দিন কি ঘটবে সেই নিয়ে ভেবেই বেশি পাগল হয়ে যেতাম। যে ঘটনা আমার জীবনে ঘটেনি তা নিয়ে ভেবে আমি আতঙ্কিত হয়ে যেতাম।

এখন যখনই আমার কোনো বিষয় নিয়ে চিন্তা হয়, তখনি আমি থমকে দাঁড়িয়ে পড়ি, আর এই পুস্তক পড়ে যে সিদ্ধান্ত লাভ করেছি, রাতে তা পরখ করে দেখার চেষ্টা করি। যদি আজকের কোনো কাজ নিয়ে আমার ভেতরে চিন্তার সৃষ্টি হয় তাহলে আমি সঙ্গে সঙ্গে ব্যাকুল হয়ে উঠি, আর শীঘ্র সেই কাজ শেষ করে চিন্তামুক্ত হয়ে ওঠার চেষ্টা করি।

যে সমস্ত সমস্যার কথা ভেবে আমি আধ পাগল হয়ে গেছিলাম, যখন আমাকে সেই ধরণের সমস্যার সম্মখীনতা করতে হয়, তখন আমি শান্ত ভাবে

সেই তিনটি পদক্ষেপের প্রয়োগ করি, যা প্রথম খন্ডের দ্বিতীয় অধ্যায়ে পড়েছিলাম। সবার আগে আমি নিজেকে এটাই জিজ্ঞাসা করি যে, সবচেয়ে খারাপ কি হোতে পারে? দ্বিতীয়ত আমি সেই বিষয়টাকে মানসিক দিক থেকে স্বীকার করার জন্য প্রস্তুত হয়ে যাই, তৃতীয়ত সমস্যাটির দিকে ধ্যান কেন্দ্রিভূত করার চেষ্টা করি। আর কিভাবে সেই খারাপ ঘটনা গুলিকে সংশোধন করা যায়, সেই চেষ্টাই করতে থাকি, যা আমাকে করতেই হবে, স্বেচ্ছায় সেটা স্বীকার করে নেওয়াই শ্রেয়।

এমন কোনো ঘটনা যেটা স্বীকার করতে কষ্ট হয়, অথচ সেটা নিয়ে চিন্তা করতেই হয়, যখন সেই ঘটনাকে স্বীকার করে নেওয়া ছাড়া কোনো উপায়ই থাকে না, তখন সেই প্রার্থনা করি

হে ভগবান আমাকে শান্তি দাও,
যা আমি বদলাতে পারব না, তা স্বীকার করার ক্ষমতা দাও,
যা আমি বদলাতে পারি, তা বদলানোর সাহস দাও
আর দুটির মধ্যে পার্থক্য বোঝার বুদ্ধি দাও।

এই পুস্তক পড়ার পরে আমি সত্যিই একটা নতুন জীবনের আনন্দ উপভোগ করতে সক্ষম হয়েছি। এখন আমি চিন্তা বা মানসিক চাপের কারণে নিজের শরীর ও সুখকে নষ্ট করিনা। এখন আমি রাতে নয়ঘন্টা শুই। আমি আনন্দের সাথে খাবার খাই। আমার ওপরে যে কালো আস্তরণের সৃষ্টি হয়েছিল, এখন তা সরে গেছে, একটা নতুন দরজা খুলে গেছে। এখন আমি চারদিকের সুন্দর জগত দেখতে ও তার আনন্দ উপভোগ করতে শিখে গেছি। এখন আমি নিজের জীবনের জন্য ঈশ্বরকে ধন্যবাদ জানাই, এমন একটা সুন্দর সংসারে আমাকে পাঠানোর জন্য আমি চির কৃতজ্ঞ।

আমি কি আপনাকে এই পুস্তকটা পড়ার পরামর্শ দিতে পারি? এই বইটিকে নিজের বিছানায় রাখুন, আর আপনার সমস্যার সাথে সম্পর্কিত লাইন গুলির নিচে মোটা করে দাগ দিয়ে দিন। এর অধ্যয়ণ করুন, এর প্রয়োগ করুন। কারণ সাধারণ ভাবে 'পড়ার মতো বই এটা নয়'। এই বইটিকে 'গাইড বুক' হিসাবে লেখা হয়েছে। যা আপনার জীবনকে বেশ কিছু নতুন পথের সন্ধান দেবে।

-ক্যাথরীন হলকোম্ব ফার্মর

●●●

334 চিন্তা ছাড়ুন সুখে থাকুন

বাংলা বই

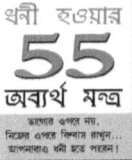

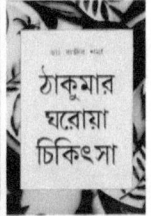

DIAMOND BOOKS X 30, Okhla Industrial Area, Phase II New Delhi 110020
Tel : 91+11-40712200, sales@dpb.in

বাংলা বই

   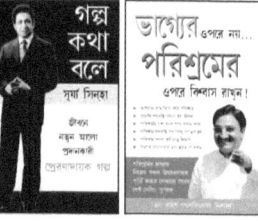

 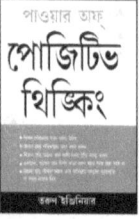   

DIAMOND BOOKS X 30, Okhla Industrial Area, Phase II New Delhi 110020
Tel : 91+11-40712200 , sales@dpb.in